Sven R. Kantelhardt

Der Schmied der Franken

Ulfberhts Reise

acabus Verlag

Sven R. Kantelhardt

Der Schmied der Franken

Ulfberhts Reise

acabus Verlag

Historischer Roman

Kantelhardt, Sven R.: Der Schmied der Franken. Ulfberhts Reise.
Hamburg, acabus Verlag 2021

2. Auflage 2021
ISBN: 978-3-86282-803-6

Dieses Buch ist auch als eBook erhältlich und kann über den Handel oder den Verlag bezogen werden.
ePub-eBook: 978-3-86282-805-0

Lektorat: acabus Verlag
Korrektorat: Tessa Brinkhaus, acabus Verlag
Satz: metiTec Satzsystem, me-ti GmbH Berlin
Umschlaggestaltung: Guter Punkt – Agentur für Gestaltung und Buchdesign, München (www.guter-punkt.de)
Umschlagmotiv: Schmiede bei der Arbeit, Buchmalerei 14. Jahrhundert, British Library

Bibliografische Information der Deutschen Nationalbibliothek: Die Deutsche Nationalbibliothek verzeichnet diese Publikation in der Deutschen Nationalbibliografie; detaillierte bibliografische Daten sind im Internet über https://dnb.d-nb.de abrufbar.

Der acabus Verlag ist ein Imprint der Bedey und Thoms Media GmbH, Hermannstal 119k, 22119 Hamburg
https://www.bedey-thoms-verlag.de

---

https://www.acabus-verlag.de
Gedruckt in Deutschland

Teil I
Im Frankenreich

Sigiberht, Westhang des Odanwaldes, Lenzmonat 792

Das breite Eisen schnitt durch die vom Winterregen noch weiche Erde. Das Feld hatte ein Jahr geruht, um dem Boden neue Kraft zu geben, nun kam es wieder unter den Pflug. Sigiberht setzte seine Füße sicher im gleichmäßigen Takt hinter die Pflugschar. Ein eisernes Blatt war nicht billig, aber sehr viel robuster als die alten hölzernen Hakenpflüge, wie sie selbst auf dem Herrenhof im Tal noch benutzt wurden. Kein Wunder, dass sein junger Sohn Ulfberht geradezu versessen darauf war, seinem Vater beim Pflügen zur Hand zu gehen. Er lief den beiden Ochsen voran und lockte die Tiere mit seiner hellen Stimme dem dunklen Waldrand entgegen. »Holla Muni, Hui Hramn!« Sigiberhts Augen ruhten einen Moment mild, geradezu liebevoll auf seinem Jungen. Dann senkte er den Blick wieder auf die Ackerfurche. Das Leben war hart, auch wenn es ihm als Köngisfreien noch gut ging. Er bestellte seinen eigenen Grund, war frank und frei und nur dem König zur Heerfolge verpflichtet. Ein echter Franke. Durch diese Sichtweise hatte er allerdings unter den Hörigen des nahegelegenen Herrenhofs nur wenige Freunde gewonnen. Sigiberht lächelte grimmig und wandte sich wieder seiner Arbeit zu. Ein Blick in den schmalen Himmelsstreifen, welchen der düstere Wald, der das Feld von drei Seiten einschloss, frei ließ, zeigte ihm, dass er sich beeilen musste. Gerade hatte die Sonne noch geschienen, doch nun ballten sich die Wolken bedrohlich zusammen. Die Rinder brüllten nervös, doch Ulfberhts lockender Ruf beruhigte sie rasch wieder. Bald begann es zu regnen, aber Sigiberht ließ sich nicht aus dem Takt bringen. Als er schließlich die letzte Furche gezogen hatte, regnete es bereits Bindfäden. Er wuchtete den schweren Pflug auf die Schulter des stärkeren der beiden Ochsen, während sein Sohn sich an die warme Flanke des Tieres drückte. »Na komm schon«, brummte Sigiberht. »Wollen die Mutter nicht ewig warten lassen.« Gemeinsam traten sie den Heimweg an.

»Wenn ich groß bin, werde ich auch Bauer«, plapperte Ulfberht noch voller Begeisterung. Bewundernd sah er zu, wie das Regenwasser vom blanken Eisen der Pflugschar abperlte und schließlich im Fell des Ochsen versickerte. Vorsichtig strich er mit der Hand darüber. »Das Eisen ist kalt, obwohl Hramns Seite ganz warm ist«, wunderte er sich.

Sigiberht hatte schon früher Ulfberhts Liebe zu blankem Eisen bemerkt. Musste man seine Geschwister mit Nüssen oder süßen Beeren locken, so reichte es bei Ulfberht, ihm ein blankes Stück Metall vor die Nase zu halten. Seine Mutter hatte ihn im Scherz daher »meine kleine Elster« genannt. Sigiberht schmunzelte bei der Erinnerung. Warum sollte Ulfberht sich auch nicht daran freuen?

»Ich sag Mutter Bescheid«, rief der Junge und sprang den Weg voran.

Ulfberht, Westhang des Odanwaldes, Lenzmonat 792

Ulfberht kannte sämtliche Äcker und Wege des Hofes gut, auch den Weg hinunter zum Herrenhof und weiter über die offenen Felder bis zum Kloster. Er würde ein freier Bauer werden, ein echter Franke wie sein Vater. Und das war viel besser als ein Knecht oder Höriger. So viel hatte Ulfberht trotz seiner erst zwölf Winter bereits verstanden. Schon ragte das Dach des Hofes vor ihm auf. Das alte Gebälk schimmerte braun unter dem mit Moos und Taubenkot gesprenkelten Stroh hervor. Die Luft war von Feuchtigkeit gesättigt, der Rauch der Feuerstelle zog träge aus dem Windauge unter dem Giebel und hing wie feiner Nebel um den First. Aber etwas war anders als sonst: Ein braunes Pferd stand vor der Hoftür. Hin- und hergerissen zwischen Neugier und Furcht trat Ulfberht langsam heran. Da schnaubte der Gaul laut und versuchte, den Regen aus dem Fell zu schütteln. Ulfberht trat einen Schritt zurück und beschloss, auf den Vater zu warten.

Doch noch bevor dieser kam, trat ein Mann aus der Tür des Hauses. »Heda«, rief er Ulfberht zu. »Lauf los, und hol deinen Vater, Bursche! Ich habe eine wichtige Nachricht vom Vogt!«

Ulfberht machte kehrt und rannte seinem Vater aufgeregt entgegen. »Ein Fremder«, berichtete er atemlos. »Mit einem Pferd!«

Der harte Blick seines Vaters verdüsterte sich, aber er schwieg und setzte seinen Weg fort, ohne seine Schritte zu beschleunigen. »Ein freier Franke rennt nicht, wenn man nach ihm schickt«, erklärte er, auch seine Stimme klang um keinen Deut ungeduldiger oder lauter als gewöhnlich. Schließlich erreichten sie den Hof mit dem wartenden Fremden.

»Sigiberht vom Brandthof?«, fragte der, mit ungeduldig schriller Stimme.

»Der und kein anderer«, antwortete Sigiberht und wuchtete den schweren Pflug auf den Boden. »Kümmere du dich um die Ochsen!«, wies er Ulfberht an.

Der verzog das Gesicht. Zu gern hätte er gehört, was der Bote dem Vater mitzuteilen hatte. Doch der bedeutete dem Fremden mit einem Nicken, ihm zu folgen, und trat ins Haus. Ulfberht brachte die Ochsen in den Stall, der sich im hinteren Teil des Hauses befand, schirrte sie ab und gab ihnen Heu zu fressen. Trockenreiben würde er sie aber nicht, er wollte viel zu gerne wissen, was der Bote für eine Nachricht brachte. Leise schlich er durch die Stallgasse in Richtung der Stube.

»... und das, wo Widukind doch die Taufe empfangen hat!« Das war die tiefe Stimme seines Vaters. Widukind war ein fast schon mythischer Name. Ein wilder Sachse, der im Eifer für die heidnischen Unholde lange den Franken widerstanden und ihnen viel Leid zugefügt hatte, bis er sich endlich der Macht Gottes und Karls beugte und sich taufen ließ!

Da erklang die Stimme des Fremden. »Die Lage ist ernst, und der König hat den Heerbann einberufen.« Auf einmal war es in der Stube so still, dass Ulfberht schon bangte, man könne seine aufgeregten Atemzüge hören. »Alle freien Franken sollen sich am zwölften Tage des Ostermonats in Moguntia versammeln. Diese verdammten Sachsen müssen ein für alle Mal lernen, dass es keinen größeren König als Karl gibt!«

Ulfberhts Herz machte einen Sprung. Ohne daran zu denken, dass er sich damit verriet, trat er in die Stube. »Darf ich diesmal mit dir ziehen? Im Sommer werde ich dreizehn ...« Er kam nicht weiter. Sein Vater war aufgesprungen und verpasste ihm eine schallende Ohrfeige.

»Hat dich jemand gerufen? Geh sofort wieder in den Stall an deine Arbeit!«, fuhr er ihn an.

Doch der Königsbote, der ebenfalls aufgesprungen war, legte die Hand an Ulfberhts Kinn und blickte schmunzelnd auf ihn herab. »Wenigstens einer hier scheint seinem König mit Freude zu dienen«, bemerkte er mit einem Seitenblick auf Sigiberht, der rot anlief. Ob vor Wut über den Ungehorsam seines Sohnes oder aus Scham wegen der Worte des Fremden, vermochte Ulfberht nicht zu sagen.

»Wer aus meinem Hause unsere Pflicht und Schuldigkeit gegenüber Karl erfüllt, entscheide immer noch ich«, stieß er wütend hervor. »Natürlich gehört dem König unsere ganze Treue, aber es ist nun schon das sechste Jahr in Folge, in dem der Heerbann ausgerufen wird. Mal führte uns der Krieg nach Osten gegen Tassilo oder die Awaren und dann immer wieder nach Norden gegen die verdammten Sachsen.«

»Du bist ein erfahrener Krieger und hast deinem König bisher treu gedient. Karl zählt auf dich. Ich muss weiter, ich bin noch zu anderen Höfen gesandt.« Damit erhob sich der Mann, und Sigiberht begleitete ihn hinaus.

Sigiberht, Sachsen, Erntemonat 792

Ein Vierteljahr war es her, dass Sigiberht seine Frau und die Kinder zuletzt gesehen hatte. Während zuhause das Korn reifte, befand er sich im kalten und verregneten Sachsen. Vermutlich wartete sein Getreide vergeblich auf den Schnitter, denn Ulfberht war zwar ein braver Junge, aber noch nicht stark genug für die harte Arbeit, und sein Kopf war voller Flausen. Sigiberht seufzte schwer. Auch hier brachte niemand die Ernte ein. Die Sachsen waren über die Elbe geflohen und hatten Felder und Gehöfte verbrannt. Ein trostloses Land und ein trostloser Feldzug.

Ludabalþ, den es wie Sigiberht als Königsfreien von seinem Hof im Lahntal hier in den öden Norden verschlagen hatte, musste Ähnliches gedacht haben, denn er schimpfte: »Dies ist eine verfluchte Gegend. Damit hat Gott die Heiden doch schon genug bestraft. Was wollen wir da noch?«

Sie befanden sich mit einer kleinen fränkischen Abteilung irgendwo im sumpfigen Gelände zwischen Wirraha und Albis und sicherten eine kleine Burg. Eigentlich war es eher ein Sandbuckel, der sich aus dem umgebenden Matsch erhob, und notdürftig von einer Palisade geschützt wurde. Darauf drückten sich ein paar armselige Sachsenhäuser zusammen. Die meisten Bewohner waren fort, und von den Zurückgebliebenen ging bestimmt keine Gefahr aus. Die einzige wirkliche Bedrohung schien von den üblen Dünsten des Moores und den Tausenden und Abertausenden an Stechmücken herzurühren, die hier brüteten. Bereits mehrere Männer waren am Dreitagefieber erkrankt. Ludabalþ und er waren nun am frühen Morgen mit Ledereimern ausgezogen, um frisches Wasser für die Kranken zu holen, welches der schlammige Bach, der um die Burg herum floss, nicht liefern konnte.

»Dort bei den Erlen ist eine gute Stelle.« Ludabalþ zeigte auf eine Gruppe niedriger Bäume.

Der Hinweis war unnötig, sie gingen den Weg dreimal am Tag. Umständlich reihte Sigiberht die Eimer am Ufer auf, während Ludabalþ in die Knie ging, um das Wasser zu schöpfen, ohne dabei den Matsch aufzuwirbeln. Plötzlich knackte hinter ihnen ein Zweig. Trotz des eintönigen Alltags, der die Franken ermüdet und zermürbt hatte, fuhr Sigiberhts Hand zum Griff seiner Spatha, dem fränkischen Langschwert, welches er am Gürtel trug. Dies war allen Anstrengungen des Königs zum Trotz weiterhin Feindesland. Auch Ludabalþ war sofort auf den Beinen, keinen Moment zu früh. Aus dem Erlendickicht brachen fünf zerlumpte Männer mit wilden, blonden Bärten und verfilztem Haar hervor. Zweifellos sächsische Aufständische auf der Flucht. Vorsichtig kamen sie näher, die langen Klingen der beiden Franken fest im Auge. Drei von ihnen führten Saxe, die kurzen Schwerter, denen ihr Stamm seinen Namen verdankte. Die beiden Übrigen waren nur mit Knüppeln bewaffnet. Abgemagert waren sie, und der eine hatte eine schwärende Wunde am Oberarm. Er blickte Sigiberht aus fiebrigen Augen an.

»Essen! Gebt uns etwas zu essen!«, forderte einer der mit einem Sax Bewaffneten. Ein Hüne, dessen Dialekt für fränkische Ohren fast unverständlich war. Es klang fast wie das Gekrächze der hier allgegenwärtigen Möwen.

Sigiberht blickte dem Hünen in die Augen. »Ihr seid Aufständische!«, rief er. »Ihr habt euch an eurem König und der heiligen Kirche versündigt. Euch geschieht nur, wie ihr es verdient. Seid froh, wenn wir euch laufen lassen. Vielleicht kommt ihr bis zur Albis!« Er war wütend. Das waren die verdammten Kerle, derentwegen er von Haus und Hof getrennt in dieser Einöde ausharren musste. Es waren fünf, zwar von Fieber und Hunger geschwächt, aber in den vergangenen Feldzügen hatte er gelernt, diese Barbaren nie zu unterschätzen. Immer wenn man meinte, sie endgültig zu Boden gerungen zu haben, schöpften sie neue Kraft und schlugen unerwartet zurück. Eine Weile standen sich die Feinde unschlüssig gegenüber. Doch Sigiberht bemerkte, dass zwei der Sachsen versuchten, in ihren Rücken zu gelangen. Gleich würden sie angreifen. Er riss die Klinge hoch und schwang sie mit einem Wutschrei gegen den vordersten Sachsen. Der sprang zurück, doch Sigiberht setzte nach und erwischte stattdessen seinen Nachbarn, den mit dem fiebrigen Blick, an der ohnehin verletzten Schulter. Blut spritzte auf, und der Sachse fiel mit einem scharfen Schrei zurück. Auch Sigiberht trat einen Schritt zurück und tastete nach Ludabalþ, der ihm gefolgt war. Nun standen sie Rücken an Rücken gegen vier Gegner, die allerdings schlechter bewaffnet waren als sie selbst. Wieder schwang Sigiberht sein Schwert, doch diesmal parierte der Anführer der Sachsen mit seinem Kurzschwert. Sein Nachbar zielte mit dem Knüppel auf Sigiberhts Handgelenk, doch der zog die Klinge zurück, und der Schlag glitt am Heft ab. Sigiberht führte einen neuen Hieb aus, diesmal traf er auf den Knüppel des zweiten Sachsen. Tief grub sich das Eisen in das Holz. Einen Augenblick steckte die Klinge fest, und sowohl Sigiberht als auch der Sachse versuchten, ihre Waffen zu befreien. Da traf ein zweiter Knüppel von schräg unten auf die Breitseite von Sigiberhts verkeiltem Schwert. Der verwundete Sachse hatte sich aufgerafft und mit der unverletzten Linken einen Schlag geführt. Er konnte von seiner Position am Boden zwar Sigiberht nicht erreichen, aber die verkeilte Klinge sehr wohl. Mit hellem Klirren brach das bewährte Eisen entzwei, und Sigiberht blickte entsetzt auf den Stumpf seines Schwertes. Mit einem Triumphschrei stürzte sich der Anführer der Barbaren auf ihn. Sigiberht spürte seinen heißen Atem auf der Wange und den kalten Stich des kurzen Eisens im Unterleib. Er schnappte nach Luft, während sein Leben mit dem Blut zu Boden rann. Sein Blick trübte sich. Wie würde sein Weib alleine zurechtkommen? Wer sollte für Hađuwīh und die fünf Kinder sorgen?

Ulfberht, Moguntia, Holzmonat 792

Es war wieder ein hartes Jahr gewesen auf dem Brandthof. Ohne den Vater kam die Familie kaum über die Runden, aber Ulfberht wurde jedes Jahr stärker, und die Knechte des benachbarten Herrenhofs halfen bei der Ernte und dem Dreschen. So hatten sie es wieder geschafft, und endlich neigte sich die Feldzugszeit ihrem Ende zu. »Ob Vater und die anderen Männer schon in Moguntia angekommen sind?«, überlegte Ulfberht. Er lief mit Điodabalþ, einem älteren Knecht vom benachbarten Herrenhof, den heimkehrenden Kriegern über das Kloster Lauresham und Wormatia entgegen. Vom Brandthof war lediglich Vater Sigiberht aufgebrochen, doch vom Nachbarhof hatte Hruođolf, Điodabalþs gestrenger Herr, seinen ältesten Sohn mit gleich zwei Knechten gestellt. Bis nach Wormatia waren die Wege schmal und schlecht befestigt, dies änderte sich jedoch im Zentrum der von den Römern planvoll angelegten Stadt.

»Das ist der Caput via«, erklärte Điodabalþ stolz, auf einen auffälligen Stein weisend. »Hier beginnt die Straße zur alten Königsstadt Mettis.«

»Gehen wir dorthin?«, fragte Ulfberht mit großen Augen.

Điodabalþ lachte. »Nein, wir nehmen die Straße nach Moguntia. Aber du wirst sehen, die Straße ist fest und gerade, und von nun an kommen wir rasch voran.« Doch kurz hinter dem Stadttor wich das Pflaster immer wieder Abschnitten von Sand und Schotter.

»Wieso besteht nicht die ganze Straße aus Steinen?«, fragte Ulfberht neugierig. Es war das erste Mal, dass er überhaupt eine befestigte Straße zu Gesicht bekam, und es beeindruckte ihn gewaltig.

»Sie war einmal komplett gepflastert, aber die Steine sind vor langer Zeit von den Römern gelegt worden, und Gräser und Moose haben sie zerbrochen und überwuchert.«

An anderen Stellen war die Straße abgesunken, und breite Pfützen hatten sich darauf gesammelt. Um besonders tiefe Stellen machte der Weg einen Bogen und wich von der geraden Linie ab, dort wo der Weg anstieg, hatten die Räder der Wagen tiefe Spuren in den Stein gegraben. So wanderten sie den ganzen Tag mal dichter, mal entfernter vom stark mäandernden Rhein nach Norden. Gegen Abend, kurz hinter einem kleinen Dorfanger, hörte Ulfberht linker Hand ein sanftes Plätschern. Erfreut hielt er nach der Quelle Ausschau, denn er war vom langen Weg verschwitzt und durstig. Aus einer kleinen, in Stein gefassten Quelle floss Wasser in ein zerborstenes Becken. Die Steine sahen geheimnisvoll aus, bemoost, und auf manchen erkannte er Muster oder Figuren. Ulfberht machte Anstalten, den Weg zu verlassen, um sich in dem Becken abzukühlen.

Doch Điodabalþ zog ihn unwirsch weiter. »Riechst du nicht den Teufel?«, fragte er. Ulfberht sah ihn fragend an, auch er roch den Schwefel, hatte sich aber nichts dabei gedacht. Rasch zog Điodabalþ den noch immer zögernden Ulfberht weiter. »In Bouconica sind wir sicher für die Nacht«, erklärte er. »Dort steht eine Kapelle der Gottesmutter, und der Glöckner ist ein gastfreier Mann, den ich von früheren Reisen kenne.«

Hinter der nächsten Wegbiegung schmiegte sich der angekündigte Ort in einen Einschnitt des hier steilen roten Felsens. Eine schwache Palisade umfriedete wenige schiefe Häuser aus Fachwerk und groben Bohlen. Điodabalþ führte seinen jungen Reisegenossen zielstrebig am Weinberg vorbei und zur hölzernen Marienkirche hinauf. »Hier können wir uns von dem Gestank des Bösen reinigen«, schnaufte er, vom Anstieg außer Atem.

»Der Geruch des Bösen?«, erkundigte sich ein dicker Mann in einfacher Kutte, ihnen aus dem Gebäude entgegentretend.

»Bruder Martinius«, rief Điodabalþ erfreut.

»Điodabalþ! Willkommen im Hause unserer Herrin«, antwortete der Mann in der Kutte und reichte dem alten Knecht lächelnd die Hand. »Was redest du da von Gestank und Teufel?«

»Die Quelle vor dem Tor stinkt nach Unterwelt«, erklärte Điodabalþ etwas verlegen. Er schien sich vor dem Kirchenmann ein wenig für seinen Aberglauben zu schämen.

»Das ist eine Heilquelle, hat schon den Römern Linderung bei Gliederschmerzen gebracht!«, lachte der Geistliche, und Điodabalþ wurde noch eine Spur röter. »Aber kommt herein. Zum Gebet und für die Nacht seid ihr willkommen. Mit oder ohne den Geruch des Bösen.« Sie verrichteten ihre Gebete vor dem schmucklosen Altar, und Martinius ließ sie kurz warten. »Ich muss noch rasch zu Abend läuten«, erklärte er. Und schon schallte der helle Klang des Erzes über Dorf und Weinberge und hallte von den roten Felsen zurück. »Hast du schon mal echten Wein getrunken, Junge?«, fragte der Glöckner Ulfberht auf dem Weg zu seinem Häuschen verschmitzt. Dieser schüttelte den Kopf. »Bei uns zuhause gibt es nur Bier, Vater«, erklärte er respektvoll.

»Dann musst du einen Becher nehmen, und dein Vater bekommt auch einen.« In seinem Häuschen angekommen, stellte Martinius drei einfache Tongefäße auf den Tisch. »Der Wein wächst dort draußen rund um die Kirche. Und weil der Zehnt aus dem Weinberg mir, dem Glöckner, zusteht, nennen die Leute den Weinberg die Glöck. Der Wein für den Glöckner!«, lachte er. »Der alte König Pippin hat das so eingerichtet, als er die Kirche dem Bischof von Virteburch schenkte.« Er hob seinen Becher. »Auf den alten König Pippin und Berowelf, unseren Bischof!«

Vater Martinius hatte nicht zu viel versprochen. Der Wein schmeckte süß und köstlich, fast wie Honig. So köstlich, dass es Ulfberht entgegen seiner Gewohnheit am nächsten Morgen in der Frühe schwerfiel, das Lager zu verlassen. Doch Điodabalþ drängte: »Wir wollen Moguntia noch bei Tage erreichen, also beeil dich.«

Sie verließen den gastfreien Bruder und kehrten auf die Römerstraße zurück. Bald zogen sich die roten Felsen vom Rhein zurück, und die Straße schwenkte über eine fruchtbare Ebene auf Moguntia zu. Kurz nach Mittag konnte Ulfberht endlich die Stadt in der Ferne erahnen. Doch bevor sie die erreichten, durchquerte die Straße einen alten Friedhof.

»Das haben die Heiden gebaut, und ihre Geister wohnen immer noch an diesem Ort«, erklärte Điodabalþ und bekreuzigte sich.

Ulfberhts Blick huschte scheu über die grauen, mit Moos und Flechten bewachsenen Grabstellen. Er schluckte und bekreuzigte sich ebenfalls. Doch unvermittelt zerbrach der helle Klang von Eisen auf Stein die Stille. Hinter einer kleinen Anhöhe tauchten Holzgebäude und arbeitende Männer auf. Es waren Steinmetze, die mit ihren Beilen große Kalksteinblöcke bearbeiteten. »Was ist das?«, fragte Ulfberht neugierig. »Das wird die Stiftskirche des Heiligen Albanus«, erklärte Điodabalþ und bekreuzigte sich erneut.

»Wer?«, wollte Ulfberht wissen.

»Der Heilige Albanus wurde von den Wandalen enthauptet und trug sein eigenes Haupt dann von Moguntia bis hierher zu seiner Begräbnisstelle«, erklärte Điodabalþ.

Ulfberht starrte ihn mit offenem Mund an. »Seinen eigenen Kopf?«, fragte er. »Wieso hat er das getan?« Er schüttelte den Kopf. »Ich meine, wenn er trotzdem gestorben ist?«

Điodabalþ blickte ihn unwillig an. »Was weiß denn ich?«, knurrte er. »Er war halt ein Heiliger. Die machen solche Sachen.«

Ulfberht überzeugte diese Antwort nicht, doch schon nach wenigen Schritten fesselte ein neues Wunder seine Aufmerksamkeit. »Was für ein riesiges Tor«, staunte er. »Da können die Wagen ja voll beladen ein- und ausfahren!« Es dauerte aber noch eine halbe Stunde, bis sie das Wunderwerk erreichten. Zwei Krieger standen gelangweilt vor dem Stadttor.

»Ist das Heer aus Sachsen schon heimgekehrt?«, erkundigte sich Điodabalþ. »Einige«, gab einer der Wachtposten mürrisch zurück. »Aber nur diejenigen, die die gefangenen Sachsen bewachen«, ergänzte der andere, offensichtlich der gesprächigere. »Richtige Sachsen?«, staunte Ulfberht.

Der Wächter lachte. »Ja, diejenigen, die keine Ruhe geben wollen, lässt Karl nach Westen ins Welsche Land bringen.«

Sie betraten die Stadt, und Ulfberht kam aus dem Staunen nicht heraus. Vorbei ging es an steinernen Häusern, die manchmal sogar drei Stockwerke übereinander trugen. Alles war voller Menschen, und auf dem Markt trat man sich buchstäblich gegenseitig auf die Füße.

»Lass uns zuerst zum Dom gehen und dem Heiligen Martinius unsere Aufwartung machen.« Điodabalþ zog den Jungen an Marktständen vorbei. »Ich habe noch die alte Kirche gesehen mit ihren drei Bögen, und dann haben sie diese hier darüber gebaut! Sie hat die alte Kirche vollständig umschlossen, und erst, als der neue Dom fertig war, hat man die alten Mauern abgerissen!«

Eine Kirche über einer anderen – das Ganze erschien Ulfberht zuerst ziemlich unglaublich, doch als er schließlich vor dem riesigen steinernen Portal stand und den Kopf in den Nacken legen musste, um den von hohen Pfeilern getragenen Giebel zu betrachten, der fast an den Himmel zu reichen schien, konnte er es sich vorstellen. Zwischen den Pfeilern schied eine breite Tür den heiligen Bau von dem Lärm der profanen Welt. Als sie eintraten, zog ein Kirchendiener hörbar die Luft ein. Điodabalþ wischte Ulfberht unwirsch die Kappe vom Kopf. Es fühlte sich an wie eine Kopfnuss, aber das bemerkte Ulfberht in seinem Staunen kaum. Der Raum, den sie betraten, nahm ihm den Atem. Er war breiter als alle Hallen, die er bisher gesehen hatte. Die Decke wurde von sehr langen Eichenbalken getragen und schwebte hoch über ihren Köpfen. Tageslicht flutete durch hohe, schmale Fenster, über denen nochmals runde Öffnungen prangten. Einzelne Staubflocken tanzten in den Sonnenstrahlen. Dieser Raum allein war ein Wunder, doch nur durch einen schwindelerregend hohen Bogen getrennt, schloss sich noch ein weiterer, gleich großer an! Als sich Ulfberhts Augen an das trotz der Fenster herrschende Dämmerlicht gewöhnt hatten, erkannte er weitere Details. Zur Linken wie zur Rechten waren kleinere Räume durch Bögen abgetrennt, und die Wände waren mit prachtvollen Fresken verziert. Langsam schritten sie nach Osten auf die Apsis zu, in der durch einen mächtigen Lettner vom Kirchenschiff getrennt der Altar mit der Reliquie Martins, des heiligen Bischofs von Tour, stand. Neun Doppelschritte zählte er bis zu dem Bogen zwischen den beiden Räumen. Von der Kuppel der Apsis glänzten gelbe Sterne und darunter ein Bild des thronenden Christi, rechts daneben die Gottesmutter und links der Heilige Martin, wie er seinen Mantel teilte. Ulfberht fühlte sich, als sei er bereits im Himmel.

Da legte sich Ðiodabalþs Hand schwer auf seine Schulter. »Knie nieder, ungehobelter Bengel!«, zischte er.

Rasch sank Ulfberht auf das rechte Knie. Wie hatte er vergessen können, dass er hier vor dem Angesicht des Heiligen Martinius stand?

»Lass uns zum Hof des Vogtes gehen. Dort werden wir sichere Kunde über den Stand des Feldzugs, und wann die Männer heimkehren werden, erhalten!«, beschloss Ðiodabalþ, als sie das Gotteshaus schließlich verlassen hatten. Ulfberht setzte seine Kappe auf und folgte ihm durch das Gedränge. »Als ich das letzte Mal in Moguntia war, sah hier alles ganz anders aus«, brummte Ðiodabalþ unzufrieden und hielt einen Mann an. »Wie kommen wir zum Königshof, guter Mann?«, fragte er höflich.

Der Mann blickte ihn an, schüttelte den Kopf und zeigte auf sich selbst. »Lingua Franca no parlo ...« Er wollte rasch weiter, doch Ðiodabalþ hielt ihn an seinem Umhang fest.

»Nicht so schnell, Freundchen«, rief er und richtete seine gebückte Gestalt zur vollen Größe auf. »Prätorio, dove est?«, radebrechte er.

Der Fremde wandte sich unwillig um, doch dann wanderte sein Blick abschätzend an der ihn um Haupteslänge überragenden Gestalt des Knechtes hinauf, und er überlegte es sich anders. Mit dem Finger zeigte er die Straße hinunter »Ahi!«

»Na also«, brummte Điodabalþ.

»Wieso spricht der Mann kein Fränkisch?«, fragte Ulfberht verwirrt. »Moguntia gehört doch auch zum Frankenreich?« Die Mönche sprachen Latein, und er hatte bereits davon gehört, dass die Menschen jenseits des Frankenreiches noch andere Sprachen hätten, aber hier?

»Die Städter reden eben Welsch. Wie die Menschen an der Mosel oder im Westen des Reiches, in Asturien. Selbst am Hofe unseres Königs gibt es Männer, die lieber Welsch sprechen als Fränkisch wie ihre Väter«, antwortete Điodabalþ missbilligend und lenkte seine Schritte in die gewiesene Richtung. »Hier sind wir«, stellte er schließlich zufrieden fest.

Trotz der hohen Stadtmauer wurde das steinerne Gebäude des Königshofes von einer eigenen Palisade umfriedet. Es war zweifellos ein römisches Bauwerk, aber selbst Ulfberht erkannte, dass das einfache Strohdach nicht recht dazu passen wollte. Điodabalþ wandte sich an den Wachtposten, der, wie Ulfberht bemerkte, Fränkisch sprach. Ohne Umschweife winkte er den beiden Wanderern, ihm zu folgen. In der nördlichen Ecke des Vorhofes entdeckte Ulfberht einen Verschlag, in dem man zuhause auf dem Brandthof kaum ein paar Ziegen gehalten hätte. Darin drängten sich Männer mit verhärmten Gesichtern und struppigen blonden Bärten. »Wer sind denn die?«, entfuhr es ihm.

»Sachsen«, antwortete der Wachtposten leichthin.

Ulfberht konnte es kaum fassen. Diese zerlumpten Geschöpfe sollten die furchtlosen Barbaren sein, die als letzte Menschen auf der Erde halsstarrig König Karls Macht trotzten? Doch ein zweiter Blick verriet ihm, dass nicht alle resigniert und stumpf zu Boden blickten. Die Augen eines großen Mannes schienen gerade auf ihn gerichtet. Sein Blick ließ es Ulfberht kalt den Rücken herablaufen. Schnell folgte er dem Wachtposten in das Halbdunkel des Steingebäudes. Ein grauhaariger Mönch hockte mürrisch hinter seinem Schreibpult. Er wechselte ein paar Worte mit dem Wachtposten, zu Ulfberhts Erstaunen wieder in dem welschen Dialekt, den sie schon auf der Straße gehört hatten.

»Wie heißt dein Herr?«, wandte sich der Mönch schließlich auf Fränkisch an Điodabalþ.

»Hruođolf«, antwortete der Angesprochene.

Nach einem kurzen Dialog in der romanischen Sprache gab der Mönch Auskunft: »Sein Sohn ist gestern zurückgekommen. Er gehört zu den Männern des Grafen Landfried. Sie sind am Hafen untergebracht, links von der Karlsbrücke.« Damit war das Gespräch beendet, und der Mönch wandte sich demonstrativ wieder seinem Pergament zu.

Landfried, Moguntia, Holzmonat 792

Was wollt ihr?«, fragte Landfried gereizt. Das Jahr war fast um, und er hatte die meiste Zeit davon im sächsischen Sumpf gehockt, ohne die Möglichkeit etwas auch nur im Entferntesten Bedeutungsvolles zu leisten. Auch das Winterquartier in Moguntia ließ keine Abwechslung erwarten. Und nun standen vor ihm zwei Männer, die er noch nie zuvor gesehen hatte. Der eine der beiden, ein älterer Knecht in gebückter Haltung, sah aus, als beuge er lieber fromm die Knie, als das Frankenschwert zu schwingen. Der hoch aufgeschossene Junge neben ihm gefiel ihm besser. Seine scharfen Züge und die schmale Nase unter einem Schopf wilder, blonder Haare verrieten einen echten Franken. Trotz seiner schlechten Laune war der Junge Landfried sympathisch. Aus solchen Jungen wurden die Männer, auf deren Schultern die Macht der Franken ruhte. Umso mehr nagte es ihm an der Seele, als er den Grund für das Kommen dieses ungleichen Paares erfuhr. »Sigiberht?«, fragte er, eher um Zeit zu gewinnen, als weil ihm der Name nichts bedeutet hätte. Sigiberht war ein guter Mann gewesen. Genau so einer, wie sein Sohn zu werden versprach. Treu und fest, einer seiner besten, und es schmerzte ihn, seinen Sohn vom Tod des Vaters unterrichten zu müssen. Noch dazu ein so unnötiger Tod, denn die Sachsen waren damals bereits geschlagen. »Wartet hier«, befahl er den beiden mit rauer Stimme. Eilig schritt er zu einer der hölzernen Hafenbaracken, die als Winterlager dienen sollten. »Mundarik, bring mir Sigiberhts Schwert«, rief er. Der Angesprochene reichte ihm nach kurzem Suchen das in ein Tuch geschlagene Eisen. Landfried nickte und trat zurück in die Sonne.

Einige Krieger hatten sich neugierig um die zwei Fremden geschart. »Điodabalþ!«, rief einer von ihnen freudig. »Schickt dich Vater, um uns abzuholen?«

Der alte Knecht senkte demütig das Haupt.

»Wie geht es dem alten Mann?«, wollte der junge Kerl wissen.

Landfried überlegte kurz, wie sein Name war. Radolf, fiel es ihm sogleich ein. Sohn eines kleinen Edlen, der sich aber mächtig etwas auf seinen Stand einbildete.

»Du bist also Sigiberhts Sohn«, unterbrach er das Gespräch, indem er sich an den Jungen wandte. »Wie heißt du eigentlich?«

»Das ist nur der Sohn eines armen Bauern vom Odanwald«, antwortete Radolf anstelle des Angesprochenen. »Sein Name tut nichts zur Sache!«

Landfried blickte ihn einen Augenblick mit offenem Mund an. Hatte der unverschämte Wichtigtuer ihm tatsächlich gerade erklärt, was er zu tun hatte? Wut stieg in ihm auf. »Wenn ich etwas von dir wissen will, zum Beispiel deinen Namen, der mich allerdings nicht im Mindesten interessiert, dann frage ich!«, wies er ihn mit mühsam unterdrücktem Zorn zurecht. Ohne den knallrot angelaufenen Radolf weiter zu beachten, stellte er sich breitbeinig vor den Jungen, der ihn nun mit weit aufgerissenen Augen anstarrte. »Also, wie heißt du?«

»Ulfberht, Herr«, antwortete er prompt.

Er war flink, stellte Landfried fest. Mit einer ausholenden Geste schlug er das Tuch über dem Schwert zurück. Der junge Ulfberht zuckte zurück. Er hatte die zerbrochene Klinge also erkannt. »Sigiberht ist gefallen. Für König Karl und für Franken«, erklärte er.

Der Knecht schluckte hart, doch der Knabe starrte nur auf das zerborstene Eisen. »Wie ... wie ist das passiert?«, fragte der fremde Knecht stockend.

»Er geriet in einen Hinterhalt der Sachsen. Einen hat er verwundet, doch dann zerbrach sein Schwert, und so konnten ihn die Sachsen überwältigen. Die meisten von den Schweinehunden haben es mit dem Leben bezahlt, doch zwei haben wir überwältigt und gefangen genommen. Wenn du willst, Junge, zeige ich sie dir?«

Ohne eine Antwort abzuwarten, schritt Landfried voraus durch das Hafentor und den Weg zum Königshof zurück. Der Wachtposten erkannte ihn und trat respektvoll zur Seite. Ulfberht und Điodabalþ nickte er knapp zu. Landfried trat an den Verschlag mit den gefangenen Sachsen. »Willich«, rief er. »Ich habe mit dir zu reden!«

Der Gerufene hob den Kopf. »Was wollt ihr?«, fragte er mit brüchiger Stimme in ebenso gebrochenem Fränkisch. »Wenn du mich jetzt tötest, bleibt es mir erspart, hier zu verdursten.«

»Du bekommst einen Becher Bier, wenn du dem Jungen hier erzählst, wie sein Vater starb. Du warst dabei. Es war der Mann, dessen Schwert zerbrach, kurz bevor ich euch gefangen nahm«, forderte Landfried mit ruhiger Stimme.

Der Sachse blickte mit zusammengezogenen Brauen auf Ulfberht. Plötzlich schnellte er nach vorn und griff mit beiden Händen durch das Gitter nach dem Hals des Jungen. Landfrieds Hand fuhr zum Griff seines Schwertes, doch Ulfberht trat einen Schritt zurück. Der Sachse lachte laut auf. »Nicht mit der Wimper gezuckt hat er. Eure Kinder sind wenigstens mutig, Franke.«

Landfried schnaubte verärgert und zog sein Schwert eine Handbreit aus der Scheide. »Was soll der Unsinn?«, fragte er scharf.

Doch der Sachse antwortete ruhig und ohne den Blick von Ulfberht zu wenden. »Ich habe ihn nur geprüft. Er ist tapfer wie sein Vater. Wir Sachsen achten Tapferkeit, selbst bei einem Franken. Seinen Vater habe ich auch geachtet, auch wenn ich ihn nach Walhalla geschickt habe. Ich werde dir also erzählen, wie es mit deinem Vater zu Ende ging, Junge. Er starb wie ein Mann, ohne Furcht, mit dem Schwert in der Hand. Ich werde ihn einst in Walhalla wiedersehen, in einer besseren Zeit. Und dafür könnt ihr mir nun einen Becher Bier geben oder es lassen.«

Auf dem Rückweg legte Landfried dem Jungen die Hand auf die Schulter. »Wenn du dereinst zum Heer der Franken stößt, dann frag nach Landfried, dem Sohn des Grafen von Meaux. Du sollst mir immer willkommen sein«, versprach er.

Hađuwīħ, Brandthof, Weinmonat 792

Hađuwīħ hatte gewusst, dass er kommen würde. Seit dem Tag, an dem Ulfberht das zerbrochene Schwert seines Vaters heimgebracht hatte, wartete sie darauf. Sie hatte sich vor diesem Tag gefürchtet, denn nun würde alles noch viel schlimmer werden. Aber vielleicht traf wenigstens Ulfberht ein glückliches Los, denn was aus ihr selbst und den anderen hungrigen Mündern auf dem Brandthof werden sollte, vermochte sie beim besten Willen nicht zu sagen. Ihre Tochter Berhta könnte sie als Magd nach Lauresham zu den Mönchen schicken. Sie hätte ihr gewünscht, einen Mann zu finden und zu heiraten. Aber das war nun ausgeschlossen, sie würde niemals die Mitgift aufbringen, um einen freien Franken zu ehelichen. Vielleicht würde der Abt ihnen für Berhtas Arbeit wenigstens über den Winter helfen. Und wenn Ulfberht sich geschickt anstellte, könnte er die Schuld bei dem reichen Nachbarn bis zum nächsten Jahr abtragen? Doch so lange mussten sie erst einmal durchhalten, und dafür war es nötig, einen kühlen Kopf zu bewahren. Hađuwīħ wischte eine Träne aus dem Augenwinkel, drückte ihr Kreuz durch und trat entschlossen aus der niedrigen Tür, Hruođolf, dem Herrn des Nachbarhofes, entgegen.

Der grüßte knapp und sprang vom Pferd. Die Zügel warf er lässig einem seiner Knechte zu. Es war derselbe, der vor wenigen Tagen den völlig verstörten Ulfberht von seiner ersten Reise nach Moguntia zurückgebracht hatte. »Wir müssen reden«, rief der Hofherr anstelle einer Begrüßung, es klang wie eine Drohung.

»Komm herein und nimm einen Schluck Met«, lud sie ihn ein. Sie legte so viel Freundlichkeit in ihre Stimme, wie sie vermochte, doch Hruođolf ging nicht darauf ein.

»Meine Knechte haben dir den ganzen Sommer über geholfen und auch Saatgut von meinem Korn genommen. Wie willst du diese Schuld nun begleichen?«, fragte er barsch. »Wenn dein Mann noch lebte, hätte ich auf sein Wort bauen können. Aber ohne Mann auf dem Hof …?« Er ließ den Satz in der Luft hängen.

Hađuwīħ senkte den Blick, damit niemand ihre Tränen sehen konnte. Sie war verzweifelt. Und dabei konnte sie dem gierigen Nachbarn eigentlich nichts vorwerfen. Wie könnte er ihr vertrauen? Wie sollte sie als Witwe ganz ohne Hilfe den Hof führen oder gar die Schuld zurückzahlen?

»Ulfberht wird dir dienen, bis die Schuld abgetragen ist«, erklärte sie und versuchte, ihrer Stimme einen festen Klang zu geben. Das hatte sie eigentlich verhindern wollen. Es war das maximale Zugeständnis, das sie machen konnte. Mehr hatte sie nicht.

Doch Hruođolf schüttelte den Kopf. »Das geht nicht. Er ist nur ein Junge und kann kaum für sein eigenes Essen arbeiten. Und dann hast du niemanden, der sich um deinen Hof kümmern kann. Dagaberht ist zu jung.« Er blickte herum, als suche er nach ihrem zweiten Sohn.

»Das ist nicht deine Sorge«, erwiderte Hađuwīħ mit gesenktem Blick.

»Behalte deinen Jungen bei dir, und übergib den Hof in meine Obhut. Ihr könnt unter meinem Schutz dort weiterhin wohnen«, schlug Hruođolf in einem väterlichen Ton vor, doch seine Augen blitzten vor Gier.

»Unsere Freiheit aufgeben?«, brauste Hađuwīħ auf. »Die Sigiberht mit seinem Leben verteidigt hat? Ich mag zwar nur ein Weib sein, aber eher werde ich verhungern, als alles aufzugeben, wofür mein Mann gestorben ist.«

Hruođolf blickte sie eine ganze Weile finster an. Doch Hađuwīħ blieb stumm, und so sog der reiche Hofherr schließlich scharf die Luft ein. »Also gehört der Junge mir«, schloss er, und seine Stimme ließ nichts Gutes erahnen. »Morgen bei Sonnenaufgang erwarte ich ihn drüben auf meinem Hof.

Und erklär ihm, dass er nun zu tun hat, was ich ihm sage. Es ist besser für ihn, wenn er das von Anfang an beherzigt!«

Ulfberht, Hruođolfshof, Weinmonat 792

Ein Schatten fiel auf Ulfberht. Er sah sich um. Edolf stand vor ihm und versperrte den Weg zurück auf den Hof. Edolf war Hruođolfs zweiter Sohn, und er hatte sich Ulfberht gegenüber keineswegs freundlicher gezeigt als sein älterer Bruder Radolf. Gehetzt blickte Ulfberht um sich. Er befand sich in einer der Gerätekammern, und außer Edolf war kein Mensch zu sehen. Radolf, der ältere der Brüder, hatte ihn schon auf dem Rückweg von Moguntia bei jeder Gelegenheit gequält und erniedrigt, konnte ihn diese Familie nicht einfach in Ruhe lassen?

»Du hast meinen Bruder und damit meine ganze Familie vor dem Grafen bloßgestellt, du unverschämter Bauernbengel«, fauchte Edolf, das Gesicht nun ganz nah vor Ulfberhts. »Aber nun bist du nicht mal mehr ein unverschämter Bauernbengel, du bist ein Unfreier. Ein Knecht meines Vaters!«

»Bin ich nicht, ich arbeite nur unsere Schuld bei ihm ab ... « Ulfberht war den Tränen nahe.

»Die Schuld abarbeiten?«, lachte Edolf. »Das wird dir deinen Lebtag nicht gelingen, und euer mickriger Hof fällt uns auch so in den Schoß. Und auch deine hübsche Schwester!« Er machte mit dem Mund eine Geste, als wolle er ein Weib küssen.

Ulfberht konnte die Tränen nicht zurückhalten, während er innerlich vor Wut kochte. »Du gemeiner Hund«, heulte er.

»Och, jetzt weint er«, spottete Edolf.

Mit einem Schrei sprang Ulfberht Edolf an die Gurgel. Der war für einen Moment so überrascht, dass es Ulfberht gelang, seinen älteren Kontrahenten umzuwerfen, doch dann bekam Edolf Ulfberht seinerseits zu packen und drückte ihn zu Boden.

»Du kleiner, mieser Dreckskerl, das wirst du mir büßen«, zischte er. Laut schrie er: »Zeter und Mordio!« – den Warnruf, mit dem ein unschuldig Angegriffener alle Freien und Hörigen zur Hilfeleistung verpflichtete. Dann schlug er Ulfberht mit der Faust so fest vors Kinn, dass diesem schwarz vor Augen wurde.

Als Ulfberht wieder zu sich kam, lag er am Boden. Um ihn herum standen außer Edolf noch Radolf und mehrere Knechte sowie Hruođolf, der Hofherr, selbst. Vater und Söhne blickten finster auf ihn herab, während die meisten Knechte verlegen wegsahen, wenn sie seinem Blick begegneten. Seinen Vater hatten sie nicht besonders gemocht, wusste Ulfberht, er hatte sich zu viel auf seine Freiheit eingebildet. Aber Hruođolf war ebenfalls kein beliebter Herr.

»Ein Zwölfjähriger hat dich angegriffen«, hörte Ulfberht plötzlich eine bekannte Stimme. Es war Điodabalþ, der über seinem Kopf stand und beschwichtigend auf Edolf einredete. Ulfberht blickte dankbar zu ihm hinauf. Der fromme Knecht hatte ihn schon auf dem Rückweg von Moguntia vor dem Zorn Radolfs zu bewahren gesucht, wenn auch mit wenig Erfolg.

»Er ist bald alt genug für den Heerbann!«, zeterte Edolf.

»Das war ein Angriff auf Leib und Leben seines Herrn!«, pflichtete ihm sein Bruder bei.

Auch ihr Vater blickte sehr ernst. »Ich habe deine Mutter gewarnt«, grollte er an Ulfberht gewandt. »Und außerdem brauche ich weder dein hungriges Maul noch sonst etwas von dir hier auf dem Hof.« Er fuhr sich mit der Rechten durch den Bart, während Ulfberht ihn angstvoll anstarrte.

Er hatte keine Vorstellung, was er von dem hartherzigen Edeling erwarten sollte. Auch schämte er sich ob seiner Hilflosigkeit und Tränen. Der gesamte Haushalt kam, vom Geschrei angelockt, zusammengelaufen, darunter auch mehrere Mägde und Radolfs junge Schwester. Betreten senkte Ulfberht den Blick.

Plötzlich räusperte Hruođolf sich. Ein freudloses Lächeln erschien auf seinen Lippen. »Ich zahle mit ihm einen Teil meiner Schuld beim Abt von Lauresham. Die brauchen immer Knechte bei den Köhlern im Wald.« Ulfberht wusste mit den Worten nichts anzufangen, nur, dass er wohl noch weiter von zuhause weggebracht würde.

Doch Điodabalþ erbleichte. »Aber, aber«, stammelte er. »Das ist ein unehrlicher Beruf, etwas für Halbfreie und Hörige. Und Ulfberht ist und bleibt ein freigeborener Franke ...«

»Willst du mit ihm gehen, weil du selbst ein Höriger bist?«, fragte Hruođolf barsch. »Außerdem ist er jetzt kein Freier mehr, sondern mein Eigentum!«

Nun stockte auch Ulfberht der Atem, so jung er war, wusste er doch, dass das nicht rechtens war. »Ich bin kein Höriger ... «, brachte er heraus, doch da traf ihn eine schallende Ohrfeige.

»Noch bist du mein Eigentum. Wenn auch bald ein dreckiger Kohlknecht irgendwo tief im Wald, von Gott und den Menschen vergessen!«, rief Hruođolf und funkelte ihn böse an.

»Vater«, mischte sich da die junge Hludahilt, seine Tochter, ein. Ulfberht hatte sie bisher nur bei den Mahlzeiten aus der Ferne gesehen, aber ein warmes Gefühl der Dankbarkeit durchströmte ihn.

»Du auch?«, begehrte der Hofherr auf. »Das besiegelt sein Geschick erst recht. Schafft ihn aus meinen Augen, und morgen geht er nach Lauresham!«

Ulfberht schmeckte Blut im Mund. Wut und Hilflosigkeit schwappten über ihm zusammen, und gegen seinen verzweifelten Willen brach er wieder in Tränen aus. Zwei Knechte packten ihn und schleppten ihn zu dem neuen Schafspferch.

»Da haben wir endlich eine vernünftige Anwendung für das blöde Ding!«, beschied Hruođolf. Er war mit dem unlängst erlassenen Befehl König Karls, der jeden Herrenhof verpflichtete, zur Vermehrung der Wollproduktion im Frankenreich eine Schafherde zu halten, nie einverstanden gewesen. »Der Pferch ist stabil genug, damit uns der Kerl nicht ausbüxt, und leer steht er auch.« Die eigentlichen Bewohner befanden sich wegen der noch milden Witterung auf der Weide.

Erst spät am Abend bekam Ulfberht nochmals Besuch, jedoch nicht, um ihm sein Abendessen zu bringen, wie er vermutete. Edolf stand in der Tür und hinter ihm sein Bruder Radolf. »So Bursche, jetzt wollen wir mal sehen, wer der Stärkere ist«, prahlte der ältere Junge und trat dem überraschten Ulfberht in den Bauch. Ulfberht brach zusammen. Edolf nutzte das, um ihm weitere gezielte Tritte zu versetzen. Vor Schmerz und Zorn ballte Ulfberht die Fäuste, doch da packte ihn Radolf und hielt ihm die Arme fest. »Du willst doch nicht noch einmal deinen Herren schlagen?«, fragte er mit einem gemeinen Grinsen.

Hludahilt, Hruođolfshof, Weinmonat 792

Hludahilt standen die Tränen in den Augen, als ihr Vater dem Jungen vom Nachbarhof die Lippen blutig schlug. Sie kannte diese harte Hand, hatte sie am eigenen Leib erfahren und Vaters Fluchen verhieß auch ihr nichts Gutes. Radolf und Edolf, ihre älteren Brüder, standen selbstgefällig grinsend dabei. Oh, wie ungerecht war die Welt! Ungerecht gegen die Armen wie den Jungen Ulfberht, dessen Namen sie erst am Vortag erfahren hatte, obwohl sie schon immer Nachbarn gewesen waren. Doch der gestrenge Vater ließ sie nicht vom Hof und schon gar nicht zu den armen Nachbarn. Denn ungerecht war die Welt auch gegen Frauen und Mädchen. Ihr selbst ging es kaum besser als einer der Mägde auf dem Hof. Während ihre groben Brüder sich alles erlauben konnten, wurde sie für jedes noch so kleine Vergehen hart bestraft. Hludahilt hatte gelernt, ihr Mitgefühl nicht offen zu zeigen – was sie dazu bewegt hatte, für den armen Jungen Partei zu ergreifen, verstand sie selber kaum.

»Dem habe ich es aber gegeben«, prahlte Edolf am Abend vor seinem älteren Bruder. Hludahilt hörte es, während sie den beiden ihre heiße Grütze vorsetzte.

»Nur, dass der Kleine stärker war als du und Vater dir helfen musste!«, stichelte sie. Es war heraus, bevor sie nachdenken konnte. Sie biss sich auf die Lippe. Doch zu ihrem Erstaunen brauste Edolf nicht auf oder schlug nach ihr, sondern blickte sie nur hasserfüllt an. Der ältere Bruder beobachtete die Szene grinsend. Hludahilt fasste ihren Topf fester und lief rasch zurück zum Herd. Der Blick des gedemütigten Bruders brannte ihr im Nacken, während Radolf leise zu kichern begann. Ein kleiner Triumph, den sie sicherlich teuer bezahlen müsste. Doch irgendwie gelang es ihr, an dem Abend auch dem Vater zu entgehen, und so war der junge Ulfberht der Einzige, der in dieser Nacht Schläge bezog.

Doch mitten in der Nacht erwachte Hludahilt schweißgebadet und mit der Erkenntnis, dass der junge Ulfberht Prügel hatte einstecken müssen, die eigentlich ihr zugedacht war. Eine Träne lief ihr die Wange hinab, und an Schlaf war nicht mehr zu denken. Vielleicht sollte sie den Jungen besuchen? Unruhig wälzte sie sich im Dunkeln hin und her. Sie würde am Ende noch Haltrud wecken, die einen Winter ältere Magd, mit der sie die schmale Schlafbank in der hinteren Ecke der Stube teilte. Entschlossen schob sie die alte Wolldecke zur Seite, die sie ebenfalls mit der Magd teilte, und stand auf. Sie kannte hier jeden Fußbreit und wusste auch, dass die Seitentür, welche direkt von der Wohnstube auf den Hof führte, unheimlich laut knarrte. Daher schlug sie den Weg zur schmalen Diele zwischen den Ställen ein. Sie wusste, dass das Hoftor am Ende bedeutend größer und schwerer war als die Tür der Wohnstube, doch es drehte sich für gewöhnlich geräuschlos in der Angel. Plötzlich stieß ihr Fuß gegen etwas. Scheppernd rutschten Spindel und Wirtel, die eine der Mägde am Abend hatte liegen lassen, über den Boden. Zum ersten Mal in ihrem Leben konnte Hludahilt aus vollem Herzen nachvollziehen, wieso ihre Mutter immer so streng auf Ordnung im Haus bedacht gewesen war. Sie verharrte atemlos und lauschte. Jemand grunzte und drehte sich im Schlaf. Doch dann war wieder alles still, so still, wie es in einem Haus voller Bewohner werden konnte. Es schnarchte und schnaufte, aber zum Glück hatte keiner der Hunde angeschlagen. Sie kannten und liebten Hludahilt ohnehin alle. Langsam schlich sie weiter und erreichte ohne nochmalige Unterbrechung die Tür. Leise schob sie den Riegel zurück und drückte sich nach draußen. Auch dort war alles still, von den üblichen Geräuschen der Nacht und des schlafenden Hofes abgesehen. Sie hielt sich unter den überhängenden Strohdächern, wo nicht einmal das schwache Licht der Sterne hingelangte, und erreichte bald den Schafspferch. Sie würde den Jungen einfach in die Freiheit entlassen. Warum sollte sie ihm auch nicht zur Flucht verhelfen? Immerhin hatte er einen ihrer verhassten Brüder geschlagen und gedemütigt! Vorsichtig tastete sie nach dem hölzernen Riegel, der die Tür verschloss. Doch plötzlich legte sich eine eisenharte Hand um ihren schlanken Arm. Hludahilt erstarrte. Man hatte sie erwischt. Voll panischer Angst blickte sie sich um. Bei der herrschenden Dunkelheit brauchte sie einen Augenblick, bis sie erkannte, wer sie ertappt hatte: Điodabalþ.

»Au, du tust mir weh«, protestierte sie schwach. Doch der Knecht ging gar nicht darauf ein.

»Was glaubst du, was du da gerade tust?«, zischte er sie scharf an.

»Der Junge ist unschuldig«, erwiderte sie trotzig. Ihr eigener Mut erstaunte sie mehr als den Knecht, der ungerührt ihrem Blick standhielt.

»Ich verstehe dich. Glaube nicht, dass ich diese Ungerechtigkeit nicht auch empfinde. Aber du tust dem Jungen keinen Dienst, wenn du ihm jetzt zur Flucht verhilfst. Dann ist er ein entlaufener Knecht, und wenn ihn Hruođolfs Hunde nicht erwischen, ist er vogelfrei und friedlos. Sein Vater ist in Sachsen erschlagen worden, und er hat keinen einzigen freien Mann, der als Eideshelfer seine Unschuld beschwören könnte. Glaub mir, im Kloster bekommt er wenigstens etwas zu essen und ein Dach über dem Kopf. Nimm ihm nicht auch das noch!«

Nun stiegen Hludahilt heiße Tränen in die Augen. »Aber das ist alles so ungerecht«, schluchzte sie, während Điodabalþ sie von dem Pferch fortzog.

»Das Einzige, was du für ihn tun kannst, ist zu unserem Herrn und seiner gebenedeiten Mutter zu beten«, erklärte der alte Knecht sanft.

Ulfberht, Hruođolfshof, Weinmonat 792

Am Folgetag trat Ulfberht zusammen mit Knechten und einem Ochsenkarren voll Getreide und anderer Güter, die für das Kloster bestimmt waren, den Weg nach Lauresham an. Da Ulfberht nun nicht mehr zum Haushalt gehörte, hatte Hruođolf den Mägden befohlen, ihm auch die Morgensuppe zu verweigern. »Warum sollte ich einen Knecht des Abtes füttern?«, fragte er scheinheilig.

Hungrig und matt vom vielen Weinen stolperte Ulfberht auf der schlechten Straße dahin.

»Reiß dich zusammen, was soll dein neuer Herr, der heilige Abt, von dir denken!«, raunzte ihn der jüngere der beiden Knechte an, doch der ältere, ein Mann mit ergrautem Bart wie Điodabalþ, hatte offenbar Mitleid.

Er packte Ulfberht kurzerhand und setzte ihn auf den Karren mit dem Getreide und den übrigen Gütern, die sie zum Kloster fuhren. »Hier, nimm einen Kanten Brot und versuch, dich zu fassen. In diesem Zustand schickt dich der Abt bestimmt direkt in den Wald!«

Ulfberht schluckte. Obwohl der Brandthof am Waldrand lag und sein Vater die Felder teils noch selbst dem Wald abgerungen hatte, fürchtete er sich vor der dunklen Welt, die sich zwischen den alten Stämmen scheinbar endlos ausbreitete. Wölfe, Bären und auch Geister tummelten sich dort, wo die rauschenden Wipfel das Sonnenlicht nur spärlich einließen. Nur wenige Menschen wagten sich in den Wald. Schweinehirten bei der Eichelmast, Jäger, ja, und die unehrlichen Leute. Geächtete, Räuber und dergleichen gottloses Gesindel. Bereits gegen Mittag erblickte Ulfberht die hohe Kirche von Lauresham, der lichte Bau erschien ihm wie ein Bollwerk gegen das Dunkel des Waldes.

Vielleicht ließ der Abt Gnade walten und ihn im Kloster bleiben?

Am Tor grüßte sie wieder der helle Klang der Steinbeile. Überall lagen Steine und Holz herum. Der Klostervorplatz glich einer Baustelle. Menschen liefen geschäftig dazwischen umher. Für einen Moment bescherte der Anblick Ulfberht Ablenkung. Fasziniert sah er, wie der harte Stein unter den Schlägen der blitzenden Beile in kleinen Brocken davonstob. Das war die Macht des Eisens! Er musste an Vaters Pflug denken. Doch der Vater war tot und der Brandthof weit weg. Er war ein Knecht in der Fremde. Wieder stiegen ihm heiße Tränen in die Augen.

»Jetzt fang nicht wieder an, zu flennen, sondern hilf gefälligst den Wagen abladen«, riss ihn die raue Stimme des jüngeren Knechtes aus den Gedanken.

»Lass ihn schon in Ruhe, den hat es hart genug erwischt«, brummte sein älterer Begleiter.

»Er hat sich den ganzen Weg hierherziehen lassen, nun soll er ruhig etwas tun dafür«, brummte der Jüngere, doch die Schärfe war aus seiner Stimme gewichen.

Ulfberht hatte aber verstanden. Er stieg vom Wagen und packte mit an, so gut er konnte.

»Das ist der Zehnt von Hruođolf?«, fragte ein älterer Mann in dem Habit eines Mönchs. »Lass sehen!« Murmelnd trat er an den Wagen heran und ritzte mit einem Griffel Symbole in ein kleines Wachstäfelchen. »Scheint zu stimmen«, nickte er und gab einem der Klosterknechte einen Wink. »Helft dem Burschen das Zeug in die erste Scheune zu bringen. Dort wird alles gewogen und eingetragen.« Dann wandte er sich wieder Hruođolfs Knechten zu. »An seine Sonderschuld denkt Hruođolf aber auch noch? Ich muss euch gewiss nicht an die Buße erinnern, die Abt Richbod ihm auferlegt hat?«

Der ältere Knecht seufzte. »Hruođolf schickt Euch den Jungen hier als Zahlung«. Dabei packte er Ulfberht an der Schulter und schob ihn nach vorn. »Er wird für die Schuld arbeiten, wenn es dem ehrwürdigen Abt recht ist.«

Der Verwalter sah ihn prüfend an. »Wie alt bist du, Junge?«, fragte er.

Ulfberht schluckte. »Zwölf Jahre ...«

»Das heißt zwölf Jahre, Herr!«, fuhr ihn der Verwalter an.

Ulfberht schluckte wieder. »Ich bin kein Knecht ...« Eine neuerliche Ohrfeige traf ihn.

»Du bist jetzt der Knecht des Abtes, und du wirst mich und alle anderen Mönche Herr nennen!«, rief er erbost. »War er schon immer so frech?«, wandte er sich an den älteren von Hruođolfs Knechten.

»Er gehörte bisher nicht zu unserem Hof. Seine Mutter gab ihn als Zahlung einer Schuld an Hruođolf, aber der hatte keine Verwendung für ihn ... «

»Also so ehrt Hruođolf unseren ehrwürdigen Abt und den Heiligen Nazarius, den Beschützer unseres Klosters, indem er mit einem Jungen, für den er keine Verwendung hat, seine Schuld begleichen will?«, unterbrach ihn der Verwalter scharf. »Ich nehme ihn, denn wer weiß, wann es Herrn Hruođolf gefällt, sonst zu zahlen, aber die Schuld ist damit nur zur Hälfte getilgt und das auch nur, wenn der Junge nicht krank wird oder sonst wie unfähig ist!« Wieder wandte er sich um. »Hilbert, nimm den Jungen und bring ihn in die Knechtsküche, er soll etwas zu essen bekommen, und dann bring ihn zum Aufseher der Schmiede, der mag entscheiden, wozu er zu gebrauchen ist.«

Ein Knecht sprang herbei und ergriff Ulfberht an der Schulter. »Komm mit«, befahl er kurz.

Ulfberht, der sich immer noch von der Ohrfeige erholte, folgte ihm willenlos. Sie gingen rechts an der Kirche vorbei und auf eine Ansammlung von Gebäuden zu. Der junge Mann führte ihn durch eines der Gebäude hindurch. »Das alles gehört zum Kloster?«, stieß Ulfberht staunend hervor, als sie dahinter eine weitere Reihe ebenso großer Häuser erblickten.

»Ja, das ist der Wirtschaftshof. Das eigentliche Kloster beginnt hinter der zweiten Mauer dort«, erklärte der Knecht.

»Lauresham ist das wichtigste Kloster in der ganzen Region und untersteht als Reichskloster nur dem König! Der heilige Nazarius ist hier bei uns im Kloster, der Heilige Papst Paul hat seine Gebeine dem ehrwürdigen Abt Chrodegang, dem Gründer unseres Klosters, geschenkt. Du hast sicher auch gesehen, dass wir ihm zu Ehren vor der Kirche eine neue Kapelle errichten?«, fuhr er stolz fort. »Doch wir sind da.« Er führte Ulfberht zu einer Tür, aus der ihm ein wunderbarer Duft in die Nase stieg. »He, Lotbert«, rief der Junge mit breitem Grinsen nach drinnen. »Du sollst dem Wicht hier etwas zu essen geben! Und wenn du gerade etwas übrig hast ... «

Ein dicker Mann mit Leinenschürze und nackten Unterarmen kam durch die Dampfschwaden auf sie zu. »So, will der werte Verwalter das?«, fragte er drohend, doch als er in Ulfberhts vom Weinen noch immer rote Augen blickte, nahm sein Gesicht einen mitleidigen Ausdruck an. »Das ist ja noch ein Kind und fast verhungert!«, rief er. »Komm mit, und setz dich da hinten hin. Etwas Linsensuppe werde ich wohl auftreiben können, und hier, nimm das Brot.« Dann erst streifte sein Blick den Boten, und er konnte sich ein Grinsen nicht verwehren. »Und vielleicht haben wir auch einen zweiten Teller Linsensuppe für einen unnützen Knecht, der seine Aufgabe getan hat.« Ulfberht stopfte alles hastig in sich hinein. »Du hast aber einen Hunger«, kommentierte der Koch, der bei seinen Gästen stehen geblieben war.

»Ich habe seit gestern Morgen nichts gegessen, als ich den Brandthof verließ ... «

»Den Brandthof?«, fragte sein Begleiter mit vollem Mund.

»Ich dachte, du kommst von Hruođolf?«

»Hruođolf hat mich hergeschickt, weil ich diesen Sommer bei ihm arbeiten soll, um Mutters Schulden abzubezahlen«, antwortete Ulfberht, und ob des erfahrenen Unrechts stiegen ihm erneut die Tränen auf.

»Is' ja gut, mal ganz langsam«, beschwichtigte der dicke Koch. »Alles der Reihe nach. Deine Mutter hat dich zum Arbeiten zu Hruođolf geschickt, und der hat dich weiter in die Abtei gesandt, da er selber Schulden hat, ja?« Ulfberht nickte schniefend. »Und anscheinend hat er dir den letzten Tag nichts zu essen gegeben, so wie du die Suppe runterschlingst.« Wieder nickte Ulfberht. »Ein Schweinehund ist das«, brummte der korpulente Mann. »Weißt du, warum er dem Abt etwas schuldet? Als Wehrgeld für einen seiner Knechte, den er erschlug, weil er eine unserer Kühe zurückforderte, die auf Hruođolfs Land entlaufen war.«

Hludahilt, Hruođolfshof, Weinmonat 792

Die Tage nachdem der Vater den Jungen vom Nachbarhof an das Kloster verkauft hatte, waren für Hludahilt eine einzige Seelenqual. Sie hatte es, wie von Điodabalþ vorgeschlagen, mit Beten versucht, aber die gewohnte Ruhe und Andacht stellten sich nicht ein. Sie war viel zu aufgewühlt, was sie selbst wunderte. Schließlich war sie über die Jahre Zeugin und auch Opfer so mancher Grausamkeit geworden, doch irgendwie rührte das Schicksal des Jungen ihr Herz. »Wie konnte Vater so etwas tun? Der Junge hat nichts getan und niemanden, der zu ihm hält. Sein eigener Vater wurde von den wilden Sachsen erschlagen ... «, klagte sie Haltrud, der Magd, mit der sie das Lager teilte.

Die junge Magd klatschte die klamme Wäsche ungerührt gegen einen flachen Stein. »Das Leben ist ungerecht, Hludahilt«, antwortete sie kühl. »Wir müssen hier schuften, während die Männer, also dein Vater und seine Söhne, jagen, sich balgen und trinken. Ich bin eine Magd, magst du einwenden und das zu Recht. Die hörigen Männer haben auch ihre Lasten zu tragen. Aber du bist frei geboren und teilst dir doch mit mir dieselbe Arbeit. Überhaupt geht es uns Frauen, seit deine Mutter verstorben ist, noch schlechter als zuvor. Der Junge hat es jedenfalls besser als wir beide zusammen.« Wieder schlug sie die Wäsche heftig gegen den Stein.

Hludahilt, von der Heftigkeit des Ausbruchs ihrer Kameradin überrascht, schwieg nachdenklich. »Aber du bist doch hübsch, hast tolles Haar und schöne weiße Zähne«, wandte sie ein. »Du findest bestimmt einen Mann, der dich heiratet. Dann kannst du Kinder gebären und großziehen.«

Haltrud lächelte kurz über das Kompliment. »Vielleicht hast du recht, und eines Tages holen uns zwei Prinzen von hier weg und heiraten uns«, stimmte sie lachend zu. »Aber nur wenn wir saubere Kleider tragen, also vergiss deine Träumereien und hilf mir mit der Wäsche ... «

Ulfberht, Lauresham, Weinmonat 792

Das ist die Schmiede«, erklärte Ulfberhts junger Führer und zeigte auf ein großes, einzeln stehendes Gebäude, dessen Dach, im Unterschied zu den meisten anderen Gebäuden, nicht mit Reet, sondern mit Holzschindeln gedeckt war. Ulfberht hatte sich immer gewünscht, einen jener geheimnisvollen Orte zu sehen, an dem man das Eisen in seine Form zwang. Viele Söhne von Freien und sogar Edlen begehrten das Handwerk zu erlernen, wie einst der junge Siegfried. Vielleicht meinte es Gott im Himmel am Ende doch gut mit ihm? »Gleich lernst du Gernod kennen«, unterbrach Hilprik seine Träumereien. »Aber wir nennen ihn insgeheim alle Wieland«, kicherte er.

»Warum denn das?«, fragte Ulfberht.

»Du wirst schon sehen«, erwiderte der Knecht. Durch die niedrige Tür schlugen Ulfberht Hitze und beißender Rauch entgegen. Das Dröhnen der Schmiedehämmer, das Zischen von Wasser, in das glühendes Eisen getaucht wurde, und das Fauchen der Blasebalge waren so laut, dass ihm der junge Knecht ins Ohr schreien musste. »Dort vorn ist Meister Gernod.« Er zeigte auf einen untersetzten, nicht allzu großen Mann, der mit einer Zange ein glühendes Eisen auf den Amboss hielt und langsam hin und her drehte, während zwei junge Burschen abwechselnd mit großen Hämmern darauf einschlugen, dass die Funken stoben. Der Mann mit der Zange grunzte, und die beiden hielten erschöpft inne, während ihr Meister herumschwenkte und das Eisen wieder in die Glut legte. Dann erst blickte er auf und winkte die beiden heran. Hilprik trat zu ihm und schrie etwas in sein Ohr. Gernod zog die Brauen verärgert zusammen. Dann griff er nach einer Krücke. Ulfberht bemerkte erst jetzt, warum der

Mann bisher gesessen hatte. Er war lahm. Daher also der Name Wieland! Dem sagenhaften Schmied waren von König Nidung die Sehnen in den Kniekehlen durchtrennt worden, damit er ihn niemals verlassen und für einen anderen arbeiten könnte! Ein Unrecht, welches der König später bitter bereuen sollte. Schon stand der Meister schnaufend vor ihm. Missmutig musterte er Ulfberht von Kopf bis Fuß. Dann griff er nach seinem Oberarm und drückte kräftig zu. Der ständige Lärm hatte ihm offenbar abgewöhnt, mehr Worte zu sprechen als unbedingt nötig. Ulfberht spürte instinktiv eine Abneigung gegen den Mann, doch er hielt der Untersuchung stand, ohne sich zu rühren.

Endlich sprach Gernod. »Noch ziemlich schwach. Zum Schmieden nicht zu gebrauchen. Was ist er, sagst du? Sohn eines Edlen wohl kaum?«

»Er wurde der Abtei zum Arbeiten gesandt«, brüllte der Knecht, sodass Ulfberht ihn diesmal verstehen konnte.

»Ein Knecht also«, nickte Gernod finster. »Ich kann ihn hier nicht brauchen. Schick ihn zu den Kohlenknechten. Die brauchen immer frisches Fleisch!«

Ulfberht schnappte nach Luft. Aus den Gesprächen, die er in den letzten zwei Tagen mit angehört hatte, wusste er, dass dies die schlechteste aller Möglichkeiten war. »Aber ich bin ein freier Franke ... «, rief er verzweifelt, nur um von dem Schmiedemeister noch eine Backpfeife zu kassieren. Er hielt sich mit Mühe auf den Beinen.

Der Meister schlug zu wie ein Schmiedehammer. »Frei bin nicht einmal ich, Bürschlein«, zischte er. »Du bist gar nichts. Ein Dreck. Ein Gehilfe für die Kohlenknechte im Wald. Und jetzt schaff ihn fort!«

Bereits zwei Tage später verließ Ulfberht das Kloster, wieder auf einem Ochsenkarren. Diesmal war er mit Nahrungsmitteln für die Köhler beladen. Ulfberht hatte die beiden Tage in Lauresham damit zugebracht, schwere Kohlesäcke vom Lagerhaus in die Schmiede zu schleppen. Es war unglaublich, welche Mengen die hungrigen Essen verschlangen. Öfter hatte er zudem die harte Hand Gernods oder eines der Gesellen zu spüren bekommen, und er war sich nicht mehr sicher, ob der Wald wirklich schlimmer war als die Höllenglut der Schmiede. Trotzdem blickte er seiner neuen Heimat, den dunklen, bewaldeten Höhen, starr entgegen. Ihm schauderte, als der Weg schließlich zwischen den Bäumen im Wald verschwand. »Müssen wir tief hinein?«, fragte er ängstlich.

Der schweigsame Knecht, der das Ochsengespann lenkte, antwortete zunächst gar nicht. »Tief wo hinein?«, fragte er schließlich, als Ulfberht bereits aufgegeben hatte, auf eine Antwort zu warten.

»In den Wald, meine ich«, erwiderte er kleinlaut.

Der Knecht blickte ihn kurz an. Dann wies er mit der Hand den Bachlauf entlang, dem der Weg folgte. »Nicht weit, gleich da vorn sind die Hütten der Kohlenknechte.« Tatsächlich erkannte Ulfberht die Giebel einfacher Grubenhäuser. Er seufzte erleichtert. »So, da sind wir«, rief der Knecht, als er sein Ochsengespann vor den Hütten zum Halten brachte.

Ein älterer Mann in schwarzer Kleidung trat ins Freie. »Das wird auch Zeit«, schimpfte er, aber seine Augen blickten nicht zornig. »Gut, dass ihr zu zweit kommt«, fuhr der Fremde fort. Erst jetzt bemerkte Ulfberht, dass er nicht schwarz gekleidet, sondern von Kopf bis Fuß mit Kohlenstaub bedeckt war. »Die Männer sind alle im Wald beim Holzfällen. Ihr müsst selbst abladen.«

Der mürrische Fuhrknecht nickte. »Der Junge hier wird bei euch bleiben. Wieland kann ihn nicht gebrauchen.«

Der Köhler blickte Ulfberht fest an. »Gut«, nickte er schließlich. »Ich bin Adalbert, der Aufseher der Kohlenknechte. Willkommen in unserem kleinen Dorf.« Mit einem schiefen Grinsen wies er auf die Grubenhäuser hinter sich. »Wie heißt du?«

»Ulfberht«, antwortete der Gefragte schüchtern.

Adalbert nickte. »Du reichst uns am besten die Sachen vom Wagen runter, und wir bringen sie da vorn in den Schuppen.« Rasch waren die Nahrungsmittel abgeladen.

»Und wo ist die Kohle?«, fragte der mürrische Knecht. »Ich soll eine Ladung für die Schmiede zurückbringen.«

»Natürlich sollst du das«, bestätigte der Köhler. »In dem Schuppen da drüben ist mehr, als du laden kannst.« Was nun folgte, kannte Ulfberht bereits aus den vergangenen Tagen: säckeweise Kohle schleppen.

»Im Frühjahr brennen die Meiler am besten«, erklärte Adalbert während des Verladens. »Aber bei der Menge an Eisen, die unser König in diesen kriegerischen Zeiten braucht, reicht es nicht aus, wenn wir nur im Frühjahr Kohle brennen. Wir zünden in den nächsten Tagen sechs neue Meiler an. Du wirst sie bewachen, denn zum Holz schlagen bist du noch zu klein.« Ulfberht hatte keine Ahnung, was eigentlich ein Meiler war, geschweige denn, wie oder wovor man ihn bewachen musste, aber er hatte inzwischen gelernt, keine Fragen zu stellen, und nickte tapfer. »Roland wird dir zeigen, worauf es ankommt. Er ist Franke wie du und wird dich verstehen.«

Ulfberht sah den Köhlermeister entgeistert an. »Auch Franke?«, fragte er. »Aber sind wir hier nicht alle Franken?«

Adalbert lachte. »Nicht alle. Wir haben einige Sachsen hier, die uns zur Hand gehen.«

»Sachsen!?«, rief Ulfberht entsetzt. Wie tief war er gesunken, dass er mit diesen Teufeln zusammenarbeiten sollte! Und würden die ihn nicht in der ersten Nacht massakrieren, wie sie auch seinen Vater ermordet hatten?

Adalbert lachte nur. »Sie sind ganz in Ordnung, zumindest die, die wir hier haben. Und wohin sollten sie auch fliehen? Daher tun sie meistens, was man ihnen sagt ...« Am nächsten Morgen führte ihn Roland, ein Knecht mit denselben kräftigen Schultern und Armen, wie sie Ulfberht schon an Adalbert aufgefallen waren, zu dem Kohlplatz. Er lag nicht weit von den Hütten entfernt auf einer Lichtung am Fuße des Hangs. »So können wir die Stämme vom gesamten Hügel einfach zum Kohlplatz rollen«, erklärte Roland. Kohlereste und Asche auf dem Boden zeigten, dass der Platz schon seit längerem in Gebrauch war. »Und das sind die Meiler.« Roland wies auf eine Reihe mit Asche und Erde bedeckter Hügel. Sie waren höher als ein ausgewachsener Mann und maßen vielleicht zwanzig Schritt im Durchmesser. Ulfberhts Blick wanderte weiter, und er gewahrte, wie hinter den Meilern zwei Männer gespaltenes Holz auftürmten. Vor all dem Kohlestaub leuchtete es weiß und frisch. »Das sind die Meiler«, wiederholte sich Roland.

Ulfberht war sich bei ihm nie sicher, wohin er eigentlich schaute, denn Roland schielte stark. »Und das da hinten?«, fragte er und zeigte auf den Berg aus frisch geschlagenem Holz.

Roland runzelte die Brauen. »Was?«, fragte er schroff.

Ulfberht überlegte kurz, ob er lieber den Mund halten sollte, doch bisher war der Kohlknecht ganz umgänglich. »Na das Holz dort hinten«, versuchte er es nochmals.

Roland blickte irgendwo hin, nur nicht zu dem Holzberg. »Der unfertige Meiler dort?«, fragte er verständnislos.

Dafür verstand Ulfberht. »Das heißt, unter jedem dieser Hügel ist ein Holzhaufen vergraben?«, fragte er.

»Na klar, sind alles Meiler, sag ich doch.« Roland schüttelte den Kopf. »Jetzt komm mit, wir helfen da hinten beim Aufbauen. Die Decke muss drauf, bevor es anfängt, zu regnen, und das kann jeden Augenblick losgehen.« Plötzlich blieb Ulfberht wie angewurzelt stehen. »Was hast du denn?« Roland wandte sich fragend um.

Ulfberhts Gesicht war so bleich, als habe er gerade einen Geist gesehen. »Das sind Sachsen«, stieß Ulfberht mühsam hervor.

»Ja, Sachsen, keine Gespenster«, erklärte Roland, zwischen Belustigung und Ärger schwankend.

»Der Große da drüben heißt Willich, nicht wahr?«, fragte Ulfberht mit belegter Stimme.

Roland kniff die Augen zusammen. Dann musterte er Ulfberht scharf. »Woher kennst du den denn? Der spricht doch mit niemandem ein Wort?«

»Der hat meinen Vater getötet«, erwiderte Ulfberht tonlos.

Doch der harte Alltag der Köhler erlaubte keine Rücksicht auf Ulfberhts Schicksal. Er half so gut er konnte, doch seine noch jugendlichen Muskeln waren nicht so stark wie die der älteren Knechte oder gar des hünenhaften Willichs. Und so erinnerte sich Adalbert bald wieder an seine Idee, Ulfberht zum Bewachen der Meiler einzusetzen. Nach dem Mahl, bestehend aus ungesalzener Gerstengrütze, nahm er ihn zur Seite. »Ich glaube, ich kann dir vertrauen, Junge«, erklärte er und blickte Ulfberht in die Augen.

»Ja, ... ja, Herr Adalbert«, antwortete Ulfberht. Auf einmal war sein Mund trocken. Er schluckte. So hatte noch nie jemand mit ihm gesprochen!

»Ich möchte dir unsere Meiler anvertrauen«, fuhr der alte Köhler fort. »Du hast ja gesehen, wie viel harte Arbeit es kostet, einen zu errichten. Sie sind unser wertvollster Besitz.« Ulfberht nickte stumm. »Roland wird dir zeigen, worauf du achten musst.« Damit gab er ihm noch eine Decke, dann folgte Ulfberht dem jungen Kohlenknecht zum Kohlplatz.

Obwohl am Himmel noch ein letzter Schein des Tages zu sehen war, lag der Wald schon in tiefem Dunkel, und Ulfberht musste aufpassen, nicht zu stolpern. Der Weg zu den Meilern war ihm am Tage kürzer vorgekommen als jetzt, doch schließlich erreichten sie die schwarzen Hügel. »Es ist ganz einfach«, erklärte Roland. »Du behältst die Meiler immer im Auge.« Er machte ein strenges Gesicht. »Und wenn ich immer sage, dann meine ich das auch. Immer. Dafür ist deine Hütte zu den Meilern hin offen. Hast du das verstanden?« Ulfberht nickte pflichtschuldig. »Gut. Meiler müssen brennen, aber nicht zu stark. Es muss immer weißer Rauch aufsteigen wie jetzt gerade. Nicht mehr, aber auch nicht weniger. Klar?«

Ulfberht nickte. »Weißer Rauch«, bestätigte er. »Alles klar.«

»Weißer Rauch ist gut. Wenn zu wenig kommt, braucht der Meiler mehr Luft. Dann machst du mit dem Stecken hier«, dabei hielt er einen angespitzten Holzstab, etwa von der Stärke eines Langspeers, hoch, »Löcher in den Mantel. Unten am Fuß des Meilers, damit Luft eindringen kann. Wenn es zu sehr raucht, machst du ein paar Löcher wieder zu. Klar?« Ulfberht nickte wieder. »Ich zeig es dir«, erklärte Roland, und sie gingen zu dem ersten der qualmenden Haufen. Roland stieß den Stecken kräftig in den Mantel aus Erde und Asche und machte eine kreisende Bewegung, um das Loch zu vergrößern. Nach einem Augenblick drang auch hier weißer Rauch heraus.

»Klar«, bestätigte Ulfberht einmal mehr. Er war ja nicht blöde.

»Und verschließen tust du es so«, erklärte Roland und machte vor, wie man mit dem Fuß wieder Erde in das Loch drückte.

»K... klar«, bestätigte Ulfberht, ihm ins Wort fallend.

Dafür fing er sich einen finsteren Blick seines Lehrers ein. »Und wenn blauer Rauch kommt, dann rufst du mich oder Adalbert und zwar schnell«, fuhr Roland in seinen Erläuterungen fort. »Wenn es stimmt und wirklich blauer Rauch kommt, dann ist die Kohle fertig und dann machen wir alle Löcher zu, um das Feuer zu ersticken. Klar?«

»Völlig klar«, murmelte Ulfberht verlegen. Roland nickte noch ein letztes Mal und übergab ihm dann den Stecken.

Ulfberht blieb allein auf dem Kohlplatz zurück. Seine Gefühle schwankten zwischen Stolz über die ihm anvertraute Aufgabe einerseits – schließlich hatte Adalbert oft genug betont, wie wichtig es war, dass die Meiler nicht zu schnell brannten –, auf der anderen Seite fürchtete er einen Fehler zu machen. Ganz zu schweigen davon, dass er die Nacht alleine im Wald verbringen sollte. Er seufzte, gab sich einen Ruck und ging zu jedem der Meiler, um sich von der Menge und Farbe des Rauches aus der Nähe zu überzeugen. Dann begann es zu regnen, und Ulfberht begab sich in die kleine Schutzhütte am Rande des Platzes. Eigentlich war es nur ein Stamm in einer Astgabel, an den man von beiden Seiten Äste gelehnt und mit Erde und Laub bedeckt hatte, sodass ein notdürftiges Dach entstand. Ein alter Stofffetzen diente als Vorhang vor der offenen Seite, die zu den Meilern wies. Glücklicherweise kamen Wind und Regen aus der anderen Richtung, und so brauchte Ulfberht den Stofffetzen nicht vor die Öffnung zu ziehen. Er zog die Decke, die ihm Adalbert mitgegeben hatte, dicht um die Schultern. Durch die starke Verfilzung und den noch an der Wolle haftenden Schafstalg war sie praktisch wasserdicht, aber bei dem Gedanken an die kommenden Stunden fröstelte ihn dennoch. Drei oder vier Tage, hatte Roland gesagt, würde er hier ausharren müssen, um die Meiler immer im Auge zu behalten. Das konnten sie wohl kaum ernst meinen. Irgendwann musste er schließlich schlafen. Der Regen trommelte eintönig auf das Laubdach der Hütte, und Ulfberht musste gähnen.

Als er aufwachte, war er immer noch allein. Es war stockfinster, aber er erkannte, dass die Meiler vor seinem Unterschlupf stetig vor sich hin qualmten. Der Regen hatte aufgehört, und ein leichter Nebel hing zwischen den Ästen. Ulfberht wurde sich plötzlich sehr bewusst, wie alleine er war. Nur ein löchriges Blätterdach trennte ihn von dem Dunkel des Waldes und den Kreaturen, die darin leben mochten. Er lauschte. Tausend Geräusche, die ihm aus der Sicherheit des väterlichen Hofes heraus niemals gestört hatten, drangen an sein Ohr. Was, wenn im Dunkel Wölfe lauerten? Oder Schlimmeres? Ein kaltes Grauen kroch seinen Nacken hinauf. Wie sollte er sich verteidigen? Er hatte nur einen einfachen Stab mit einer eisenbeschlagenen Spitze, um Löcher in den Erdmantel eines Meilers zu stechen. Wohl kaum die richtige Waffe, um sich ein hungriges Rudel Wölfe vom Leib zu halten. *Der Rauch!*, fiel ihm ein. Der Rauch hielt die Tiere fern. Wieder schaute er zu seinen Meilern hinüber. Sie rauchten, wenn auch nicht besonders stark. Vielleicht sollte er ein paar zusätzliche Löcher machen? Warum nicht, er könnte Adalbert ja später erzählen, dass die Meiler nicht ausreichend gequalmt hätten. Doch es graute Ulfberht davor, den zweifelhaften Schutz der Köhlerhütte zu verlassen.

»Sei kein Feigling«, schimpfte er laut. »Du musst ohnehin zu den Meilern gehen, um sie zu kontrollieren. In der Dunkelheit siehst du doch gar keinen Rauch!« Der Klang der eigenen Stimme gab ihm tatsächlich etwas Mut. Vorsichtig stand er auf und ergriff den eisenbeschlagenen Stecken mit beiden Händen. Ohne zu atmen, lauschte er einen Augenblick in den Wald hinein. Von fern drang der Jagdruf eines Käuzchens, aber in der unmittelbaren Umgebung der Köhlerhütte schien alles ruhig. Ulfberht straffte seine Schultern und verließ die notdürftige Deckung, die ihm seine Hütte bot. Nach wenigen Schritten erreichte er den ersten Meiler. Die Oberfläche strahlte trotz der feuchten Erde, die den Schwelbrand im Inneren bedeckte, eine merkwürdige Wärme ab. Ulfberht blickte nach oben, wo eine dünne weiße Rauchsäule aus dem zentralen Schlot aufstieg. Eigentlich alles in Ordnung. Entschlossen hob er die Stange und stieß sie mit voller Kraft in den Hang. Sofort drang auch aus dem neuen Loch dichter weißer Rauch. Ulfberht machte noch drei Löcher, bis ihn dichter Rauch umgab. Erleichtert atmete er auf. Hier war er vor den Wölfen sicher. Er hockte sich auf die Stange gestützt vor die Löcher. Wie lange würde es noch bis zum Morgengrauen dauern? Sollte er in die Hütte zurückkehren? Aber nein, dort war der Rauch nicht dicht genug, um ihn vor wilden Tieren zu beschützen. Außerdem fühlte er sich seltsam benommen. Vielleicht musste er lediglich ein wenig schlafen? Er steckte die Stange senkrecht vor sich in den Boden und sank vollends in sich zusammen. Er konnte keinen klaren Gedanken mehr fassen. Plötzlich bemerkte er auch Kopfschmerzen, und sein Puls hämmerte in den Schläfen, als hätte er gerade schwerste Arbeit verrichtet. Was war nur mit ihm los? Genauso plötzlich, wie ihn die Kopfschmerzen überfallen hatten, kam Übelkeit dazu. »Was … «, rief er, kam aber nicht weiter. Alles begann sich um ihn zu drehen. Benommen klammerte sich Ulfberht an seinem Stecken fest, während vor ihm unablässig der weiße Rauch aus den Löchern sickerte. Weißer Rauch, wenigstens werden mich keine wilden Tiere fressen, dachte er noch, bevor es vor seinen Augen endgültig schwarz wurde.

Jemand beugte sich über Ulfberht. War das die junge Hludahilt? Sie legte ihm sanft die Hand auf die Stirn. Ulfberht seufzte. Die Berührung ließ sein bohrendes Kopfweh einen Augenblick weichen. Glücklich schlug er die Augen auf. Doch das war nicht Hludahilt. Wie sollte die auch hierherkommen, an diesen gottverlassenen Ort? Und warum auch? Hier gab es nichts für ein so hübsches Mädchen und noch dazu von edler Abstammung. Ulfberht schalt sich einen Narren, und die Kopfschmerzen kehrten augenblicklich zurück. Er lag in einem der Grubenhäuser der Köhler, und die Frau, die sich gerade noch über ihn gebeugt hatte, war Adalberts Weib, er hatte sie an seinem ersten Tag kennengelernt. Sein ganzer Körper schmerzte, und beim Luftholen brannte es in seiner Brust wie Feuer. Er musste husten.

»Ich glaube, er ist aufgewacht«, rief die Frau.

»Lass sehen«, hörte er die freudige Stimme Rolands, dann erklangen schwere Schritte.

»Gott im Himmel und der Jungfrau Maria sei Dank«, seufzte Adalbert. Dann rüttelte ihn jemand an der Schulter. Auch das tat weh. »Ulfberht, Ulfberht, kannst du mich hören?«, rief der Meister.

Ulfberht kämpfte gegen den Drang an, wieder einzuschlafen. Mühsam öffnete er nochmals die Augen. Es war tatsächlich Adalbert, dessen besorgtes Gesicht sich über ihn beugte.

»Ein Glück, Junge. Ich dachte schon, um dich wäre es geschehen. Willich hat dich gefunden, du warst zu lange im Rauch und bist ohnmächtig geworden!«

Doch da fiel Ulfberht schon wieder in den Schlaf zurück. Später, es mochte der nächste Abend sein, trat der riesige Sachse an sein Lager. »Du bist ein Franke, wie dein Vater einer war«, grollte Willich.

Ulfberht sah ihn fragend an. Angst, Wut, aber nun auch ein schlechtes Gewissen, weil er dem Hünen sein Leben verdankte, kämpften in seinem Inneren um die Oberhand. »Wie meinst du das?«, fragte er krächzend.

»Ihr Franken seid stur.« Er winkte beschwichtigend ab, als er sah, wie Ulfberht aufbrausen wollte. »Stur sind wir Sachsen auch, aber ich meine, ihr seid beständig. Wenn man euch sagt: Bleibt hier stehen, dann steht ihr dort, bis ihr einen neuen Befehl bekommt oder tot umfallt. Im Kampf ist das euer Vorteil. Wir Sachsen rennen los und schlagen auf den Feind ein, mag sein, dass auch einige von uns weglaufen, aber wir stehen nicht, wenn es der Anführer will. Ihr dagegen schon. So wie du auf dem Meiler. Adalbert hat dir gesagt, du sollst ihn bewachen, und deshalb bliebst du da, bis du von den Dämpfen benebelt umfielst.« Er lachte trocken.

Ulfberht blickte ihn mit großen Augen an. Zum Glück ahnte der Hüne nicht, was wirklich in ihm vorgegangen war! »Wir Franken sind frei. Wir tun, was uns gefällt«, erwiderte er trotzig.

»Aber doch tust du, was dir Adalbert sagt«, bemerkte Willich und verzog den Mund zu etwas, was vermutlich ein Lächeln darstellen sollte.

»Ja, aber ich bin frei geboren, und nur weil, weil ...« *Du meinen Vater getötet hast*, hatte er sagen wollen, aber das traute er sich dann doch nicht. Gleichzeitig schämte er sich seiner Feigheit, als habe er den Vater damit verraten. »Weil mein Vater gefallen ist, bin ich in diese Lage gekommen. Es ist nicht gerecht. Ich bin frei geboren.«

Der Sachse sah ihn mit großen Augen an. Dann lachte er schallend und wollte sich gar nicht mehr beruhigen.

»Was ist daran denn lustig?«, fragte Ulfberht außer sich.

Schlagartig wurde Willich ernst. »Meinst du, einer von uns Sachsen hier wurde nicht frei geboren?«, fragte er. »Ich bin ein Edler in meinem Stamm. König Karl hat mir mein Hab und Gut und meine Ehre genommen und mich hier in der Fremde versklavt. Du bist wenigstens noch bei deinem eigenen Volk, also jammere mir nichts vor!«, erklärte er dann barsch und wandte sich ab.

Das traf Ulfberht wie ein Schlag vor den Kopf, aber wie er den Gedanken auch drehte und wendete, der Sachse hatte nicht Unrecht.

Hludahilt, Hruođolfshof, Herbstmonat 792

Der Himmel war grau, und es regnete bald jeden Tag. Die Ernte war nicht gut ausgefallen. Kaum das Dreifache der ausgesäten Menge an Korn hatten die Bewohner von Hruođolfshof dem Boden in diesem Jahr abgerungen. Einen dieser drei Teile hatten die Männer noch im letzten Monat als Wintersaat wieder auf die mühsam gepflügten Felder geworfen.

»Der Abt in Lauresham lässt seine Felder jedes dritte Jahr bis zum Holzmonat brach liegen und nutzt sie nur als Viehweide«, berichtete einer der Knechte abends am Feuer. »Das habe ich vom Verwalter der Klostergüter selbst erfahren. Er sagt, die Ernten wären viel besser und man spart sich den dritten Teil der Arbeit ...«

»Das könnte dir so passen, dich in jedem dritten Jahr auf die faule Haut zu legen«, fuhr ihn Hruođolf an. »Diesen neumodischen Kram wird es auf meinem Hof nicht geben. Wir haben nichts zu verschenken.«

Den letzten Satz hatte er nur leise in sein Methorn gemurmelt, doch Hludahilt, die hinter ihm stand, um nachzuschenken, hörte ihn doch. Das war das erste Mal, dass sie ihren Vater so reden hörte. Für gewöhnlich prahlte er gern mit seinem Reichtum. Stand es wirklich so schlecht um Hruođolfshof? Aber, so erinnerte sie sich, hatte er nicht auch den Jungen vom Nachbarshof, den unglücklichen Ulfberht, zur Tilgung seiner Schulden nach Lauresham gesandt? Konnte ihr Vater das Geborgte nicht mehr zurückzahlen? Instinktiv freute sie sich darüber, doch die Erkenntnis, dass Hunger und Armut auch sie treffen würden, ließ nicht lange auf sich warten.

Einige Tage nach diesem Ereignis kam das Fest des Heiligen Martin, des frommen Bischofs von Tour, heran. Zu diesem Fest wurden noch einmal Tiere geschlachtet, bevor die kleine Fastenzeit begann, die mit dem Fest der heilbringenden Geburt Christi endete. An diesem Tag ließ auf Hruođolfshof nichts an Armut denken. Die Tische bogen sich fast unter den Mengen an Fleisch, Würsten und Fett. Dazu gab es Bier und Honigmet, nur Wein wurde keiner ausgeschenkt. Ohne eigene Weinberge musste Hruođolf den kaufen, und ein Sittel Wein kostete ebenso viel wie ein ganzer Malter Korn. Doch die starken Getränke waren ohnehin den Männern vorbehalten, sodass sich Hludahilt darüber nicht den Kopf zerbrach.

»Seit Jahren habe ich nicht mehr so gut gegessen«, lachte Haltrud neben ihr begeistert.

Und sie hatte Recht, denn nur zu oft blieb für die Frauen sonst gar kein Fleisch übrig. Aber insgeheim war sich Hludahilt doch nicht sicher, ob dieser Fleischsegen wirklich ein gutes Omen war. Sie wusste, dass man vor allem diejenigen Tiere schlachtete, die man ohnehin nicht über den Winter bringen konnte. Viel Geschlachtetes konnte also auch wenig Futter in den Scheunen heißen! Wieder musste Hludahilt an die gemurmelten Worte ihres Vaters denken.

Ulfberht, Lauresham, Weidemonat 793

Den Winter hatten die Köhler mit dem Schlagen und Zerkleinern von Bäumen verbracht, um im Frühjahr neue Meiler zu bauen. Inzwischen hatte Ulfberht gut verstanden, worum es bei dem Kohlen ging, und er half tüchtig mit. Nach und nach konnte er immer besser mithalten, denn über die Monate waren auch seine Muskeln härter und seine noch jungenhaften Schultern breiter geworden. Trotz seines Versagens in der ersten Nacht, in der er die Meiler bewachen sollte, war Adalbert zufrieden mit ihm.

»Aus dir wird einmal mehr als ein Köhler«, prophezeite er eines Abends, als sie nach getaner Arbeit auf die ersten fertigen Meiler des neuen Jahres blickten. Er legte die Hand auf Ulfberhts Schulter, und den überkam ein warmes Gefühl der Dankbarkeit. Ein bisschen war Adalbert wie ein Vater für ihn geworden. Nach all dem durchlittenen Leid sehnte er sich nach nichts mehr als Sicherheit und einen festen Platz im Leben.

»Ich möchte gar nicht mehr weg von hier«, gestand er und fühlte Tränen aufsteigen. Rasch wandte er sich ab, damit der Köhlermeister es nicht bemerkte.

Wenige Wochen später, als die neuen Meiler abgebrannt waren, kamen die Waldschmiede. Ein bunter Haufen, viele von ihren Frauen und Kindern begleitet. Schwere Ochsen zogen ihre Karren. »Wie sollen all die Zugtiere hier im Wald Futter finden?«, war Ulfberhts erster Gedanke. Die bäuerliche Sorge um das Wohl des Viehs war ihm noch immer eigen.

Doch Adalbert winkte ab. »Die Ochsen gehören nicht den Schmieden. Sie haben sie von den Bauern der Umgebung gedungen, und die nehmen sie auch wieder mit auf ihre Höfe.«

»Die Schmiede müssen reiche Leute sein, wenn sie so viele Tiere benötigen, um ihre Habe zu transportieren«, überlegte Ulfberht weiter.

Adalbert lachte freudlos. »Nein, die sind genauso arme Halbfreie wie wir. Auf den Wagen liegen Erzsäcke. Aus der Eisengrube im Tal.« Er wies mit der Hand vage nach Süden. »Einige von ihnen durchstreifen das ganze Land, um den Rot- und den Brauneisenstein zu finden.« Mit lauter Stimme wandte er sich an die Neuankömmlinge. »Wir haben bereits auf euch gewartet!«

Ein kleiner Graubart winkte zurück. »Gott zum Gruß, Adalbert. Ich freue mich auch, dich zu sehen!«

»Das ist Lotrik«, erklärte Adalbert. »Er ist der Erfahrenste von ihnen. Wenn du etwas lernen willst, dann halte dich an ihn.« Ulfberht nickte und sprang eifrig hinzu, um Lotrik beim Abladen der schweren Erzsäcke zu helfen. »Lotrik, hier kommt ein junger Schmiedegesell, der etwas lernen will!«, rief Adalbert lachend.

Ulfberht wurde rot, doch der Graubart nickte. Gemeinsam packten sie an. Doch als sich Ulfberht gerade dem zweiten Wagen zuwenden wollte, hielt ihn der Waldschmied zurück. »Du kannst uns sicherlich zeigen, wo wir hier Lehm finden?«, fragte er.

»Klar weiß ich das«, bestätigte Ulfberht eifrig. »Drüben am Bach gibt es jede Menge, soll ich dich hinführen?«

Lotrik nickte. »Dagobert und Ram«, rief er zwei seiner Männer. »Lasst die anderen weiter abladen. Ihr nehmt Säcke und Schaufeln. Wir holen Lehm.« Wortlos folgten die drei Ulfberht zum Bachbett. »Schafft den Lehm zu den Meilern«, wies Lotrik seine Begleiter an.

»Zu den Meilern?«, fragte Ulfberht erstaunt. »Nicht zu den Hütten?«

Lotrik sah ihn prüfend an. »Nein, warum zu den Hütten?«, fragte er stirnrunzelnd.

»Weil dort das Erz ist«, erklärte Ulfberht. »Mir scheint, ein Sack mit Eisenstein ist noch viel schwerer als ein Sack

Kohle. Da ist es doch einfacher, die Kohle von den Meilern zum Erz zu tragen als andersherum?«, fragte er naseweis.

Doch Lotrik lachte. »Du stellst die richtigen Fragen, Junge. Vielleicht hat dir der Rauch doch noch nicht allen Verstand ausgeblasen.« Freundlich fuhr er Ulfberht mit der lehmverschmierten Hand durchs Haar. »Für jeden Teil Erz benötigen wir drei Teile Kohle. Es wäre also genau andersherum dreimal so viel Arbeit, die Kohle zum Erz zu schleppen!«

Ulfberht nickte. Das ergab Sinn. »Und das fertige Eisen ist noch leichter als das Erz?«, bohrte er weiter.

Lotrik nickte wieder anerkennend.

»Genauso ist es. Beim Ausschmelzen trennen wir es von der Schlacke, und die bleibt hier. Nur etwa der zehnte Teil des Erzes ist Eisen«, bestätigte er. »Und das schmieden wir zu Barren und bringen sie nach Lauresham.«

»Damit Wieland sie zu Schwertern schmiedet?«, fragte Ulfberht neugierig.

»Nicht nur Schwerter, sondern alles, was man braucht. Auch wenn Schwerter in diesen unruhigen Zeiten immer gebraucht werden«, bestätigte Lotrik. »Aber jetzt pack an, statt nur über die Arbeit zu reden.«

Am nächsten Tag wurde die Arbeit noch härter. Ulfberht und die übrigen Kohlenknechte halfen den Schmieden, die Erzsäcke bis zu den abgebrannten Meilern zu schleppen. Obwohl es nur wenige hundert Schritte waren, rann der Schweiß Ulfberht in Strömen über das Gesicht, und die harten, scharfkantigen Erzbrocken schnitten ihm in Finger und Schultern. Dafür konnte er zusehen, wie Lotrik aus einem Gemisch von Holzkohle und Lehm die Brennöfen baute. Zuerst grub er eine flache Mulde und kleidete sie mit dem Lehm-Kohle-Gemisch aus. Dann schichtete er abwechselnd dünne Lagen Erz und dicke Holzkohleschichten darauf. Immer, wenn Erz und Kohle die Lehmwände überragten, erhöhte er sie eine Handbreit. So wuchs der Ofen langsam in die Höhe, bis er schließlich in einen schlanken Kamin auslief. Die Schmiede stellte ganze zwölf dieser Öfen auf. Vor dem Entzünden bohrte Lotrik sorgsam mehrere Lüftungslöcher in die Lehmwände, dann holte er die Blasebälge hervor. Sie bestanden aus einfachen Holzbrettern und Tierbälgen dazwischen, die über ein Ventil Luft ansaugten, und dann, wenn man den Blasebalg mit den Brettern zusammendrückte, aus einer Bronzetülle entweichen ließen.

»Damit blasen wir die Löcher an«, erklärte Lotrik. »Du kannst damit anfangen, sobald ich den Ofen entzündet habe.«

Ulfberht nickte. Er war mehr als gespannt, ob sie aus den rötlichen Gesteinsbrocken wirklich blankes Eisen erhalten konnten. Die ganze Sache war ungeheuer aufregend, und er musste sich insgeheim eingestehen, dass ihm diese Arbeit viel besser gefiel als jene auf den väterlichen Feldern. Willig trat er an den Blasebalg, der vom häufigen Gebrauch bereits so verdreckt war, dass man unmöglich sagen konnte, aus was für einem Tier der Balg einmal gemacht worden war.

Es dauerte volle zwei Tage, bis die Öfen schließlich so weit abgekühlt waren, dass die Schmiede sie aufbrechen konnten. Lotrik fegte Asche und Schlackebrocken beiseite. Übrig blieb ein unförmiger schwarzer Klumpen.

»Das soll Eisen sein?«, fragte er enttäuscht. »Es glänzt ja gar nicht!«

»Warte nur ab, bis wir Schlacke und Asche ausgeschmiedet haben«, lachte Lotrik. »Die Arbeit fängt nämlich gerade erst an.«

Doch bis die Waldschmiede an ihren mitgebrachten Ambossen tatsächlich mit dem Ausschmieden des Roheisens begannen, vergingen noch Tage. Erst als alles mitgebrachte Erz aus- und die Kohlevorräte in den Meilern deutlich ein- und abgeschmolzen waren, kam der nächste Arbeitsgang. Besorgt blickte Ulfberht auf die verbliebenen Kohlemeiler.

»Wird die Kohle denn reichen?«, fragte er. Noch zu Beginn des Frühjahrs hatte er sich nicht vorstellen können, wozu man derartige Mengen an Holzkohle benötigte. »Ich meine, wir müssen doch auch noch Kohle nach Lauresham liefern, an die richtige Schmiede ...«

»Richtige Schmiede?«, unterbrach ihn Lotrik unwirsch. »Merke dir eins, Junge: Das richtige Schmieden findet dort statt, wo Eisen hergestellt wird. Gutes Eisen in irgendeine Form hämmern, das kann jeder, aber aus Erz gutes Eisen schmelzen, ist eine Kunst, die nur wenige beherrschen!«

Ulfberht schluckte. »Ich wollte ... «, begann er.

Doch der Meister winkte ab. »Du lernst es am besten, wenn du dabei hilfst. Das kann, wie gesagt, jeder, auch so ein blutiger Anfänger wie du.«

Bald merkte Ulfberht, dass Lotrik nicht übertrieben hatte. Es war eine Heidenarbeit, und schon nach kurzer Zeit schmerzten ihm Arme und Hände so sehr, dass sie zitterten und er kaum noch den Hammer halten konnte.

»Recht so. Das ist wahres Schmieden«, lachte Lotrik, und zum ersten Mal seit dem Tode seines Vaters fühlte sich Ulfberht rundum glücklich und zufrieden.

Landfried, Moguntia, Hornung 793

Das Winterlager der Abteilung befand sich noch immer in Moguntia. Schlimmer noch, es lag im Viertel der Fischer, ganz unten am Rhein. Landfried hasste die Untätigkeit während der Wintermonate ohnehin schon, doch zusammen mit dem Gestank nach faulendem Fisch war es schier unerträglich. Bei jedem Sonnenstrahl, der sich durch den Nebel der Flussniederung kämpfte, stieg der Geruch auf. Warum waren die Fischer eigentlich so bettelarm? Sie zogen jede Menge Lachse aus dem Fluss, die man dann geräuchert oder frisch für teure Münzen kaufte. Er zuckte die Schultern. Jeder musste seine Last tragen. Im Quartier befanden sich außer Landfried selbst nur die Hauskarls seines Vaters. Die Pferde waren vor der Stadt bei Bauern untergebracht. Dreiundvierzig Reiter gehörten zu dem Grafen von Meaux, Landfrieds Vater. Der hatte ihm das Kommando anvertraut, doch Irmtraud, seine zweite Frau, aus einer der führenden Familien Frankens, würde zweifelsohne dafür sorgen, dass Landfried es verlor, sobald sein ältester Halbbruder mannbar wurde. Bis dahin musste er entweder reich heiraten, was aber wegen seiner zweifelhaften Erbansprüche kaum gelingen konnte, oder sich bei Hof einen Namen machen, den man auch ohne die Unterstützung seines Vaters nicht vergaß. Daher waren die dreiundvierzig Männer die Chance seines Lebens. Von den Bauern, die jedes Frühjahr als Fußvolk zum Heerbann stießen, konnte man schwerlich Heldentaten erwarten. Widerwillig sog Landfried die muffige Luft ein, in der sich Fischgestank mit den Ausdünstungen der vielen auf engstem Raum zusammengepferchten Männer mischte. Nicht nur die Enge der Unterkunft, die Enge der gesamten Stadt war ihm zuwider. Wie gerne wäre er über das Fest der heilbringenden Geburt Christi ins Allemannische zu der Familie seiner seligen Mutter gezogen. Doch aus taktischen Erwägungen hatte er es vorgezogen, in Moguntia zu bleiben, in der Nähe des Königs. Sein Vater Theutbert, Graf von Meaux in Asturien, war immerhin mit dem Königshaus verwandt, und so hatte er bis zuletzt auf eine Einladung an die Königspfalz in Ingilinheim gehofft. Doch leider war Theutbert mit seiner Mutter, einer edlen Allemannin, nicht rechtens verheiratet gewesen. Das behaupteten zumindest die Verwandten der neuen Frau. Landfried war für sie ein lästiger Bastard. Dabei stützten sie sich auf einen Unterschied zwischen dem fränkischen und allemannischen Recht. Zudem hatten nicht alle die alte Feindschaft zwischen Allemannen und Franken vergessen. Zum Glück gaben sich die Sachsen alle Mühe, den Allemannen diesbezüglich den Rang abzulaufen. Landfried lachte trocken.

»Hm?« Mundariks tiefe Stimme riss ihn aus seinen kreisenden Gedanken.

»Was?«, fragte Landfried überrascht.

»Ob du etwas gesagt hast?« Mundarik blickte ihn auffordernd an.

»Oh, nichts«, wiegelte Landfried ab. »Höchstens, dass ich hoffe, dass wir dieses Jahr den Awaren einheizen werden. Das heißt, wenn die verdammten Sachsen endlich Ruhe geben.«

»Ja, hoffentlich sind diesmal die Hunnen dran«, pflichtete Mundarik seinem Freund und Herren bei. »Ich kann die sächsischen Sümpfe nicht mehr sehen!«

Er schauderte bei dem Gedanken. »Die Vorzeichen stehen jedenfalls gut. Karl hat dem Tassilo die Haare abscheren lassen und ihn ins Kloster verbannt, auch wenn das für Verrat eine noch viel zu milde Strafe ist! Aber die Hunnen, seine Spießgesellen, wird er da nicht ungeschoren lassen. Und die werden bei der Schur bluten müssen!«

Als Kind einer allemannischen Mutter war sich Landfried weniger sicher, inwieweit die Franken im Recht waren, als Mundarik, in dessen Adern nur fränkisches Blut floss. Tassilo hatte die Freiheit seines Bayerischen Herzogtums erhalten, ja sich vielleicht sogar zum König aufschwingen wollen. Letztendlich war er seinem Schwager Karl unterlegen, der ihn in einem öffentlichen Prozess auf dem Reichstag in Ingilinheim demütigen und zum Tode verurteilen ließ. Freilich nur, um ihn dann zu begnadigen und ins Kloster zu verbannen. Die Behauptung, Tassilo habe sich mit den Feinden des Reiches, den Awaren, gegen die Franken verschworen, war allerdings niemals bewiesen worden, und man konnte die ganze Angelegenheit auch anders betrachten: Tassilo war ohne Argwohn nach Ingilinheim gekommen und dort in eine wohl vorbereitete Falle getappt. Nutzen brachte das vor allem König Karl. Er gewann die uneingeschränkte Herrschaft über Bayern.

»Du denkst zu viel nach«, unterbrach ihn Mundarik grinsend. »Ich bin sicher, der Karneval wird auch dir das Grübeln vertreiben.« Er spielte auf die Unsitte der Städter an, vor Beginn der großen Fastenzeit alle Ordnung auf den Kopf zu stellen. An drei Tagen tauschten Würdenträger und Knechte, ja manchmal sogar Männer und Frauen, die Kleidung! Und alle tranken bis zur Besinnungslosigkeit. Dieses Brauchtum stieß bei den Kriegern natürlich auf begeisterte Nachahmer. »Du wirst sehen, das ist eine tolle Zeit«, versuchte Mundarik seinen Freund aufzumuntern. »Im letzten Jahr fuhr sogar ein Schiff durch die Straßen!« Anders als Landfried hatte er dem Treiben bereits im Vorjahr beigewohnt.

»Entweder du warst zu besoffen, um den Rhein von einer Straße zu unterscheiden, oder diese Zeit ist wirklich höchst außergewöhnlich«, entgegnete Landfried nüchtern. »Hat der Bischof die Feier nicht verboten?«

»Nein, nein, die Kirchenmänner machen auch mit«, widersprach Mundarik mit wachsender Begeisterung.

Für Landfried roch das Ganze nach düsterem Heidentum. Er schüttelte den Kopf. »Wir sollten uns auf das kommende Frühjahr vorbereiten. Es wird einen neuen Feldzug geben, da bin ich ganz sicher. Solange ich mich erinnern kann, ist

Karl jedes Frühjahr ins Feld gezogen. Gesoffen haben wir im Winter genug.«

Mundarik erhob sich schwerfällig. »Dann bringe ich unsere Männer mal auf Vordermann. Die Untätigkeit macht sie behäbig wie Bauern.«

Landfried war es nur recht. Seine Zukunft hing an ihrer Tapferkeit. »Tu das, ich geh zum Königshof, vielleicht gibt es endlich Neuigkeiten. Ich hoffe, es geht nicht wieder gegen die verdammten Sachsen in ihren Sümpfen!« Vielleicht würde ihn der Krieg dieses Jahr endlich in die Nähe des Königs oder einer der Prinzen führen! Er sehnte sich nach einer Gelegenheit, sich endlich zu bewähren und zu zeigen, was in ihm steckte!

Auf dem Weg in die Stadt warf er einen Blick über die Holzbrücke, die Karl am Ort der eingestürzten Römerbrücke errichtet hatte. Von der anderen Rheinseite glänzte das St. Georgskreuz durch den Nebel, der sich hartnäckig auf dem träge dahinströmenden Fluss hielt. Seufzend betrat er das Gewirr der schmalen, verdreckten Gassen. Sein Weg führte ihn vorbei an St. Christoph und großen Wohnhäusern mit römischem, weil steinernem, Unterbau und fränkischen Reetdächern. Die Welt war lange auf einen Abgrund zugetrieben, die verfallenen Steinhäuser zeigten es ebenso deutlich wie die ruinierte Römerbrücke. Doch Karl hatte einen neuen Anfang gemacht. Nun konnte man immerhin wieder trockenen Fußes über den Rhein gelangen, und Kirchen, Klöster und Königspfalzen erstrahlten in neuem Glanz.

»Herr Landfried«, begrüßte ihn einer der Wachposten am Tor des Königshofes. »Geht nur gleich hinein. Drinnen schwirren die Schreiber wie die Bienen. Heute früh ist ein Bote aus Ingilinheim eingetroffen.«

Landfried schaute überrascht auf. Dann hatte er doch den richtigen Riecher gehabt!

»Alles ist völlig aus dem Häuschen, aber ich werde aus dem Welschen Gebrabbel nicht schlau.« Der Posten grinste ob seiner Respektlosigkeit vor der Sprache der Römer, als habe er einen guten Scherz gemacht. Kein Wunder, dass Städter und Landvolk sich nicht mischten. Sie konnten sich kaum miteinander verständigen. Zum Glück lernt man in Asturien auch am Grafenhof Latein oder zumindest jene Umgangssprache, die der Wachtposten gerade so verächtlich Welsch genannt hatte.

Drinnen war tatsächlich der Teufel los, im hinteren Teil des großen Raums diktierte ein Geistlicher Befehle zur Vervielfältigung an drei Schreiber. Vorne stand ein Mann mit schweren Stiefeln am Pult des ersten Schreibers. Vielleicht war das der Bote? Landfried trat an das Schreibpult. »Was gibt es denn, hier herrscht ja eine ziemliche Aufregung?«, fragte er auf Romanisch.

»Ah, Ihr seid es, Graf!«, rief der Schreiber. Landfried freute es, wenn man ihn zuweilen Graf nannte, obwohl er das aufgrund seiner unklaren Abstammungsverhältnisse wahrscheinlich niemals werden würde. Andererseits drückte König Karl, was uneheliche Beziehungen anging, bei seinen eigenen Töchtern ja auch beide Augen zu, der geliebten Enkelkinder wegen. »Gleich zwei Nachrichten«, übernahm der Bote den Bericht. »König Karl hat es gefallen, im nächsten Jahr alle fränkischen Bischöfe zu einer Synode nach Franconofurt zu laden.«

»Hierher?«, fragte Landfried erstaunt. Franconofurt lag lediglich eine halbe Tagesreise entfernt.

»Daselbst«, bestätigte wieder der Schreiber. »Karl will es nicht auf sich sitzen lassen, dass der Romanische Kaiser zu seinem Konzil in Nicäa keinen einzigen Franken geladen hat. Die Beschlüsse von dort können also für uns nicht bindend sein.«

Landfried nickte unsicher. Er hatte keine Ahnung, worum es bei dem Streit der Kirchenleute eigentlich ging. Irgendetwas mit dem Wesen von Vater, Sohn und Heiligem Geist, was außer Bischöfen und Mönchen sowieso niemand verstand und erst recht nicht interessierte. Und um Bilder ging es. Bilder von Heiligen. »Und was noch?«, fragte er weiter. »Habt Ihr Neuigkeiten? Gegen wen werden wir dieses Frühjahr ziehen?«

»Ja, es wird wieder Krieg geben«, bestätigte der Schreiber mit einem resignierten Achselzucken. »Diesmal müssen die Awaren gezüchtigt werden. Ein weiteres Heidenvolk, das sich der Kirche Christi und der Macht der Franken frech widersetzt, und sich sogar erdreistet, unsere Grenzen zu überfallen!« Offensichtlich gewichtete der Schreiber die Bedeutung der Neuigkeiten anders als Landfried.

»Jetzt lasst Euch doch nicht jedes Wort aus der Nase ziehen«, beschwerte der sich. »Wann geht es los, wer führt das Heer, und weißt du vielleicht auch etwas für mich ... ?«

»Der Heerbann soll unverzüglich einberufen werden«, ergriff der Bote wieder das Wort.

»Wann sollen sich die Bauern sammeln?«, drängte Landfried.

»Sobald die Witterungsverhältnisse es zulassen«, bremste der Schreiberling Landfrieds Enthusiasmus. »Von Moguntia sollen die Männer auf Booten über den Rhein setzen und dann weiter den Moin hinauf bis zu einem kleinen Fluss namens Radantia.«

»Nie gehört«, sagte Landfried.

Doch sein Gegenüber wusste noch mehr. »Es wurden auch mehrere Bootsladungen Schaufeln und Hacken bestellt.«

»Hacken und Schaufeln?« Landfried rümpfte die Nase. Das klang nicht nach einer Möglichkeit, seine Tapferkeit zu beweisen!

»Ja, genau«, bestätigte der Königsbote. »Sie sollen in Lauresham in der Schmiede hergestellt werden. Vielleicht will der König zuerst eine Burg bauen, um seinen Nachschub zu sichern?«

Landfried nickte niedergeschlagen. Karl wollte sein Heer also mit Hacken und Schaufeln ausrüsten. »Aber die Boten sind noch nicht ausgesandt?« Alles war besser, als in dem nach Fisch stinkenden Winterquartier darauf zu warten, dass sein Vater einen der Halbbrüder schickte.

»Nein, die ziehen bestimmt nicht vor karneval und dem Beginn der großen Fastenzeit«, bestätigte der Schreiber inbrünstig.

Landfried verzog das Gesicht. Langsam ging ihm dieser Unfug auf die Nerven. Irgendwann kam jeder Strohkopf in diesem verdammten Loch auf dieses dämliche Fest zu sprechen.

Hludahilt, Hruođolfshof, Hornung 793

Der Winter war zwar nicht besonders kalt gewesen, aber dennoch reichten die mageren Kornvorräte kaum. Es gab niemanden auf dem Herrenhof, der nicht seinen Gürtel enger schnallen musste.

»Selbst die Kühe geben kaum noch Milch«, beschwerte sich Haltrud. Sie und Hludahilt waren wie jeden Morgen zum Melken im Stall. »Auf unserem Hof liegt ein Fluch!«

Hludahilt schüttelte den Kopf. »Das glaube ich nicht«, widersprach sie ihrer abergläubischen Freundin. Doch seltsamerweise fiel ihr dabei wieder der junge Nachbarssohn ein, den ihr Vater nach Lauresham verkauft hatte. Vielleicht traf den Hof die Strafe für dieses Unrecht? Über sich selbst verärgert schüttelte sie den Kopf. Das war albern. »Auch die Tiere leiden Hunger. Das Heu ist zu knapp«, erklärte sie. »Wenigstens gibt es dann vor Beginn der großen Fastenzeit noch einmal etwas zu essen«, überlegte sie weiter.

»Wieso denn das?«, fragte Haltrud erstaunt. Ihre Gespräche kreisten in den letzten Wochen immer wieder ums Essen.

»Wir werden noch mehr Tiere schlachten müssen. Alle werden wir unmöglich bis in den Frühling durchbringen können«, erklärte sie traurig. Sie mochte die Tiere, vor allem die Milchkühe mit ihren sanften Augen und feuchten Schnauzen. Die Vorstellung, dass man noch vor Ablauf des Monats mehrere von ihnen schlachten würde, tat ihr von Herzen leid.

»Hoffentlich verhungern wir nicht noch davor!«, jammerte Haltrud. »Ich könnte jetzt ganz alleine eine Kuh verdrücken.« Abschätzend sah sie auf das Tier vor sich, welches den Blick mit unschuldig glänzenden Augen erwiderte. »Wenn ich noch mehr abmagere, finde ich auch keinen Mann mehr«, klagte sie weiter.

»Das ist auch besser so«, entgegnete Hludahilt bestimmt. »So wie Radolf dich in letzter Zeit immer anglotzt, solltest du lieber noch etwas mehr abmagern!«

Haltrud errötete. »Ach, mach dich doch nicht über mich lustig!«, rief sie. »Radolf ist ein freier Mann. Mehr noch, ein Edler und der Erstgeborene dazu. Er würde sich niemals mit einer Magd wie mir abgeben.«

»Du solltest zur heiligen Mutter Gottes beten, dass er es nicht tut. Ich kenne meinen Bruder, er ist ein grober, übermütiger Kerl, und du solltest dich besser von ihm fernhalten«, warnte Hludahilt. Doch mit Haltrud war nicht ernsthaft zu reden, sie kicherte nur dämlich, und Hludahilt wandte sich verärgert wieder der Kuh und dem Melkeimer zu. Was konnte die Freundin nur an ihrem Bruder finden? Doch in einem hatte sie sicherlich recht: Heiraten würde Radolf eine Magd wie Haltrud bestimmt nicht. Da gab sich Hludahilt trotz ihrer Jugend keinen Illusionen hin, auch wenn sie ihrer Freundin einen reichen Ehemann von Herzen gönnte. Wieder musste sie an Ulfberht denken. Was der wohl für einen Ehemann abgäbe? Doch dann ärgerte sie sich über die eigenen albernen Gedanken. Der war doch fast noch ein Kind. Zumindest war er das vor einem Jahr gewesen. Aber letztes Jahr war sie selbst auch fast noch ein Kind gewesen. Viel konnte passieren in einem oder zwei Jahren! Wo er wohl nun war? Im Kloster von Lauresham gab es bestimmt genug zu essen. Anders als hier. Vielleicht war er auch ein Mönch geworden? Der Gedanke erschreckte sie. »Na und? Und was geht es dich an, du dämliche Gans?«, schalt sie sich selbst.

»Was hast du gesagt?«, fragte Haltrud neugierig.

»Oh, nichts«, entgegnete Hludahilt peinlich berührt. »Ich habe mit mir selbst gesprochen.«

Landfried, Moguntia, Hornung 793

Komm mit, die ganze Stadt ist auf den Beinen.« Mundarik zerrte Landfried am Ärmel.

Der sah irritiert auf die Hand seines Knechtes. Ob dieser unangebrachte Griff nach seinem Gewand bereits der Auflösung der allgemeinen Ordnung im Rahmen der Karnevalsfeierlichkeiten geschuldet war? Oder hatte Mundarik zu viel getrunken? Zur vierten Stunde? Vermutlich lief es auf dasselbe hinaus. Landfried gab sich einen Ruck und stand seufzend auf. »Wenn du sonst keine Ruhe gibst.«

Im Gang stießen sie fast mit einer Magd zusammen. Das Mädchen arbeitete hier. Sie war Landfried wegen ihrer dunklen Haare und der auch im Winter gebräunten Haut bereits aufgefallen. Aber weiter hatte er sie doch nicht beachtet. Das war nun anders. Die gewagte Kleidung konnte man nicht übersehen.

»Graf Landfried.« Das Mädchen knickste errötend.

»Komm mit, wir gehen zum Umzug. Vielleicht ziehen sie wieder ein Schiff durch die Stadt«, lud Mundarik sie ein, ohne den Rangunterschied zu beachten oder auch nur Landfried nach seiner Meinung zu fragen.

Das war ganz und gar nicht schicklich, aber Landfried hatte ja bereits von mehreren Seiten gehört, dass die hergebrachte Ordnung in den kommenden Tagen auf den Kopf gestellt würde. Auf dem Weg durch den schlammigen Innenhof schlossen sich noch mehrere von Landfrieds Reitern ihrem Anführer an. Das würden sie unaufgefordert sonst auch nicht wagen, überlegte Landfried halb amüsiert. Inzwischen war er genauso neugierig auf das, was sich ihm bieten würde, wie alle anderen. Ein Schiff auf der Straße? So sehr wie Mundarik das immer wieder betonte, war vielleicht doch etwas daran?

»Zuerst brauchen wir Wein«, erklärte Mundarik fachmännisch.

Je weiter sie durch die engen Gassen in Richtung des Doms kamen, desto voller wurden die Straßen. Immer wieder grüßten fremde Städter in fantastischen Roben mit dem alten Römergruß: »Ho Saturnalia!« Dabei war sich Landfried sicher, dass zumindest die Saturnalien, welche die heidnischen Römer zur Wintersonnenwende gefeiert hatten, von der Kirche streng verboten worden war. Aber ganz schienen sich die Städter ihr Fest nicht nehmen zu lassen. Sie hatten es lediglich mit dem letzten Fleischessen vor der Fastenzeit zusammengelegt, dem Karneval, wie sie es in ihrer Zunge nannten. Das Fleischessen oder die Nacht vor der Fastenzeit, Fastnacht auf Fränkisch, wurde auch andernorts gefeiert, aber so einen Trubel wie in Moguntia machte sonst doch niemand darum! Besonders liebten die Städter ihre Würste. Ganze Ringe kamen frisch gebrüht auf den Tisch und wurden sofort verschlungen. Hinuntergespült mit Wein, verstand sich.

Das Gedränge wurde schließlich so dicht, dass Landfried und seine Begleiter sich nur noch mühsam weiterschieben konnten. Jeder Unterschied zwischen Freien und Knechten, Weibern und Männern, Kirchenleuten und Kriegern schien aufgehoben. Aber der Wein, den Landfried großzügig in einer der improvisierten Straßenschänken für seine Männer erworben hatte, tat auch bei ihm selbst seine Wirkung. Die Stimmung wurde ausgelassener, und Landfried ließ sich einfach treiben, die Magd aus dem Quartier mittlerweile fest zwischen sich und Mundarik eingezwängt.

»Halt, halt!«, rief sie auf einmal und hielt Landfried am Mantel zurück. Landfried registrierte es wie durch einen Nebel. »Hier geht der Zug lang, du musst die Straße frei lassen!«, rief sie ihm ins Ohr. Ihr heißer Atem benebelte seine Sinne noch mehr als der Wein. Wie nannte sie sich? Er hatte das ganz sicher einmal gewusst. Doch da rumpelte es im Westen, und ein aufgeregtes Raunen ging durch die Menge. »Sieh dort, die Wagen!«

Und nun sah Landfried es mit eigenen Augen: Hinter einer dicht gedrängten Menge bunt bekleideter Leiber wackelte der Bug eines Schiffes! Mitten in der Stadt, gerade so, als sei die breite Gasse ein Fluss! Beim Näherkommen erkannte Landfried, dass das Schiff Räder besaß. Ein Schiffswagen! So also funktionierte der Trick. Hoch an Bord befanden sich johlende Menschen, darunter auch Geistliche, oder trugen sie nur deren Gewänder?

Der Rest des Tages verging im Rausch. Irgendwann verlor Landfried seine Männer im Gedränge und Geschiebe. Zusammen mit Mundarik und der Magd, an deren Namen er sich immer noch nicht erinnerte, trieb er weiter durch das Getümmel. In einer Wirtschaft am Dom ergatterten sie einen Sitzplatz. Ein Schankmädchen knallte ihnen drei Becher mit Wein, einen Ring geräucherter Fleischwurst und runde Wecken auf den Tisch. Hungrig machte sich Landfried über die Wurst her, während Mundarik seinen Becher mit einem einzigen Schluck leerte. Ihre Begleiterin ließ beides stehen. Plötzlich ergriff sie stattdessen Landfrieds Hand. Er war so überrascht, dass er es ohne Widerworte geschehen ließ. Die Hand erschien ihm wie ein süßes Versprechen.

»Woll'n wir noch einen ... «, lallte Mundarik.

Landfried blickte ratlos von seiner Hand auf den Freund. »Ich glaube, wir bringen dich lieber ins Quartier, solange wir das noch können ...«

Eilika, denn so hieß die junge Frau, wie Landfried mit einem Mal wieder einfiel, drückte kurz seine Hand. Signalisierte das Zustimmung, oder sollte es vielleicht noch etwas ganz anderes bedeuten? Doch schon ließ sie los und ergriff stattdessen Mundariks Arm. »Wir helfen dir, stütz dich auf uns beide, wir gehen jetzt heim!«, erklärte sie bestimmt.

»Nicht heim, trinken«, lallte der gefallene Kamerad, doch nun griff auch Landfried zu, und mit vereinten Kräften richteten sie den schweren Mann auf. Mehr durch Glück als durch Überlegung fanden sie in der hereinbrechenden Dunkelheit ihr Quartier am Rheinufer und ließen Mundarik drinnen auf seine Pritsche fallen.

»Er hat begonnen zu schnarchen, noch bevor er gelegen hat«, staunte Eilika.

»Ja, so ist er«, bestätigte Landfried knapp. Diese Eigenschaft seines Freundes kannte er aus dem Feldlager zur Genüge. Unschlüssig standen die beiden in der kühlen Nachtluft. Eilikas Atem kondensierte, und ein dichter Reif hatte sich über Hof und Baracken gebreitet. Landfried versuchte verzweifelt, seine Gedanken zu ordnen. Das also war Karneval. Alle waren gleich. Herr und Magd ...

Sie sah ihn herausfordernd an. »Ich gehe jetzt auf meine Kammer«, erklärte sie und zog die Brauen hoch. Dann, ganz langsam wandte sie sich um.

Immer noch langsam schritt sie davon, und Landfried folgte ihr. Aber nur mit den Augen. Er wusste, was sie von ihm erwartete. Trotz der Kälte der Nacht überkam ihn eine Hitzewallung. Ich sollte jetzt auch in mein Bett gehen, dachte er und machte dennoch einen ersten zaghaften Schritt in Richtung der Mägdekammern. Dann schüttelte er den Kopf und ging weiter. Vor der Tür der Kammer hielt er inne. Ob sie ihn beobachtete? Oder war sie sich ihrer Reize so sicher, dass sie einfach wartete? Ein hübsches Ding, hochgewachsen und mit heilen, weißen Zähnen in einem breiten, roten Mund. Die dunklen Haare rahmten ihr Gesicht verführerisch ein. Er konnte sich an jede Einzelheit erinnern, dabei hätte er sie noch heute Vormittag auf der Straße nicht erkannt. Drinnen knarrte eine Diele. Er stellte sich vor, wie sie vor Ungeduld und Erregung von einem Fuß auf den anderen trat, auf ihn wartete, vielleicht hatte sie sich schon entkleidet ... Nein, entschied sich Landfried, ich werde nicht hineingehen. Wenn sie jetzt vor mir stände, weiß ich nicht, ob ich ihr widerstehen könnte, aber so? Entschlossen machte er kehrt und stapfte über den kalten, leeren Hof zurück in sein eigenes Quartier. Er würde nicht den Fehler seines Vaters wiederholen, sondern eine standesgemäße Frau heiraten. Das verlangten schon allein seine hochfliegenden Pläne bei Hofe! Er warf seine Kleider ab und legte sich sofort hin. Doch schlafen konnte er nicht. Halb bereute er seine Selbstdisziplin, halb schalt er seine Schwäche. Als er schließlich gerade einzudämmern begann, ließ ihn ein Knarren hochfahren. In der Tür stand eine Gestalt.

»Ich konnte nicht schlafen«, erklärte Eilika mit einem entschuldigenden Augenaufschlag.

Hludahilt, Hruođolfshof, Ostermonat 793

Eine der Kühe hatten sie aus dem Stall auf die frische Weide tragen müssen, so schwach war sie gewesen. Hludahilt blieb bei ihr und beobachtete das völlig ausgezehrte Tier. Doch nachdem es ein paar grüne Gräser gefressen hatte, an die es im Liegen kam, stand es plötzlich auf. Wackelig noch, doch nach nur wenigen Stunden auf der Weide wurden die Bewegungen wieder sicherer. Gegen Abend kam Hruođolf selbst auf die Weide, um nach dem Rechten zu sehen.

»Wir haben den Winter überstanden!«, freute sich Hludahilt und wies auf die Kuh. Zuerst sagte der Vater gar nichts und schaute gemeinsam mit ihr den Kühen beim Grasen zu. Das wunderte Hludahilt nicht. Seit dem Tod seiner Frau vor vier Jahren war er gegenüber seiner Tochter immer verschlossener geworden.

»Das ist gut, aber ich fürchte es wird noch nicht reichen«, unterbrach er schließlich ihr Schweigen.

Sie blickte ihn überrascht an. »Was meinst du damit?«, wollte sie wissen.

»Ich meine, dass unser Hof nicht alle Münder ernähren kann, die auf ihm leben. Die Ernte letztes Jahr war zu schlecht, vielleicht wird es besser, wenn wir im Holzmonat das neue Getreide einbringen.«

Damit wandte er sich ab, und Hludahilt fragte sich, was er ihr hatte sagen wollen. Es war das erste Mal seit über einem Jahr, dass er sie überhaupt an einem seiner Gedanken teilhaben ließ. Was sollte das bedeuten? Wollte er sie fortschicken? Und wenn er das wollte, wohin denn? Angst stieg in ihr auf. Sie war noch nie weiter als bis zum Kloster vom väterlichen Hof entfernt gewesen. Aber natürlich. Er würde sie als Magd nach Lauresham schicken, genau wie den jungen Nachbarn. Zu ihrem eigenen Erstaunen tröstete sie diese Vorstellung. Vielleicht wäre es dort gar nicht so schlecht, überlegte sie weiter. Es gab sicherlich immer genug zu essen. Und sie wäre endlich ihre Brüder los.

»Ich glaube, Vater will mich nach Lauresham ins Kloster schicken«, erklärte sie Haltrud, sobald sie abends einen Augenblick ohne unerwünschte Zuhörer waren.

»Wieso denn das?«, fragte die Freundin verständnislos. »Was soll ich denn hier machen, ohne dich?«

Die Zuneigung der älteren Magd ließ ein warmes Gefühl in Hludahilt aufsteigen. Sie griff nach der Hand der Freundin. »Vater hat gesagt, es wären zu viele Münder auf dem Hof, die gestopft werden müssten. Vielleicht schickt er uns ja auch zusammen nach Lauresham. Das wäre doch toll. Dort leben auch viel mehr Männer!« Den letzten Satz hatte sie mit einem schnippischen Grinsen hinzugefügt. Sie wusste, was für Haltrud von Bedeutung war.

»Aber das sind doch Mönche«, wandte Haltrud ein. »Die dürfen doch gar nicht ...« Sie errötete. »Na ja, du weißt schon. Jedenfalls bringen sie mir dann auch nichts!«

Hludahilt musste lachen. »Nicht alle. Dort leben mehr Knechte und Krieger, die im Dienst des Abtes stehen, als Mönche. Die leben nur in der Klausur, da darfst du ohnehin nicht rein. Unter den Knechten sind bestimmt genug für dich dabei.« Sie selbst hingegen interessierte sich vor allem für einen, aber das ließ sie lieber unerwähnt.

Doch die nächsten zwei Tage passierte gar nichts, und Hruođolf war, wenn überhaupt, noch verschlossener als sonst. Langsam begann Hludahilt an ihren Schlussfolgerungen zu zweifeln. »Vielleicht habe ich ihn falsch verstanden«, gestand sie ihrer Freundin. Seltsamerweise fühlte sie, obwohl sie sich bei dem Gedanken, fort zu müssen, gefürchtet hatte, jetzt Enttäuschung. »Eigentlich würde ich gerne einmal etwas erleben«, überlegte sie laut. »Seit meiner Geburt lebe ich auf dem Hof, und alles, was es hier zu sehen gibt, kenne ich seit Jahren. Es gibt einfach nichts Neues mehr.«

»Ja, für dich gibt es keine Männer hier«, pflichtete ihr Haltrud bei, ihre eigenen Wünsche auf Hludahilt übertragend.

»Nein, es geht mir gar nicht um Männer«, widersprach Hludahilt verärgert. Ihre Freundin kannte wirklich nur ein einziges Thema. »Ich will etwas sehen von der Welt. Es gibt so viele Dinge, die ich nur von vorbeiziehenden Händlern gehört habe. Seltsame und schöne Dinge. Ich würde gerne wissen, wo und ob die Welt nicht irgendwo ganz anders aussieht!«

»Wieso sollte sie irgendwo anders aussehen?«, fragte Haltrud stirnrunzelnd.

Hludahilt seufzte. Manchmal war ihr sogar die Freundin zu wenig.

Landfried, Radantia, Ostermonat 794

Langsam glitten die schwer beladenen Kähne unter dem Druck der Ruder den Fluss hinauf. Urwälder, kleine Weiler und ebenso kleine Felder zogen an den Ufern vorbei. Vor vier Tagen hatte Landfried mit einem Trupp von einfachen Fußsoldaten den Hafen von Moguntia verlassen. Landfried war ganz froh, der Enge der Stadt zu entkommen.

»Vielleicht bist du auch ganz froh, der jungen Eilika zu entkommen?«, hatte Mundarik ihn geneckt, aber das verbat sich Landfried vehement.

»Ich muss mir von dir altem Saufaus gar nichts vorwerfen lassen!«, hatte er behauptet, auch wenn ihn insgeheim sein Gewissen plagte. Er wollte große Taten vollbringen, die ihm vor dem König Ehre machten. Und, was schaffte er tatsächlich? Eine junge Dienstmagd zu verführen. »Ganz bestimmt nicht von dir!«, wiederholte er wütend, als Mundarik anstelle einer Antwort lediglich anzüglich grinste. Doch da ihm neben seinem Freund und Begleiter lediglich die Gesellschaft der Bauern blieb, musste er sich wohl oder übel mit ihm vertragen.

»Landfried! Sieh mal dort drüben. Ob das unser Ziel ist?«, rief Mundarik plötzlich munter und wies mit der ausgestreckten Hand den inzwischen nur noch schmalen Wasserlauf hinab. Hinter einer Biegung war unversehens eine große Lichtung aufgetaucht. Stapel von Holz und anderem Baumaterial säumten das Ufer. Menschen liefen geschäftig hin und her. Weiter hinten schimmerte der helle Stoff von Zelten.

»Das scheint es zu sein!«, bestätigte Landfried. Die kleine Flotte näherte sich langsam der Landungsstelle, an der das Gras auf dem schmalen Uferstreifen von hunderten Füßen zu Schlamm zertreten war.

»Wie ein Heerlager sieht mir das aber nicht aus«, bemerkte Mundarik säuerlich. »Keine Palisaden, nicht mal Wall und Graben und auch keine Wachtposten.«

Landfried kniff die Augen zusammen. »Wir befinden uns auch noch mitten in fränkischem Gebiet. Weiß der Henker, was wir hier sollen. Um eine Burg als Ausgangspunkt für einen Angriff auf die Awaren zu erreichen, sind wir noch verdammt weit von der Grenze entfernt! Die gesamte Bayrische Mark liegt zwischen uns und dem Feind.«

Schweigend warteten die beiden Männer, bis ihr Kahn mit einem leisen Ruck auf den Matsch der Anlegestelle auflief. »Gott zum Gruß«, rief Landfried zwei Männern zu, die ihrer Kleidung nach ebenfalls Edelleute waren.

»Auch Euch«, kam die wortkarge Antwort. »Wer seid Ihr und was ist eure Ladung?« Die Frage war geschäftsmäßig gestellt und legte keinen Wert auf Höflichkeit.

»Mein Name ist Landfried, wir kommen von Moguntia«, erklärte er. »Ich bringe fünfzig Mann, und Rantulf, ein Grafensohn aus dem Hause Cankor von Wormatia, folgt mit weiteren hundert.«

»Alles Bauern?«

»Ja«, bestätigte Landfried. »Keine Pferde bisher. Und auch keine Haustruppen. Dafür haben wir Schaufeln und Hacken dabei!« Er grinste. Doch falls sein Gegenüber das in irgendeiner Weise bemerkenswert oder gar belustigend fand, verrieten seine Züge nichts davon.

»Dann melde dich und die Zahl deiner Männer in dem großen Zelt dort hinten. Da sind die Schreiber untergebracht. Die werden dir auch sagen, wo ihr lagern könnt.«

Landfried zuckte die Schultern. Das zumindest war wie auf jedem Feldzug. Er würde schon noch früh genug erfahren, was es mit den seltsamen Vorbereitungen auf sich hatte. »Mundarik, sieh zu, dass die Männer die Kähne entladen. Ich gehe neue Befehle holen.« Er sprang ins flache, kalte Wasser. Was für ein unangenehm feuchter Frühling, schoss es ihm durch den Kopf. Rasch watete er ans Ufer.

»Dort entlang«, erklärte der wortkarge Edelmann, mit dem Landfried bisher gesprochen hatte, noch einmal und zeigte in Richtung der weiß schimmernden Zelte. Als Landfried gerade im Begriff war, in die angegebene Richtung zu schreiten, besann er sich doch noch seiner Manieren. »Landfried, sagtet Ihr? Ich bin Roderik, des Königs dritter Baumeister«, stellte er sich vor und streckte dem sich umwendenden Landfried die Pranke entgegen.

»Meister«, bestätigte Landfried mit einem leichten Nicken und schüttelte die ihm dargebotene Rechte. *Ein Baumeister also?*, dachte Landfried. Kein Wunder, dass der Mann keine Manieren hat. Nur was sollen wir hier? Sollen wir vielleicht eine ummauerte Stadt angreifen? Doch die Awaren wohnen nicht in ummauerten Städten. Unter diesen Gedanken schritt Landfried auf das größte der bezeichneten Zelte zu. Drinnen befanden sich mehr Menschen, als Landfried erwartet hatte, und mehr Pergament, als er je an einem einzelnen Ort gesehen hatte, mit Ausnahme der Klosterbibliothek von Lauresham vielleicht.

Unschlüssig stand er im Eingang, bis ihn plötzlich eine Stimme anrief: »Du da, woher kommst du, und wie viele Männer bringst du mit?«

Landfried fuhr herum. Die Stimme gehörte einem Mann in Mönchskutte, der hinter einem bedenklich hohen Pergamentstapel saß und ihn über diesen hinweg kritisch musterte. *Wenn der Stapel umfällt, wird er ihn erdrücken*, mutmaßte Landfried grimmig. Sollte er auf seinem Rang bestehen? Besser nicht, entschied er. Noch wusste er nicht, wen er vor sich hatte. Er räusperte sich. »Ich heiße Landfried, Graf Theutberts Sohn. Ich bringe fünfzig Mann, und Grafensohn Rantulf aus Wormatia folgt mit weiteren hundert«, wiederholte er seinen bereits dem Baumeister gegebenen Bericht.

Der Schreiber nickte und kritzelte etwas auf eines der Pergamente. Dann wandte er sich wieder Landfried zu. »Mein Name ist Sigismund. Ich gehöre zur Hofkapelle und organisiere hier das Lager. Du wirst deine Männer dort drüben hinter den Hügel bringen.« Er wies mit der Hand aus dem Zelt hinaus. »Dort schlagt eure Zelte auf. Später wird man Euch Nahrungsmittel und Feuerholz bringen. Rantulf wird mit seinen Männern direkt neben deinen lagern. Sag ihm das.« Ohne eine weitere Erklärung wandte sich der Kaplan, wie Landfried jetzt wusste, wieder seinen Pergamenten zu.

Waren hier alle so höflich? Er biss sich auf die Unterlippe und schluckte seinen Ärger herunter. Aber das war er von der Hofkapelle so gewohnt. Nicht höflich, aber immerhin straff organisiert. Sollte er noch nach dem Zweck seiner Anwesenheit fragen? Lieber nicht jetzt. Die Hofkapelle bildete das Rückgrat der königlichen Verwaltung. Und wenn hier ein Kaplan Dienst tat, dann geschah das Ganze mit Sicherheit auf Befehl des Königs. Er würde sich gedulden. Und Zelte aufbauen.

Kaum standen die ersten Zelte, da kamen bereits die versprochenen Nahrungsmittel und das Feuerholz. »Ich gehe noch einmal zum Kommandozelt. Vielleicht bekomme ich doch noch etwas heraus«, entschied Landfried. »Pass du hier auf, dass es keine Streitereien mit den Nachbarn gibt. Du weißt ja, auf wen du besonders achten musst«, wies er Mundarik an. Es hatte bereits auf den Booten einigen Ärger gegeben. Rasch schritt er in Richtung der Anlegestelle. Die Abendluft war angenehm mild, und der Rauch der Kochfeuer stieg ihm in die Nase. Als er das Kommandozelt betrat, war nur eine einzige bekannte Person anwesend. Die hohe Gestalt des Hofkaplans erkannte er sogar von hinten. »Herr Sigismund?«, fragte er vorsichtig. Die Macht der Hofkapelle durfte man nie unterschätzen.

Der Angesprochene drehte sich halb um. »Komm nur näher«, winkte er um einiges geselliger als noch am Mittag.

Zögernd trat Landfried an den Tisch, an dem der Mönch noch immer saß. Nun sah er, dass ein Weinkrug den unordentlichen Pergamentstapel ersetzt hatte. Offenbar ohne den Mönch unter sich zu begraben. »Einen guten Abend wünsche ich«, grüßte er höflich.

»Auch dir, Grafensohn«, entgegnete der Geistliche.

Landfried lächelte überrascht. Sigismund musste wissen, wer er war, dass er ihn trotzdem als legitimen Sohn seines Vaters ansprach, war eine ungewohnte Höflichkeit.

»Hast du schon herausgefunden, was hier vorgeht?«, fragte Sigismund schmunzelnd.

»Nein, noch nicht«, gestand Landfried.

»Dann setz dich zu mir, und nimm einen Schluck Wein. Es ist nicht gut, wenn die Anführer nicht wissen, was der König von ihnen erwartet!«

Dankbar nahm Landfried Platz. In diesem Punkt stimmte er dem Kaplan vollkommen zu. Sigismund winkte einen Knecht heran, der einen weiteren Becher vor Landfried auf den Feldtisch stellte. Aufmerksam musterte ihn der Kaplan, während Landfried seinen ersten Schluck nahm. Der Wein war zwar billig, aber gewürzt und warm, an einem kalten Tag wie heute eine Wohltat.

»Also was hast du bisher herausgefunden?«, fragte der Kaplan noch einmal.

Sein spöttisches Lächeln ärgerte Landfried. »Mit mir kamen hundertfünfzig Mann, die neben ihren Waffen in Moguntia mit Spaten und Hacken ausgestattet wurden. Hier vor Ort befinden sich bestimmt noch mal so viele Männer. Ebenfalls nicht für den Krieg, sondern für die Arbeit gerüstet. Ich sah nur wenige Pferde, und die Grenze des Awarenreichs befindet sich hinter der Bayrischen Mark weit entfernt im Südwesten. Von Aufständen der Bayern oder einem Überfall der Awaren, Sachsen oder Slawen habe ich nichts gehört, und wir haben hier auch keine Palisaden und selbst für so friedliche Zeiten viel zu wenige Wachtposten. Neben euch, einem Kaplan der königlichen Hofkapelle, befindet sich auch der dritte Baumeister des Königs vor Ort. Es deutet also alles darauf hin, dass wir nicht hier sind, um Krieg zu führen, sondern um etwas zu bauen. Etwas, was dem König wichtiger ist als ein neuerlicher Feldzug und wofür er eine große Menge Arbeiter, aber nur wenige Fachleute benötigt. Ich habe weder Steine noch Steinmetze gesehen.«

Sigismund nickte anerkennend. Das überlegene Lächeln war zu einem belustigten Schmunzeln geschrumpft. »Gut beobachtet, aber warum bist du dann hier, Krieger?«

»Ja, das ist eine der Fragen, die offen bleiben«, bestätigte Landfried.

»Eine der Fragen?«, erkundigte sich Sigismund verwundert. »Was willst du denn noch wissen?«

»Es wäre das erste Frühjahr, seitdem ich denken kann, in dem Karl keinen Feldzug plant.« Er schüttelte den Kopf. »Das kann ich mir gar nicht vorstellen. Ein Frühjahr ohne Krieg ...«

Sigismund schürzte die Lippen. »Im Himmel wirst du ganz ohne Feldzüge auskommen müssen. Als guter Christ ...«

»Ich habe ja nichts dagegen«, verteidigte sich Landfried, »es kommt mir nur seltsam vor.«

»Du hast schon richtig beobachtet«, entgegnete der Mönch. »Eigentlich hast du es fast erraten. Karl hat befohlen, einen Kanal zu graben, der den Moin mit dem Danuvius verbindet.«

Landfried schlug mit der flachen Hand auf den Tisch. »Ich hab es doch gewusst! Also geht es doch den Awaren an den Kragen!«, rief er triumphierend.

Sigismund nickte. »Du denkst schnell. In der Tat. Unser Nachschub soll per Schiff auf den Danuvius gebracht werden, damit unser Heer den Fluss entlang durch die östliche Mark bis ins Herz des Awarenreiches vorstoßen kann.«

»Auf einen derartig großen Plan konnte tatsächlich nur Karl kommen!«, rief Landfried voll ehrlicher Bewunderung.

»Ein kühner Plan in der Tat«, bestätigte Sigismund. »Aber anno einundneunzig hatten wir auch eine Versorgungsflotte auf dem Danuvius, und die verdammten Awaren sind einfach in die Steppe geflohen. Weg vom Fluss und unserem Heer.«

Landfried nickte. Damals war er nicht an dem Danuvius, sondern befand sich in Aquitanien und der spanischen Mark, ganz im Westen, am anderen Ende des Frankenreiches. »Ihr hattet nicht genügend schwere Reiter«, behauptete er. »Mit denen haben wir den Arabern bei Tolosa eingeheizt und sie bis nach Hispanien zurückgetrieben!« Er konnte sich ein stolzes Lächeln nicht verkneifen.

»Gebe Gott, dass du Recht behältst«, gestand ihm sein Gegenüber zu. »Aber die Araber sind leicht bewaffnet, ohne Panzerung. Bei den Awaren tragen sogar die Pferde Rüstungen!«

Landfried machte eine wegwerfende Handbewegung. »Sie werden der Wucht unseres Angriffs auch damit nicht widerstehen können.«

»Vielleicht wollen sie das auch gar nicht«, antwortete Sigismund, dem Landfrieds Optimismus offensichtlich nicht gefiel. »Sie weichen aus und schießen ihre Pfeile mit tödlicher Sicherheit. Dafür richten sie sich in ihren Steigbügeln auf und schießen zielsicher sogar nach hinten auf ihre Verfolger!«

»Pah«, machte Landfried. »Pfeile haben die Araber auch verschossen, aber wenigstens nutzen die Awaren nicht die verdammten Wurfanker, mit denen uns die Araber vom Gaul und in den Staub reißen wollen.«

»Die Araber ... «, sinnierte Sigismund. »Wer vermag die schon zu verstehen?«

»Nun«, widersprach Landfried. »Zuerst klingt ihre Sprache wie ein unteilbarer Strom von Worten. Es ist unmöglich zu sagen, wann eines aufhört und wo das nächste beginnt. Ein wenig klingt es wie Musik.« Er lächelte kurz. »Aber nach ein paar Monaten an der Front schnappt man doch das ein oder andere auf ...« Er schaute auf und bemerkte, dass Sigismund ihn mit hochgezogenen Brauen betrachtete. »Mir gefiel der Klang ihrer Sprache eben«, erklärte er und spürte wie ihm das Blut ins Gesicht stieg. »Dadurch waren die Schwertstreiche, die ich ihnen verpasst habe, nicht weniger hart und entschlossen!« Trotzig blickte er seinem Gegenüber in die Augen.

»Ich meinte eigentlich nicht, dass ihre Sprache schwer zu verstehen ist«, erklärte Sigismund. »Sondern die Araber an sich sind es. Sie kennen nur einen Gott und doch sind sie keine Christen. Sie leben nach ihren eigenen Gesetzen, die aber auch in einem Buch geschrieben stehen. Das unterscheidet sie von unseren übrigen Feinden, seien es nun Sachsen, Dänen, Slawen oder Awaren. Aber verzeih mir, ich wollte dich nicht kränken. Im Gegenteil, du hast mich beeindruckt. Du kennst dich bemerkenswert gut mit den Bräuchen deiner Feinde aus, wie ich merke«, beschwichtigte Sigismund. »Nicht viele Krieger interessieren sich für die Sprache ihrer Feinde!«

»Und nicht jeder Kaplan versteht etwas von Steigbügeln und Pfeilen«, konterte Landfried grinsend.

»Darauf lass uns trinken«, rief Sigismund lachend und hielt Landfried seinen Becher zum Anstoßen hin.

Hludahilt, Hruođolfshof, Ostermonat 793

Hludahilt hatte sich nicht geirrt. Am Abend, als die Bewohner des Hruođolfshof in der Stube ums Feuer saßen, stand ihr Vater auf und räusperte sich. Sofort verstummten alle Gespräche. Familie und Gesinde blickten gespannt auf den Hausherrn.

»Hludahilt, du bist alt genug, um eine ordentliche Ausbildung zu erhalten. Wenn du einmal vorteilhaft heiraten sollst, musst du deine Umgangsformen verfeinern. Und da deine Mutter leider nicht mehr unter uns weilt, wirst du das hier auf dem Hof nicht lernen können. Ich habe daher beschlossen, dich an den Hof des Abtes von Lauresham zu senden.«

Beinahe hätte sie laut aufgejubelt, doch sie verkniff es sich. Sollten die Brüder ruhig denken, es fiele ihr schwer! Einen Augenblick war nur das Prasseln des Herdfeuers zu hören, dann begann wildes Getuschel. Hludahilts Augen suchten im Halbdunkel nach Haltrud, und ihre Blicke trafen sich einen Moment. Haltruds Blick war kalt, dann wandte sie sich abrupt ab. Hludahilt spürte, dass sie ihre Freundin nicht erst mit der geplanten Abreise verlieren würde.

»Was hast du denn, wollen wir die letzten Tage nicht noch gemeinsam verbringen?«, rief sie der Freundin später vor dem Haus nach, doch Haltrud drehte sich nur halb um.

»Lass mich in Ruhe«, schimpfte sie. »Du darfst fort, dahin, wo die Männer sind, und ich bleibe hier sitzen«, fauchte sie eifersüchtig.

Traurig ging Hludahilt wieder hinein. Mit einem Male fühlte sie sich einsam. So einsam, dass es auch in Lauresham nicht mehr schlimmer werden könnte.

Landfried, Baustelle an der Radantia, Heumonat 793

Der Sommer brachte endlich wärmeres Wetter und täglich neue Transporte Arbeiter, Werkzeug und Baumaterial. Landfried staunte ein ums andere Mal, wie viele Mittel Karl für diesen Bau einsetzte. Auf der Baustelle befanden sich kaum weniger Männer, als man bei einem Sachsenfeldzug erwarten würde! Tatsächlich kam wenige Tage später eine neue Flotte von Barken die Radantia hinauf. Doch diesmal stiegen gerüstete Krieger vom Schiff. Sie schlugen direkt hinter den Stapeln mit Baumaterial ein prächtiges Zelt auf.

»Was soll das denn?«, fragte Mundarik überrascht.

Auch Landfried staunte über die Pracht, die sich innerhalb weniger Stunden direkt hinter der tristen Baustelle entfaltete. »Das muss für jemanden ganz Wichtiges sein«, behauptete er. »Ich würde mich nicht wundern, wenn es für einen der Prinzen gedacht wäre.« Immerhin hieß das, dass sein Posten nicht ganz so verloren war, wie er bisher angenommen hatte.

»Wer, meinst du, ist es?«, überlegte Mundarik. »Prinz Pippin oder Ludwig?«

Landfried wiegte den Kopf. »Den Plan hat sich Karl bestimmt höchst selbst ausgedacht.«

Doch am Folgetag legte eine weitere prunkvolle Barke an. Und plötzlich verstummte der Lärm von Beilen, Hämmern und Spaten. Zuerst in unmittelbarer Nähe der Anlegestelle, dann in immer weiteren Kreisen, bis schließlich die gesamte Mannschaft auf den Knien lag.

»Der König«, flüsterte Mundarik ergriffen. Seine scharfen Augen hatten ihn von Weitem erkannt. Und er behielt Recht. Es war tatsächlich König Karl, der sich persönlich von den Fortschritten der Bauarbeiten überzeugen wollte.

Doch auch die Anwesenheit des Königs änderte nichts an dem schauderhaften Wetter. Schon wenige Tage nach seiner Ankunft begann es von Neuem zu regnen, und die Arbeiten kamen nur schleppend voran. Das war indes nicht das einzige Problem, das den Bau behinderte: Eines verregneten Tages beobachtete Landfried, der gerade aus dem Schreiberzelt trat, einen schlammbespritzen Reiter, der direkt vor dem prächtigen Zelt Karls aus dem Sattel taumelte. Landfried eilte näher heran, um die Neuigkeiten möglichst gleich aus erster Hand zu erfahren. Doch schon ließ die Wache den Boten ins Zelt. Seine Botschaft schien keinen Aufschub zu dulden.

Tatsächlich stürmte nur Augenblicke später der König wutschnaubend ins Freie. »Diese verdammten Sachsen!«, schrie er mit rotem Gesicht. »Ich werde ihre starren Nacken beugen oder brechen, und wenn ich das ganze verdammte Volk in die Verbannung schicken muss!«

Karls Zorn war in der Tat zum Fürchten. Selbst für die Seinen. »Nicht schon wieder«, wisperte ein Schreiber, der sich wie Landfried herangedrängt hatte, um zu lauschen.

Landfried schluckte hart und nickte. »Nein, in die sächsischen Sümpfe will ich auch nicht zurück«, bestätigte er. »Jahr für Jahr sterben dort gute Franken an Fieber und in feigen Hinterhalten!« Wobei, dachte er, in den wolkenverhangenen Himmel blickend, wenn es weiter so regnet, haben wir hier bald genauso einen Sumpf wie an der Älv.

Landfried, Baustelle an der Radantia, Erntemonat 793

Wochen harter Arbeit lagen hinter ihnen. Unmengen an Erde hatten sie bewegt, und der Kanal zog sich viele hundert Schritte ins Land hinein. Doch Roderik, der Baumeister, war nicht zufrieden. Der ständige Regen und das kalte Wetter behinderten ihr Vorankommen, und aufgrund der ebenfalls verregneten Ernten mussten mehr Leute für das Heranschaffen der Nahrungsmittel abgeordnet werden und standen dementsprechend nicht für die eigentlichen Baumaßnahmen zur Verfügung. Am Abend eines weiteren verregneten Tages betrat Landfried nass und müde das Kommandozelt. Suchend blickte er um sich, in der Hoffnung, den Kaplan zu finden und vielleicht einen weiteren Becher Wein zu bekommen. Er musste nicht lange suchen.

»Du siehst ja fürchterlich aus. Was habt ihr heute geschafft? Weitere Erdarbeiten?«, begrüßte ihn Sigismund.

»Was sonst?«, gab Landfried zurück und griff nach dem dargebotenen Krug mit warmem Würzwein.

Er nahm einen tiefen Schluck. »Wenn es so weiter regnet, brauchen wir keinen Kanal mehr, sondern fahren einfach über den großen See, der dann hier alles verschlingt.«

Sigismund lachte leise. »See ist gut. Ihr arbeitet doch an dem Reservoir, nicht wahr?«

Natürlich wusste er genau, was die Männer taten, schoss es Landfried durch den Kopf. Vermutlich sogar genauer als er selbst. Er nickte.

»Das soll ein Stausee werden, aus dem die einzelnen Kanalabschnitte immer neu mit Wasser aufgefüllt werden«, bestätigte er.

Auch Sigismund nahm einen Schluck. »Ganz genau kann das sicherlich nur Roderik erklären, aber der spricht ja nicht gern.« Sinnend blickte er in seinen Becher.

Landfried nickte müde. Der Tag hatte ihn erschöpft, und im trockenen Schreiberzelt ein Glas Wein zu trinken, war alles was er sich hatte erhoffen können. Ihm fehlte die Kraft, eine Unterhaltung zu beginnen. Doch Sigismund schien in redseliger Stimmung.

»Waren die Schwerter der Araber härter als unsere?«, fragte er unvermittelt.

Landfried blickte ihn stirnrunzelnd an. »Hart genug«, bestätigte er. »Der Trick ist, dass du dich nur da von ihnen erwischen lässt, wo dich das Kettenhemd schützt. Oder noch besser gar nicht.«

»Schnitten ihre Schwerter denn leichter durch unsere Panzerhemden, als es unsere eigenen tun?«, bohrte Sigismund nach.

»Wir schlagen uns ja nicht gegenseitig ... «, begann Landfried grinsend.

Ärgerlich wischte der Kaplan den Einwand weg. »Nein, ich meine es ernst. Sind ihre Schwerter besser als unsere?«

Landfried dachte nach. »Schärfer? Ich glaube nicht. Und stabiler bestimmt nicht. Ich habe letztes Jahr in Sachsen zwar einen, nein, zwei gute Männer verloren, weil einem das Schwert zerbrach, als einer der Wilden mit einem verdammten Knüppel darauf schlug, eine Schande war das. Aber nein, das ist den Arabern auch passiert. Ihre Schwerter sind sogar leichter und zierlicher als unsere. Wieso fragst du?«

Anstelle einer Antwort zog Sigismund einen Dolch aus seinem Gewand.

Landfried blickte halb erschrocken, halb fasziniert auf die Waffe. »Was soll denn das?«, wollte er wissen.

Sigismund reichte ihm schweigend die sonderbare Waffe.

Landfried fuhr mit dem Finger über einen Schriftzug auf der Schneide. »Das sieht schon arabisch aus«, bestätigte er. »Diese Schnörkel sind, glaube ich, Schriftzeichen ...«

»Die Waffe ist ganz sicher arabischen Ursprungs. Dieser Dolch gehört zu den Geschenken, die Al Mansur, der König der Perser, Karls Vater Pippin sandte.«

»Al Mansur?«, fragte Landfried erstaunt. »Der Herrscher der Araber hieß Al Hakam, oder Hischam, glaube ich?«

Sigismund nickte wieder anerkennend. »Du hast viel über deine Feinde gelernt. Aber Al Hakam ist der Herrscher in Spanien und eigentlich nur ein Rebell, der sich gegen Al Mansur, den Herrscher aller Muselmanen, erhoben hat. Al Mansur herrscht weit im Osten in Bagdad.«

»Das sind eine Menge Neuigkeiten für mich«, bekannte Landfried. »Und was hat es nun mit dem Dolch auf sich?«

»Er ist härter und schärfer als alle unsere Schwerter«, behauptete Sigismund.

Landfried betrachtete die Waffe mit neuem Interesse. Er prüfte die graue Schneide mit dem Finger. »Scharf ist sie«, bestätigte er. »Aber sie zeigt keine Giftzweige. Die Musterung des Eisens erscheint so ... so unregelmäßig.« Fragend sah er auf. »Ich habe ein bisschen über Schmieden und Metalle gelernt, als wir im Süden Aquitaniens eine Weile bei der Silbermine von Mellum lagen ...«

Sigismund zog erstaunt die Luft ein. »Dann bist du mein Mann!«, flüsterte er heiser. »Die Hofkapelle sammelt alle Neuigkeiten. Insbesondere solche, die für unseren König und die Ausbreitung des Christentums von Bedeutung sind.«

»Von Bedeutung?«, fragte Landfried mit hochgezogenen Augenbrauen. Das Interesse der Hofkapelle auf sich zu ziehen, war fast so gut wie das eines der Prinzen! Täglich berieten die Kaplane mit dem König ...

»Von sehr großer Bedeutung«, bestätigte Sigismund ernst. »Diese Welt taumelt auf ihr Ende zu. Wir Franken sind die Letzten, die dem Chaos entgegentreten und das Licht Christi in der Welt rein erhalten. Gegen die Araber hast du selbst schon gekämpft und auch gegen die sächsischen Heiden. Dahinter warten die Abodriten und Wagrier nur darauf, dass wir eine Schwäche zeigen. Von den Awaren und Hunnen an unserer Ostgrenze ganz zu schweigen. Nein, Landfried, die Horden von Gog und Magog bedrängen uns von allen Seiten, und alles, was uns bei dem bevorstehenden Kampf helfen kann, das müssen wir nutzen!«

Landfried schluckte. »Aber wie kann ich dazu beitragen? Ich kann meine Reiter zum Sieg in einem Gefecht führen, aber was hat das mit dem Eisen zu tun?«, fragte er schüchtern.

»Wenn ihr nach Osten gegen die Awaren zieht, halte die Augen offen nach solchem Eisen. Wir müssen wissen, ob vielleicht die Awaren das Geheimnis des harten Eisens kennen. Wie du sicherlich verstehst, ist es für das gesamte Reich von größter Bedeutung, denn mit Waffen aus diesem Eisen können wir vielleicht den Horden der Finsternis widerstehen!«

Landfried fühlte, wie ihm endlich warm wurde. Das wäre eine Aufgabe, die ihm die Aufmerksamkeit des Königs sichern könnte.

Landfried, Baustelle an der Radantia, Holzmonat 793

»Die Erdwälle werden vom Regen einfach davongewaschen«, fasste Landfried das Offensichtliche in Worte.

»Du hast Recht«, bestätigte Roderik. »Ich hatte gehofft, wir kämen ohne aus, aber das geht nicht. Wir müssen Holz schlagen und die Wände des Grabens mit Bohlen stützen«, seufzte der Baumeister.

»Mit Bohlen?«, rief Landfried entsetzt. »Da müssten wir tausende von Bäumen fällen und spalten! Selbst das gesamte Heer der Franken brächte das nicht rechtzeitig fertig!«

»Doch, doch«, widersprach Roderik. »Es gibt keinen anderen Weg. Aber lass den Mut nicht sinken. Unser Kanal wird den Menschen noch nützlich sein, wenn längst niemand mehr von den Awaren spricht und in diesem Land für immer Frieden herrscht ...«

Während es weiter regnete, fällten Landfrieds Bauern Bäume, spalteten sie, und Roderiks Plan ging auf: Die schweren Eichenbohlen hielten den Schlamm zurück, und der Kanal wuchs Stück für Stück in beide Richtungen. Doch inzwischen war der Weinmonat zur Hälfte verstrichen und die Feldzugssaison beendet. Die bisher folgsamen Bauern begannen zu murren, man möge sie nach Hause entlassen, und der König verließ noch vor Vollendung der Fossa Carolina die Baustelle. Landfried blickte missmutig seiner Barke hinterher.

»Wird der König diesmal nicht in Radasponda überwintern?«, wollte er von Sigismund wissen. Karl hatte bereits den Winter des Jahres zuvor in der Stadt der Bajuwarischen Herzöge verbracht, um nach dem Sturz Tassilos jede neue Revolte im Keim zu ersticken.

»Nein, dieses Jahr wird er in Virteburch das Fest der heilbringenden Geburt unseres Erlösers feiern. Franconofurt liegt von dort nur ein Stück den Moin hinab«, erklärte Sigismund.

»Ach ja, die Synode«, erinnerte sich Landfried.

Sigismund warf ihm einen erstaunten Blick zu. »In der Tat. Für den Monat Hornung hat Karl die größten Geister und heiligsten Männer des Frankenreichs nach Franconofurt geladen. Wir müssen eigene Antworten auf wichtige Glaubensfragen finden. Wenn der Römische Imperator glaubt, er könne die drängenden Fragen der Christenheit alleine beantworten, dann hat er sich geirrt!«

Also Virteburch, dachte Landfried. Ihn hatte wieder niemand zum Fest geladen. Missmutig stampfte er den Matsch von den Füßen. Er musste weiter bei dem vermaledeiten Graben ausharren. War er etwa ein Baumeister? Wäre er doch nach Sachsen gegangen, um den verdammten Barbaren ein für alle Mal den Garaus zu machen. Oder in die Spanische Mark, wo die Araber über die braven Bauern herfielen. Da war es sogar sonnig und warm, und erst die Frauen mit ihren schwarzen Augen und ihrem schwarzen Haar ... Er fluchte, als ihm der Regen vom Haupt in den Kragen troff.

»Was sagst du?«, fragte Sigismund.

Landfried brummte unwillig. »Wir werden dieses Jahr keinen Ruhm erwerben. Der Awarenfeldzug ist ins Wasser gefallen.«

»Aber dafür hast du auch keine Männer verloren«, wandte der Kaplan ein.

»Warte ab, was der Winter bringt«, entgegnete Landfried mit düsterer Miene. »Der Regen hat nicht nur unseren Kanalbau behindert. Das Korn verfaulte auf den Feldern, noch bevor es reifen kann. Schon jetzt wird Brot teuer, und wenn der Winter genauso hart wird wie der Sommer, werden etliche gute Franken verhungern. Zumindest wenn der König nicht eingreift, um die Teuerung zu beenden!«

Ulfberht, Odanwald, Heiliger Monat 793

Wieso sollten wir nicht hinausgehen, wenn morgen die Sonne wieder scheint?«, fragte Adalbert.

Der tobende Sturm ließ das ohnehin unwahrscheinlich erscheinen, befand Ulfberht. Der Wind heulte, und alle Augenblicke rüttelte eine Sturmbö an den Bohlen der Hütte, dass man meinte, sie müsse in sich zusammenstürzen und die Köhler unter sich begraben.

Der Sachse schüttelte unwillig den Kopf, als müsste er einem begriffsstutzigen Kind etwas erklären. »In den Tagen nach dem Wotansfest reitet der Herr der Götterschar auf seinem achtbeinigen Ross über Fluren und Wälder«, beteuerte er eindringlich. »Daher darf man in diesen Tagen nichts draußen aufhängen und auch keine Arbeit im Freien verrichten. Wenn sich einer von Wotans Jagdgefährten verfängt oder gestört wird, dann stirbt auf dem Hof des Störenfrieds im kommenden Jahr jemand!«

Ulfberht standen bei dieser Schilderung die Haare zu Berge. Ungeachtet seiner Taufe, die ihn eigentlich vor solchem Zauber schützen sollte. Doch die Macht der alten Dämonen war sicherlich nicht gebrochen.

Plötzlich ertönte ein dumpfes Klopfen. *Der wilde Jäger!*, durchfuhr es Ulfberht, aber auch die anderen Köhler erstarrten. Nochmals erklang das Klopfen, in der atemlosen Stille hallte es wie Donnerschläge.

Adalbert fasste sich als erster. »Willich, sieh nach, wer da ist«, befahl er mit gepresster Stimme.

Willich grunzte, stand dann aber auf, nahm einen eisenbeschlagenen Köhlerstab und näherte sich in gebückter Haltung der Tür. Vor der Tür hielt er inne, während Ulfberht mit den Augen jeder seiner Bewegungen folgte. Mit einem

Ruck griff der Hüne nach dem Riegel und riss die Tür auf. Kalter Wind und Schnee wehten herein. Vor dem Dunkel des Waldes erkannte man die noch dunklere Silhouette eines Mannes. Der Sachse und der Fremde standen sich einen Augenblick stumm gegenüber.

Dann verneigte sich der Schatten. »*Frater Martinius sum*«, stellte er sich mit vor Kälte zitternder Stimme vor. »Ich bitte darum, zu euch ins Warme kommen zu dürfen.«

Willich stand noch immer unbeweglich, den Köhlerstab zum Stoß bereit, doch Adalbert traf eine Entscheidung: »Lass ihn herein, und mach die Tür zu, bevor noch mehr Schnee rein weht.« Willich gab den Eingang frei, ohne ein Wort zu sagen. »Tritt näher«, rief Adalbert dem Fremden zu. »Ulfberht sei so gut, und wärm ihm etwas Suppe auf.« Ulfberht lief in den hinteren Teil der Holzhütte, wo sie Schüsseln und Vorräte aufbewahrten. Als er zurückkam, saß der Fremde mit dem vereisten Bart bereits am Feuer.

»Ich komme auch aus dem Kloster Lauresham«, berichtete er gerade. »Wie ihr wisst, hat der König das Kloster mit der Urbarmachung und Besiedlung dieses wilden Waldes betraut. Im Sommer habe ich tief im Odanswald eine Einsiedelei gegründet. Mit meinen eigenen Händen habe ich den Ort für die erste Kapelle gerodet und bereite den Platz für eine kleine Gemeinschaft frommer Männer. Wir Franken sind schließlich von Gott ausersehen, nicht nur die Gebiete der Heiden, sondern auch die Wildnis seinem Willen zu unterwerfen!« Bei diesen Worten schielte Ulfberht verstohlen zu Willich, dem Sachsen, hinüber, aber der starrte stumpf ins Feuer. »Aber dieser Winter ist zu hart«, setzte der Rohdemönch seinen Bericht fort. »Das ganze Jahr hat es geregnet. Es gibt kaum Früchte und Nahrung für die Tiere, geschweige denn für einen einsamen Mönch! Wenn ihr mich nicht aufnehmt, werde ich verhungern oder von den wilden und ebenso hungrigen Tieren zerrissen!«

»Du bist uns willkommen«, beschwichtigte Adalbert. »Einen Mönch können wir umso besser gebrauchen, als uns

Willich gerade eine schaurige Geschichte von den Unholden erzählte, die auch hier in Franken hausten, bevor das Licht des wahren Glaubens zu uns durchbrach.«

Martinius nickte verstehend. »In so einem Jahr voller Regen, Schnee und Eis kann man leicht in Aberglauben verfallen, aber macht euch keine Sorgen. Ich werde euch vor dem Schabernack der Unholde schützen!« Dabei blickte er zu dem Sachsen hinüber, der das Gesagte mit undeutbarem Gesichtsausdruck aufnahm. Ulfberht nahm die dicke Bohnensuppe vom Feuer und reichte sie dem Fremden. Bruder Martinius griff eifrig zu, aber nicht ohne Ulfberht vorher mit einem Kreuzzeichen zu segnen. »Ich danke dir, mein Junge.«

Ulfberht sah ihm beim Essen zu. »Was hast du vorhin an der Tür eigentlich gesagt?«, wollte er wissen. »Martin summt?«

Martinius verschluckte sich vor Lachen und musste husten. »Nein, ich summe nicht«, lachte er. »*Martinius sum*, habe ich gesagt. Ich bin Martin. Das ist Latein.«

Ulfberht zog die Brauen hoch. »Ich bin Martin«, wiederholte er. »Drei Worte und Martin kommt zuletzt. Im Lateinischen sind es aber nur zwei Worte, und es fängt mit Martin an.« Er blickte den Mönch kritisch an.

»Du hast gut zugehört«, lobte der. »Und einen wachen Geist! Aber pass auf, ich erkläre es dir: *Martinius* ist ‚der Martin', und *sum* heißt ‚ich bin'. ‚Du bist' heißt *es* und ‚du warst' *fuisti*. Das alles kann man auf Latein mit einem einzigen Wort ausdrücken. Darum ist es ja auch die Sprache der Gelehrten.«

»*Sum*, ‚ich bin', *es*, ‚du bist' und *fuiste*, ‚du warst'«, wiederholte Ulfberht. »Was heißt dann ‚ich war'?«, fragte er neugierig.

Wieder musste Bruder Martinius schmunzeln. »Mir scheint an diesem Kohlknecht ist ein Gelehrter verloren gegangen!«, behauptete er. Doch dann wurde er wieder ernst. »Wie alt bist du, Junge?«, wollte er wissen.

»Dies ist mein vierzehnter Winter«, antwortete Ulfberht.

Der Blick des Rodemönchs ruhte wohlwollend auf ihm. »Vierzehn Jahre? Vielleicht ist noch nicht alles verloren. Sag, warst du schon immer ein Kohlknecht?«

»Nein!«, rief Ulfberht. Er hatte schon so lange nicht mehr über sein Schicksal nachgedacht, dass er es fast vergessen hätte. »Nein, mein Vater war ein freier Franke. Ein Königsfreier! Ich wurde von Hruođolf ans Kloster gegeben, um die Schulden unseres Hofes abzuarbeiten, und der Verwalter in Lauresham schickte mich hierher, aber ich war ... ich bin ein freier Franke!« Die Worte sprudelten nur so aus ihm hinaus, von starken Gefühlen übermannt. Dicke Tränen kullerten seine Wangen hinab.

»Ist ja gut, ist ja gut!«, beschwichtigte Martinius, von der Heftigkeit des Ausbruchs völlig überrumpelt. »Vielleicht erzählst du mir das später alles der Reihe nach?«

Landfried, Franconofurt, Hornung 794

Eine dünne Schneeschicht bedeckte den Platz um die Königshalle. Nachdem die Arbeiten am Kanal gerade noch vor Wintereinbruch fertig geworden waren, hatten sie die Bauern auf ihre heimischen Höfe entlassen. Den treuen Mundarik hatte Landfried nach Moguntia geschickt, doch er selbst war nach Franconofurt gefahren, um in der Nähe des Königs zu bleiben. »Du hast ja nur Angst, diese Magd wieder zu treffen«, lästerte Mundarik zum Abschied, aber Landfried verwarf das mit einem ärgerlichen Kopfschütteln. Karneval war Karneval und hatte nichts mit dem übrigen Leben zu tun. Das behaupteten die Städter, und er versuchte, es zu glauben. Außerdem musste er sich bemühen, nach der Saison auf der Baustelle endlich wieder einen militärischen Auftrag zu bekommen. Doch ganz umsonst waren die Arbeiten des letzten Jahres nicht gewesen. Sigismund war ein wichtiger Mann in der Hofkapelle, und Landfried konnte sich glücklich schätzen, sein Vertrauen gewonnen zu haben. Landfried sah sich suchend um, ob der Kaplan nicht endlich auftauchte. Der scharfe Ostwind schnitt ihm ins Gesicht. Kein Wunder, dass Karls vierte Frau Falstrada schwer erkrankt war. Bei dem Sauwetter würden sie alle noch jämmerlich erfrieren.

Endlich traten Männer aus der Halle. Sigismund war unter ihnen, und Landfried eilte ihm entgegen. »Was gibt es Neues?«, rief er neugierig.

Sigismund lächelte selig. »Alle bedeutenden Kirchenfürsten des Reiches sind gekommen: Paulinus, der Patriarch von Aquileja, Petrus, Erzbischof von Mailand, und Richulf von Moguntia. Richbod aus Lauresham und Waldo von der Reichenau. Dazu die Äbte Benedikt von Aniane und Smaragd von Saint-Mihiel, die beiden Reformer! Aber nicht nur die, sondern auch aus Aquitanien, der Spanischen Mark, der Grafschaft Roussillon und aus dem unteren Languedoc sind sie Karls Ruf gefolgt.«

»Dann ist sicher auch mein Onkel Anschericus dabei. Der Bischof von Paris?«, unterbrach ihn Landfried.

»In der Tat«, bestätigte Sigismund mit einem gütigen Nicken. »Als Vertreter des Papstes Hadrian sind zwei Römer gekommen. Theophylactus und Stephanus. Sie haben einen persönlichen Brief des Pontifex dabei, die *epistula dogmatica*.«

»Gut, gut«, unterbrach Landfried. Die innerkirchlichen Querelen interessierten ihn nicht besonders.

Doch Sigismund war anderer Meinung: »Das war spannend, denn der Papst war auch beim Konzil des Imperators in Nicäa. Dort, wo kein einziger unserer Bischöfe geladen war!« Sigismund schnaufte empört, und Landfried unterdrückte ein gelangweiltes Stöhnen. Wie oft bekäme er das wohl noch zu hören? »Sogar aus Britannien sind mehrere Bischöfe gekommen«, fuhr Sigismund begeistert fort. »Alcuin hat sie eingeladen.«

»Und was wurde beschlossen?«, wollte Landfried wissen, mehr um die endlose Aufzählung zu beenden, als weil er erwartete, noch etwas Interessantes zu erfahren.

»Über die wichtigsten Punkte ist man sich schon einig geworden«, Sigismund nickte stolz, als habe er diesen Erfolg persönlich errungen. »Der Adoptianismus wurde erörtert ...«

»Der was?«, unterbrach ihn Landfried mit hochgezogenen Brauen.

»Der Adoptianismus«, wiederholte Sigismund. »Wenn du mich vielleicht kurz ausreden lässt, werde ich sogleich deinen Geist entnebeln.« Er wartete einen Augenblick, bis Landfried resigniert nickte. Dann fuhr er fort: »Der Adoptianismus, von Elipandus gepredigt, immerhin ist er der Primas von Spanien und Bischof von Toledo. Aber dafür wurden er und Bischof Felix von Urgell ja bereits vor zwei Jahren in Radasponda als Irrlehrer entlarvt.«

»Und was besagt dieser Adoptimus?«, wiederholte Landfried seine Frage. Wenn der Kaplan es unbedingt erzählen wollte, sollte er es wenigstens vernünftig erklären. Sigismund seufzte ergeben, aber Landfried merkte an seinem Lächeln, dass er genau darauf brannte.

»Ich bin dabei, es zu erläutern. Wenn du mich nur einmal ausreden lässt. So, also der Adoptianismus wurde verurteilt, er bestreitet die reine Lehre vom Gottmenschentum Christi. Die Spanier glauben, Gott habe Christus gewissermaßen nur adoptiert, und er sei zuvor ein ganz gewöhnlicher Mensch gewesen. Um diesen Irrtum klarzustellen, wurde auch das Glaubensbekenntnis angepasst und »filioque« eingefügt. Nun bezeugt es, dass Christus auch ganz Gott ist und der Geist auch vom Sohn, also von ihm, ausgeht.«

»Aha. Das Glaubensbekenntnis wurde um ein Wort verlängert. Klar, dass alle Bischöfe darüber zwei Monate diskutieren müssen ...«

»Spotte nicht«, unterbrach ihn der Kaplan. »Das ist wichtig. Denn wenn Christus nicht Gottes Sohn ist, wie könnte sein Tod uns dann erlösen? Gewöhnliche und auch außergewöhnliche Menschen sterben jeden Tag, ohne dass sich dadurch irgendetwas auf der Welt ändert. Nein, nur dadurch, dass Christus und Gott eins sind und er freiwillig für unser aller Sünden die Todesstrafe auf sich nahm, können wir Erlösung finden!« Er schwieg einen Augenblick, um seine Worte wirken zu lassen. Dann, als Landfried gerade den Mund öffnete, um etwas zu erwidern, fuhr er fort: »Das ist aber nicht der einzige Beschluss, den die Synode gefasst hat. Wir haben uns auch zum Bilderstreit zwischen Konstantinopel und den übrigen Kirchen geäußert.«

»Und? Gehören die Bilder nun Konstantinopel oder der Kirche?«, fragte Landfried grinsend. Er konnte der Versuchung nicht widerstehen, den Kaplan aufzuziehen, denn natürlich wusste er, dass es nicht um gestohlene Bilder ging. Doch Sigismund ging ihm auf den Leim.

»Nicht wem die Bilder gehören, ist der Streitpunkt, sondern, ob man Bilder verehren darf oder nicht!«, entrüstete er sich. »In Nicäa haben sich Papst und Imperator bereits geeinigt, aber das ist ohne einen einzigen Fränkischen Bischof abgehandelt worden!«

»In Nicäa war keiner unserer Leute?«, fragte Landfried mit gespielter Empörung.

Doch diesmal ging Sigismund nicht darauf ein. »Karl hatte seine Gelehrten eine ausführliche Denkschrift zu dem Thema verfassen lassen, das *Liber carolini*. Darin wird dargelegt, dass die Bilderanbetung abgelehnt werden muss.«

Landfried hob die Brauen. »War der Papst nicht bisher für die Bilderverehrung?«

Sigismund grinste. »Da hast du genau den wunden Punkt getroffen. Er stimmt Nicäa weiterhin zu, aber nur dort, wo die Beschlüsse des Konzils mit unserer Synode übereinstimmen.«

Landfried war verwirrt. »Aber das geht doch nicht, das widerspricht sich doch!«

»Das ist eben Politik«, seufzte Sigismund. »Auch die Kirche ist nicht frei davon!«

Landfried zuckte die Achseln. »So wichtig wird es nicht sein.«

»Sag das nicht«, entgegnete Sigismund. »Die Romanier zerfleischen sich deshalb gegenseitig, bis in die Familie des Kaisers hinein. Konstantin der Fünfte hat die Bilderverehrung in Konstantinopel verboten, wohingegen die jetzige Regentin Irene, die für ihren unmündigen Sohn Konstantin dem Sechsten die Regierungsgeschäfte führt, eine glühende Befürworterin sein soll! Ein Beispiel mehr, warum Frauen nicht über Religion und Politik entscheiden sollten.«

Landfried nickte, das wenigstens verstand er vollkommen. »Und was wurde noch beschlossen? Vielleicht was mit den Awaren geschehen soll?«

Sigismund nickte. »Zunächst wurde Tassilo nochmals vorgeführt. Man hat ihn eigens aus seinem Kloster der *Monasteria gemeticensia* geholt, damit er noch einmal Abbitte leistet, weil er anno '63 in Aquitanien Prinz Pippin die Gefolgschaft verweigerte.«

»Sicher, er hat seinen Vasalleneid gebrochen, aber ist er dafür nicht schon vor Jahren verurteilt worden?«, warf Landfried ein.

»Anno '87 beim Hoftag in Wormatia war er nicht erschienen und wurde im Folgejahr von Karl in Ingilinheim zum Tode verurteilt«, bestätigte Sigismund, stolz, mit seinem Wissen prahlen zu können. »Aber König Karl hat in seiner unmäßigen Gnade das Urteil später in Verbannung abgemildert. Und nun hat er nochmals Abbitte geleistet und auf alle Titel und Besitzansprüche verzichtet. Damit ist Karl nun auch Herzog der Bayern«, fasste der Kaplan die unmittelbaren Folgen, oder wie Landfried insgeheim vermutete, vielleicht auch die Ursachen dieses Streites zusammen. »Und dann haben wir uns tatsächlich mit der Teuerung befasst. Die letzte Ernte war nicht nur an der Radantia völlig verregnet. Die Preise für Brot wurden für das gesamte Reich festgeschrieben, und Karl ließ besonders betonen, dass die Lehnsherren dafür Sorge zu tragen haben, dass ihre Hörigen nicht hungern. Genauso wurde verfügt, dass überall im Reich neue Silberdenare eingeführt werden. Sie werden ausschließlich in den vier Silberminen des Königs geschlagen und tragen sein Monogramm. Das soll verhindern, dass jemand das Silber mit billigen Metallen vermischen kann und der Wert des Geldes somit verfällt. Das würde schließlich die Teuerung noch weitertreiben!«

»Und sonst habt ihr nichts beschlossen?«, fragte Landfried enttäuscht.

»Ist das etwa nicht genug?«, entgegnete Sigismund empört.

»Ich meine, wird es im Frühjar jetzt einen Feldzug gegen die Awaren geben? Und wer wird ihn anführen?«

Nun musste Sigismund lachen. »Ach, daher weht der Wind! Nein, das haben wir nicht besprochen, aber du kannst dir sicher sein, wenn es losgeht, bist du dabei!« In Landfried stieg trotz des kalten Windes ein warmes Gefühl der Dankbarkeit auf.

Hludahilt, Lauresham, Ostermonat 795

Zu ihrem eigenen Erstaunen gefiel Hludahilt die Arbeit im Kloster viel besser als jene auf dem väterlichen Hof, auch wenn Haltrud enttäuscht gewesen wäre. Männer sahen sie nur aus der Ferne. Sie war unter der Aufsicht der gestrengen Gertrud gemeinsam mit mehreren anderen Mädchen aus vornehmen Familien für die Bewirtung hoher Gäste zuständig. Eines der Mädchen, Ludasind, war sogar eine entfernte Verwandte der Königin Falstrada! Und so hörte Hludahilt auch von dem vorzeitigen Tod der Königin in Franconofurt und dem Begräbnis in einer neu geweihten Kirche in Moguntia. »So sehr soll König Karl sie geliebt haben, dass er sich schwor, Franconofurt nie mehr zu betreten«, erzählte Ludasind den ergriffen lauschenden Mädchen. So eine Liebe! Das hatte Hludahilt auf ihrem Vaterhof nie erlebt, und es kam ihr zuerst ganz unsinnig vor. Doch der Tod der Königin, immerhin der ersten geborenen Fränkin an Karls Seite, war nicht die einzige schlechte Nachricht, die sie erreichte.

»Hludahilt, komm einen Augenblick zu mir«, rief Gertrud sie eines Morgens. Hludahilt blickte erschrocken von ihrer Handarbeit auf. Es gab selten einen erfreulichen Grund, von der gestrengen Aufseherin gerufen zu werden. Aber sie konnte sich auch keiner Verfehlungen entsinnen. »Komm mit, hier ist jemand, der dich sprechen will«, beschied die resolute Fränkin, statt Hludahilt auszuschimpfen. Vor dem Gebäude wartete eine Gestalt im dunklen Mantel. Doch als Hludahilt auf den Hof trat, drehte sich der Fremde um und schlug die Kapuze zurück.

»Edolf!«, rief Hludahilt überrascht.

»Meine geliebte Schwester«, antwortete der unerwartete Besucher spöttisch.

»Edolf! Was bedeutet dein Auftauchen hier?« Sie schluckte. Eigentlich hatte sie geglaubt, der väterliche Hof sei ihr egal, aber nun griff eine kalte Hand nach ihrem Herzen. War der Vater gestorben oder sonst ein Unglück geschehen?

»Was soll es schon bedeuten?«, fragte der Angesprochene leichthin. »Ich bin jetzt hier.«

»Das sehe ich, aber wozu?«, wollte Hludahilt wissen.

»Weil ich jetzt hier bin, verstanden?« Sie prallte förmlich körperlich zurück von der auffahrenden Antwort. Ihr Bruder atmete tief durch. »Ich werde das Schmiedehandwerk erlernen, deshalb.«

Es dauerte einen Augenblick, bis Hludahilt die Tragweite des Gesagten erfasste. »Das heißt, Vater wird dir nichts vererben?«, fragte sie erschrocken und legte ihm die Hand leicht auf den Arm.

Er zog den Arm verärgert weg. »Unsinn. Das heißt, dass ich ein edles Handwerk erlernen will. Jung Siegfried hat das schließlich auch getan. Da ist gar nichts Unedles dabei!«

Sie biss sich auf die Lippe. So schlimm stand es also um ihren Vater, dass er nun auch seinen zweitgeborenen Sohn fortschicken musste. Das hieß leider auch, dass er niemals die Mittel für ihre Mitgift aufbringen könnte. Sie schluckte hart. Es ging weiter bergab mit ihnen. Wenn nur die anderen Mädchen nichts davon erfuhren! Sonst würden sie sie mit Sicherheit aus ihrer Gemeinschaft ausschließen! »Da hast du Recht«, lenkte sie ein. Gertrud stand schließlich immer noch dabei und spitzte die Ohren. »Ein Hofherr sollte so viel von Handwerk verstehen, sodass seine Knechte ihm nichts vormachen können«, behauptete sie kühl.

Edolf nickte dankbar. »Du hast es erfasst, Schwesterchen!«

Ulfberht, Odanwald, Lenzmonat 794

Es taut nun schon zwei Wochen. Die Straßen sind wieder passierbar, und wir brauchen dringend Vorräte. Der harte Winter hat alles aufgezehrt. Wenn Lauresham uns nicht bald neue Vorräte schickt, müssen wir jemanden dorthin senden, um den heiligen Abt von unserer Not zu unterrichten«, sorgte sich Adalbert. »Doch ich weiß nicht, ob man uns dort gnädig Gehör schenken wird. Es heißt, die Ernte im letzten Jahr sei so schlecht gewesen, dass auch die Bauern auf und ab im Lande hungern.«

»Ich werde nach Lauresham gehen«, erbot sich Martinius. Der Bruder war den Winter über bei den Köhlern geblieben und hatte ihr einfaches Leben geteilt. »Ich muss mich mit dem Heiligen Vater besprechen, wie das Werk im Wald weitergehen soll. Und ich kann eure Nachricht gerne dorthin tragen, wo sie gehört wird. Das wäre das Mindeste, schließlich habt ihr mir das Leben gerettet!«

»Das wäre ein weiterer Segen, den du über uns bringst!« strahlte Adalbert erleichtert.

»Aber lass mich dich noch um eine Sache bitten«, unterbrach ihn Martinius.

»Gerne, denn ich weiß inzwischen, dass das, was du bittest, nichts Schlechtes sein kann!« entgegnete Adalbert.

»Gib mir Ulfberht mit«, bat Martinius.

Ulfberht starrte ihn mit offenem Mund an, doch Adalbert nickte verstehend. »Ulfberht wurde die letzten zwei Jahre so etwas wie ein Sohn für uns«, erklärte er traurig. »Nein, für mich«, verbesserte er sich und zog die Nase hoch. »Der Sohn, den ich selbst nie hatte. Aber du hast Recht Bruder, er gehört mir nicht und gehört auch nicht hierher. Wenn du beim Abt etwas für ihn erreichen kannst, soll es mich herzlich freuen!

Nur vergiss uns Kohleknechte im Wald nicht vollends, wenn du deinen Weg gehst«, wandte er sich an Ulfberht. »Denn ich weiß, dass du es weit bringen wirst im Handwerk und in der Welt!«

Und so stapfte Ulfberht zwei Tage später an Martinius' Seite durch den schmelzenden Schnee. Es war derselbe Weg, den er zwei Jahre zuvor mit dem Ochsenkarren entlanggekommen war. Wie anders war damals seine Situation gewesen. Er fürchtete sich vor dem Wald und allem, was seiner harrte. Heute schlug sein Herz voll Hoffnung. Vielleicht würde er doch noch einen Platz in der Schmiede finden? Er war älter und stärker geworden. Auch mutiger und selbstbewusster. Ob Wieland sich davon beeindrucken lassen würde? Sie kamen gut voran, denn noch waren die Wege nur oberflächlich angetaut, in der Tiefe aber hart gefroren. Eine ereignislose Nacht verbrachten sie bei einem Bauern. »Erstaunlich, wie freundlich man uns aufnimmt«, bemerkte Ulfberht. »Das ist auch richtig so«, erklärte Martinius energisch. »Die Leute achten meine Kutte. Auch wenn ich selbst nur ein sündiger Mann bin, so erkennen sie in mir doch einen Knecht unseres Herren. Und schon in seinem heiligen Evangelium erklärt der Herr selbst, dass der Arbeiter sein Brot wert ist. Vielleicht wird aus dir selbst auch ein Mönch? Dann wirst du erkennen, welche Kraft der Herr uns schenkt!«

Als sie Lauresham erreichten, war die Klosterpforte, die Ulfberht zwei Jahre zuvor noch als Baustelle gesehen hatte, fertiggestellt. »Ich bin Martinius, Rodemönch aus dem Odanswald«, stellte sich Martinius dem Türhüter, einem im Dienst ergrauten Laienbruder, vor. Voller Stolz bemerkte Ulfberht, dass er den in Latein gesprochenen Satz mühelos verstand. »Ich möchte dem Abt meinen Bericht erstatten«, erklärte der Mönch weiter. Der Graubart nickte und erhob sich ächzend von der Holzbank im Torgang. »Willkommen zurück, Bruder. Wartet hier, ich hole rasch einen Burschen, der euch zum Abt führt.« Wenig später kam er mit einem Jungen von vielleicht zehn oder elf Jahren zurück. »Er wird euch führen«, erklärte der greise Türhüter. »Ihr werdet sehen, hier hat sich einiges verändert im letzten Jahr!«, fügte er stolz hinzu und zeigte auf einen neuen Bauplatz, der sich direkt zwischen Tor und Kirche befand. »Hier entsteht eine Kapelle für die Gebeine des heiligen Nazarius. Wenn sie fertig ist, können die Besucher des Klosters direkt unter den heiligen Reliquien hindurch zur Kirche pilgern, und so fällt der Segen unseres Schutzheiligen auf ihre Häupter. Das hat Abt Richbod selbst ersonnen!«

Der Junge führte die beiden Reisenden ohne Umschweife durch das Gewirr von neuen und alten Bauten auf ein besonders schmuckes Gebäude zu. »Wird der Abt dich gleich empfangen?«, fragte Ulfberht leise. Er selbst hatte ihn während seines kurzen Aufenthaltes im Kloster vor zwei Jahren nicht zu Gesicht bekommen. Vater Martinius lächelte. »Das glaube ich nicht, er hat bestimmt Wichtigeres zu tun, als sich Nachrichten aus dem wilden Wald anzuhören. Ich denke aber, sein Sekretär wird uns anhören.«

Und so war es auch. Im Gebäude erwartete sie ein hohlwangiger Mönch, der fast hinter seinem großen Schreibpult verschwand. »Segne mich, Vater«, bat Martinius, die übliche Begrüßungsformel gegenüber Personen, die in der Hierarchie des Klosters einen höheren Rang bekleideten, nutzend.

Der Mönch machte routiniert das Zeichen des Kreuzes über ihnen. »Bruder Martinius?«, fragte er ungeduldig. Der Angesprochene nickte. »Willkommen in Lauresham. Wie geht der Bau der Kapelle im Wald voran?«

»Nicht gut, fürchte ich, Vater«, antwortete Martinius mit gesenktem Haupt. »Der Winter war hart, und ich danke es nur unserem Herrn und den Kohlenknechten des Klosters, dass ich noch lebe.«

Der hohlwangige Mönch nickte verstehend. »Auch der Rest des Landes hat unter der Missernte und dem harschen Wetter gelitten. Selbst an unserem geliebten Kloster ist das nicht spurlos vorbei gegangen. König Karl hat noch dazu den Getreidepreis festgeschrieben und die Lehnsherren in die Verantwortung genommen. Du weißt ja, dass zwischen Westmeer und Alpen mehr als 3000 Hofstellen dem Abt zinspflichtig sind.« Hier verzog er den Mund, und Ulfberht war sich unschlüssig, ob sein Missfallen dem harten Winter oder dem Erlass des Königs galt. »Aber genug davon«, er wandte sich Ulfberht zu. »Was ist das für ein Junge, den du mitbringst? Soweit ich mich erinnere, bist du alleine aufgebrochen?«

»Ein freier Franke also?«, erkundigte sich Richbod überrascht. Der hohlwangige Mönch hatte sie entgegen Martinius Erwartung nach einem kurzen Gespräch gleich zum Abt gebracht. »Und einer, der im Wald Latein gelernt hat?« Zum ersten Mal blickte er Ulfberht direkt an. »Wie heißt du, mein Junge?«, fragte er, ohne aus dem Latein ins Fränkische zu wechseln.

»Ulfberht, Herr«, antwortete der mit niedergeschlagenen Augen, aber ohne zu zögern.

Richbod blickte erstaunt zu Martinius hinüber. »Wie ich dir gesagt habe«, bekräftigte der mit einem Schmunzeln.

»Zumindest versteht er mich«, bestätigte der Abt nachdenklich. »Wenn sich alles so verhält, wie du berichtest, dann ist das Köhlerhandwerk nichts für ihn, und mein Vogt muss mit diesem Hruođolf ein paar harsche Worte wechseln!« Kurz flog eine Wolke über sein klares Antlitz, dann stand er wieder sinnend und rieb sich das Kinn. Ulfberht setzte an, um zu sprechen, aber Martinius stieß ihn mit dem Ellenbogen. Und so schwieg er, während die Spannung in seinem Inneren bis ins Unerträgliche wuchs. Schließlich räusperte sich der Abt. »Er soll zuerst in der Schmiede arbeiten, das passt doch gut zu den Köhlern und ist auch für einen Freien ein angemessenes Handwerk. Bring ihn zu Meister Gernod.« Er winkte einem Jungen in Novizenkleidung, der die ganze Zeit über schweigend in der Ecke ausgeharrt hatte.

Ulfberht folgte dem Jungen, während er sein Glück kaum zu fassen vermochte. Erst als sie in den Hof traten, bemerkte er, dass Martinius beim Abt geblieben war. Die Trennung von dem Mönch versetzte ihm einen Stich und machte ihm Angst. Was würde ihn erwarten? Den Schmiedemeister hatte er nicht in besonders guter Erinnerung behalten. Doch der junge Novize führte ihn ohne Zögern über einen freien Hof. Das Dröhnen der Schmiedehämmer hätte Ulfberht auch ohne Führer den Weg gewiesen. Wie vor zwei Jahren drang dichter Rauch unter dem tief herabgezogenen Schindeldach der Schmiede hervor. Die Arbeit war in vollem Gange. Der Novize mit der viel zu großen Kutte führte Ulfberht direkt hinein. Eine wahre Höllenglut schlug ihnen entgegen, und während Ulfberht noch versuchte, seine Augen an das herrschende Halbdunkel zu gewöhnen, stand er plötzlich zum zweiten Mal vor Gernod.

»Der heilige Abt schickte dir diesen Jungen als Hilfe«, erklärte der Novize knapp.

Der Meister betrachtete Ulfberht von oben bis unten. »Du schon wieder?«, fragte er überrascht. Offensichtlich hatte er Ulfberht trotz der zwei Jahre, die seit ihrer ersten Begegnung verstrichen waren, erkannt. »Ich habe dich doch zu den Kohlenknechten geschickt! Da wo deinesgleichen hingehört!«

»Es ist der Wunsch des Abtes«, wiederholte der Novize kühl. Ulfberht fuhr zu ihm herum. Und auch Gernod starrte den jungen Burschen an. Der blickte völlig ausdruckslos ins Leere. Offensichtlich hatte Ulfberht ihn unterschätzt.

»Ich wette, dass du hier nicht länger als einen Monat durchhältst!«, schimpfte Gernod und funkelte Ulfberht einen Moment lang böse an. Dann wandte er sich ab.

»Damit ist hier ja alles geklärt«, bemerkte der Novize trocken, drehte sich um und verließ die Schmiede.

Ulfberht trat unschlüssig von einem Bein auf das andere. Doch es sollte nicht das einzige unerwartete Wiedersehen des Tages bleiben. Immer noch benommen blickte er sich in seiner neuen Heimat um. Doch was war das? Hinter der Esse, auf der anderen Seite der Schmiede? Er machte zögernd ein paar Schritte vorwärts und betete im Stillen, dass seine Augen ihm einen Streich spielten. Dort arbeitete ein

Geselle am Amboss. Ulfberht hatte ihn sofort erkannt: Kein anderer als Edolf, Hruođolfs zweiter Sohn, welcher ihm die gesamte Misere eingebrockt hatte! Der junge Edeling hatte ihn seinerseits noch nicht bemerkt oder nicht erkannt. Kein Wunder, denn Ulfberht hatte sich in den zwei Jahren seit ihrer letzten Begegnung verändert: Er war fast einen Fuß größer, und die harte Arbeit mit Holzaxt und Erzsäcken hatte seine Muskeln gefestigt und seine Schultern in die Breite wachsen lassen. Auch sein Gesicht war kantiger. Ulfberht war kein Junge mehr, sondern stand mit seinen vierzehn Jahren an der Schwelle zum Mannesalter. Doch diese Überraschung war auch für einen jungen Mann zu viel. Die Hitze und Enge der Schmiede kamen ihm auf einmal erdrückend vor, und er stürzte zur Tür hinaus.

Draußen rang er schnaufend nach Atem. Ausgerechnet dieser Schweinehund durfte hier in Lauresham das Schmiedehandwerk erlernen! Verdrossen und unschlüssig, was er als nächstes tun sollte, blickte Ulfberht sich um. Am anderen Ende des Hofes traten gerade einige Mägde mit Wäschepaketen ins Freie. Unwillkürlich folgte Ulfberhts Blick ihren Bewegungen. Ungläubig kniff er die Augen zusammen. Konnte es an diesem Tag noch eine Überraschung geben? »Berhta?«, rief er unschlüssig und dann noch einmal mit festerer Stimme »Berhta!«

Sie drehte sich um, eine scharfe Erwiderung auf den Lippen für den Knecht, der ihr wie einer Straßendirne hinterherschrie. Doch als sie ihn sah, fiel ihr Korb zu Boden, und sie schlug die Hände vor den Mund. »Ulfberht!«, rief sie. »Bist du das wirklich?« Er rannte ihr entgegen und wollte sie in die Arme schließen, doch ihr unwillkürliches Zurückweichen ließ ihn innehalten. »Wieso bist du von Hruođolfs Hof geflohen?«, fragte sie vorwurfsvoll. »Und wie kommst du an diesen Ort?«

Ulfberht stoppte mitten in der Bewegung. »Geflohen?«, fragte er.

»Ja. Vor – vor über zwei Jahren war das! Leugne es nicht!«

»Ich bin nicht geflohen, der Kerl hat mich an die Kohlenknechte im Wald verkauft!«, schimpfte Ulfberht.

Berhta presste wieder ihre Hände auf den Mund. »Was sagst du da?«, fragte sie entsetzt. »Davon hätte mir Edolf doch erzählt. Er ist nämlich auch hier und lernt das Handwerk eines Waffenschmieds!«

Täuschte sich Ulfberht, oder flog eine leichte Röte über das Antlitz seiner Schwester? Überhaupt hatte sie sich verändert. Sie war kein Mädchen mehr, sondern eine junge Frau. Und ihre hübsche Bauerntracht, die sie als Tochter eines freien Franken auswies, hatte sie gegen die einer Magd getauscht. Vermutlich errötete sie aus Scham darüber. Oder weil sie sich von einem Kerl wie Edolf so glatt hatte belügen lassen! Doch auf einmal wurde ihm heiß. Wenn Berhta all die Lügen geglaubt hatte, was war dann mit ihrer Mutter?

»Hat er Mutter etwa auch erzählt, dass ich geflohen sei?«, fragte er gepresst. »Und was ist inzwischen aus ihr und dem Brandthof geworden?«

Ulfberht, Lauresham, Weidemonat 794

Die Arbeit war hart, aber Ulfberht war schwere Arbeit aus dem Odanswald gewöhnt. Noch mehr Zeit als mit Kohlesäcken und Eisenbarren verbrachte er am Blasebalg. Hier waren es nicht nur ein, sondern gleich zwei Schweinebälge, die er mit den flach darauf liegenden Unterarmen abwechselnd zusammenpresste. Vor den Funken wurden sie und der Lehrling, der sie bediente, durch eine dicke Lehmwand auf der Rückseite der Esse geschützt. Nur das dünne Anblasrohr aus Speckstein durchdrang diese Schutzwand und lenkte den Luftstrom direkt ins Feuer. Der Speckstein wurde gewählt, da bei hohen Temperaturen glasige Tropfen aus dem Lehm traten, die das Rohr sonst verlegen konnten.

Bald fiel Ulfberht auf, dass er am Blasebalg länger aushielt als die meisten anderen Jungen. Das kam ihm sehr gelegen, denn über die Schutzwand konnte er den Schmieden auf die Hände schauen. Daher übernahm er diese anstrengende Arbeit trotz der bulligen Hitze gern. Dies brachte ihm nicht nur den Respekt von seinesgleichen, sondern auch den der älteren Schmiedegesellen ein. Mit Ausnahme Edolfs natürlich. »Es ist eine Schande, dass sich einer wie du in der Schmiede herumtreiben darf«, hatte der ihn begrüßt, sobald er seinen ehemaligen Nachbarn erkannte. Da dieses Gefühl jedoch auf Gegenseitigkeit beruhte, kümmerte es Ulfberht nicht. Allein die ungewohnte Hitze machte ihm zu schaffen, doch die wurde durch die kräftige Kost mehr als wettgemacht.

Seine Schwester Berhta traf er von Zeit zu Zeit auf dem Hof, aber sie blieb ihm gegenüber merkwürdig reserviert. Und auch die Auskunft, die sie über ihre Mutter gab, stimmte Ulfberht nicht gerade fröhlich. »Du hast sie mit deiner Flucht tief gekränkt. Sie machte sich solche Vorwürfe, dabei warst du es doch, der die gute Arbeit bei Hruođolf aufgab. Wegen deines dicken Schädels. Wie konntest du nur Edolf angreifen?« Immerhin das glaubte sie ihm inzwischen. Doch mehr noch als diese Vorhaltungen störte ihn, wie freundlich sie sich seinem alten Widersacher gegenüber verhielt. Die Blicke, die sie ihm gelegentlich nachwarf, ließen Ulfberht das Blut in den Adern stocken.

»Du interessierst dich für ihn?«, stellte er sie eines Tages zur Rede, als der junge Edle über den Hof ging und er sah, wie der Blick seiner Schwester ihm folgte wie Eisen dem Magnetstein.

Sie errötete wieder. »Und wenn es so wäre?«, fragte sie trotzig.

»Er ist ein hochnäsiger Edler und wird dich nicht einmal mit dem Hintern anschauen. Außerdem ist sein Vater ein verdammter Halsabschneider, der unsere arme Mutter aussaugt! Und ein miserabler Schmied ist er auch noch«, fasste Ulfberht seine Einschätzung zusammen.

Doch das schien Berhta nicht zu überzeugen. Sie zog lediglich eine Schnute. »Pah, du bist ja nur neidisch. Und natürlich muss Hruođolf auf sein Eigentum achten. Sonst wäre sein Hof nie so stattlich geworden und er ein genauso armer Schlucker wie du!« Damit drehte sie sich um und ließ ihren Bruder stehen.

Landfried, Moguntia, Holzmonat 794

Sigismund beugte sich über seinen Weinbecher. Er war auf dem Weg von Virtenburch nach Ingilinheim und hatte die Gelegenheit genutzt, seinen jungen Freund zu besuchen. »Denke an dein Versprechen«, raunte er eindringlich. Landfried sah ihn überrascht an. »Such nach dem Eisen!«, fügte der Kaplan erklärend hinzu.

Der Dolch schien dem Kaplan wirklich sehr wichtig zu sein, aber auch für ihn war es die Gelegenheit, dem König aufzufallen. Vergessen würde er ihn bestimmt nicht. »Ich denke daran«, versprach er. »Auch wenn ich nicht so schwarz sehe wie du. Karl hat die Verrohung der Welt gestoppt. Wir Franken erneuern den Glanz Roms!«

Sigismund schüttelte traurig den Kopf. »Aus dir spricht die Jugend, und ich wünschte, du hättest Recht, doch schon erhebt sich ein neues Dunkel. Piraten, die sich Vikingar nennen, und deren Heimat im eisigen Norden, noch jenseits von Sachsen, liegt, haben das Kloster Lindisfarena überfallen. Den heiligsten Ort ganz Englands, der Heimat Alkuins, des größten aller lebenden Weisen und engsten Freundes unseres Königs Karl! Ich weiß es genau, denn Alkuin hat diese Nachricht nicht wenig erschüttert. Lindisfarena war ein wahrer Hort der Gelehrsamkeit, des Glaubens und des Wissens, und nun ist er verwüstet, und viele der größten Gelehrten liegen erschlagen am Strand. Von diesen Vikingar werden wir noch mehr hören, merke dir meine Worte, und such nach dem Eisen!«

Ulfberht, Lauresham, Holzmonat 794

Auch wenn Ulfberht vieles lernte, während er vom Blasebalg aus den Schmieden auf das Handwerk schaute, einen Hammer bekam er nur selten in die Hand. Er sehnte sich indes umso mehr danach, sein eigenes Geschick am Amboss zu erproben. Seine Tätigkeiten in Gernods Reich beschränkten sich darauf, Kohlesäcke heranzuschaffen, den Blasebalg zu bedienen und Asche, Staub und anderen Unrat zusammenzukehren. Wenigstens waren die meisten Gesellen nach anfänglicher Skepsis durchaus umgänglich. Hilprik etwa, ein junger Freier vom Mittelrhein, erklärte Ulfberht manches. Nur wenn Edolf nicht in der Nähe war, verstand sich, denn den fürchteten auch seine Mitgesellen, insbesondere jene, die nicht von edler Abstammung waren. Doch gerade dieser Umstand trug vielleicht noch mehr zu Ulfberhts stiller Beliebtheit bei als sein Fleiß am Blasebalg.

Eines Tages endlich trug diese heimliche Beliebtheit erste Früchte: Als Ulfberht es schon fast aufgegeben hatte, rief Wieland ihn zu sich und drückte ihm einen schweren Hammer in die Hand. Neben ihm lagen Roheisenbarren, ähnlich wie jene, die er unter Lotriks Aufsicht selbst bearbeitet hatte. Doch Ulfberht erkannte inzwischen mit einem Blick, dass sie von einem der Höfe an der Loganaha stammten, die dem Kloster ihren Zehnten als Eisenzins entrichteten. Das Eisen von dort war härter und zäher als jenes aus dem Odanswald.

»Die hier müssen ausgeschmiedet werden«, erklärte Wieland mürrisch. »Und Edolf hat sich zu Recht bei mir beschwert, dass dies nicht die Arbeit eines Edlen sein kann.« Er blickte Ulfberht einen Augenblick schief an. »Damit hat er Recht. Und daher wirst du das ab sofort machen. Stark genug bist du, und für einen Kohlenknecht ist es gerade die rechte Arbeit.«

Ulfberht freute sich riesig, ließ sich aber nichts anmerken. »Du nimmst dir eine Zange. So«, erklärte der Schmiedemeister und machte es einmal vor. »Dann legst du das Eisen ins Feuer und wartest.« Er wartete. »Wenn es diese Farbe hat, nimmst du es heraus.« Der Rohling glühte in einem hellen Goldgelb. Wieland wuchtete ihn mit der Zange auf den Amboss. »Und nun schmiedest du ihn. Immer abwechselnd, so und so.« Dabei drehte er den Barren, sodass die Schläge bald auf die eine, bald auf die andere Seite fielen. »Und zwar bis genau jetzt.« Der letzte Hammerschlag verhallte. »Wenn das Eisen anfängt, mehr rötlich zu leuchten, wie jetzt gerade, hörst du sofort auf. Verstanden? Dann ist es zu kalt und zerbricht.« Ulfberht nickte, und Wieland legte das Eisen zurück ins Feuer. »So machst du das immer wieder. Bis das Eisen glatt und rein ist. So wie es eigentlich schon die faulen Waldschmiede hätten machen sollen!« Ulfberht ärgerte sich über Gernods Verachtung für die Männer im Wald. Er hatte gesehen, wie hart sie arbeiteten, doch er hielt den Mund und griff nach der Zange. »Jedes Eisenstück muss so aus- und wieder zusammengeschmiedet werden, fünf- oder sechsmal. Du zeigst es mir jedes Mal, wenn du denkst, du seist damit fertig. – Ich entscheide, wenn es so weit ist. Hast du das verstanden?«

Ulfberht nickte und nahm sich eine der schweren Lederschürzen, die – ebenso wie die dicken Handschuhe – den Schmied vor der Glut schützten. Nur die nackten Unterarme blieben ungeschützt, und die zahllosen kleinen Brandnarben trug ein jeder Schmied mit Stolz. Voll Enthusiasmus machte er sich an die Arbeit und hieb mit aller Kraft auf das Eisen ein. Doch schon bald erlahmte sein Arm, und seine Schulter schmerzte vom Rückschlag des Hammers. Und das, obwohl seine Muskeln doch von der harten Arbeit gestählt waren! Er blickte sich verwundert um, als er merkte, dass jemand hinter ihn getreten war.

»Ach Hilprik, du bist es!«, stieß er erleichtert hervor, als er den Gesellen erkannte. »Ich dachte schon, Wieland wäre wieder da!«

Hilprik grinste. »Nein, nicht der Alte. Gib mal her. Ich zeig dir, wie du hämmern musst, sonst tut dir gleich der Arm weh!«

Ulfberht gab ihm überrascht den Hammer. Dass der Arm bereits jetzt schmerzte, verschwieg er. »Ich leg das Stück lieber noch einmal ins Feuer, damit es die richtige Temperatur hat«, beeilte er sich zu sagen.

»Ist gut«, nickte Hilprik knapp. In der Schmiede wurde nicht mehr gesprochen als notwendig. Zum einen, weil man wegen des herrschenden Lärms ohnehin nur die Hälfte verstand, zum anderen, weil die heiße Luft einem binnen weniger Augenblicke die Kehle ausdörrte. »So, jetzt gib her.« Hilprik winkte mit dem Kopf zur Esse, und Ulfberht nahm das hellgelb glühende Eisenstück mit der Zange aus dem Feuer. Hilprik schlug zu. Doch statt den Hammer sofort zu heben, setzte er ihn, nachdem er auf das Werkstück geprallt war, jedes Mal kurz auf den Amboss ab und holte erst dann zu einem neuen Schlag aus. *Dong Dong*, dröhnte es. Einmal auf das Werkstück, dann auf den Amboss. Wieder schlug er zu. *Dong Dong, Dong Dong, Dong Dong*. Schließlich ließ er davon ab und nickte wieder in Richtung Esse. »Jetzt mach es wieder heiß, dann bist du dran.«

»Warum ... ?«, fragte Ulfberht verwundert.

Doch Hilprik zuckte mit den Schultern. »Probier es aus.«

Das machte Ulfberht, und in der Tat ging es leichter. »Warum?«, fragte er noch einmal.

»Der Hammer prallt vom Amboss ab, und du nutzt seine Kraft, um ihn wieder zu heben, statt die ganze Wucht mit deinem Arm aufzufangen«, erklärte Hilprik.

Ulfberht, Lauresham, Ostermonat 795

Nach und nach durfte sich Ulfberht auch an Alltagsgegenständen versuchen. Eimerhenkel, Nägel, Riemenschnallen, solche Dinge. Und als mit den wärmenden Strahlen der Sonne auch die Bauarbeiten an der Narzarius-Kapelle wieder aufgenommen wurden, kamen die Beile der Steinmetze hinzu. Wenn die Werkzeuge stumpf wurden, konnte man sie zwei-, dreimal schärfen, doch nach spätestens einem Monat waren die Blätter so verbogen, dass sie komplett neu ausgeschmiedet werden mussten. Eine andere Tätigkeit, die Ulfberht bald lernte, war das Beschlagen der Pferde. Auch diese Arbeit war unter den Gesellen verhasst, denn die Tiere gebärdeten sich zuweilen wie wild, wenn der Schmied mit dem heißen Eisen in ihre Nähe kam. Edolf hielt die Arbeit mit den »dreckigen Viechern« für gänzlich unter seiner Würde, aber Ulfberhts Bauernherz fühlte mit den Tieren, und genau wie die Rinder auf seines Vaters Hof, schienen auch die Pferde seine Stimme zu lieben. Es gelang ihm manches Mal, ein scheinbar unbändiges Ross nur mit seinen Worten zu beruhigen. Er lernte rasch, wie man die Größe der Hufe schätzte und ein passendes Stück Roheisen abschnitt. Dann formte man einen Riegel, der zum Hufeisen gebogen wurde. Doch das Schwierigste waren die Löcher für die Nägel hineinzubekommen. Sie mussten konisch zulaufen, sodass sie den Nagel exakt fixierten und doch genug Platz ließen, um den Nagelkopf darin zu versenken. Immer wenn Ulfberht ein Loch in das Eisen schlug, verbog sich das gesamte Werkstück. Es war zum Verrücktwerden.

»Du machst das falsch«, klärte ihn Hilprik erneut auf. »Wenn du die Löcher in das heiße Eisen schlägst, verbiegt sich das ganze Ding.«

»Ach?«, erwiderte Ulfberht gereizt. Das hatte er auch schon herausgefunden.

»Gib her.« Hilprik nahm ihm die Zange ab und legte das Eisen zurück ins Feuer. Sobald es hellgelb glühte, zog er es wieder heraus und steckte es zu Ulfberhts Erstaunen direkt in den Wasserbottich. Es schäumte und dampfte, doch Hilprik tauchte nicht das ganze Eisen ein. Als er es aus der dampfenden Wassertonne zog, glühte es in hellem Rot –, aber nur bis genau an die Stelle, wo Hilprik ein Loch einschlagen wollte. Dahinter, die Trennlinie war gerade wie mit einem Messer geschnitten, war es abgekühlt und glänzte matt. Bis dorthin hatte der Geselle es eingetaucht. Rasch griff Hilprik nach einem Dorn und schlug das Loch in das Eisen. Dies wiederholter er für jedes der acht Nagellöcher. Prüfend hielt er das Werkstück vor die Augen. »So, es ist noch fast gerade, du musst es nur ein wenig glätten!« Damit gab er Ulfberht das Werkzeug zurück. Bald beherrschte Ulfberht auch diese Kunst mit Meisterschaft, und es dauerte keine Stunde mehr, bis er vier Eisen gefertigt und ein Ross vollständig beschlagen hatte.

Was ihn aber mehr als alle anderen Gegenstände faszinierte, waren die zweischneidigen Schwerter. Wenn Gernod selbst daran arbeitete, war es natürlich am spannendsten. Trotz der tiefen gegenseitigen Abneigung faszinierten Ulfberht das Wissen und die Kunstfertigkeit Gernods, genauso wie die Hingabe, mit der der Meister beides einsetzte. Die fast fertigen Klingen härtete er, indem er das heiße Eisen in einen Kasten mit Kohlenstaub steckte. *Aufkohlen* nannte er das. Dabei musste er höllisch aufpassen, dass nicht der ganze Kohlekasten in Brand geriet. Dann tauchte er das Eisen ins Wasser. Es zischte und dampfte jedes Mal wie ein Höllenschlund, und das Eisen konnte bei diesem Arbeitsschritt leicht brechen. Wenn das geschah, war die gesamte Arbeit umsonst und die Klinge nur noch Alteisen.

»Warum werden nicht alle unsere Krieger mit hochwertigen Schwertern ausgerüstet?«, fragte Ulfberht Hilprik, als sie eine der wertvollen Klingen am Schleifstein polierten. Hilprik führte das Eisen behutsam über den großen runden Stein, während Ulfberht die schwere Kurbel drehte. Es war eine fast endlose und kräftezehrende Arbeit, und die beiden Gesellen wechselten sich regelmäßig dabei ab.

»Warum sollte jeder Bauerntrottel solch ein Schwert bekommen? Meister Gernod arbeitet an einer einzigen Klinge viele Tage!«, warf Edolf ein, der von Ulfberht unbemerkt mit einem bösen Grinsen hinter sie getreten war. Er kannte natürlich die Geschichte von Sigiberhts Tod. Ulfberht brannte der Kopf vor Wut, aber der junge Edle hatte Recht. Selbst wenn ein Heerführer das nötige Geld besäße, seine Männer mit den besten Schwertern auszurüsten, so gab es im ganzen Frankenland nicht genügend Schmieden, um so viele Klingen zu fertigen!

Schließlich war das Eisen blank und scharf. »Ich will prüfen, ob es scharf genug ist«, nickte Gernod, als Hilprik ihm schließlich das kostbare Stück brachte. »Bringt die Klinge mit an den Klosterbach«, forderte er. Trotz der kurzen Distanz von der Schmiede zum Bach war die Strecke für einen lahmen Mann wie den Wieland beschwerlich. Dass er es dennoch selbst unternahm, seine Klingen zu prüfen, zeigte Ulfberht, wie wichtig ihm seine Arbeit war. Als sie endlich am Bach angekommen waren, hielt Gernod die neue Klinge ins Wasser, die Schneide in Fließrichtung des Baches. »So«, rief er Ulfberht zu. »Nimm eine Flocke Schafswolle und lege sie aufs Wasser, gerade so, dass sie mit dem Strom auf die Schärfe des Schwertes treibt.«

Ulfberht tat, wie ihm geheißen, und der sanft strömende Bach trug die handbreite Wollflocke auf die Klinge zu. »Und was soll das bewirken?«, fragte er verwirrt.

»Warte ab«, schnarrte Gernod.

Und tatsächlich. Als die Wolle die Klinge berührte, blieb sie nicht etwa hängen oder entschied sich für eine Seite. »Die Klinge schneidet die Wolle mitten entzwei!«, rief Hilprik begeistert.

Meister Gernod grunzte zufrieden. »Nur der Griff noch, dann ist das Meisterwerk perfekt!« Stolz strich er über die Waffe, und für einen einzigen Augenblick glätteten sich die sonst so bitteren Züge, und der Meister sah geradezu glücklich aus.

Parierstange und Knauf würden die Gesellen aus einfachem Eisen fertigen. Wie Ulfberht inzwischen gelernt hatte, war es sogar besser, wenn die Parierstange aus weichem Eisen bestand, damit sie die Kraft eines Schwertstreichs besser auffangen konnte. Bei kostbaren Klingen, wie der gerade gefertigten, wurde das Ganze dann noch mit einer dünnen Folie aus Silberglanz, einer Blei- Zinklegierung, die wie Silber glänzte, aber viel billiger war, beschlagen.

»Weißt du, was passiert wäre, wenn die Klinge beim Test versagt hätte?«, fragte Hilprik ihn auf dem Rückweg zum Kloster. Ulfberht schüttelte den Kopf. »Wir hätten sie zu einem Klumpen Eisen hämmern müssen, und Wieland hätte von vorn begonnen.«

»Und wir hätten sie nochmal schleifen müssen und alles?«, fragte Ulfberht mit aufgerissenen Augen.

Hilprik lachte. »Ja, deswegen wird ein Schwert dabei auch jedes Mal etwas kleiner, weil Material durch das Schleifen und Polieren verloren geht!«

»Ob sich dieser Aufwand wirklich lohnt?«, fragte Ulfberht zweifelnd.

»Das ist noch gar nichts«, entgegnete Hilprik. »Wieland, der Schmied, also der echte Wieland, hat sein Eisen manchmal zermahlen und den Hühnern zum Fressen gegeben. Dann schmolz er aus dem Kot das Eisen heraus!«

»Wozu soll das denn gut sein?«, wunderte sich Ulfberht. »Und wie hat er die Hühner dazu gebracht, das Eisen zu fressen?«

»Keine Ahnung«, antwortete Hilprik mit gerunzelter Stirn. »Vermutlich hat er es unter ihr Futter gemischt. Jedenfalls waren seine Schwerter härter und schärfer als alle anderen jemals davor oder danach!«

»Schwerter aus Hühnerscheiße?« Ulfberht wiegte zweifelnd den Kopf. Doch in der Schmiedekunst gab es viele Geheimnisse, warum nicht auch Hühnerscheiße? »Die Schwerter sollen also so hart wie möglich werden?«, fragte er. »Egal, wie wir es hinbekommen?«

»Nein«, Hilprik schüttelte den Kopf. »Es kommt auf die richtige Verbindung von Härte und Geschmeidigkeit an. Ein zu hartes Schwert bricht entzwei, wenn es auf ein anderes Eisen trifft.«

»Und wie bekomme ich die richtige Mischung heraus?«, wollte Ulfberht wissen.

»Am besten ist es, wenn man harten Stahl, am besten den von der Loganaha, und weiches Eisen wie das aus dem Odanswald verbindet. Hast du nie gesehen, wie Gernod den Kern einer Klinge aus einem Bündel mehrerer Eisenstangen schmiedet?«

»Doch schon, aber ich dachte, er schmiedet das Eisen zu kleinen Stangen, um die Schlackereste loszuwerden, und weil es handlicher ist?«, gestand Ulfberht.

»Das ist nicht der eigentliche Grund. Die Eisenstangen sind immer abwechselnd hartes, eher sprödes und weiches, ungehärtetes Eisen. Wenn der Meister das zusammenschmiedet, kann er die Eigenschaften von beidem vereinen!«

»Ich habe gesehen, dass er die Stangen ineinander verdreht?«, fragte Ulfberht. »Das ergibt beim Polieren dann das Muster auf der Klinge, wie ein Tannenzweig ...«

»Ja, die Giftzweige, das Zeichen einer guten Klinge«, bestätigte Hilprik. »Damit verbindet man die beiden Grundstoffe noch fester.«

»Wäre es dann nicht besser, einen einzigen Grundstoff zu haben, der bereits beide Eigenschaften besitzt? Das Schwert kann sonst an den Verbindungslinien immer brechen, oder?«

Hilprik gab ihm eine Kopfnuss. »Schlaumeier. Wenn wir solches Eisen hätten, könnten wir uns die ganze Arbeit natürlich sparen. Aber das gibt es nicht!«

An dem Tag saß Ulfberht noch lange in der Schmiede und sann über das Gelernte nach. Wenn man nur solches Eisen schmieden könnte, grübelte er, dann könnte man nicht nur die Heerführer, sondern jeden Krieger damit ausrüsten. Wenn sein Vater so eine Klinge gehabt hätte, damals im Sachsenland, dann lebte er heute vermutlich noch.

Hludahilt, Lauresham, Weidemonat 795

Von der Rückkehr Ulfberhts ins Kloster Lauresham bekam Hludahilt zunächst nichts mit. Die Arbeitsbereiche der edlen Fräulein und der Schmiedegesellen, Mägde und übrigen Handwerker waren streng voneinander getrennt. Zumal Lauresham immer noch ein Kloster und nicht nur ein großer Wirtschaftshof des Königs war! Wenn die immer gut informierte Ludasind nicht gewesen wäre, hätten die Mädchen überhaupt nichts von der Außenwelt erfahren. Umso überraschender war es, als eines Morgens die Aufseherin atemlos in das Schlafgemach der Mägde stürzte. »Alle Aufstehen. Sofort!« Sie holte rasselnd Atem. »Wir müssen die Gastgemächer vorbereiten. Es kommt hoher Besuch!« Rasch sprangen die Mädchen auf.

»Was soll denn diese Aufregung?«, flüsterte Ludasind in Hludahilts Ohr. »Wir haben schließlich alle Monate hohe Gäste!«

Doch bald fanden sie heraus, dass sich auch Küchenmägde und Stallungsburschen in heller Aufregung befanden. Und als ob das noch nicht gereicht hätte, um ein außergewöhnliches Ereignis anzukündigen, kam noch dazu gegen Mittag Abt Richbod selbst in die Gastgemächer, um sich von den Vorbereitungen zu überzeugen. »Herr!«, rief Gertrud schrill. Sie knickste so tief, wie es Hludahilt der schwerfälligen Frau nie und nimmer zugetraut hätte. »Du wirst alles zu deiner Zufriedenheit vorbereitet finden!«

»Das ist noch nie geschehen ... «, zischte Ludasind. »Der Abt kümmert sich um die Betten!«

Doch als die geheimnisvollen Gesandten schließlich in Lauresham eintrafen, blieb auch ihr sonst selten stiller Mund offen stehen. Die Fremden trugen lange, zu Zöpfen gebundene, schwarze Haare und ebenso schwarze Schnurrbärte. Ihre Rüstungen blitzten in der Sonne. Aber sie waren von fremdländischem Aussehen, mit Pferden, Hirschen, Greifen und allerhand anderen Fabeltieren geschmückt. Selbst die Pferde trugen vor der Brust blitzende Harnische. Als die Fremden an den dienstbar aufgereihten Mägden vorbeischritten, blendeten goldene Schmuckstücke an Gürteln, Stiefeln und der Kleidung die staunenden Gaffer rings umher. Die stolzen Fremden verschwanden in den Gemächern des Abtes, während sich die Stallknechte dienstbar ihrer Pferde annahmen, aber nicht, ohne den einen oder anderen neugierigen oder gar lüsternen Blick zu den immer noch wartenden Mädchen hinüberzuwerfen.

»Was sind denn das für Menschen?«, hauchte Ludasind bebend.

Hludahilt hatte keine Ahnung. »Barbaren«, flüsterte sie zurück. Auch ihr schlug das Herz bis zum Halse. Bei all der Pracht schien der abwertende Ausdruck eigentlich nicht angebracht, aber Franken waren die stolzen Männer sicher keine.

»Sachsen etwa?«, wollte Ludasind wissen.

Hludahilt schüttelte sachte den Kopf. »Die sollen blond sein und nicht dunkel.«

Doch am Abend wusste Ludasind bereits über alles Bescheid, und Hludahilt fragte sich einmal mehr, woher sie all diese Neuigkeiten hatte. Prinz Pippin hatte im Fühjahr bei Cividale im Friaul eine Grenzfestung der Awaren erobert, und irgendwie löste dieses Ereignis einen Bruderkrieg unter ihnen aus. Die beiden Führer, der Khagan und der Iugurrus, fanden dabei den Tod. Und der Tudun, der neue Herrscher in der sagenhaften, *der Ring* genannten Königsfeste der Awaren, schickte nun Gesandte, um bei Karl um Frieden zu bitten. Doch der befand sich wieder im Feldlager an der Älv, und so mussten die Gesandten ihm durch das gesamte Reich bis in den hohen Norden folgen.

»Angeblich hat dieser Tudun Karl sogar angeboten, die Taufe zu empfangen«, flüsterte Ludasind.

Sylvia, ein, wie Hludahilt fand, dummes Stück aus bester Familie, lachte schrill. »Wenn sie getauft sind, würden sie doch prächtige Ehemänner abgeben!« Sie machte eine Geste, die entschieden nicht zu ihrem Stand passte.

Ludasind ging auch gar nicht darauf ein. »Die halsstarrigen Sachsen sollen ihrerseits Boten zu den Awaren geschickt haben«, fuhr sie in ihrem Bericht fort.

Hludahilt schlug erschrocken ein Kreuz. »Die Heiden verbünden sich gegen unseren König?«, fragte sie mit einem flauen Gefühl im Magen.

Ulfberht, Lauresham, Holzmonat 794

»Wir benötigen für die Tür der neuen Nazarius-Kapelle ein paar Angeln«, verkündete Wieland seinen Gesellen des Morgens. Das neue Gebäude stand kurz vor der Einweihung. Die Säulenreliefs und das Dach, das so flach war, dass man es direkt vor dem Gebäude stehend nicht sehen konnte, ließen es wie einen wahrhaftigen römischen Tempel erscheinen. Nicht das Ulfberht bereits einmal einen gesehen hätte, aber so sagten die Gelehrten unter den Mönchen. Und die prächtige Fassade, ganz aus rotem und weißem Stein gefertigt, ließen auch den Laien erkennen, dass diese Kapelle ein würdiges Heim für etwas ganz Besonderes war: Die Gebeine des Nazarius, dem Schutzheiligen des Klosters. Die Kapelle befand sich zwischen Tor und Hauptkirche, und ihr Untergeschoß wies eine breite, ebenfalls mit Säulen gesäumte Durchfahrt auf, sodass Pilger und Prozessionen unter den Gebeinen des Heiligen hindurch, sozusagen unter seinem Schutz und Segen, zur Kirche gelangten! Ein wahres Meisterwerk, welches alle Klosterinsassen mit großem Stolz erfüllte.

»Ich habe beschlossen, dass du, Edolf, die Angeln fertigen darfst!«, erklärte Gernod huldvoll.

Der Angesprochene schnaufte verächtlich. »Ich will Schwerter schmieden, nicht solchen Kram – das ist unter meiner Würde!«, behauptete er geringschätzig.

Doch diesmal pflichtete Gernod seinem Zögling nicht bei. »Etwas für das Haus des heiligen Nazarius zu fertigen, ist eine große Ehre«, fuhr er ihn an. »Und du wirst tun, was ich dir sage, ehe ich es mir anders überlege. Vergiss nicht, dass du dich in einem Kloster befindest!«

Erschrocken blickte Edolf seinen Meister an. Diesen Ton war er nicht gewohnt. Er klappte den Mund einmal auf und wieder zu. Dann schluckte er. »Ja, ... Meister«, brachte er schließlich heraus.

»Dann ist ja gut«, brummte der gelähmte Schmied. »Ulfberht, du Nichtsnutz, wirst ihm den Ofen anblasen.« Nun stöhnte auch Ulfberht, allerdings im Gegensatz zu seinem Widersacher nur innerlich. Ein weiterer Tag, den er dem aufgeblasenen Wichtigtuer nicht würde ausweichen können. Wortlos drehte er sich um und holte Kohlen, während Edolf die benötigten Werkzeuge zurechtlegte.

Edolf arbeitete bis zum Abend. Dann endlich war er mit seinem Werk zufrieden und verließ die Schmiede. Ulfberht trat hinter dem Blasebalg hervor und blickte sich um. In der Schmiede wurde noch gearbeitet, aber der Meister war nirgends zu sehen. Rasch trat er an die Werkbank, auf der Edolf alles hatte liegen lassen. Vorsichtig nahm er das noch warme Werkstück in die Hand. Es sah eigentlich ganz gut aus, musste er widerwillig zugeben. Noch einmal blickte er sich verstohlen um, dann versuchte er die Angel um den Bolzen zu drehen. Es klemmte. Er versuchte es kräftiger, und tatsächlich bewegte sich das Eisen mit einem unschönen Knirschen. Ulfberht verzog das Gesicht. Das sollte für das Haus des Heiligen gut genug sein? Das ging wirklich nicht an. Wieder blickte er sich um. Edolfs Werkzeug und mehrere Stücke Roheisen lagen unaufgeräumt herum. Er verließ sich immer darauf, dass Ulfberht oder einer der anderen Knechte für ihn aufräumte. Plötzlich kam Ulfberht eine Idee, die so kühn war, dass sie ihm einen Augenblick lang selbst den Atem verschlug. Nochmals blickte er sich um. Niemand achtete auf ihn, während auf der anderen Seite der Schmiede noch kräftig gehämmert wurde.

Am nächsten Morgen kam Edolf kurz vor dem Meister in die Schmiede. Ulfberht hatte den Platz vorbildlich aufgeräumt und war auch heute Morgen bereits zur Stelle. Edolf blickte ihn misstrauisch an, hielt es aber nicht für nötig, zu grüßen oder sonst irgendwie seine Zufriedenheit oder gar Dankbarkeit auszudrücken. Er nahm sein Werkstück von dem Platz, an den Ulfberht es sorgfältig zurückgelegt hatte. Er prüfte seine eigene Arbeit noch einmal und zog kurz die Stirn kraus, als sich die Angel nicht recht drehen wollte. »Das muss so sein, die Tür ist schwer und fällt sonst ständig zu«, behauptete er, obwohl Ulfberht gar nichts gesagt hatte. Schon kam Wieland heran. »Dann zeig mir mal, was du geschaffen hast«, forderte er ihn auf. Vorsichtig lehnte er sich und seine Krücken gegen die Werkbank und streckte die Hände nach der Angel aus. Edolf zögerte kurz. »Gib schon her«, forderte der Meister barsch. Edolf reichte ihm immer noch zögernd die Angel.

Gernod betrachtete sie von allen Seiten und strich mit dem Finger über eine etwas unsaubere Kante. Dann grunzte er. »Könnte gehen. Und jetzt gib mir den Bolzen, den du dazu gemacht hast!« Wieder zögerte Edolf, dann gab er sich einen Ruck und reichte das Gewünschte. Gernod fügte die Stücke ineinander und versuchte sie zu drehen. Zunächst tat sich gar nichts, dann als er es mit größerer Kraft versuchte, wand sich die Angel knirschend um den Bolzen. »Was soll der Mist?«, fragte er erbost. »Du willst Schwerter machen und bekommst so was Einfaches nicht hin?« Edolf erbleichte, wagte aber nichts zu erwidern.

Ulfberht schluckte, dann nahm er allen Mut zusammen. »Die Angel ist nicht schlecht gearbeitet, Herr, nur der Bolzen ist nicht rund. Nimm diesen hier, und es wird gehen!« Damit hielt er dem Meister ein Stück hin, welches auf den ersten Blick dem von Edolf glich. Gernod war so überrascht, dass er ohne ein Wort das angebotene Stück nahm. Er passte es in die Angel, und diese drehte sich, ohne ein einziges Geräusch zu verursachen.

»Wo hast du das her?«, fragte Wieland erstaunt. Ulfberht antwortete nicht, aber das fiel dem Meister erst eine Weile später auf. Er drehte die Türangel in seinen Händen und betrachtete sie mit zunehmender Verwunderung. »Wo hast du das her?«, wiederholte er seine Frage und musterte Ulfberht kritisch über das Werkstück hinweg. Wieder setzte er die Stücke zusammen. Sie passten perfekt, und im Gegensatz zum Original waren alle Kanten völlig glatt und sauber gearbeitet.

»Ich hab es aus den Resten gemacht, die Edolf liegen ließ ... «, gestand Ulfberht errötend.

»Du willst das gemacht haben? Du ... «, brauste der Schmied auf, unterbrach sich aber plötzlich und hielt sich das Stück dicht vor die Augen.

»Er hat mein Stück ... «, begann Edolf.

»Du hältst den Rand!«, unterbrach ihn Gernod gereizt. Abrupt legte er Ulfberhts Stück neben Edolfs verunglückten Bolzen auf die Werkbank. »Das taugt gar nichts«, behauptete er an Ulfberht gewandt.

Doch Ulfberht hatte ihn genau beobachtet und seine Selbstsicherheit zurückgewonnen. »Natürlich nicht«, entgegnete er mit schlecht verhohlener Häme. »Dann wirst du dem Abt wohl besser Edolfs Stück geben. Das dreht sich zwar nicht, sieht aber viel hübscher aus ...«

»Pass auf, was du sagst«, fauchte Wieland. »Du glaubst wohl, mit dir wäre ein Meister vom Himmel gefallen, nur weil du einen verdammten Bolzen rund gearbeitet hast?«

Ulfberht, Lauresham, Heiliger Monat 794

Wenn auch noch kein Meister vom Himmel gefallen war, so änderte sich doch etwas im Verhalten des Meisters gegenüber Ulfberht. Nicht, dass er freundlicher wurde. Wenn das überhaupt möglich war, wurde er sogar eher noch unleidlicher. Doch in den Wochen nach der Einweihung der Nazarius-Kapelle und der prächtigen Überführung der Reliquien bekam Ulfberht nicht mehr nur die unbeliebten, sondern auch die besonders kniffligen Schmiedearbeiten. Nur an der Krone ihrer Kunst durfte er sich noch nicht erproben. »Ein Knecht kann Grobschmied werden, aber Waffenschmied nur ein Edler«, behauptete Edolf dann auch prompt. Doch in seiner einstmals nur vor Verachtung triefenden Stimme, schwang nun auch Neid mit. Das freute Ulfberht mehr, als es ein Lob des verhassten Konkurrenten vermocht hätte.

»Ich frage mich manchmal, wie aus so einem verlausten Loch, was dich hervorgebracht hat, so etwas Hübsches wie deine Schwester entstammen kann?« Der Satz war leicht dahingesagt, doch Edolf beobachtete Ulfberht lauernd. Er wusste genau, wie dieser Punkt ihn treffen würde.

In Ulfberht stieg unbändige, aber hilflose Wut auf. Fast hätte er sich auf Edolf gestürtzt, wie damals auf dem Hruođolfhof. Doch diesmal gelang es ihm, sich zu beherrschen. »Berhta geht dich gar nichts an«, fauchte er mit halb zusammengekniffenen Augen.

»Ich wüsste nicht, was dich das interessiert, nachdem du deine Familie im Stich gelassen und dich zu den unehrlichen Leuten in den Wald geschlagen hast«, antwortete Edolf hochnäsig.

»Die Köhler sind keine unehrlichen Leute«, erwiderte Ulfberht gepresst. »Du und deine Anverwandten haben schon genug Unglück über meine Familie gebracht. Lass die Finger von meiner Schwester, oder …«

»Oder was?«, fragte Edolf großspurig zurück. »Willst du mir drohen, Kleiner? Oder mich etwa noch einmal angreifen? Du weißt doch schon, wer der Stärkere ist und was dir dann passiert!«

Sein freches Grinsen war fast zu viel für Ulfberht. »Ich schwöre dir, wenn du dich an meiner Schwester vergreifst, dann schlag ich dich tot«, zischte er bösartig.

Doch Edolf hob betont lässig die Schultern. »Wir werden sehen, oder sollen wir wetten?« frage er. Doch dann schlug er sich gekünstelt an die Stirn. »Ach, entschuldige, ich vergaß, dass du nichts besitzt, worum es sich zu wetten lohnt. Armer Schlucker!« Damit wandte er sich ab und ließ Ulfberht kochend stehen.

Ulfberht, Lauresham, Ostermonat 795

Wieland griff mit der Zange nach dem inzwischen hellgelb glühenden Rohling und wuchtete ihn mit einer Drehbewegung auf den Amboss. Aufgrund seiner gelähmten Beine hatte er diesen Schwung bis zur Perfektion entwickelt. »Los, jetzt! Das Eisen wird kalt!«, schrie er, kaum dass das Werkstück die Oberfläche des Ambosses berührte. Doch Ulfberht hatte den schweren Hammer schon mit beiden Händen erhoben und hieb auf das Eisen, dass die Funken stoben, was, wie Ulfberht inzwischen wusste, auch der Grund für das Schindeldach auf der Schmiede war. Das Reet, das alle anderen Gebäude deckte, war zu leicht entflammbar. Wieland drehte das Werkstück geschickt, sodass die Schläge immer genau auf die richtige Stelle fielen. Langsam änderte sich die Farbe des Eisens zu einem satteren Gelb und dann zu einem hellen Orange. Eine korrodierte Kruste platzte ab, und Ulfberht fragte sich, wann Wieland das Stück endlich wieder ins Feuer legen würde. Und richtig. Plötzlich, ohne Ankündigung zog Wieland das Werkstück vom Amboss. Ulfberht konnte den Hammer nicht mehr stoppen, sodass er mit voller Wucht auf den Amboss knallte. Nur weil er bereits mit so einer Gemeinheit gerechnet hatte, gelang es ihm, den zurückprallenden Hammer mit knapper Not an seiner Stirn vorbei zu lenken. Mit diesem Scherz hatte Wieland schon manchen Lehrling dazu gebracht, sich selbst bewusstlos zu schlagen. Wieland lachte meckernd, während er das Eisen wieder in die Esse stieß. Dann drehte er sich zu Ulfberht um. »Du sollst ordentlich zuschlagen, hab ich gesagt!«, brüllte er. »Das war viel zu locker!«

»Von wegen locker«, grollte Ulfberht. »Du hast das Eisen weggezogen!«

»Nur weil du nicht ordentlich zugeschlagen hast. Sonst hättest du ja deinem Hammer auch nicht mehr ausweichen können.« Er funkelte ihn hinterhältig an. »Aus dir wird nie ein echter Schmied! Geh Kohle holen. Damit kennst du dich ja wenigstens aus, Kohleknecht.«

Ulfberht kochte vor Wut. Der falsche Hund würde ihn irgendwann noch drankriegen, wenn er ihm diese Gemeinheiten nicht beizeiten heimzahlte. Doch erst einmal ging er wie befohlen ein paar Säcke Kohle holen. Draußen vor der Schmiede blinzelte er im hellen Sonnenlicht. Drinnen herrschte, wie in jeder Schmiede im ganzen Reich, Dämmerlicht. Das war notwendig, um die Farbe des glühenden Eisens und damit seine Temperatur richtig beurteilen zu können. Auch zu heiß durfte das Eisen nicht werden, sonst verlor es seine Härte. Als Ulfberht sich halbwegs an die Helligkeit gewöhnt hatte, sah er zu seinem Erstaunen seine Schwester Berhta gegenüber der Schmiede an der Wand eines Schuppens lehnen. »Was tust du denn hier?«, wollte er wissen. Als Berhta auf diese Frage hin verschämt zur Seite blickte, vertiefte sich sein Erstaunen noch. »Das geht dich gar nichts an«, gab sie schnippisch zurück. »Kümmere du dich um deinen Kram und ich mich um meinen!« Damit drehte sie sich um und lief davon.

Ulfberht blickte ihr verwundert nach. Was war denn mit Berhta los? Kopfschüttelnd trat er in den Kohleschuppen und lud sich einen Sack auf die Schulter. Der schwarze Staub klebte an seiner verschwitzten Haut, aber das machte ihm schon lange nichts mehr aus. Schmiede waren eben rußgeschwärzt. Drinnen war Wieland immer noch mit dem breiten Eisenstück beschäftigt. »Leg die Kohle nach, dann lös den Jungen am Blasebalg ab!«, befahl er barsch. »Ich habe inzwischen jemand gefunden, der mit einem Hammer umgehen kann.« Natürlich war es Edolf. Der Edeling konnte, wenn es nach Wieland ging, ohnehin alles besser. Zu wahrer Meisterschaft hatte er es Ulfberhts Meinung nach aber nur im überheblichen Grinsen gebracht. So wie jetzt gerade. Schweigend schüttete Ulfbehrt die Kohlen auf den Vorratshaufen und warf einige Schippen in die Esse. Dann ging er den Lehrling am Blasebalg ablösen. »Geh dich ausruhen, ich bin dran«, beschied er knapp. Der Junge gehorchte wortlos. In der Schmiede herrschte eine strenge Hackordnung, und die jungen Lehrlinge fürchteten die älteren Gesellen, genau wie diese Meister Wieland fürchteten. Doch es war an der Zeit, auch dem alten Meister seine Grenzen aufzuzeigen, dachte Ulfberht immer noch grollend. Er wusste nur noch nicht wie.

Ulfberht, Lauresham, Weidemonat 795

Heute half Ulfberht dem Meister dabei, Messer für wohlhabende Käufer zu fertigen. Wieland hätte es niemals eingestanden, aber auch er schien erkannt zu haben, dass mit Ulfberht zwar vielleicht kein Meister vom Himmel gefallen war, aber nun doch ein Meister am Amboss stand. Immer wurden seine Anweisungen von einem herabwürdigenden Wort begleitet, aber dafür wuchs Ulfberhts Können mit jedem Auftrag, den er erhielt. Doch er hatte nicht vergessen, dass er den Alten in die Schranken weisen musste. Als sich bei der Arbeit der Kopf eines feinen Hammers vom Stiel löste, kam ihm ein Gedanke. Er tat den Schaft beiseite und legte den Hammerkopf neben die heiße Esse. Als er sah, dass Wieland, nachdem er wie üblich zum Mittag nach draußen gegangen war, auf seinen Krücken wieder in die Schmiede gestapft kam und sich seinem Arbeitsplatz näherte, schob er den Hammerkopf unauffällig mit der Zange ins Feuer. Der Meister näherte sich von hinten, und Ulfberht hätte viel darum gegeben, ihn in diesem Moment besser hören zu können, doch da die Gesellen an mindestens drei Orten hämmerten, konnte er absolut nichts verstehen. Vorsichtig spähte Ulfberht über die Schulter. Der Meister hatte sich hinter ihm an die Bank gelehnt und beobachtete ihn. *Da stehst du gut*, dachte Ulfberht. Der Hammerkopf musste inzwischen heiß sein, aber er glühte noch nicht. *Gut so*, dachte er. Dann nahm er den Schaft des Hammers in die Rechte und griff mit der Zange in der Linken nach dem heißen Eisen. Er schob den Kopf mit der Zange wieder auf den Schaft, was leicht ging, da er sich in der Hitze ausgedehnt hatte. Mit einer schnellen Bewegung holte er mit dem defekten Hammer aus, gerade so, dass der heiße Hammerkopf sich beim Ausholen vom Schaft löste. Er hoffte, der Meister würde ihn reflexartig auffangen. Doch mochte es wegen der Krücken sein, oder weil der Meister zu alt und träge wurde, das Eisenstück polterte neben ihm auf die Werkbank. Er hatte es offensichtlich nicht gefangen.

»Pass doch auf ... «, rief Gernod verärgert. Als Ulfberht sich enttäuscht umdrehte, griff der Meister nach dem Beweisstück für die Unachtsamkeit seines Gesellen. Ein schriller Schmerzensschrei und ein Gestank wie verbrannte Gans zeigten, dass der Hammerkopf noch keineswegs abgekühlt war. Wieland fuhr mit der gesunden Linken nach der verbrannten Rechten. Dabei fiel die Krücke um, und auch der Meister ging mit lautem Scheppern zu Boden. Vor Schmerz und Wut schnaubend wälzte er sich im Staub der Schmiede.

Das war sogar noch besser gelaufen, als ursprünglich geplant, gestand sich Ulfberht mit verhohlenem Grinsen ein. »Da hat mir wohl jemand das Eisen unterm Hammer weggezogen«, bemerkte er trocken.

»Du hinterlistiger Hund! Dreckiger Kohlenknecht!«, fluchte Wieland. »Hol mir einen Eimer Wasser, verdammt noch mal!«

Schon war Hilprik mit dem Gewünschten heran. »Was ist passiert?«, fragte er erschrocken.

»Du siehst doch, der Meister ist ausgerutscht«, antwortete Ulfberht kühl. »Lass uns ihm aufhelfen.«

»Fass mich nicht an, du verfluchter Judas!«, brüllte Wieland, als Ulfberht auf ihn zutrat.

Der zuckte die Schultern. »Wenn du liegen bleiben willst, vor allen Leuten ...«

»Verdammt noch mal, helft mir hoch!«, tobte Wieland und vermied es, Ulfberht in die Augen zu schauen. Sie stellten ihn auf die Beine, und Hilprik hob Wielands Krücke auf. Der ergriff sie, drehte sich um und stapfte ohne ein weiteres Wort aus der Schmiede.

»Was hast du mit dem Meister gemacht, du verfluchter Knecht?«

Ulfberht fuhr herum. Edolf, wer sonst? »Ich?«, fragte er unschuldig. »Gar nichts, aber wenn du nichts zu tun hast, kannst du den Hammer hier reparieren«, er hielt Edolf den leeren Hammerstiel entgegen.

»Pass auf, dass du es nicht übertreibst«, zischte der mit zusammengekniffenen Augen. »Das wird dir nämlich noch leidtun!« Zornesrot eilte er dem Meister hinterher.

Ulfberht ging zu dem inzwischen abgekühlten Hammerkopf und schob ihn wieder auf den Stiel. Dann suchte er einen passenden Holzkeil, um ihn zu fixieren. Es gab keinen Grund ein gutes Werkzeug fortzuwerfen!

Ulfberht, Lauresham, Wintermonat 796

Es geht wieder los«, rief Gernod in der Frühe seinen Gesellen zu. »Unser König wird nun doch gegen die Hunnen ziehen. Die Taufe des Kaghans war nur eine List. Die Barbaren wollen den vereinbarten Tribut nicht zahlen.«

»Das bedeutet, dass wir Waffen, Rüstungen und Hufeisen benötigen?«, wisperte Hilprik Ulfberht ins Ohr, doch schon fuhr Gernod fort.

»Wir haben keine Zeit zu verlieren. Die Nachricht kommt wieder viel zu spät. Der Königsbote ist gerade beim Abt gewesen. Wir sollen hundert Schwertklingen, fünfhundert Lanzenspitzen, ebenso viele Franziskas, vierzig Kettenhemden und wer weiß, was noch alles, liefern! Bis zum Lenzmonat, dann wird das Heer losmarschieren! Und wo soll der Abt all das hernehmen? Wir sollen es fertigen! Also an die Arbeit!«

Und so erfüllte sich Ulfberhts sehnlichster Wunsch doch. Er durfte Waffen schmieden. Zuerst Lanzenspitzen und die *Franziskas* genannten Wurfäxte, die gefürchteten Waffen der fränkischen Fußsoldaten. »Die Äxte benötigen doch eine ebenso scharfe und harte Schneide wie Schwerter?«, fragte er Hilprik, der an der Bank neben ihm arbeitete. »Wieso verwenden wir dafür nicht auch härteres Eisen und nehmen nur für den Teil am Schaft das billigere Material?«

»Das lohnt sich bei so kleinen Stücken nicht, und außerdem wird jede Axt doch ohnehin nur ein oder zweimal geworfen!«, entgegnete der ältere Geselle kopfschüttelnd. »Du hast Wieland doch gehört, wir müssen uns beeilen!«

Doch Ulfberht blieb stur und machte sich an die Arbeit. Einen Teil des Roheisens kohlte er auf, ganz wie er es bei Gernod gesehen hatte. Das etwas dunklere, harte Eisen würde für die Schneide dienen. Den Rest des Blattes, der den Schaft der Axt umschloss, wollte er wie gewohnt aus dem billigeren, weichen Eisen fertigen. Am Abend des Tages hatte er trotz des höheren Aufwandes mehr Rohlinge gefertigt als jeder andere Gesell. Hilprik schüttelte nur den Kopf, doch als zwei Tage später die ersten Stücke poliert und geschliffen waren, staunte Gernod nicht schlecht.

»Was soll das denn?«, fragte er, zu erstaunt, um sich aufzuregen. »Warst du das wieder Ulfberht?«

Der nickte. »Hart und scharf, aber mit einem bruchsicheren Blatt. Genau, was unsere Krieger benötigen, um gegen die Hunnen zu kämpfen.«

»Du wärst schneller, wenn du diesen Kram wegließest«, bemerkte der Meister leicht angesäuert, vermied es aber eine direkte Anweisung zu geben.

»Hast du mal darüber nachgedacht, deine Werkstücke zu markieren?«, fragte ihn Hilprik später hinter vorgehaltener Hand. »Gernod, beziehungsweise unser Abt, wird dafür sicherlich einen höheren Preis verlangen als für die herkömmlichen Stücke!«

»Nur Meister markieren ihre Klingen«, antwortete Ulfberht abwehrend. Der Gedanke faszinierte ihn, gleichzeitig versetzte es ihm einen Stich. Wieland würde ihn niemals zum Meister erklären. »Ich kann sogar meinen Namen schreiben!«, behauptete er dennoch stolz. Martinius hatte ihn das gelehrt.

»Vielleicht nicht gleich deinen Namen«, entgegnete Hilprik grinsend. »Das ist wirklich etwas viel, und ich habe noch nie eine Franziska mit einem Namen darauf gesehen! Aber es gibt andere Marken. Du könntest ein besonderes Linienmuster wählen, welches eben nur du verwendest?«

Als Ulfberht einige Stunden später die Werkstatt verließ, grübelte er immer noch über den Vorschlag des Kameraden. Würde Gernod ihn gewähren lassen? Gedankenversunken schritt er durch die von nur wenig Schnee erhellte Dunkelheit auf die Baracke zu, die ihm und den übrigen Schmiedegesellen als Wohnstatt diente. Doch da hörte er ein Wispern von jenseits der Schmiede. Eigentlich war es nichts Ungewöhnliches. Hier im Wirtschaftstrakt des Klosters lebten und arbeiteten so viele Menschen, dass man zu jeder Tages- und Nachtzeit auf irgendjemanden treffen konnte. Doch irgendetwas erweckte seine Neugier. Vorsichtig schlich Ulfberht zurück zur Schmiede und duckte sich unter das überhängende Schindeldach. Da war es wieder. Nun hatte er eindeutig Stimmen gehört, die sich flüsternd unterhielten. Jemand nutzte die warme Rückseite der Schmiede, um sich dort heimlich zu treffen. Und die Stimmen kamen ihm bekannt vor. Ein furchtbarer Verdacht stieg in ihm auf. Zornig sprang er um die Ecke. Im Halbdunkel machte er tatsächlich zwei Personen aus, allerdings konnte er sie noch nicht erkennen. »Was ist hier los?«, fragte er laut. Doch anstelle einer Antwort löste sich die eine Person von der anderen und kam lautlos auf ihn zu. »Bist du das, Edolf?«, fragte Ulfberht zornig. »Antworte!« Doch noch bevor er sein Gegenüber sicher erkennen konnte, versetzte ihm dieser unversehens einen Schlag auf den Kopf. Stöhnend sank Ulfberht in sich zusammen. Als er wieder erwachte, fror er trotz der noch immer warmen Schmiedewand in seinem Rücken erbärmlich. Mühsam richtete er sich auf. Sein Kopf dröhnte wie eine Glocke. Vorsichtig tastete er nach der Stelle, an der ihn der Schlag getroffen hatte, und stöhnte. Er fühlte eine große, schmerzhafte Beule, aber kein frisches Blut. Mühsam rappelte er sich auf. Von den beiden Gestalten war nichts mehr zu sehen. Gerade wollte er sich umdrehen, da bemerkte er im niedergetretenen Gras etwas Weißes. So rasch es ihm sein schmerzender Kopf erlaubte, lief er zu der Stelle und hob es auf. Ein Tuch. Vermutlich aus der Kleidung einer Frau. Der Zorn stieg wieder in ihm auf, doch wurden seine Kopfschmerzen davon nur schlimmer, sodass er tief durchatmete und versuchte, sich zu beruhigen. Noch einmal sah er sich um, aber weiter gab es nichts zu entdecken. Langsam schlich er zum Gesindehaus.

»Was ist dir denn passiert?«, begrüßte Hilprik ihn am nächsten Morgen.

»Ich bin im Dunkeln gegen einen Balken gelaufen«, knurrte Ulfberht.

»Einen Balken?«, fragte Hilprik zweifelnd. Doch Ulfberhts Blick ließ ihn verstummen.

Wenn das meine Schwester mit diesem Widerling war, dachte Ulfberht, will ich die Schande nicht auch noch unter allen Gesellen bekannt machen. Doch so ganz im Stillen blieb der Vorfall nicht. Über die Ursache für Ulfberhts Beule wurde bald in der gesamten Schmiede gerätselt. Nur Edolf beteuerte mit einem hämischen Grinsen, dass er von nichts wisse. »Du solltest dich besser um deine Arbeit kümmern, als im Dunkeln irgendwo herumzuschleichen. Dann würdest du dir auch den Kopf nicht stoßen!«, riet er Ulfberht.

»Ich werde dir dein verdammtes ... «, fuhr Ulfberht auf, doch eine feste Hand packte ihn und hielt ihn an der Schulter zurück.

»Gar nichts wirst du, außer deine Arbeit verrichten!« Ulfberht fuhr herum. Gernod hatte es geschafft, trotz seiner Behinderung rechtzeitig zur Stelle zu sein. »Da ich mich um die geforderten Rüstungen kümmern muss und Edolf alleine nicht schnell genug vorankommt, wirst auch du Schwertklingen schmieden.«

Diese Aufforderung hatte den gewünschten Effekt. Ulfberhts Zorn verrauchte. »Ich darf Schwerter schmieden?«, stieß er ungläubig hervor.

»Ja, und zwar schnell. Leg los, bevor ich es mir anders überlege«, schnauzte Gernod ihn an. Dann warf er Edolf einen nicht zu deutenden Blick zu und humpelte davon.

Ulfberhts Gefühle waren komplett durcheinander. Ein Schwert! Das Meisterstück eines Waffenschmiedes. Wenn ihm das gelang, war er zwar formal noch kein Meister, aber hatte es in seiner Kunst doch zur Meisterschaft gebracht! Da fiel ihm seine Schwester wieder ein. Hatte er Berhta gerade für ein Schwert verkauft?

Teil II
Der Awarenfeldzug

Landfried, Moguntia, Lenzmonat 796

Wir haben unseren Marschbefehl!« Mundarik kam aufgeregt angerannt.

»Mit oder ohne Pferde?«, fragte Landfried trocken. Der Baueinsatz an der Radantia war nicht nach seinem Geschmack gewesen.

»Mit Pferden. Es geht gegen die Hunnen und diesmal richtig!«

Landfrieds Herz tat einen Sprung. Bereits drei Tage später verließ Landfrieds Abteilung Moguntia. Sie ritten über die Karlsbrücke und marschierten den Moin hinauf, querten den Strom bei der Furt von Franconofurt und folgten der Radantia bis zur Fossa Carolina.

»Die Holzverschalungen haben gehalten, der Kanal steht voll Wasser!«, staunte Mundarik, als sie ihr Werk wiedersahen. In seiner Stimme schwang eine gehörige Portion Stolz mit.

»Roderik hat ein Meisterwerk vollbracht. Der Stausee füllt den Kanal genauso schnell, wie Wasser durch die einzelnen Abschnitte abfließt«, bestätigte Landfried, und auch seine Augen leuchteten. Dieses Werk war etwas von Bestand wie die Karlsbrücke. Ein deutlicher Beweis dafür, dass es mit der Welt wieder aufwärts ging. Am Abend erreichten sie die zum Danuvius führende Alcmona und tags darauf den Danuvius selbst. Immer wieder stießen kleinere Abteilungen zu ihnen, Reiter und Fußsoldaten, mal einzeln, mal zu zehnt oder zu fünfzehnt. Bald war der Heerzug so groß, dass sie sich wieder aufteilen mussten, um des Abends in den Gehöften genügend Platz und Nahrung für Männer und Pferde zu finden.

»Ich hoffe, sie haben für den Feldzug genug Heu zusammengetragen«, maulte Mundarik am vierten Tag. Sie lagerten in einem kleinen Dorf, und ihre Pferde fraßen die Allmende leer, während die Bauern mit ihrem Vieh das Nachsehen hatten.

»Ich glaube, wir erreichen bald Radasponda. Dort sammelt sich das gesamte Heer, und es gibt sicherlich genügend Futter«, entgegnete Landfried.

»Werden wir dort auf Prinz Pippin treffen?«, fragte Mundarik.

»Ich weiß es auch nicht«, bekannte Landfried. »Die Gerüchte sagen es, aber wer weiß, ob er nicht im Süden gebraucht wird?« Karl hatte seinen Sohn Pippin vor einigen Jahren zum König von Italien gekrönt und ihm die Sicherung des Südens übertragen. Keine einfache Aufgabe, wie sich herausgestellt hatte. Die Langobarden warteten nur darauf, die fränkische Herrschaft abzuschütteln. Mögliche Verschwörungen mit dem Bayernherzog Tassilo oder auch den Awaren waren beileibe nicht nur Hirngespinste der misstrauischen Hofkapelle. Selbst der Kaiser in Konstantinopel mischte in Italien mit. Er hatte es noch nicht überwunden, dass Karl das ehemalige Exarchat von Ravenna dem Papst übergeben hatte. So waren dem Kaiser in Italien nur noch wenige Hafenstädte wie Venedig oder Amalfi untertan.

»Sieh nur, dort!«, unterbrach Mundarik Landfrieds Gedanken. Hinter einer der zahllosen Biegungen des Danuvius war die gesamte Breite des Flusses mit Kähnen und Booten bedeckt. »Das muss die Versorgungsflotte sein«, staunte er. »So viele Schiffe habe ich noch nie an einem Ort gesehen.« Er versuchte, sie zu zählen, geriet aber immer wieder durcheinander.

»Lotrich«, rief Landfried einen Veteranen unter seinen Männern zu sich. »Ist die Stadt dort unten Radasponda?«

»Ja, Herr«, bestätigte der Gerufene. »Ich war anno 91 unter Karl schon mal hier. Das Bier in der Stadt sucht seinesgleichen!«

Landfried nickte. »Das ist doch immerhin etwas.« Beim Näherkommen erkannte Landfried, dass eine Schiffsbrücke den Danuvius überspannte. Bohlen, Lehm und Streu waren über die Kähne gelegt, sodass die Brücke von oben betrachtet fast wie eine Straße aussah.

»Ob unsere Pferde das glauben?«, fragte Mundarik zweifelnd. »Dass sie hier keine ordentliche Brücke haben ...«

»Hatten sie wohl, Karl ließ noch während des Feldzuges anno 91 eine bauen, genau wie in Moguntia. Aber die Fluten haben sie bereits zwei Jahre später davon gerissen«, erklärte Lotrich, der sich immer noch neben Landfried hielt.

Doch entgegen Mundariks Befürchtungen scheute Landfrieds Hengst, Malmer, nur leicht, als er den hohlen Klang unter seinen Hufen vernahm. Ein kräftiger Schenkeldruck und etwas gutes Zureden beruhigten ihn rasch. Die übrigen Pferde folgten dann ohne Zwischenfälle. Bald erreichten sie Radasponda am gegenüberliegenden Ufer. Ein Tor führte durch eine alte Mauer aus rissigen Steinen. Die Stadt dahinter schien aus allen Nähten zu platzen. Fränkische und bayrische Krieger, Pferde und Tross tummelten sich in den Gassen. Bereits dicht hinter dem Tor war kaum noch ein Durchkommen möglich. Reiter, Fußsoldaten, Proviantwagen hatten sich heillos verkeilt.

»Halt!«, befahl Landfried gereizt. »Wir sitzen ab. Hier kommen wir nicht weiter.« Er glitt aus dem Sattel und wäre beinahe auf ein Ferkel getreten, das quietschend davonstob.

»Pass verdammt noch mal auf dein Viehzeug auf«, fuhr Mundarik den Bauern an. »Das macht uns noch die Pferde scheu.«

Landfried schüttelte missbilligend den Kopf. »Ich suche das Hauptquartier. Bleib du bei den Männern, und sieh zu, dass niemand unter die Hufe kommt!«, befahl er und warf seinem Freund die Zügel seines Hengstes zu. Mit den Ellenbogen kämpfte er sich durch das Gedränge und den Dung auf den Straßen, bis er schließlich ein Patrizierhaus mit steinernem Unterbau entdeckte, aus dessen Fenster eine viel zu kleine Adler-Fahne hing.

»Ist der Heerführer hier?«, fragte Landfried einen der Hünen, die vor der Tür Wache standen.

»Hmm«, antwortete der muffelig.

In Landfried kochte der Zorn hoch. »Öffnet sich dein Kiefer nur für Schweinebraten?«, fuhr er den Posten an. »Ich bin Graf Landfried von Meaux und will den Heerführer sprechen!«

Der blonde Riese stand stramm. »Herr Erich wohnt hier, aber im Moment ist er im Hauptquartier«, erklärte er in breitem Langobardisch.

»Erich?«, fragte Landfried erstaunt. »Du meinst König Pippin?«

»Nein, Erich von Friaul. Unser Heerführer«, erwiderte der Riese etwas höflicher.

Das erklärt zumindest den Dialekt des Mannes, dachte Landfried. Der alte Erich war ein erfahrener Krieger, aber einer, der die Männer begeisterte? Wohl eher nicht. Und niemand, der ihn dem König empfehlen würde! Er biss sich auf die Lippe. »Ist das Hauptquartier denn nicht hier?«, fragte er.

»Nein, Herr, das Hauptquartier ist hier nicht.«

»Und wo ist es dann, das Hauptquartier?«, drängte Landfried ungeduldig. »Muss ich dir jedes Wort einzeln aus der Nase ziehen?«

Der Riese hob entschuldigend die Schultern. »Ich weiß es nicht«, erklärte er, und sein Gesichtsausdruck verriet ehrliche Ahnungslosigkeit.

Seufzend wandte Landfried sich ab. Eine weitere halbe Stunde in schmutzigen Gassen später fand er das Hauptquartier im Refektorium eines Klosters. Er bückte sich unter dem niedrigen Türsturz und trat in das alte Gebäude. Trotz des herrschenden Halbdunkels erkannte er einen großen Tisch mit drei Männern dahinter. Er seufzte erleichtert. Endlich, das musste das Pult des Hauptschreibers sein. »Ich bin Grafensohn Landfried, und ich komme mit fünfzig Reitern aus Moguntia«, meldete er seine Ankunft. Der untersetzte Glatzkopf, der in der Mitte saß, suchte in seinen Pergamenten. Landfried fiel auf, dass er die Schreiben ganz dicht vor die Nase hielt. Offenbar hatte ihm die Arbeit bei schwachem

Kerzenschein die Augen verdorben. Doch dann schien er gefunden zu haben, was er suchte.

»Aha, Landfried, Sohn des Grafen von Meaux?«

Landfried nickte. »Eben der.«

»Du wirst dich mit deinen Männern zu Gerold halten«, wies ihn der Schreiber an.

»Gerold? Der Präfekt vom Bayernland?«, fragte Landfried zurück.

»Oh ja. Tassilo ist ja nun endgültig verbannt«, bestätigte der Mönch.

Landfried nickte. Gerold war ein Bruder von König Karls zweiter Gattin Hildegard. Man munkelte, dass Karl ihm auch die bayrische Herzogswürde übertragen könnte. »Und die leeren Schuten im Fluss?«, fragte er weiter, vielleicht konnte er noch ein paar Informationen aus dem Schreiber herausholen.

»Die sind für die Fußsoldaten, damit wir rascher vorankommen«, erklärte der Mönch.

Landfried nickte. »Und wir sichern mit den Reitern die Ufer?«, fragte er.

»So ist es«, bestätigte der Glatzkopf, vermutlich ein Bediensteter der allgegenwärtigen Hofkapelle.

»Was ist mit König Pippin von Italien?«, forschte Landfried weiter. »Ich dachte, er würde uns führen?«

Der Geistliche lachte. »Immer wieder dieselbe Frage. Ja, Pippin wird mit seinem Heer zu uns stoßen. Bei Wenia ein paar Tagesmärsche flussabwärts.«

Landfried nickte. Das ergab Sinn. Von Italien kommend wollte der Prinz die hohen Berge umgehen. »Hab Dank, Vater.« Er verneigte sich leicht. Es lohnte sich immer, höflich zu Geistlichen zu sein, insbesondere dann, wenn sie möglicherweise der Hofkapelle angehörten.

Eine ganze Woche dauerte es noch, bis das Heer vollständig in Radantia versammelt war.

»Lotrich hatte Recht«, behauptete Mundarik, als sie endlich aufbrachen. »Das Bier war ausgezeichnet. Ich hoffe, sie haben einige Fässer davon auf die Kähne geladen.« Sie konnten von der Bootsbrücke aus die Flotte, die sich auf dem breiten Strom langsam formierte, gut überblicken.

Die ersten Tage würde die gesamte Reiterei am Nordufer marschieren. Hier war das Gelände flach und mit einer Feindberührung war noch nicht zu rechnen. »Was glaubst du?«, fragte Mundarik nichtsdestotrotz. »Wann werden wir die ersten Hunnen zu Gesicht bekommen?« Wie viele Franken bezeichnete auch Mundarik die Awaren abschätzig als Hunnen, obwohl das nicht stimmte.

»Noch früh genug«, entgegnete Landfried entnervt. Er konnte es nicht leiden, wenn die Männer den Feind unterschätzten, und sei es auch nur in ihren Worten. Das könnte sie noch teuer zu stehen kommen. Außerdem strapazierten die ständigen Vorhaltungen Gerolds, dem nichts recht war und alles viel zu langsam ging, seine Geduld.

»Vielleicht treffen wir sie gar nicht«, mutmaßte Lotrich, dem Landfried befohlen hatte, sich in seiner Nähe zu halten. Die Erfahrung des alten Kriegers konnte ihm von Nutzen sein.

»Wie meinst du das?«, fragte er schärfer, als er gewollt hatte.

»Nun ja«, der Veteran strich sich ungerührt durch den grauen Bart. »91 sind sie einfach in die Steppe ausgewichen. Daher kam es zu keiner Entscheidung, und am Ende mussten wir unverrichteter Dinge umkehren, weil der Herbst hereinbrach.«

»Klingt ganz so, als würde es uns ergehen wie in den letzten drei Jahren«, kommentierte Landfried mit einem säuerlichen Grinsen. »Erst saßen wir auf einem Matschhaufen in Sachsen, dann haben wir in Regen und Schlamm einen Graben ausgehoben, und letztes Jahr kam die Gesandtschaft des Tudun, um König Karl Frieden, um die Taufe der Awaren anzubieten!«

»Aber das war eine Lüge, um ihre gerechte Strafe hinauszuzögern«, empörte sich Mundarik. »Das lässt Karl nicht auf sich sitzen. Nun werden wir ihnen zeigen, was echte Franken von solchen feigen Winkelzügen halten!«

Landfried hob die Brauen, hielt aber den Mund. Es führte zu nichts, die Moral der eigenen Männer zu dämpfen. Nicht nur Übermut, sondern auch Zweifel konnten in die Katastrophe führen. Doch ein unangenehmes Gefühl wurde er nicht los.

Allen Sorgen zum Trotz erreichten sie nach wenigen Marschtagen ohne Feindberührung Comagena, den letzten fränkischen Stützpunkt an dem Danuvius. Karl hatte ihn bei seinem ersten Feldzug vor fünf Jahren errichtet, um die Grenze zu sichern.

»Noch immer keine Nachricht vom König von Italien«, schimpfte Erich von Friaul. Er hatte seine Anführer zu einer Besprechung in sein Zelt gerufen. »Von nun an werden wir an beiden Flussufern vorrücken, um unsere Flotte zu schützen. Von hier an betreten wir Feindesland. Gerold, du sicherst mit deinen Männern das Südufer!«

Das betraf auch Landfried. »Auf die Südseite?«, begehrte Mundarik denn auch gleich auf, als er die Befehle überbrachte. »Aber wie sollen wir die Pferde auf die Kähne bekommen? Das wird eine Heidenarbeit. Du weißt doch selbst, wie störrisch sie sind, wenn sie auf schwankende Planken steigen sollen!«

»Ich weiß es«, bestätigte Landfried mit unterdrücktem Ärger. Als habe er noch nicht daran gedacht. »Befehl ist Befehl. Die Fußsoldaten werden ein paar Kähne räumen, und damit setzen wir über. Lass das Lager abbrechen.«

Als sie Zelte und Decken verstaut hatten, warteten bereits die ersten Kähne am Ufer. Es handelte sich um flachbodige Lastkähne, die mit jeweils vier bis sechs Rudern an Bug und Heck gesteuert wurden. Bei ihrem Anblick musste Landfried lachen. Die Schiffer schauten den Pferden mindestens genauso misstrauisch entgegen wie umgekehrt. »Los jetzt. Je schneller sich die Pferde an die Boote gewöhnen, desto besser«, rief er und stieg vom Ross. »Das wird nicht das letzte Mal gewesen sein, dass wir auf die Hilfe der Flotte angewiesen sind!« Malmer machte seinem Namen alle Ehre. Nervös kaute er auf der Trense herum, als Landfried ihn in Richtung der wartenden Kähne zerrte. »Ruhig«, flüsterte er ihm ins Ohr und streichelte dem Hengst über die Nüstern. »Ruhig, was sollen denn die anderen Pferde denken, wenn du dich so anstellst?« Als ob er ihn verstanden hätte, ließ sich der Hengst nun ohne Gegenwehr auf die Planken ziehen. Landfried führte ihn bis ins Heck des Kahns. »So, hier bleiben wir stehen«, flüsterte er und kraulte den Hengst zwischen den Ohren. Bald war der Kahn beladen.

»So, dann setzt uns über!«, befahl Landfried dem Schiffer.

Der grauhaarige Mann nickte. »Haltet bloß die Pferde ruhig, Herr. Wenn sie durchgehen, kentern wir!«

Landfried nickte. Doch im selben Augenblick wieherte Mundariks Pferd und drängte von der Bordwand weg. Auch Malmer hob erschrocken den Kopf. »Ruhig«, rief Landfried und bemühte sich, seiner Stimme einen tiefen, beruhigenden Klang zu geben. »Mundarik, pass gefälligst auf deinen Gaul auf!«, wies er den Kameraden barsch zurecht. Der Gescholtene lief rot an, bekam seine Stute aber unter Kontrolle. Er konnte sie allerdings nicht dazu bewegen, wieder an die Bordwand heranzutreten. »Lass sie, wo sie ist«, wies ihn Landfried an, »nur halt sie fest!« Doch offenbar hatte sich das Ross beruhigt. Es hob den Schweif und kackte auf die Planken des Kahns. Davon angeregt stellte nun auch Malmer die Hinterbeine zurück und pisste im dicken Strahl, sodass die Gülle Landfried bis an die Stiefel spritzte. »Du bist ein ganz Großer«, schimpfte er seinen Hengst, doch als er das Gesicht des Schiffers sah, musste er grinsen. »Machen die Bauern das nicht?«

Der Marsch an zwei Ufern brachte noch andere Probleme mit sich. Wenn ein Steigbügel oder Zügel riss, oder sonst etwas fehlte, dauerte es oft bis zum nächsten Morgen, bis das Benötigte gefunden und zur Stelle war. Und wie Landfried es vorausgesehen hatte, war dies auch nicht das letzte Mal, dass sie sich den Schiffen anvertrauen mussten. Denn Feindesland hin oder her, die meisten Schwierigkeiten machten nicht die Awaren, die ihre Grenzbefestigungen beim Herannahen des Frankenheeres verlassen hatten, sondern die vom Schmelzwasser angeschwollenen Nebenflüsse, die dem Danuvius von Süden, also von den großen Bergen her, zuströmten. Immer wieder zwangen starke Einmündungen die Reiterei in die Boote. Jedes Mal mussten die Fußsoldaten von den Kähnen an Land gesetzt und dann Rosse und Reiter übergesetzt werden, bevor die Fußsoldaten wieder einsteigen konnten. Bald jedoch ergab sich eine gewisse Routine, und auch die Pferde gewöhnten sich an die schwankenden Boote. Inzwischen grinste selbst der grauhaarige Schiffer, der, wie Landfried inzwischen wusste, Udo hieß, wenn er mit seinen Pferden an Bord kam.

»Wieder Scheißwetter heute, was?«, fragte er und nickte zu Malmer hinüber. »Wenn ihr weg seid, müssen wir den Kahn jedes Mal schrubben, sonst wollen die Fußsoldaten nicht mehr an Bord!«

Landfried lachte. »Die sollten sich mal selber riechen! Oder besser noch, sich selber schrubben!«

Wieder waren sie einer der ersten Kähne, der über einen starken Zufluss ruderte. Das Wasser war matschbraun und gischtete wild, wohingegen der Danuvius viel ruhigeres, dunkles Wasser führte. Wie die Länder, in denen die Flüsse entspringen, dachte Landfried. Die ruhige, geordnete Kraft des Frankenreiches schien sich auch auf den Strom zu übertragen. Wobei auch die Älv ruhig und stetig dahin strömte, und das passte nun wirklich nicht zu den Sachsen, die an ihrem Lauf wohnten! Doch schon erreichten sie das andere Ufer. Einer nach dem anderen landeten die Kähne an, während Udo mit seinem Kahn schon wieder auf das westliche Ufer zuhielt, um die nächsten Reiter überzusetzen. Plötzlich ertönte am Westufer, also an jener Seite, die Landfried gerade verlassen hatte, lautes Geheul.

»Was ist denn da los?«, fragte Landfried und starrte mit zusammengezogenen Brauen über den Fluss.

»Ich weiß es nicht, vielleicht sind ihnen ein paar Gäule durchgegangen?«, vermutete Mundarik.

»Sind das nicht fremde Reiter?«, rief Landfried auf einmal aufgeregt.

»Die Hunnen!«, pflichtete ihm Lotrich bei, der sich die Augen mit der Hand beschattete. »Sie greifen unsere Nachhut an!«

Tatsächlich erkannte Landfried nun, wie eine Schar Reiter die am Ufer verbliebenen Franken zum Fluss hindrängte. »Wo ist Gerold?«, rief er. »Ist er noch drüben oder auch schon hier?« Suchend blickte er sich um. Da erkannter er ihn auf ihrer, also der Ostseite. Er trieb sein Pferd im Galopp zum Fluss, als könne er so in das Geschehen am gegenüberliegenden Ufer eingreifen. »Um Himmels willen, was sollen wir tun?«, rief Landfried zu ihm hinüber. Doch Gerold war zu weit entfernt, um ihn über das Rauschen des Flusses und das Geschrei, welches vom anderen Ufer herübertönte, zu hören. Da, endlich, hatte man auch auf dem Fluss entdeckt, was sich am Südufer abspielte. Zwei der noch immer dicht mit Fußsoldaten beladenen Kähne drehten schwerfällig auf das bedrohte Ufer zu. »Sie werden zu spät kommen«, unkte Mundarik, während auf der gegenüberliegenden Seite der Kampf in vollem Gange war. Oder besser, die Jagd. Wilde Reiter hetzten auf ihren Pferden hinter den abgesessenen und nicht gerüsteten Franken her. Mit ihren kurzen Bögen schossen die Awaren Pfeil um Pfeil auf die sich am Ufer Drängenden und heizten so die Panik unter ihnen weiter an. Landfried verfolgte hilflos das Geschehen jenseits des Wassers. Doch inzwischen hatten weitere Kahnführer begriffen, was dort vor sich ging, und lenkten ihre mit dem fränkischen Fußvolk beladenen Schiffe auf das Ufer zu. Endlich stießen die ersten Kähne an Land, und die Franken sprangen mit hoch erhobenen Schilden ans Ufer. Landfried musste den Mut der Bauern bewundern. Doch sie brauchten ihn gar nicht mehr im Kampf zu beweisen. So schnell, wie die Awaren aufgetaucht waren, verschwanden sie wieder, und lediglich eine große Staubwolke blieb zurück.

»Was war denn das?«, fragte Mundarik wie betäubt. »Habe ich das etwa nur geträumt?«

Landfried stöhnte. »Nein, das haben wir leider nicht geträumt. Das war ein Vorgeschmack davon, was wir von unserem Feind zu erwarten haben!«

»Aber sie sind feige, sobald unsere Truppen anlandeten, sind sie geflohen!«, beschwerte Mundarik sich.

Landfried wiegte den Kopf. »Sie sind nicht feige, sonst hätten sie kein so übermächtiges Heer angegriffen. Aber sie kämpfen anders als wir. Wie auch die Araber in Spanien. Ihre Kraft liegt in der Schnelligkeit, und ich hoffe, unser Anführer weiß dem zu begegnen«, er blickte zu Gerold hinüber, der noch immer im Sattel saß und mit dem Schwert in der Hand hilflos über den Fluss starrte.

Wie sich herausstellte, hatten sie vor allem Pferde verloren, da die abgesessenen Reiter hinter ihren Tieren Deckung gesucht hatten. Zudem mussten etliche verwundete Tiere geschlachtet werden, da man sich nicht leisten konnte, auf ihre Genesung zu warten. Es war kein Desaster, aber doch eine empfindliche Niederlage, hier, weit weg von jedem Nachschub aus dem Frankenreich.

»Wenn ich doch zur Stelle gewesen wäre«, grollte Gerold.

Erich von Friaul hatte die Heerführer wieder zu einer Lagebesprechung ans Nordufer gerufen. Landfried hielt den Mund. *Was dann? Und was hätte ich selber getan, wenn ich den Oberbefehl gehabt hätte?*, fragte er sich im Stillen.

»Wir müssen nach Wenia vorstoßen, um uns mit Pippins Heer zu vereinigen!«, unterbrach Erich seine Gedanken. »Wir dürfen uns von solchen Scharmützeln nicht aufhalten lassen.«

Wenn wir auf Pippin treffen, bist du zumindest deine Verantwortung los, dachte Landfried, hielt aber auch dazu den Mund.

»Du bleibst diesmal mit deinen Männern als Letzter auf diesem Ufer«, fuhr Gerold Landfried vor der nächsten Flussüberquerung an. Wie üblich hatte sich Landfried mit seinen

Männern gerade bereit gemacht, um in Udos Kahn zu steigen. »Ich will nicht, dass auf unserer Seite noch einmal so eine Sauerei passiert!« Damit drehte er sich um und ließ Landfried mit offenem Mund stehen.

»So ein Drecksack«, knirschte Mundarik zwischen den Zähnen. »Als wären wir für diese Schmach verantwortlich. Nur weil er der kleine Bruder einer Königin ist, meint er sich alles erlauben zu können!«

»Scht!«, unterbrach ihn Landfried, obwohl er innerlich genauso kochte wie sein Unterführer. »Er ist der Anführer und kann für die Nachhut auswählen, wen er mag.« Prüfend ließ er den Blick über das Land am breiten Strom gleiten. Hügel traten hier bis dicht an den Fluss heran. Eigentlich ein idealer Ort für einen Hinterhalt. Aber kein idealer Ort für die Reiterei. Und er hatte bisher noch nie gehört, dass die Awaren jemals zu Fuß angegriffen hätten. »Lotrich!«, rief er seinen Veteranen herbei.

»Ja, Herr?« Der Gerufene war sofort zur Stelle.

»Was meinst du zu diesem Ort hier? Müssen wir mit einem Angriff der Awaren rechnen?«

Der graue Kämpe sah sich um. »Ich glaube nicht, Herr. Die Awaren verschwinden stets so schnell, wie sie gekommen sind. Und hier kann kein Reiter mehr verschwinden, wenn unsere Fußsoldaten den Uferstreifen dort vorne besetzen.«

Landfried nickte. »Wir bleiben trotzdem im Sattel, bis alle Übrigen sicher auf der anderen Seite sind«, entschied er.

Doch dieser Übergang verlief ebenso reibungslos wie auch die nächsten.

»Wie viele dieser verdammten Nebenflüsse gibt es denn noch?«, wollte Mundarik am Abend wissen. Sie hatten wie üblich am Südufer des Danuvius ihre Zelte aufgeschlagen. Die Kochfeuer brannten gemütlich in einer langen Reihe, und es duftete bereits nach Bohnensuppe. Die Flotte lag auf der gegenüberliegenden Seite, wo der Fluss in einer Biegung einen flachen Kiesstrand bot, auf den man die Kähne bequem ziehen konnte. Auf dieser Seite des Stromes hatte das Wasser das Ufer immer wieder unterspült, sodass eine scharfe Abbruchkante von der Grasnarbe zum Fluss hinunterführte.

»Ich habe keine Ahnung«, entgegnete Landfried müde. »Bald müssten wir Wenia erreichen, und hoffentlich wartet dort Prinz Pippin auf uns.«

»Wenn die verdammten Hunnen ihn nicht wieder vertrieben haben«, gab Lotrich zu bedenken. »Oder Schlimmeres!«

Mundarik starrte ihn mit offenem Mund an. »Du meinst, diese Barbaren könnten ein fränkisches Heer vernichten?«, fragte er ungläubig. »Du hast doch gesehen, dass diese Feiglinge Reißaus nahmen, sobald unsere Fußsoldaten an Land kamen!«

»Weil sie glauben, anders besser zum Ziel zu kommen. Aber glaub mir, die Hunnen können kämpfen, wenn es darauf ankommt!«, beharrte Lotrich. »Außerdem müssen sie gar nicht vernichtet worden sein. Pippins Heer besteht vor allem aus Langobarden, nicht aus Franken. Und die haben bis vor kurzem noch heimlich mit den Hunnen paktiert!«

»Noch sind wir nicht in Wenia«, unterbrach Landfried unwirsch das Gespräch. »Ich rechne damit, dass wir es morgen oder übermorgen erreichen. Und alles andere sind reine Hirngespinste. Prinz Pippin hat seine Männer sicher fest im Griff, egal, welchem Stamm sie angehören. Gute Nacht.« Er war weder zu Streitereien noch zu Schauergeschichten aufgelegt. Beides schwächte die Moral seiner Männer. Sorgenvoll kroch er in sein Zelt, welches er mit Mundarik teilte. Die Marschtage und die ständigen Flussüberquerungen waren nicht nur für die Pferde anstrengend. Sobald Landfried auf dem Rücken lag und die Augen schloss, war er auch schon eingeschlafen.

Lautes Rufen weckte ihn. Im ersten Augenblick wusste er nicht, wo er sich befand. Dann erinnerte er sich. »Mundarik«, rief er. Ein undeutliches Grummeln zeigte ihm, dass der Kamerad noch halb im Schlaf lag. Doch das Rufen verstummte nicht. Das mussten ihre Wachtposten sein! Plötzlich tat es über Landfried einen Schlag – eine Art reißendes Geräusch, er tastete vorsichtig nach oben. War das eine Zeltstange? Hier? Mit einem Mal war er hellwach. Ein Pfeil steckte im Zeltgiebel. »Mundarik, aufwachen, die Awaren greifen an!«, schrie er und wühlte sich aus seinem Mantel. Seine Hände tasteten im Dunkeln nach den Waffen. Mechanisch setzte er den Helm auf und band ihn unterm Kinn fest, dann griff er nach den Stiefeln. Für den Kettenpanzer blieb ihm keine Zeit; doch Stiefel mussten sein. Mühsam zog er das feuchte Leder über die Füße, griff Schild und Schwert und stürzte ins Freie. Mehrere Männer rannten planlos herum, Pfeile zischten durch die Nacht, und immer wieder zeigten gellende Schreie an, wenn einer sein Ziel fand. Ganz in der Nähe hörte Landfried das Trappeln galoppierender Hufe. Die Awaren! »Abteilung Landfried zu mir!«, schrie er über den Lärm hinweg. Schilde, Schwerter und Helme! Die ersten der wild herumlaufenden Gestalten stürzten auf ihn zu, froh, endlich eine Anweisung zu erhalten. »Wir bilden einen Schildwall«, rief er und hob den eigenen Schild in Richtung des Hufgetrappels. Die Männer hatten verstanden. Krachend schloss sich Schild an Schild. »Dichter zusammen!«, schrie Landfried. »Wir dürfen ihren Pfeilen keinen Raum lassen!« Im Stillen betete er, dass sich die Awaren von ihrem Schildwall fernhalten mochten. Wenn sie wenigstens Lanzen dabeihätten, doch zu plötzlich waren die Feinde über sie hereingebrochen. Vor ihnen erkannte er nun, wie die ersten Reiter aus der Finsternis in das matte Licht der fränkischen Wachfeuer jagten. Im vollen Galopp schossen sie ihre Pfeile von oben auf Landfrieds Schildwall, um sofort wieder die Pferde zu wenden und zu verschwinden. Doch der hohe Sitz im Sattel, im Kampf sonst ein unschätzbarer Vorteil, ließ die meisten Pfeile auf die erhobenen Schilde treffen, wo sie stecken blieben, ohne weiteren Schaden anzurichten. Obwohl die Awaren in unmittelbarer Nähe an ihm vorbei galoppierten, konnte Landfried nur schemenhafte Umrisse erkennen. Lange, schwarze Haare flatterten im Wind, oder trugen die fremden Krieger Helme mit Schweifen aus Rosshaar? Er konnte es nicht erkennen, auch musste er sich immer wieder hinter seinen Schildrand ducken, wenn sich einer der Awaren in den Steigbügeln aufrichtete, um sein tödliches Geschoss abzuschießen, oder wenn ein unheilvolles Surren den nächsten Pfeil ankündigte. Dennoch hielten die Awaren Abstand. Fürchteten sich die wilden Reiter davor, den Schildwall direkt anzugreifen? Das war sicherlich auch die richtige Taktik, musste Landfried seinen Feinden widerwillig zugestehen. Ein geschlossener Schildwall war für Pferde nicht zu durchbrechen. Lediglich einzelne und flüchtende Fußsoldaten wurden eine leichte Beute für die Schwerter und Lanzen der Berittenen.

»Ein Glück, dass die Wachtposten uns alarmiert haben, bevor sie zwischen unseren Zelten waren«, rief Landfried Mundarik über den Lärm zu. Sein Diener und Vertrauter hielt wie eh und je neben ihm aus.

»Sonst würden sie uns jetzt zerstampfen«, pflichtete der erfahrene Kriegsknecht seinem Herrn mit ruhiger Stimme bei. »So werden sie sich die Zähne an unseren Schilden ausbeißen.«

Plötzlich hörte Landfried hinter sich eine andere Stimme. »Alle Mann auf die Pferde, wir bringen sie zur Strecke!«

»Oh Gott«, entfuhr es Landfried. Das war Gerold! Wie sollten sie in dem Durcheinander ihre Pferde finden und fertig machen? Sobald der Schildwall fiel, würden die Awaren zwischen die Zelte und Männer drängen und alles kurz und klein hauen. »Meine Männer bleiben im Schildwall!«, brüllte er mit aufkeimender Panik. Ob aus Respekt vor ihm, Angst oder Einsicht, der Wall hielt. Doch hinter ihnen fand Gerold offenbar den notwendigen Raum und genügend Gefolgsleute, um Pferde zu satteln und seinen Ausbruch vorzubereiten. Es wieherte und stampfte bald sowohl vor als auch hinter Landfried. Seine Männer begannen, nervöse Blicke über die Schulter zu werfen. Das war gefährlich, sie sollten sich auf den Feind und die heranfliegenden Pfeile konzentrieren!

»Aus dem Weg«, ertönte da wieder Gerolds kräftige Stimme.

Nun warf auch Landfried einen ungläubigen Blick nach hinten. Tatsächlich raste eine Reiterschar auf ihn und seine Männer zu. »Auseinander, lasst sie durch!«, schrie er und brachte sich durch einen Sprung aus der Bahn der Reiter.

Was den Awaren nicht gelungen war, schaffte Gerold in einem Augenblick: Der gesamte Schildwall löste sich auf. Doch zu ihrem Glück wendeten die Awaren ihre Pferde und flohen vor den heranstürmenden Franken in die Nacht hinein.

»Sind die denn total verrückt?!«, schimpfte Mundarik den Reitern hinterher.

»Halt, ihr reitet in den Hinterhalt!«, erklang die jammernde Stimme des alten Lotrich.

Doch die Reiter hörten ihn nicht oder kümmerten sich nicht darum. Mit lautem Schlachtgebrüll verschwanden sie im Dunkel.

»Schließt den verdammten Schildwall!«, schrie Landfried vor Wut kochend. Langsam sammelten sich seine Männer wieder um ihn, und er beruhigte sich etwas. »Wir halten hier die Stellung«, entschied er. »Bei dem Lärm muss man am anderen Ufer etwas gehört haben. Sicherlich kommen gleich Fußsoldaten zur Verstärkung herüber!« Und tatsächlich tönten bald die ersten Rufe vom Fluss herauf. Nicht lange danach kletterten auf der ganzen Länge des Lagers fränkische Bauern über das steile Ufer an Land. Die Awaren würden nun keinen zweiten Angriff mehr wagen.

»Das ist schon das zweite Mal, dass wir euch aus der Patsche helfen«, begrüßte einer der Anführer Landfried. Prüfend flog sein Blick über den Schildwall. »Wie ich sehe, macht ihr zu Fuß auch eine ganz passable Figur«, gestand er ihm dann grinsend zu. »Sind das denn alle?«, fragte er wieder ernst. »Wo ist der Rest von euch? Alle gefallen?«

»Nein, sie sind mit Präfekt Gerold hinter den Awaren her geritten«, erklärte Landfried säuerlich.

Der Anführer der Fußsoldaten hob die Brauen. »Ins Dunkel hinein? Ohne das Gelände zu kennen? Dann seid ihr

Reiter entweder mutiger, als ich dachte, oder dümmer als ein Sack Stroh!«

Er schüttelte den Kopf und stierte gemeinsam mit Landfried in die Nacht. Doch sie mussten nicht lange warten. Bald tauchten die ersten Reiter auf. Franken. Allerdings einzeln und viele verwundet.

»Was ist geschehen?«, fragte Landfried einen der Zurückkehrenden.

»Sie schießen treffsicher mit den Pfeilen nach hinten, selbst wenn ihre Pferde im gestreckten Galopp vorwärts jagen!«, antwortete der schaudernd. »Trotz Dunkel und unwegsamen Gelände!«

»Hunold haben sie aus dem Sattel geschossen, ohne den Galopp auch nur eine Spur zu verlangsamen«, bestätigte ein Zweiter.

»Sie stellen sich in die Bügel und drehen sich um, als ständen sie ruhig auf einer Weide. Ihre Pferde finden den Weg durch die Nacht völlig von selbst, während unsere ständig stolperten«, pflichtete ihm der Erste bei. Ein Pfeil hatte seinen Oberarm gestreift, und das Blut lief den Ärmel herab. Auch er hatte keine Zeit gehabt, die Rüstung anzulegen. Bald kamen Männer zurück, die es noch schlimmer erwischt hatte.

»Die Hunnen haben plötzlich gewendet, und dann kamen sie von allen Seiten«, jammerte ein riesiger Kerl. Er war leichenblass und hielt sich mit letzter Kraft auf dem Pferderücken. Eine tiefe Schnittwunde zog sich über seine ebenfalls ungeschützte Schulter.

»Ihre krummen Schwerter sehen zierlich aus, aber sie scheiden Mark und Bein. Selbst in den Knochen bleiben sie nicht stecken«, berichtete sein Kamerad, während helfende Bauernhände den großen Kerl vom Gaul hoben.

Landfried überlief es kalt. Die Wunde war tief und glatt, als hätte das Schwert Fleisch und Sehnen wie Butter zerschnitten. »Weil ihr losgeritten seid wie aufgescheuchte Hühner. Ohne eure Panzer anzulegen«, schimpfte er, obwohl er wusste, dass Gerold genau das befohlen hatte. Doch hätten die Eisenhemden die Franken beschützt? Insgeheim musste er an Kaplan Sigismund und den Dolch Al Mansurs denken. Besaßen die Awaren das Geheimnis des orientalischen Eisens? War das das wahre Geheimnis ihrer Siege?

Schließlich kam auch der Präfekt selbst mit einer Schar von etwa einem Dutzend Reitern zurück. Unverletzt, aber völlig zerknirscht, sagte er kein einziges Wort, sondern verschwand direkt in seinem Zelt.

»Na, das ist mal ein Anführer!«, spottete Mundarik.

Doch Landfried hob die Hand. »Hüte deine Zunge«, warnte er eindringlich. »Das ist der Bruder einer Königin, und wer die Familie des Königs beleidigt, kann es leicht bereuen.«

»Wir haben über fünfzig Mann verloren!« Erich von Friauls Gesicht war rot angelaufen wie eine Rübe, ein seltsamer Kontrast zu seinem grauen Haar. »Wie konnte das passieren? Das ist schon das zweite Mal, dass die Awaren unsere Südflanke blamieren, und diesmal hat es viele gute Männer gekostet!«

Gerold, dem diese Ansprache hauptsächlich galt, hatte sich erhoben. Er war so bleich wie der blutende Riese am Vorabend. Seine Stimme zitterte leicht, als er anfing zu sprechen: »Ich habe die richtigen Maßnahmen getroffen, nur weil nicht alle meine Befehle befolgten und wir daher nicht mit ganzer Kraft angegriffen haben«, finster blickte er zu Landfried hinüber, dem mit einem Schlag siedend heiß wurde.

Er wollte etwas zu seiner Verteidigung sagen, aber sein Mund war mit einem Mal so trocken, dass er nur ein heiseres Krächzen herausbrachte.

»Nur weil wir nicht mit ganzer Kraft angegriffen haben ... «, wiederholte Gerold. Seine Stimme gewann mit jedem Wort an Sicherheit.

»Nur deshalb sind überhaupt noch ein paar von deinen Reitern übrig und du hattest noch ein Lager, in das du dich flüchten konntest«, fiel ihm Erich mit schneidender Stimme ins Wort. Ihre Blicke maßen sich einen Augenblick, dann wandte der Jüngere die Augen ab. »Du hast dich in einen Hinterhalt locken lassen«, fuhr Erich unbarmherzig fort.

Landfried atmete erleichtert auf. Doch da traf ihn Gerolds Blick, und er erkannte, dass er sich heute einen Feind gemacht hatte.

Landfried, Danuvius, Ostermonat 796

Der Danuvius strömte vor Landfrieds Augen in eine breite Ebene hinein. Seine Abteilung bildete heute die Vorhut der Reiterei am südlichen Flussufer. Das Land zu seinen Füßen war zwischen den einrahmenden Hügeln so platt, dass sich der Strom in mehrere flache Arme aufzweigte. Dazwischen hatten sich lange, schmale Sandbänke, aber auch mit Gras und Weiden bestandene, regelrechte Inseln und Auen gebildet.

»Sieh, dort hinten an unserm Ufer steigt Rauch auf«, Mundarik zeigte mit der Hand auf einen Ort.

Landfried blickte in die angewiesene Richtung und erkannte einige Fischerkaten. »Dort am Hang, sind das Weinberge?«, fragte er zurück.

Mundarik kniff die Augen zusammen. Dann nickte er zustimmend. »Ich glaube schon. Dort am Fuß, zu den Fischerhütten hin liegen auch einige Höfe.«

»Das Ganze ist es kaum wert, ein Dorf genannt zu werden«, kommentierte Landfried und zog unwillig am Zügel, weil Malmer versuchte, die Pause zum Grasen zu nutzen.

»Dort vorne ist aber noch etwas!«, rief Mundarik plötzlich.

»Was meinst du?«, fragte Landfried.

»Ich glaube, da beim Dorf ist ein Wall aufgeworfen. Ein Viereck, wenn ich mich nicht irre«, erklärte er. »Dort hinter der grauen Kate, links der große Baum und über dessen Spitze ein kleines Stück nach rechts ... «, wies er seinen Freund an.

»Ich hab es«, bestätigte Landfried. »Das muss das Römerlager von Wenia sein!« Er wandte sich im Sattel um. »Lotrich«, rief er ungeduldig den Veteranen heran. »Könnte das da vorne Wenia sein?«

»Schon möglich. Das Erdwerk könnte der Ort sein, wo Karl lagerte ... «, bestätigte der alte Krieger.

»Na dann vorwärts!«, befahl Landfried.

»Ich hatte gehofft, Pippin mit seinen Männern hier anzutreffen«, gestand Landfried, während sie ihre Pferde auf die schwachen Palisaden des Ortes zu lenkten. Die Bauweise der Hütten und kleinen Gehöfte darin verriet, dass hier die Nachfahren germanischer Völker und von Slawen Seite an Seite wohnten. Vielleicht auch die Kinder jener Römer, die hier einst die Grenze des Imperiums schützten. Offensichtlich waren die wenigen Familien so arm und bedeutungslos, dass die Herren des Landes sie in Ruhe ließen.

»Wir werden wohl noch etwas auf den Prinzen warten müssen«, antwortete Mundarik mürrisch. »Das heißt, nur wenn Lotrich Unrecht hat und die verfluchten Langobarden nicht doch mit den Hunnen gemeinsame Sache machen«, fügte er hinzu und spuckte auf den Boden.

»Unseren Verwundeten wird die Ruhepause guttun«, entgegnete Landfried, ohne auf die Befürchtungen einzugehen. »Ich hoffe nur, dass Pippin bald kommt, aber noch ist nicht einmal das Osterfest vorbei, und bis zum Winter haben wir noch lange Zeit. Der Feldzug hat gerade erst begonnen, und auch wenn wir eine peinliche Niederlage erlitten haben, ist der Großteil des Heeres nach wie vor kampfbereit.« Inzwischen hatten sie das Tor in der Umfriedung des Ortes erreicht. Eine Abordnung von Dorfbewohnern drängte sich ängstlich davor zusammen. Ihre Kleidung war ärmlich und geflickt, aber sauber, stellte Landfried fest. Respektvoll beugten die Bauern die Knie vor den fremden Reitern. »Wer hat hier das Sagen?«, wollte Landfried wissen.

»Ich, Herr«, antwortete ein grauhaariger Alter und trat einen Schritt aus der Menge heraus. »Mein Name ist Drogo, Herr.«

»Ein fränkischer Name«, bemerkte Landfried.

»Ja, Herr, wir haben dem mächtigen König Karl treu gedient, als er vor fünf Jahren unseren unwürdigen Ort besuchte. Und auch seinen Männern erbieten wir unseren Gruß!«

Landfried runzelte die Brauen. »Woher weißt du, dass König Karl diesmal nicht mit uns reitet?«, fragte er misstrauisch. »Das kannst du nur von den Awaren erfahren haben!«

Der alte Mann wurde bleich, doch er hielt Landfrieds Blick stand. »Ja Herr, das ist richtig. Wir sind keine Krieger, und die Awaren sind die Herren dieses Landes, das heißt, sie waren es, bis ihr eintraft!«

Sollte Landfried dem Bauern Glauben schenken? Was stand für sie auf dem Spiel, und auf welcher Seite standen diese einfachen Menschen? Karl hatte vor fünf Jahren zwar die Awaren geschlagen, aber er war wieder abgezogen. Was würden diese Menschen nun erwarten? »Ich will dir glauben«, entschied er. »Ihr habt nichts zu befürchten.«

Am Abend versammelte Erich wieder seine Heerführer. Die Flotte lag sicher vertäut vor dem Ort am Südufer, und auch die Reiter, die ursprünglich das Nordufer gesichert hatten, waren in den Schutz des alten Römerlagers hinübergewechselt. Aufgrund der zahlreichen Auen und Inseln, die den Danuvius hier unterteilten, hätte man auf der einen Seite des Flusses auch kaum Fühlung mit dem Lager im Süden halten können.

Erichs Zelt stand genau dort, wo zu römischen Zeiten das Praetorium gestanden haben mochte. Gehetzt betrat Landfried es einen Augenblick, bevor Erich die allgemeine Lagebesprechung eröffnete, was ihm einen vorwurfsvollen Blick Gerolds einbrachte. Es gab so viel zu organisieren, dass er Mundarik unmöglich damit hatte allein lassen können. Die Pferde mussten getränkt, eine Weide abgesteckt und zusätzlich ausreichend Heu von einem der Kähne besorgt werden, die Menschen benötigten einen Platz zum Lagern, Feuerholz und Nahrung. Sie mussten Kochwasser heranschleppen, und die Wachen waren einzuteilen ... Er fragte sich nur, wie all die anderen es geschafft hatten, rechtzeitig zu erscheinen?

Dabei war seine Abteilung noch eine der ersten gewesen, die das neue Lager bezog.

»Wir sind dort angekommen, wo wir uns mit König Pippins Heer vereinigen sollen«, unterbrach Erichs Stimme Landfrieds Gedanken. Gemurmel erhob sich unter den versammelten Heerführern.

»Wir haben keine Ahnung, ob Pippin Italien überhaupt verlassen hat!«, rief Gerold aufgebracht und gab damit der Sorge vieler eine Stimme. »Sollen wir hier bis zum Sankt Nimmerleinstag warten?«

»Da hast du Recht«, pflichtete ihm Erich bei. Seinen Zorn über Gerolds Niederlage schien er überwunden zu haben.

Da werden die familiären Bande Gerold gehalten haben, dachte Landfried bitter.

»Was denkst du also, was zu tun ist?«, fragte Erich weiter.

»Wir müssen herausfinden, wie weit Pippins Heer noch von uns entfernt ist«, antwortete Gerold und erntete allgemeine Zustimmung. »Wir sollten ihm einen Boten entgegensenden.«

»Aber die Awaren beherrschen das Umland«, warf Landfried ein. »Kein Bote oder Kundschafter wird ungesehen aus unserem Lager herauskommen!« Die Späher der Awaren beobachteten mit Sicherheit jeden ihrer Schritte. Das musste doch auch Gerold klar sein! »Ein Bote wird nicht weiter als bis hinter den ersten Hügel oder Waldrand kommen, bevor ihn die Awaren massakrieren!«

»Dann müssen wir einen Trupp losschicken, der groß genug ist, um sich zu verteidigen. Deine Männer sind doch noch unverbraucht, da sie neulich nicht mit mir gegen den Feind geritten sind«, Gerold funkelte ihn böse an.

Landfried erschrak. Diente das ganze Gerede Gerolds letztendlich nur dazu, um seine Rache an ihm vorzubereiten? »Ein Trupp wird erst recht gesehen. Binnen eines Tages werden die Awaren jeder Anzahl der Unseren die doppelte Menge der Ihren gegenüberstellen!«, beharrte er verbissen. »Eine größere Anzahl Männer wäre zudem langsamer. Die Awaren müssten zwar erst Männer zusammenziehen, aber dann würden sie uns einkreisen und niedermachen.« Zustimmung heischend schaute er in die Runde. Doch zu seinem Entsetzen schüttelte Erich langsam den Kopf.

»Das ist wahrscheinlich trotzdem die beste Idee«, bestätigte er. »Landfried, du wirst diese wichtige Aufgabe übernehmen. Du kannst dir selber aussuchen, wie viele deiner Männer du mitnehmen willst.«

Landfrieds Magen krampfte sich schmerzhaft zusammen. Gerold grinste ihm voller Häme ins Gesicht. Diesen Verlauf der Dinge konnte der Schweinehund doch unmöglich vorausgesehen haben?

»Jetzt kannst du uns ja einmal zeigen, wie man gegen die Awaren reitet«, raunte ihm Gerold beim Verlassen des Zeltes noch zu.

Landfried wusste nicht mehr ein noch aus. Seine Mission war von vornherein zum Scheitern verurteilt! Selbst wenn er all seine Reiter mitnahm, wäre der Ausgang sicher. Seine Gnadenfrist dauerte dann ein oder zwei Tage länger, aber dafür würde er all seine Männer in den Untergang führen. Wie konnte Erich nur so blind sein und das nicht erkennen?

Im Morgengrauen des nächsten Tages rumpelte ein einfacher Ochsenkarren aus dem kleinen Bauerndorf beim Lager der Franken. Zwei Männer saßen auf dem Bock, von denen der eine, in einen einfachen Bauernkittel gekleidet, das holprige Fahrzeug lenkte. Der andere, in einem merkwürdigen Putz, der unter den armen Bauern als feine Kleidung durchgehen mochte, hockte neben ihm und stierte stumpf auf den Weg. Der Wagen holperte mit schwer erträglicher Langsamkeit die Hügel hinauf in Richtung des nächsten Dorfes. Sorgenvoll blickte Landfried, denn bei dem herausgeputzten Bauern handelte es sich um keinen anderen als ihn selbst, dem Waldrand entgegen. Dort mussten die Späher der Awaren lauern. Ob sie ihm seine Verkleidung abnähmen? Die ganze Nacht hindurch hatte ihm der alte Ortsvorsteher Brauchtum der Bauern und ein paar awarische Brocken beizubringen versucht. Er war nun Geroth, einer der reichsten Weinbauern von Wenia, der sein Gold vor den diebischen Franken in Sicherheit bringen wollte. Er fuhr mit seinem Bauernkarren und seinem Knecht, in Wirklichkeit dem Sohn des alten Ortsvorstehers, der sie am Vortag begrüßt hatte. So hatten sie es sich ausgedacht, und versteckt in einem Beutel führte Landfried auch drei römische Goldstücke und zwei Hände voll einfacher Silbermünzen mit sich. »Die Awaren sind stolze Reiter, sie lieben ihre Pferde über alles, und einen Ochsenkarren verachten sie noch mehr, als ein fränkischer Edler das tut!«, hatte der alte Drogo beteuert. »Niemals werden sie auf den Gedanken kommen, dass sich ein fränkischer Grafensohn dazu herablassen könnte, mit solch einem Gefährt in den Krieg zu ziehen.« Landfried hoffte sehnlichst, dass er Recht behielt. Zumindest in Bezug auf die Franken irrte der alte Bauer jedenfalls nicht. Unvorstellbar, dass sich der stolze Gerold etwa jemals derart erniedrigen lassen würde! Es war jedenfalls der beste Vorschlag, den Landfried gehört hatte, und er gefährdete außer ihm selbst nur den jungen Wado, der neben ihm auf dem Bock saß. Doch das schien den Bauernburschen nicht zu stören. Der naive, aber tapfere Junge war sofort Feuer und Flamme für den wagemutigen Plan gewesen. Auch jetzt pfiff er scheinbar völlig sorglos nach Bauernart durch die Zähne, um die beiden schweren Ochsen anzutreiben. Der Weg schlängelte sich durch die Weingärten der Bauern immer weiter hinauf in Richtung Wald. Nur mit Mühe konnte Landfried den Drang, sich umzudrehen, unterdrücken. Längst schon konnten die Kameraden im Lager ihm nicht mehr beistehen. Angst hatte er. Die Hosen gestrichen voll, wie man sagte. Die Awaren waren als ein grausames Volk bekannt. Was würden sie mit feindlichen Spähern anstellen, die ihnen in die Hände fielen?

Sie erreichten den Waldrand, und Landfried konnte nicht umhin, ein letztes Mal zurück in das Tal des Danuvius und auf das fränkische Feldlager zu blicken. Der Fluss schlängelte sich träge durch die Ebene, und die Sonne glitzerte auf tausenden kleinen Wellen. Ein friedliches Bild, nirgends sah man die Anzeichen für den großen Krieg, der hier bereits in vollem Gange war. Dann verdeckten Blätter und Zweige seinen Blick. »Vorsicht, jetzt müssten sie uns jeden Augenblick stellen«, wisperte er Wado ins Ohr. Wenn er wenigstens sein Schwert dabeihätte, um sich zu verteidigen. Aber Bauern führten keine Schwerter. Nicht dass es vor den Pfeilen der Awaren einen Unterschied gemacht hätte, aber so kam sich Landfried doppelt hilflos vor.

»Dort!«, rief Wado auf einmal. Seine Stimme war rau und heiser. Also wusste auch der junge Bauer, was Furcht war! Landfried blickte in die angegebene Richtung und erstarrte. Nur wenige Schritte entfernt zwischen den Bäumen standen zwei Reiter. Völlig reglos, wie in Stein gemeißelt. *Wie schaffen sie es, ihre Pferde derart gut zu beherrschen?*, fragte er sich. Zum ersten Mal hatte er Gelegenheit, seine Feinde genau und aus der Nähe zu betrachten. Die Reiter trugen spitze Helme, die tatsächlich ein Rossschweif zierte. Ihre Brünnen bestanden aus eisernen Schuppen, und sogar die Pferde trugen einen eisernen Schutz vor der Brust. Doch da bewegte sich etwas: Das Rosshaar an der Helmspitze des vorderen Reiters wehte leicht im Wind, und dann schlug auch eines der Pferde mit dem eigenen Schweif nach einer Fliege, sonst blieb alles still. Die schwarzen Haare trugen die beiden Krieger zu Zöpfen geflochten. Ihr Antlitz war dunkel, wie Landfried es bei den Arabern in Aquitanien gesehen hatte, aber die Awaren hatten fremd anmutende hohe Wangenknochen und Augen, die nicht oval oder mandelförmig waren, wie bei anderen Menschen, sondern schmal wie ihre todbringenden Pfeile. Besonders aufmerksam musterte Landfried die Schwerter der beiden reglosen Gestalten. Die Klingen waren ebenso merkwürdig geschwungen wie ihre Bögen. Landfried erinnerte sich noch gut daran, was für tiefe Wunden diese Waffen schlugen. Wieder fragte er sich, ob die Klingen aus demselben geheimnisvollen Eisen geschmiedet waren wie der Dolch des Perserkönigs? Langsam rumpelte der Bauernwagen an den stillen Kriegern vorbei. Landfried zwang sich, wieder nach vorne zu sehen. Doch auch da standen plötzlich zwei Reiter und versperrten ihnen den Weg. »Hoo«, rief Wado erschrocken und hielt die schwerfälligen Ochsen gerade noch rechtzeitig an. Mit lauter Stimme rief er etwas in der Sprache der Awaren, was Landfried nicht verstand. *Er kann mich immer noch verraten*, schoss es ihm durch den Kopf. Was hat mich nur geritten, als ich glaubte, dass diese armen Bauern sich auf unsere Seite schlagen würden? Kalt lief es ihm den Rücken runter, während Wado wild auf die Awaren einredete und dabei mehrfach auf ihn zeigte. *Wenn ich nur mein Schwert hätte und meinen guten Malmer*, dachte Landfried verzweifelt, aber er hatte sich dem Feind völlig schutzlos in die Hand gegeben. Nun war es zu spät, um daran etwas zu ändern.

»Sie sagen, wir müssen mit ihnen zum Kagahn kommen!«, übersetzte ihm Wado schließlich. »Ich denke, sie glauben unserer Geschichte, aber weil wir im Lager der Franken waren, sollen wir ihrem König über die Stärke und Stimmung unter den Franken berichten!«

»Aber wir sind doch nur arme Bauern und verstehen nichts vom Krieg«, zischte Landfried. Sie sprachen Fränkisch miteinander und er fürchtete, einer der Awaren mochte die Sprache erkennen. »Ist der Kaghan denn hier?« Wado übersetzte die Frage.

Die beiden Krieger lachten und der, der bisher das Wort geführt hatte, wies in einer unbestimmten Geste nach Osten. »Nein, der Kaghan ist in seiner, wie soll ich sagen, Pfalz? Sie nennen den Ort ‚Den Ring' …«

»Dann ist der Ort befestigt?«, fragte Landfried rasch. Doch als Wado gerade anhub zu sprechen, griff Landfried rasch nach seinem Arm. »Nein, nein, das sollst du sie nicht fragen. Sonst halten sie uns für Spione. Ich dachte, du weißt vielleicht davon …«

»Ich war noch nie beim Ring«, entgegnete Wado und sah ihn mit blanken Augen an.

»Wie weit ist es denn bis dort?«, wollte Landfried wissen. Die Frage erschien unverdächtig, sollten sie doch nach dem Willen der Awaren dorthin reisen.

»Ich war noch ... «, entgegnete Wado, doch Landfried unterbrach ihn wieder: »Ich weiß, aber diesmal sollst du die beiden fragen!« Wado wiegte verstimmt den Kopf, gehorchte aber.

Die beiden Reiter schienen sich da nicht ganz sicher zu sein, denn diesmal diskutierten sie kurz miteinander. »Vier Reittage«, erhielt Landfried schließlich nach einigem Hin und Her zur Antwort. »Wenn man schnell reitet«, fügte Wado noch hinzu.

Da kam Landfried ein Einfall. »Sag ihnen, dass wir nicht reiten können, aber mit dem Ochsenkarren ginge es ja fast ebenso schnell!«

Wado zog die Stirn kraus. »Aber das stimmt nicht«, protestierte er. »Ich kann sehr wohl reiten. Und außerdem ist der Karren viel langsamer ...«

»Sag ihnen genau, was ich dir aufgetragen habe«, unterbrach ihn Landfried ungeduldig. »Sofort!«, fügte er drängend hinzu. »Es tut nichts zur Sache, ob es stimmt oder nicht«, erklärte er dann in milderem Ton. »Es kommt nur darauf an, dass sie uns glauben!«

Wado blickte ihn einen Augenblick verständnislos an, doch dann hellten sich seine Züge auf, und er begann, in sein holpriges Awarisch zu übersetzen. Die Awaren starrten ihn einen Augenblick verblüfft an. Dann trafen sich ihre Blicke, und sie lachten brüllend los. Es dauerte einen Moment, bis sie sich wieder beruhigt hatten. Der ältere der beiden wischte sich schließlich die Tränen aus den schmalen Augen und begann wieder zu sprechen. Wados Blick verfinsterte sich bei seinen Worten. »Er sagt, wir seien zwei Bauerntölpel und dass unsere Meinung den Kaghan nicht interessiert.« Doch sie waren noch nicht fertig. Genauso plötzlich wie die Heiterkeit die beiden Krieger ergriffen hatte, wurde der Sprecher nun wieder ernst. »Wir sollen vom Wagen runter«, übersetzte Wado erschrocken. Zitternd stieg der junge Bauer vom Karren, und Landfried folgte ihm mit flauen Knien. Wieder ein Befehl und grimmiges Lachen. »Wir sollen uns ausziehen«, stotterte Wado.

So also endet es, durchfuhr es Landfried. Das lief gar nicht so, wie gedacht. Wie hatte er sich nur auf dies unsinnige Wagnis einlassen können? Früher oder später würde Prinz Pippins Heer auch alleine an die Wenia finden. Oder es war längst vernichtet und ohnehin alle Hoffnung verloren? Plötzlich zog einer der Awaren in einer fließenden Bewegung den Bogen aus dem Köcher. Der Pfeil lag wie von selbst auf der Sehne und zielte auf Landfrieds Magen. Dazu bellte der Mann einen weiteren Befehl. Landfried verstand auch ohne Übersetzung. Mit zitternden Händen hob er sein Gewand über den Kopf. Wieder bellte der Krieger einen Befehl. »Auch die Hose«, flüsterte Wado. Zitternd vor Angst und Scham standen sie nun nackt vor den fremden Kriegern. Die Ochsen kauten ruhig, und einer leckte sich die Nase, das Ganze ging sie nichts an. Landfried konnte sich an keine Gelegenheit erinnern, bei der er sich schon einmal so hilflos und elend vorgekommen war. Der jüngere der Awaren sprang aus dem Sattel und kam auf sie zu. Zuerst untersuchte er in aller Ruhe die Kleider. Er zeigte auf Landfrieds unbedeckte Blöße und rief seinem Kameraden etwas zu, was der mit einem schmutzigen Lachen quittierte. Hätte Landfried sein Schwert besessen, hätte er diesen Kerl, ohne die Konsequenzen zu bedenken, erschlagen. Doch er hatte kein Schwert. Nicht einmal eine Hose. Ohne Eile schritt der junge Krieger um Landfried herum. Der lauschte auf jeden Ton, aber der fremde Krieger schien nicht weiter zum Wagen zu laufen, sondern war offenbar hinter Landfried stehengeblieben. Plötzlich fühlte Landfried etwas Kaltes an der Innenseite seines Oberschenkels. Er blickte erschrocken nach unten und sah die Spitze des Awarensäbels zwischen seinen Beinen. Ihm wurde flau im Magen, und er musste sich anstrengen, auf den Beinen zu bleiben. Die nackte Angst hielt ihn im Griff.

Langsam wanderte die kalte Klinge an seinem Schenkel nach oben. Plötzlich wurde es warm am Bein. Es dauerte einen Augenblick, bis Landfried bemerkte, dass er sich vor Furcht bepisst hatte. Die Scham vertrieb wenigstens teilweise die Angst, doch da bemerkte auch der Aware, was vor sich ging. Mit einem wütenden Schrei zog er seine Klinge zurück. Landfried dachte, nun habe sicher seine letzte Stunde geschlagen, doch der Mann trat zurück und wischte dann laut schimpfend sein Schwert an Landfrieds auf dem Boden liegender Kleidung ab, während seine Kameraden schallend lachten. Der Mann mit dem bepissten Schwert wandte sich ohne ein weiteres Wort dem Wagen zu, wo er bald fündig wurde. Mit triumphierendem Heulen ließ er die Münzen aus dem Beutel in die hohle Hand klimpern. Immer noch lachend nickte sein Gefährte. Dann setzte der erste seine Untersuchung des Wagens flüchtig fort. Doch nichts anderes erweckte mehr sein Interesse, und er ging zu seinem Ross zurück, hob den Fuß in den eisernen Steigbügel und schwang sich in den Sattel. Noch ein awarischer Ruf, dann drehten die Reiter um und verschwanden ohne ein weiteres Wort im Wald. Ungläubig blickte Landfried auf die Stelle, an der eben noch ihre Peiniger standen. Dann griff er hastig nach seiner Hose.

»Wir haben es geschafft!«, stammelte Wado benommen. »Verdammt, wie konntest du so kaltblütig bleiben, ihm auf den Säbel zu pissen? Ich hab mir beinahe selbst in die Hose gemacht, aber vor Angst!«, rief der Junge.

»Bleib ruhig«, zischte Landfried. Die Freude über ihre Rettung konnte seine tief empfundene Scham noch nicht ganz überwinden. »Sie dürfen nicht merken, dass wir uns freuen. Sonst schöpfen sie Verdacht!«

Doch die Awaren blieben verschwunden. Bald rumpelte der Wagen schon weiter, und Landfried atmete tief durch. Eigentlich waren sie es, die die Awaren überlistet hatten, doch der schale Geschmack im Mund blieb haften.

»Die Awaren sind wir tatsächlich los!«, rief Wado nach einer ganzen Weile immer noch ungläubig.

»Was haben die Kerle denn noch gerufen?«, wollte Landfried wissen.

»Das sind die schnellfüßigen Späher der Franken«, erklärte Wado. »Aber dein Mut hat sie echt beeindruckt. Ich dachte, unsere letzte Stunde wäre angebrochen!«

Landfried konnte sich ein Schmunzeln nicht mehr verkneifen. Dann schüttelte er den Kopf. »Besser gut gefahren, als schlecht geritten«, kommentierte er. »Aber die Begebenheit bleibt am besten unter uns!«

Mundarik, Lager bei Wenia am Danuvius, Weidemonat 796

Mundarik, dem während dessen Abwesenheit Landfrieds Pflichten zufielen, hatte gerade die morgendliche Runde durch das Lager begonnen. Er wollte zuerst die Wachtposten überprüfen und dann nachsehen, ob die Pferde gut versorgt und gesund waren. Dafür hatte er sich kurz vor Sonnenaufgang aus dem warmen Zelt gequält, welches er nun alleine bewohnte. Er hatte gedrängt und am Ende sogar gebettelt, seinen Herren bei dem gefährlichen Auftrag begleiten zu dürfen, aber Landfried war hart geblieben. Manchmal verstand Mundarik ihn nicht, aber er hatte sich daran gewöhnt, dass der Grafensohn zuweilen merkwürdige Gedanken wälzte und dadurch so manche Gelegenheit verpasste. Beim Gedanken an die Magd in Moguntia musste er grinsen. Plötzlich wurden die Pferde unruhig. Er konnte es spüren, noch bevor er irgendetwas anderes hörte. Augenblicke später zischte es, und ein Leuchten stieg über dem Fluss auf. Die Pferde rannten in ihrem abgesteckten Feld durcheinander.

»Brandpfeile!«, schrie jemand. Mundarik erkannte voll Grauen, dass er Recht hatte.

Von der gegenüberliegenden Flussinsel schoss jemand Brandpfeile.

»Sie wollen unsere Schiffe verbrennen!«, erklang eine Stimme vom Fluß, während die Geschosse lange, feurige Spuren über den Himmel zogen.

»Früher oder später setzen sie unsere gesamte Flotte in Brand, und wir haben niemanden auf dem anderen Ufer, um es zu verhindern!«, rief Lotrich, der bei den Pferden die letzte Nachtwache gehalten hatte.

»Wie sind sie überhaupt auf die verdammte Insel gegenüber gekommen?«, fragte Mundarik. »Haben sie Boote? – Wir müssen sofort über den Flussarm!«

»Unter dem ständigen Beschuss von mehreren hundert oder gar tausend Bögen willst du im Boot über den breiten Strom rudern?« Lotrich lachte humorlos.

Landfried, vor Wenia, Weidemonat 796

Zwei volle Tage waren sie mit dem rumpelnden Bauernwagen unterwegs. Abends hielten sie in Dörfern, deren Namen Landfried nichts sagten und die es auch nicht lohnten, sie im Gedächtnis zu behalten. Trostlose Käffer, die unter dem Joch der Awaren dahinvegetierten. Nicht einmal Erkundigungen konnten sie einziehen, denn wer wusste schon, ob sich unter den Dorfbewohnern nicht heimliche Anhänger oder Spitzel der Awaren befanden, die Landfried und Wado nur zu gerne an die Herren des Landes verkauft hätten.

»Ich glaube, wir müssen morgen eine längere Rast einlegen«, bemerkte Wado am Nachmittag des dritten Tages. »Die Ochsen müssen fressen und kauen. Sie sind es nicht gewöhnt, so lange unterwegs zu sein.«

Landfried fluchte innerlich. Als wären die verdammten Viecher nicht schon langsam genug. Er wollte endlich wieder unter Franken kommen. Der Schock der Begegnung mit den awarischen Spähern saß ihm immer noch in den Knochen.

Doch da zeigte Wado plötzlich nach vorn. »Awaren!«, rief er erschrocken.

Alarmiert blickte Landfried in die gewiesene Richtung. Tatsächlich waren drei Reiter aufgetaucht. Eine ungewohnte Angst griff ihm nach dem Herzen. Angst und Scham, doch er zwang sich zur Ruhe und beschattete seine Augen mit der Hand. Die Reiter trugen keine spitzen Helme. Auch ihre Pferde schützten keine Brustpanzer. Ein weiterer Blick überzeugte ihn. Keine Bögen und gerade Schwerter. »Das sind unsere Männer!«, jubelte er.

Schon hob der vorderste Reiter die Hand. »Halt Bauern«, rief er in einem gerade noch verständlichen Dialekt. Es fiel Landfried nicht schwer, seine Sprache zuzuordnen. Ein Langobarde!

Wenig später stand Landfried vor der Spitze eines langen Heereszuges. Einer der Späher hatte ihn kurzerhand hinter sich aufs Pferd aufsteigen lassen und sofort zur Hauptmacht gebracht. Unversehens fand sich Landfried vor dem Angesicht des Königs von Italien wieder.

»Prinz Pippin«, sprach er ihn an und beugte die Knie. Als Franke gab er Karls ältestem Sohn den Titel, den er nach fränkischem Recht führte. König war er für die Langobarden, für die Franken nur der Kronprinz.

»Erhebe dich!«, befahl Pippin in einer sonoren Stimme, die er im Gegensatz zu seiner beeindruckenden Statur nicht vom Vater geerbt hatte. Karl sprach, gemessen an seiner Körpergröße, mit einer ungewöhnlich hohen Stimme. »Wer bist du, und was machst du bei den Bauern?« Landfried berichtete knapp, wer er war und von seinem Auftrag. »Drei Tage also bis Wenia?«, fragte der Prinz zurück. »Das ist länger, als ich dachte ...« Tadelnd sah er sich um. Landfried konnte nicht genau erkennen, wem der Tadel galt, doch anscheinend hatte der König anderes gehört.

»Drei Tage mit einem Ochsenkarren«, beeilte sich Landfried zu erklären. Eigentlich hatte er gehofft, dieses Thema nicht vor dem ganzen Heer erläutern zu müssen. »Auf einem ordentlichen Pferd einer oder höchstens anderthalb.«

»Auf einem Ochsenkarren?« Pippin zog fragend die Brauen hoch.

»Die Späher der Awaren streifen durch die Gegend, und wir mussten sie in die Irre führen. Daher bin ich mit einem Ochsenkarren gereist und trage diesen Bauernpelz«, beeilte sich Landfried zu erklären. Einige Männer um den Prinzen rümpften hochnäsig die Nase, doch die Züge des Prinzen verrieten keine Regung, was ihn in Landfrieds Achtung weiter steigen ließ.

»Das habt ihr gut gemacht«, beschied er einfach. »Niemand würde einen edlen Franken auf einem Bauernkarren vermuten!« Die Mienen der gerade noch greinenden Begleiter des Königs erstarrten, und Landfried ging das Herz auf. »Besorgt dem Mann ein anständiges Pferd und Waffen«, befahl er. »Und gebt ihm eines meiner Kleider. Zum Dank für seinen Dienst! Und nun weiter. Ich will morgen am Ufer des Danuvius frühstücken!«

Doch ganz so schnell, wie der König hoffte, kam das Heer nicht voran. Der lange Marsch über die Alpen und durch das Vorland hatte seinen Tribut gefordert. Pferde lahmten oder stolperten müde vor sich hin. Doch Pippin gönnte dem Heer kaum Ruhe. »Ausruhen können wir uns im Lager in Wenia!« Sie marschierten bis in den späten Abend. Gerade bei Sonnenuntergang überschritten sie einen Kamm, hinter dem endlich der gesuchte Strom glitzerte.

»Das dort hinten ist der Danuvius, Herr«, rief Landfried erfreut.

»Das sind noch zwei Stunden«, bemerkte der König mit finsterer Miene. »Die Gegend ist voller Awaren?«, wandte er sich dann an einen seiner Gefolgsleute.

»Wir haben mehrfach ihre Späher gesichtet. Wenn auch keine größeren Haufen«, bestätigte der.

»Dann lagern wir hier«, entschied der König. »Es ist zu gefährlich, im Dunkeln weiterzureiten. Sobald der Morgen graut, brechen wir auf.« Er grinste kurz in die Runde. »Zum Frühstück komme ich dann immer noch rechtzeitig.«

Als die Pferde am nächsten Morgen gesattelt und alles zum Aufbruch bereit war, verblassten im Osten gerade die ersten Sterne. Landfried fröstelte, aber der Gedanke an die Ankunft im Lager von Wenia wärmte ihm das Herz. Er hatte den unmöglichen Auftrag erfolgreich ausgeführt, das Heer Pippins gefunden und auf dem schnellsten Weg nach Wenia geführt! Das würde den protzigen Gerold mächtig ärgern und vielleicht sogar bei Hofe Erwähnung finden!

Sie waren bereits wieder eine Weile im Sattel. Landfried ritt mit der Vorhut, die von Guntbert, einem Burgunder Grafen, angeführt wurde. Plötzlich flackerte vor ihnen ein

Licht auf. Als Landfried blinzelte, war es bereits wieder verloschen. »Was war das denn?«, fragte er verwundert. Eine Sternschnuppe konnte es kaum gewesen sein. Doch da erglühten weitere Lichter. Es sah aus, als tanzten sie in der Dunkelheit. Gerade dort, wo er Wenia vermutete.

»Ja, was ist das?«, wiederholte Guntbert Landfrieds Frage. Ratlos starrten sie auf das Schauspiel.

Landfried schien es, als ob die Lichter nicht wahllos tanzten. Sie hoben sich und senkten sich langsam wieder. »Wie ... Pfeile!«, schrie er laut.

Der Graf sah ihn verständnislos an. »Was ...«

»Brandpfeile«, präzisierte Landfried. »Die Awaren greifen unser Lager an!«

»Wohl eher die Schiffe, wenn sie mit Feuer schießen«, kommentierte der Graf trocken und lockerte das Schwert in der Scheide, die von seinem Sattelknauf herabhing. »Wir müssen angreifen. Immerhin haben wir schon die Sättel auf den Gäulen.« Er winkte einen seiner Männer heran. »Du reitest zurück zum Prinzen und meldest, dass die Awaren Erichs Lager angreifen. Wir greifen direkt in den Kampf ein.«

Landfried blickte bewundernd zu dem entschlossenen Mann hinüber. *Den hätten die Awaren nicht in die Falle gelockt!*, dachte er bei sich. Landfried trieb sein geliehenes Pferd an. Es war ein gänzlich anderes Gefühl, auf einem ordentlichen Pferd und mit dem Schwert in der Hand den Awaren gegenüberzutreten als hilflos auf dem Ochsenkarren! Im scharfen Trab ging es nun hinab zum Fluss. Das alte Römerlager war nun klar zu erkennen. »Die Mistkerle sitzen auf der Insel, dem Lager gegenüber«, rief Landfried, der die Örtlichkeit kannte, dem Grafen zu.

Der Angesprochene hob die flache Hand. »Halt!«, befahl er energisch. »Wie kommen wir hinüber?«, wollte er wissen.

Landfried überlegte kurz. »An der Westspitze der Insel, die den Strom hier vor dem Lager teilt, habe ich viele Wellen und Wirbel gesehen. Das Wasser müsste dort so flach sein, dass wir mit den Pferden hinübergelangen können«, antwortete er zögernd. Heiliger Nazarius, betete er im Stillen, lass uns wirklich eine Furt finden!

Guntbert blickte einen Augenblick auf die Stelle, an der die Brandpfeile abgeschossen wurden. Dann wanderte sein Blick weiter nach Westen, dorthin, wo die schmale Aue den Strom wie der Bug eines Schiffes teilte. »Dann los«, entschied er.

Landfried schluckte und drückte seinem Pferd die Schenkel in die Flanken. Sie hielten sich nun westlich und ließen das Lager der Franken zu ihrer Rechten liegen. Doch bald schon begann der Abstieg von der Höhe, und Landfried musste seine ganze Aufmerksamkeit auf den Weg richten. Das Terrain war viel zu steil für ihre Gangart. Dennoch erreichten sie die Flussniederung, ohne dass einer der Reiter stürzte, und Guntbert trieb seinen Hengst bereits durch die aufgehende Saat der Felder, ohne sich um die Mühen der Bauern zu scheren. Es gab Wichtigeres. Wenn sie nicht schnell genug waren, verbrannten die Awaren die gesamte Flotte mit dem Nachschub! Gegen den Pfeilhagel konnte es kein Bootsführer wagen, über den Fluss zu setzen. Sie waren die einzige Hoffnung für die Versorgungsflotte!

»Rasch, rasch«, trieb der Graf seine Männer an. »Wenn wir nicht schnell hinüber sind, stellen sie auch hier Bogenschützen an die Furt. Dann haben wir unsere Chance vertan!« Ohne zu zögern, trieb er sein Ross in die Flut.

Landfried blickte sich um. Die ohnehin kleine Vorhut war durch das ungünstige Gelände und den scharfen Ritt bereits weit auseinandergezogen, und ein merkwürdiges Unbehagen hatte ihn ergriffen. Er schämte sich immer noch! Entschlossen gab er sich einen Ruck und folgte dem Grafen. Das Pferd gehorchte willig seinen Befehlen. Anscheinend war Pippins Heer auf dem Weg über die Alpen öfter durch Wasser geritten. Der Fluss zerrte mit Macht an den Beinen des Tieres und drückte Pferd und Reiter nach rechts. Landfried erkannte das Problem und richtete sein Reittier halb gegen den Strom. Das Wasser stand dem Pferd bis an die Brust und schäumte noch höher auf. »Nicht in den Fluss schauen«, rief der Graf über das Zischen der Gischt. Landfried schnaufte angestrengt. Das war auch ihm klar. Der Anblick des strömenden Wassers hatte schon manchen Mann aus dem Gleichgewicht gebracht, und das schwere Kettenhemd würde jeden gefallenen Reiter sofort auf den Grund des Flusses ziehen. Inzwischen schlugen einzelne Wellen schon bis an den Sattelknauf hinauf. Landfried war völlig durchnässt und klammerte sich am Sattel fest, doch noch ging das brave Tier weiter. Landfried blickte vor sich und sah, dass das gegenüberliegende Ufer nun bereits näher war als das hinter ihm liegende. Augenblicke später erkletterte Landfrieds Ross das Ufer. Er richtete sich in den Bügeln auf und beugte sich tief über den Hals, um ihm die Kletterpartie zu erleichtern. Dann stand er neben Guntbert, der bereits sein blankes Schwert in der Rechten hielt.

»Wir warten noch einen Augenblick, bis mehr Männer hier am Ufer sind, dann rollen wir sie auf.« Landfrieds Herz begann zu rasen. Diesmal würden sie den Feind überraschen. Vielleicht könnten sie ihm endlich die erste Niederlage beibringen, und Landfried könnte die erlittene Schmach rächen. Mit einem scharfen Klingen glitt sein Schwert aus der Scheide. Kaum waren zehn Mann beisammen, gab Guntbert den Befehl zum Angriff. »Auf sie! Macht sie nieder!« Krachend brach sich sein Pferd durch das niedrige Ufergebüsch Bahn. Landfried und die übrigen Männer drängten nach. Plötzlich entdeckte Landfried vor sich im Gestrüpp den Schein einer Fackel. Dann eine Bewegung. Der Lärm von der anderen Flussseite und das Rauschen des Wassers schienen dem Feind ihren Angriff verborgen zu haben. Landfried erkannte durch die Zweige, wie sich mehrere Bogenschützen um eine Fackel scharten, um ihre Brandpfeile daran zu entzünden. Doch bevor er weitere Einzelheiten erkennen oder die Feinde zählen konnte, brach Guntbert mit einem wilden Schrei auf die kleine Lichtung. Wild hieb er auf die überraschten Bogenschützen ein. Landfried fixierte einen Gegner und trieb sein Pferd mit einem kräftigen Stoß der Fersen zu einem Galoppsprung. Der Aware drehte sich halb um, und Landfried sah, wie er erschrocken Mund und Augen aufriss, doch da traf ihn schon das blanke Frankenschwert. Blut spritzte auf, und der Mann verschwand aus Landfrieds Blickfeld. »Ihre Pferde!«, rief Guntbert. »Wenn wir ihre Pferde nehmen, können sie nicht mehr entkommen!« Doch Landfried befand sich mitten zwischen den Gegnern und hatte keine Zeit, auf seinen Anführer zu hören. Entschlossen suchte er den nächsten Gegner aus und lenkte sein Pferd mit einem Schenkeldruck auf ihn zu. Im letzten Moment sprang der Mann zur Seite, doch damit hatte Landfried gerechnet, seine Klinge traf ihn in einer kreisenden Bewegung unter dem Kinn. Sofort riss er die Waffe zurück und blickte sich nach den übrigen Feinden um. Keinen Augenblick zu früh, ein weiterer Gegner holte mit seinem krummen Schwert aus, um Landfrieds Pferd die Sehnen der Hinterhand zu spalten und es zu lähmen. Doch Landfried reagierte sofort und das Pferd folgte seinem Schenkeldruck, fast schon bevor er ihn gab. Pippin hatte ihm eine prächtige Stute gegeben. Einen Augenblick bevor die Klinge eintraf, wirbelte das Tier herum. Hart traf Landfrieds gerades Schwert auf den spitzen Helm des Awaren. Der Aufprall ließ ein Kribbeln bis hinauf in Landfrieds Achsel fahren, doch Blut spritzte rot. Das schwere Schwert hatte Helm und Schädel gespalten. Immer mehr Franken erreichten nun die Lichtung. Die übrigen Awaren gaben den Kampf auf und suchten ihr Heil in der Flucht. »Wir dürfen ihnen keine Zeit geben, sich zu sammeln!«, rief Landfried. Er lenkte sein Pferd vom Ufer ab, dem Fluchtweg der Awaren folgend. Zwei Männer kämpften sich vor ihm durchs Unterholz. »Reitet sie nieder«, schrie Landfried. Der Schlachtrausch hatte ihn ergriffen. Sie siegten und der Feind lief davon! Nun wären es die Awaren, die sich vor Furcht bepissten! Doch bald beendete das Nordufer der schmalen Insel ihre Jagd. Noch weiter im Osten konnte Landfried sehen, wie überlebende Awaren durch eine der zahlreichen

Furten nach Norden flohen. Er atmete tief durch, und es dauerte einen Augenblick, bis sich seine Gedanken wieder ordneten. Die Feinde kannten die Furten besser als sie, und eine weitere Verfolgung wäre gefährlich. Die Feinde konnten sie bei jeder Flussüberquerung aus dem Hinterhalt mit Pfeilen überschütten. »Halt!«, rief er und hielt sein Schwert quer über den Kopf.

Landfried, Wenia, Weidemonat 796

Der Schaden, den die Brandpfeile an den Schiffen angerichtet hatten, war geringer, als befürchtet. Etliche Schiffer hatten es riskiert, in ihre Kähne zu steigen, um die feurigen Pfeile über Bord zu werfen und die Brände auszutreten.

»Da bist du gerade noch rechtzeitig gekommen«, begrüßte Mundarik seinen Herren wenig später. »Beinahe hätten wir die Hunnen ohne deine Hilfe besiegen müssen!« Lachend fielen sie sich in die Arme.

Dann sah Landfried sich suchend um. »Das hätte Gerold wahrscheinlich ganz allein besorgt ... «, entgegnete er, nachdem er sich überzeugt hatte, dass sich nur seine eigenen Männer in Hörweite befanden.

Landfried fuhr aus dem Schlaf hoch. Nicht das erste Mal auf diesem Feldzug. Es war bereits stockdunkel, aber jemand hatte an seiner Schulter gerüttelt. Zu seiner Erleichterung erkannte er Mundarik, der sich über ihn beugte. »Sind die Awaren wieder ... «, fragte er auffahrend, aber der treue Kamerad schüttelte den Kopf.

»Der Anführer will dich sprechen. Sofort und möglichst leise ...«

Landfried warf die Decke ab, griff nach seinem Obergewand und drückte sich an Mundarik vorbei zum Ausgang des Zeltes. »Wieso bist du eigentlich schon wach?«, fragte er.

»Gerade ist ein Bote vorbei geschlichen, und da ich näher am Eingang lag, hat er mich zuerst geweckt«, erklärte er.

Landfried kroch ins Freie. Das niedergetretene Gras war bereits klatschnass vom Tau. Leise fluchend suchte er seine Stiefel und schlüpfte hinein. Wie spät mochte es sein? Wenig später erreichte Landfried das Zelt des Königs von Italien. Es stand nun in der Mitte des Feldlagers, welches sie drei Tagesmärsche flussabwärts von Wenia errichtet hatten. Wachen mit brennenden Fackeln wiesen den Weg. Er bückte sich unter dem niedrigen Eingang. Drinnen waren bereits etliche der Unterführer versammelt. Landfried grüßte einige mit einem Nicken. Seine Augen suchten nach Pippin. Doch er konnte den Prinzen nirgends entdecken. Dafür stand Erich von Friaul dicht vor der Rückwand des Zeltes. Schließlich, nachdem die letzten Männer eingetroffen waren, breitete sich angespannte Stille aus. Landfried unterdrückte ein Gähnen.

»Ich weiß, dass unsere Panzerreiter bisher wenig haben ausrichten können«, begann Erich. Gemurmel erhob sich, aber der alte Feldhauptmann sprach ungerührt weiter. »Die Awaren stellen sich nicht zum Kampf, sondern versuchen uns immer wieder in den Hinterhalt zu locken. Aber nun werden wir es ihnen mit gleicher Münze heimzahlen! Unsere Späher haben nördlich von hier einen größeren Wald gemeldet, in dem wir uns verbergen können ...«

»Die Pferde mögen schon bei Tage nicht über den Fluss!«, maulte Mundarik, als Landfried wenig später die Befehle überbrachte.

»Und wer schützt unser Lager vor einem erneuten Angriff der Awaren?«, fragte Lotrich mahnend. »Haben wir nicht gerade gesehen, wohin das führt?«

»Ruhe jetzt«, befahl Landfried kurz angebunden. »Macht die Pferde fertig. Wir brechen sofort auf.« Als habe er sich all diese Gedanken nicht auch schon gemacht. Hoffentlich hatte das auch Erich getan und nicht wieder einen Rat Gerolds befolgt!

Wenig später verließen Landfrieds Männer das Lager am Südufer und strebten den bereitliegenden Booten zu. Zu Landfrieds Missbehagen empfing sie ein unbekannter Schiffer. »Wo ist Udo?«, fragte er.

Doch der Bootsmann zuckte nur die Schultern und spuckte in den langsam strömenden Fluss. »Was weiß ich? Glaubst du, irgendjemand hielte es für nötig, uns Kahnführern zu erklären, was eigentlich los ist? Ich bringe euch auf die andere Seite, dann warte ich auf neue Befehle«, erwiderte er barsch.

Ein Bauer, entschied Landfried, aber Unrecht hatte er nicht. Wozu sich den Kopf über Dinge zerbrechen, die man ohnehin nicht ändern konnte? Das Beladen der Kähne ging Mundariks Unken zum Trotz rasch und ohne Lärm vonstatten. Langsam glitt das Boot auf den schwarzen Danuvius hinaus. Nur das Plätschern der Ruder und das unruhige Schnaufen und Stampfen der Pferde war zu hören. Ab und zu ein gemurmeltes Wort, wenn einer der Reiter seinem Tier ins Ohr flüsterte. Sie erreichten das gegenüberliegende Ufer ohne Zwischenfall. Landfried atmete auf, als er Malmer an Land führte.

Ein junger Krieger kam ihm entgegen. »Ihr reitet sofort nach Norden«, erklärter er. »In zwei Meilen werdet ihr auf den Waldrand stoßen. Da erwarten euch weitere Anweisungen!«

Landfried schaute kurz zu den Sternen hinauf. Die Nacht war klar, und er konnte den Nordstern über sich erkennen. »Nach Norden. Zwei Meilen«, wiederholte er knapp. Dann wandte er sich mit lauter Stimme seinen Männern zu. »Abteilung Landfried«, rief er. »Aufsitzen!« Er wartete, bis alle seine Männer den Befehl ausgeführt hatten. Dann hob er den rechten Arm. »Im Schritt Marsch!« Der Boden war grasbewachsen und flach. Landfrieds Blick suchte nach Löchern oder anderen Unebenheiten, er konnte im Licht der Sterne keine Hindernisse erkennen. Wieder hob er den rechten Arm, ballte mit der Hand eine Faust und gab das Zeichen zum Antraben.

Bald erreichten sie den angekündigten Waldrand. Zwei Berittene erwarteten sie. »Wer ist euer Anführer?«, rief der erste. Landfried gab sich zu erkennen. »Ihr folgt dem Waldrand nach Nordosten und stellt euch im Anschluss an die letzten, dort wartenden Reiter in einer Reihe auf«, befahl er knapp. Wortlos setzte sich die Reiterschar in Bewegung.

»Wir verlieren unsere ganze Bewegungsfreiheit, wenn wir zwischen den Bäumen im Dickicht stehen«, beschwerte sich

Mundarik leise. »Was soll Reiterei bringen, wenn sie zwischen den Bäumen festsitzt? Jeder Bauer könnte uns da vom Gaul stechen!«

»Ich bin mir sicher, Fürst Erich weiß, was er tut«, entgegnete Landfried zwischen zusammengepressten Zähnen. In Wahrheit war er sich alles andere als sicher. Wollte Erich seinen eigenen Männern den Fluchtweg abschneiden, indem er sie zwang, mit dem Rücken zum Wald zu kämpfen? Und wo war Prinz Pippin? Aber die Standfestigkeit war noch nie ein Problem für das disziplinierte Frankenheer gewesen! Und warum sollten die Awaren die freie Steppe verlassen und sich auf ein Scharmützel im Wald einlassen?

Landfried bemerkte die Vorausabteilungen erst, als sie unmittelbar an ihnen vorbeiritten. Männer und Pferde hatten sich schweigend in das Unterholz des Waldrandes zurückgezogen. »Dort drüben ist euer Platz!«, rief ihnen ein weiterer Anweiser zu, als sie einige hundert Schritte an den unheimlich schweigenden Schatten im Wald vorbeigeritten waren. Offensichtlich gab es einen genauen Plan für ihren Aufmarsch. »Ihr stellt euch hier in doppelter Reihe auf. Nicht direkt am Waldrand, sondern ein paar Schritte dahinter im Gehölz, so dass man euch nicht gleich sieht!«

»Absitzen?«, fragte Landfried knapp.

»Ja, könnt ihr und auch die Sattelgurte lockern, aber nicht die Sättel abnehmen. Und entfernt alles Unterholz, was euch daran hindert, den Wald in Formation zu verlassen.«

»Was ... «, setzte Landfried zu einer weiteren Frage an, aber da trabte der junge Mann schon weiter auf die nächste Abteilung zu. »Ihr habt den Herold gehört«, wandte sich Landfried an seine Männer. »Runter von den Gäulen und entfernt das Gestrüpp, damit unsere Pferde später nicht straucheln.«

»Was machen wir mit den Gäulen?«, fragte Mundarik.

»Bindet sie an die Bäume. Und lockert die Sattelgurte, aber lasst die Sättel drauf!« Er dachte einen Augenblick nach. »Und nehmt die Trensen raus. Von mir aus können sie fressen.«

Eine Stunde später, in der weitere Reiterabteilungen an ihnen vorbeimarschierten, zeigten sich am Himmel vor ihnen das erste Grau des neuen Morgens. Dann stieg die Sonne über den Horizont und tauchte die Steppe in blutrotes Licht. »Wie schön«, flüsterte Landfried. Wer konnte wissen, ob dieser Sonnenaufgang nicht sein letzter würde? Die rote Farbe bedeutete Blut, um das zu erkennen, musste man kein Priester sein. Viel Blut! Mundarik grunzte nur. Plötzlich entdeckte Landfried eine Staubwolke am Horizont.

»Da kommen Reiter«, rief einer seiner Krieger.

Landfried hatte sie im gleichen Moment entdeckt. In wilder Jagd sprengte eine Reiterschar auf sie zu. Helme und Panzer blitzten in den Strahlen der aufgehenden Sonne.

»Unsere Leute«, kommentierte Mundarik. Doch da erschien hinter der ersten eine zweite Reiterschar. Größer und ohne erkennbare Ordnung.

»Sie werden verfolgt!«, rief der Mann, der die Reiter zuerst entdeckt hatte.

»Legt den Pferden den Zaum an, und zieht die Sattelgurte fest«, befahl Landfried. Er räusperte sich. Seine Stimme war auf einmal belegt. Hätte er doch die Trensen in den Mäulern lassen sollen? Die Reiter auf der Ebene näherten sich wie im Fluge. Er riss Malmers Kopf von dem Busch weg, an dem er gerade fraß, und stieß dem treuen Hengst mit dem Ellenbogen in die Seite. Das trug ihm einen verletzten Blick ein, aber Landfried zwängte ihm wortlos die Trense ins Maul. Das Tier hatte noch nicht begriffen, dass es nun ernst wurde. Doch Landfried hatte endlich begriffen, was vor sich ging: Die Franken dort drüben in der Steppe waren der Köder. Sie lockten die Awarenhorde in die Speere der im Wald verborgenen Hauptstreitmacht. Prinz Pippin hatte die Taktik der Awaren nachgeahmt!

»Helme festziehen und aufsitzen!«, befahl Landfried. Die Nachbarabteilung saß bereits im Sattel.

»Wir müssen unseren Kameraden beistehen!«, schrie einer seiner Männer.

»Halt die Klappe!«, wies Landfried ihn scharf zurecht. Er fühlte genauso, aber sie durften ihre Anwesenheit auf keinen Fall zu früh verraten. Ärgerlich wuchtete er sich in den Sattel. »Sie dürfen uns nicht bemerken. Keiner verlässt den Wald! Das ist wie bei der Jagd, wenn das Wild den Jäger zu früh wittert, reißt es aus.«

Die Franken warteten hinter der ersten Baumreihe, während Jäger und Gejagte sich im vollen Galopp näherten. Mit steigender Wut sah Landfried, wie die treffsicheren Awaren dort draußen die fliehenden Franken aus dem Sattel schossen. Ihre kurzen Reflexbögen waren selbst im vollen Galopp eine tödliche Waffe. »Haltet still!«, rief er den Männern nochmals zu. Erich von Friaul hatte seinen Unterführern eingeschärft, auf gar keinen Fall ohne Befehl anzugreifen. Die Flüchtenden parierten ihre Pferde erst dich vor dem Waldrand. Lautes Geschrei zeigte, dass nun auch die Awaren bemerkten, dass etwas nicht stimmte. Aber sie zögerten keinen Augenblick, sondern trieben ihre Rosse im Blutrausch weiter. »Wir warten auf das Signal!«, befahl Landfried nochmals scharf, als sich ein Pferd links von ihm in Bewegung setzte. Und tatsächlich verharrten Ross und Reiter wieder. Wie eine unbewegliche Mauer, gefroren vor Kälte – so hatte ein spanischer Mönch die bereits sagenumwobene Attacke der fränkischen Reiterei vor Poitiers beschrieben. Damals hatte Karl der Hammer, der Großvater des Königs, die Araber aus dem Frankenreich vertrieben und die grüne Fahne des Propheten erbeutet ...

Bis der Befehl kommt, müssen wir durchhalten, dachte Landfried und duckte sich unter einem ersten Pfeil. Die Awaren preschten mit ihren flinken Pferden auf den Waldrand zu. Plötzlich übertönte ein Surren, welches Landfried das Blut in den Adern gefrieren ließ, das Stampfen der Hufe. Die Awaren hatten eine volle Salve Pfeile abgeschossen. Wie eine Wolke verdunkelten die Pfeile das Licht der aufgehenden Sonne. »Schilde hoooch!«, brüllte Landfried und riss das mit Eisen und Leder beschlagene Lindenholz über den Kopf. Fast im gleichen Augenblick raschelte es im Geäst, und dumpfe

Aufschläge ertönten. Zwischendrin Schreie von Mensch und Tier. Einige Pfeile hatten ihr Ziel gefunden, aber die Bäume hielten die meisten Geschosse auf oder lenkten sie ab. Doch wie lange würden sie hier durchhalten können? Je dichter die Awaren kamen, desto wirksamer wurden ihre Geschosse. Landfried packte den Griff seines Schildes so fest, dass die Knöchel seiner Linken weiß hervortraten. Mit einem Ruck schlug ein Pfeil darin ein. Ungläubig blickte er auf die eiserne Spitze, die einen halben Zoll auf der Innenseite aus dem Lindenholz herausragte. Neben ihm verlor ein Reiter die Kontrolle über sein Pferd, es bäumte sich auf und drehte sich im Kreis. »Bleib verdammt noch mal stehen, bis wir den Befehl zum Angriff erhalten!«, hörte er sich rufen. Der Klang seiner eigenen Stimme kam ihm erstaunlich mutig vor. Tatsächlich bekam der Mann seinen Gaul wieder unter Kontrolle. Aber andere fielen, und Landfried sah bereits mehrere Franken am Boden liegen. Das Schreien der Verwundeten machte nicht nur die Pferde nervös. Er beugte sich über den breiten Brustkorb seines Hengstes. Jeden Augenblick konnte er oder seine gesamte Abteilung die Kontrolle verlieren! Landfried schielte unter dem Schildrand nach dem Feind. Nur noch 150 Schritt trennten die Awaren vom Waldrand.

»Senkt die Lanzen«, erscholl da endlich der ersehnte Ruf. »Vorwärts im Schritt!«

Endlich, endlich, endlich! »Senkt die Lanzen, mir nach!«, wiederholte Landfried den Befehl. Er selbst drückte seinem Hengst die Hacken in die Flanken. Die Franken verließen den Waldrand, geordnet im Schritt. »Antraben!«, erscholl der nächste Befehl. Malmer verstand die Worte und wechselte, ohne auf Landfrieds Zeichen zu warten, die Gangart. Normalerweise ließ er ihm das nicht durchgehen, doch diesmal bemerkte er es kaum. »Zur Attacke – Galopp!« Landfried ließ die Zügel fahren, und sein Hengst wuchs unter ihm in die Länge. Wie ein Pfeil schoss er vorwärts.

Die Reihe der eisenbewehrten Reiter brach aus dem Wald wie die von dem spanischen Mönch besungene Eislawine.

Angst und Aufregung lösten sich in diesem Schrei. »Für Karl, für Pippin, für Franken!«, tönte der Schlachtruf über das Donnern vieler hundert Hufe hinweg. Die fränkische Reiterei griff endlich an. »Macht sie nieder, macht sie nieder!«, schrie der Reiterführer rechts von Landfried seinen Männern zu und wirbelte die Lanze über dem Kopf herum. »Für Pippin!«, nahm Landfried den Schlachtruf auf. Die Hufe dröhnten und Landfried sah die Awaren in fliegendem Tempo auf sich zu kommen. Sie hatten zu spät bemerkt, was im Waldrand auf sie wartete. Während die vordersten ihre flinken Rosse wendeten, drängten die Hinteren weiter. Das war der ideale Zeitpunkt. »Vorwärts, vorwärts!!«, brüllte Landfried aus vollem Hals. Und ein Augenzwinkern später trafen die beiden Heere aufeinander. Er zielte mit seiner hoch über den Kopf erhobenen Lanze auf den Nacken eines der fremden Reiter und stieß im letzten Augenblick zu. Die Wucht des Aufpralls riss ihm die Waffe aus der Hand. Doch sie hatte ihre Pflicht getan. Er zog das schwere Frankenschwert und hieb nach rechts und links auf die ineinander verkeilten Awaren ein. Mit dem Schild parierte er den Hieb eines krummen Schwertes, schon durchbohrte die Lanze einer seiner Männer den Feind. »Wir haben sie erwischt, endlich haben wir sie erwischt!«, jubelte Mundarik. Die Feinde leisteten nur noch vereinzelt Gegenwehr. Die meisten versuchten, sich vor den fränkischen Schwertern zu retten, was das Chaos in ihren Reihen nur noch mehrte.

Landfried, Puszta zwischen Danuvius und Tissus, Heumonat 796

Der Ring!«, rief Lotrich ergriffen. »Ich hätte nie gedacht, dass ich doch noch bis hierher komme!« Auch Landfried schaute ehrfürchtig auf die runde Wallanlage, die sich aus der flachen Grassteppe erhob.

Nur Mundarik schien wieder völlig unberührt. »Ob der Awarenschatz wirklich noch hier ist?«, fragte er zweifelnd. Niemand antwortete. »In dieser Ebene haben sie uns schon vor Tagen kommen sehen. Bestimmt haben sie alles weggeschafft«, fuhr Mundarik unbeirrt fort. Er ließ seinen Blick über das endlose Grasland schweifen. »Auf der Mauer bringen ihnen ihre Pferde zumindest nichts«, wandte er sich näherliegenden Problemen zu.

»Unsere bringen uns aber auch nichts«, warf Landfried ein und klopfte seinem eigenen Tier aufmunternd auf den Hals. »Das ändert sich erst in dem Moment, in dem wir die Belagerung abbrechen müssen. Der Weg zurück zum Danuvius ist weit. Alles durch flaches Grasland ohne einen Baum oder Strauch, der uns Deckung vor Pfeilen bieten könnte. Wenn wir den Ring nicht einnehmen, reiben sie uns auf dem Rückweg auf!« Landfried hatte leise gesprochen, sodass es nur die beiden Männer neben ihm verstehen konnten, doch die blickten ihn entsetzt an.

Dann räusperte sich Mundarik. »Nach unserem glänzenden Sieg vor zwei Wochen werden sie sich nicht freiwillig in unsere Nähe wagen.«

»Hoffen wir es«, pflichtete Landfried mit einem Nicken bei. »Immerhin hat der Sommer gerade erst begonnen, und wir haben noch genügend Zeit, den Feldzug zu Ende zu bringen.«

»Sogar das Wetter spielt mit«, warf der sonst immer pessimistische Lotrich ein. Er blickte mit einem Lächeln in den fast wolkenlosen Himmel.

»Genug geplaudert. An die Arbeit«, beendete Landfried ihr Gespräch. »Bald wird der Hauptteil des Heeres eintreffen, und sie müssen wissen, wo sie lagern sollen.« Landfrieds Abteilung war ausersehen mit Pflöcken und Fähnchen die Lagerplätze der einzelnen Abteilungen zu markieren.

Einen Tag später war der Belagerungsring um den *Ring* geschlossen.

»Die Awaren sitzen in der Falle«, eröffnete Erich von Friaul am Abend die Lagebesprechung. »Wir können sie aushungern, ihre Nahrungs- und Wasserreserven werden kaum bis zum Wintereinbruch reichen.« Er blickte zufrieden in die Runde.

»Aber unsere eigenen Versorgungswege zur Flotte sind ebenfalls lang«, warf Graf Guntbert ein. »An der Stelle der Awaren hätte ich einige starke Abteilungen im Hinterland belassen, um unseren Nachschub zu stören.« Landfried erschrak. Das deckte sich mit seinen eigenen Überlegungen zum Rückzug durch die Puszta.

»Dann stürmen wir den Ring. In der Festung gibt es sicherlich mehr Vorräte, als wir brauchen«, rief Gerold. *Der hat Angst, dass Pippin und seine Grafen ihn ins Abseits drängen*, schoss es Landfried durch den Kopf. Sein Verhältnis zu dem Präfekten hatte sich seit dem Abenteuer mit dem Ochsenkarren nicht verbessert.

»Eine Burg stürmen, die von Bogenschützen verteidigt wird, deren Pfeile schon vom Pferd abgeschossen immer treffen?«, meldete sich nun ein graubärtiger Unterführer zu Wort. »Du weißt nicht, was du da vorschlägst, Junge!«

Gerold lief rot an. »Wie sprichst du mit dem Präfekten der Bayern?«

»Ich kenn die Bayern schon länger, als du ihr Präfekt bist, Junge. Ich habe unter Tassilo gekämpft ... «, entgegnete der alte Langobarde, denn als solchen kennzeichnete ihn sein Dialekt.

»Verrat!«, schrie Gerold außer sich. »Tassilo hat König Karl hintergangen, und alle, die sich mit ihm eingelassen haben, sind ebenfalls Verräter!«

»Er war jedenfalls ein tapferer Kämpfer und hat keine sinnlosen Angriffe gegen eine Armee von Bogenschützen, die hinter einer hohen Mauer standen, geführt!«, schrie der Langobarde zurück.

»Das hat er wohl nicht. Auch wenn er sich gegen meinen Vater gestellt hat, was ihm kaum besser bekommen ist.« Die sonore Stimme Pippins schnitt alle weiteren Worte ab. Wie auf Befehl drehten sich alle Hälse in Richtung des Zelteingangs. »Tassilo bereut seine Vergehen im Kloster, und daher müssen wir uns auch nicht weiter mit ihm beschäftigen«, behauptete der Prinz bestimmt. »Jetzt geht es darum, die Heiden niederzuringen.« Selbstbewusst schritt der König von Italien durch die Reihen und nahm auf einem Feldstuhl neben Erich von Friaul Platz. »Entschuldige meine Verspätung, Erich. Wo sind wir stehen geblieben?«

»Aushungern mit der Gefahr, dass die Hunnen unseren Nachschub angreifen oder stürmen«, fasste der alte Heerführer zusammen. »Das sind die beiden offensichtlichen Möglichkeiten. Hat jemand noch eine subtilere Idee?« Fragend blickte er in die Runde.

»Unsere Reiter können den Nachschub schützen ... «, rief Gerold eifrig.

»Ja, den Nachschub und die Flotte und das Lager ... «, ging Pippin gedankenvoll darauf ein.

»Wir sind im Nachteil, weil wir nicht wissen, wo der Feind wie viele Männer hat. Daher wissen wir weder wo, noch wann er angreifen wird«, warf Graf Guntbert ein.

»Naja, wir haben den Ring eingeschlossen und in der Steppe gesiegt. Ich würde nicht sagen, dass die Awaren im Vorteil sind«, erwiderte Pippin schmunzelnd. Einige Männer lachten pflichtschuldig. *Hoffentlich renkt er sich den Kiefer aus*, dachte Landfried voll Verachtung, als er beobachtete, dass Gerold zu ihnen gehörte.

Die Lagebesprechung zog sich noch eine Weile hin, aber ein endgültiger Entschluss wurde nicht gefasst. »Wir wollen uns morgen wieder treffen und sehen, was wir bis dahin in Erfahrung bringen können«, beschloss Erich die Sitzung. Landfried erhob sich gähnend. Es gab noch genug zu tun. Vor allem galt es, Wasser für die Pferde zu organisieren. Fressen konnten sie hier in der Grasebene wenigstens mehr als genug ...

»Landfried«, hielt ihn ein Ruf zurück. Er fuhr aus seinen Gedanken hoch und herum. König Pippin blickte ihm direkt in die Augen. Sofort war die Müdigkeit verflogen.

»Ja, Herr?« Er drängte gegen den Strom der Männer zurück zum Feldstuhl des Königs, bis neben ihm selbst nur noch Erich und Graf Guntbert anwesend waren.

»Du hast dich auf diesem Feldzug bereits mehrfach durch deine Besonnenheit und Tapferkeit ausgezeichnet«, bemerkte der König. Eine brennende Röte stieg Landfried ins Gesicht. »Auch alleine im Feindesland. Mit einem Ochsenkarren.« Er schmunzelte wieder, und Landfried wurde noch röter, es war nicht der Karren, dessen er sich schämte. Doch davon merkte Pippin nichts. »Wir müssen herausfinden, ob der Feind noch Männer in der Steppe hat, und falls ja, wie viele es sind.«

Landfried nickte. »Das hat Graf Guntbert bereits ausgeführt, Herr«, entgegnete er und erntete einen freundlichen Blick seines Vorbildes.

»Genau«, bestätigte Pippin. »Und daher möchte ich, dass du mir diese Nachrichten beschaffst. Du kannst deine Männer nehmen und einsetzen, wie du willst oder auch nicht. Wichtig ist nur, dass wir erfahren, was der Feind plant!«

Da hatte ihm Gerold noch etwas eingebrockt. Ein Auftrag führte zum nächsten. Einerseits fühlte er sich durch das Vertrauen des Königs geschmeichelt. Alleine, dass er ihn erkannt und angesprochen hatte, einen Grafensohn von zweifelhafter Abstammung! Andererseits hatte er nun gleich das zweite Mal einen gefährlichen und schwierigen Einzelauftrag erhalten. Und wieder hatte er keine Ahnung, wie er ihn ausführen sollte. Ganz zu schweigen von seinen Männern. Die würden fürchten, die Plünderung des feindlichen Lagers zu verpassen!

»Wir eskortieren die leeren Proviantwagen zurück zum Danuvius«, erklärte Landfried seinen Männern. Unzufriedenes Gemaule beantwortete diese Eröffnung. »Wir haben weder genügend Wagen noch Lasttiere, um sie den Awaren zu überlassen«, fuhr er fort.

»Sie mögen nicht schon wieder, den Staub der Ochsen fressen«, bemerkte Mundarik.

»Der Ochsentrott geht immer noch schneller voran, als es die Belagerung des *Rings* wird«, erwiderte Landfried verbissen. Auch ihm passte die Sache nicht. Niemand unter ihnen hatte Grund, die Ochsen so zu hassen wie er. »Schlimmer ist, dass wir den Awaren nicht viel entgegen zu setzen haben, wenn sie vorstoßen, ihre Pfeile schießen und dann verschwinden.«

Mundarik blickte ihn zweifelnd an. »Du meinst, es sind noch Awarenhorden in der Steppe unterwegs?«

»Zumindest Pippin scheint das zu denken«, antwortete er. »Sonst hätte er uns nicht für den Schutz der Wagen abgestellt.«

Doch entgegen Landfrieds Befürchtungen verlief der Marsch zurück zum Danuvius ereignislos. Gegen Abend lagerten sie wie gewohnt, Tiere und Männer in der Mitte und die Wagen wie einen Burgwall im Kreis um sie herum. Auch die Nacht blieb ruhig, trotz oder vielleicht auch wegen der aufgestellten Wachen.

Am Morgen rüsteten sie in aller Frühe zum Aufbruch. »Mundarik, du führst den Zug weiter auf unserer alten Spur. Ich werde mit vier Männern nach frischen Spuren Ausschau halten. Nicht dass ich viel erwarte. Es hat seit Tagen nicht geregnet, und der Boden ist fest ...« So verließ Landfried den Tross und trabte in Begleitung seiner Reiter zunächst nach Westen.

»Sieh hier, Herr!«, rief einer der Reiter wenig später tatsächlich. Landfried lenkte sein Pferd zu ihm herüber. »Sieh hier!«, begrüßte ihn der Krieger. »Entweder das waren unsere eigenen Späher vor zwei Tagen, oder uns haben, was ich eher glaube, die Hunnen heute Nacht beobachtet!«

Landfried schaute eine Weile auf die frischen Hufabdrücke. Sie waren nur undeutlich zu erkennen und endeten wenige Schritte weiter im dichten Gras. Es war ohnehin Glück, dass der Reiter die Spur auf dem kleinen feuchten Fleck entdeckt hatte. Rasch sprang er vom Pferd und betrachtete die wenigen Abdrücke aus der Nähe. »Du hast Recht«, stellte er sich wieder aufrichtend fest. »Die Ränder der Spuren sind kaum angetrocknet. Die Sonne hat noch nicht darauf geschienen!« Wieder im Sattel blickte sich Landfried in alle Richtungen um. Doch soweit sich die flache Grassteppe dehnte, gab es nichts und niemanden zu sehen. »Wir folgen den Kameraden. Bete zu Gott, dass es zu wenige sind, um uns anzugreifen!«

Doch allen Befürchtungen zum Trotz erreichten sie am Abend den Danuvius und die Versorgungsflotte. »Halt, wer da?«, begrüßte sie schon bald der erste Posten.

»Wir sind der Versorgungstreck für das Feldlager König Pippins«, antwortete Mundarik. »Wir haben den Ring eingeschlossen!« Diese Nachricht wurde von dem Posten, der sie angerufen hatte, mit Jubel weitergerufen.

»Was ist das für eine Sprache, die du da sprichst?«, erkundigte sich Landfried. Der Mann hatte weder Fränkisch noch Langobardisch gesprochen.

»Das war Slawisch, Herr«, erklärte der Posten verlegen. »Wir kommen aus Karantanien.«

»Karantanien?«, wunderte sich Landfried. »Wo liegt denn das?«

»In den großen Bergen, nördlich von Friaul, woher unser Heerführer stammt. Karantanien war ein freies Reich, bis die Awaren unsere Heimat zerstörten. Jetzt kämpfen wir für Pippin und gegen die Awaren!«

»Vor allem Letzteres scheint mir!«, bemerkte Landfried grinsend und trieb sein Pferd an dem Posten vorbei ins Lager. Den nächsten Tag verbrachten sie damit, die Pferde auszuruhen und die Wagen für die Rückfahrt zum Lager zu beladen. Landfried nutzte die Zeit, um sich beim Lagerkommandanten, einem alten Langobarden aus Pippins Heer, über die slawischen Krieger zu erkundigen.

»Es sind Bergslawen«, erklärte der. »Sie bewohnen den Südosten der großen Berge. Einst war ihr Karantanien tatsächlich ein unabhängiges Königreich. Aber sie haben schwer unter den Raubzügen der Awaren gelitten. Schwerer als die gut geschützten Herzogtümer Langobarden und Bayern jedenfalls. Dementsprechend sinnen sie auf Rache und haben sich bereitwillig unter das Joch der Franken gebeugt, nur um dem verhassten Feind zu schaden!«

»Und wie halten sie sich im Kampf?«, fragte Landfried.

»Es sind tapfere Fußsoldaten. Sie marschieren stramm. Das sind sie aus ihrer bergigen Heimat gewöhnt, und sie sind treu. Aber vor allem sind sie hervorragende Bogenschützen. Wenn sie genügend Pfeile haben, kommt kein Feind in ihre Nähe!«

»Auch keine Awaren?«, wollte Landfried wissen.

Der Langobarde überlegte einen Augenblick. »Wenn man sie hinter einer Brustwehr aufstellt, bestimmt nicht«, entschied er dann. »Deshalb hat Pippin sie auch hiergelassen. Damit sie das Lager verteidigen.«

Am Folgetag zogen die schwer beladenen Wagen wieder in die Steppe hinein. Doch diesmal folgten lediglich 20 Reiter als Eskorte und eine Anzahl lediger Pferde. Landfried ritt mit Mundarik an der Spitze. »So wie wir daherkommen, ist das doch die reinste Einladung an die Hunnen«, maulte der. »Ich hoffe, du weißt, was du tust.«

»Genau das, was du denkst. Ich will die Awaren reizen. Wie sollen wir sonst in Erfahrung bringen, wie viele von ihnen noch in der Steppe sind?«

»Und die ledigen Pferde bekommen sie noch als Morgengabe dazu?« Mundarik musste wider Willen schmunzeln. »Du legst dich aber ganz schön ins Zeug für diese Hunnen!«

»Ja«, bestätigte Landfried. »Ich hoffe, sie können diesem Angebot nicht widerstehen!«

»Und ich hoffe, dass nicht mehr von ihnen dein Angebot annehmen, als du denkst«, antwortete Mundarik wieder in seiner missmutigen Grundstimmung. Doch der Tag gab keinem von ihnen recht. Die Sonne erhob sich, brannte zu Mittag heiß auf das schattenlose Grasland und die Planen der langsam dahin rumpelnden Ochsenkarren. Alles blieb ruhig, kein fremder Reiter zeigte sich. Sie tränkten die Tiere an einer Wasserstelle. Die Awaren hatten zwar den für diese Region typischen langen Hebearm des Brunnens zerbrochen, aber das Wasser schmeckte leidlich sauber. »Wenigstens haben sie keine Kadaver in den Brunnen geworfen«, kommentierte Mundarik. »Ich hätte das getan, und es würde unsere Arbeit sehr viel schwieriger machen.«

»So wissen sie wenigstens, wo wir entlangziehen«, entgegnete Landfried und suchte zum wiederholten Male den Horizont nach irgendwelchen Anzeichen für die Anwesenheit ihrer Feinde ab. »Wir würden sowieso irgendwo Wasser finden. Wenn wir uns an die Brunnen halten, dann können sie genau vorhersagen, wo wir wann ankommen werden.«

Mundarik blickte ihn entgeistert an. »Und du tust ihnen auch noch den Gefallen?«, fragte er fassungslos.

»Ich habe dir doch gesagt, dass ich unsere Feinde suche. Und es ist ja nicht so, dass dieses Wissen den Awaren viel nützt. Einen Hinterhalt kann man in dieser Einöde ohnehin nicht legen.« Mundarik runzelte zweifelnd die Stirn, hielt aber den Mund.

Auch der Nachmittag verlief im eintönigen Schritt der Ochsen. Am Abend lagerten sie an einem weiteren Wasserloch im Kreis der Wagen. Der nächsten Morgen brachte wieder einen wolkenlosen Himmel. Sie brachen das Lager bei Sonnenaufgang ab, und die schweren Wagen setzten sich langsam in Bewegung.

»Sie kommen«, schrie Mundarik auf einmal und zeigte auf eine Staubwolke, die schräg hinter ihnen in den Himmel stieg. Bis einen Augenblick zuvor war dort nichts zu sehen gewesen. Insgeheim musste Landfried die Disziplin der Awaren und vor allem ihrer Pferde bewundern. Die Feinde mussten sich in der Dunkelheit unbemerkt bis dicht an das Lager herangearbeitet haben. Nun griffen sie an. Das hatten sie perfekt abgepasst. Sie waren über eine Tagesreise von dem Danuvius und fast eine weitere vom Lager beim Ring entfernt, und jetzt war der Zug durch den Aufbruch noch in Unordnung.

Landfried spürte die Aufregung in sich aufsteigen. Er räusperte sich, damit seine Stimme sicher klänge. »Sofort einen Ring bilden!«, schrie er den Wagenlenkern zu. »Die Pferde in die Mitte. Die Ochsen lasst in den Geschirren, wir haben keine Zeit sie abzuschirren!« Und es blieb tatsächlich nicht viel Zeit, die Awaren näherten sich im donnernden Galopp. Der trockene, flache Steppenboden war geradezu ideal für einen Reiterangriff. »Alle hinter die Wagen in Deckung gehen!«, schrie Landfried. »Und Schilde hoch. Gleich werden sie uns mit einem Hagel von Pfeilen überschütten.« Und schon erklang das gefürchtete Surren der abgeschossenen Awarenpfeile, wie ein Schwarm angreifender Hornissen. Landfried kauerte neben Mundarik hinter einem der Wagenräder. »Noch nicht!«, schrie er. Das Brüllen der Rinder zeigte, dass einige Pfeile ein Ziel gefunden hatten, auch wenn die große Mehrzahl noch harmlos in das verstärkte Holz der Wagen einschlug. »Hoffentlich denken sie daran, dass auch sie die Tiere brauchen, um die Wagen fortzuschaffen!«, rief Landfried.

»Hast du etwa nicht bedacht, dass sie vielleicht unsere Ochsen erschießen?«, fragte Mundarik zurück.

»Das ging jetzt viel zu schnell«, bekannte Landfried.

»Ich habe es dir ja gesagt«, entgegnete Mundarik, doch jetzt, wo sie der Gefahr ins Auge sahen, war sein Missmut verflogen. Doch auch die Awaren schienen siegessicher. Sie hielten geradewegs auf die Wagenburg zu. »Wenn sie zwischen den Wagen hindurchkommen, empfangen wir sie mit unseren Schwertern!«, knurrte Mundarik.

»Welches Pferd scheut nicht vor so einem Hindernis zurück?«, fragte Landfried. »Und auch vor den Ochsen werden sie sich fürchten!« Doch innerlich schickte er ein Stoßgebet an den heiligen Nazarius. Und da drehten die ersten Reiter der Awaren ab und jagten in einem Bogen dicht um die Burg herum. In den Steigbügeln stehend schossen sie ihre Pfeile auf die wenigen Franken.

»Gleich können sie von der anderen Seite direkt auf uns schießen. Dann sind wir erledigt!«, murrte Mundarik und hob seinen Schild.

Doch Landfried nickte nur grimmig. Dann sprang er auf. »Los jetzt!«, schrie er, so laut er konnte. »Und denkt daran, die Pferde, nicht die Reiter!« Plötzlich rissen unsichtbare Hände die Planen von den Wagen herunter. Dahinter erhoben sich die slawischen Bogenschützen und schossen eine Salve schwarzer Pfeile auf die völlig überrumpelten Awaren. Pferde wieherten, fielen oder stoben wild auseinander. Gestürzte Reiter wurden von ihren eigenen Kameraden überritten. Die Tiere taten Landfried leid, aber so war der Krieg. Es gab unschuldige Opfer. Tiere und auch Menschen, nicht nur Krieger. Frauen, Kinder und Greise wurden getötet oder verhungerten später im Winter, weil die Ernte nicht eingebracht werden konnte. So war es immer schon gewesen, und so würde es wohl immer bleiben. Wieder und wieder erhoben sich die Slawen hinter den verstärkten Wagenwänden, zielten kurz und ließen ihre Pfeile fliegen, bevor sie sich sofort wieder hinter die Deckung duckten. Doch inzwischen kamen kaum noch Pfeile von den Awaren zurück.

»Auf die Pferde!«, schrie Landfried, und sofort sprangen weitere Männer, diesmal Franken, von den Wagen und liefen zu ihren Pferden.

»Die Awaren fliehen!«, jubelte Mundarik mit sich überschlagender Stimme.

»Ihnen nach!«, brüllte Landfried. »Lasst sie nicht entkommen!« Auch er sprang in Malmers Sattel. Jene Feinde, die noch im Sattel saßen, wendeten ihre Pferde und jagten in die

Steppe hinein, verfolgt von den Pfeilen der Karantanischen Langbögen. Die Slawen nahmen blutige Rache für ihr vernichtetes Reich.

»Wir halten die Nachlese!«, befahl Landfried und führte seine Franken durch eine Lücke zwischen den Wagen zur Verfolgung der Feinde. Einige der gestürzten Awaren versuchten zu Fuß zu fliehen, was im flachen Grasland unmöglich war. Andere warfen die Waffen weg und hoben die leeren Hände. »Gefangene!«, schrie Landfried. »Bringt mir Gefangene!«

Landfried, der Ring, Erntemonat 796

Als Landfried schließlich am Folgetag vor den König trat, konnte er zehn gefangene Awaren präsentieren. Guntbert nickte anerkennend, nur leider war Gerold nicht anwesend. Sonst wäre es ein kompletter Triumph gewesen.

»Gut gemacht, Landfried von Meaux«, lobte der König. »Ich dachte mir gleich, dass wir nicht alle Awaren eingeschlossen haben ...«

»Nun wissen wir wenigstens, woran wir sind, und die Awaren in der Steppe werden sich dank Landfrieds List das nächste Mal doppelt überlegen, ob sie unseren Nachschub angreifen«, bekräftigte Guntbert.

»So ist es. Mein Vater wird von deiner Tapferkeit und deinem Listenreichtum erfahren. Dennoch sollten wir den Ring so schnell wie möglich nehmen. Die Moral unserer Gegner ist am Tiefpunkt, die unserer eigenen Männer auf der Höhe. Im Morgengrauen stürmen wir ...« Es folgen noch genaue Befehle darüber, welche Abteilungen wo Aufstellung nehmen und wann in den Kampf eingreifen sollten. Dann entließ Prinz Pippin seine Unterführer. »Sorgt dafür, dass unsere Krieger morgen bereit sind.«

Landfried ließ sich im Strom der übrigen Anführer aus dem Zelt treiben. Seine Reiter würden morgen in Reserve gehalten. Anders als die slawischen Bogenschützen, die Pippin sofort requiriert hatte, um den Sturm auf das Haupttor mit ihren Pfeilen zu decken.

Der Sturm war gut vorbereitet. Bei Sonnenaufgang befanden sich alle fränkischen Krieger auf ihren Posten, und kurz nach Sonnenaufgang begann der Angriff. Ein dichter Pfeilhagel zwang die vorstürmenden Fußsoldaten noch hundert Schritte vor dem Wall hinter ihren Schilden Deckung zu suchen. Die erste Welle war gestoppt, und die Fußsoldaten zogen sich aus der Pfeilschussweite zurück. Die meisten Verwundeten zogen sie mit sich, nur die Toten blieben auf der freien Fläche vor dem Ring. »Hörst du, am Haupttor kämpfen sie noch«, bemerkte Mundarik ungerührt von den Opfern, die vor ihnen auf der Wiese lagen. »Du hast Recht. Vielleicht machen unsere braven Karantanier dort den Unterschied«. Und tatsächlich schwoll der Lärm nicht ab, sondern brandete immer lauter.

Ein Botenreiter kam in vollem Galopp vom Haupttor. »Wer befehligt hier die Fußsoldaten?«, schrie er. Landfried zeigte nach vorn, wo ein ihm nicht näher bekannter Graf aus dem Veneto mit seinen Männern verschnaufte. »Ihr müsst wieder angreifen, die Awaren dürfen keine Gelegenheit haben, das Haupttor zu verstärken!«, schrie der Bote und ruderte wild mit den Armen.

»Also los, Männer!«, hörte Landfried den Befehl des Langobarden.

Der Botenreiter wendete sein Pferd und kam zurück zu Landfrieds Reiterabteilung. »Graf Landfried von Meaux?«, wollte er wissen.

»Derselbe«, bestätigte Landfried, ohne die lästige Problematik der Erbfolge zu diskutieren.

»Prinz Pippin will, dass du deine Männer zum Haupttor führst!«

»Alles aufsitzen«, brüllte Mundarik, während Landfried sich in Malmers Sattel schwang.

»Prinz Pippin und Franken!«, rief Landfried, und seine Reiter wiederholten den Schlachtruf. Nur wenig später parierte Landfried sein Ross vor dem Prinzen. »Eure Befehle?«

»Unsere Männer haben den Wall erstiegen«, antwortete der, ohne die Augen von der Mauerkrone zu nehmen. »Es sieht so aus, als hielten sie sich um das Tor herum. Wenn es sich gleich öffnet, führst du deine Reiter zusammen mit den anderen Abteilungen hinein.«

Landfried nickte. »Jawoll.« Wie eine Welle schwappte die Aufregung durch seinen Körper.

»Wer zuerst am Tor ankommt, zieht zuerst hinein«, fuhr der Prinz fort.

Landfried nickte wieder. Derjenige, der sich mit seinen Reitern am dichtesten an die Mauer und die feindlichen Bogenschützen herantraute, könnte große Ehre erringen! Er galoppierte die wenigen Schritte zurück zu seiner im Sattel wartenden Abteilung. »Vorwärts, jeden Augenblick öffnen die Kameraden das Tor«, rief er und lenkte sein Pferd in einer engen Kurve auf den Wall zu. Von der anderen Seite näherten sich bereits zwei weitere Reiterabteilungen.

»Wie die Geier um das Aas«, bemerkte Mundarik, der zu ihm aufgeschlossen hatte, mit einem schiefen Grinsen. Auch er hatte offenbar verstanden, was es zu gewinnen gab.

»Da, das Tor bewegt sich!«, schrie Landfried aufgeregt und zeigte nach vorn. Tatsächlich, ein Flügel wackelte, schwang einen Spalt auf – und wieder zu. Dahinter rangen die fränkischen Fußsoldaten und die Awaren verzweifelt um den Besitz des Tores. »Gleich«, schrie Landfried. »Vorwärts jetzt!« Im nächsten Moment schwang das Tor auf und gab den Blick auf das Innere des Ringes frei. Landfried drückte Malmer die Fersen in die Flanken und schwang das Schwert nach vorn, doch in dem Moment verdunkelte sich der Blick durch das Tor. Eine der anderen Abteilungen stürmte hinein. Landfried riss das Schwert herum, sodass es nun quer zu ihrer Marschrichtung stand. »Lasst sie passieren, wir reihen uns dahinter ein!«, schrie er. Mundarik schien den Befehl überhört zu haben und jagte weiter. »Halt, verdammt noch mal!«, schrie Landfried ihm hinterher. »Wenn du zwischen die andere Abteilung gerätst, stürzt noch jemand und blockiert das Tor!« Widerwillig parierte Mundarik sein schäumendes Ross. »Jetzt«, befahl Landfried, als er hinter der ersten Abteilung eine Lücke sah.

Am Abend des Tages hatten die Franken und ihre Vasallen einen vollständigen Sieg errungen. Der sagenhafte Ring in der Puszta war erobert. Landfried begab sich zum Zelt des

Anführers. Noch war er über und über mit Staub und Blut bedeckt, auch wenn der Kampf im Inneren des Rings eigentlich kein Kampf, sondern eher ein Gemetzel geworden war.

Der legendäre Awarenschatz befand sich unter strenger Bewachung im Zelt Pippins. Landfried hatte nun zum ersten Mal Gelegenheit, die wertvollsten Beutestücke in Augenschein zu nehmen. Unter der Beute waren Diademe, Ketten aus buntem Glas und Goldperlen, Kämme von ungewöhnlicher Feinheit, Ohr- und Fingerringe aus Bronze, Silber und Gold sowie Mantelschließen und natürlich die mit reichen Bronze- oder Goldbeschlägen versehenen Gürtel der Anführer des Volkes, welches sie gerade vernichtet hatten. Die meisten Metallstücke waren mit fein gearbeiteten Bildern geschmückt. Sie zeigten Pferde, Wildtiere und immer wieder den fabelhaften Greif. Solch einen sagenhaften Hort hatte Landfried noch niemals gesehen. Und selbst Pippin und Erich dürften einen solchen Schatz nicht erwartet haben!

Hinter den achtlos aufgetürmten Schätzen hockte eine lange Reihe junger Mädchen. Einige Gesichter waren rot vom Weinen, andere blickten resigniert zur Erde, bei weiteren verdeckten die ungeordneten, schwarzen Haare die Züge. Manche waren verletzt und trugen Binden. Dieser Teil der Beute war der traurigste. *Des einen Sieg, des anderen Niederlage,* dachte Landfried. Hier endlich traf er auf einen seiner Anführer.

Graf Guntbert nickte ihm gutmütig zu. »Ich habe gehört, dass du ganz vorne dabei warst beim Sturm.«

»Meine Männer und ich haben unsere Pflicht getan«, erwiderte Landfried bescheiden. Aber das Lob freute ihn ungemein. »Und wir waren nur die zweite Abteilung.«

»Das ist ganz vorne dabei«, entgegnete Guntbert. »Heute haben deine Männer einen freien Abend verdient. Proviant und Wein werden ihnen gebracht!«

»Und was ist mit Wasser und Heu?«, fragte Landfried rasch. »Wir haben fünfzig Pferde zu versorgen, die ebenfalls ihren Teil geleistet haben ...«

Guntbert schmunzelte. »Ganz die Pflicht. Das ist gut. Aber mach dir keine Sorgen, auch darum wird sich gekümmert. Außerdem«, fuhr er mit einem breiten Grinsen fort, »darfst du dir eine der Gefangenen aussuchen. Diese hier sind die Töchter der awarischen Edlen und nicht für unsere einfachen Soldaten bestimmt.«

Das war nun gar nicht nach Landfrieds Geschmack. Ihm taten die Mädchen leid, eben noch Töchter aus edlen Familien der awarischen Herrscherschicht, nun einfache Sklavinnen. Rasch wollte er ablehnen, bevor ihn noch die Schönheit eines der Mädchen seine Vorsätze vergessen ließ. Doch da traf sein Blick auf den eines der Mädchen. Sie schaute ihn geradezu flehentlich an. »Was ... «, begann er eine Frage, doch dann überlegte er es sich anders. Einem plötzlichen Impuls folgend, zeigte er auf das Mädchen. »Ich nehme die dort«, erklärte er mit belegter Stimme. Als sie auf ihn zukam, blickte er zur Seite. Doch er sah noch genug, damit der Anblick sein Herz gegen seinen Willen rascher schlagen ließ. Sie war wahrhaftig schön. Für dunkle Augen und dunkles Haar hatte Landfried schon immer eine Schwäche, dazu die straffen Brüste und eine schlanke Taille. Er schluckte hart. »Folge mir«, befahl er barscher, als er eigentlich wollte, und verließ das Zelt.

»Verstehst du mich eigentlich?«, fragte er auf dem Weg. Doch er erhielt keine Antwort. Also schritt er schweigend weiter durch die Zeltstadt, in der die Franken ausgelassen ihren Sieg feierten. Halb hoffte er, das Mädchen nutzte den Moment zur Flucht, aber wohin sollte sie sich in einem Lager voller betrunkener Männer wenden? Sie erreichten Landfrieds Zelt. Mundarik war nicht dort. Nun, der müsste heute eben woanders schlafen. »Geh dort hinein. Da kannst du dich ausruhen!«, erklärte er. Ob sie ihn nun doch verstand oder ob seine Gesten offensichtlich waren, sie schlüpfte in das Zelt. »Ich lege mich an den Eingang. Dann wird dir nichts passieren«, knurrte er, verärgert über sich selbst und darüber, dass er nun, anstelle zu feiern, noch auf ein Mädchen aufpassen musste. Er holte tief Luft und bückte sich dann ebenfalls ins Zelt hinab. Sie lag auf dem Rücken mit halb aufgerichtetem Oberkörper und blickte ihm entgegen. Doch da war kein Vorwurf, nur große, dunkle Augen, unsicher, aber nicht verzweifelt und auch nicht verbittert. Zu gerne hätte er sie gefragt, was sie gerade empfand, aber sie verstand ihn ja ohnehin nicht. Sie öffnete leicht den Mund, und ihre Nasenflügel blähten sich, als sie tief Luft holte. Ihr Atem ging mindestens ebenso schnell wie seiner. Was wollte er eigentlich hier? Und war er es überhaupt, der hier die Kontrolle hatte oder sie? Offensichtlich kannte sie die Rechte des Siegers und hatte ihre eigenen Erwartungen an das, was nun geschehen sollte. Er merkte, wie seine Entschlossenheit dahinschmolz.

Teil III
Zwischenspiel

Ulfberht, Lauresham, Heumonat 796

Der Sommer war heiß, und Ulfberht trat aus der noch heißeren Schmiede zu jenem Brunnen, an dem er seine Schwester zum ersten Mal in Lauresham gesehen hatte. Eine Gruppe Menschen näherte sich aus Richtung des Tores. Ulfberht maß ihnen zunächst keinerlei Bedeutung zu, doch eine der Stimmen, die zu ihm hinübertönten, rührte eine Saite in seinem Gedächtnis. Erstaunt blickte er auf und kniff die Augen zusammen, um die Gruppe, die sich im prallen Sonnenlicht näherte, besser zu erkennen. Das Erkennen traf ihn wie ein Schlag. Den anderen voran schritt, inzwischen vom Alter leicht gebeugt, aber stolz wie eh und je, Hruođolf, Edolfs Vater. Der Mann, der ihn zu den Kohleknechten verkauft hatte. Doch seine Stimme war es nicht, die Ulfberhts Aufmerksamkeit geweckt hatte. Schräg hinter ihrem Vater lief Hludahilt, seine Tochter. Aus dem Mädchen, das sich einst als einzige für ihn eingesetzt hatte, war eine junge Frau geworden. Wie angewurzelt stand er da. Nicht nur irgendeine junge Frau. Sie war eine Schönheit.

Da blaffte ihn Hruođolf an: »Wo finden wir Edolf, den Schmied?«

Ulfberht war zu überrascht, um mehr zu erwidern, als auf die Schmiede gegenüber zu zeigen.

»Kannst du nicht reden?«, schimpfte Hruođolf, der ihn offensichtlich nicht erkannt hatte. Er schritt weiter, ohne die Antwort abzuwarten. Seine Tochter schien sich ihren guten Charakter aus der Kindheit bewahrt zu haben, denn sie hob entschuldigend die Schultern und verdrehte die Augen zum Himmel. Aber auch sie schien ihn nicht zu erkennen, was ihm zu seinem eigenen Erstaunen einen heftigen Stich versetzte.

Er räusperte sich. »Schon gut«, brachte er heiser hervor.

Hludahilt riss die Augen erstaunt auf. »Du …«, stammelte sie. Eine tiefe Röte überzog ihr Gesicht. Und Ulfberht fühlte eine Welle von Glück.

»Kommst du bald?«, rief ihr Vater von der Schmiede herüber.

Hludahilt blickte noch einmal auf Ulfberht. »Du bist wieder zurück!«, flüsterte sie, bevor sie ihrem Vater eilig folgte.

Ulfberht stand wie vom Donner gerührt, während sich seine Gedanken überschlugen. Lebte sie etwa auch im Kloster? Wie konnte es sein, dass er sie hier nie zuvor gesehen hatte? Besuchte sie denn niemals ihren Bruder? Aber wie konnten Geschwister nicht auch unterschiedlich sein! Vielleicht sollte er mit seiner eigenen Schwester in Zukunft nachsichtiger sein, wenn sie sich mit Edolf traf?

Hludahilt, Lauresham, Heumonat 796

Wieso hast du mir nicht gesagt, dass Ulfberht hier in Lauresham ist? Du weißt schon, der Nachbarsohn, hm?«

Edolf sah sie mit hochgezogenen Brauen an. »Weil mich derartiges Gesindel nicht interessiert. Und dich ja wohl erst recht nicht!«

»Natürlich interessiert mich, was aus ihm geworden ist. Und dich sollte es auch! Immerhin hat Vater ihn wegen einer Rauferei mit dir so ungerecht behandelt!«

»Ungerecht?«, brauste Edolf auf. »Dem ist es viel zu gut ergangen. Jetzt ist er Geselle in der Schmiede, wie ich, ein Edler von Geburt. Und er ist ein Bauernwaise!«

Hludahilt schnaufte verächtlich. Was hatte ihr Bruder schon Großes geleistet? »Offenbar hat dich deine edle Herkunft, auf die du dir so viel einbildest, nicht weitergebracht als den Bauernwaisen«, ihre Stimme troff vor Hohn, und er hob die Hand.

Doch dann ließ er sie resigniert sinken. »Seine Schwester ist auch hier, als einfache Magd, und auch das habe ich dir nicht erzählt. Weil es für dich ohne Belang ist.«

»Seine Schwester?«, fragte Hludahilt überrascht. Ihr wurde bewusst, wie wenig sie von den Verhältnissen ihrer ehemaligen Nachbarn wusste, weil auch sie eine Edle war. Nur dass sie nun alle Mägde und Knechte desselben Herren waren: Abt Waldo. »Wie heißt sie denn, Ulfberhts Schwester?«, fragte sie.

»Berhta«, antwortete Edolf, ohne zu zögern.

Das überraschte Hludahilt wieder, es sah ihrem Bruder so gar nicht ähnlich, dass er sich an den Namen einer Magd erinnerte. »Du hast sie bereits getroffen?«, fragte sie.

Und nun wurde ihr hart gesottener Bruder tatsächlich rot. »Ja, ihre Arbeit führt sie öfter in die Nähe der Schmiede.«

Ärgerlich erwiderte er den forschenden Blick seiner Schwester. »Ich bin ja wohl ein Mann, und natürlich sehe ich mir die Mädchen an. Wieland, also Meister Gernod, ist sie auch schon aufgefallen.«

Nun blickte er so enttäuscht, dass er seiner Schwester fast leidtat. Auch wenn sie nicht verstand, was ihren Bruder daran stören könnte. Vielleicht war bei ihm doch noch nicht Hopfen und Malz verloren, und er hatte tief im Inneren etwas von seiner empfindsamen Seele bewahrt? Aber wenn Edolf Berhta traf, dann war es nur gerecht, wenn sie auch Ulfberht wieder sah!

Landfried, Danuvius, Heumonat 796

Zurück ging es wieder am Fluss entlang. Landfried hatte Dania, seine Awarin, mit einem Goldring und ein paar Silberstücken bei ihrem geschlagenen Volk und dem zerstörten Ring in der Steppe zurückgelassen. Auch das war ihr Wille gewesen. Landfried hatte angenommen, sie würde ihn nach Franken begleiten. Er war sich nicht sicher, was er von ihrer Entscheidung halten sollte, aber vielleicht war es besser so. Obwohl oder vielleicht gerade, weil sie nicht bei ihm blieb, plagte ihn sein Gewissen. Aber so war nun einmal der Krieg, versuchte er sich einzureden. Doch das besserte das flaue Gefühl in seiner Magengrube auch nicht.

Den letzten Tag vor dem Abmarsch hatte er genutzt, die Härte von Al Mansurs Dolch, den Sigismund ihm in Franconofurt überlassen hatte, an den awarischen Waffen zu prüfen. Doch keine Klinge hatte dem geheimnisvollen Eisen standgehalten. Der Dolch des Perserkönigs funkelte immer noch bläulich, hatte nicht einmal einen Kratzer davongetragen. Wie gefährlich wäre ein Gegner, dessen Schwerter aus diesem Eisen geschmiedet wurden? Landfried schauderte bei dem Gedanken. Sigismund hatte Recht, es war nur eine Frage der Zeit, bis die Franken im Osten auf solch einen Feind treffen würden. Doch noch bestand die Hoffnung, dass Sigismund sein selbst gestecktes Ziel erreichte und die Franken ihnen mit gleichen Waffen entgegentreten könnten. Aber diesmal würde er den Hofkapellan enttäuschen müssen. Zumindest in dieser Hinsicht. Der Ursprung des ebenso harten wie geheimnisvollen Eisens blieb ein ungelüftetes Geheimnis!

Hludahilt, Lauresham, Weidemonat 796

»Er ist ein verdammter Nichtsnutz. Ein Kohlenknecht, ein Höriger!«

Es ging schon wieder um Ulfberht. Irgendwie schien der Junge Edolfs Gemüt genauso zu beschäftigen wie ihr eigenes. Doch dann schüttelte sie, ihre eigenen Gedanken missbilligend, den Kopf. Sie kannte nur den verschüchterten Jungen von vor etlichen Jahren. Doch der Mann am Brunnen hatte selbstsicher und stark gewirkt. Was wusste sie schon über den Ulfberht von heute? »Was regst du dich dann so über ihn auf?«, fragte sie Edolf.

»Selbst Gernod hält ihn inzwischen für stärker und geschickter als mich. Er bevorzugt mich nur dem äußeren Anschein nach. Alle wichtigen Aufgaben bekommt dieser Emporkömmling!«

»Vielleicht ist er stärker und geschickter als du?« Ihre Stimme troff wieder von Hohn. »Du bist so voller Selbstliebe, dass dir wahrscheinlich noch nicht einmal in den Sinn gekommen ist, dass dein Meister recht haben könnte?«

»Rede du nicht von Dingen, von denen du nichts verstehst!«, fuhr er sie an.

Doch sie schüttelte nur den Kopf. »Unser Vater ist hoch verschuldet, wir sind genauso arm wie Ulfberht. Und wenn bei Vater überhaupt noch etwas zum Vererben übrigbleibt, dann bekommt das einzig und allein Radolf! Ulfberht weiß wenigstens mit seinen eigenen Händen für sich selbst zu sorgen. Was man von dir offenbar nicht sagen kann.« Sie wusste, dass das ungerecht war. Ulfberht war vermutlich einfach begabt, und das hatte offenbar zuletzt auch Gernod erkannt. Aber sie konnte die ganze verlogene Art, mit der sich ihre Brüder entgegen aller Tatsachen daran klammerten, etwas Besseres zu sein, nicht mehr ausstehen.

Edolf funkelte sie finster an. »Das wird er mir noch büßen, dein Kohlenknecht. Dass er mir, dem Sohn eines Edlen, in den Weg tritt!«, rief er mit vor Zorn bebender Stimme. »Und du solltest dich hüten, für so einen Taugenichts Partei zu ergreifen. Du wirst ja hören, was Vater davon hält!«

Erschrocken legte sie die Hand über den Mund. War sie zu weit gegangen? Er würde Vater doch nicht wirklich von ihrer Unterredung berichten? Und was sollte das mit dem Leidtun? Er wollte seinem Kameraden doch nichts antun? Der Gedanke ließ sie nicht mehr los. Nachts auf ihrem harten Lager fasste sie schließlich den Beschluss, Ulfberht zu warnen.

Am folgenden Tage erbat sie von Gertrud die Erlaubnis, zur Schmiede zu gehen. »Ich muss mit meinem Bruder etwas besprechen, was unseren Vater betrifft«, log sie.

Gertrud riss die Augen vor Neugier weit auf, aber ihr fiel keine Rechtfertigung für weitere Nachforschungen ein. Enttäuscht zog sie nach einem Augenblick der erwartungsvollen Stille die Brauen zusammen. »Na gut. Aber zu Mittag bist du wieder hier!«, schärfte sie Hludahilt ein.

Mit klopfendem Herzen verließ sie wenig später den Teil des Klosters, der den Herrschaften vorbehalten war. Inzwischen kannte sie sich auch im Wirtschaftshof leidlich aus, so, dass sie ohne langes Suchen den Brunnen vor der Schmiede wiederfand. Unschlüssig stellte sie sich in den Schatten eines überhängenden Daches. Wie sollte sie Ulfberht ansprechen? Würde er überhaupt vor der Mittagspause aus der Schmiede kommen? Oder befand er sich heute vielleicht gar nicht dort? Doch einer der Heiligen schien ihrem Unterfangen günstig gestimmt. Nach einer halben Stunde kamen mehrere Jungen mit kohleverschmierten Gesichtern und mit leeren Säcken aus der Schmiede. Ihr Anführer war kein anderer als Ulfberht. Entschlossen trat sie in die Sonne und beobachtete amüsiert, wie der Gesuchte erstarrte. Rasch wies er die Jungen an, ohne ihn zum Kohlenlager zu laufen. Dann blickte er sich noch einmal um und kam mit langen Schritten auf sie zu.

»Hludahilt!« sprach er sie mit gedämpfter Stimme an und strahlte. Dann plötzlich nahm sein Gesicht einen so enttäuschten Ausdruck an, dass sie schmunzeln musste. »Du suchst sicherlich nach deinem Bruder?«

Sie schüttelte lächelnd den Kopf. »Nein, Ulfberht, ich suche nach dir!« Irrte sie sich, oder errötete er unter dem Kohlenschmutz? Mit wachsendem Selbstbewusstsein griff sie seinen Arm und zog ihn wieder unter das Dach der Scheune. »Es muss uns ja nicht jeder hier herumstehen sehen«, erklärte sie. »Ganz besonders nicht Edolf. Ich bin nämlich hier, um dich vor ihm zu warnen. Er ist eifersüchtig auf dich!« Ulfberht sagte zuerst einmal gar nichts, sondern blickte sie nur mit offenem Mund an. Sie fragte sich, ob das an ihren Worten lag, oder ob allein ihr Auftauchen ihn schon so sehr aus der Fassung gebracht hatte? »Hörst du?«, vergewisserte sie sich. »Du musst aufpassen. Er kann ziemlich hinterlistig werden.« Nun straffte Ulfberht seine Schultern. Ziemlich muskulöse Schultern, fiel ihr auf.

»Ich habe keine Angst!«, behauptete er. Dann schlich sich ein schiefes Grinsen in seine Züge. »Aber hab Dank, dass du schon wieder versuchst, mich vor dem Bastard zu bewahren!« Doch gleich darauf verschluckte er sich fast. »Ich wollte nicht deine Familie beleidigen«, rief er erschrocken. »Es ist mir nur vollkommen schleierhaft, wie zwei Geschwister so unterschiedlich sein können.« Er wurde wieder rot, und sie merkte, wie ihr das gefiel. »Also ich meine, du bist alles, was er nicht ist, mutig, ehrlich, und ... wunderschön!«

Sie musste lachen. Aber damit ging der Schmiedegesell eindeutig zu weit. »Du willst mir doch nicht etwa den Hof machen?«, fragte sie streng. Doch ihr Herz strafte sie Lügen und hämmerte auf einmal wie wild gegen ihren Brustkorb.

Ulfberht öffnete erschrocken den Mund, doch als sich ihre Blicke trafen, schloß er ihn wieder. Er hustete. »Dazu will ich jetzt lieber nichts sagen«, gestand er heiser. »Aber werden wir uns wiedersehen?«

Ulfberht, Lauresham, Weinmonat 796

Ulfberht fuhr aus dem Schlaf hoch. Er hatte von Hludahilt geträumt. Verwirrt blickte er sich um. Was war nur los? Er befand sich mit den übrigen Lehrlingen und Gesellen im Schlafsaal. Draußen fiel ein sanfter Regen. Drinnen war außer dem üblichen Schnarchen und Schnaufen alles ruhig. Was hatte ihn nur geweckt? Doch da war es schon wieder, ein Schrei, oder? Und war das eine bekannte Stimme? Er wurde unruhig. Leise erhob er sich von der Wandbank, die an den Wänden des Gesindehauses entlanglief und den Hörigen und Gesellen als Bettstatt diente. Er griff nach seinem Mantel und zog vorsichtig die Schuhe an. Leise tastete er sich zur Tür. Da war wieder dieser Laut. Nun war er sich sicher: Es war ein erstickter Schrei! Ulfberht drückte die Tür auf und schlüpfte nach draußen. Die verfilzte Wolle des Mantels schützte ihn vor dem Regen. Dennoch fröstelte er. Er hielt den Atem an, um besser hören zu können. Nun hörte er es deutlicher, und wieder überkam ihn das Gefühl von Vertrautheit. Der Lärm kam jedenfalls aus Richtung der Schmiede. Ulfberht lief den kurzen Weg hinüber. Im Dunkel erkannte er vor der Schmiede eine Gestalt. »Was ist da drin los?«, rief er.

Die Gestalt trat ihm in den Weg. »Nichts, das dich etwas angeht«, zischte sie.

Ulfberht stutzte. »Edolf ... ?«, fragte er.

»Genau der, und du bist hier nicht erwünscht!«

Die Stimme klang zornig, aber noch etwas lag darin, was Ulfberht von Edolf nicht kannte. Was war es? Furcht, stellte er erstaunt fest. Edolf hatte Angst. »Wovor fürchtest du dich?«, wollte er wissen. Da drang aus der Schmiede wieder Lärm. Diesmal ein Schluchzen. Und mit einem Mal wusste Ulfberht, was ihm so vertraut erschienen war. Er kannte die

Stimme. »Berhta!«, schrie er und wollte an Edolf vorbei, doch der versperrte ihm wieder den Weg.

»Das geht dich alles gar nichts an ...«

Doch Ulfberht versetzte ihm einen Schlag in die Magengrube. Edolf schrie auf und klappte zusammen. Ulfberht stürzte zur Tür der Schmiede und riss sie auf. Drinnen brannten ein paar Kerzen und beleuchteten die Szene mit gespenstischem Flackern. Was Ulfberht sah, ließ ihm das Blut in den Adern gefrieren. Wieland stand mit offenem Kittel da und hielt eine Gestalt gepackt. Seine Krücken lehnten einige Schritte weiter an der Werkbank. Er erkannte die schluchzende Gestalt, mit der er rang, nicht sofort. Doch das zerrissene Kleid kam ihm bekannt vor. Berhta! Ulfberht stürzte zu ihr und stieß den Schmiedemeister zur Seite. »Was, was ...« *haben sie dir angetan?*, hatte er fragen wollen, doch er stockte.

Berhta blickte auf und erkannte ihn. »Geh weg, geh weg!«, kreischte sie hysterisch.

Doch Ulfberht kniete sich neben sie und nahm sie in den Arm. Die Umgebung hatte er für den Augenblick vollends vergessen. »Was?«, fragte er nur leise.

Berhta schluchzte. »Edolf hat mich hergelockt. Er hat mir die Hochzeit versprochen. Das wäre das Beste, auch für deine alte Mutter und den Hof, hat er behauptet. Und dann hat er mich diesem Monster überlassen. Diesem Scheusal ...« Schluchzend barg sie den Kopf an der Schulter ihres jüngeren Bruders.

In Ulfberht kämpfte unsägliches Mitleid mit einem anderen Gefühl. Zorn. Weiß glühender Zorn. *Weiße Glut ist viel zu heiß zum Schmieden*, fuhr es ihm durch den Kopf, doch der Gedanke verschwand sofort wieder. Vorsichtig löste er sich von der Schwester. »Das werdet ihr büßen«, grollte er und erhob sich. Wieland hatte seine Krücken erreicht und humpelte auf die Tür zu, durch die ihm Edolf entgegengekommen war. Ulfberht sah sich suchend um. Eine Schwertklinge, an der einer der Gesellen am Vortag gearbeitet hatte, lag neben dem Amboss. Er griff danach. »Das werdet ihr büßen!«, zischte er noch einmal und hob das unfertige Schwert. Der Griff war noch nicht angesetzt, und die dünne eiserne Angel lag schlecht in der Hand, aber das kümmerte Ulfberht in diesem Augenblick nicht. Mit schnellen Schritten lief er dem Gegner hinterher.

»Mach nichts Unüberlegtes«, rief Wieland erschrocken. »Ich bin dein Herr und Meister, und wir können für alles eine Lösung finden ...«

Doch Ulfberht wollte nur eine Lösung. Er hob das Schwert. Da kam Edolf herein. Er hatte sein eigenes Schwert in der Hand.

»Du hast den Meister gehört. Weg mit der Klinge!«, rief er und stieß im gleichen Augenblick zu.

Verblüfft von dem hinterhältigen Angriff konnte Ulfberht gerade noch zur Seite springen, dann gewann sein Zorn wieder die Oberhand. Krachend traf seine Klinge auf die Edolfs. Der war der geübtere Fechter, doch Ulfberht übertraf ihn an Kraft und Ausdauer bei weitem. Die Arbeit mit dem Holzbeil und den Kohlesäcken hatte ihre Wirkung auf seinen jungen Körper nicht verfehlt. Außerdem kämpfte Ulfberht vor glühendem Zorn ohne Rücksicht auf seine Sicherheit, und ohne auf die eigene Deckung zu achten. Er fühlte sich wie im Rausch, alles was er wollte, war die verhassten Gegner zu vernichten. Wieder und wieder trafen die Schwerter aufeinander. Edolf focht mit dem Geschick eines jungen, im Schwertkampf ausgebildeten Edelings, doch seine Paraden wurden hektisch, während Ulfberhts Hiebe immer dichter prasselten. Das Eisen der Angel schnitt ihm trotz der dicken Hornhautschwielen, die die Arbeit mit Hämmern und Zangen mit sich brachte, ins Fleisch der Hand, aber der Hass und Zorn ließ ihn den Schmerz gar nicht spüren. Noch einmal legte er alle Kraft in einen Hieb. Doch da geschah das Unglück: Seine Klinge brach dicht über dem Heft ab.

Edolf schaute einen Augenblick ebenso verdutzt auf den abgebrochenen Stumpf in Ulfberhts Hand wie dieser selbst, dann lachte er triumphierend. »Das hier ist eben eine Klinge von Meister Gernod, nicht so ein Gesellenstück wie deine!«

Er holte aus, und Ulfberht sprang zurück. Er hatte den Kampf und einfach alles verloren! Er duckte sich mit knapper Not unter dem nächsten Schlag Edolfs hindurch. Nun stand er im Rücken des Gegners. Instinktiv sprintete er zur offenen Tür, von der ihn nur noch Wieland trennte. Edolf folgte, wild mit dem Schwert fuchtelnd. Doch Ulfberht stieß Wielands Krücken grob zur Seite, sodass der lahme Meister Edolf direkt vor die Füße fiel. Ulfberht nutzte den Augenblick der Verwirrung und entwich aus der Schmiede.

»Haltet den Verbrecher!«, hörte er hinter sich Wielands Ruf, die Brüder und Knechte des Klosters weckend. Mit aufsteigender Panik sah Ulfberht vor sich die erste Tür auffliegen. Er drehte um, schlug gerade außer Reichweite von Edolfs Klinge einen Haken und rannte auf die hintere Klostermauer zu.

»Wenn du wiederkommst, bring eine anständige Klinge mit!«, klang ihm noch Edolfs Spott in den Ohren. Dann erreichte er die Klostermauer, hastete daran entlang, bis er einen Aufgang zum Wehrgang fand. Während hinter ihm der Lärm zu einem Tumult anschwoll, erklomm er die Leiter zu dem schmalen Laufsteg. Ohne einen Blick zurück zu riskieren, schwang er sich über die Mauerkrone, hinein ins Ungewisse.

Er landete hart auf dem abschüssigen Boden des Walls, der zur Klostermauer hinaufführte, und rutschte auf dem feuchten Gras aus. Sofort sprang er wieder auf. Durch sein rechtes Bein zuckte ein scharfer Schmerz. Nur die Panik trieb ihn weiter. Weg hier! Mehr konnte er nicht denken.

Als er schließlich erschöpft zusammenbrach, wusste er nicht, wie lange oder wohin er gerannt war. Er atmete durch und blickte sich um. Er war bis an die Weschnitz gekommen und irgendwie dem Lauf des Baches gefolgt. Er drückte sich unter einen Haselstrauch am Ufer, kauerte sich zusammen und lauschte. Verfolger waren nicht zu hören. Auch keine Hunde. Er blickte ins Wasser des Baches, und die Strömung verriet ihm, dass er nach Norden gelaufen war. Wohin sollte er sich nun wenden? Da, plötzlich und unerwartet, setzte seine Erinnerung ein: Er hatte seine Schwester allein und schutzlos zurückgelassen! Was würde aus ihr werden? Mit einem Stöhnen krümmte er sich zusammen und ballte die Fäuste so fest, dass ihm die Nägel in die Daumenballen schnitten. Was hatte er nur angerichtet? Und was hatten Edolf und Wieland angerichtet?! Die Wut ließ ihn seine aufkeimende Verzweiflung abschütteln. Zuerst musste er hier verschwinden. Er sah sich um und horchte wieder. Noch war alles still. Vorsichtig stieg Ulfberht in den Bach und watete flussaufwärts. Wenn sie die Jagdhunde auf ihn ansetzten, musste er versuchen, seine Spur zu verwischen. Er lief einige hundert Schritte im kalten Wasser weiter. Dann verließ er das Bachbett auf der gegenüberliegenden Seite und lief einige Schritte vom Ufer weg. Hier blieb er stehen und pinkelte auf den Boden. Rückwärts gehend gelangte er wieder zum Bach. Hier nahm er seine Wanderung nach Norden rasch wieder auf. Bald schon hörte er in der Ferne hinter sich den ersten Lärm der Verfolger. Und – Hundegebell. Grimmig lächelte er in sich hinein. Hoffentlich durchschaute niemand seine List! Zuerst nahm der Lärm hinter ihm zu. Die Hunde bellten nun immerfort. Sie schienen seine Witterung aufgenommen zu haben. Ulfberht verließ den Bach nach einem längeren Stück und lief, so schnell er konnte, weiter nach Norden. Tatsächlich wurde der Lärm seiner Verfolger leiser und verstummte schließlich vollends. Er hatte sie abgeschüttelt! Zumindest vorerst. Doch was sollte er tun? Wohin sollte er sich wenden? Es würde der Fürsprache eines mächtigen Mannes bedürfen, um ihn vor dem Zorn des Abtes zu schützen. Immerhin war der nur dem König selbst unterstellt, und wenn ihn ein einfacher Knecht wie Ulfberht von den Verfehlungen eines Edlen und seines Schmiedemeisters erzählte, würde er die Geschichte kaum glauben! Er raffte sich auf und lief weiter. Erst nun merkte er, wie müde und erschöpft er war. Wenigstens hatte er sich den Mantel über das Nachthemd geworfen und die Schuhe angezogen! Ohne Schuhe hätten sie ihn längst schon erwischt. Doch Schuhe hin oder her, er kam kaum noch einen Schritt weiter, ohne zu stolpern. Er musste einen Platz zum Schlafen suchen.

Als Ulfberht wenige Stunden später in der Morgendämmerung erwachte, waren seine Gedanken etwas klarer. Vorsichtig rollte er sich unter dem Haselbusch hervor, dessen Zweige ihn vor forschenden Blicken und dem Tau des Morgens beschützen sollten. Er fühlte sich durchgefroren und hungrig, aber zuerst musste er weiter weg vom Kloster. Die Römerstraße am Rhein war die schnellste Möglichkeit, um nach Norden zu gelangen, aber auch die gefährlichste. Am Kloster vorbei nach Süden zu schleichen, konnte er auch nicht wagen. Und was würde ihm das auch bringen? Im Osten versperrte ihm der wilde Odanwald den Weg. »Sollte ich mich dort einer Bande Gesetzloser anschließen?«, fragte er sich halblaut. Doch der Gedanke an Bruder Martinius, den gerade diese Gesetzlosen im Wald das Leben schwer machten, ließ ihn den Gedanken wieder verwerfen. Sollte er vielleicht Bruder Martinius suchen? Nein, nicht mit der Schande, die er auf sich gehäuft hatte, nach allem was der Rohdemönch für ihn getan hatte. Und auch nicht mit dem Hass im Herzen. Der Wunsch Gernod und Edolf zu töten, war zwar durch die unmittelbare Gefahr in den Hintergrund getreten, hatte aber nichts von seiner glühenden Intensität verloren. Der gute Mönch würde seinen Durst nach Rache nicht dulden und versuchen, ihn zu bekehren und auf den sanften Weg Christi zu lenken! Also doch nach Norden. Allerdings würde man ihn auch auf dieser Rheinseite suchen. Sollte er es wagen, über den Fluss zu schwimmen?

Auf dem Weg zum Rhein hinunter achtete er sorgsam darauf, in der Deckung von Bäumen und Hecken zu bleiben, die Felder und Wege säumten. Höfe und Dörfer umging er in weitem Bogen, damit ihn nicht etwa die Hunde witterten und anschlugen. Er hatte Glück, so früh am Tag war niemand draußen, und er erreichte den Rhein, ohne einer Menschenseele zu begegnen. Doch als er sah, wie breit der Fluss war und wie sich die Wellen wild schäumend an den Steinen brachen, die auf halber Strecke aus dem Wasser ragten, schwand sein Mut. Solange er zurückdenken konnte, hatte ihn seine Mutter vor tiefem Wasser gewarnt. Er war natürlich trotzdem schon im Wasser gewesen und konnte auch leidlich schwimmen. Zumindest einige Augenblicke lang, aber es würde länger dauern als ein paar Augenblicke, diesen Strom zu durchqueren! Verzweifelt setzte er sich ans Ufer. Vielleicht war es gut so und Gottes Wille, dass er hier ertrank. Jedenfalls besser, als den Verfolgern in die Hände zu fallen! Trotz aller Mattigkeit, Hunger und Kälte schlang er, ohne weiter nachzudenken, den Mantel als Turban um den Kopf und stieg ins Wasser. Es war so kalt, dass es Ulfberht im ersten Moment den Atem verschlug, und als es seine Hüfte erreichte, musste er einen Moment innehalten, um sich an die Temperatur zu gewöhnen. Hier in einer kleinen Bucht am Ufer war die Strömung nur mäßig, und er traute sich zu, die erste Insel zu erreichen, die wie ein langes Schilfblatt in der Strömung zu treiben schien. Entschlossen ging er weiter und verlor den Grund unter den Füßen. Kurz keimte Panik in ihm auf, doch dann bemerkte er, dass seine Arme ihn trugen, und er schwamm auf die Insel zu. Doch während er sich vorwärts kämpfte, zog die Insel vor seinen Augen vorbei! Der Strom trieb ihn ab. So würde er die Insel nicht erreichen. Er korrigierte seine Richtung und verstärkte seine Anstrengungen. Bald bemerkte er, dass er fast genau gegen den Strom schwamm, doch die Insel entfernte sich trotzdem immer weiter. Verärgert schaute er zurück, aber auch das Land war inzwischen in weiter Ferne! Wieder überkam ihn Panik. Was hatte er getan, hatte ihn nicht seine Mutter vor dem tiefen Wasser gewarnt? Vielleicht waren sogar die Wassermänner, die einen in ihr feuchtes Reich hinabzogen, keine Ammenmärchen, sondern bittere Wirklichkeit? Nein, nein, er begann, den Verstand zu verlieren. War es nicht egal, an welcher Stelle er ans Land stieg? Nur am anderen Ufer musste sie sein. Vielleicht würde er es schaffen, wenn er sich mit der Strömung treiben ließ? Er gab seinen Plan, die Insel zu erreichen, auf und wendete sich in Richtung des Stroms, der ihn rasch mit sich nach Norden trug. Währenddessen versuchte er mit aller Kraft näher an das westliche Ufer zu kommen. So schaffte er ein ganzes Stück. Schließlich waren beide Ufer etwa gleich weit entfernt. Doch langsam begannen seine Arme zu ermatten. Die ungewohnte Bewegung setzte ihm mehr zu, als er es sich hätte vorstellen können. Langsam kehrte die willentlich unterdrückte Panik zurück. Würde er hier in der Mitte des Rheins versinken und niemand jemals von seinem Schicksal erfahren? Dann würden Edolf und Gernod mit ihrer Geschichte durchkommen! Der Gedanke weckte Ulfberhts Zorn. Nein, das durfte nicht sein! Mit neuer Kraft teilten seine Arme die Wogen. Doch hielt seine Wut den Fluten nur kurz stand, dann waren auch die Kraftreserven aufgebraucht. Martinius hatte ihn beten geheißen, auch in verzweifelten Situationen. Aber wie konnte er zu dem gnädigen Gott beten, wenn sein eigenes Herz voll Rache und Hass war? Vergib uns, wie auch wir vergeben ... So hieß es in dem Heiligen Vater Unser. Ulfberht versuchte es zu sprechen, doch er brachte das Vergeben nicht über die Lippen. *Lieber will ich versaufen*, dachte er in einer letzten Aufwallung von Stolz. Doch in dem Moment stieß sein Fuß gegen etwas. Erschrocken drehte er sich um. Es war ein Ast. Direkt hinter ihm war ein umgestürzter Baum heran getrieben, und er hatte ihn, ganz auf sein Ziel am fernen Ufer fokussiert, nicht bemerkt. Mit einem unbeschreiblichen Gefühl der Erleichterung packte er die Äste und zog sich halb auf den Stamm hinauf. Das Holz trug ihn, sodass er die schmerzenden Arme ruhen lassen konnte. Er war gerettet! Erstaunt richtete sich sein Blick zum Himmel, wie hatte Martinius gesagt? Er ist den Sündern gnädig.

Es dauerte noch etwa eine Stunde, bis Ulfberht sich soweit erholt hatte und der Baumstamm in einer Biegung des

Flusses nah genug an das Westufer herankam, dass er es wagte, das rettende Gefährt zu verlassen und seinen Weg selbstständig schwimmend fortzusetzen. Doch etwas später erreichte er nass, verfroren, hungrig und völlig entkräftet, aber lebendig das Ufer des Stroms.

Der Fluss hatte ihn ein großes Stück nach Norden getrieben. Das war gut, denn je weiter er sich von Lauresham entfernte, desto sicherer wäre er. Eine Weile, bis seine Kleider wieder ein wenig angetrocknet waren, blieb er einfach am Ufer liegen. Dann, als die Sonne höher stand, rappelte er sich auf und marschierte nach Westen. Bald kam er an die Römerstraße, die er vor ewigen Zeiten auf dem Weg nach Moguntia gegangen war, um den Vater heimzuholen.

Jenseits der Straße erhoben sich steile Hänge aus rotem Stein und Ulfberht erinnerte sich, dass er sich in der Gegend von Bouconica befinden musste, wo er damals bei dem freundlichen Glöckner seinen ersten Becher Wein gekostet hatte. Tatsächlich wuchsen höher am Hang in langen Reihen die Reben. *Sollten sie nicht reif sein?*, überlegte er. Er blickte sich um, aber auf der Straße und im Felde konnte er niemanden entdecken. Entschlossen stapfte er den Hang hinauf und erreichte bald die ersten Weinstöcke. Tatsächlich hingen sie voll kräftiger Trauben. Ulfberht griff zu. Die Reben ließen sich nur mit Mühe vom Stock trennen, und mehrere Trauben platzten, sodass ihm der süße Saft über die Finger rann. Doch dann hielt er die Rebe in der Hand. Gierig biss er in die Trauben und leckte auch den Saft von den Fingern. Erst als sein ärgster Hunger gestillt war, blickte er sich wieder um. Doch zum Glück war weiterhin keine Menschenseele zu entdecken. Ulfberht beschloss, sich zunächst einen Lagerplatz in der Nähe der herrlichen Trauben zu suchen und im Verborgenen zu ruhen.

Am Abend weckte ihn die Glocke des nahe gelegenen Bouconica und rief zum Gebet. Er konnte den kleinen Kirchturm hinter dem Hang zwar nicht sehen, doch die Glocke klang hell und rein herüber. Mit schlechtem Gewissen machte er hastig das Zeichen des Kreuzes. Nein, seinen Feinden vergeben konnte er auch nach der wundersamen Rettung im Fluss nicht. Er aß noch einmal ausgiebig von den reifen Trauben, dann wickelte er den wieder getrockneten Wollmantel um die Schultern und machte sich auf den Weg. Er hatte beschlossen, parallel zur Römerstraße auf der Höhe des Hanges entlang nach Norden zu gehen. Dann könnte er aus sicherer Entfernung beobachten, was sich auf der Straße abspielte, und er würde auch den Weg nicht verlieren. Außerdem, so erinnerte er sich, wuchsen auf dieser Höhe an mehreren Stellen die saftigen Reben.

Spät in der Nacht rastete Ulfberht wieder in einem kleinen Wäldchen. Die Trauben rumorten in seinem Bauch, aber er fühlte sich gestärkt und die Nacht war mild. Früh am nächsten Morgen setzte er seinen Weg fort. Die Hänge zogen sich nun vom Rhein zurück nach Westen, aber auch die Römerstraße folgte ihnen landeinwärts. Vor sich, an drei Seiten von den mit buntem Weinlaub bedeckten Hängen umschlossen, sah er einen kleinen Weiler. Drei große, alte Höfe, von denen der Ort seinen Ausgang genommen haben mochte, markierte die Ecken des Dorfes. Dazwischen drängten sich kleinere Häuser für das Gesinde und die Zweit- und Drittgeborenen der jeweiligen Hofherrren. Das war Badosheim, wie er sich erinnerte. Moguntia lag nun nur noch eine Flussbiegung weit entfernt im Norden. Doch was sollte er tun, wenn er dort ankam? Darüber hatte er sich noch keine Gedanken gemacht. Langsam und unschlüssig schritt er weiter, um auf halber Hanghöhe zwischen den Reben den Ort zu umgehen. Inzwischen stand die Sonne hoch am Himmel, und das Laub der Reben leuchtete gelb, an einigen Stellen auch orange-rot bis hin zu blutrot. Es wäre ein schöner Tag gewesen, wenn Ulfberht sich nicht in so einer verzweifelten Lage befunden hätte. Die Ruinen eines alten Römerguts, das über Badosheim auf halber Höhe der Rheinterrasse lag, umging er ebenfalls weiträumig. Wer wusste schon zu sagen, ob nicht die Geister der verstorbenen Erbauer noch hier hausten? Plötzlich gewahrte er vor sich im Wingert einen Mann. Der Fremde hatte ihn offensichtlich bereits gesehen, und Ulfberht verfluchte seine Achtlosigkeit. Er sollte sich besser um die Lebenden als um die Geister kümmern, sonst gehörte er bald selbst zu letzteren. Ausweichen konnte er nun nicht mehr, ohne dass er dem Fremden wie ein Strauchdieb oder Geächteter erschien. Mechanisch ging er auf den Weingärtner zu.

»Gott zum Gruß«, rief der ihn an, was Ulfberht mit einem Nicken quittierte. »Was verschlägt dich hier in den Wingert?«, fragte der Fremde. Er stand auf seine Hacke gestützt und blickte Ulfberht entgegen. Nicht unfreundlich, aber für Ulfberhts Geschmack doch entschieden zu neugierig.

»Ich bin auf dem Weg nach Moguntia«, erklärte er ausweichend.

»Nach Moguntia?«, fragte der Bauer. »Warum nimmst du nicht die Straße?«

»Ich habe es nicht eilig«, entgegnete Ulfberht. Er hoffte inständig, dass seine Röte ihn nicht preisgab. »Ich suche Arbeit und dachte, in den Dörfern werde ich eher fündig«, spann er spontan eine Geschichte.

»Du bist ein Landmann?«, fragte der Bauer.

»Nein, ich bin Schmied ...«, entgegnete Ulfberht, bevor ihm klar wurde, dass dieser Hinweis die Verfolger auf seine Spur bringen konnte. Sein Magen zog sich schmerzhaft zusammen und er verfluchte sich innerlich.

»Ein Schmied«, rief der Bauer erstaunt. »Wieso bist du dann nicht bei deiner Schmiede?«

»Ich besitze keine eigene Schmiede. Ich habe das Handwerk gelernt und suche einen neuen Meister«, entgegnete Ulfberht unwirsch. Er wollte das Thema, und überhaupt den neugierigen Winzer, so rasch wie möglich verlassen.

»Aber du sagtest doch, du suchst Arbeit?«, fragte der zurück.

»Ja, man muss ja von etwas leben«, knurrte Ulfberht missmutig. Der Kerl würde ihre Begegnung bestimmt nicht mehr vergessen.

»Ich mache dir einen Vorschlag, junger Schmied«, erklärte der Bauer da plötzlich. »Du kommst mit zu mir nach Hause. Ich bin Hehidh und mein Hof liegt nicht weit von hier, dicht hinter der Kuppe dort. Du hilfst, all die eisernen Dinge auszubessern, die auf meinem Hof zu Bruch gegangen sind. Dafür darfst du bei mir wohnen und essen. Und was du den Nachbarn reparierst, sollen sie dir so bezahlen, wie ihr zuvor übereinkommt. Ist das nicht ein gutes Angebot?« Gespannt sah er Ulfberht an. »Du kannst jetzt, wo der Winter vor der Tür steht, doch nicht ewig umherwandern. Im Frühjahr magst du dann weiterziehen, wenn es dir gefällt!«

Ulfberht grübelte über eine möglichst unverdächtige Ausrede. Doch dann kam ihm ein anderer Gedanke: Warum eigentlich nicht? Der Hof dieses Hehidh könnte das perfekte Versteck sein, bis Gras über die ganze Geschichte gewachsen ist. Er sah dem Bauern in die Augen. Hehidh erwiderte seinen Blick gerade und offen, ohne zu blinzeln. Ulfberht fasste einen Entschluss. »Wohl dann, Hehidh. Du hast Recht, der Winter steht vor der Tür. Ich werde mit dir kommen und mir die Sache überlegen.«

Hehidh grinste. »Es wird dir gefallen. Und wie mir erst der Gedanke gefällt, einen eigenen Schmied im Hause zu haben! Komm mit!« Damit schulterte er seine Hacke und führte Ulfberht frohgemut auf den flachen Kamm hinauf.

Oben angekommen blickten sie in eine weite, flache Senke. Eine Reihe von niedrigen Kopfweiden bezeichnete einen schmalen Wasserlauf, der zwischen kleinen Feldern dahin rann. Mittendrin, hinter einer niedrigen Palisade, lag eine Ansammlung von steilen Reetdächern. »Das ist Hehiddesheim«, grinste er. »Willkommen!« Ulfberht ließ den Blick über den Ort schweifen. Von den Giebeln von fünf der Gebäude stieg Rauch auf. Das mussten die Wohnhäuser sein. »Allerdings muss ich gestehen, dass Hehiddesheim nicht nach mir, sondern meinem Urgroßvater benannt ist, der an dieser Stelle zuerst seinen Hof gründete«, erläuterte Hehidh. Er war weiterhin bester Laune, und langsam regte sich auch in Ulfberhts Herzen Hoffnung. Hehiddesheim schien geradezu ein ideales Versteck. Nach Süden und Westen zu sah er die Rauchfahnen weiterer Siedlungen und im Norden einen kleineren Kirchenbau mit Nebengebäuden. »Was ist das?«, fragte er den redseligen Bauern.

»Das ist St. Martin im Felde«, erklärte er. »Und dort unten, das ist Batosheim, und dort gegen Sonnenuntergang Brizzosheim. Moguntia, dein eigentliches Ziel, kannst du dort im Norden gerade noch erkennen. Aber der größte Teil der Stadt liegt in der Niederung zum Rhein hin. Deshalb kannst du sie von hier aus nicht sehen.«

Ulfberht blieb, wie versprochen, bei Hehidh und kümmerte sich um alles, was Eisen betraf. Hehidh richtete ihm in einer seiner großen Scheunen eine provisorische Schmiede und eine einfache Bettstatt, denn das Schmiedefeuer versprach Wärme. Ulfberht atmete tief durch, in Hehiddesheim würde ihn niemand suchen. Zwar war der Ort kaum durch Wald verdeckt, den gab es hier so gut wie gar nicht, aber er wurde zur Römerstraße im Osten hin, durch einen nach dem dahinter liegenden Dorf »Nubesheimer Höhe« genannten Höhenzug, abgeschirmt. Und auch die Stadt lag in ausreichender Entfernung. Die wenigen Leute, die in den fünf Gehöften vor Ort lebten, waren alle sehr freundlich. Kein Wunder, er war der Schmied.

Ulfberht, Hehiddesheim, Herbstmonat 796

Kommst du mit hinüber nach Brizzosheim?«, wollte Hehidh einige Wochen nach Ulfberhts Ankunft bei der Morgensuppe wissen. »Dort ist ein Markt, und du kannst dir sicherlich ein paar Münzen dazu verdienen ...«

Das war eigentlich ein guter Vorschlag, und auch der starke Regen, der noch bis kurz vor Sonnenaufgang auf das Reet über Ulfberhts Kammer geprasselt war, hatte bei Sonnenaufgang aufgehört. Wie eigentlich immer hier in Hehiddesheim. Sobald der Morgen anbrach, erinnerte nur das frische Murmeln des Regenwassers im nahegelegenen Schinnergraben noch an den Regen. Unwillig schüttelte Ulfberht den Kopf. »Ich habe noch zu tun mit dem Pflug«, log er. In Wirklichkeit wäre das eine Sache von einer halben Stunde, und er hatte sie nur aufgeschoben, da er nicht extra für so ein kleines Stück Eisen die Esse anheizen wollte. Er traute sich nach wie vor nicht, die relative Sicherheit von Hehiddesheim zu verlassen. Je mehr Menschen ihn sahen, desto größer war die Gefahr, dass ihn einer erkannte. Missmutig stapfte er zurück in die Scheune, die seine behelfsmäßige Schmiede beherbergte. Er fachte das Feuer an, genoss einen Augenblick die wohlige Wärme, während draußen der Wind am Reet des Scheunendachs rüttelte.

Plötzlich stand Erla in der Tür. Die kleine, kräftige Magd Hehidhs. Das untersetzte, rothaarige Mädchen mit dem stets lächelnden Gesicht voller Sommersprossen war Ulfberht bereits mehrfach aufgefallen. Zuletzt beim Martinsfest, als sie ihm, direkt nachdem Hehidh seine Gänsekeule empfangen hatte, die andere brachte. Eine Ehre, noch dazu eine sehr schmackhafte Ehre, und auch Hehidh hatte nicht widersprochen. »Wir sind alleine zurückgeblieben«, erklärte sie. »Alle anderen sind in Brizzosheim.«

»Ja«, bestätigte Ulfberht erstaunt. »Ich dachte, du wärst krank?« Er hatte mitbekommen, dass sie bei dem Abmarsch der übrigen Hofbewohner noch über Bauchschmerzen geklagt hatte.

»Und wenn ich gar keine Bauchkrämpfe habe?«, fragte sie und lächelte ihn an.

»Ja, aber du hast es doch selber gesagt ...«

»Du bist aber ein einfältiger Junge«, behauptete sie und legte ihm die Hände auf die Schultern. Ulfberht wurde siedend heiß, und er wich unwillkürlich einen Schritt zurück. Eigentlich hatte er sich gewünscht, einmal so vor Hludahilt zu stehen. Doch dann schüttelte er den Kopf. Hludahilt gehörte zur Familie Edolfs, und damit war sie für ihn verloren, denn er würde Edolf töten, sobald sich ihm eine Gelegenheit bot. »Du magst mich nicht?«, fragte Erla, und die Enttäuschung in ihrer Stimme war unverkennbar.

Ulfberht blickte ihr in die Augen. »Doch ich mag dich«, entschlossen zog er sie mit seinen starken Armen an sich.

Hludahilt, Lauresham, Herbstmonat 796

Endlich traf sie ihren Bruder alleine an. Es hatte Gerüchte gegeben um die Schmiede, um den Meister und Ulfberht, und um seine Schwester. Und um Edolf. Man munkelte, Ulfberhts Schwester sei von Sinnen, weil ihr Bruder seinen Meister angegriffen und wohl getötet hätte, wäre Edolf nicht dazwischen gegangen. Aber die stets bestens informierte Ludasind hatte auch andere Geschichten gehört. Geschichten, die Edolf in weit weniger ehrenvolles Licht tauchten. Nur über den Verbleib Ulfberhts wusste selbst Ludasind nichts zu berichten.

»Was ist vorgefallen zwischen dir und Ulfberht?«, fragte sie ihren Bruder direkt. »Kurz bevor er geflohen ist, hast du gedroht, er werde es noch bereuen, dich aus der Gunst des Meisters verdrängt zu haben! Leugne es nicht, du hast es selbst zu mir gesagt!«

Edolf blickte sie an, und einen Augenblick erkannte sie blanke Angst in seinem Blick. Dann fasste er sich. »Der Mistkerl hat den Meister angegriffen, und ich habe ihn verteidigt«, behauptete er trotzig.

Hludahilt blickte ihm in die Augen. Dann senkte sie den Blick. Seine Augen logen nicht. Doch dann sah sie ihn erneut an. »Und warum hat er den Meister angegriffen?«, fragte sie scharf.

Diesmal war es er, der den Blick abwandte. »Das tut nichts zur Sache ...«

»Ich will es aber wissen. Es hat mit seiner Schwester zu tun, nicht wahr? Sie ist nicht von Sinnen!«

Edolf hob den Bick nicht, sondern wandte sich ganz ab. Er schniefte. Weinte er etwa? Hludahilt fuhr zurück. Hatte er aus Rache an Ulfberht die eigenen Gefühle verraten?

Doch da fuhr Edolf wieder herum. »Es geht dich nichts an! Und ich habe ohnehin die Nase voll. Voll von diesem Ulfberht und seiner Schwester und von dir und auch von Meister Gernod, der immer meint, alles bestimmen zu müssen und mir nie etwas zutraut. Ich gehe fort von hier.«

Diese Nachricht verschlug Hludahilt für einen Augenblick die Sprache. »Du willst auch fortlaufen?«, fragte sie schließlich. »Zu Ulfberht? Weißt du denn, wo er sich aufhält?«

»Natürlich nicht zu Ulfberht. Der treibt sich im Wald bei den Gesetzlosen herum oder er ist auf der Flucht verreckt«, antwortete er heftig. »Nein, der Abt hat mir eine geheime und äußerst wichtige Aufgabe anvertraut. Ich gehe nach Ingilinheim an den Hof des Königs!« Damit drehte er sich um und ließ eine völlig verwirrte Hludahilt stehen.

Landfried, Ingilinheim, Heiliger Monat 796

Ich weiß, dass Ermahnungen bei dir nicht nottun, ich ermahne nur, um die Treue der wahren Liebe zu zeigen, liebster David ...«

»David?«, zischte Landfried verwundert.

Sigismund schmunzelte. »In ihrer Bruderschaft haben sie alle einen besonderen Namen. David ist Karl, weil er der König ist, der auf Jesus deutet und sein Reich mehrt«, erklärte er sanft. Landfried nickte. »Wie David unterwirft Karl die Stämme mit rächendem Schwert, wie David ist er zugleich Prediger des göttlichen Gesetzes in seinem Volk. Gemeinsam ist also David und Karl ein menschliches Verhalten, das lobenswert ist. Man kann selbstverständlich auch Tadelnswertes vergleichen, aber das wäre bei König Karl ebenso selbstverständlich nicht angebracht.«

Landfried drehte sich um und blickte Sigismund erstaunt an. Lag da eine Spur von Spott in seinen Worten? Er konnte es nicht sagen. Kopfschüttelnd, aber mit leisem Lächeln, wandte er sich wieder dem Podium in der Apsis des Thronsaals von Ingilinheim zu. Der König saß dort, umgeben von kostbaren Wandteppichen, die von seinen zahlreichen Ruhmestaten berichteten, auf seinem Thron. Die hohen Fenster ließen neben der kalten Winterluft kaum genügend Licht herein, sodass die Audienzhalle trotz der weiß getünchten Wände mit den in roter Farbe aufgemalten Säulen düster wirkte. Eine Reihe Kerzen kämpfte gegen diesen Effekt an, während ein hagerer Mönch, sicherlich ein Schreiber der Hofkappelle, in monotoner Stimme einen langen Brief verlas. All das erweckte in Landfried den Eindruck, in einer Kirche zu stehen. In dem Brief ging es um persönliche Dinge, und Landfried wunderte sich, dass es Karl nichts ausmachte, dies in aller Öffentlichkeit verlesen zu lassen. Aber er konnte ja selbst nicht lesen.

Schließlich kam der Mönch zum Ende des Briefes, der nun doch noch mit einer echten Ermahnung schloss. »Was nützt verborgene Weisheit oder ein unsichtbarer Schatz oder eine stumme Liebe, warum bewegst du nicht die Zunge zum Diktieren? Warum eilt nicht dein mahnender Brief an mich? Dein dich allezeit liebender Freund und treuer Bruder ...«

Einen Augenblick herrschte Stille. Zu seinem Erstaunen sah Landfried Tränen in Karls Augen blitzten. »Er ist gerührt«, flüsterte er Sigismund ins Ohr. »Dass Alkuin der größte der lebenden Gelehrten ist, habe ich gehört, aber dass der König ihn so sehr liebt?«

»Sie gehören derselben Gebetsbruderschaft an. Wie Richbod von Lauresham, Waldo von der Reichenau, Rado von St. Vaast, die Erzbischöfe von Treverum und Tour, sogar der verstorbene Papst Hadrian gehört dazu«, gab Sigismund, ebenfalls flüsternd, Auskunft. Landfried war wieder einmal beeindruckt, wie gut sich der Hofkapelan auskannte. Der Hofkapelle schien nichts, was im Frankenreich geschah, verborgen zu bleiben.

»Ich will dir bald antworten, liebster Salomo«, rief da der König. Gerade so, als wäre Alkuin, dessen Name in der besagten Bruderschaft offenbar Salomo lautete, persönlich anwesend. »Nur noch eine kleine Weile, dann wird mein Brief zu dir eilen, um dir die Treue der Liebe zu zeigen, die in meiner Brust wohnt!« Dann wandte er sich wieder dem wartenden Kämmerer zu. »Was haben wir heute noch zu entscheiden?«, fragte der König.

Der Kämmerer verbeugte sich knapp. »Die Gesandtschaft zu dem Patriarchen von Jerusalem und zu unserem Freund Aaron, dem Rechtschaffenden, ist zu entsenden«, erklärte er geschäftsmäßig.

Karl nickte, nun wieder voller Eifer. »Landfried, Graf Theutberts Sohn, und mein treuer Freund Sigismund, tretet vor!« Landfried blickte Sigismund überrascht an. Deshalb hatte er ihn mit zur Audienz genommen! »Landfried, mein lieber Sohn Pippin hat mir berichtet, wie du dich im Kampf gegen die Awaren als tapfer und listenreich bewährt hast. Und ich habe auch erfahren, dass du in Aquitanien etwas von der Sprache der Araber erlernt hast?«

Landfried verbeugte sich tief. »Ich habe nur meine Pflicht getan, Herr«, sagte er errötend. »Und mit meinen Sprachkenntnissen ist es nicht weit her. Einfache Dinge vermag ich wohl zu benennen, aber ...«

»Du bist zu bescheiden«, unterbrach ihn der König. »Ich habe auch nicht vergessen, wie du beim Bau der Fossa Carolina geholfen hast. Du hast den wachen, flinken Geist des wahren Philosophen. Nicht als Gründer der verschiedenen Wahrheiten, sondern als deren Finder. Und ich möchte, dass du für mich Wahrheiten findest und zugleich für mich sprichst. Du sollst mein Missus beim Patriarchen in Jerusalem und am Hofe des Königs von Persien sein. Und weil die Flinkheit der Jugend mit der Erfahrung des Alters verbunden werden soll, und weil neben dem Krieger ein Priester gebraucht wird, will ich mit dir meinen bewährten Freund Vater Sigismund senden, den du ja bereits kennst«, nun galt sein Lächeln dem rüstigen Mann, der zusammen mit Landfried aus der Menge getreten war und den überraschten Blick Landfrieds mit einem breiten Grinsen erwiderte.

Ulfberht, Hathisheim, Hornung 797

Ulfberht hörte das Klappern von Hufen auf dem Hof. In seiner Magengrube zog sich etwas zusammen. Waren das Männer des Abtes, die nach ihm suchten? Er widerstand dem Drang, hinauszulaufen und nachzusehen. Hier im Halbdunkel der behelfsmäßigen Schmiede würde man ihn schlechter erkennen können. Und vielleicht suchten die Reiter ja auch gar nicht nach dem entlaufenen Schmied. Er hörte die Stimme Hehidhs, der die Fremden begrüßte. Es folgte einiges Hin und Her. Plötzlich riss jemand die Tür zur Schmiede auf. Ein Schwall kalter Luft ließ die Glut in der Esse auflodern. Ulfberht konnte nicht anders und fuhr herum. Doch dort stand nur Hehidh.

»Kannst du rasch das Pferd eines Grafen beschlagen?«, fragte er. »Das Pferd eines seiner Männer hat auf der Straße das Eisen verloren ...«

Ulfberht wischte die verschwitzten Hände am Lederschurz ab. »Sicher«, antwortete er. Seine Kehle war ausgedörrt, und er war sich sicher, dass das nicht an der Hitze der Esse lag. »Hat er das alte Eisen noch?«, fragte er knapp.

»Ich glaube nicht«, antwortete Hehidh. »Aber das ist doch kein Problem für dich, oder?«

»Ich muss mir nur rasch den Huf ansehen«, erklärte Ulfberht, den Kopf schüttelnd, und trat hinaus. Einige Männer standen dort und scherzten mit den Mägden oder unterhielten sich.

»Dort ist das Pferd«, wies Hehidh ihm den Weg.

Ulfberht nickte und trat an das Pferd heran. »Die Braune hier hat ein Eisen verloren?«, fragte er den Mann, der das Tier am Halfter hielt.

»Ja, vorne rechts«, bestätigte der.

Ulfberht nickte wieder, strich dem Tier über das Bein und wartete, bis es den Huf gehorsam hob. Er betrachtete den Huf etwa so lange, wie es dauert ein Vaterunser zu sagen, und ließ ihn wieder frei. »In Ordnung«, sagte er dann, drehte sich und ging zu seiner Esse zurück. Er griff einen Eisenbarren, legte Zange und Hammer zurecht und blies das Feuer mit dem Balg an.

»Sag, kenne ich dich nicht irgendwoher?«, unterbrach ihn da von hinten eine fremde Stimme.

Ulfberht erstarrte. Nun hatten sie ihn gefunden. Gehetzt blickte er nach rechts und links, doch es gab keinen anderen Ausweg aus der dunklen Scheune. Langsam griff er nach dem schweren Hammer und drehte sich um. Doch es waren gleich drei der fremden Reiter, die in der Scheunentür standen und ihre von der Kälte roten Hände rieben. »Schön warm habt ihr es hier«, fuhr der Fremde fort. Ulfberht versuchte, gegen das helle Licht sein Gesicht zu erkennen. Es handelte sich um einen jungen, blonden Mann mit langem Gesicht, der ihn offen anblickte. Rätselnd, aber nicht unfreundlich. Und auch Ulfberht kannte das Gesicht irgendwo her. *Der Graf!*, fiel es ihm ein. Der Mann, der ihm einst in Moguntia das zerbrochene Schwert seines Vaters übergab! Die Erleichterung fühlte sich an, als habe er gerade eines von Gernods schweren Kettenhemden von den Schultern gestreift. »Herr Graf«, rief er und beugte das Knie.

»Ich habe mich also nicht getäuscht?«, fragte der junge Reiter neugierig. »Mir war doch so. Aber steh auf, Junge, und sag mir, woher ich dich kenne. Ich komme einfach nicht darauf. Und in diesem Halbdunkel kann man ohnehin niemanden richtig erkennen!«

»Mein Vater, ein Königsfreier namens Sigiberht, stand in deinem Dienst, Herr. Er ist bei einem Feldzug gegen die Sachsen gefallen«, erklärte Ulfberht traurig. Trotzdem er seit Monaten nicht an den Vater gedacht hatte, drohten ihn auf einmal Tränen zu übermannen, oder war das einfach die Anspannung? Er schluckte hart und drängte die Tränen entschlossen zurück.

»Sigiberht!«, rief der Graf. »Ich erinnere mich. Ich erinnere mich an alle guten Männer, die unter mir gedient haben«, fügte er ernst hinzu. »Wie lange ist das jetzt her? Drei oder vier Jahre? Und aus dir ist inzwischen ein Mann geworden, wie ich sehe.« Ulfberht wusste nicht recht, was er darauf erwidern sollte, also blieb er stumm. »Sag, was ist es, was aus dir geworden ist?« bohrte der Graf nach. »Dienst du hier als Knecht?«

»Nein, Herr, ich helfe aus, ich war auf der Reise, und die Menschen hier benötigten einen Schmied.«

»So, bist du nun Schmied geworden?«, fragte Landfried erstaunt. »Dein Vater war Landsmann. Was ist aus dem Hof geworden?«

»Großes Unglück hat uns überfallen nach Vaters Tod, Herr«, entgegnete Ulfberht. »Der Herr des Nachbarhofes hat Schulden eingetrieben, und Mutter bestimmte, dass ich die Schuld an seinem Hof abarbeiten soll.«

»So ist nun mal der Lauf der Welt, Junge. Das sollte dich nicht so sehr verdrießen«, gab der Grafensohn begütigend zurück.

Ulfberht wurde es heiß. »Das ist es auch nicht, aber der Edle auf dem Nachbarhof hat mich zur Begleichung seiner eigenen Schulden in die Knechtschaft verkauft!«

»Den Sohn eines Königsfreien, der auf einem Feldzug des Königs fiel, in die Knechtschaft geschickt?«, empörte sich Landfried nun. »Das ist gegen das Recht der Franken!« Ulfberht nickte, aber die Gefühle, die in ihm aufwallten, waren so stark, dass er fürchtete, loszuheulen, wenn er auch nur ein Wort sagte. »Und so hast du als Knecht das Schmiedehandwerk gelernt?«, fuhr Landfried fort. »Nimm es nicht so schwer, es gibt wahrhaftig schlimmere Schicksale. Mancher Edle bemüht sich, diese Kunst zu meistern.«

»Ich wurde allerdings nicht gleich in die Schmiede geschickt, Herr. Da kam ich erst später hin. Sie schickten mich für zwei Jahre zu den Kohlenknechten in den Wald!«, flüsterte Ulfberht. Vor Scham stieg ihm die Röte ins Gesicht.

»Kohle?«, fragte Landfried zurück. »Du hast Kohle gemacht?«

Ulfberht nickte beklommen. »Ja, Herr, ich war bei den Kohlenknechten im Wald«, sagte er möglichst leise, damit ihn Hehidh nicht hörte.

Doch der Grafensohn zeigte sich nicht entsetzt oder voll Abscheu, wie Ulfberht insgeheim erwartet hatte. »Das ist ein hartes, aber auch sehr wichtiges Geschäft!«, rief er. »Ich habe einst die Silberminen in Metulum, in Aquitanien besucht. Wollte ja wissen, warum die Araber es nicht lassen können, immer wieder in den Landstrich einzufallen«, er grinste. »Und warum wir es nicht lassen können, sie immer wieder hinauszuwerfen«, fügte er lachend hinzu. Dann besann er sich wieder auf sein eigentliches Thema. »Ja, und beim Silberabbau, da brauchte man Kohle, kann ich dir sagen. Für einen dieser hier«, er kramte in der Tasche und zog schließlich einen Silberdenar hervor, »für einen von denen hier«, wiederholte er und warf dem überraschten Ulfberht das Silberstück zu. »Lass mich überlegen. Wie war das noch?« Er zog grübelnd die Stirn in Falten. »Ja, ich glaube, das Erz dort enthält zu einem zehnten Teil Blei und nochmal ein Zehntel davon ist Silber. Zum Brechen der Steine wird Kohle verwendet. Man zündet sie unter der Erzader an, in schaurigen Gängen, die bis zur Mitte der Erde führen müssen.« Er lachte. »Danach, wenn es wieder abgekühlt ist und sich der Rauch aus den Gängen verzogen hat, zerspringt der Stein leicht unter den Hammerschlägen der Bergleute, und man kann das Erz in Körben sammeln. Wieder unter der Sonne wird das Erz geröstet und schließlich einen ganzen Tag auf der Glut ausgeschmolzen. Stell dir vor, den ganzen Tag lief der Blasebalg, und Sack um Sack der Kohle wurde verbrannt. Ohne Pause, von Sonnenaufgang bis zur zehnten oder elften Stunde! Dann wird das ganze nochmal in einem Eisentiegel gekocht, bis das Blei orangerot wird, und dann hat man Knochenasche reingeworfen, die das Blei aufgesaugt hat. Für jeden Schritt brauchte man Kohle und immer mehr Kohle, ganze Wagenladungen voll! Du hast also ein edles Handwerk betrieben, der Reichtum unseres Königs beruht auf der Arbeit der Kohleknechte! Dafür brauchst du dich wahrhaftig nicht zu schämen!«

Ulfberht hatte zuerst nur erleichtert registriert, dass der Edle ihn nicht verachtete. Doch je weiter der Vortrag ging, desto mehr fesselte ihn die Erzählung des Grafensohns, und er vergaß die missliche Lage, in der er sich befand. »Den ganzen Tag haben sie das Erz geröstet? Wozu das?«, fragte er neugierig. Landfried sah ihn mit hochgezogenen Brauen an, als sei er es nicht gewöhnt, dass sich jemand für seine Reden interessierte. Schon gar kein Knecht. »Nein, nein, das Rösten kam vorher. Ich glaube, damit haben sie den Schwefel weggebrannt. Es hat ziemlich gestunken. Aber ich fang besser noch einmal von vorne an: Also zuerst wurde das taube Gestein abgeschlagen, dann das Erz zerkleinert, gepocht nannten die Bergleute das. Richtig zu Pulver haben die es zerstoßen und dann über einem schrägen Brett immer wieder mit Wasser übergossen, bis das leichtere Gestein weggewaschen war. Dann kam das Rösten, und danach wurde das geröstete Erz abwechselnd mit Kohle in einen Ofen geschichtet, und den ließ man unter ständigem Blasen für zehn Stunden brennen. Am Ende blieb Metall übrig, Blei und ein zehnter Teil Silber.« Er grinste zufrieden, dass er das lange brach liegende Wissen noch zusammen bekommen hatte. Ulfberht hatte immer wieder interessiert genickt. »Du interessierst dich für Silber?«, fragte Landfried. Ulfberht musste lachen. Der Graf sah ihn verdutzt an, dann stimmte auch er ein. »Du hast Recht. Alle interessieren sich für Silber.« Doch dann wurde er wieder ernst. »Aber du interessierst dich für das Schürfen und Schmelzen von Silber?«, fragte er.

Ulfberht nickte. »Dafür auch, aber mehr noch für Eisen«, gestand er.

Landfried pfiff leise durch die Zähne. »Mir scheint bei allem Unrecht, was dir widerfahren ist, hat das Schicksal dich in der Schmiede doch an den richtigen Ort geführt! Warum bist du von dort, wo du gelernt hast, weggegangen?«

»Es gab dort nichts mehr, was ich noch lernen könnte«, behauptete Ulfberht.

Nun war Landfried wirklich erstaunt. »Nichts mehr zu lernen?«, fragte er. »Du warst doch noch Bursche und kein Schmiedemeister! Auch kannst du nicht mehr als zwei oder drei Jahre dort gewesen sein?«

»Ich habe oft genug für die Schmiede die Arbeit getan, gerade für die edler Herkunft, die nur Schwerter und keine einfachen Dinge herstellen wollten. Und ich habe alles gesehen.«

»Ein Meister ist vom Himmel gefallen«, spottete Landfried, doch er schien sich seiner Sache nicht sicher, denn sein Blick blieb prüfend. Dann strafften sich seine Züge. »Aber genug geplaudert. Ich habe eine Idee, doch nun mache erst mal deine Arbeit, damit ich sehen kann, ob du wirklich so gut bist, wie du behauptest.« Ulfberht nickte, nahm das Roheisen und schlug zwei Stücke ab.

Es dauerte keine halbe Stunde und zwei Hufeisen waren fertig. »Warum zwei?«, fragte Landfried erstaunt.

»Das Eisen am linken Vorderhuf des Pferdes war schon ziemlich abgewetzt. Wenn ich den rechten Huf neu beschlage, läuft der Gaul schief. Also muss ich auch das linke Eisen wechseln.«

Landfried nickte beeindruckt. »Dafür wirst du mich nach Ingilinheim begleiten«, entschied er, und seine Stimme ließ diesmal keinen Zweifel zu.

»Zum König?«, rief Ulfberht erschrocken.

»Zum König«, bestätigte Landfried. »Vielleicht gibt es einen Ort, an dem du dem König noch besser dienen kannst als in diesem Kaff.« Damit wandte er sich ab und schritt aus dem Scheunentor. »Aber jetzt mach deine Arbeit fertig. Morgen wirst du dann deine Sachen packen und nach Ingilinheim kommen. Frage am Tor nach Landfried von Meaux, dann wird man dich einlassen«, rief er noch über die Schulter. Ulfberht konnte sich keinen rechten Reim auf seine Worte machen. Was sollte das alles nur bedeuten?

Der Reiter des Pferdes, welches das Eisen geworfen hatte, führte das Tier in das für Arbeiten an den Hufen vorgesehene Gerüst vor der Schmiede. Ulfberht hob den Huf auf den Bock und griff das heiße Eisen mit der Zange. Der Gestank von verbranntem Horn erfüllte die Luft, und der Reiter flüsterte seinem Tier beruhigend ins Ohr, während er den Zügel dicht unter dem Maul fest in der Faust hielt. Die Stute weitete die Nüstern, blieb aber sonst tatsächlich ruhig. Ulfberht hatte ein paar Nägel herausgesucht und hielt diese zwischen den Lippen. Geschickt schlug er einen nach dem anderen ein, bog sie über dem Huf um und glättete das Ganze. Er hatte das in Lauresham hunderte Male so gemacht, aber er musste auch zugeben, dass dieser Reiter sein Pferd wirklich gut unter Kontrolle hatte. »So, nun sollte es wieder gehen«, schloss er schließlich, nachdem er auch das zweite Eisen angeschlagen hatte. Beide Eisen passten genau. Kein Nagelbreit stand über. Er tätschelte das Pferd lobend am Hals und nahm Hammer und Zange sowie das alte Eisen auf.

»Was schulde ich dir, Meister?«, fragte der Reiter höflich. Er war, seiner teuren Kleidung nach zu urteilen, ebenfalls ein Edeling.

Ulfberht grinste. »Der Graf hat mir bereits einen Silberling gegeben. Das ist mehr als genug!«

»Wenn du jetzt nach Ingilinheim gehst, verliere ich dich für immer!«, hatte Erla ihm nachts vorgeworfen. Sie war wie die meisten Nächte im letzten Monat heimlich zu ihm in seine Kammer geschlüpft. Ihre Augen waren rot vom Weinen, und Ulfberht wusste nicht, was er sagen sollte. Sie hatte recht, und ihre Traurigkeit rührte ihn zwar, doch war sein Herz noch immer von dem Hass auf Edolf und Gernod beseelt, und dieser nagende Gram vertrieb alle tieferen Gefühle aus seiner Seele.

»Ich weiß ja noch gar nicht, was der Grafensohn von mir will«, erklärte er lahm. Doch auch er war sich sicher, dass nun ein neuer Abschnitt in seinem Leben anbrechen würde. »Ich kann nicht bleiben und den Befehl des Grafensohns missachten. Man wird mich hier suchen, wenn ich nicht erscheine.«

Erla zog die Nase hoch und blickte ihn traurig an. »Dann gehe Gott mit dir. Sei vorsichtig!« Sie wandte sich um, um wieder zu gehen, doch Ulfberht griff nach ihrer Hand.

»Willst du unsere letzte Nacht schon in Trauer allein verbringen?«, fragte er beklommen.

Sie sah ihn wieder an. Dann kämpfte sich ein Lächeln auf ihre Züge. »Nein, das will ich auch nicht!«, sagte sie und löste langsam die Fibel, die ihr Gewand über der Schulter zusammenhielt. Ulfberht sah ihr im schwachen Dämmerlicht zu. Dann strich er ihr zärtlich mit der Hand über das Haar. Erla seufzte. »Warum muss es nur aufhören? Ich wünschte diese Nacht würde ewig dauern.«

Früh am Morgen des nächsten Tages machte sich Ulfberht auf den Weg zur königlichen Pfalz im nahegelegenen Ingilinheim. Ihn begleiteten die besten Wünsche Hehidhs.

»Wenn deine Aufgabe bei Hofe erledigt ist, kannst du jederzeit zurückkommen«, beteuerte er, während er Ulfberht zum Abschied die Hand gab. »Und ich glaube, ich bin nicht der Einzige, der sich darüber freuen würde!«, fügte er mit einem Augenzwinkern hinzu.

Ulfberht fuhr die Röte ins Gesicht. Er hatte sich bereits gewundert, dass sein Verhältnis mit Erla niemandem aufgefallen war. Unter einem gemurmelten Dank wandte er sich rasch ab und schritt auf die Straße nach Moguntia hinaus. In der Ferne sah er die St. Martin im Felde und auch die Kirche von St. Alban liegen. Hehidh hatte ihm vom prächtigen Begräbnis Königin Falstradas dort selbst berichtet. Sie war vor zwei Jahren auf der Synode von Franconofurt überraschend verstorben. Hastig schlug Ulfberht ein Kreuz. Das Beten hatte er aufgegeben. Man konnte nicht zwei Herren dienen, hatte Martinius ihm einst erklärt. Und Ulfberhts Hass auf Wieland und Edolf war zu stark, als dass in seiner Brust noch Platz für Liebe und Gnade geblieben wären.

Er passierte die laute Stadt Moguntia, ohne sich länger aufzuhalten. Auch zu einem Besuch des prächtigen Doms verspürte er keinen Wunsch. Jenseits der Stadt führte der Weg vorbei an einem prächtigen *Fundene* genannten Hofgut. Das Gebäude war wie üblich aus Holz und lehmverschmiertem Flechtwerk gebaut und wurde von einem großen Reetdach gekrönt, aber die Fundamente bestanden aus Steinen und waren vermutlich römisch. Ulfberht marschierte raschen Schrittes daran vorbei, der kaiserlichen Pfalz in Ingilinheim entgegen. Rasches Laufen war immer noch das beste Mittel gegen die herrschende Kälte. Gegen Mittag schließlich erkannte er das Ziel in der Ferne. Drohend türmten sich darüber die Wolken. Es würde Schnee geben.

Zwei Meilen später führte ein Abzweig der Straße auf die von hohen Mauern umgebene Pfalz zu. In regelmäßigen Abständen wurde die Feldsteinmauer von runden Türmen unterstützt. Trotzdem schien die Mauer, anders als die von Moguntia oder Wormatia etwa, nicht in erster Linie zum Abweisen von Feinden gedacht. Zwei Reihen großer rundbogiger Fenster durchbrachen das Bollwerk. Offensichtlich schätzte der König ausreichendes Licht mehr, als er einen Angriff auf seine Pfalz fürchtete! Vermutlich hatte er genügend Krieger, um nichts und niemanden zu fürchten. Von der Größe kam das Ganze Ulfberht denn auch eher wie eine Stadt als die Halle eines Edlen vor. Zumindest brauchte sich die Pfalz auch neben dem großen Kloster von Lauresham nicht zu verstecken. Zuerst dachte er, es handele sich um einen runden Bau, doch als er näherkam, sah er, dass nur die ihm zugewandte Seite mit der Hauptpforte in einem runden Bogen vorsprang, der Rest der Anlage dahinter aber einen rechteckigen Grundriss aufwies. Der Weg führte direkt auf das Richtung Osten zeigende Tor zu. Die breite, hölzerne Pforte wurde von weiteren runden Türmen eingerahmt und von einer Art kleinem Häuschen mit einem Giebel überragt. Langsam näherte sich Ulfberht dem ehrfurchtgebietenden Bauwerk. Zwei Männer standen davor und blickten ihm gelangweilt entgegen.

»Was willst du?«, fragte der erste, als Ulfberht auf zehn oder zwölf Schritte an ihn heran war. Sie hielten ihn offenbar für einen Bauern aus der Umgebung und machten keinen Hehl daraus, dass seinesgleichen hier nicht willkommen war.

Ulfberht schluckte. »Ich komme von Hehiddesheim bei Moguntia. Der Graf Landfried hat mich für heute zu sich befohlen.«

»Landfried, hm?«, brummte der Sprecher der beiden und blickte seinen Kameraden an.

Der lehnte seine Lanze an die Wand und blies in seine Hände. »Verdammte Kälte«, bemerkte er missmutig. »Ich frag' den Anführer.« Nochmals blies er sich in die Hände. »Bis dahin rührst du dich nicht von der Stelle, verstanden?«, blaffte er Ulfberht an und verschwand durch einen mannshohen Einschnitt in der großen Pforte.

Der andere blickte finster und ließ Ulfberht nicht aus den Augen. Wenig später kam der erste Türhüter mit einem weiteren Mann in Ulfberhts Alter zurück.

»Das ist er«, brummte der Wachtposten und griff wieder nach seiner an der Mauer lehnenden Lanze.

»Willkommen in Ingilinheim«, begrüßte ihn der Fremde, während die beiden Wachtposten keine weitere Notiz mehr von ihnen nahmen. »Ich bin Hrudogir. Graf Landfried hat mir aufgetragen, mich um dich zu kümmern. Du verstehst dich aufs Pferdebeschlagen, hat er berichtet? Das trifft sich gut, ich kümmere mich hier nämlich um die Pferde.«

Ulfberht nickte. »Ja, das stimmt«, bestätigte er. »Hat der Graf dir denn erklärt, was ich hier tun soll? Ich weiß nämlich gar nicht, was er von mir will.«

Hrudogir legte die Stirn kurz in Falten, während er vor Ulfberht durch den schmalen Einlass in der großen Pforte trat. »Vielleicht sollst du ihn auf eine Reise begleiten. Ich werde übrigens auch mitkommen. Und noch ein Mann, der sich mit Eisen auskennt«, erklärte er, sich umwendend. »Allerdings ist der nicht nur Hufschmied, sondern ein richtiger Schmied.« Er bemerkte im gleichen Moment, wie unhöflich das klang, und wurde rot. »Entschuldige, ich meine natürlich nicht nur ... Gerade die Hufschmiede sind mir die wichtigsten. Aber der andere Schmied ist ein richtiger Edler«, fügte er noch hinzu, als würde das seine Unhöflichkeit erklären.

Ulfberht machte eine wegwerfende Handbewegung und bückte sich unter der niedrigen Holztür hindurch. »Schon gut. Außerdem bin auch ich ein richtiger Schmied.«

»Dann wirst du dich mit Edolf sicherlich gut verstehen«, bemerkte Hrudogir leichthin. »Zu uns anderen ist er manchmal etwas kühl. Aber er stammt ja auch aus einer der besten Familien Asturiens.« Erstaunt blickte er sich um, als er merkte, dass Ulfberht ihm nicht weiter folgte, sondern direkt hinter dem Tor stehen geblieben war. Bleich und gehetzt blickte er um sich. »Ach so«, lachte Hrudogir. »Das geht vielen so, wenn sie zum ersten Mal in die Säulenhalle treten.«

Tatsächlich bot sich Ulfberht ein prächtiger Anblick. Vor ihm zog sich über die gesamte Rundung der Pfalz ein überdachter Umgang, der von einem wahren Wald marmorner Säulen getragen wurde. Es mochten hundert sein! Doch es war nicht die unerwartete Pracht, die Ulfberht so erschreckt hatte, auch wenn der Architekt sicher genau das beabsichtigt hatte. Er fing sich nur mit Mühe. Edolf, ein überheblicher Schmied und Edelmann aus Asturien? Wie viele konnte es da geben? »Ja, es ist überwältigend«, brachte er heraus und machte eine unbestimmte Geste im Rund der Säulen.

»Die meisten sind römisch«, schwärmte Hrudogir. »Manchmal frage ich mich, wie viele Pferde es bedurfte, sie aus allen Teilen des Reiches herbeizuschaffen! Aber nun komm, ich zeige dir deine Unterkunft und stelle dich Edolf vor. Er wohnt im selben Gebäude.«

»Äh, nein«, stammelte Ulfberht rasch. Fieberhaft suchte er nach einer Ausrede. Wenn Edolf ihn zu Gesicht bekam, war er erledigt. »Ich möchte zuerst noch in die Kirche. Für meine sichere Reise danken«, log er. Hrudogir blickte ihn erstaunt an. »Kommst du etwa auch aus einem Kloster? Edolf kommt aus Lauresham ...«

»Wie, nein ... also ja, ich war früher auch mal dort«, entgegnete Ulfberht und hätte sich im selben Moment in das eigene Gesäß beißen können. Er sollte so wenig wie möglich über seine Vergangenheit preisgeben, insbesondere wenn Edolf in der Nähe war! »Aber ich sehe schon die Kirche. Wir treffen uns nachher, ja?« Ohne eine Antwort Hrudogirs abzuwarten, floh er den Säulengang entlang in Richtung der Kirche, die er linker Hand entdeckt hatte.

Ulfberht schlüpfte in das Halbdunkel der Kirche und atmete auf. Hier drinnen war er erst einmal in Sicherheit. Vorsichtig schaute er sich um. Langsam gewöhnten sich seine Augen an das Halbdunkel, und es war wärmer als draußen auf der Straße oder in der Säulenhalle. Die Kirche bestand aus einem Langhaus mit zwei Säulenreihen und endete in drei Apsiden, die wie ein Kleeblatt angeordnet nach Norden, Osten und Süden zeigten. Der Chor der Mönche wurde von Chorschranken aus zierlich behauenen Steinen abgetrennt. Dahinter, vor dem Altar, brannte das ewige Licht. Ulfberht ging leise in eine der dunkleren Ecken vor den Schranken, dann sank er auf die Knie. Er zwang sich, ruhig zu atmen. Was war zu tun? Edolf war hier. Sein verhasster Gegner. Nein, Gegner war zu schwach. Sein Feind. Das war er, sein ärgster Feind. Ausgerechnet den würde er hier treffen. Kurz kam ihm der Gedanke, Landfried mochte alles wissen und habe ihn her befohlen, um Gericht zu halten. Doch ebenso rasch verwarf er diese Möglichkeit wieder. Der Graf war ehrlich überrascht gewesen, ihn zu treffen, und wenn er ihn, einen unwichtigen Schmiedeknecht, hätte bestrafen wollen, hätte er ihn vermutlich noch vor Ort gerichtet. Wieder atmete er tief durch. Doch da kam ihm noch ein anderer Gedanke. Vielleicht war es am Ende ein Glücksfall, dass das Schicksal ihn hier mit seinem Feind zusammenführte? Könnte es ihm womöglich gelingen, seine Rache hier in der königlichen Pfalz zu vollstrecken? Er blickte an sich herunter. Mit Ausnahme seines Messers führte er keine Waffe mit sich. Auch in der Kirche würde er wohl keine finden. Einen Moment lang ruhte sein Blick auf den schweren, ehernen Kerzenständern auf dem Altar. Ein Öffnen der Kirchentür riss ihn aus den Gedanken. Eine junge Frau trat ein, bekreuzigte sich und eilte ebenfalls an die Chorschranke heran. In der Mitte, genau gegenüber dem Altar, warf sie sich auf die Knie und begann heftig zu schluchzen. Ulfberht hörte ihr einen Augenblick zu. Es war ihm peinlich, unbemerkt Zeuge ihrer Andacht zu werden, zumal sie scheinbar ein schweres Leid plagte. Vorsichtig erhob er sich, aber seine Beine waren vom langen Knien so gefühllos geworden, dass er ungeschickt gegen eine hölzerne Bank stieß. Es klapperte laut in der Stille der Kirche, und das Mädchen fuhr herum.

»Was tust du hier?«, fragte sie schrill. »Hast du mich belauscht?«

»Du hast doch gar nichts gesagt«, entgegnete Ulfberht sich verteidigend. »Ich bin gerade erst in Ingilinheim angekommen und habe der Madonna für den Schutz auf meiner Reise gedankt.«

Misstrauisch blickte sie ihn an. »Es stimmt, ich habe dich noch nie hier gesehen. Was führt dich her?«, fragte sie immer noch misstrauisch.

»Graf Landfried hat mich her befohlen. Ich weiß selber nicht wofür«, gestand Ulfberht wahrheitsgemäß.

»Was ist dein Handwerk?«, fragte das Mädchen etwas zutraulicher. »Bist du Krieger?«

»Nein, ich bin Schmied«, erklärte er. Das Mädchen wich zurück, als habe er sie geohrfeigt. »Schmied?«, sagte sie tonlos.

»Ja«, antwortete er mit hochgezogenen Brauen. Eine solche Reaktion hatte sein Handwerk noch nie ausgelöst. »Ist das nicht gut?«, fragte er erstaunt.

Sie schluckte hart, doch statt ihm zu antworten, stellte sie eine Gegenfrage. »Kennst du Edolf, den Schmied? Ein Edler aus dem Kloster Lauresham?«, wollte sie wissen.

Nun war es an Ulfberht, erschrocken zurückzuweichen. Zum zweiten Mal wurde er hier unversehens mit dem verhassten Namen konfrontiert. Unwillkürlich ballte er die Fäuste. »Ja, den kenne ich.« Er konnte es nicht vermeiden, dass seine Gefühle in der Antwort mitklangen.

Das Mädchen blickte ihm überrascht in die Augen. »Du magst ihn nicht?«, fragte sie. Ulfberht schwieg. »Was hat er dir getan?«, fragte sie dann leise.

»Mir?« Ulfberht lachte humorlos. »Mich hat er nur herabgewürdigt, und sein Vater hat mich um meine Freiheit betrogen. Aber meiner Schwester hat er noch größeres Leid angetan!« Die Worte waren heraus, bevor er sich versah. Er schalt sich einen Esel, doch blickte er dem Mädchen trotzig in die Augen. »Ja«, bekannte er, während ihn der eigene Zorn zum Schauern brachte. »Ich habe ihm Rache geschworen.« Nun war es heraus. Das Mädchen würde zum Priester laufen, und er hatte in seinem Hass alles versaut.

Doch unvermittelt ergriff sie seine Hand. »Mich hat er genauso behandelt wie deine Schwester«, flüsterte sie. »Wenn ich dir bei deiner Rache helfen kann, will ich es tun!«

Und schon wieder hatte sich das Blatt gewendet. Wild loderten die Gefühle in Ulfberhts Brust. Er war nicht mehr allein, sondern hatte nun eine Verbündete, und sein Feind wusste noch nichts von seiner Anwesenheit. »Es ist wichtig, dass er mich nicht sieht«, erklärte Ulfberht, sich mühsam zur Ruhe zwingend. »Bisher weiß nur ein Stallknecht namens Hrudogir, dass ich angekommen bin, und er hat keine Ahnung, dass Edolf und ich uns bereits begegnet sind. Aber er will mich Edolf vorstellen, und ich soll im selben Quartier mit ihm wohnen ...«, platzte es aus ihm heraus.

Sie überlegte kurz. Dann hellte sich ihr bisher so verbittertes Gesicht auf. Das machte zwar noch keine Schönheit aus ihr, aber sie hatte ein glattes Gesicht ohne Narben und gute Zähne. »Du kommst erst einmal mit mir!«, erklärte sie. »Ich verstecke dich im Gesindetrakt, dann denken wir uns einen Plan aus!« Wieder fasste sie ihn bei der Hand. Doch diesmal nicht zaghaft, sondern fest entschlossen. Bestimmt zog sie ihn zur Tür der Kirche und spähte vorsichtig hinaus.

»Die Luft ist rein. Folge mir einfach, und versuche, ganz normal auszusehen.«

»Normal aussehen?«, fragte Ulfberht. Doch er folgte ihr willig in eines der Gebäude, die sich an der Außenmauer der Pfalz entlang zogen.

»Ich nehme dich erst einmal mit in meine Kammer. Dort sind wir vorerst sicher. Dann suche ich Hrudogir und sage ihm, dass wir uns bereits kennen und ich mich um dich kümmere. Sonst fängt er noch an, nach dir zu suchen ...« Die Kammer war winzig und enthielt nur ein paar ordentlich zusammengelegte Stoffstücke und zwei Strohsäcke als Bettstatt. Auch das war keineswegs eine Selbstverständlichkeit. Dienstmägde, die eine eigene Kammer bewohnten, waren ein unerhörter Luxus! Das Mädchen musste einer edlen Familie entstammen. Oder vielleicht war sie die Tochter einer Liebschaft eines hohen Herrn? Während Ulfberht noch grübelte, war die Magd, wenn sie denn eine war, schon wieder an ihm vorbei nach draußen gehuscht. »Warte hier. Ich bin vor dem Abend zurück.« Ulfberht fügte sich in sein Schicksal. Wenigstens würde Edolf ihn hier nicht finden.

Nach etwa einer Stunde kam sie zurück. »Das war einfacher, als gedacht«, grinste sie triumphierend. »Hrudogir hält mich zwar nun für eine Schlampe, aber dank Edolf bin ich auch nicht mehr.« Bitterkeit mischte sich wieder in ihre Züge. Doch dann wurde sie ernst. »Ich habe auch Edolf aufgesucht.« Ulfberht stockte der Atem. Hatte sie ihn verraten? Doch schon sprach sie weiter. »Ich habe ihn gebeten, sich mit mir kurz nach Mitternacht in der Säulenhalle zu treffen«, erklärte sie kühl. »Er denkt nur mit seinem Schwanz und hat eingewilligt. Das ist deine Chance.«

Ulfberht brauchte einen Augenblick, bis er die Bedeutung ihrer Worte voll verstand. »Du meinst, an deiner statt soll ich dort auf ihn warten ... ?« Er wagte es nicht, das Offensichtliche auszusprechen.

»Nicht an meiner statt«, erklärte sie entschieden. »Ich werde auch dort sein, aber du wirst deine Rache ausführen.«

Ulfberht schluckte. Genau das hatte er sich seit seiner Flucht aus Lauresham gewünscht. Doch nun, wo die Möglichkeit plötzlich in Reichweite kam, war er sich nicht mehr so sicher. »Ich habe keine Waffe«, warf er ein.

Sie schnaufte verärgert. »Deine Arme sehen so aus, als würde dir ein Knüppel reichen. Und den werde ich dir besorgen!«

Ulfberht öffnete den Mund, doch dann überlegte er es sich anders. Sie hatte recht. Edolf hatte den Tod verdient, schon um seiner Schwester willen. Und einen anderen Ausweg gab es für ihn ohnehin nicht mehr. »Gut«, beschied er, und eine merkwürdige Kälte kam über ihn. »Ich werde hinter einer der Säulen warten. Am besten möglichst am Rand, weit weg von der Torhalle und den Wachen.« Es fühlte sich an, als hätte er gerade ein weiteres Stück seiner Seele verloren. Doch es war zu spät, sich anders zu entscheiden. Edolf musste aus dem Weg geräumt werden.

Die Nacht war rabenfinster, als das Mädchen, das nun unverhofft zu seiner Komplizin geworden war, ihn weckte. »Es ist so weit.« Ulfberht griff nach dem bereit gelegten Knüppel. In der Kammer war nichts zu sehen, doch er hatte sich die Lage der Dinge eingeprägt, damit er nicht stolpern und die halbe Pfalz wecken würde. Sie öffnete die Tür und zog ihn an der Hand hinaus. Kurz darauf standen sie im Hof. Die dichten Wolken schluckten jedes Licht, aber noch hatte es nicht begonnen zu schneien. »Wir haben noch genügend Zeit«, raunte sie. »Die Mönche sind noch nicht zur Komplet versammelt, und erst wenn sie sich für ihre kurze Nachtruhe in ihre Zellen zurückgezogen haben, bin ich mit Edolf verabredet«, wisperte sie ihm ins Ohr. Ihr Atem fühlte sich heiß an, doch Ulfberht spürte eine merkwürdige Kälte in seinem Inneren. Leise überquerten sie den stillen Hof und drückten sich in den Schatten der Säulenhalle. Ulfberht atmete rasch, woran nicht das schnelle Laufen schuld war. Nun würde er seinen ersten Menschen töten. Nicht im offenen Kampf, denn dazu hatte Edolf ihm keine Chance gelassen.

Aber dennoch war es ein feiger, hinterhältiger Mord, den sie planten. Jeder freie Franke würde diese Tat verabscheuen! Die Kälte der Mauersteine bahnte sich einen Weg durch seine Kleidung, und leise begann es zu schneien. Da traten die ersten Gestalten auf den Hof und strebten der Kirche zu. Alles in allem mochten es dreißig oder vierzig Mönche sein, die hier in der Pfalz zum letzten Stundengebet des Tages zusammenkamen. Inzwischen drang auch ein schwaches Licht aus den Fenstern im Chorraum der Kirche und die vielen Säulen zeichneten ein verwirrendes Bild flackernder Schatten, das sich mit den auf die Außenmauern aufgemalten roten Säulen verband. Fast meinte Ulfberht, zwischen den hohen Stämmen des Odanwaldes zu stehen. Zuerst drang aus der schwach erleuchteten Kirche nur ein Murmeln an sein Ohr. Drinnen in dem kleeblattförmigen Chor erforschten die Brüder ihr Gewissen und bekannten ihre Schuld, die vermutlich nichts wog gegen das, was Ulfberht gerade jetzt im Begriff war zu tun! Dann kam der Hymnus, die Psalmen, eine kurze Lesung aus dem Evangelium. Die Stimmen der Mönche waren nun klar und rein zu vernehmen. Ulfberht verstand einen Großteil des Lateins problemlos, zumal er den Ablauf der Stundengebete aus Lauresham kannte. Noch einmal folgte ein Gesang. Dann war das Gebet beendet, und schweigend verließen die Mönche die Kirche wieder. Dunkelheit und Stille kehrten zurück. Der frisch gefallene Schnee schluckte die Geräusche der nackten Füße auf dem Hof.

»Nun wird er kommen«, raunte das junge Mädchen ihm ins Ohr. Ihr Atem war immer noch heiß, wunderte sich Ulfberht. Trotz der um sie herrschenden Kälte und der kalten Tat, die sie begehen würden. Ihm fiel auf, dass er noch nicht einmal ihren Namen kannte. Doch ein engeres Band hatte sie nun miteinander verknüpft. Ein dunkles Geheimnis verband ihr Schicksal. Sie löste sich von der Wand und trat in den Säulengang hinein. Er drückte sich hingegen, so gut er konnte, in den Schatten. Dann hörte er leise Schritte. Die Schritte seines Feindes.

»Sichhilda«, rief seine verhasste Stimme leise. Dass es ausgerechnet Edolf war, der ihm seine Komplizin vorstellte, war wieder eine der unergründlichen Launen des Schicksals. Nun erreichte Edolf Sichhilda und schloss sie sogleich in die Arme. Das Mädchen ließ es sich gefallen und drehte sich geschickt so, dass Edolf Ulfberht den Rücken zuwandte. *Jetzt oder nie*, durchfuhr es ihn. Wie von selbst trat er einen Schritt vor, hob die Rechte mit dem Knüppel und ließ ihn mit der vollen Kraft seines vom Schmieden des unnachgiebigen Eisens gestählten Armes auf Edolfs Hinterkopf prallen. Es knirschte hässlich, und Edolf sackte, ohne einen Laut von sich zu geben, zusammen. *Wie ein Sack Kohlen*, dachte Ulfberht, nur das Kohlen einen Wert besitzen. Einen Augenblick standen sie beide schweigend über dem gefällten Feind. Ulfberhts Herz raste. Er hatte es getan. Er hatte seine Rache vollstreckt. Doch eine rechte Befriedigung kam nicht in ihm auf.

»Wir müssen verschwinden, bevor uns jemand sieht«, flüsterte Sichhilda ihm ins Ohr. Willenlos ließ Ulfberht sich von ihr wegziehen. »Den Knüppel«, zischte sie. »Lass ihn hier, er darf nicht bei uns gefunden werden.« Vorsichtig legte er ihn neben den leblosen Edolf. »Gut«, nickte sie und zog Ulfberht weiter. Doch als sie an den Rand des Säulendaches kamen, war der Hof mit einer dicken Schneeschicht bedeckt. »Verdammt«, fluchte Sichhilda. »Man wird unsere Spuren sehen ...«

Prüfend blickte Ulfberht in den Himmel. Die dicken Flocken hatten alle Spuren überdeckt, aber zu allem Unglück hatte es nun aufgehört zu schneien. Alle weiteren Spuren würden, wenn das Schneetreiben nicht wieder einsetzte, am nächsten Morgen klar und deutlich zu sehen sein!

»Wir sitzen in der Falle«, zischte Sichhilda. Und trotz des Flüstertons bemerkte Ulfberht einen Anflug von Panik in ihrer Stimme. Sein Geist suchte fieberhaft nach einer Lösung.

»Du wirst es sein, der Edolf findet«, zischte er dann. »Du gehst rückwärts zu deiner Unterkunft und kommst morgens, bevor irgendwer aufsteht, in denselben Stapfen wieder zurück, sodass es so aussieht, als seist du die Strecke lediglich einmal gegangen. Jeder wird verstehen, dass ein Mädchen wie du nicht stark genug ist, einem Mann wie Edolf den Schädel einzuschlagen. Du sagst einfach, du wolltest dich mit ihm treffen, hast ihn aber bereits kalt vorgefunden.«

»Und was ist mit dir?«, fragte sie. So weit hatte Ulfberht noch nicht gedacht.

»Stimmt, wie komme ich hier weg?« fragte er bestürzt. »Kann man irgendwo über die Mauer klettern? Dann fliehe ich übers Land. Bis der Alarm gegeben wird, bin ich bereits weit genug weg.« Er dachte zurück an die Flucht aus Lauresham. Jetzt im Winter und bei dem Schnee würde es nicht so einfach werden. Er würde Spuren hinterlassen und könnte auch nicht ewig draußen bleiben.

»Nein, um diese Uhrzeit sind alle Pforten verschlossen, und man kommt nicht hinaus«, entgegnete sie. Bei aller Angst fühlte Ulfberht doch eine Spur Erleichterung, dass er nicht würde durch den Schnee fliehen müssen. Einen Augenblick schwiegen beide in Gedanken. »Ich habe die Lösung«, verkündete Sichhilda auf einmal. »Ich trage dich Huckepack zu meiner Kammer.« Ulfberht verstand ihren Plan noch nicht, und das musste wohl auch sein Blick ausdrücken. »Dann sind nur meine Fußspuren zu sehen!«, erklärte sie. »Aber lass uns von der anderen Seite der Säulenhalle aus zur Unterkunft laufen. Das ist zwar weiter, aber dort ist der Brunnen, und ich kann sagen, ich sei in der Nacht dorthin gegangen. Dann laufe ich noch einmal hin und in denselben Stapfen wieder zurück. So wird man morgen eine Spur hin zum Brunnen, und eine zurück, sehen. Niemand wird Verdacht schöpfen!«

»Wenn du mich tragen kannst ...«, warf Ulfberht ein. Doch ihr Blick ließ ihn verstummen. Vorsichtig schlichen sie auf die andere Seite des Säulenganges. Dabei mussten sie an der Wachstube vorbei, doch die Tür war wegen der herrschenden Kälte verschlossen und kein Wächter war zu sehen. Bei dem Brunnen hielten sie an und lauschten.

»So jetzt trage ich dich«, erklärte Sichhilda, und tatsächlich gelang es ihr, Ulfberht auf ihre Hüften zu heben. Er klammerte sich an ihre Schultern. Seltsam wurde ihm bewusst, wie seine Unterarme bei jedem Schritt ihre Brüste streiften. Und er erinnerte sich an die Prahlerei einiger Krieger, dass man nach dem Töten den unbändigen Drang verspürte, neues Leben zu zeugen. Nichts von seinen Gedanken ahnend, erreichte Sichhilda schwer schnaufend die Tür ihrer Unterkunft. »Puh, bist du schwer«, schimpfte sie leise und schob ihn in ihre Kammer. »Ich komme gleich zurück«, erklärte sie dann und lief wieder in die Nacht hinein. Ulfberht lauschte atemlos. Dann hörte er ein Plätschern vom Brunnen. Er erstarrte, als eine Männerstimme über den Hof herüberklang. Aufgrund der Entfernung konnte er nichts verstehen, doch Sichhilda behielt die Nerven und antwortete lachend. Er musste ihre Kaltblütigkeit bewundern, doch das war noch nichts gegen das, was noch kommen sollte. Wenig später zwängte sie sich durch die nur einen Spalt breit geöffnete Tür herein.

»Was war?«, fragte er zum Platzen gespannt.

»Ich habe etwas geplanscht, damit man mich sieht und sich später erinnert, dass ich dort am Brunnen war«, erklärte sie.

Ulfberht starrte sie entgeistert an. Sie kannte wohl überhaupt keine Angst? »Und was hast du dann gesagt? Und wer hat dich gesehen?«, fragte er alarmiert.

»Einer der Wachtposten hat den Kopf aus der Wachstube gesteckt, und ich habe ihm gesagt, ich hätte einen alten Bekannten bei mir und wollte mich waschen, damit es nicht in neun Monaten eine Überraschung gibt ...« Ulfberht starrte sie mit offenem Mund an. »Was ist?«, fragte sie. »Findest du mich so unansehnlich, dass du dir so etwas nicht vorstellen kannst?« Provozierend hob sie den Saum ihres Kleides an.

»Ganz und gar nicht«, keuchte Ulfberht, plötzlich von einer fiebrigen Hitze erfasst.

»Dann geht es dir offenbar genauso wie mir.« Er griff zu und half ihr mit zittrigen Fingern das Kleid über den

Kopf zu ziehen. Sie warfen sich auf den Strohsack, und ihre Hände lösten seine Hose, doch bevor er sie vollständig los war, kniete sie schon auf ihm. »Auch das musste überzeugend klingen«, behauptete sie, als sie kurz darauf schwer atmend auf den Strohsäcken nebeneinanderlagen. »Für meine Nachbarin«, erklärte sie und klopfte vorsichtig an die dünne Bretterwand.

»Hast du nur wegen ihr geschrien?«, fragte Ulfberht halb enttäuscht, doch sie grinste nur und legte ihm den Zeigefinger über den Mund.

Später in der Nacht erwachte Ulfberht schweißgebadet. Hatte er Landfried gegenüber am Vortag Edolfs Namen erwähnt? Oder vielleicht den seines Vaters? Dann würde er trotz all der Mühen mit den Spuren im Schnee einfach eins und eins zusammenzählen! Die Sorgen vertrieben den Schlaf. Wieder bewunderte er die Kaltblütigkeit Sichhildas, deren ruhige, gleichmäßige Atemzüge er neben sich hörte. Ein oder zwei Stunden später, Ulfberht vermochte die Zeit nicht zu schätzen, erklang draußen lautes Geschrei und Fußgetrappel, dann ein durchdringendes Hornsignal. Jemand musste Edolf gefunden haben, und sein Blut klebte nun an seinen, Ulfberhts, Händen!

Die Pfalz erwachte zum Leben. Sichhilda richtete sich abrupt auf und rieb sich den Schlaf aus den Augen. Auch hinter der Bretterwand waren Geräusche zu hören. »Lass uns sehen, was der Lärm zu bedeuten hat, Liebster«, rief Sichhilda, eine Spur lauter als nötig. Sie war schon wieder völlig Herrin der Lage. Er sprang auf und versuchte, seine Hose hochzuziehen, die immer noch an einem seiner Beine hing. Der Gedanke daran, wie er sie verloren hatte, ließ sein Herz wieder schneller schlagen. »Oder vielleicht warten wir noch einen Augenblick«, meldete sich Sichhilda und vereitelte seinen Versuch, die Hose anzubekommen, indem sie eine Hand von hinten zwischen Ulfberhts Beine schob. Doch draußen klapperten die ersten Türen, und mit einem bedauernden Blick zog sie ihre Hand zurück und gab die Hose frei. Mit den übrigen Bewohnern des Gebäudes drängten sie sich nach draußen in den Hof. Doch bevor sie die Säulenhalle erreichten, von der das Rufen kam, trat ihnen einer der Wächter entgegen.

»Halt, Leute«, rief er. »Haltet Abstand, ein Mann wurde verletzt!«

Getötet, meinst du wohl, dachte Ulfberht bei sich. Doch dann durchfuhr ihn der Schreck. Konnte es sein, dass Edolf noch lebte? Hatte er geprüft, ob sein Feind wirklich tot war, als er ihn liegen ließ? Er konnte sich nicht daran erinnern. Siedend heiß lief es ihm den Rücken hinab.

»Wurde er etwa angegriffen? Hier in der Pfalz?«, rief eine der Mägde mit schriller Stimme.

»Er wurde mit einem Knüppel niedergeschlagen«, erklärte der Wächter ruhig. »Wir wissen nicht von wem. Es war jedenfalls ein feiger Mordversuch, der Schlag kam von hinten!« Rufe des Entsetzens und der Abscheu wurden laut, und Ulfberht musste sich nicht groß verstellen, um ebenfalls entsetzt zu wirken. Der Wächter hatte es gerade noch einmal bestätigt: Sein Opfer war am Leben.

»Wer wurde angegriffen?«, rief eine andere Magd.

»Edolf, der Schmied«, beschied der Wachtposten. »Halt, geht zurück, und lasst den Arzt und die Anführer von der Wache ihre Arbeit machen!« Wieder versuchte er die Neugierigen zurückzuhalten. »Ihr zertrampelt sonst alle Spuren im Schnee.«

»Warum ist das wichtig? Hat der Schmied nicht gesehen, wer ihn angriff?«, wollte eine andere Stimme wissen. Ulfberhts Puls raste. Hatte er?

»Nein«, beschied der Wächter geduldig, und Ulfberht ließ die angehaltene Luft entweichen. »Seine Seele hängt zwischen Leben und Tod, und er kann nichts sagen. Der Arzt ist sich nicht sicher, ob er es überleben wird.« Diese Nachricht löste erneut wildes Getuschel in der Menge aus.

»Da ist die Spur eines Frauenschuhs!«, rief nun einer der Knechte aus der Menge.

»Die?«, fragte ein weiterer Wachtposten, der inzwischen ebenfalls zu der stetig wachsenden Menschenansammlung hinzugetreten war. »Die sind von Bilichilde, die Edolf gefunden hat.«

»Wo ist sie denn hergekommen?«, fragte eine Frau aus der Menge vorwurfsvoll, als hätte sie schon die Schuldige erkannt.

»Sie kam von der Küche, um den Wachen am Tor ihre Morgensuppe zu bringen«, erklärte der zweite Wachtposten ruhig. Seine wertvolle Kleidung wies ihn als einen Edlen oder Anführer aus. »Dabei sah sie den Mann am Boden in seinem Blut liegen.«

»Ein Wunder, dass er nicht erfroren ist, wo er die ganze Nacht bewusstlos im Schnee lag!«

»Er lag unter dem Säulengang, leidlich geschützt.«

»Was wollte der Schmied eigentlich nachts im Säulengang?«, fragte jemand.

Der Anführer der Wache zuckte mit den Schultern. »Der Himmel weiß es«, erklärte er. »Jetzt geht wieder an eure Arbeit.« Wild durcheinander sprechend verließen die ersten die Menge, doch die meisten blieben stur an ihrem Platz. Der Edle seufzte. »Ich kann euch im Moment auch nicht mehr sagen.«

Doch seine Rede wurde von einem weiteren Ruf unterbrochen. »Der König!« Alle Köpfe fuhren herum. Natürlich würde auch der König wissen wollen, was die Ursache für den Aufruhr in seinem Hof war. Der Anführer wandte sich rasch ab und trat der Gruppe, die sich um Karl versammelt hatte, entgegen. Für Ulfberht war es das erste Mal, dass er seinen König zu Gesicht bekam. Wie allgemein bekannt war Karl eine imposante Erscheinung. Der Mann mit dem dunklen, grau durchsetzten Bart, der nun über den Hof direkt auf den Säulengang zuschritt, überragte die beiden Geistlichen neben ihm um Haupteslänge. Unwillkürlich zog Ulfberht seinen eigenen Kopf ein. Konnte ein König nicht Recht von Unrecht unterscheiden? Vielleicht würde er auch den Schuldigen erkennen, wenn sein Auge auf ihn fiel! Hinter dem König eilten weitere Würdenträger heran, teils in voller Rüstung, teils mit nur hastig übergeworfenen Mänteln. Auch der Grafensohn Landfried befand sich unter ihnen.

Landfried, Ingilinheim, Hornung 797

Der Alarmruf erschallte morgens noch vor Sonnenaufgang. Zurückgeworfen von den unzähligen Säulen klang das Wimmern des Signalhorns noch schauerlicher als sonst. Landfried war sofort auf den Beinen und griff nach seinem Schwert. Die ruhelosen Jahre auf Feldzügen an allen Grenzen des Reiches hatten seine Reaktionen geprägt. Als er nur Augenblicke später vor der Tür stand, lief der König an ihm vorbei. Wie er so schnell in seine Kleider gekommen war, blieb sein Geheimnis. Landfried hatte gegen die herrschende Kälte gerade mal einen Mantel übergeworfen. Fröstelnd folgte er dem König, der ganz selbstverständlich zu dem Ort eilte, von dem das Signal ertönte, statt erst zu fragen, welche Gefahr eigentlich drohte. Landfried folgte ihm mit aufgefrischtem Respekt. Wenig später erreichten sie die Säulenhalle an der Nordseite der Pfalz. Der Alarm war von den Torwächtern ausgelöst worden. Rechter Hand hielten ein paar Krieger das neugierige Gesinde in Schach, während vor ihnen weitere Wachen um einen am Boden liegenden Körper bemüht waren.

»Was ist hier los?«, fragte der König mit lauter, die Spötter, die behaupteten, er fistele, Lüge strafender Stimme.

»Ein Mann wurde angegriffen, Herr«, antwortete der Anführer der Wache, ein junger Unterführer, der nun kerzengerade stand.

»Weißt du, wer?«, fragte der König ruhig.

»Es scheint ein Mann aus dem Kloster Lauresham zu sein ...«

»Verdammt«, durchfuhr es Landfried. »Doch nicht der Schmied?«, fragte er laut.

Der König sah sich nach ihm um. Landfried biss sich auf die Lippe. Wie konnte er sich so vergessen, im Beisein des

Königs ungefragt den Mund aufzutun? Doch Karl nahm offenbar keinen Anstoß daran.

»Du kennst ihn?«, fragte er mit gerunzelter Stirn.

»Ich vermute es. Lasst mich ihn sehen!«, antwortete Landfried errötend und trat schnell zu dem immer noch am Boden liegenden Körper. »Ja«, bestätigte er dann. »Das ist Edolf, der Schmied.« Er holte tief Luft. »Der Schmiedemeister aus Lauresham hat ihn uns empfohlen, er sollte mit Kaplan Sigismund und mir ziehen«, erklärte er knapp.

Der König schürzte die Lippen. »Und wie kommt es dann, dass er hier ausgestreckt in seinem Blut liegt?«, wollte er wissen.

Landfried schaute ihn verlegen an. »Ich habe keine Ahnung, Herr«, gestand er. »Wie lange liegt er überhaupt schon dort?«, wandte er sich an den Wachhabenden, um von seinem Nichtwissen abzulenken.

»Wohl die ganze Nacht, Herr«, antwortete der. »Seit der Komplet der Mönche war niemand mehr hier. Und das Blut auf dem Boden ist festgefroren.«

»Er ist tot?«, wollte nun der König wissen. »Nein Herr, er lebt noch, ist aber nicht bei Bewusstsein, wir haben bereits nach dem Wundarzt geschickt. Er muss jeden Augenblick hier sein ...«

»Gut, gut«, bemerkte der König nickend. »Landfried, wenn du ihn kennst, dann finde auch heraus, was hier los war. Du kannst mir später berichten.«

Landfried verbeugte sich und der König verschwand mit seinem Gefolge in Richtung des Thronsaals. Ratlos kratzte sich Landfried am Kopf. »Woher weißt du, dass er vor der Komplet angegriffen wurde?«, wandte er sich wieder an den Wachführer. »Wenn er gerade erst gefunden wurde, hätte es irgendwann in der Nacht passieren können. Es ist kalt genug, dass das Blut innerhalb einer Stunde gefriert!«

Der Anführer der Wache grinste. »Nein, Herr. Sieh dir den Schnee um die Halle herum an. Als die Magd uns die Morgensuppe brachte und ihn fand, war der Schnee unberührt. Keine Spur führte zum Säulengang oder davon weg. Also muss der Mann hierhergekommen sein, bevor es anfing zu schneien. Und das war um die Zeit der Komplet. Mehrere Brüder haben sich daran erinnert.«

Landfried nickte anerkennend. »Lasst mich sehen«, vorsichtig schritt er unter dem Dach der Säulenhalle den beschneiten Rand des Hofes ab. »Der Frauenschuh hier gehört der Magd mit der Morgensuppe?«, fragte er und wies auf die frische Spur.

»So ist es, Herr«, erwiderte der Wachhabende.

Etwas weiter ging Landfried in die Knie. Die Sonne war gerade über den Rand der Säulenhalle geklettert und beleuchtete den Hof mit schrägem Licht. »Hier ist doch noch eine Spur.« Er wies auf den Boden, wo sehr flache Eindrücke von einer frischen Schneeschicht bedeckt waren. »Die führt von den Gesindeunterkünften hier her. Hier ist jemand durch den Schnee gelaufen, aber bevor es aufhörte, zu schneien«, erklärte er.

Der Wachhabende stutze. »Ihr habt recht, Herr«, gestand er. »In der Dämmerung haben wir diese Spur übersehen.«

»Es ist nur eine einfache Spur. Sie führt nicht zurück«, überlegte Landfried. »Vermutlich gehört sie dem Schmied selber. Die Größe könnte passen.«

»Aber dann kam er erst später ...«

»Mitten in der Nacht«, bestätigte Landfried. »Sonst habt ihr nichts gesehen?«, forschte er weiter. »Hat denn die Wache gar nichts gehört? Schmerzensschrei, Kampflärm?«

»Nein, Herr. Der Mann wurde von hinten angegriffen, und der Schlag hat ihn wohl sofort gefällt. Er hat jedenfalls eine große Wunde und einiges an Blut verloren.«

»Ist der Schädel noch ganz?«, wollte Landfried wissen. Der Wächter zuckte die Schultern. Doch inzwischen war der Wundarzt um den Gefallenen bemüht. »Lasst uns den Arzt fragen«, schlug er daher vor.

»Ich taste keine Knochensplitter in der Wunde«, erklärte der wenig später. »Wenn der Schädel zerborsten ist, dann nur ein glatter Sprung. Vielleicht überlebt er es. Wir müssen ihn jedenfalls ins Warme bringen.«

Landfried nickte. »Am besten gleich in das Infirmarium der Mönche.« Vier Männer fassten den noch immer bewusstlosen Edolf an Armen und Beinen.

»Nicht so grob!«, rief der Arzt entsetzt. »Holt einen Tisch und tragt ihn auf dem Holz.«

»Nur eine Spur hier her und keine weg«, sagte Landfried langsam. Mehr zu sich selbst als zu jemandem sonst. Entweder der Täter ist noch hier, oder vielleicht ... »Kann es ein Unfall gewesen sein?«, fragte er laut. »Vielleicht ist der Mann auf einer gefrorenen Stelle ausgerutscht?«

Der Arzt wiegte den Kopf. »Vielleicht, wenn er gegen eine der Säulen gestürzt wäre. Die Wunde ist zu hoch am Kopf, als dass er sie sich von einem Fall auf den Boden hätte zuziehen können ...«

Suchend blickte Landfried die Säulen nach Blutspuren ab, doch der Anführer der Wache lachte trocken.

»Das glaube ich nicht. Wir haben neben ihm nämlich das hier gefunden.« Er hielt einen mit Blut und Haaren verklebten Knüppel hoch.

»War ja nur so eine Idee«, knurrte Landfried. »Wie viele Männer hatten denn Wache? Und wurden sie abgelöst in der Nacht?«

»Vier Mann, und sie waren die ganze Nacht hier«, entgegnete der Angesprochene prompt.

»Und ihr habt gar nichts gehört? Auch niemanden gesehen?«, forschte Landfried nach.

»Nein, Herr«, antwortete der Wachhabende.

Doch ein anderer Mann mischte sich ein. »Irgendwann in der Nacht kam eine Magd an den Brunnen. Ich habe kurz rausgeschaut und mit ihr ein paar Worte gewechselt. Aber sie ist nicht unter den Säulengang gekommen ...«

»Zum Brunnen dort drüben?«, fragte Landfried.

Der Mann nickte. »Ich kenne sie, sie arbeitet in der Küche«, erklärte er. »Sichhilda.«

Landfried nickte. »Holt sie!«, forderte er und begab sich zum Brunnen hinüber. Der größte Teil des Schnees im Hof war bereits von den Neugierigen und auch vom Gefolge des Königs zertreten, doch um den Brunnen herum lag noch ein Streifen frischen Schnees. Tatsächlich führte eine Frauenspur hin und wieder zurück in Richtung Gesindetrakt, bevor sie in der zertrampelten Fläche verloren ging. Landfried schüttelte unwirsch den Kopf.

Bald darauf stand eine junge Frau mit rundem Gesicht vor ihm. »Du bist Sichhilda?«, fragte er knapp. Sie nickte. »Und du warst heute Nacht trotz Kälte und Schnee am Brunnen. Warum?«

»Ich wollte mich waschen, Herr.«

»Mitten in der Nacht?« Sie errötete. »Was?«, fragte er barsch. »Ein Mann wurde hinterhältig angegriffen und du bist die Einzige, die hier herumgelaufen ist.«

»Ich musste mich waschen, da ich kein Kind haben möchte …«, flüsterte sie.

Landfried benötigte einen Augenblick, um die Implikationen daraus zu verstehen. »Aha«, entgegnete er. Die Situation machte ihn verlegen. »Du warst also nicht allein?«, fragte er zögernd.

»Nein, Herr«, gestand sie. »Ein Freund von mir ist gestern in die Pfalz gekommen …«

»Gestern angekommen, so?«, fragte Landfried.

»Ja, Herr. Ihr kennt ihn, ihr habt ihn selbst herbestellt!«

Nun war es an Landfried, erstaunt zu blicken. »Ich?«, fragte er gedehnt.

»Ja, ja«, beteuerte sie. »Ulfberht heißt er. Du hast ihn bei deinem letzten Ausritt getroffen …«

»Ach, der Hufschmied.« Landfried erinnerte sich natürlich. »Der ist also angekommen.« Einen Augenblick sah er Sichhilda an. Sie sprach also die Wahrheit. Aber was sollte es auch? Eine Frau konnte einen stattlichen Kerl wie Edolf ohnehin nicht mit einem einfachen Knüppel niederschlagen. »Ist dir denn irgendetwas Merkwürdiges aufgefallen?«, fragte er sie noch. Doch halb war er in Gedanken schon bei Ulfberht und seinem Plan. Wie gut, dass er den Hufschmied herbestellt hatte. Den brauchte er, nun wo der eigentliche Schmied ausfiel, umso dringender. Wie dämlich, dass sich der arrogante Schmied hatte eins überziehen lassen und wie überaus ärgerlich, dass er sich nun auch noch darum kümmern musste. Die Reisevorbereitungen waren in vollem Gange!

Hludahilt, Lauresham, Lenzmonat 797

Hludahilt.« Gertruds Stimme riss sie aus ihren Gedanken. Erschrocken ließ sie Spindel und Wirtel fallen. Ihre Gedanken rasten. Hatte sie etwas vergessen? Sie war sich keiner Verfehlungen bewusst. Mit gesenktem Blick folgte sie der Aufseherin aus der Stube und über den Hof. Sie merkte, dass sie dem Infirmarium zustrebten, wagte aber nicht, Gertrud zu fragen, die mit steinerner Miene voranschritt.

Am Eingang empfing sie einer der mit der Krankenpflege betrauten Brüder. »Hier entlang, er liegt dort hinten.« Sie folgten ihm durch einen dunklen Gang in ein Gemach, dessen Fenster mit Tüchern verhangen waren. Auf einem Lager ausgestreckt lag eine Gestalt.

»Edolf!«, schrie Hludahilt erschrocken.

Ulfberht, Ingilinheim, Lenzmonat 797

Die Nachforschungen zum Überfall Edolfs traten offensichtlich auf der Stelle. Und nun, wo es so aussah, dass seine dunklen Machenschaften unentdeckt blieben, stellte sich bei Ulfberht eine grimmige Befriedigung ein. Er hatte seine Rache gehabt, und wer zuletzt lacht, lachte bekanntlich am besten. Er teilte sich derweil weiterhin mit Sichhilda die Kammer und half tagsüber Hrudogir und den anderen Stallburschen, sich um die Pferde zu kümmern. An Hludahilt dachte er so gut wie gar nicht mehr. Und auch Erla hatte er so gut wie vergessen. Manchmal vergaß er sogar für einige Stunden sein dunkles Geheimnis, welches ihn eigentlich mit Sichhilda verband.

Umso mehr erschrak er, als Landfried ihn schließlich drei Tage später zu sich rufen ließ. Die erste Frage ließ auch gleich Schlimmes erahnen. »Kanntest du eigentlich Edolf?«, fragte er. Ulfberht rutschte das Herz in die Hose. War der Kerl erwacht? Hatte ihn sonst irgendetwas verraten? »Den Mann, der verwundet wurde, in der Nacht, als du nach Ingilinheim kamst«, half Landfried ihm auf die Sprünge, Ulfberhts Zögern falsch einordnend.

Ulfberhts Gedanken rasten. Vielleicht stand er gar nicht im Verdacht, aber das konnte sich, wenn er nicht höllisch aufpasste, nur allzu rasch ändern! Was hatte er bereits verraten, damals, während seines kurzen Gesprächs mit dem Grafensohn in Hehiddesheim? Er erinnerte sich genau an das, was der Graf über die Silbergewinnung in Aquitanien berichtet hatte, aber nicht an seine eigenen Worte. Oder erinnerte sich der Graf sogar noch daran, dass er zusammen mit Edolfs älterem Bruder in Moguntia gewesen war, damals vor so vielen Jahren? Dann war er doch verloren und der Graf wartete nur darauf, dass er sich weiter in seinen Lügen verstrickte? »Ich … ich glaube nicht«, stammelte er schließlich und bemerkte, wie ihm die Röte brennend ins Gesicht stieg.

»Ich dachte nur, weil ihr beide in Lauresham in der Schmiede wart …«, antwortete Landfried leichthin. Ulfberht begann zu schwitzen. Konnte es denn sein, dass Edolf wieder erwacht war, ohne dass Sichhilda etwas davon aufgeschnappt hätte? Doch Landfried achtete nicht auf die Verlegenheit seines Gegenübers. »Ich habe dich nach Ingilinheim gerufen, weil du dich so sehr für Schmiedekunst interessierst«, erklärte er stattdessen. Plötzlich hielt Landfried einen Dolch in der Hand. Ulfberht zuckte zurück. Wollte ihn der Edle etwa selber richten? Doch da hielt ihm der Grafensohn den Griff entgegen. »Was hältst du davon?«, fragte er.

Zögernd griff Ulfberht nach der dargebotenen Waffe. Er benötigte einen Augenblick, um sich zu sammeln. Dann betrachtete er sie genau. »Ungewöhnliche Maserung«, bemerkte er mit erwachendem Interesse. Er drehte das Eisen in der Hand. »Ich kann aber keine Schichten erkennen, also ist die Klinge nicht in Lagen geschmiedet worden. Obwohl das Eisen sehr gleichmäßig ausgeschmiedet ist, ist vermutlich der kostbare Griff das Wertvollste daran«, antwortete er schließlich und hielt Landfried die Waffe wieder hin. Der Griff wirkte fremdartig und war mit Gold verziert. »Nur wer versieht eine einfache Klinge mit so einem kostbaren Griff?«, fragte er dann und zog den Dolch noch einmal zurück.

Landfried wiegte den Kopf. »Und wenn ich dir sage, dass die Klinge härter ist als alle Schwerter, die sich in der königlichen Rüstkammer befinden?«, fragte er.

Ulfberht zuckte schon wieder zusammen. »Härter als die Schwerter des Königs?«, fragte er aufgeregt. »Einige von denen stammen von Meister Gernod selbst!«, erklärte er und vergaß, dass er sich vorgenommen hatte, Lauresham nicht zu erwähnen.

»Und doch ist es so«, erklärte Landfried bestimmt, »ich habe es selbst geprüft.«

Ulfberht konnte den Blick kaum noch von der Schneide wenden. »Wer hat ihn erschaffen?«, fragte er schließlich. »Und wie hat er es gemacht?« Die letzte Frage kam so drängend, dass Landfried lachen musste.

»Ich dachte mir schon, dass dich das interessiert!«, rief er triumphierend. »Weißt du, Ulfberht, ich habe eine Reise vor mir. Wir werden sehr weit fahren in ein fremdes Land, um einem mächtigen Herrscher eine Botschaft unseres Königs zu überbringen. Und diese Klinge stammt aus eben diesem Land!«

»Dann werdet ihr in Erfahrung bringen, wie man das Eisen so härten kann?«, fragte Ulfberht mit leuchtenden Augen.

»Nein, ich bin kein Schmied und werde das Geheimnis nicht ergründen können.« Er machte eine Pause und sah Ulfberht bedeutungsvoll an. »Du sollst es herausfinden!«

Ulfberht wurde schwindlig. Dafür also hatte Landfried ihn nach Ingilinheim bestellt. Er sollte den fremden Schmiedemeistern das Geheimnis entreißen!

Landfried, Ingilinheim, Lenzmonat 797

Es wird Zeit, aufzubrechen«, freute sich Landfried. »Mir scheint, der Schnee taut endlich!« Er stand neben Sigismund vor dem Tor der Pfalz und blickte auf die Hänge, die das gegenüberliegende Rheinufer säumten.

»Wie kommst du darauf?«, fragte Sigismund.

»Dort drüben auf dem Hang sieht man schon die braune Erde«, erklärte Landfried und wies auf einen vorspringenden Hügel, der tatsächlich weitgehend vom Schnee befreit war.

Sigismund grinste. »Ach so. Der ist König Karl auch schon aufgefallen! Er sagte, wenn die ständige Sorge um das Reich ihm einmal Zeit ließe, würde er dort ein Kloster gründen. Mit einem Weinberg! Aber du wirst sehen, es wird noch Wochen dauern, bis der Frühling auch an anderen Orten Einzug hält.«

Doch es gab ohnehin noch viel zu tun. Es galt, würdige Geschenke für den Perserkönig zu besorgen. Neben den Gesandten Sigismund und Landfried, die Karl selbst als Missi ernannt hatte, würde noch ein jüdischer Händler namens Isaak mit von der Partie sein. Er hatte sich erboten, für die Gesandten zu übersetzen.

»Zumindest Fränkisch, Latein und Griechisch spricht er tatsächlich«, bestätigte Sigismund anerkennend, nachdem ihm der Händler vorgestellt worden war. »Wenn es um sein Hebräisch und Arabisch genauso bestellt ist, können wir uns ihm anvertrauen!«

»Fünf Sprachen«, staunte Landfried. »Es heißt außerdem, er habe die Reise schon mehrmals unternommen?«

»Zumindest bis Jerusalem«, bestätigte Sigismund.

»Wo habt ihr ihn aufgetrieben?«

»Du solltest die Verbindungen der Hofkappelle nicht unterschätzen«, schmunzelte Sigismund. »Isaak ist ein fahrender Händler, der dem Bischof von Wormatia aufgefallen ist. Der hat ihn uns wegen seiner Kenntnisse empfohlen.«

Die Geschenke suchte König Karl selbst aus. Sechs edle Rösser aus der spanischen Mark, eine Reihe bunter friesischer Wollmäntel, die im ganzen Frankenreich berühmt und begehrt waren, und zuletzt vier Jagdhunde aus seiner eigenen Meute. Natürlich würde sich während der Reise jemand um all diese Tiere kümmern müssen. Das würde Hrudogir übernehmen, der Stallknecht. »Ulfberht kann ihm bei dieser Arbeit helfen«, erklärte Landfried dem Kaplan. »Damit haben wir auch eine glaubwürdige Erklärung für seine Anwesenheit. Die Perser dürfen schließlich nicht bemerken, dass wir hinter ihrem Eisen her sind.«

Hludahilt, Lauresham, Ostermonat 797

Da ist ein Mädchen, das dich sprechen will«, bedeutete der Krankenpfleger Hludahilt, als sie einmal wieder bei Edolf saß, um ihn zu pflegen. Es ging ihm besser, er schluckte weiterhin nur, was man ihm einflößte, Ei und Milch und Brühe mit darin eingeweichten Brotkrumen. Aber er machte die Augen auf, auch wenn sein Blick ins Leere ging und nicht ihren Bewegungen folgte. Der Pfleger ließ ein Mädchen herein. Oder eher eine junge Frau, blond und mit schmalem Gesicht und wachen blauen Augen. Keine gepflegte Schönheit wie eine Hofdame, aber hübsch war sie.

»Verzeiht, Herrin«, sprach die Frau und knickste vor Hludahilt.

Die war solche Ehrerbietung ihrer Person gegenüber nicht gewohnt und winkte rasch ab. »Was ist dein Anliegen?«

»Mein Name ist Berhta ...«, begann sie. Hludahilt legte überrascht ihre Hand auf den Mund.

»Berhta, du meine Güte«, murmelte sie. Die junge Frau schien keineswegs verwirrt, was ein düsteres Licht auf Hludahilts Bruder warf. Berhta war dabei, ja vermutlich sogar die Ursache gewesen, als Ulfberht seinen Meister angriff. Und Edolf befand sich in besagter Nacht auch in der Schmiede. Er hing da mit drin. Hatte er Berhta Gewalt angetan? Aber welche Rolle hatte dann Gernod gespielt, und was konnte Berhta nun von ihr wollen? Rache? Eine Entschädigung? Sie schluckte und riss sich zusammen. »Du bist Ulfberhts Schwester?«, fragte sie.

Das Mädchen nickte und schlug wieder die Augen nieder.

»Sag, weißt du, wo er ist? Wie geht es ihm?«, fragte Hludahilt, ohne nachzudenken. Berhta blickte sie aus großen Augen an. Dann schüttelte sie langsam den Kopf. Hludahilt schimpfte sich innerlich eine Eselin, wieso sprach sie, ohne nachzudenken? Wie könnte ihr Berhta auch vertrauen? Der Schwester ihres Peinigers! Selbst wenn sie es wusste, würde sie ihr den Aufenthaltsort des Bruders bestimmt nicht verraten.

»Ich möchte dich um etwas bitten«, sprach Berhta weiter und blickte dabei so flehentlich, dass Hludahilt ganz gerührt wurde.

»Was kann ich für dich tun?«, erkundigte sie sich. »Du musst wissen, dass mich mein Bruder nie in seine Pläne eingeweiht hat ...«

»Ich möchte dir helfen, Edolf zu pflegen«, erklärte das junge Mädchen.

Hludahilt holte tief Luft. Alles hätte sie erwartet, aber nicht das. »Ich habe vernommen, er habe dir schweres Unrecht getan?«, fragte sie vorsichtig.

Doch Berhta rang die Hände. »Vielleicht hat er das, ja. Aber ...« Sie verstummte. Dann räusperte sie sich. »Aber ich liebe ihn immer noch«, flüsterte sie.

Ulfberht, Ingilinheim, Ostermonat 797

Endlich steht Ostern vor der Tür!«, freute sich Ulfberht. Seitdem König Karl in seinem gesamten Reich einen einheitlichen Kalender eingeführt hatte, gab es keinen Zweifel mehr, wann es so weit war. Er konnte den Abmarsch der Gesandtschaft kaum erwarten. Zum einen brannte er darauf, das Geheimnis des harten Eisens zu lösen. Zum anderen fürchtete er, dass sein Verbrechen doch noch entdeckt werden könnte.

»Wenn ihr loszieht, bist du dann fein raus. Hättest du ordentlich zugeschlagen, lebte ich nicht in ständiger Sorge«, schalt ihn Sichhilda, seine Gedanken erratend. »Wenn Edolf wieder zu sprechen beginnt, bin ich die Erste, der es an den Kragen geht, nicht du!«

»Edolf ist doch weit weg in Lauresham«, wollte Ulfberht sie beruhigen. »Wenn er nicht schon längst gestorben ist.« In der Tat hatte man den zu Tode getroffenen Mann eher zum Sterben als zur Heilung in sein Heimatkloster bringen lassen.

Sichhilda zerstreute seine Hoffnungen aber. »Eine Freundin hat mir berichtet, dass er inzwischen sogar feste Nahrung schluckt, wenn man ihn füttert. Und er hat die Augen offen! Sie hat es von ihrem Bruder, der war selbst in Lauresham!«

Ulfberht schluckte. Das hatte er nicht erwartet. Wenn er auch sonst nichts Gutes über Edolf sagen konnte, so hatte der Kerl doch einen verdammt harten Schädel!

Teil IV
Die große Reise

Ulfberht, Ingilinheim, Ostermonat 797

Endlich kam der Tag der Abreise der Missi dominici, der Königsboten, wie Landfried und Sigismund nun mit stolzem Titel hießen. Ulfberht und Hrudogir hatten als Pferdeknechte natürlich keinen Titel, dennoch liefen sie mit zumindest genauso stolz geschwellter Brust einher wie ihre Herren.

»Wer sonst sollte mit den Spaniern klarkommen!«, prahlte Hrudogir. Tatsächlich musste man mit den sechs Pferden aus al-Andalus vorsichtig sein, besonders mit den zwei Hengsten. Geschwister, die seit Geburt zusammen auf der Weide gestanden hatten, was zweifellos half, aber Ulfberht hatte trotzdem einen gesunden Respekt vor den Tieren. Er und Hrudogir würden je eines der feurigen Tiere reiten, um sie besser unter Kontrolle zu halten.

»Ja, ich bin froh, dass du dabei bist«, bestätigte Ulfberht trotz seines eigenen Geschicks mit Pferden ehrlich. »Die Jagdhunde scheinen sie ziemlich aufzuregen.« Beide lachten. »Kennst du eigentlich unseren Führer?«, fragte Ulfberht weiter.

»Nein«, gab Hrudogir zurück und blickte sich scheu nach dem Reisegenossen um. »Seinem dunklen Gesicht nach kommt er vielleicht aus Aquitanien oder Italien, jedenfalls soll er die Reise schon öfters gemacht haben und alle Sprachen der Welt sprechen.«

»Ich werde ihn fragen«, beschloss Ulfberht. »Ein hoher Herr würde sicher nicht auf einem Maultier reiten!« Tatsächlich ritt der Fremde, anders als die beiden Missi und die Pferdeknechte, auf einem einfachen Maultier hinter der Gruppe her. Ulfberht ließ sich etwas zurückfallen. »Du bist unser Führer, nicht wahr? Solltest du dann nicht vor uns her reiten?«, fragte er keck.

Der Mann blickte ihn erstaunt an. Dann lachte er. »Den Weg bis Lauresham finden die Herren schon selbst, und meine arme Judith hat nicht so lange Beine wie eure Klepper.« Freundlich klopfte er auf den Hals seines Reittiers. »Ich heiße übrigens Isaak, und du musst Ulfberht sein, wenn ich nicht irre?«, stellte er sich vor.

»Ja, ich bin Ulfberht«, bestätigte dieser. »Isaak – dein Name klingt fremdartig. Wo kommst du her?« Neugierig blickte er den Fremden ins sonnengebräunte Gesicht. »Man sagt, du seist schon öfter in der heiligen Stadt gewesen und sprächest alle Sprachen der Welt ...«

Der Mann lachte wieder. Er schien ein fröhlicher Geselle zu sein, und sein Lachen steckte Ulfberht sofort an, obwohl er seine Worte eigentlich nicht spöttisch oder lustig gemeint hatte. »Ja ja, dreimal war ich schon in Jerusalem, aber alle Sprachen der Welt, die vermag selbst der weiseste Mann auf Gottes Erde nicht einmal zu zählen!«

Ulfberht war beeindruckt. »Ich habe von fünfen gehört. Fränkisch, Sächsisch, Awarisch, Latein, Griechisch, ach so und Hebräisch ...«

»Richtig. Und letzteres ist die Sprache meines Volkes!«, rief Isaak erfreut. »Und Jerusalem ist meine Heimat, auch wenn Verwandte von mir in Spira und Warmaisa wohnen, das ihr Wormatia nennt.«

»Durch Wormatia bin ich schon gekommen, aber einen Hebräer wie dich habe ich dort nie gesehen«, bekannte Ulfberht. »Sind alle Männer deines Volkes so weit herumgekommen wie du? Und werden wir noch andere treffen, wenn wir durch Wormatia kommen?«

Wieder lachte Isaak. »Die meisten Juden, so nennen wir uns selbst, sind Händler wie ich. Aber einige haben Warmaisa noch nie verlassen. Wenn wir dort sind, stelle ich sie dir gerne vor, das heißt, wenn unsere Herren nicht lieber in Lauresham übernachten wollen.«

Ulfberht wurde heiß. »Oh, das wäre ein Umweg, und ich würde tatsächlich sehr gerne dein Volk treffen«, beeilte er sich, zu beteuern. An Lauresham hatte er noch gar nicht gedacht! Er musste unter allen Umständen vermeiden, dorthin zu kommen. Man würde ihn unweigerlich erkennen und gefangen nehmen.

Doch als am späten Nachmittag des Folgetages Wormatia vor ihnen auftauchte, schlug der Kaplan genau das vor: »Lasst uns noch bis Lauresham reiten, dort können wir den Heiligen Nazarius um seinen Segen für unsere Reise bitten. Außerdem können wir Richbod die Grüße des Königs überbringen«, schlug Sigismund vor. Auch der Abt gehörte zu der Gebetsbruderschaft König Karls.

Doch Ulfberht hatte die Zeit genutzt, um über einen Ausweg nachzudenken. »Entschuldigt Herr, darf ich etwas sagen?«, fragte er respektvoll.

Der Geistliche blickte ihn verwirrt an. Ulfberht hatte noch nie das Wort direkt an ihn gerichtet. Von einem Knecht wurde das auch nicht erwartet. Doch nach einem Augenblick nickte Sigismund gütig. »Was möchtest du?«, fragte er.

»Herr, ich habe mir überlegt, dass es für die Pferde vielleicht besser wäre, hier vor der Stadt zu ruhen, statt noch über den Fluss und bis nach Lauresham zu ziehen, nur um morgen, wenn wir unseren Weg fortsetzen, wieder zurück zu müssen.«

Der Kaplan zog die Stirn einen Augenblick in Falten, dann nickte er. »Du hast Recht. Und es freut mich, dass du deine Arbeit als Pferdeknecht so ernst nimmst.« Dann wandte er sich Isaak zu, der auf seinem Maultier neben ihnen trottete. »Du kommst doch aus Wormatia. Kannst du für die Tiere sorgen? Ulfberht wird dir zur Hand gehen. Morgen treffen wir uns dann um die dritte Stunde am Caput via.«

Ulfberht fiel ein Stein vom Herzen, aber er ließ sich nichts anmerken und nickte nur gehorsam. »Zur dritten Stunde, wie du wünschst, Herr.«

»Dann vorwärts, wir sollten uns beeilen, damit wir noch vor Einbruch der Dunkelheit nach Lauresham kommen«, rief der Kaplan und versetzte sein Reittier in den Trab. Landfried und Hrudogir folgten ihm, während Ulfberht einige Mühe hatte, seinen Hengst und die vier freien Pferde davon abzuhalten, ihnen zu folgen.

Schließlich nickte Isaak. »Danke, das war eine ausgezeichnete Idee.« Er strahlte. »Sie erlaubt mir, meine Familie zu sehen, und dir, wie versprochen, unsere Gemeinde vorzustellen. Komm mit, wir können die Pferde bei Joseph unterstellen. Der hat genug Platz in seinem Lagerschuppen und sicherlich auch ausreichend Heu.« Sie folgten der Römerstraße, bis sie das Tor im Nordosten der Stadtmauer erreichten.

»Die *Kehilla Kedoscha*, die Heilige Gemeinde, wie wir sie nennen, ist direkt hinter der Friesensperre angesiedelt. Gleich sind wir da«, erklärte Isaak eifrig.

»Friesensperre?«, fragte Ulfberht erstaunt.

»Ja, früher, als wir noch keinen mächtigen König hatten, der für sichere Straßen und Frieden im Reich sorgte, sind die Friesen den Rhein hinauf bis nach Warmaisa gekommen, um zu handeln oder auch zu plündern. Das Tor zum Rhein hin wird deshalb immer noch nach ihnen benannt«, erklärte der Händler.

»Doch heutzutage sind die Friesen König Karl tributpflichtig«, bestätigte Ulfberht stolz.

Wieder nickte Isaak. »Ein großer König, in der Tat. Auch unserer Gemeinschaft gewährt er seinen Schutz und einige Privilegien, die es uns ermöglichen, zum Nutzen des Reiches Handel zu treiben. Denn meine Brüder leben über viele Länder verstreut und treiben Handel bis ins ferne Land Sind hinein. Doch genug davon. Jetzt wirst du erst einmal unsere Gastfreundschaft kennenlernen!«

Und Isaak hatte nicht zu viel versprochen. Die beiden Reisenden wurden herzlich aufgenommen, und zu Ulfberhts Erstaunen ließ Joseph, der Hausherr, bei dem sie einkehrten, nicht einmal zu, dass er sich selbst um die Andalusier kümmerte.

»Das werden meine Söhne übernehmen. Du bist unser Gast!«, erklärte er mit einer Stimme, die keinen Widerspruch duldete. Wenig später reichte die hübsche Tochter des Hausherrn eine Schüssel mit Wasser herum.

»Darin kannst du dir die Hände waschen«, erklärte Isaak seinem verdutzten Reisegenossen. »Wir machen das immer vor dem Essen.«

Ungeschickt imitierte Ulfberht das Ritual, obwohl ihm der Sinn des Ganzen nicht einleuchtete. Dafür war das Essen ganz nach seinem Geschmack. Mirjam, Josephs Frau, trug einen großen, in Scheiben geschnittenen Hecht auf, und Familie, Gesinde und die Gäste machten sich sogleich darüber her. Zu Ulfberhts großem Erstaunen befanden sich in dem Fisch aber keine Gräten und Innereien, sondern eine köstliche Masse aus Hechtfleisch und Gewürzen. »Was ist denn das?«, fragte er eifrig kauend.

»Gefillde Fisch«, erklärte die Hausfrau lächelnd. »Eine besondere Speise für den heiligen Sabbath oder wenn Gäste kommen!«

Hludahilt, Lauresham, Weidemonat 797

Besuch für Edolf?«, fragte Hludahilt erstaunt. Sie blickte zu Berhta hinüber, die nur mit den Schultern zuckte und ihr so zu verstehen gab, dass sie ebenfalls keine Ahnung hatte. In den letzten Wochen war die junge Fränkin eine unersetzliche Hilfe bei der Pflege des Bruders gewesen. Und auch so etwas wie eine Freundin geworden. Edolfs Zustand besserte sich zwar, aber es ging geradezu unmerklich langsam vonstatten. So langsam, dass Hludahilt vielleicht die Geduld verloren hätte, wäre die neue Freundin nicht gewesen. Aber Berhtas aufopfernder Einsatz fachte Hludahilts Eifer immer wieder an. Umso mehr, als Hludahilt inzwischen sehr genau wusste, was in jener Nacht passiert war, in der Ulfberht verschwand. Es war auch Berhta gewesen, der Edolf zum ersten Mal mit den Augen durch den Raum folgte. Und er verschluckte sich kaum noch, ja schien sogar mit den Händen beim Füttern helfen zu wollen.

»Männer aus Ingilinheim, die sich von Edolfs Genesung überzeugen wollen. Es ist ein Geistlicher und ein hoher Herr dabei«, erklärte der junge Novize, der den Besuch gemeldet hatte.

»Dann lass sie nicht warten!«, entschied Hludahilt. Bald darauf führte der Novize drei Männer herein, die Hludahilt allesamt noch nie gesehen hatte.

»Entschuldigt die Störung«, erklärte der Geistliche, ein Mann, der schon seine Lebensmitte überschritten hatte, aber mit der drahtigen, fast schon asketischen Gestalt immer noch energisch und entschlossen wirkte. »Ich bin Sigismund, der Hofkaplan, und das ist Landfried, Sohn des Grafen von Meaux. Wir sind Königsboten.« Wer der dritte Mann war, verriet er nicht oder hielt es für unerheblich. Seiner einfachen Kleidung nach musste es ein Knecht sein.

»Es ist mir eine Ehre«, antwortete Hludahilt ehrerbietig und knickste artig. »Mein Name ist Hludahilt. Ich bin Edolfs Schwester. Und das ist Berhta, die mir mit der Pflege hilft.« Sie wies zu der jungen Frau hinüber, die mit gesenktem Blick in der Ecke wartete.

»Eigentlich sollte Edolf mit uns auf die Reise gehen, aber, wie du ja weißt, wurde er überfallen. Wie geht es ihm inzwischen?«

»Besser, wenn auch nur sehr langsam«, gab Hludahilt Auskunft. »Ohne die Unterstützung von Berhta könnte ich die Pflege kaum bewältigen. Sie ist ein Engel.« Berhta errötete, blieb aber weiter stumm.

»Konnte er denn schon berichten, was geschehen ist?«, fragte der als Grafensohn vorgestellte Mann.

Hludahilt schüttelte den Kopf. »Nein, er hat noch überhaupt nicht gesprochen. Ich hatte gehofft, dass ihr uns etwas dazu sagen könnt.« Der Grafensohn blickte verlegen auf die eigenen Füße, was Hludahilt bei seiner hohen Stellung recht merkwürdig vorkam. »Wir wissen nur, dass er einen Schlag auf den Kopf bekam«, fuhr sie fort, »im Kampf oder aus dem Hinterhalt?«

»Aus dem Hinterhalt, du hast sicherlich schon gesehen, dass er die Wunde auf der Hinterseite des Kopfes trägt«, erklärte der junge Edle. »Es ist ein komplettes Rätsel, wer es war. Denn in der Nacht, als es geschah, hat es heftig geschneit, und man hätte die Spuren des Täters finden müssen. Aber da war nichts.«

Berhta bekreuzigte sich bei diesen Worten. »War es etwa ein böser Geist?«, fragte sie erschrocken und brach damit ihr bisheriges Schweigen.

Der Kaplan blickte zu ihr hinüber, als würde er sie erst jetzt wahrnehmen. »Gab es Gründe, warum Edolf die Geister fürchten musste?« Nun blickte Berhta wieder scheu zu Boden.

»Er hat sich nicht immer wie ein Edler verhalten«, antwortete Hludahilt an ihrer Stelle. »Gerade jungen Frauen gegenüber.« Der Grafensohn blickte, als wolle er weiterfragen, aber ihr Blick ließ ihn innehalten. Sie unterdrückte mit Mühe ihren aufkeimenden Zorn, als sie sich daran erinnerte, was Berhta ihr von jener Nacht berichtet hatte. Der Mann nickte verstehend und blickte mitfühlend zu Berhta hinüber, die schon wieder errötete. Das ärgerte Hludahilt noch mehr. Sollte er doch denken, was er wollte. Sie hatten jedenfalls genug über sich geredet. »Und was habt ihr mit meinem Bruder zu schaffen?«, wollte sie wissen.

»Er sollte uns auf unserer Mission begleiten«, erklärte Landfried knapp.

Dann ist das wenigstens keine Lüge gewesen, notierte Hludahilt in Gedanken. »Und habt ihr Ersatz für ihn gefunden?«, fragte sie.

»Wir haben glücklicherweise einen anderen Mann gefunden, der gut geeignet ist. Vielleicht kennt ihr ihn sogar, er hat sein Handwerk hier in Lauresham gelernt. Ein gewisser Ulfberht.«

Berhta stieß einen erschrockenen Schrei aus.

»Was ist denn?«, fragte der Kaplan schnell.

»Ihr Bruder heißt auch Ulfberht, aber er ist verschollen ...« Hludahilt biss sich auf die Zunge, als ihr klar wurde, dass der Grafensohn offensichtlich nichts von Ulfberhts Flucht aus Lauresham wusste.

»Du bist Ulfberhts Schwester?«, mischte sich zum ersten Mal der Knecht in die Unterredung.

»Ja«, stammelte Berhta.

»Ihr Bruder heißt zumindest auch Ulfberht«, unterbrach Hludahilt sie bestimmt. »Aber er ist vor langer Zeit verschwunden. Wahrscheinlich im Sachsenkrieg gefallen.« Etwas anderes fiel ihr auf die Schnelle nicht ein. »Aber das ist ja auch belanglos. Bleibt ihr länger in Lauresham? Und habt ihr diesen Ulfberht, von dem ihr sprecht, mit hierhergebracht?«

»Nein, er blieb mit einem weiteren Mann und den Pferden in Wormatia«, erklärte der Grafensohn. »Aber ihr habt Recht, wir wollen dem armen Edolf nicht eure Zeit stehlen. Er benötigt eure Pflege dringender. Ich hoffe, er ist wiederhergestellt, wenn wir zurückkehren.« Hludahilt knickste wieder, und die Männer verließen den Raum.

Hludahilt war komplett durcheinander. Ulfberht lebte! Die Nachricht freute sie zu ihrer eigenen Überraschung ganz ungemein. Aber was hatte das alles zu bedeuten? Wie war es nur dazu gekommen, dass Ulfberht nun auch noch auf dieser Gesandtschaft den Platz ihres Bruders eingenommen hatte? Das Schicksal der beiden war irgendwie miteinander verwoben! Ihr Blick fiel auf Edolf, der scheinbar nichts von dem Besuch mitbekommen hatte. Wenn überhaupt, war ein Netz feiner Schweißperlen auf seiner Stirn das einzige Zeichen für seine Anteilnahme. Sie beugte sich nieder, um seine Stirn mit einem Tuch abzutupfen. Dabei fiel ihr Blick auf die breite Narbe, die von der Platzwunde auf seinem Scheitel geblieben war. Mit einem Mal kam ihr ein schrecklicher Verdacht. Ulfberhts und Edolfs Pfade hatten sich in Ingilinheim gekreuzt. Und wer, wenn nicht Ulfberht, hatte allen Grund ihren Bruder zu hassen?

»Du bist ja ganz blass!«, rief Berhta, zu ihr springend.

Eine Welle widersprüchlicher Gefühle schlug über Hludahilt zusammen, und ohne recht zu wissen, warum, liefen ihr die Tränen an den Wangen herab.

Ulfberht, Wormatia, Weidemonat 797

Am nächsten Morgen verabschiedete sich Ulfberht etwas wehmütig von Joseph und seiner Familie. Es war das erste Mal, seitdem er nach Ingilinheim gekommen war, dass ihm die Welt für einen Augenblick heil und gut erschien. Doch der Moment ließ sich nicht festhalten und sein Magen verkrampfte sich schmerzhaft, wenn er daran dachte, was die Gefährten in Lauresham erfahren haben mochten.

»Wir wollen die hohen Herren nicht warten lassen«, rief Isaak und schwang sich in den Sattel seines Maultiers.

Wenig später kamen sie mit ihrer kleinen Pferdeherde zum Caput via, dem Stein, der den Beginn der Römerstraße markierte. Doch es dauerte noch über eine Stunde, bis die beiden Missi erschienen. »Wir sind spät dran«, begrüßte sie Landfried. »Lasst uns direkt weiter reiten.«

Bald schon lag Wormatia hinter ihnen, und mit jeder Meile fühlte sich Ulfberht freier. Nun konnte ihn seine Untat nicht mehr einholen!

»Kennst du eigentlich eine Hludahilt?«, fragte Hrudogir plötzlich.

Ulfberht erstarrte im Sattel. Wie sollte er antworten? Was wusste Hrudogir bereits? »Hludahilt?«, fragte er gedehnt.

»Die Schwester von Edolf«, half ihm der Pferdeknecht auf die Sprünge.

Ulfberht stellte sich dumm. »Ich weiß nicht, es ist schon ziemlich lange her, dass ich in Lauresham war«, log er und blickte sich scheu um, ob einer der Reisegefährten ihr Gespräch mithören könnte.

»Merkwürdig«, behauptete Hrudogir. »Sie hat einen Ulfberht erwähnt, zumindest seine Schwester hat das. Die war nämlich auch dort. Und dein Name ist recht selten.«

Ulfberht wurde heiß, doch er riss sich zusammen. »In dieser Gegend gibt es etliche Ulfberhts«, log er und versuchte, seiner Stimme einen leichten Ton zu verleihen.

»Sie meinte, der Ulfberht sei im Kampf gegen die Sachsen gefallen und hat weiter nichts dazu gesagt«, berichtete Hrudogir weiter und blickte ihn von der Seite an. Schließlich schüttelte er den Kopf, aber nur langsam und zweifelnd. Nicht als würde er den Gedanken abschütteln, sondern lediglich auf später verschieben. So zumindest kam es Ulfberht vor. »Edolf lebt jedenfalls noch. Und die Mönche sind voller Hoffnung, dass er sich erholen wird. So Gott will.«

»So Gott will«, wiederholte Ulfberht tonlos. Auch diese Nachricht trug nicht zu seiner Beruhigung bei.

In dieser Nacht lag er noch lange wach. Warum musste Hrudogir ausgerechnet auf Hludahilt treffen? Der Gedanke an Edolfs Schwester schmerzte Ulfberht fast schon körperlich. Sie war unerreichbarer denn je! Er hatte inzwischen nicht nur zwei andere Frauen gehabt, sondern zu guter Letzt auch noch ihren Bruder hinterrücks überfallen. Das würde sie ihm niemals verzeihen! Ganz abgesehen davon, dass sie immer noch die Tochter eines Edlen und er ein einfacher Knecht war. Und doch schien sie über ihn gesprochen zu haben?

Landfried, Bodensee, Weidemonat 797

Gegen Abend des vierten Tages erreichten sie ein großes Gewässer. Fast wie ein Meer dehnte es sich vor der Kulisse der großen Schneeberge aus. »Die Insel vor uns heißt Reichenau. Dort liegt das Reichskloster, unser heutiges Ziel«, erklärte Sigismund. »Danach geht es über die Berge nach Italien.« Er blickte sorgenvoll auf die schneebedeckten Gipfel, die den Blick nach Süden versperrten.

»Ist das Kloster nicht das Mutterkloster von Lauresham?«, fragte Landfried.

»In der Tat«, bestätigte Sigismund. »Und seit Wado dort den Adilofinger Petrus als Abt abgelöst hat, ist es ein weiterer Stützpunkt für die Macht Karls und der Franken!«

»Petrus war ein Verwandter Tassilos, des Bayernherzogs?«, fragte Landfried überrascht. Er hatte bereits gehört, dass die gesamte Familie des Bayernherzogs in Ungnade gefallen war, aber dass er Kontakte bis hierher gehabt hatte, war ihm neu.

»Ja«, nickte Sigismund. »Und Wado ist mit dem Königshaus verwandt. Und er gehört zu den Vertrauten Gerolds«, er warf Landfried einen langen Blick zu.

Der schnaufte verächtlich. »Dem Sieger über die Awaren«, der Hohn in seiner Stimme war nicht zu überhören. »Als Regent von Bayern und der Ostmark liegt der Kampf gegen sie ja jetzt in seinen starken Händen. Da können wir endlich ruhig schlafen.«

»Hoffentlich«, unterbrach ihn Sigismund. »Aber ich gebe dir einen guten Rat: Lass niemanden etwas von deiner Feindschaft gegen Gerold merken. Der König hat ihn als Regenten eingesetzt und wird wissen, warum. Außerdem hängt die Sicherheit unserer Ostgrenze von vielen Dingen ab. Da gibt es neben den Awaren noch die Slawen, und auch unser Verhältnis zu den Romaniern in Konstantinopel ist nicht ohne Bedeutung. Und wenn es uns gelingt, hinter das Geheimnis des harten Eisens zu kommen, ändert sich ohnehin alles. Also konzentriere dich auf deine Aufgabe, und lass Gerold die seinige machen!«

Ulfberht, Septimerpass, Weidemonat 797

Der Regen der letzten Tage hatte den Boden aufgeweicht, und selbst die Steine des alten Römerpflasters waren gefährlich glatt und glitschig. Es geschah am fünften Tag, nachdem sie das gastliche Reichskloster auf der Reichenau verlassen hatten. Hrudogir ritt voran, und Ulfberht folgte hinter den vier Pferden aus al-Andalus, die als Geschenk für den König der Perser vorgesehen waren. Isaak hielt sich mit seinem Maultier neben ihm. Ulfberht hörte ihm gern zu, wenn er von den Wundern berichtete, die sie im Begriff waren, zu sehen. Doch heute ließ die dramatische Umgebung beide ehrfurchtsvoll verstummen. Die Berge traten von beiden Seiten bis dicht an den Lauf des hier schmalen, aber vom Regen der letzten Tage und der Schneeschmelze im Gebirge angeschwollenen Rheins heran. Zuweilen begleitete der alte Saumpfad den Fluss, vereinzelt wand er sich auch an einer der felsigen Schultern bis hoch über dessen schäumendes Bett. Das laute Rauschen des Flusses hätte ohnehin jedes Gespräch unterbunden. Die dicken Wollmäntel der Reisenden waren nass und schwer vom Regen. Tauwasser strömte immer wieder wie ein munter murmelnder Bach den Weg hinab. Nur die Pferde strahlten eine Wärme aus, die vom Sattel wohlig unter dem Umhang aufstieg.

Ulfberht war vollständig in seinen Gedanken versunken, als ihn ein lautes Krachen aufschreckte. Sein Pferd machte mit einem erschrockenen Wiehern einen Satz nach rechts, und er konnte sich nur mit Mühe im Sattel halten. Isaak erging es nicht viel besser. Die vier freien Pferde vor ihnen drängten auf dem schmalen Pfad ängstlich zurück, dazwischen versuchten die Jagdhunde jaulend und mit eingezogenem Schwanz, ihren Hufen zu entgehen. »Was ist passiert?«, rief Isaak über den Tumult hinweg. Vom Rücken seines kurzbeinigen Reittiers aus konnte er nichts erkennen. Doch auch Ulfberht brauchte zuerst einen Moment, um die Kontrolle über seinen Hengst wiederzugewinnen. Dann sah er sich um: Vor ihnen auf dem Weg musste irgendetwas geschehen sein. Ulfberhts Blick suchte nach Hrudogir, doch er konnte ihn nirgends entdecken. Die vier freien Pferde versuchten immer noch, mit ängstlich geblähten Nüstern an ihm vorbei nach hinten zu gelangen, und er musste all sein reiterisches Können aufwenden, um die Kontrolle über sein Pferd zu behalten. Endlich erkannte er, was sich zugetragen hatte. Vor ihnen war ein Erdrutsch niedergegangen und hatte einen Teil der Straße mit sich in die Tiefe gerissen. Ein Pferd lag nahe der Abbruchkante und schlug wild, aber hilflos mit den Hufen. Das war Hrudogirs Hengst, der zwei Jahre ältere Bruder des Tieres, auf dem er selbst ritt. Doch wo war der Reiter? Ulfberht trieb sein Pferd mit den Schenkeln vorwärts, es weigerte sich jedoch und starrte nur mit kerzengerade aufgestellten Ohren und weit geblähten Nüstern zum Ort des Unglücks. Ulfberht griff das Ende des Zügels und hieb mit dem Lederriemen auf den Hals des Pferdes. Erschrocken von dieser groben Behandlung, die es von seinem gutmütigen Reiter nicht gewöhnt war, setzte sich der Hengst endlich in Bewegung und zwängte sich vorbei an seinen zurückdrängenden Artgenossen. Da drang ein Hilferuf an Ulfberhts Ohr, und im nächsten Moment sah er, dass hinter dem gestürzten Pferd direkt über dem schwindelerregenden Abgrund ein Mann hing. »Hrudogir!«, schrie er. »Halte aus, ich komme!« Er hieb wieder auf sein Pferd ein, um es weiter voranzutreiben. Doch nachdem sich die übrigen Pferde nach hinten gedrückt hatten und sein Hengst auf einmal in vorderster Reihe, dem Unglücksort am nächsten stand, stemmte er die Hufe in den Boden und ließ sich auch durch Ulfberhts Peitschen keinen Spannbreit vorwärtsbewegen. Fluchend schwang sich Ulfberht aus dem Sattel und lief auf die Unglücksstelle zu. Auf etwa zehn Schritt war der Weg von Geröllblöcken, die teilweise die Größe eines Männerkopfes erreichten, bedeckt. Unter einem lag noch ein jaulender Hund begraben. Dahinter fehlte über fünf oder sechs Schritte der dem Abgrund zugewandte Wegrand komplett! »Warte, ich bin gleich bei dir!«, schrie Ulfberht dem gestürzten Kameraden zu und tastete sich vorsichtig zwischen den ersten Trümmern vorwärts.

»Ich kann nicht mehr«, jammerte Hrudogir. »Mein rechter Arm ist verletzt, und ich stürze gleich ab!« Panik schwang in seiner Stimme mit. Doch Hrudogirs Reitpferd, welches immer noch in derselben Todesangst wie sein Herr wild um sich schlug, während es langsam dem Abgrund entgegen rutschte, erschwerte die Annäherung. Da überfiel Ulfberht ein finsterer Gedanke. Wenn Hrudogir in den Fluss stürzte, wäre sein Verdacht und alles, was er in Lauresham erfahren haben mochte, mit ihm verloren! Er hielt inne.

»Dein Pferd versperrt mir den Weg, ich muss es zuerst wegziehen!«, rief er.

»Stoß den Gaul in die Tiefe und hilf mir!«, schrie Hrudogir verzweifelt.

Es dauerte nur einen Augenblick, bis sich Ulfberhts Gewissen gegen die dunklen Gedanken durchsetzte. Voll Scham eilte er wieder voran und erreichte den Hals des Pferdes, das ihn mit einer Mischung aus Furcht und Hoffnung aus blutunterlaufenen Augen anstarrte. Ulfberht ergriff die Zügel dicht am Zaum und riss den Kopf des Hengstes nach oben. Dadurch drehte sich das Tier und bekam Boden unter einen der Hinterhufe. Es schnellte vorwärts und warf Ulfberht in seiner Flucht um. Doch es schaffte den Sprung auf festen Boden, während im gleichen Moment das nächste Stück des Weges mit einem lauten Rumpeln nachgab. Mit einem markerschütternden Schrei stürzte Hrudogir in die Tiefe. Ulfberht lag einen Moment schwer atmend neben dem zitternden Pferd, dem er gerade das Leben gerettet hatte.

Dann war Isaak bei ihm. »Wieso hast du dem verdammten Gaul und nicht zuerst Hrudogir geholfen?«, schrie er wütend und warf sich ebenfalls auf den Boden. Vorsichtig kroch er zum Rand und spähte herunter.

Ulfberht tat es ihm gleich, doch unten schäumte nur der wilde Rhein. Von Hrudogir war keine Spur mehr zu entdecken. Erst jetzt bemerkte Ulfberht, dass er am ganzen Leibe zitterte. Er rollte sich auf den Rücken, kniff die Augen zu und versuchte seinen Körper in den Griff zu bekommen. Als er die Augen aufschlug, traf sein Blick auf den Isaaks.

»Was ist geschehen?«, unterbrach sie Landfrieds Stimme. Ulfberht atmete tief ein und setzte sich vorsichtig auf. Tränen ließen seine Sicht verschwimmen, als er den Kopf schüttelte. Ein Wort brachte er nicht heraus. »Was ist geschehen?«, drängte Landfried und sprang aus dem Sattel. Hinter ihm trat nun auch Sigismund an die Abbruchkante.

»Ein Erdrutsch, Herr«, hörte Ulfberht Isaak sagen. Seine Stimme klang merkwürdig gedämpft. Ob das vom Rauschen des Rheins oder dem Blut in seinen eigenen Ohren kam, vermochte Ulfberht nicht zu sagen. Er schüttelte sich und stand vorsichtig auf. Seine Beine waren noch immer zittrig.

»Gott sei Dank, die Pferde sind noch alle da!«, hörte er Sigismund erleichtert rufen. Es stellte sich heraus, dass neben dem verletzten Jagdhund, dessen Rückgrat gebrochen war, und den sie daher am Ort des Unglücks erschlagen mussten, ein weiterer Hund verschwunden war. Vermutlich war er zusammen mit Hrudogir in die Schlucht gestürzt.

Erschüttert, erschöpft und niedergeschlagen kämpften sie sich durch das Wetter weiter. Der Donner grollte über den Bergen und allenthalben schossen durch die Schluchten, die der Weg kreuzte, wahre Sturzbäche zu Tal. »Ein Licht«, rief Ulfberht schließlich und zeigte nach vorn.

»Das muss das Xenodochium St. Petri sein«, jubelte Isaak. »Wir sind gerettet!«

Tatsächlich erreichten sie wenig später die kleine Herberge, die fromme Mönche vor einiger Zeit auf der Passhöhe errichtet hatten, um verirrte oder verunglückte Wanderer und Pilger aufzunehmen und zu pflegen.

Landfried, Italien, Brachmonat 797

Endlich wichen die schrecklichen Bergschluchten auseinander und gaben den Blick auf den, wie ein Spiegel daliegenden, Comersee frei. Als hätten die Wolken mit ihnen im Bunde gestanden, riss auch der Himmel auf, und die Strahlen der italienischen Sonne wärmten Menschen und Tiere. »Alles in allem hätte es schlimmer kommen können«, bemerkte Sigismund, dem ähnliche Gefühle und Gedanken gekommen sein mussten, gut gelaunt. »Wir haben nur einen Knecht verloren und zwei Hunde, aber dank der Geistesgegenwart des jungen Ulfberht keines der teuren Pferde!« Offensichtlich hielt der Kaplan das für die bessere Lösung. Was es zumindest vom rein pekuniären Standpunkt aus auch war.

Trotzdem bedauerte Landfried den fröhlichen Pferdeknecht. »Ich hoffe, das ist kein schlechtes Omen, welches uns der Allmächtige schickt«, antwortete er. »Erst fällt Edolf aus, nun Hrudogir. Wenn das so weiter geht, kommen wir beide nicht von der Fahrt zurück!«

Doch der Kaplan zuckte nur die Achseln. »Leute sterben jeden Tag. Unsere Aufgabe ist wichtiger als das Leben einiger weniger. Die Zukunft des Frankenreiches und mit ihm die der heiligen Kirche liegt vielleicht in unseren Händen!«

Landfried konnte seinem Gefährten diesmal nicht aus vollem Herzen zustimmen. Dass gerade ein Kirchenmann so hartherzig urteilte, wo ihm, einem Krieger, das Herz weich wurde, verstimmte ihn. Doch um des Friedens willen behielt er seine Gedanken für sich. Und die sanften, mit Wein bepflanzten Hügel beschwichtigten bald sein Gemüt.

Am übernächsten Tag blitzte vor ihnen ein Spiegel, der sich bis zum Horizont erstreckte. »Das Meer«, seufzte Landfried mit fast andächtiger Stimme.

»Das ist alles Wasser?«, fragte ihn der junge Ulfberht, als sie auf einer Hügelkuppe kurz innehielten und über das Land zu ihren Füßen blickten. »Bis zu dem Streifen am Horizont?«

Landfried runzelte die Stirn und beschattete seine Augen mit der Hand. »Streifen am Horizont? Was meinst du?«, fragte er verwundert. Seine Augen suchten die Ferne ab.

»Ja«, bestätigte Ulfberht. »Aber, aber ...« Er stockte. »Dahinter ist ja noch mehr Blau!«

Isaak, der neben ihnen ritt, erkannte zuerst, was der Junge meinte. »Der Streifen ist nur das Ende der Lagune. Dahinter beginnt erst das eigentliche Meer.« Sie schwiegen. Das glitzernde Blau hatte die vier unterschiedlichen Männer für einen Augenblick in den Bann gezogen. »Die Inseln in der Lagune gehören noch den Romaniern«, fuhr Isaak nach einer Weile fort. »Besser wir halten uns vom Ufer fern und reisen über Padua weiter nach Ravenna und Civitas Classis, dem Hafen.«

»Auf den Inseln leben Menschen?«, fragte Landfried erstaunt.

»Ja, wie die Wasservögel, halb im Meer, halb an Land«, bestätigte Isaak.

»Ich habe davon gehört«, bestätigte Sigismund und mischte sich damit zum ersten Mal in das Gespräch ein. »Vor drei Jahren wollte Pippin die Inseln einnehmen, aber die Flotte des Kaisers hat ihn daran gehindert.«

Landfried schaute interessiert. »Was sind das für Leute auf diesen Inseln, die du mit Wasservögeln vergleichst? Sind es Romanier?«, wollte er wissen.

»Römer, die vor den Langobarden auf die Inseln der Lagune geflüchtet sind, vor vielen, vielen Jahren«, erklärte Isaak. »Ursprünglich nur arme Fischer und Landarbeiter, die den Sümpfen ihren kargen Lebensunterhalt abrangen. Aber das Meer und die Angst vor den Langobarden hat sie gezwungen, sich immer weiter auf die wenigen höheren Inseln zurückzuziehen. Und auf der Insel Grado sitzt sogar ein Patriarch. Aber die Hauptinsel heißt Riva alto.«

»Hohes Ufer«, übersetzte Sigismund. »Das klingt passend.«

»Und sie haben dort einen eigenen Herzog. Den Dux, oder Dogen in ihrem Dialekt. Sein Wort gilt hier fast so sehr wie das des Kaisers in Konstantinopel, dessen Schiffe Pippin daran hindern, den Sumpf zu erobern.«

Zwei Tage später durchquerten sie Ravenna, was auf Landfried aber keinen guten Eindruck machte. Der Hafen war verlandet, die Mauern am Einstürzen. Einzig das Grabmal des Thiederichs von Bern entlockte ihm Ehrfurcht. Wer hätte nicht von dem Recken gehört?

»Sidonius Apollinaris hatte Recht. Ein mückenverpesteter Sumpf«, urteilte Sigismund dann auch über die einstige Hauptstadt der griechischen Besitzungen in Italien.

»Wer war denn das?«, fragte Landfried.

»Ach, nur ein Römer auf Reisen, dessen Bericht sich aber in der Bibliothek von Ingilinheim findet«, entgegnete der Kaplan mit einer wegwerfenden Handbewegung. »In diesem Sumpf ist die Ordnung aller Dinge verdreht, wo unablässig Mauern fallen, Wasser stehen, der Stuhlgang fließt, die Schiffe festsitzen, Kranke herumspazieren, Ärzte darniederliegen, kalt sind die Bäder, die Wohnungen überhitzt, verdursten die Lebenden, im Wasser schwimmen die Begrabenen, wachen die Diebe, schlafen die Behörden, Wucher treiben die Geistlichen, die Syrer Psalmen singen, Händler dienen, Mönche handeln, mit dem Ball sich die Greise üben, am Würfelspiel die jungen Männer, an den Waffen die Eunuchen, an den Wissenschaften die Krieger«, zitierte er eine Passage aus seinem beachtlichen Gedächtnis.

Landfried schwieg beeindruckt. Ob Sigismund wohl alle Orte, zu denen sie ihre Reise noch führen mochte, vorher bereits aus Büchern kannte? Wie um den alten Römer zu bestätigen, erkrankte noch beim Verlassen der Stadt einer der Hunde, sodass Ulfberht ihn vor sich quer über den Sattel legen musste.

Etwa eine Stunde nachdem sie die verfallende Stadt hinter sich gelassen hatten, erreichten sie Civitas Classis, das wenige Meilen südlich am Meer gegründet worden war, als der Hafen von Ravenna zu versumpfen begann. Die frisch getünchten Häuser leuchteten weiß in der Sonne, nach dem schmutzigen Grau Ravennas eine überaus angenehme Überraschung. Sigismund und Landfried suchten sofort den Palazzio des Ortsvorstehers auf. Und sie mussten nicht lange warten, bis ein junger Mann in der eleganten Kleidung eines Römers eintrat. Seine blauen Augen und der blonde Bart verrieten den Franken, noch bevor er den Mund öffnete. »Mein Name ist Burchard«, erklärte er denn auch in reinem Rheinfränkisch. »Im Auftrag Graf Hadumars befehlige ich unsere Flotte auf dem Mare superior.«

»Wir haben hier eine Flotte gebaut?«, fragte Sigismund erstaunt. »Davon habe ich gar nichts gehört. Plant Pippin denn einen Feldzug?«

Burchard wurde rot. »Keine große Flotte«, gestand er. »Wir beobachten, was die Romanier treiben. Seitdem der König Istrien erobert hat, durchstreifen ihre Dromonen ständig das Meer und die Lagunen im Norden!«

»Davon habe ich allerdings schon gehört«, nickte Sigismund.

»Steht denn ein neuer Krieg gegen die Romanier bevor?«, mischte sich Landfried in das Gespräch.

»Das ist zumindest nicht auszuschließen«, bestätigte Burchard und wiegte den Kopf.

»Umso wichtiger ist unsere Mission«, unterbrach ihn Sigismund. »Du musst schleunigst ein Schiff finden, mit dem wir ins Heilige Land gelangen können. Wenn der Krieg ausbricht, werden die Romanier die Schifffahrt auf dem gesamten Mare superior bedrohen!«

Burchard sah ihn verblüfft an. »Das ist auch meine Einschätzung. Wie kommt es, dass du, ein Fremder, an diesem Ort so gut Bescheid weißt?«

»Unterschätze die Hofkapelle nicht, junger Freund«, entgegnete Sigismund mit einem kühlen Lächeln.

»Meine Loyalität gehört voll und ganz dem König«, beeilte sich der junge Befehlshaber zu bestätigen und schlug sich auf die Brust.

»Das bezweifle ich nicht«, beschwichtigte Sigismund mit etwas freundlicherem Gesichtsausdruck. »Wir stehen natürlich auf derselben Seite, ich wollte nur die Dringlichkeit unseres Auftrages herausstellen. Und wenn du uns jetzt ein Quartier zuweisen könntest? Die Reise war ziemlich strapaziös.«

Der junge Franke nickte. »Wie du wünschst. Meine Männer werden sich um eure Tiere kümmern, während mein Diener Laurentius euch zu den Gastgemächern führt.«

»Ich gehe noch zu einem Freund und Geschäftspartner, der hier in Civitas classis wohnt«, erklärte Isaak am Abend. »Ben Sira. Er gehört zu den Radhaniyyah.«

Sigismund nickte anerkennend. »Die berühmte Bruderschaft von jüdischen Händlern, die das gesamte Meer umspannt. Und dein Freund gehört zu ihnen, sagst du?«

»So ist es. Sein Rat kann uns auf unserer Reise von großem Nutzen sein«, bestätigte Isaak.

»Um das ganze Meer herum?«, fragte Landfried interessiert. »Also auch in Jerusalem?«

»Ja und darüber hinaus, bis Bagdad und sogar bis nach Sind. Aber auch in al-Andalus, in Marsilia, in Franken und in den Reichen der weißen Bulgaren und Chasaren leben Brüder. Und sie stehen auch mit meinen Brüdern in Warmaisa und Spira in Verbindung«, ergänzte er stolz.

»Ja, es kann nicht schaden, wenn du dich bei ihm nach Neuigkeiten umhörst«, bestätigte Sigismund. »Wir müssen hier ohnehin warten, bis Burchard ein Schiff für uns findet. Aber er schien mir durchaus fähig.«

»Darf ich mit dir gehen?«, bat Ulfberht.

»Mir ist das recht«, erklärte Isaak und blickte zu den beiden Missi hinüber.

»Dass du aus ihm nicht auch noch einen Juden machst!«, warf Sigismund halb im Scherz ein.

Doch Landfried lachte nur. »Lass ihn sich nur umsehen, dafür haben wir ihn schließlich mitgenommen.« Ein warnender Blick Sigismunds ließ ihn verstummen. »Na, dann geht schon«, schloss Landfried verlegen.

Ulfberht, Civitas Classis, Weidemonat 797

Gemeinsam mit Isaak und Judith, dem Maultier, machte sich Ulfberht auf den Weg. »Was willst du mit dem Tier?«, fragte Ulfberht neugierig. »Meine Judith werde ich nicht verkaufen. Und mitnehmen nach Jerusalem kann ich sie auch nicht. Also lasse ich sie hier bei Ben Sira«, erklärte er.

Sie setzten den Weg schweigend fort. Nur die breitesten der Gassen des Ortes waren von Laternen spärlich beleuchtet, und Isaak fragte mehrmals Leute nach dem rechten Weg. »Wonach sollst du eigentlich Ausschau halten?«, wandte er sich unvermittelt an Ulfberht.

Dem wurde es heiß. Durfte er darüber reden? Aber besser der Freund erfuhr von seinem geheimen Auftrag als von den anderen Geheimnissen! »Ich soll im Morgenland schauen, wie man dort das Eisen schmiedet. Ob es vielleicht härteres Eisen gibt als bei uns«, bekannte er.

»Ah, daher weht also der Wind«, Isaak nickte. »Ich habe mich schon gewundert, warum man einen Schmiedegesellen mitnimmt.« Sie schwiegen ein paar Schritte. »Eine merkwürdige Idee«, befand Isaak dann.

»Warum?«, fragte Ulfberht zurück.

»Weil Schwerter, neben Sklaven aus den slawischen Wäldern und Wolle, zu den wichtigsten Handelsgütern gehören, die aus dem Norden in den Orient gebracht werden!« Sie schwiegen wieder für einige Schritte.

»Landfried hat mir einen Dolch gezeigt, der mit einer früheren Gesandtschaft vom Hofe des Perserkönigs nach Ingilinheim kam. Der ist härter als alle unsere Schwerter«, behauptete Ulfberht.

Isaak überlegte kurz. »Vielleicht gibt es so etwas weiter im Osten? Im Lande Sind gibt es allerhand ungewöhnliche

Dinge. Aber ich glaube, wir sind da.« Sie hatten eine massive Holztür in einer schlichten, weiß getünchten Wand erreicht, über der fremdartige Schriftzeichen eingeritzt waren.

»Ich habe diese Zeichen bei deinen Freunden in Wormatia gesehen«, behauptete Ulfberht und zeigte darauf.

Isaak lächelte. »Das ist richtig. Das ist die heilige hebräische Schrift! Du interessierst dich für Schriften und Sprachen?«

»Ich habe außer etwas Latein noch nichts gelernt«, gestand Ulfberht.

Isaak wiegte den Kopf. »Vielleicht würde es sich lohnen, dir etwas von der Sprache des Landes, in das wir reisen, beizubringen. Mal sehen. Auf dem Schiff werden wir viel Zeit haben.« Dann wandte er sich um und klopfte energisch an die Tür.

»Wer ist da?«, fragte kurz darauf eine Stimme aus dem Inneren in Latein. Doch Isaaks Antwort konnte Ulfberht nicht verstehen. Wahrscheinlich sprach er wieder Hebräisch. Jedenfalls öffnete sich die Tür sofort, und ein Mann in feinen Kleidern winkte sie herein. Wie schon im Hause Josefs in Wormatia wurden sie ohne Umschweife in die Stube geführt, während ein herbeigeeilter Diener das Maultier Judith in Empfang nahm. Isaak und der Gastgeber redeten die ganze Zeit lebhaft aufeinander ein, leider in einer Sprache, die Ulfberht nicht verstand. Schließlich blickte der Fremde zu ihm herüber.

»Vor ihm kannst du reden«, erklärte Isaak ins Lateinische wechselnd. Er legte seine Hand auf Ulfberhts Schulter. »Er war mit mir in der Kehilla Kedoscha in Warmaisa, und er hat ein gutes Herz. Ich bürge für ihn.«

Ulfberhts Magen verkrampfte sich bei den Worten des Freundes schmerzhaft. Ein gutes Herz? Nach allem, was er Edolf und vor allem dem völlig unschuldigen Hrudogir angetan hatte? Doch seiner Gedanken nicht gewahr, klatschte der Gastgeber in die Hände, und das gleiche Ritual wie in Wormatia begann. Diesmal stellte sich Ulfberht nicht mehr so dumm mit der Waschschüssel an.

»Gut, dass ihr mit dem Schiff fahrt«, erklärte Ben Sira nach dem Essen mit verschwörerischem Blick, allerdings weiterhin in Latein. »Die Franken werden kaum Rücksicht auf unsere heilige Religion nehmen und auch am Sabbath reisen wollen. Aber auf dem Wasser ist das ja erlaubt, vorausgesetzt, dass das Schiff nicht gerade an einem Sabbath ablegt.«

»Ja, es ist in der Tat schwierig, mit Fremden zu reisen«, bestätigte Isaak. »Selbst an ihrem eigenen heiligen Tage rasten sie kaum.«

»Am besten ihr verlasst das Schiff gar nicht, bis ihr im Heiligen Land angekommen seid! Ich bin einmal, als wir nach einem schweren Sturm nachts in Kreta anlandeten, an Land gegangen, um bequemer zu schlafen und mich von der Überfahrt zu erholen. Doch was war das am nächsten Morgen für ein böses Erwachen! Der Kapitän hatte einen günstigen Wind genutzt und war im Morgengrauen ausgelaufen. Mit all meinen Waren an Bord!«

Ulfberht hing gebannt an seinen Lippen. Die Seefahrergeschichten der Händler faszinierten ihn, der noch nie ein Schiff bestiegen hatte, ungemein. »Und was hast du gemacht?«, fragte er gespannt.

»Ich fand ein leichtes Boot mit vier Ruderern, das ich mieten konnte. Den ganzen Tag sind wir dem Schiff nachgejagt. Zum Glück kehrte sich der Wind bald wieder gegen uns, sodass der Kapitän den nächsten Hafen anlief und ich des Abends wieder an Bord kam. Das war mir jedenfalls eine Lehre, mich nie mehr für eine Nacht von meinen Handelswaren zu entfernen!«

»Wie lange dauert die Reise denn?«, fragte Isaak.

»Es kann sein, dass ihr in zwei Wochen in Caesarea oder Jope ankommt. Es kann auch zwei Monate dauern, wenn der Wind ungünstig steht«, erwiderte Ben Sira mit einem Schulterzucken. »Nehmt noch von dem Wein.« Er goss seinen beiden Gästen nach. »Aber falls ihr in Cyprus an Land gehen solltet, dann hüte dich vor den Epikursin! Sie behaupten, rechtgläubige Juden zu sein, aber mit gutem Grund wurden sie aus den Synagogen rund um das Meer verbannt.«

»Was haben sie denn getan?«, fragte Isaak. »Ich habe noch nie von ihnen gehört?«

»Sie feiern den Sabbath nicht, wie es sich von jeher gehört von Sonnenuntergang bis Sonnenuntergang, sondern erst vom Morgen an!«

Isaak zog entsetzt die Luft ein, doch als Ben Sira den Blick abwandte, blinzelte er Ulfberht belustigt zu. Er nahm es scheinbar doch nicht so genau mit dem Sabbath wie ihr Gastgeber.

»Weißt du, Isaak«, wandte sich Ben Sira wieder an seine Gäste. »Ich selbst schicke in einer Woche einige Ballen Wolle ins Heilige Land. Zu meinem Freund Abraham, auch einem Radhaniyyah. Die Ladung geht mit dem Schiff eines der erfahrensten Kapitäne auf dieser Route; Claudio. Ein ehrlicher Mann. So weit es überhaupt ehrliche Kapitäne gibt. Allerdings solltet ihr Claudio den geforderten Preis für die Überfahrt zahlen. Wenn der Graf ihn in des Königs Namen zwingt, euch umsonst mitzunehmen, dann weiß niemand, was passiert, wenn des Königs Land hinter dem Horizont versinkt.«

Isaak nickte. »Das ist nur billig«, bestätigte er. »Wie wäre es eigentlich, wenn du für mich die Ladung begleitest? Dann muss ich keinen meiner Söhne mitschicken! Es soll dein Schaden nicht sein«, fuhr Ben Sira fort.

Am nächsten Tag bestätigte auch Burchard die Einschätzung des Radhaniyyah. »Claudio? Sein Schiff ist die Seeschwalbe.« Er überlegte einen Augenblick. »Sie ist stabil gebaut und der Magister navis, also dieser Claudio, ein erfahrener Seemann. Wenn er tatsächlich in zehn Tagen nach Caesarea ausläuft, könnt ihr kein besseres Schiff finden«, erklärte er. »Ich werde im Namen des Königs Plätze für euch und eure Pferde reservieren, aber es wird besser sein, wenn ihr die Überfahrt bezahlt.«

Sigismund nickte. »Das haben wir auch schon gehört«, erklärte er und blickte zu Isaak hinüber.

Am Tag vor der Abreise begaben sie sich an Bord. Unter Händlern und Seeleuten war es üblich, den letzten Abend vor dem Auslaufen an Bord im Gebet um eine gute Überfahrt zu verbringen. Heu und Hafer für die Pferde, Trockenfleisch, Salzfisch und Weizen für die Menschen, dazu Kochgeschirr und Decken, denn die Nächte an Bord würden kalt werden, hatte Isaak über seinen Händlerfreund besorgt. Nach längeren Diskussionen hatten sie sich entschlossen, die beiden noch lebenden Jagdhunde nicht mitzunehmen, sondern sie in Burchards Gewahrsam zu lassen. Das bereits in Ravenna erkrankte Tier war nämlich in der Zwischenzeit auch noch verendet.

»Zwei Hunde sind kein gutes Geschenk«, hatte Landfried befunden. »Zumal ihnen das Reisen offenbar nicht bekommt!«

Drei kleine Boote nahmen die Missi nebst ihrem Gefolge und Gepäck am Ufer auf und ruderten durch das brackige Hafenwasser hinaus zu den Schiffen, die im Tiefen ankerten. Ulfberht hatte zwei der Pferde dicht am Zügel, die vier übrigen Tiere waren auf die beiden anderen Boote verteilt. Er musste seine ganze Mühe darauf verwenden, die furchtsamen Tiere ruhig zu halten, und so erkannte er erst, als sie ganz nahe dran waren, welches Schiff sie ansteuerten. Vom Boot aus wirkte es wie ein riesiger Holzkasten, der auf dem Wasser schwamm, mit einem Mast, der bis in den Himmel zu reichen schien.

»Warum zieht ihr das Schiff eigentlich nicht auf den Strand?« fragte Landfried den Steuermann seines Bootes. »Es wäre doch viel einfacher, die Ladung dort einzuladen?«

»Wenn sie voll beladen ist, bekommen wir sie nicht mehr vom Strand runter«, erklärte der Seemann mit einem Schulterzucken. Doch da erreichten sie bereits das Schiff.

»Zuerst die Ladung, die Tiere kommen zuletzt«, rief ihnen ein Mann vom Heck zu.

Landfried nickte. »Sigismund und ich gehen am besten an Bord, um zu ordnen, wo alles hinkommt. Ulfberht, bleib du bei den Pferden, bis wir alles an Bord haben!«

Mühsam hievten die Seeleute zuerst das Gepäck, dann die panisch um sich tretenden Pferde mit einer Winde auf das Schiff. Das war eine Plackerei und nicht ungefährlich, fast wäre Ulfberhts Boot dabei umgeschlagen. Doch zu guter Letzt waren alle sechs Andalusier ohne Unfall im Raum des Schiffes verschwunden. Nun zogen ein paar kräftige Arme auch den schweißgebadeten Ulfberht als letzten an Bord. Sobald er über das Dollbord hinüber war, blickte er sich neugierig um. Im Heck, wo die beiden Steuerleute ihren Platz hatten, bedeckten Planken den Schiffsraum, und im Bug befanden sich vier Ruderbänke, dazwischen eine gemauerte Kochstelle. Die Pferde und die übrige Ladung waren noch recht unordentlich im Schiffsraum verteilt und lagen auf den quer verlaufenden *Spanten*, Balken, die die Planken des Schiffskörpers zusammenhielten.

»Die Pferde müssen dicht angebunden bleiben«, rief Landfried. »Sie werden unruhig, wenn wir den ersten Seegang bekommen. Du wirst dich darum kümmern, dass sie nicht durchgehen«, befahl er Ulfberht.

»Und wo sind unsere Sachen?«, fragte er.

Nur der Raum um die Ruderbänke und hinter dem Mast blieb frei für die Bedienung von Segel und Rudern. Vier oder fünf weitere Passagiere, alles Kaufleute, befanden sich bereits an Bord und waren dabei, es sich auf ihren Habseligkeiten oder Handelsgütern so bequem wie möglich einzurichten. Ein ziemliches Durcheinander.

»Der Magister hat uns dort hinten Platz freigehalten«, wies Landfried ihn an und zeigte auf eine Lücke zwischen einigen Fässern und dicken, in Tücher geschlagenen Paketen unbekannten Inhalts.

Da gewahrte Ulfberht auch Isaak, der schon zuvor mit Ben Siras Ladung an Bord gegangen war.

Er winkte Ulfberht grinsend zu. »Hier ist noch Platz für dich. Ben Siras Wolle ist das weichste Lager im ganzen Schiff!«

Und wie Ulfberht bald feststellte, war das kein unerheblicher Vorteil, denn Passagiere und Mannschaft kochten und lebten nicht nur jeder bei seinen Habseligkeiten, sondern sie schliefen auch darauf.

Am frühen Morgen hievten die Matrosen den Anker an Deck, wobei etliche der Passagiere und auch Ulfberht mit anpackten. Dann ruderten die Seeleute das schwer beladene Schiff aus dem Hafen hinaus. Kaum hatten sie die schmale Durchfahrt in der Hafenmole passiert – die schützende Kette war vor ihrem Bug abgesenkt worden – ließ Claudio, der Magister navis, eine Stange am Mast hochziehen, an der ein viereckiges Tuch befestigt war, das sofort den Wind fing und sich vor dem Mast blähte. »Ruder ein!«, befahl der Magister mit lauter Stimme. Ulfberht bemerkte, dass sich trotz des fehlenden Antriebs durch die Ruder die Fahrt des Schiffes erhöhte. Ein Schrecken durchfuhr ihn, und ein ängstliches Wiehern und Stampfen aus dem Frachtraum zeigte ihm, dass auch die Pferde die Schräglage bemerkten. Rasch lief er zu seinem Hengst hinüber und tätschelte ihm beruhigend den Hals. »Ganz ruhig«, redete er mit tiefer Stimme auf ihn ein, während er aus dem Augenwinkel die Seeleute beobachtete. Bestand wirklich kein Anlass zur Sorge? Aber die Männer wirkten völlig unbekümmert, und die leuchtende Sonne und das glatte, blaue Meer zerstreuten rasch auch Ulfberhts Bedenken. Der Bug rauschte, und kleine Gischtfetzen flogen über das Schanzkleid. Ulfberht blickte sich um. Ein ganz ungewohntes Gefühl grenzenloser Freiheit machte sich in ihm breit. Über ihnen kreischten Möwen, und das Schiff wiegte sich sanft in den Wellen. Die weißen Mauern und Türme von Civitas classis schrumpften zusehends am Heck zusammen. Und mit ihnen die Gefahr, dass sein feiger Anschlag auf Edolf entdeckt würde! Wie schön konnte die Welt sein.

»Segel in Backbord«, unterbrach der Ruf eines Matrosen seine Gedanken. Ulfberht schaute sich suchend um und erkannte tatsächlich ein weißes Segel über dem tiefblauen Meer. Rasch lief er zum Heck, wo Sigismund, Landfried und Isaak bei Magister Claudio standen.

»Das ist nur eine Pamphile«, hörte er den Magister erklären. Ulfberht blickte zu dem kleinen, vielleicht 40 Schritt langen Fahrzeug hinüber. »Ein Grieche, nicht größer als wir selbst. Ein Kurierboot wahrscheinlich. Normalerweise haben die kein Feuer an Bord.«

»Feuer?«, fragte Landfried und blickte zur noch kalten Kochstelle im Bug des Schiffes. Doch der Magister hielt seine Augen auf das fremde Schiff gerichtet.

»Die großen Kriegsschiffe, ihre *Renner* oder Dromonen, sind gefährlich, von denen sollte man sich fernhalten. Selbst in Friedenszeiten.«

»Dromonen?«, fragte Landfried und blickte kurz zu den Lagunen im Norden hinüber, wo der fremde Segler hinter dem Küstenstreifen erschienen war.

»Ja«, erklärte der Kapitän mit gedämpfter Stimme. »Die haben bis zu 100 Ruderer, die in zwei Reihen an jeder Seite sitzen, das macht sie schnell und gefährlich. Aber vor allem muss man sich vor den Siphonen hüten, mit denen sie das unlöschbare griechische Feuer verspritzen.«

»Unlöschbares Feuer?«, schaltete sich nun auch Ulfberht in das Gespräch ein. Feuer und Brennstoffe interessierten ihn.

»Ja, sie verspritzen Feuer, und alles, was mit dem Zeug in Berührung kommt, verwandelt sich in ein Inferno. Selbst Wasser kann dieses Feuer nicht löschen. So haben die Romanier Konstantinopel schon vor über hundert Jahren gegen die Araber verteidigt, und so machen sie es heute noch.«

Ulfberht war beeindruckt. »Wie kann es sein, dass nur die Romanier von diesem Feuer wissen?«, fragte er.

»Das Feuer ist ein wohlgehütetes Geheimnis. Ein Engel hat es Kaiser Konstantin selbst offenbart. Einst haben die Araber einen römischen General bestochen, damit er ihnen das Geheimnis verraten sollte. Doch Feuer fiel vom Himmel auf ihn herab und verzehrte ihn. Seitdem hat es niemand mehr gewagt, das Geheimnis zu lüften!«

»Ich würde es zu gerne einmal sehen, dieses Feuer«, behauptete Ulfberht.

Der Magister bekreuzigte sich. »Das möge Gott verhüten! Die wenigsten haben überlebt, um davon zu erzählen.«

Ulfberht blickte gedankenverloren zu dem fremden Schiff hinüber, doch gegen Nachmittag verschwand das Segel schließlich hinter der Kim. Ulfberht stieg wieder hinab von der Steuerplattform, um nach den Pferden zu sehen. Sie hatten sich inzwischen an den schwankenden Untergrund gewöhnt und verhielten sich ruhig. Nachdem er auch das Futter und Wasser für die Tiere kontrolliert hatte, schlenderte er wieder an die Reling, wo Isaak stand und versonnen in die Sonne blickte. »Also, wie gesagt, wenn du magst, bringe ich dir etwas Arabisch bei, das wird dir auf unserer weiteren Reise gute Dienste leisten!« Ulfberht nickte dankbar, und so übten sie immer wieder einfache Redewendungen und Worte. Landfried schaute ihnen zuerst neugierig und etwas wehmütig zu, doch bald überwand er seinen Standesdünkel und gesellte sich zu ihnen. Ehrgeizig wetteiferten die beiden Franken darin, die oft sperrigen und gutturalen Laute zu meistern.

Abends ankerten sie jeweils vor einem der kleineren Orte an der italischen Küste, bis sie schließlich den großen Hafen Bari erreichten. Am nächsten Tag richtete der Kapitän dann den Bug auf die See hinaus, so, dass der Wind nun geradewegs von hinten kam. So stampften sie sechs Tage durch die See, bevor sie wieder Land erblickten.

»Kreta«, erklärte Claudio, doch der Wind blies weiter günstig, und so ließen sie die Insel unter dem Gemurre einiger Händler, die in Bari an Bord gekommen waren und die zu wenig Proviant mitgenommen hatten, linkerhand liegen. »Die Insel gehört dem römischen Kaiser«, bemerkte der Magister. »Wir halten lieber Abstand. Wenn ihr zu wenig Proviant gekauft habt, dann verkaufen die Matrosen gerne etwas von ihrem. Außerdem sind Wind und Strömung umso günstiger, je weiter man nach Süden kommt.«

»Ist Kreta nicht der Ort, von wo aus der Apostel Paulus aufbrach und in den Sturm geriet?«, mischte sich nun Sigismund in das Gespräch.

Der Magister nickte. »An der Südküste der Insel kommen oft plötzlich starke Winde auf. Das ist noch ein Grund, gebührend Abstand zu halten«, bestätigte er. »Die besten Häfen liegen ohnehin auf der Nordseite.«

Sie segelten noch den gesamten Vormittag an der langgestreckten Küste des Eilandes entlang, bevor die Seeschwalbe den Bug wieder aufs offene Meer richtete. Am Folgetag passierten sie das ebenfalls zum Reich des römischen Kaisers gehörende Zypern, allerdings in noch größerem Abstand und die törichten Händler, die sich vor der Abreise nicht ausreichend mit Nahrungsmitteln eingedeckt hatten, mussten bei steigenden Preisen weiteren Proviant von der Besatzung erstehen. Glücklicherweise hatte Isaak für ausreichend Vorräte gesorgt, und so erreichten sie drei Tage später ohne weitere Umstände den Hafen von Caesarea.

Landfried, Caesarea, Brachmonat 797

Sieh nur«, rief Landfried erstaunt. »Das Wasser ist bis zur Kaimauer so tief, dass wir mit dem Schiff direkt bis ans Ufer fahren können.« Tatsächlich gelangte das schwere Schiff so dicht unter Land, dass die Seeleute einigen Männern, die am Ufer warteten, Leinen zuwerfen konnten, um das Schiff zu vertäuen. Eine einfache Planke genügte, um den Abstand zur Kaimauer zu überbrücken. »Das habe ich in noch keinem Hafen erlebt! Da ist es ja überhaupt kein Problem, die Pferde von Bord zu bekommen!«, staunte Landfried. »Überall sonst haben sie die Schiffe entweder auf den Strand gezogen oder man wird wie in Civitas classis mit einem Boot zu ihnen gebracht!«

»Wie viele Häfen hast du denn schon gesehen?«, fragte Isaak schmunzelnd. Doch bevor Landfried antworten konnte, wurde er schon wieder ernst. »Wir müssen zum Zollhaus gehen«, erklärte er.

»Wir sollen Zoll zahlen?«, rief Landfried. Empörung stieg in ihm auf. »Als Missi des Königs der Franken zahlen wir bestimmt keine Steuern!«

Isaak sah ihn erstaunt an. »Jeder muss im Zollhaus seine Waren und Besitztümer auslegen«, erklärte er ruhig. »Der Zolleinnehmer überprüft alles und bestimmt den Wert der Waren. Dementsprechend legt er dann den Zoll fest. Der Zöllner muss für dieses Privileg den Herren des Landes eine stattliche Summe zahlen und wird daher bestimmt nicht darauf verzichten. So läuft das um das gesamte Meer herum, auch in Italien oder im Frankenreich.«

»Nein«, mischte sich nun auch Sigismund ein. »Landfried hat Recht. Wir kommen nicht als Krämer in dieses Land. Geh, und such den höchsten Beamten des Königs, um ihm unsere Ankunft zu melden! Wir warten so lange auf dem Schiff.«

Isaak nickte, doch Landfried konnte in seinen Zügen lesen, dass er sich nicht viel von diesem Vorgehen versprach. Dennoch schritt er über die Planke und wandte sich an einen der Männer am Ufer, die immer noch darauf warteten, sich ein paar Münzen beim Entladen des Schiffes zu verdienen. Etwa eine Stunde später kam er in Begleitung zweier Männer zurück. Der eine trug einen schwarzen Turban und Bart, der andere einen prächtigen Mantel und eine Kappe, wie Isaak sie zuweilen aufsetzte.

»Der Mann hier ist der Hafenmeister«, erklärte Isaak. »Ich habe ihm erklärt, wer ihr seid, und er bittet euch, in sein Haus zu kommen und dort zu warten, bis der Emir eingetroffen ist!«

Der Mann mit dem Turban machte zur Bestätigung eine tiefe Verbeugung und eine unsichere Geste in Richtung der Stadt, wie Landfried befriedigt feststellte. Endlich jemand, der ihrer Ankunft die gebührende Aufmerksamkeit zollte! »Danke ihm«, entgegnete Sigismund einfach. »Wir kommen.«

Trotz ihrer einfachen Reisekleidung behandelte sie der Hafenmeister mit größter Ehrerbietung. »Selbstverständlich müsst ihr als Gesandte des Frankenkönigs keinen Zoll zahlen!« Er grinste breit.

»Wie hast du denn das geschafft?«, raunte Landfried Isaak zu. »Da hat mir Abraham geholfen«, er wies auf seinen anderen Begleiter. »Auch er ist ein Radhaniyyah und wusste gleich, an wen ich mich wenden muss.«

»Willkommen im Heiligen Land, hohe Herren«, sprach der als Abraham vorgestellte Händler nun für sich selbst.

»Du beherrscht auch Latein?«, fragte Sigismund erstaunt.

»Der Handel kennt keine Grenzen«, lächelte der fein gekleidete Mann. »Und ein guter Händler muss sich daher ebenfalls darüber hinwegsetzen. Ganz egal, ob auf Hebräisch, Persisch, Arabisch, Armenisch, Griechisch oder Latein!«

»Du kannst all diese Sprachen?«, fragte Sigismund, und diesmal wirkte sogar er beeindruckt.

»Armenisch nicht so gut«, gestand Abraham lächelnd. »Aber die anderen schon. Alle Radhaniyyah sprechen mehrere Sprachen, und so spannt sich unser Handelsnetz über die gesamte Erde!«

»Ich habe doch gesagt, dass diese guten Leute uns nützlich sein werden«, grinste Isaak. »Abraham wird sich darum kümmern, dass die Geschenke für den Perserkönig an Land kommen. Macht euch keine Sorgen darum. Ihr seid so lange Gäste des Hafenmeisters.«

Ulfberht, Caesarea, Brachmonat 797

Isaak drängte die kleine Gesellschaft, dem schwarz gekleideten Hafenmeister zu folgen. Hinter ihnen gab Abraham den wartenden Scheuerleuten Anweisungen. Während sie die Mole entlang schritten, hatte Ulfberht Gelegenheit, die zahlreichen Relikte einer prächtigeren Zeit zu bestaunen. Wenn im Hafen auch rege Betriebsamkeit herrschte, so standen im Süden verwaiste Säulenhallen, die einen Palast erahnen ließen. Auch in der Mole selbst und zwischen den Steinen, die ihr Fundament gegen das brandende Meer schützten, entdeckte Ulfberht behauene Steine. Marmorne Säulensegmente und sogar Teile von Statuen, die achtlos in die Mauer eingebaut und davor ins Meer geworfen worden waren. Das Getrappel von Hufen ließ Ulfberht zurückschauen. Die ersten der Pferde trotteten über den Steg an Land. Die sonst feurigen Tiere waren so froh, wieder festen Boden unter den Hufen zu haben, dass sie sich ganz zahm gaben. Direkt hinter den Rössern kamen Träger mit Ben Siras Wollballen. »Aber die Wolle gehört doch gar nicht zu den Geschenken?«, wandte er sich erstaunt an Isaak. Der blickte sich rasch um. Dann sah er Ulfberht mit großen Augen an und hielt den Zeigefinger an die Lippen. Erst als er zwinkerte, verstand Ulfberht. »Ach so ...« Er verstummte. Isaak und Abraham wussten eine Gelegenheit beim Schopfe zu packen. Offensichtlich waren die Radhaniyyah nicht nur wegen ihrer Sprachkenntnisse erfolgreich!

Landfried, Caesarea, Heumonat 797

Zwei Tage verbrachten sie im Hause des Hafenmeisters, bis schließlich ein schlanker Mann mit schmalem Gesicht und gepflegtem schwarzem Bart auftauchte. »Mein Name ist Abdallah«, stellte er sich in fehlerfreiem Latein vor. Lediglich sein Akzent verriet, dass die Sprache der Römer nicht seine Muttersprache war. Jedenfalls war sein Latein trotz aller Mühen Isaaks um Meilen besser als Landfrieds Arabisch! »Ich werde euch im Namen des Kalifen nach Jerusalem und an den Hof des heiligen Anführers nach Bagdad begleiten. Sagt mir nur, was ihr benötigt, und ich werde dafür sorgen, dass es geschieht.«

»Kalifen?« Landfried blickte fragend von Sigismund zu Isaak.

»Derselbe, den ihr Aaron, rege Persarum, oder Aaron, den Rechtschaffenden, nennt, der Perserkönig«, erklärte Isaak.

Abdallah lächelte und entblößte dabei eine Reihe gerader, weißer Zähne. Eine Seltenheit, nicht nur im Heiligen Land. »Der Kalif. Er ist mehr als nur ein König der Perser. Er herrscht über alle Gläubigen vom Aufgang der Sonne bis weit in den Westen!«

Vier Tage später erreichten sie die Heilige Stadt. Doch Abdallah führte sie südlich an der mächtigen Mauer entlang und weiter durch ein tief eingeschnittenes Tal auf einen steilen Berghang zu. »Dies ist das Kidrontal, und dahinter liegt der Ölberg mit der Gethsemanekirche und dem Kloster der Lateinischen Mönche«, erklärte er. »Dort werdet ihr wohnen, bis der Patriarch zurückkehrt.«

»Weilt Gregorius denn nicht in der Stadt?«, fragte Sigismund verwundert.

»Nein«, Abdallah schüttelte den Kopf. »Georg, der Abt des Ölbergklosters, wird euch Genaueres sagen können. Er ist ein Franke wie ihr und ein sehr frommer Mann, der auch unter den Rechtgläubigen hohes Ansehen genießt.«

Sigismund schnaufte empört. »Gott wird einmal offenbaren, wer den rechten Glauben hat.«

Doch Abdallah zuckte nur die Achseln. »Gott ist groß und wird tun, was ihm gefällt!«

Ulfberht, Jerusalem, Heumonat 797

Die Hitze und der Staub waren schier unerträglich, doch ihr Führer erklomm, dessen ungeachtet, den steilen Hang des Ölbergs. Isaak, der die Gesandten auch hierher begleitete, wandte sich um und breitete die Arme aus. »Die Heilige Stadt«, rief er. Auch Ulfberht wandte sich um. Ihm bot sich ein atemberaubendes Bild. Das Ölbergkloster und die Gethsemanekirche lagen am Fuße des Hanges. »Da hinten, uns gegenüber, das ist der Tempelberg«, erklärte Isaak. »Dort sollte Abraham seinen Sohn, nach dem ich selbst benannt bin, opfern.«

»Und von eben diesem Felsen, glauben die Moslems, ist ihr Prophet Mohammed mit einem Pferd in den Himmel gesprungen. Der Felsendom wurde daher eben über diesem heiligen Felsen erreichtet«, ergänzte Abt Georg, der es sich nicht hatte nehmen lassen, die Gäste selbst zu führen. Ulfberht beschattete die Augen mit der Hand. Der achteckige Bau mit der goldenen Kuppel war nicht zu übersehen. »Und dahinten seht ihr die Kuppel der Grabeskirche. Und dort links auf dem Zionsberg lag die alte Hagia Sion, die aber von dem Perserkönig Chosrau zerstört wurde.«

»Wann ist das geschehen?«, wollte Landfried wissen.

»Im Jahre des Herrn 614.«

»Sind die Perser denn auch Mohammedaner?«, fragte er weiter.

»Jetzt schon, aber damals noch nicht, das war acht Jahre, bevor der Prophet Muhammed aus Medina auszog.«

»Und die Zeitrechnung der Mohammedaner begann«, ergänzte Isaak. »Für uns Juden war das übrigens bereits das Jahr 4557.«

»4557!«, staunte Landfried.

»Ja, aber nun lasst uns weiter gehen«, unterbrach Georg. »Hier oben ist der Ort, an dem unser Herr Jesus Christus zum Himmel aufgefahren ist, vor den Augen seiner Jünger. Die Himmelfahrtskirche wurde zwar auch von den Persern zerstört, aber der Fels mit dem letzten Fußabdruck des Herren ist noch vorhanden!«

Bald erreichten sie die Ruinen einer ehemals großen Kirche. Der Gedanke an den Herrn Jesus Christus rief Ulfberht wieder seine eigenen Verfehlungen ins Gedächtnis: Der feige Mord an Edolf und der Verrat an Hrudogir. Ein fast körperliches Unbehagen ergriff ihn. Was mochte geschehen, wenn sich ein Sünder wie er diesem heiligen Ort näherte? Statt mit Landfried und Sigismund direkt dem Zentrum des zerstörten Gebäudes mit dem besagten Fußabdruck zuzustreben, blieb er an der achteckigen Umfassungsmauer stehen. »Das haben die Romanier gebaut?«, fragte er den Abt, der noch auf ihn wartete.

»Ja«, bestätigte der, »wie alle Kirchen Jerusalems. Selbst den Felsendom haben griechische Bauleute errichtet. Deswegen ist er dieser Kirche hier auch so ähnlich, nur dass die Himmelfahrtskirche nie eine Kuppel besaß, sondern den Blick zum Himmel offenließ. Aber tritt näher. Hier ist der heilige Felsen, von dem aus unser Heiland zum Himmel fuhr und auf den er dereinst wieder herabsteigen wird, um Gericht zu halten!«

Ulfberht blieb erschrocken stehen. Das Gericht würde hier beginnen? Am liebsten wäre er fortgelaufen. Doch als er bemerkte, wie der Blick des Abtes verwundert auf ihm ruhte, gab er sich einen Ruck und folgte den beiden Missi.

Ulfberht, Betlehem, Heumonat 797

Sowohl Abdallah als auch Abt Georg gaben sich alle erdenkliche Mühe, den Gesandten die Zeit bis zur Rückkehr des Patriarchen so angenehm wie möglich zu gestalten. So besuchten sie in den folgenden Tagen zuerst die Grabeskirche, einer mächtigen von Säulen getragenen Rotunde, die sich über der Aedikula mit dem Heiligen Grab erhob. Davor, Richtung Osten erstreckten sich der Heilige Hof, in dessen Südostecke sich der grausige Felsen erhob, auf dem der Heiland zu Tode gemartert wurde. Golgatha. Als sie nach dem Durchschreiten der Vorhalle und der ersten Basilika plötzlich den Felsen vor sich in der Sonne liegen sahen, stockte Ulfberht einmal mehr der Atem. Dies war kein Ort für einen Sünder! Gehetzt blickte er sich um, nur um wieder dem forschenden Auge des Abtes zu begegnen. Nur die blanke Angst vor einer Entdeckung ließ Ulfberht durchhalten und auch das Heilige Grab noch besuchen.

Am Folgetag schließlich machten sie sich auf den Weg nach Betlehem. Wie es sich für bescheidene Pilger gehörte, zu Fuß. Es war drückend heiß, der Staub der Straße klebte bald allen in Mund und Nase und brannte in den Augen. Außer den beiden Missi begleitete sie wieder Abt Georg und eine Schar Mönche des Ölbergklosters. Bald zog sich die kleine Gesellschaft auf dem steinigen Weg auseinander, und so fand sich Ulfberht plötzlich allein neben dem Abt.

»Ich hätte fast schon meine Muttersprache vergessen«, behauptete der noch jugendlich wirkende Abt lachend, denn wie sich herausgestellt hatte, war auch er ein Sohn des Frankenreiches.

Ulfberht hätte einerseits gerne mit seinem Latein oder gar dem wenigen Arabisch, welches er inzwischen beherrschte, geglänzt, doch andererseits war er dankbar einfach Fränkisch sprechen zu können. So erzählte er von der Heimat, der Teuerung, aber auch den Siegen gegen Sachsen und Awaren.

Georg hörte sich alles an, doch dann wurde er übergangslos ernst. »Und was liegt dir auf der Seele?«, wollte er wissen.

Ulfberht blickte erschrocken auf. Die Frage hatte ihn völlig unvorbereitet getroffen. Woher konnte der Abt wissen, dass ihn sein Gewissen plagte? »Wie meinst du das?«, fragte er scheu.

»Vor mir musst du keine Angst haben. Du weißt ja, dass wir Priester niemals verraten dürfen, was uns jemand anvertraut. Aber ich sehe, dass du etwas auf dem Herzen trägst. Eine schwere Last. Und ich sehe, dass die Last verhindert, dass du die Wunder, die in Jerusalem geschehen sind, an dich heranlässt.«

»Wie kommst du darauf, ich habe mir alles sehr genau angesehen!«, verteidigte sich Ulfberht.

Der Mönch blickte ihn von der Seite an. »Weißt du«, erklärte er dann. »Unser Herr, Jesus Christus, ist der Sohn des Allerhöchsten, seine Macht kennt keine Grenzen.«

Ulfberht nickte. Sein Hals war knochentrocken, doch er ahnte, dass nicht die Wüste schuld war. »Ich weiß«, krächzte er. »Aber was hat das mit mir zu tun?«

»Trotzdem wurde er, als er genau auf dem Stückchen Erde ankam, welches wir in wenigen Stunden selbst sehen können, nicht mit Ehre empfangen. Nein, im Gegenteil! Der König des Landes versuchte, ihn zu ermorden, und am Ende seines Lebens wurde er von seinen eigenen Gefährten verraten.«

Ulfberht nickte wieder. Von dem eigenen Gefährten verraten und im Stich gelassen! »Ja, die Geschichte kenne ich«, gestand er.

»Zu Unrecht hat man ihn gemartert und gekreuzigt. Und er hat all das mit sich geschehen lassen, ohne auch nur daran zu denken, Unrecht mit Unrecht zu vergelten.« Diesmal schwieg Ulfberht. »Und jetzt frage ich dich, Ulfberht den

Franken: Hast du etwa genauso viel erlitten wie unser Herr?« Wieder schwieg Ulfberht. »Du warst niemals ein König, und was man dir angetan hat, kostete weder dein Leben, noch hat es deinen Leib gezeichnet. Und, weißt du, ich glaube, du hast trotzdem versucht, dein Recht mit Unrecht durchzusetzen. Und das ist es, was dir auf der Seele liegt!« Ulfberht war bestürzt. Wie konnte dieser Fremde seine innersten Geheimnisse so einfach lesen wie ein aufgeschlagenes Buch? »Glaubst du, dass der heilige Gott sich deiner erbarmen wird, weil du armer Kerl so viel erdulden musstest, dass es auf das Unrecht, welches du selbst anderen zugefügt hast, nicht ankommt?«

Ulfberht schluckte hart. Der junge Abt hatte Recht mit dem, was er sagte. »Aber was soll ich denn tun?«, fragte er leise. »Bringt es denn etwas, wenn ich mich stelle? Wehrgeld kann ich nicht zahlen, denn ich besitze keins. Womit soll ich meine Taten sühnen?«

»Das weiß ich nicht, denn ich weiß nicht, was du angestellt hast. Aber es ist auch nicht die Sühne, über die ich mit dir sprechen will. Ich habe dich gerade gefragt, ob du glaubst, dass der heilige Gott Erbarmen mit dir haben würde?« Wieder blickte er Ulfberht von der Seite an.

»Nein«, hauchte dieser resigniert. »Ich hatte kein Recht dazu ...«

»Aber weißt du was?«, fuhr Georg fort. »Genau das tut er! Nicht weil du selbst so viel erlitten hast, oder es irgendwie verdienst. Nein, aber es steht dennoch fest. Ganz ohne Zweifel. Jesus Christus ist dort hinten in Jerusalem gestorben und begraben worden, um damit deine Sünde zu sühnen. Er hat dein Wehrgeld bezahlt, in Blut, damit du gerechtfertigt vor den heiligen Gott treten kannst, obwohl du Unrecht gehandelt hast. Darin besteht das Wunder, was wir hier bestaunen!«

Ulfberht wusste nicht, wie ihm geschah. Er brach in Tränen aus, und Georg ließ ihn gewähren. »Woher weißt du all das? Hat Gott es dir offenbart?«, schluchzte er schließlich.

Alles, was er über das letzte Jahr in sich zu halten versucht hatte, drängte auf einmal an die Oberfläche. »Ich habe einen Mann erschlagen, der mir Unrecht zugefügt hat«, beichtete er unter Tränen. Georg nickte schweigend. »Und dann habe ich einem weiteren, einem Freund sogar, in der Not nicht geholfen, obwohl ich es vielleicht gekonnt hätte. Aber ich glaubte, er ahnte von meinem ersten Mord, und da habe ich gezögert, und er ist abgestürzt!«

»Wer die Sünde tut, der wird der Sünde Knecht«, nickte Georg. »Eine böse Tat zieht weitere nach sich.« Dann wartete er ruhig, ob Ulfberht noch etwas zu sagen habe.

Doch Ulfberht hatte alles gesagt, was ihn niederdrückte. Es war auch genug, und Georgs Worte trafen den Nagel auf den Kopf. Eine Verfehlung hatte die nächste, die noch schwerer wog, nach sich gezogen! Doch selbst ein so heiliger Mann wie Georg würde ihm da nicht helfen können.

Unvermittelt schlug der Abt das Zeichen des Kreuzes über Ulfberht. »Ich sehe, dass du aufrichtig bereust, was du getan hast, also spreche ich dich von deinen Sünden frei.«

»Ja, aber du kannst doch nicht einfach ...«, begann Ulfberht, so einfach dürfte es ja wohl kaum sein.

»Kein aber«, schnitt Georg ihm das Wort ab, und diesmal war die sanfte Stimme hart wie der Felsen von Golgota. »Ich habe auch nicht. Deine Taten, so schlimm sie auch waren, wurden nicht von mir, sondern von Gottes eigenem Sohn gesühnt. Ein anderer, selbst einer der Heiligen, vermag das nicht, aber wen der Sohn Gottes befreit, der ist wirklich frei. Sündige hinfort nicht mehr, und zweifle nicht an der Kraft Gottes.«

Es dauerte noch über eine Stunde, bis sie die Mauern von Betlehem erreichten. Ulfberht rang die gesamte Zeit mit sich und seiner Schuld. Doch tief im Inneren spürte er: Der Mönch hatte Recht. Die Herrschaft der Sünde über ihn war gelöst. Er war frei! Nicht vor der Welt, das war ihm klar. Wenn er je nach Lauresham zurückkehren sollte, gäbe es dort noch ein böses Nachspiel. Aber zum ersten Mal seit über einem

Jahr beherrschten die Schuld und die Angst vor der Entdeckung nicht mehr seine Gedanken. Wie in Trance folgte er dem Mönch in die Geburtskirche des Herrn Jesus Christus, der dies Wunder vollbracht hatte. Über dem Eingang prangte ein Relief mit den Heiligen Drei Königen in fremdartig orientalischer Kleidung. Ob sie geahnt hatten, wem sie hier ihre Geschenke brachten?

Die große Basilika wurde durch zwei mächtige Säulenreihen zu beiden Seiten des Hauptschiffes getragen. Hoch oben schimmerten dicke, vom Alter geschwärzte Balken, darunter an den Wänden herrliche goldene Mosaike. Engel waren dargestellt, darunter Bäume und eine Stadt. Das Paradies, oder das neue Jerusalem? Ulfberht versuchte, den Text darüber zu entziffern. *+Hagia Synodos* ... Er hatte schon mit der lateinischen Schrift seine Mühe, aber Griechisch – dies war Griechisch! Ihm gefiel das dem Wort vorangestellte Kreuz. Das verstand man auch, ohne lesen und schreiben zu können!

Georg führte sie rechts neben dem Hauptaltar zu einer schmalen, aus dem Stein gehauenen Treppe. »Hier geht es herunter in die Grotte, in der unser Heiland geboren wurde«, erklärte er. »Dort nahm deine Erlösung ihren Anfang«, flüsterte er Ulfberht zu, als der sich an ihm vorbeidrückte, um die ausgetretenen Stufen hinabzusteigen.

Die felsige Kammer wurde lediglich von zwei Öllampen erhellt, und Ulfberht benötigte einen Augenblick, um seine Augen an das herrschende Halbdunkel zu gewöhnen. »Aber hier gibt es ja gar nichts«, flüsterte er Georg zu, der dicht hinter ihm hinabgestiegen war.

»Das stimmt«, bestätigte der. »Das ist der Punkt. Unser König wurde in der allergrößten Einfachheit geboren, wie einer seiner ärmsten Brüder!«

Sigismund und die Mönche knieten nieder, um zu beten. Georg lud Ulfberht und Landfried, die einzigen Laien, ein, es ihnen gleichzutun. Und Ulfberht leistete aus vollem Herzen Folge. Sie blieben eine Stunde oder länger. Ulfberht vermochte es nicht zu sagen, so innig war seine Zwiesprache mit dem Heiland, der hier das Licht der Welt erblickt hatte. Das Einzige, an das er sich später sicher erinnern konnte, war ihr Aufstieg aus der dunklen Grotte, für den es merkwürdigerweise eine zweite Treppe gab. Als er schließlich wieder im hellen Licht vor der alten Kirche stand, fühlte er sich in der Tat wie aus dem Grabe gestiegen und neu geboren. »Können wir nicht gleich noch zum Sabaskloster reiten?«, unterbrach Sigismund seine Gedanken. »Ich habe gehört, dort lebten über viertausend Mönche!«

Georg wiegte den Kopf. »Ja, das Kloster des heiligen Theodosisus ist das größte Kloster im Heiligen Land und liegt nicht weit von hier.«

»Ich habe gehört, es wurde um die Höhle herum gebaut, in der die Heiligen Weisen nach der Anbetung ihre erste Nacht verbrachten, auf der Flucht vor Herodes?«, fragte der Missus erfreut.

»Ja, daher nennen die Romanier das Kloster auch Höhle der Magier oder Metopa. Es gibt aber leider einigen Streit zwischen uns Lateinern und den Griechisch sprechenden Mönchen«, gestand Georg. »Und dass ihr das *filioque* in das Glaubensbekenntnis eingefügt habt, hat nicht sehr geholfen. Das nehmen sie uns Lateinern sehr übel.«

»Aber wenn Gott und Christus gleich sind, dann muss doch der Geist auch gleichfalls von beiden ausgehen! Sonst öffnen wir doch Elipandus von Toledos These, Christus wäre von Gott nur adoptiert worden, Tür und Tor! Und das hat die Synode von Franconofurt auf das Strengste abgelehnt ...«

»Ich sage ja gar nicht, dass es in der Sache falsch ist«, unterbrach ihn Georg beschwichtigend. »Aber die Griechen beharren auf dem Text des Konzils von Nicäa.«

»So scharf ist der Streit, dass wir nicht einmal das Kloster besuchen können?«, lenkte Sigismund enttäuscht ein.

Doch Georg schüttelte ernst den Kopf. »Vor der Wahl unseres derzeitigen Patriarchen Georgios sah es sogar so aus, als würden sich unsere Gemeinschaften komplett zerstreiten. Denn wir hielten treu zu dem alten Patriarchen Elias, während die Griechen ihren Abt Theodosisus zum neuen Patriarchen ausriefen.«

Landfried, Jerusalem, Holzmonat 797

Abt Georg selbst führte die beiden Missi des Frankenkönigs durch die engen Gassen von Jerusalem. Einen vollen Monat hatten sie auf die Rückkehr des Patriarchen warten müssen, doch nun erwartete er die Gesandten. Georg führte sie durch das Stefanstor in die Stadt. »So nennen zumindest wir Christen es«, erklärte er, »denn hier wurde er zum ersten Märtyrer.« Von dort folgten sie der Via Dolorosa hinauf in Richtung der Grabeskirche. Die engen Gassen wurden noch von den Auslagen der Händler, die lautstark auf potentielle Kunden einredeten, und den schau- und kauflustigen Menschen völlig verstopft.

»Kein Wunder, dass unser guter Isaak auch hier Geschäftsfreunde hat. Es scheint mir, dass Waren aus der gesamten Welt ihren Weg nach Jerusalem finden«, bemerkte Landfried beeindruckt.

Sigismund nickte flüchtig. »Ich bin gespannt, was wir bei dem Patriarchen erreichen können. Sicherlich gehen auch die Männer des Dromos bei ihm ein und aus.«

Landfried schüttelte innerlich belustigt den Kopf. Die ganze bunte und laute Umgebung schien den Kaplan nicht einen Augenblick von seinem Ziel abzulenken. Diesmal bog der Abt des Ölbergklosters rechts ab, noch bevor sie die Grabeskirche erreichten. Zum Palast des Patriarchen, der nun endlich in die Heilige Stadt zurückgekehrt war, um Sigismund und Landfried zu empfangen.

»Das ist das alte Hospital, welches Papst Gregor für Pilger errichten ließ«, erklärte der Abt und wies auf ein verfallenes Gebäude an der Straße.

»Gregor der Große«, rief Sigismund überrascht. »Aber das muss ja bereits mehr als hundert Jahre her sein!«

Georg nickte. »Ja, aber der jetzige Zustand ist ein Jammer.«

»Immerhin scheint mir, dass hier immer noch Menschen aufgenommen werden«, mischte sich Landfried in das Gespräch. Das Gebäude war zwar nicht gut in Schuss, aber bunte Wäsche, die aus den Fenstern im Obergeschoss hing, und einige Alte, die vor der Tür saßen, ließen doch auf Leben schließen.

Doch Georg seufzte. »Nein, das sind Einheimische, Heiden, die sich hier eingenistet und den Spitalbetrieb unmöglich gemacht haben. Aber der Patriarch hat keine Möglichkeit, ihrer Herr zu werden, und die Männer des Kalifen schreiten nicht ein.« Er zuckte resigniert die Schultern. »Hier sind wir endlich«, Georg klopfte an eine dicke eisenbeschlagene Holzpforte, und Landfried stellte sich in den Schatten des alten Hauses gegenüber.

»Das soll der Palast des Patriarchen von Jerusalem sein?«, fragte er erstaunt und wischte sich den Schweiß von der Stirn. Trotz der frühen Stunde war es in den Gassen heiß und staubig. »Ich hätte einen prächtigeren Palast erwartet. Da leben selbst viele einfache Priester im Frankenland besser ...«

»Ja, leider ist es mit der weltlichen Macht des Patriarchen nicht weit her. Das habt ihr ja schon an dem Zustand des Spitals erkennen können«, bestätigte Georg. »Zuvor war Georgios, bereits der zweite Patriarch dieses Namens, Mönch im St. Theodosiuskloster. Er ist also keinen allzu großen Luxus gewöhnt, und der Wohnsitz des Patriarchen war schon immer an diesem Ort. Nahe dem Heiligen Grab, weder bei uns Lateinern, noch bei den Griechen.«

»Also ist er Romanier?«, fragte Sigismund mit zusammengezogenen Brauen. »Ich hatte dich in Betlehem so verstanden, dass er den Streit zwischen euch und den Griechen zu schlichten vermochte?«

»Zu beidem kann ich Ja sagen. Georgios ist ein heiliger Mann, der sein Amt sehr ernst nimmt. Ihm geht es nicht um Griechen oder Lateiner oder um Formen. Es geht ihm darum, Jesus Christus nachzufolgen. Und er stimmt nicht in allen Fragen mit Konstantinopel überein.« Bevor Georg weitersprechen konnte, tat sich die Tür auf.

Der bärtige Mönch im Eingang erkannte den Abt des Ölbergklosters sofort und verneigte sich ehrerbietig. »Der Patriarch erwartet euch.« Er führte die drei Männer hinein, durch einen kleinen begrünten Innenhof und eine Treppe hinauf. Der Patriarch erwartete sie auf der Dachterrasse.

»Ephlogite«, bat Georg und verneigte sich. Sigismund, und auch Landfried, wiederholten die griechische Bitte, um den Segen des älteren und ranghöheren Gottesmanns zu erhalten.

Georgios nickte ernst und machte über allen drei das Zeichen des Kreuzes. »Kyrios«, murmelte er. »Die Kurzform von der Kyrios möge euch segnen.«

»Wir überbringen dir die Grüße unseres Königs Karl, des Herrschers aller Franken«, erklärte Sigismund feierlich.

Diesmal nickte der Patriarch ernst. »Das freut mich außerordentlich. Bitte nehmt meinen Dank und meinen Segen mit zurück zu ihm!«, antwortete er in fehlerfreiem Latein. »Bitte setzt euch. Darf ich euch eine Erfrischung anbieten?«

Währen der Diener kühlen Schorbet brachte, versanken Sigismund und der Patriarch in einer angeregten Debatte über religiöse und politische Fragen. Landfried konnte kaum ein Gähnen unterdrücken. Sein Blick schweifte über die Dächer der Stadt. Er atmete tief durch und genoss das Bild, das sich ihm bot: Nach Osten lag am fernen Hang das Ölbergkloster, von wo aus sie aufgebrochen waren. Davor das mächtige Massiv des Tempelbergs mit dem Felsendom als eindrücklichster Landmarke. Die goldene Kuppel über den blauen und weißen Kacheln blitzte in der Nachmittagssonne. Landfried gab sich noch einen Augenblick dem großartigen Bild hin, dann konzentrierte er sich wieder auf das Gespräch.

»Es geht hauptsächlich um die Frage der Bilderverehrung. Du als Kirchenmann weißt sicherlich darum«, erklärte Georgios gerade.

»Ja, die Bischöfe des Frankenreichs haben auf der Synode in Franconofurt die Bilderverehrung entschieden abgelehnt!«

Georgios nickte. »So halten es auch einige Griechen. Aber derzeit weht aus Konstantinopel ein anderer Wind.«

»Regentin Irene ist eine Befürworterin der Bilderverehrer, nicht wahr?«, fragte Sigismund.

Georgios schnaufte. »Das kann man wohl sagen. Wisst ihr auch schon, dass sie ihren eigenen Sohn, den rechtmäßigen Kaiser Konstatin, hat blenden lassen?«

»Ihren eigenen Sohn?«, fragte Sigismund erschrocken.

»Ja! Weil er die Bilder nicht sehen wollte. Gerade vor einem Monat. Im Porphyrzimmer des Kaiserpalastes, eben jenem Raum, in dem er Jahre zuvor zuerst das Licht der Welt erblickte. Als sie ihn geboren hat! Die Nachricht hat mich in Antiochien erreicht.«

Landfried verschluckte sich an seinem Schorbet. »Das ist wider die Natur!«, rief er empört und schauderte. Wie recht hatte König Karl damit, Verbündete gegen solch eine Hexe zu suchen!

Georgios blickte ihn direkt an und nickte dann ernst. »In der Tat. Und man muss kein Kirchenmann sein, um das zu verstehen. Dahinter steckt kein anderer als Staurakios, der Logothet des Dromos, der oberste Staatslenker. Verfluchte Hofeunuchen, selbst der Kaiser ist vor ihren Intrigen nicht sicher! Natürlich heißt das nicht, dass die Brüder im Sabaskloster so etwas gutheißen würden, aber es zeigt, wie unversöhnlich der Streit geführt wird. Kein Wunder, dass es den Heiden gelungen ist, das Heilige Land zu erobern!«

»Das stimmt«, bestätigte Sigismund. »Ein rechter Glaube und ein starker König gehen Hand in Hand. Karl ist so ein König, und daher ist das Frankenreich unbesiegt!«

Wieder nickte Georgios. »Und deswegen habe ich mich auch dazu durchgerungen, dem König der Franken ein besonderes Geschenk zu machen.« Er legte eine kurze Pause ein, um seine Worte wirken zu lassen. »Das mit besonderen Pflichten einhergeht.«

Sigismund und Landfried blickten sich bedeutungsvoll an, und Sigismund räusperte sich. »Du kannst dir sicher sein, dass niemand seine Pflichten ernster nimmt als König Karl.«

Georgios nickte wieder und griff nach einem großen Eisenschlüssel. »Dies ist der Schlüssel zur Grabeskirche, dem heiligsten Ort der Christenheit. Ich erbitte damit für die heiligen Stätten in Jerusalem den Schutz des Königs der Franken!«

Sigismund zog scharf die Luft ein. »Das wird Konstantinopel nicht gefallen.«

»Ganz sicher wird es das nicht«, nickte Georgios traurig. »Wenn der Logothet des Dromos nicht alle Hände voll mit seinen eigenen Intrigen zu tun hätte, wäre er sicher meiner Bitte zuvorgekommen. Aber soll ich das Schicksal der Christenheit in die Hände eines Weibes legen, das dem eigenen Sohn die Augen auskratzt, um ungestört ihre Bilder zu verehren und Gottes Gebot damit gleich doppelt zu übertreten?«

Die beiden Franken verbeugten sich tief, und der Patriarch machte nochmals das Segenszeichen über ihnen. Sie waren entlassen. Doch im Eingangsbereich stellte sich plötzlich der Mönch, der sie hereingelassen hatte, in ihren Weg. Hasserfüllt blitzten seine schwarzen Augen. »Was ihr da betreibt, ist die Spaltung der Kirche«, zischte er.

»Wie meinst du das?«, fragte Sigismund scharf. »Wir sind auch im Auftrag des Heiligen Bischofs von Rom unterwegs, dem Nachfolger auf dem Stuhle Petri. Und wie du weißt, hat der Herr selbst ihm diese Schlüssel anvertraut!«

»Was ist schon Rom? Das Herz der Christenheit schlägt in Konstantinopel. Die Hagia Sophia ist das Zentrum und der Kaiser unser Oberhaupt!«

»Der Kaiser ist geblendet und abgesetzt, habe ich gehört. Von einem Weib und einem Eunuchen!«

Auch auf Sigismunds Stirn traten nun die Adern hervor.

»Nicht alle folgen dem Verräter Staurakios. Es gibt Hoffnung, der Protospatharios Aëtios ist bereit, ihm die Stirn zu bieten. Gebt mir die Schlüssel, ich werde sie ihm treu überbringen und damit ihre Kraft für das Gute nutzen!«

»Bist du von Sinnen? Der Patriarch hat den Schlüssel zur heiligen Stätte König Karl anvertraut, nicht einem eurer Eunuchen, die sich gegenseitig die Augen auskratzen!«

Der Mönch machte Anstalten, sich auf Sigismund zu stürzen, doch da fuhr Landfrieds Hand ans Schwert. »Das reicht, Mönch. Gib den Weg frei!«

Ulfberht, Jerusalem, Erntemonat 797

Ulfberht hatte von Jerusalem nichts erwartet. Was sollte ein Mörder und Totschläger an so einem heiligen Ort? Doch die Begegnung mit den heiligen Stätten war für ihn zu einer Begegnung mit seinem Herrn geworden. Er selbst war in dem Grab des Mannes gewesen, den Gott durch seine Auferweckung als Heiland und Herren aller Menschen bestätigt hatte! Das Grab war leer! Kein Toter, kein Sieg der Ungerechtigkeit, kein Unrecht um des Unrechts Willen mehr. Er lag falsch, und sein Selbstmitleid hatte ihn blind gemacht für das Unrecht, das er anderen Menschen zufügte. Wie mochte Hludahilt um ihren Bruder geweint haben? Wie Hrudogirs Mutter? Es war nicht zu entschuldigen. Aber gesühnt war es. Durch das teure Blut des Heilands. Der Abt selbst hatte ihm die Vergebung des Herren zugesprochen. Und nun war er frei. Frei von Schuld und frei von dem nagenden Gefühl des erlittenen Unrechts. Er hätte singen und tanzen können; es fehlte nicht viel und er hätte Landfried gebeten, hier an diesem heiligen Ort als Mönch bleiben zu dürfen!

Doch er hatte eine Aufgabe. König Karl schützte die Kirche Christi, und um die Guten zu schützen, benötigte der König Waffen. Waffen aus dem harten Eisen der Araber. Wenn einer das Geheimnis lüften konnte, so fühlte Ulfberht sicher, dann war er selbst es. Noch herrschten Dunkelheit und Stille im Ölbergkloster, doch die Vigil, bei der Ulfberht das »Herr, öffne meine Lippen, damit mein Mund dein Lob verkünde« aus vollem Herzen mitgebetet hatte, war schon lange vorbei, und der Morgen musste jeden Moment grauen.

Tatsächlich erklang bald darauf das Dröhnen des Holzes, mit dem die Mönche zur Laudes gerufen wurden. Eilig stand Ulfberht auf und huschte zusammen mit den Brüdern durch das Dunkel hinüber zur Kirche. Vom Vestibül, dem Vorraum, aus sah man bereits das Glimmen der Öllampen am Altar. Ulfberht drückte sich an die Rückwand und schlug ein Kreuz, während die Mönche durch den Lettner in den Chorraum strebten. Dieser Weg blieb ihm als Laien verschlossen. Er hatte seine eigene Aufgabe, und heute würden sie aufbrechen.

Ulfberht, Nablus, 797

Nach einer Übernachtung in Nablus erreichten sie am Folgetag den See Genezareth. Das Wasser schimmerte von weitem blau, wie ein Versprechen von Abkühlung und Erfrischung. Auch Ulfberhts Hengst witterte das Wasser und zerrte an den Zügeln. Doch es dauerte noch über eine Stunde, bis sie schließlich in der Abenddämmerung den See erreichten. »Wir werden in Tiberias übernachten«, erklärte Abdallah. Sehnsüchtig blickte Ulfberht zu dem Wasser hinüber.

»Das ist der See, auf dem der Herr gelaufen ist, der See, wo er den Sturm stillte und von dem aus er als Erstes zu den Fischern Jakobus, Johannes und Petrus predigte«, schwärmte Sigismund, der sein Ross in die Nähe von Ulfberht gelenkt hatte. Auch ihn schien die heilige Umgebung langsam zu verändern. »Ich weiß gar nicht anzufangen, so viele Geschichten sind hier geschehen.«

Am nächsten Morgen passierten sie eine alte, eingefallene Mauer. Das Gebäude, zu dem sie einst gehört hatte, musste an die hundert Schritte im Geviert gemessen haben.

»Was ist denn das?«, fragte Ulfberht Abdallah, der jede Einzelheit am Wege zu kennen schien.

»Ein Palast, gebaut von den ersten Kalifen«, erklärte er so knapp wie immer, wenn die Sprache auf die Hinterlassenschaften der ersten Kalifen des Ummayyaden Geschlechts kam.

Am Nordende des Sees überquerten sie einen flachen Wasserlauf, der von einem schmalen, grünen Streifen eingefasst wurde. »Der Jordan«, kommentierte ihr Führer, sehr zum Erstaunen der Franken.

»Der Jordan?«, wunderte sich Sigismund. »Den hatte ich mir immer sehr viel mächtiger vorgestellt. Wie den Rhein!«

»In diesem trockenen Land ist selbst solch ein schmaler Fluss ein großer Schatz und Spender von Leben«, erklärte Abdallah gelassen. Langsam zog sich der Weg in die Höhe, auf einen fernen Bergkamm zu, dem *Golan*, wie Abdallah bereitwillig erklärte.

Zwei Tage später überquerten sie einen Pass und sahen in eine weite, aber wieder sehr trockene Ebene. »Regnet es hier denn niemals? Gibt es keine Flüsse und Seen in diesem Land?«, fragte Ulfberht entnervt.

»Dort vorne liegt Damaskus.« Abdallahs Hand wies auf die in der Ferne gerade noch erkennbare Stadt. »Der Prophet hat Damaskus, als er es von einem Hügel aus der Nähe erblickte, mit dem Paradies verglichen. Dort gibt es Wasser in Hülle und Fülle«, behauptete er stolz. »Ihr werdet es lieben!«

Sigismund verzog bei dem Vergleich mit dem Paradies zweifelnd den Mundwinkel, blieb jedoch still. Es dauerte zwei weitere volle Tage, bis sie schließlich tatsächlich vor den Mauern der gepriesenen Stadt standen. »Das ist tatsächlich entzückend«, rief Sigismund aus und wies mit der Hand auf die blühenden Gärten ringsum. Auch Ulfberht sog die würzige Luft gierig ein. Nach dem Staub des Gebirges war dies die reinste Wohltat.

»Da sind zwei große Flüsse«, rief Landfried übermütig.

Abdallah nickte. »Die Flüsse teilen sich in sieben Arme und münden am Ende in einen großen See. Sie bewässern das ganze Land ringsum. Das beschert den Menschen hier reiche Weizenernten und alle Früchte, die auf Bäumen wachsen.«

Während auf der breiten Straße das Treiben immer lebhafter wurde, je näher sie dem Ort kamen, bestaunte Ulfberht die mächtigen Stadtmauern. »Zwei Mauern hintereinander!«, rief er überrascht, als sie das erste Tor passierten. »Das habe ich ja noch nie gesehen!«

Abdallah lächelte. »Ja, die Stadt ist reich, und das hat schon immer Begehrlichkeiten geweckt. Doch wird Damaskus niemals gänzlich zerstört werden. Auf dem Dach der großen Moschee wird nämlich am Tage, wenn Allah Gericht hält, der Prophet Jesus erscheinen, den ihr ja auch verehrt ...«

Ulfberht war kurz versucht, Abdallah zu erklären, dass Jesus nicht Prophet, sondern Gottes Sohn und der Heiland der Welt war, wie er es gerade von Abt Georg ganz neu gelernt hatte, doch dann unterließ er es. Bessere und gelehrtere Leute wie Georg selbst oder der Patriarch hatten diesen Streit sicherlich bereits geführt.

Schließlich erreichten sie ein großes rechteckiges Gebäude. Abdallah führte sie durch ein Tor, das groß genug war, um Reiter und Pferd hindurchzulassen, direkt in einen geräumigen Innenhof.

»Das ist ja praktisch«, kommentierte Landfried. »Hier kann man direkt bei seinen Waren und Tieren bleiben und dennoch bequem wohnen und sich von der Reise erholen.«

»Das ist eine Karawanserei«, erklärte Abdallah. »Der erhabene Kalif hat sie in seiner Weisheit als Unterkunft für alle Reisenden erbaut, denn er ist der Beschützer aller Händler.«

Während Ulfberht sich mit dem Absatteln der Pferde beschäftigte, bemerkte er, dass ein alter Mann sie beobachtete. Als Landfried wenig später vorbeikam, um zu sehen, ob alles in Ordnung war, deutete er mit dem Kinn auf den Alten. »Der Mann dort starrt die ganze Zeit zu uns herüber«, raunte er.

Landfried kniff die Augen zusammen. »Na und? Fremde werden doch überall angeglotzt!« Er zuckte mit den Schultern.

Doch Sigismund, der die Unterredung gehört hatte, schüttelte den Kopf. »Wir müssen vorsichtig sein. Die Spione des Dromos können überall sein!« Entschlossen trat er auf den Alten zu. »Evlogite«, grüßte der, als sich der Kaplan näherte. Sigismund blickte erstaunt, doch dann machte er das Zeichen des Kreuzes, ganz wie sie es bei den griechischen Mönchen gesehen hatten.

»Kyrios.« Der alte Mann strahlte und gab sofort einen Schwall Wörter von sich, von denen Ulfberht zu seiner Enttäuschung rein gar nichts verstand.

»Das ist Yussuf, oder Josef, in unserer Sprache«, klärte Sigismund seine Gefährten nach einem kurzen Hin und Her auf. »Er sagt, seine Familie lebte hier schon zur Zeit der alten Kalifen und auch als Rom noch über dieses Land herrschte!«

»Es gibt also auch hier noch Christen?«, fragte Landfried überrascht.

»Ja, und er kann uns die christlichen Stätten von Damaskus zeigen«, übersetzte Sigismund. »Kommt mit, Ulfberht du auch, um die Pferde können sich die Soldaten kümmern.«

Und so folgten die drei Franken dem Alten in das Gewirr der schmalen Gassen zurück zur Hauptmoschee, an der sie bereits beim Ritt in die Stadt hinein vorbeigekommen waren.

»Ich verstehe kein Wort, von dem, was er sagt«, wandte sich Ulfberht leise an Landfried. »Du etwa? Und wieso versteht Sigismund ihn?« Er hoffte inständig, dass das, was der Alte sprach, kein Arabisch war. Sonst wären all seine Mühen umsonst gewesen!

Doch Landfried schüttelte den Kopf. »Ich glaube, sie sprechen Griechisch miteinander«, flüsterte er zurück.

»Die Ummayadenmoschee«, übersetzte Sigismund die Erläuterung ihres Führers und unterbrach damit das Rätselraten seiner beiden Begleiter. Die Moschee war offensichtlich ein sehr altes Gebäude und wie die Kirchen in Jerusalem offenbar von den Römern erbaut. Ulfberht beeindruckte vor allem das glitzernde Dach. Kein Stein oder Ton, nein, es war mit Kupferplatten belegt!

»Die Ummayyaden sind doch die Kalifen von Spanien?«, fragte Landfried stirnrunzelnd. »Ich dachte, Aaron der Rechtschaffende stammte aus der Familie der Abassiden?«

»Das stimmt, doch herrschten die Ummayyaden zuvor auch über den Orient«, erklärte Sigismund knapp und wandte sich wieder ihrem Führer zu. »Das war einmal die Kirche des heiligen Johannes!«, rief er überrascht und ehrfürchtig. »Yussuf sagt, das Grab des Täufers, welches aber nur sein Haupt enthält, befindet sich noch immer darin!« Landfried und Ulfberht bekreuzigten sich. »Er behauptet, dass die Mohammedaner es nicht öffnen *können*«, fuhr Sigismund fort.

Ulfberht zog die Brauen hoch. Warum sollten sie auch? Hatte Abdallah nicht, als sie vorhin hier vorbeigeritten waren, selber erklärt, die Gläubigen erwarteten, dass Christus am Ende aller Tage auf dem Dach erschien, um Gericht zu halten? Da wäre es sicherlich nicht ratsam, vorher seine Kirche zu zerstören ...

»Früher, als Yussuf noch ein Kind war, da haben die Muslime hier mit uns Christen gemeinsam gebetet, doch nun dürfen Christen nicht mehr hinein«, übersetzte Sigismund mit Bedauern. Noch eine Weile betrachteten sie die schlanken Säulen und das blitzende Kupferdach. Dann zog ihr Führer sie fort. »Er will uns die Stelle zeigen, an der Paulus über die Mauer gelassen wurde!«, rief Sigismund begeistert.

Sie blieben drei Tage in Damaskus, um sich zu erholen und mit neuen Vorräten einzudecken, bevor sie sich wieder auf den Weg Richtung Bagdad machten. Bald, nachdem sie den doppelten Mauerring von Damaskus hinter sich gelassen hatten, kamen sie in eine große fruchtbare Ebene. »Die Ebene B'kaa«, erklärte Abdallah. »Und Baalbeck. Hier können wir in Sicherheit Reisen. Das Gebiet wird von den Drusen kontrolliert.«

»Baalbeck?«, fragte Sigismund. »Sieht aus wie römische Tempel.«

»Die Griechen haben die Stadt erbaut, aber nun wohnen dort nur noch ihre Geister«, erklärte Abdallah. Doch die Geister waren gnädig, und ohne weitere Unterbrechungen gelangten sie am Abend nach Haleb, einem Knotenpunkt der Karawanen. »Hier werdet ihr auch Händler aus Anatolien und Konstantinopel treffen«, versprach Abdallah.

»Ist es denn weit bis zur Grenze von Romania?«, wollte Sigismund wissen.

»Nein, dort im Norden liegen die al-Awasim, die Sicherheit gewähren, unsere Schutzburgen an der Grenze zum Gebiet der Kaiserin«, bestätigte Abdallah. »Doch derzeit ist es hier ruhig. Unser Kalif Harun hat Kaiserin Irene bei Herakleion besiegt, und nun muss sie ihm Tribute zahlen«, fügte er stolz hinzu. »Doch die Kaiserin ist nicht unsere einzige Sorge.«

»Ich weiß, die Herrscher von Spanien, gegen die auch unser König Krieg führt, machen euch die westlichen Provinzen abtrünnig?«, schlug Landfried vor.

»Auch«, bestätigte der junge Araber. »Und es geht nicht nur um Córdoba, wo sie sich festgesetzt haben. Sie schüren den Aufstand gegen unseren Herrn, den gesegneten Kalifen. Ob in Marokko die Idrishiden, die Rustamiden in Algerien oder die Aghlabiden und Ifriqiya, alle bedrohen sie die Einheit der Gläubigen! Aber am schlimmsten sind die Charidschiten, die aufständischen Hunde! Und natürlich die Juden!«

»Die Juden?«, fragte Ulfberht erstaunt und schielte zu Isaak hinüber. »Jerusalem und die umliegenden Städte wirkten doch friedlich und ruhig?«

»Nicht die Juden in unserem Reich«, beschwichtigte Abdallah. »Das sind unsere Schutzbefohlenen! Die zahlen Steuern, und der Kalif gewährt ihnen Sicherheit, diese Juden meine ich auch nicht. Ich meine die Chasaren im Khaganat im Norden!«

»Khaganat?«, rief Landfried überrascht. »Meinst du die Awaren?«

Doch Abdallah schüttelte den Kopf. »Ich kenne keine Awaren. Die Chasaren sind wilde Reiter, die aus der Steppe im Norden über unsere Grenzen hinwegfegen.«

»Klingt sehr nach Awaren«, kommentierte Landfried. »Aber vor denen müsstet ihr Ruhe haben. Wir haben sie niedergerungen!«

»Niemand hat die Chasaren niedergerungen«, kommentierte Abdallah säuerlich. »Sie verbünden sich frech mit der Kaiserin und sind eine echte Plage. Gott möge sie bestrafen.«

Doch in Haleb trafen sie weder Chasaren noch Romanier und auch in Edessa nicht, welches Abdallah Orfa nannte. Dort zeigte ihnen ein Bettler für ein paar Kupfermünzen den Fischteich Abrahams.

Aber hinter Orfa wurde die Gegend wüster. Mehrmals kamen sie an den Ruinen verbrannter Dörfer vorbei, die sich aus der mageren Grassteppe erhoben. Und Ulfberht bemerkte, dass sich die 14 Soldaten, die sie begleiteten, nicht mehr so sorglos gaben wie an den Tagen zuvor, sondern sich dicht beieinander hielten und sich häufig umblickten.

»Wer hat das getan?«, fragte Landfried und wies auf die Ruinen.

»Das waren die Chasaren oder vielleicht auch die Kurden«, antwortete Abdallah knapp. Auch er wirkte angespannt. »Und wir werden heute Nacht auch keine Stadt finden, um darin zu lagern. Der nächste größere Ort ist Amid am Tigris. Dort kommen wir, so Gott will, morgen Abend an.«

»Und wo bleiben wir heute?«, fragte Ulfberht.

»Es gibt einige ummauerte Plätze, an denen Karawanen Zuflucht suchen können.«

Am Nachmittag zügelte Abdallah unvermittelt sein Pferd und winkte den Anführer ihrer Eskorte heran. Auch die Reisenden hielten und blickten verwundert in die Richtung der fernen Berge im Norden.

»Ist das eine Staubwolke?«, fragte Ulfberht mit zusammengekniffenen Augen.

»Ich weiß nicht«, antwortete Landfried knapp. »Könnte auch einfach nur Wind sein.«

»Ist dort jemand?«, wandte er sich an ihren Führer.

Doch auch der zuckte nur mit den Schultern. »Gott weiß es, und wir werden es bald erfahren.«

Doch im Verlauf der nächsten Stunden zeigten sich keine Staubwolken und keine Reiter mehr. Schließlich, gegen Abend, wich Abdallah vom Weg ab, gerade auf einen staubigen Hügel zu. Er rief einem der begleitenden Soldaten etwas zu, woraufhin der seinem Pferd die Schenkel in die Flanken drückte und auf die Anhöhe zu galoppierte. Die Übrigen folgten im Schritt. Bald erkannte Ulfberht eine Mauer, die den Hügel bekrönte. Da sie aus demselben Stein wie der Hügel selbst bestand, hatte er sie zunächst gar nicht wahrgenommen.

»Dort werden wir die Nacht verbringen«, erklärte Abdallah, sobald der vorausgeschickte Reiter zurückgekehrt und gemeldet hatte, dass alles in Ordnung war. Als sie die Mauer erreichten, stellte Ulfberht zu seinem Erstaunen fest, dass sie mehr als mannshoch aufragte. Die Steine waren ohne Mörtel aufeinandergetürmt und, wenn überhaupt, nur grob behauen. Ein schmaler Pfad zog an der Mauer entlang zu einem offenstehenden Tor aus uraltem, verwittertem Holz. Die kleine Gesellschaft zog in den Hof der Fluchtburg. Der umfriedete Platz maß nicht viel mehr als 40 oder 50 Schritte im Durchmesser und war bis auf den Staub, der sich vor der Mauer türmte, komplett leer.

»Zumindest das Tor sieht noch gut in Schuss aus«, bemerkte Landfried und wies auf die starken Stricke, die als Angeln dienten. Auch ein hölzerner Riegel war vorhanden.

»Bete zu Gott, dass wir das gar nicht erst benötigen«, antwortete Sigismund düster.

»Dürfen wir ein Feuer anzünden?«, fragte Landfried.

Doch Abdallah schüttelte den Kopf. »Wenn dort im Norden vielleicht doch jemand ist, wollen wir ihnen lieber nicht den Weg zu uns weisen! Heute müsst ihr euch mit Datteln und Brot begnügen. Ich werde auch Wachen aufstellen.«

Das karge Abendmahl wurde schweigend eingenommen. Die einzigen Laute waren das Schnaufen und Scharren der Pferde, die sich ebenfalls mit knappen Haferrationen begnügen mussten. Über den Reisenden erschienen schließlich einer nach dem andern die ersten Sterne, bis das gesamte Firmament in silbernem Glanz funkelte. Ulfberht lag im noch warmen Sand und konnte sich kaum daran satt sehen. Der Herr, der dies alles geschaffen hatte, war auf die Erde gekommen, um ihn von der Schuld zu erlösen, die er wegen Edolf und Hrudogir, ohne an jemand anderes zu denken, auf sich geladen hatte. Er fühlte, wie er in den Schlaf hinüber dämmerte.

Plötzlich hörte er neben sich ein Geräusch. Er öffnete die Augen, blieb aber liegen. Isaak hatte sich leise erhoben und blickte sich in alle Richtungen um. Ganz als fürchte er, entdeckt zu werden, jedenfalls nicht so, als wenn er nur mal pissen wollte. Ulfberht war mit einem Male hellwach. Langsam schlich Isaak auf das Tor zu. War da nicht noch mehr zu hören? Ulfberht lauschte mit angehaltenem Atem. Er war sich nicht sicher. Vorsichtig richtete auch er sich auf und schlich hinter Isaak her. Wo waren die Wachtposten, die Abdallah eingeteilt hatte? Er konnte keinen entdecken. Da hörte Ulfberht noch einmal etwas. Diesmal war es ganz eindeutig ein Geräusch von außerhalb der Mauer. Ganz leise, aber doch eindeutig ein helles Klirren, das Ufberht unter allen Geräuschen erkannt hätte. Eisen! Eilig sprang er vorwärts und packte Isaak an der Schulter. »Was machst du da?«, zischte er ihm ins Ohr.

Der jüdische Händler erstarrte. Zittrig drehte er sich um. »Gott sei gedankt, du bist es!«, hauchte er, als er Ulfberht erkannte.

»Was machst du?«, wiederholte Ulfberht zornig. »Ist da draußen wer?«

»Ich glaube schon«, nickte Isaak. »Ich habe ein Pferd gehört und dann immer wieder etwas. Ganz leise nur, aber jemand nähert sich unserem Wall.«

»Dann müssen wir die Wachen wecken!« Ulfberht ließ den Händler stehen und lief zum Tor. Tatsächlich, dort saß ein Wachtposten mit dem Rücken an der Mauer und schlief – oder war er tot? Ein großer Schreck durchfuhr Ulfberht. Heftig rüttelte er an der Schulter des Mannes. Der schrak auf und blickte Ulfberht mit schreckgeweiteten Augen an. Der hielt den Finger vor die Lippen und zeigte nach draußen. Der untreue Wächter verstand und erhob sich sofort. Vorsichtig spähte Ulfberht durch eine Scharte im Tor. Er musste eine Weile warten, bis er einen Schatten entdeckte. Er wandte sich um, doch der Wachtposten war schon fort und weckte seine Kameraden.

Abdallah kam zum Tor gelaufen. »Was gibt es?«, zischte er.

»Ich habe Eisen klirren gehört«, flüsterte Ulfberht zurück. »Und da draußen bewegen sich Schatten!«

»Bist du sicher?«

Ulfberht nickte. »Ich wecke die beiden Gesandten«, erklärte er und lief gebückt zu dem Lager der beiden Missi.

Kurz darauf drückte sich die gesamte Reisegesellschaft an die innen nur brusthohe Mauer. Lange arabische Lanzen, Pfeilspitzen und blanke Schwerter glitzerten im Sternenlicht, während Ulfberht kaum wagte, Luft zu holen. Immer wieder klangen nun Geräusche von draußen herüber. Immer näher, und nun für einen wachsamen Lauscher nicht mehr zu überhören. Der Feind musste sich bereits auf dem schmalen Pfad zum Tor befinden. Die Spannung wuchs ins Unerträgliche und Ulfberht wäre am liebsten aufgesprungen, um sich auf den Feind zu stürzen oder davonzulaufen, er wusste selbst nicht was. Plötzlich erklang ein Kratzen am Tor, und das alte Holz setzte sich in Bewegung. Der Feind musste die letzten Schritte praktisch lautlos zurückgelegt haben! Doch das Tor öffnete sich nur einen Fingerbreit, bis der Riegel die Bewegung mit einem jähen Knirschen stoppte. »Allahu akbar!«, schrie Abdallah, woraufhin seine Männer sich erhoben und auf die Mauer sprangen. Pfeile zischten, und die Männer stießen mit ihren Lanzen auf den Pfad hinab. Von außen antwortete wildes Gebrüll in einer fremden, unheimlich klingenden Sprache. Auch Ulfberht war aufgesprungen, hieb mit dem Schwert, welches ihm Abdallah gegeben hatte, wild über die Mauerkrone. Dort waren nur Schatten zu erkennen und er traf keinen Einzigen – die Feinde flohen den schmalen Pfad hinab.

»Sie laufen davon!«, rief Ulfberht, und Angst und Anspannung der letzten Augenblicke lösten sich in einem wilden Siegesschrei. Bis ihm jemand die Hand auf die Schulter legte. Ulfberht fuhr herum.

Es war Landfried, der ihn breit angrinste. »Dein erster Kampf, Junge?«, fragte er schmunzelnd.

Sobald die Aufregung etwas abgeflaut war, zog Ulfberht Isaak zur Seite. »Was hast du dir dabei gedacht?«, fauchte er den Händlern an. »Wolltest du uns den Räubern ans Messer liefern?«

Isaak blickte unglücklich auf seine Füße. »Natürlich nicht«, antwortete der sonst so welterfahrene Händler kleinlaut. Ulfberht funkelte ihn an, blieb aber stumm. »Aber weißt du?«, fuhr der Händler nach einigen Augenblicken fort. »Abdallah hat gestern von den Juden da draußen gesprochen, von den Chasaren. Und er hatte offensichtlich Angst vor ihnen. Dort, wo ich als Händler hinkomme, da sind wir Juden immer auf Gnade und Ungnade den Mächtigen ausgeliefert! Ich wollte diese Glaubensbrüder einmal sehen, vor denen selbst die Männer des Kalifen erzittern ...«

Ulfberht atmete tief ein. »Sie hätten dich doch wahrscheinlich gar nicht angehört, sondern gleich massakriert!«

»Ja, vielleicht. Es war die Dummheit eines alten Mannes«, gestand Isaak müde. »Aber danke, dass du niemandem etwas gesagt hast. So trägt jeder von uns ein Geheimnis mit sich.«

Ulfberht starrte ihn mit offenem Mund an. Was wusste er? Von Hrudogir? Oder gar von Edolf? Eine unsichtbare Hand schien nach seiner Kehle zu greifen.

Doch da zwinkerte ihm der Kaufmann zu. »Es bleibt doch unser Geheimnis, oder?« Die Chasaren oder die Kurden, oder wer auch immer es nun gewesen sein mochte, wiederholten ihren Angriff in der Nacht nicht, doch an Schlaf war natürlich nicht mehr zu denken. Am nächsten Morgen spähten die Eingeschlossenen vorsichtig über die Mauer.

»Ich sehe niemanden mehr«, kommentierte Landfried schließlich.

Abdallah sah sich mit verwirrtem Gesichtsausdruck um. »Wieso sollten sie verschwinden?«, fragte er. »Die Chasaren sind die Herren der Steppe. Vor wem sind sie geflohen?«

»Vielleicht waren es so wenige, dass sie es mit uns nicht aufnehmen können, wenn wir wach sind?«, schlug Landfried vor.

Doch Abdallah schüttelte den Kopf. »Die Chasaren dringen sicherlich nicht mit einer Bande von weniger als 20 Männern so weit in unser Gebiet ein. Nein, es müssen mindestens 30 oder 40 sein.« Er rief einem seiner Männer etwas zu, der daraufhin die Umfriedung verließ. Flink lief er den Hügel hinab. Kurze Zeit später war er zurück und erstattete Abdallah Bericht. »Es waren nur vier oder fünf Mann. Sie haben ihre Pferde in einiger Entfernung stehen lassen und sind dann hier heraufgeschlichen«, erklärte Abdallah den wartenden Franken.

»Was mögen sie nur gewollt haben?«, fragte Sigismund.

»Sehr merkwürdig«, bestätigte Abdallah. Rasch machten sie sich reisefertig und verließen den geschützten Ort. Auf dem Weg den Hügel hinab kamen sie an der Stelle vorbei, an der die Fremden ihre Pferde zurückgelassen hatten.

Ulfberht musterte die Spuren interessiert. »Sie haben die Eisen mit nur drei Nägeln angeschlagen, wie man es bei uns zuhause bei Maultieren macht«, wunderte er sich.

Doch Abdallah fuhr herum. »Beim Barte des Propheten!«, stieß er aus. »Du hast Recht! Sie trugen Eisen.«

»Warum wundert dich das?«, fragte Ulfberht zurück.

»Weil die Chasaren ihre Pferde nicht beschlagen!«

In Ulfberhts Magengrube breitete sich ein unangenehmes Gefühl aus. Er warf Isaak einen bedeutungsvollen Blick zu. Der errötete und zuckte die Achseln.

»Lasst uns jetzt nicht länger hier herumtrödeln. Je eher wir unser Ziel erreichen, desto schneller sind wir in Sicherheit«, mischte sich Landfried ein. Und so setzte sich die kleine Gesellschaft in Bewegung. Doch der Ritt verlief allen Befürchtungen zum Trotz ereignislos, und so erreichten sie schließlich Amid. Die Festung lag auf einem steilen Felsen, hoch über dem Westufer des Tigris. »Hier sind wir in Sicherheit«, erklärte Abdallah dann auch mit sichtlicher Erleichterung.

Wenige Tage später erreichten sie Mossul im Kurdenland. »Von hier aus kann man in 20 Tagen mit Kelleks Bagdad erreichen«, erklärte Abdallah. »Wenn das Wasser nicht zu niedrig oder zu hoch steht.«

»Kelleks?«, fragte Landfried.

»Die Boote der Kurden. Sie bestehen aus Holzgerüsten und aufgeblasenen Tierbälgen. Hier in der Stadt gibt es auch eine Brücke, die ebenfalls aus Kelleks besteht, wir werden sie gleich erreichen.«

Landfried nickte. »Und haben wir nun einen guten Wasserstand im Fluss?«

Ulfberht bezweifelte dies. Bereits in Amid war ihm der reißende Strom sehr gefährlich vorgekommen.

Auch Abdallah wiegte skeptisch den Kopf. »Ich glaube, wir sind besser beraten, wenn wir den Landweg nehmen. Wenn es im Hochland weiter regnet, könnte es uns sonst passieren, dass wir mitten auf der Strecke anlegen und niedrigeres Wasser erwarten müssen. Außerdem kann man mit dem Pferd Bagdad bereits in zwei Wochen erreichen!« Und so schlängelte sich die kleine Karawane durch die engen Gassen von Mossul zum Tigris und der versprochenen Bootsbrücke. 20 grob gezimmerte Flöße, deren Unterseiten mit aufgeblasenen Ziegenbälgen als zusätzliche Auftriebskörper versehen waren, trugen die aus Brettern bestehende Straße.

»Kein besonders vertrauenswürdiger Anblick«, nörgelte Ulfberht.

Doch Landfried schüttelte den Kopf. »Flussüberquerungen sind immer gefährlich«, behauptete er, während sie den Gegenverkehr abwarteten. Eine Maultierkarawane, schwer beladen mit eingekochten Quitten und Galläpfeln, kam ihnen entgegen.

»Die Quitten von Mossul sind berühmt«, erklärte Abdallah.

Doch Ulfberhts Aufmerksamkeit wurde mehr von der stark schwankenden Brücke in Anspruch genommen. Während sie warteten, trat ein Mann an Abdallah heran. Ulfberht, der neben dem Führer abgestiegen war und mehrere der Pferde aus al-Andalus am Zügel hielt, betrachtete ihn interessiert. Sein schwarzer Bart war bereits von grauen Strähnen durchsetzt, und der tief in die Stirn geschobene Turban verlieh ihm zusammen mit einer gebogenen Nase einen verwegenen Ausdruck. Rasch entspann sich ein Gespräch zwischen Abdallah und dem Fremden. Ersterer schien durchaus erfreut, und nach einigem Hin und Her hielt der Fremde die Hand hin und Abdallah schlug ein.

»Das hier ist Amir«, erklärte er seinen Schutzbefohlenen. »Er kennt sich hier in der Gegend gut aus und spricht auch Kurdisch. Er hat sich erboten, uns bis Bagdad als Führer zu dienen.«

»Kennst du den Weg von hier ab nicht mehr so gut wie das erste Stück?«, fragte Landfried neugierig.

»Ich bin zwar schon mehrfach in Bagdad gewesen, aber bisher habe ich immer den Fluss genommen«, erklärte Abdallah entschuldigend. Es war ihm offensichtlich unangenehm, einzugestehen, fremde Hilfe zu benötigen.

»Ich habe mich ohnehin schon gewundert, dass du den ganzen Weg bis hierher so gut im Gedächtnis hast«, warf Sigismund taktvoll ein und entlockte ihrem ernsten Führer ein dankbares Lächeln.

Amir verzog sein bärtiges Gesicht zu einem kurzen schiefen Grinsen. Ulfberht stutzte. Abdallah hatte zwar erwähnt, dass der Führer Kurdisch sprach, aber doch gewiss kein Latein? Doch seine nächsten Worte zeigten, dass sich der neue Führer lediglich freundlich einführen wollte.

»Ich kenne mich aus in dieser Gegend. In zwei Wochen kann ich euch sicher nach Bagdad bringen!«, versprach er und zwar in einem einfachen Arabisch, das Ulfberht zu seiner großen Freude leidlich verstand.

Er blickte kurz zu Landfried hinüber, um zu sehen, ob auch der verstanden hatte, doch der Grafensohn schaute nur misstrauisch auf die schwankende Brücke. Endlich waren die Maultiere über den Tigris und sie an der Reihe. Der neue Führer schritt voran, Abdallah und Sigismund folgten, dann die ledigen Pferde, bevor Landfried, Isaak und die Krieger der Eskorte den Abschluss bildeten. Ulfberht führte seinen

Hengst dicht am Zügel. »Ruhig, ganz ruhig«, flüsterte er dem Tier ins Ohr, aber es schien erstaunlicherweise diesmal weit weniger besorgt als Ulfberht selbst. Hinter ihnen folgten Abdallahs Soldaten. In der Mitte der Brücke richtete Ulfberht seinen Blick nach unten. Das hätte er nicht tun sollen. Schnell schoss das schmutzig braune Wasser des Tigris unter den zerbrechlich wirkenden Brettern entlang. Am Rand konnte Ulfberht eines der Kelleks sehen, die die Brücke trugen. Die Ziegenbälge waren fest an dem Tragegerüst angelascht, aber einige wirkten ziemlich platt. Ulfberht wurde schwindlig. Da zog sein Hengst am Halfter. Gerade noch rechtzeitig richtete Ulfberht seinen Blick wieder nach vorn, fast hätte er das Gleichgewicht verloren. Am anderen Ufer bekreuzigte sich Ulfberht hastig. »Dem Herrn sei Dank!«, stieß er hervor, erntete aber nur ein trockenes Lachen von Abdallahs Männern. Anscheinend waren ihnen solche Brücken bestens vertraut.

»Wir sollten uns hier in Mossul mit Lebensmitteln eindecken«, erklärte Abdallah, als alle heil am anderen Ufer des Tigris standen. »Amir sagt, wir werden in den nächsten Tagen nur durch kleine Dörfer kommen, wo es in dieser Jahreszeit kaum etwas zu essen gibt.«

Zwei Tage später erreichten sie das nächste Hindernis. Ein breiter Fluss mit schmutzig braunem Wasser zog in großen Mäandern durch das recht grüne Tal. »Das ist der große Zab«, erklärte Amir.

»An diesem Ufer haben die Abassiden vor fünfzig Jahren die Umayyaden geschlagen«, ergänzte Abdallah stolz.

»Und hat man inzwischen irgendwo eine Brücke gebaut?«, fragte Landfried, der mit Ulfberht und den beiden Führern an der Spitze des Zuges ritt.

»Nein, der Fluss ist sonst eher schmal, nur der Regen im Gebirge hat ihn anschwellen lassen«, erklärte Amir. Sie blickten auf das Wasser, das über die bräunlichen Kiesel am Ufer schoss.

»Und was machen wir jetzt?«, fragte Landfried schließlich.

»Die Furten sind bei diesem Wasserstand unpassierbar«, erklärte Amir.

»Ach?«, entgegnete Landfried genervt. Ulfberht konnte ihn gut verstehen. Dem neuen Führer musste man jedes Wort aus der Nase ziehen.

»Ein paar Biegungen flussaufwärts liegt ein Dorf. Die Leute werden uns über den Fluss rudern«, versprach Amir. Das angesprochene Dorf bestand nur aus wenigen Lehmhütten, zwischen denen scheinbar verwaiste Ziegen und ebenso herrenlose Kinder herumstreunten. Doch als sich die kleine Karawane näherte, traten Männer aus dem Schatten einer der Hütten. Ein weißhaariger Alter mit einem blau-grauen Turban sprach sie an. Amir schien ihn zu kennen, denn die beiden begannen sofort eine lebhafte Unterhaltung in einer Ulfberht völlig unbekannten Sprache. »Zwei Silberdinare fordern sie für einen Mann, einen für ein Pferd«, übersetzte Amir schließlich.

»Zwei Dinare, um einen Mann über den Fluss zu setzen?«, erregte sich Abdallah. »Der Prophet hat Wucher verboten!«

Amir zuckte die Schultern. »Die Leute sind ohnehin keine gläubigen Muslime.«

»Keine Muslime?«, fragte Sigismund. »Sind es denn Christen?«

»Oder Juden?«, mischte sich Isaak ein, verstummte aber sofort wieder.

Amir schüttelte den Kopf. »Viele behaupten, sie seien Teufelsanbeter, aber ich würde ihnen das an eurer Stelle nicht ins Gesicht sagen. Sonst kommt ihr niemals heil über den Fluss!«

»Ist schon gut«, beeilte sich Abdallah einzulenken. »Wir werden bezahlen, schließlich müssen die Botschafter des Frankenkönigs so rasch wie möglich an den Hof des Kalifen gelangen.«

»Gut«, bestätigte Amir knapp.

»Das sind ja wieder diese Gerüste mit Tierhäuten!«, rief Ulfberht erschrocken, als er die Boote am steinigen Ufer liegen sah. Es handelte sich tatsächlich um Kelleks. Jeweils vier

Reihen von acht aufgeblasenen Ziegenbälgen waren an ein Lattengerüst gebunden. »Und damit wollt ihr ein Pferd übersetzen?«, fragte er zweifelnd.

»Nein, die Pferde schwimmen am Zügel hinterher«, erklärte Amir. »Auf eine Kellek passen jeweils zwei Mann, ein Führer und ein Passagier. Der Alte sagt, die Krieger sollen zuerst hinüber.«

Ulfberht schluckte. Er hatte bei der Sache wieder ein verdammt ungutes Gefühl.

»Und wieso das?«, mischte sich auch Landfried ein. »Wir lassen uns nicht vorschreiben, in welcher Reihenfolge wir hinüberfahren dürfen!«

»Es muss so geschehen, wie der Dorfvorsteher will, oder gar nicht«, behauptete Amir, bevor er sich umdrehte und dem alten Mann zu einer der Lehmhütten folgte.

»Das kommt mir mehr als merkwürdig vor«, murmelte Landfried und blickte ihrem Führer misstrauisch hinterher.

»Lass uns nicht mit den Leuten streiten, die uns übersetzen sollen. Wir sind ihnen ausgeliefert«, beschwichtigte Sigismund.

Widerstrebend ließ Landfried es geschehen. Tatsächlich gelang es ohne größere Probleme, die ersten Männer auf die andere Seite zu bringen. Da die Dorfbewohner drei Kelleks besaßen und bei jeder Fahrt zwei der Pferde anbanden, waren die Reittiere bald alle heil am anderen Ufer. Nur Abdallah und drei seiner Krieger harrten noch bei den ihm anvertrauten Franken am Nordufer aus. Als die erste der drei Kelleks zurückkehrte, schob Abdallah Sigismund vor und machte dem Floßführer mit Gesten klar, dass dies der nächste sein sollte. Der blickte sich hilfesuchend nach seinem Dorfvorsteher oder Amir um, da aber keiner von beiden zu sehen war, ließ er Sigismund auf das wacklige Gerüst klettern und schob das Floß dann mit seinem Paddel in den reißenden Strom hinaus. Sobald das nächste Floß anlandete, wollte Abdallah Landfried vorschieben, doch der wehrte ab.

»Lass ihn zunächst Isaak mitnehmen!«, bedeutete er.

Und so geschah es. Kaum war das zweite Floß halb über den Zab hinüber, ertönte hinter ihnen ein ärgerlicher Ruf. Ulfberht fuhr herum. Ihr Führer kam aufgeregt angerannt.

»Ich habe doch ausdrücklich befohlen, dass die Soldaten zuerst hinübergebracht werden sollen!«, schrie er mit vor Zorn bebender Stimme. Ulfberht blickte ihn mit offenem Mund an. Was sollte dieses unpassende Verhalten? Amir schrie und gestikulierte wild zu den Flößen hinüber. Da trat Abdallah zu ihm und befahl seinerseits, er solle den Mund halten. Er versuchte, ihn am Winken zu hindern, indem er nach seinen Armen griff. Da zückte Amir seinen Dolch und stach unversehens auf den jungen Araber ein. Der duckte sich, und so streifte ihn der erste Stich lediglich an der Schulter. Starr vor Schreck sah Ulfberht, wie der treulose Führer zum nächsten Stich ausholte, der dem tapferen Abdallah sicherlich den Garaus machen würde. Doch im gleichen Augenblick wurde sein Kopf nach vorne geworfen, und noch mehr Blut wirbelte durch die kalte Luft. Landfrieds Schwert hatte ihm Nacken und Rückgrat zerschlagen. Tödlich getroffen sackte er auf die Kieselsteine, und sein Blut vermischte sich mit der braunen Flut des Zab.

Ulfberht stand noch immer mit offenem Mund. Alles war so schnell gegangen. »Was ...«, stammelte er. Dann traf ihn die Erkenntnis. »Ein Verräter! Er wollte uns in eine Falle locken!«

Landfried nickte grimmig, während er sein Schwert am Kleid des Gefällten abwischte. »Er wollte uns auf dieser Flussseite isolieren. Vermutlich warten seine Spießgesellen im Dorf versteckt darauf, dass wir in der Unterzahl sind.«

Abdallah war kreidebleich. Zitternd griff er nach Landfrieds Arm. »Du hast mir das Leben gerettet!«, stammelte er.

Doch Landfried nickte nur. »Deswegen hat Karl ja auch einen Krieger auf die Mission geschickt. Ulfberht, verbinde seinen Arm! Er muss auf jeden Fall als erster über den Fluss! Und wir sollten uns beeilen, bevor die Räuberbande auftaucht.«

»Wie sollen wir verhindern, dass sie die letzten von uns massakrieren?«, fragte Ulfberht beklommen.

»Wenn Abdallah sicher drüben ist, fahren wir zwei gleichzeitig hinüber, dann sind wir in Sicherheit, und von den Kriegern wollen sie ja vermutlich nichts. Der Anschlag galt uns Franken! Außerdem können wir bei den letzten Fuhren zwei der Flößer als Geiseln drüben behalten, bis alle unsere Männer übergesetzt sind«, entschied Landfried.

Ulfberht riss währenddessen einen Streifen Stoff vom Gewand des gefällten Verräters. Dabei fiel etwas klirrend zu Boden. Ulfberht bückte sich danach und hielt dann einen Beutel in die Höhe. »Seht mal. Der ist ziemlich schwer für einen einfachen Führer!«, behauptete er.

Landfried nahm ihm den Beutel ab und öffnete den Lederriemen, der ihn verschloss. »Donnerwetter!«, rief er, als er den Inhalt in die flache Hand fallen ließ. Es klirrte hell und Ulfberht sah das Blitzen von Gold. »Das sind griechische Solidi!«, stellte Landfried fest.

Ulfberht pfiff durch die Zähne, aber da kam ein Floß zurück und Landfried wies ihn an, darauf Platz zu nehmen. Der Ruderer starrte auf den toten Amir, doch dann fiel sein Blick auf Landfrieds blankes Schwert, und er beeilte sich, das Boot gehorsam ins Wasser zu schieben. Während er das Fahrzeug langsam auf das tiefe Wasser zu stakte, betastete Ulfberht misstrauisch die Ziegenbälge an der Unterseite. Zum Glück waren die meisten noch halbwegs mit Luft gefüllt. Trotzdem wurde es ein wackliges und nasses Unterfangen, bis er sich aber schließlich sicher am Südufer wiederfand.

»Was ist denn mit euch geschehen?«, rief ihm Sigismund entgegen.

»Landfried hat unseren Führer erschlagen!« Ulfberht berichtete ihm in kurzen Worten, was sich zugetragen hatte.

Als schließlich auch der Grafensohn ans Ufer stieg, zeigte er Sigismund wortlos eine der Münzen.

Sigismund hielt die dargebotene Goldmünze dicht vor sein Gesicht und kniff ein Auge zu. Dann stieß er einen überraschten Ruf aus. »Wisst ihr, wer das ist auf dieser Münze?«, fragte er heiser. Alle blickten ihn gespannt an. »Hier steht Eirene basilissa!« Ulfberht verstand nicht, was daran so merkwürdig war. Schließlich hieß die Regentin von Konstantinopel doch Eirene? Doch Sigismund erklärte es gleich. »Patriarch Gregorios hat uns berichtet, dass Regentin Irene ihren Sohn hat blenden und sich zur Kaiserin ausrufen lassen. Aber das war erst im letzten Erntemonat. Wenn nun auf dem Solidus »Kaiserin Irene« steht und nicht »Regentin«, dann bedeutet das, dass die Münze erst vor zwei oder drei Monaten geschlagen wurde!«

»Und?«, entfuhr es Ulfberht.

Aber Sigismund war viel zu aufgeregt, um diesen Verstoß gegen die Form überhaupt zu bemerken. »Das heißt, dies Gold ist direkt aus Konstantinopel in die Tasche des Verräters gewandert. Irgendwo hier treiben sich Abgesandte der Kaiserin herum und versuchen, zu verhindern, dass wir Bagdad erreichen!«

»Oder es sind Abgesandte von einem der Hofeunuchen!«, warf Landfried ein. »Vielleicht wollen sie die Schlüssel stehlen?«

»Welche Schlüssel?«, fragte Ulfberht verwirrt.

Aber ein finsterer Blick Sigismunds ließ den Grafensohn verstummen.

Landfried, Bagdad, Hornung 798

Zehn Tage nach dem Überfall am großen Zab und eine weitere Überquerung des Tigris später, tauchte am Horizont eine Stadt auf. »Bagdad«, rief Abdallah begeistert. »Wir sind am Ziel, hier liegt das Zentrum der Gelehrsamkeit, der Sitz des Kalifen!« Und leiser, sodass nur Landfried, der neben ihm ritt, es hörte, ergänzte er: »Meine Heimat.« Je näher sie kamen, desto mehr versetzte die Stadt Landfried ins Staunen. Die Stille, in die sich auch Sigismund hüllte, verriet, wie tief auch er ergriffen war. Unwillkürlich musste Landfried an Franken und all die Städte, die er im Reiche Karls gesehen hatte, denken. Doch die gleichmäßige Mauer von Bagdad, die sich in einem schier unendlichen Rund vor ihm wölbte, verriet nicht nur Größe und Macht, sondern auch eine perfekte Planung. Jeder Ziegel, jedes Ornament an den Zinnen schien einer höheren Ordnung zu folgen. Schließlich erreichten sie eines der mächtigen Tore. Sie passierten die Anlage unbehelligt, dahinter führte eine breite Straße schnurgerade auf das Zentrum der Stadt zu. Doch die Häuser waren nicht wie in Moguntia oder auch Jerusalem durcheinander und ineinander gedrängt, sondern setzten die strenge Ordnung der Mauern fort. Die Straßen waren belebt, aber doch so geräumig angelegt, dass kein Gedränge entstand. »Wir reiten zuerst zur Karawanserei. Dort werdet ihr Quartiere zugewiesen bekommen, in denen ihr euch von der Reise erholen könnt, bevor Harun euch zur Audienz ruft«, erklärte Abdallah. Landfried ließ es dabei bewenden. Er konnte sich gerade nicht auf ein Gespräch konzentrieren. Zu intensiv waren die neuartigen Eindrücke.

Die Karawanserei von Bagdad war ähnlich aufgebaut wie in Aleppo. Ein rechteckiger Hof wurde von weiten Säulengängen und dahinter liegenden Räumen gesäumt. Abdallah führte sie zur Rückseite des Gebäudes.

»Die drei Räume hier sind für euch«, erklärte er, während Landfried Ulfberht bereits dabei half, den Pferden das Geschirr abzunehmen.

»Kannst du uns Heu, frisches Wasser und Hafer besorgen?«, fragte er Abdallah. »Wir wollen die Pferde aus al-Andalus etwas auffüttern, damit sie wieder in bester Form sind, wenn wir dem Kalifen sein Geschenk übergeben!« Tatsächlich hatten sich die Tiere, gemessen an den durchgemachten Strapazen, gut gehalten, doch etwas mager und zerzaust sahen sie aus.

Abdallah nickte. »Der Stallmeister der Karawanserei wird euch mit allem Nötigen versorgen. Auch euch soll es nicht an frischen Kleidern und gutem Essen mangeln! Das hier ist schließlich Bagdad, das Zentrum der Welt!«

Schon am nächsten Morgen stand ein Mann vor ihrem Raum. »Seid ihr die Missi des Frankenkönigs?«, fragte er in holprigem Latein.

Landfried wechselte einen raschen Blick mit Sigismund, der ebenfalls auf den Hof getreten war. Das war schneller gegangen, als erwartet. »Ja, das sind wir«, nickte er.

»Mein Herr wünscht, euch zu sehen. Bitte folgt mir.«

»Der Kalif hat dich geschickt?«, fragte Landfried verwirrt. »Wo ist denn Abdallah?«

Doch der Mann rollte die Augen. »Mein Herr ist nicht der Kalif. Bis der euch empfängt, wird es Wochen dauern. Schließlich seid ihr nur die Gesandten eines Barbaren-Königs aus dem Westen ...«

Landfrieds Hand fuhr zum Gürtel, doch er hatte sein Schwert noch nicht umgeschnallt. »Hüte deine Zunge, Knecht!«, wies er den Fremden scharf zurecht.

»Wer ist dein Herr, wenn es nicht der Kalif war, der dich schickt?«, fragte Sigismund dazwischen.

»Der Apokrisiar der Kaiserin«, entgegnete der Bote hochnäsig. Wieder wechselte Landfried einen raschen Blick mit Sigismund.

»Warte hier, wir lassen dich unsere Antwort zu gegebener Zeit wissen«, beschied Sigismund, bevor er sich an Landfried wandte. »Komm, wir müssen uns besprechen.« Dabei zog er ihn in die von ihm bezogene Kammer.

»Was ist ein Apokrisiar?«, fragte Landfried zuerst. Er hatte keine Ahnung, was das sein sollte.

»Ein Apokrisiar ist eine Art Gesandter, der aber am Ort seiner Mission bleibt. Die Bischöfe der Ostkirche haben Apokrisiare in Konstantinopel, um jederzeit unterrichtet zu werden, wenn es Neuigkeiten gibt. Aber dass der Logothet einen Mann hat, der am Hofe des Kalifen lebt, das wusste ich auch nicht!«, erklärte Sigismund.

»Ob er es war, der unseren Führer am Zab bestach, um uns zu überfallen?«, fragte Landfried und blickte finster auf den Hof, wo der Bote des Romaniers noch wartete.

Doch Sigismund schüttelte den Kopf. »Das glaube ich nicht. Wenn dieser Mann wirklich ein Apokrisiar ist, dann reist er nicht zwischen Konstantinopel und hier hin und her, sondern verbringt die ganze Zeit am Hofe des Kalifen. Folglich wusste er noch nichts von unserer Reise und hat auch kein frisch geschlagenes Gold in der Tasche!« Er dachte einen Augenblick nach. »Das ist eine erstaunlich gute Idee, die der Logothet da hatte«, fuhr er dann fort, und Landfried hatte den Eindruck, er spräche mehr zu sich selbst als zu ihm. »Wenn man solche Gesandte hätte, die an den fremden Höfen leben, dann wüssten sie stets über die Verhältnisse dort Bescheid. Sie könnten die wichtigsten Männer kennenlernen, wüssten, wem man wann ein Geschenk geben sollte ... « Einen Augenblick hing er seinen Gedanken nach. Dann wandte er sich abrupt an Landfried. »Lass uns mit ihm gehen, ich will diesen Apokrisiar treffen!«

»Ist das nicht zu gefährlich?«, warf Landfried ein. »Gerade wollten uns die Romanier noch ermorden ...«

Sigismund nickte langsam. »Da hast du allerdings Recht. Es kann nur einer von uns gehen, und wir sollten Abdallah zuvor unterrichten.«

Landfried nickte. »Das ist eine gute Idee. Ich sage dem unverschämten Kerl draußen, er möge in drei Stunden wieder kommen.«

Wenig später kam Abdallah selbst in die Karawanserei um nach seinen Schutzbefohlenen zu sehen. Als er von dem Besuch des Romaniers hörte, zog er verärgert die Stirn kraus. »Dieser unverschämte Kerl will euch sehen, bevor ihr den Kalifen eure Aufwartung gemacht habt?«, fragte er. »Das geht nicht an. Das wäre eine schlimme Missachtung des Kalifen und gegen jede Gepflogenheit. Der Apokrisiar muss warten. Vielleicht kann ich euch heute Abend zumindest schon beim Wesir einführen.«

Landfried nickte. »Dann war die Einladung eine weitere Falle!«

Und tatsächlich kam der Bote gar nicht erst zurück in die Karawanserei. Abdallah hatte dagegen mehr Erfolg, und so machten sich Sigismund und Landfried am Abend in prächtigen neuen Gewändern, die ihnen Abdallah hatte bringen lassen, auf den Weg zum Palast. Sigismund war in einen leuchtend roten Mantel gehüllt, während Landfried selbst ein dunkles Blau trug. Der Abend war angenehm kühl, und über ihnen leuchteten bereits die ersten Sterne. Die Straßen, durch die Abdallah die beiden Missi führte, waren hell von Lampen erleuchtet, und bald schon standen sie vor dem großen Tor des Palastbezirks. Männer mit blanken Schwertern und eisenbeschlagenen Rundschilden bewachten das oben spitz ausgezogene Tor in der hohen, mit vorspringenden Wachtürmen gesicherten Mauer des Palastes. Nachdem Abdallah ihr Anliegen genannt hatte, lief ein Soldat los und kehrte bald darauf mit einem Diener des Wesirs zurück. Der Mann führte die Missi mit ihrem Übersetzer in den Palast. Sie durchschritten einen prächtigen Innenhof und folgten ihrem Führer in einen Gang, auf dessen glasierten Kacheln sich das Licht der Fackeln spiegelte wie die Sonne auf dem Meer. Blau und grün leuchteten die Kacheln, voll phantastischer Muster und Kalligraphien in der elegant geschwungenen arabischen

Schrift. Am anderen Ende des Ganges umfing sie plötzlich ein wahres Paradies. Wasser sprudelte aus einem Brunnen in der Mitte des rechteckigen Gartens. Überall wuchsen exotische Pflanzen und mochten in der Zeit der Tageshitze dem Körper Schatten und dem Auge ein beruhigendes Grün spenden.

Landfried riss staunend den Mund auf. »Was ist denn das für ein merkwürdiger Brunnen?«, fragte er.

»Das ist eine Wasseruhr«, erklärte Abdallah. »Das fließende Wasser bewegt die Steine, und jede Stunde schlägt sie einen Gong.«

»Ganz allein, ohne dass ein Mann eingreifen muss?«, fragte Landfried.

»Ganz von alleine«, bestätigte Abdallah stolz.

»Selbst, wenn die Sonne nicht scheint?«, fragte Sigismund mit hochgezogenen Brauen. Eine Wasseruhr war offenbar selbst dem gelehrten Sigismund nicht bekannt.

»Sogar in der Nacht«, behauptete Abdallah. »Aber kommt, wir wollen den Wesir nicht warten lassen«, schon drehte er sich um und führte sie weiter.

Widerstrebend folgte Landfried ihm. Zu gerne hätte er inmitten all dieser Herrlichkeit verweilt! Sie traten durch eine Tür, die wiederum von zwei Wächtern flankiert wurde. In dem Raum dahinter saßen 20 oder 30 prächtig gekleidete Männer in vier Reihen am Boden. Ein weiterer mit einem von Edelsteinen blitzenden Turban saß am gegenüberliegenden Ende des Raumes auf einem erhöhten Thron.

»Der Wesir«, flüsterte Abdallah. »Ihr müsst euch verbeugen!« Er selbst beugte sich tief bis zum Boden. Sigismund und Landfried legten, wie sie es auf der Reise unzählige Male gesehen hatten, die Hände zusammen und verneigten sich gleichfalls. Doch der Wesir schien gnädig gestimmt und winkte die Missi näher heran. »Er möchte wissen, woher ihr kommt und was euer Anliegen ist«, übersetzte Abdallah, der dicht hinter ihnen vorgetreten war.

»Sage seiner Hoheit, dass wir aus dem Reich des mächtigen Frankenkönigs Karl kommen, um dem Kalifen unsere

Aufwartung zu machen und die Freundesgaben unseres Königs zu überbringen«, erklärte Sigismund. Landfried überließ ihm das Reden. Doch schon nickte der Wesir.

»Er möchte, dass ihr heute Abend an seiner Tafel speist«, erklärte Abdallah, während die vornehm gekleideten Gäste im Saal zur Seite rückten, um den Neuankömmlingen am oberen Ende der Tafel Platz zu machen.

Und es wurde ein berauschendes Fest. Weniger wegen des Weins, der zwar reichlich kreiste, doch Landfried hielt sich mit dem Trinken wohlweislich zurück, als wegen der neuen Eindrücke und bunten Farben, die ihr eigenes taten. Frauen tanzten, indem sie ihre Hüften in so merkwürdiger Weise kreisen ließen, dass Landfried verschämt zu Boden schaute. Dann trat ein Dichter auf und rezitierte seine Verse, die von den Zuhörern teils mit Lachen, teils mit missbilligenden Blicken bedacht wurden.

»Was trägt er da vor?«, wollte Landfried wissen. Die gemischten Reaktionen des Publikums hatten ihn neugierig gemacht.

Abdallah blickte verlegen zur Seite. Er gehörte offensichtlich zu denen, die keinen Gefallen an den Versen fanden. »Das ist einer der bekanntesten Dichter am Hofe. Er heißt Abu Nuwas«, erklärte er ausweichend.

»Und wovon erzählen seine Verse?«, bohrte Landfried weiter.

Abdallah wurde rot. »Von der Liebe«, erklärte er, und es war klar, dass er nicht weiter ins Detail gehen wollte.

Landfried schwankte einen Augenblick zwischen seiner Neugier und dem, was die Höflichkeit gebot. Dann gewann seine Erziehung die Oberhand. »Warum tragen so viele Menschen bunte Gürtel?«, wechselte er das Thema.

»Das sind die Schutzbefohlenen. Die mit einem blauen Gürtel sind Christen wie ihr, die mit einem gelben sind Juden und die mit einem roten Feueranbeter.«

»Man kann den Glauben der Leute an ihrer Kleidung erkennen?«, vergewisserte sich Sigismund nun ebenfalls interessiert.

»So ist es, die Farbe der Gläubigen ist grün, aber sie brauchen die Farbe nicht sichtbar zu tragen. Die Ungläubigen hingegen zahlen ihre Dschizya für den Schutz, den ihnen der Kalif gewährt, und dafür muss er sie schließlich erkennen!«

»Ein schöner Schutz ist das, wenn sie dafür eine besondere Steuer bezahlen müssen«, brummte der Kaplan.

»Sag das nicht«, verteidigte Abdallah die Regel. »Im Basar gibt es neben der großen Moschee eine jüdische Lehrstätte, und vor den Toren von Bagdad steht ein christliches Kloster. Die meisten Christen leben hier sicherer als in Konstantinopel, zumindest diejenigen, welche keine Bilder mögen!« Da hatte er einen Punkt getroffen. Landfried nickte anerkennend, doch Abdallah fuhr noch fort. »Wie viele Juden und Muslime gehören zu den Ratgebern König Karls oder gar zu denen der Kaiserin in Konstantinopel?«

Gespannt auf die Antwort blickte Landfried seinen Begleiter von der Seite an, aber darauf wusste selbst Sigismund keine Antwort. Und so verging der restliche Abend wieder in ausgelassener Fröhlichkeit und einem Rausch der Farben und Aromen.

Ulfberht, Bagdad, Lenzmonat 798

Was ist das für ein merkwürdiges Gewebe?«, fragte Ulfberht und rieb ein Seidentuch zwischen den Fingern, das ihm ein Händler vor die Nase hielt.

»Das ist der feinste Stoff der Welt. Seide heißt es und wird von Schmetterlingen gewebt«, behauptete Isaak.

Nachdem sich Ulfberht den Vormittag über um die Pferde aus al-Andalus gekümmert hatte, ließ Landfried ihn den Rest des Tages die Stadt erkunden. Die Missi wollten am Abend allein mit Abdallah den Wesir aufsuchen, und so machte sich Ulfberht mit Isaak auf den Weg, um die Märkte von Bagdad anzusehen.

»Von Schmetterlingen?«, frage Ulfberht ungläubig. »Das kann nicht sein, doch es ist so fein wie Schmetterlingsflügel ... « Sie ließen den Händler stehen und gingen weiter durch die angenehm kühlen Gänge des Basars.

»Schätze aus allen Teilen der Welt kommen hierher!«, schwärmte Isaak begeistert. »Die Seide kommt aus Chang'an am Ende der Welt, genau wie diese feinen Schalen hier. Von denen habe ich bisher nur von den Radhaniyyah gehört!«

Staunend nahm Ulfberht eine der dargebotenen Schalen in die Hand. Sie war erstaunlich leicht, blaugrün glänzend und mit einem feinen Netz an Rissen überzogen. »Was ist das für ein Material?«, wollte er wissen.

»Porzellan heißt es«, entgegnete Isaak. »Sehr teuer und sehr zerbrechlich!«

Ulfberht legte das Stück schnell zurück. »Keine gute Kombination«, befand er. »Frage doch einmal, ob es hier nicht auch eine Straße mit Schmieden gibt.« Endlich hatte er eine Möglichkeit gefunden, die Frage anzubringen, die ihm unter den Nägeln brannte.

»Eisen?«, fragte Isaak fast etwas enttäuscht. »Ach so, ich vergaß, dass du nach dem Geheimnis des harten Dolches suchst.« Er redete kurz mit einem der Händler, der sie die Straße hinab wies.

Vom Rest der Straße bekam Ulfberht nicht mehr viel mit. Zu sehr brannte er darauf, die fremden Schmieden zu sehen. Schließlich erreichten sie die angegebene Straße. Das Hämmern klang aus den verschiedenen Werkstätten bis auf die Gasse hinaus. An beiden Seiten türmten sich Auslagen aus Metall, Kannen, Teller, Werkzeuge. Atemlos drängte Ulfberht voran, bis er Schwerter und Dolche in einem der Läden erblickte. Dichter Rauch quoll unter dem Dach des flachen Gebäudes hervor. Der Geruch war eindeutig. »Hier gibt es Eisen!«

Isaak nickte und sprach einen Jungen an, der die Auslage des Geschäftes bewachte. »Der Junge meint, es gäbe kein besseres Eisen im ganzen Reich des Kalifen«, übersetzte er schließlich.

Ulfberht lächelte müde. »Das behaupten alle Schmiede.« Er trat näher und griff nach einem der angebotenen Dolche. Als er die Klinge aus der Scheide zog, wurde sein Mund trocken. Die Waffe funkelte in demselben Blau wie der Dolch, den Landfried ihm in Ingilinheim gezeigt hatte. »Das ist es«, flüsterte er aufgeregt.

Isaak blickte ihn von der Seite an. »Willst du nicht erst die Härte prüfen?«, fragte er.

Doch Ulfberht schüttelte den Kopf. Die eigentümliche Färbung der Oberfläche, er hätte sie unter hunderten von Stücken erkannt.

Isaak wandte sich wieder an den Jungen, dann drehte er sich zurück zu Ulfberht. »Eisen wird hier verarbeitet. Aber der Junge behauptet, das beste Eisen komme gar nicht von hier.«

»Das Eisen kommt von auswärts?«, fragte Ulfberht heiser. Die Enttäuschung, nachdem er sich gerade am Ziel seiner Reise gesehen hatte, drohte ihm die Luft abzuschnüren. »Das heißt, wir sind noch nicht an der Quelle des harten Eisens? Habt ihr denn kein eigenes Erz?« Im Frankenreich gab es genügend Eisen. Die kundigen Waldschmiede fanden es allenthalben unter der Erde. Rot- oder Brauneisenstein, manchmal sogar Raseneisenerz, welches das ergiebigste war. Lotrik hatte Ulfberht sogar gelehrt, worauf er achten musste, wenn er nach Erz suchte. Doch vielleicht gab es hier in der Wüste keine Pflanzen und Bachläufe, die dem Schmied den Weg wiesen?

Wieder sprach Isaak angeregt auf den Jungen ein. »Wir sollen rein in die Schmiede gehen, sagt er. Sein Vater wüsste besser Bescheid.«

Wie in Trance folgte Ulfberht dem jüdischen Händler und dem jungen Araber in die Schmiede. Es dauerte einen Augenblick, bis sich Ulfberhts Augen an die Dunkelheit und den beißenden Rauch gewöhnt hatten. Schließlich begann er, seine Umgebung wahrzunehmen. Auch in Franken waren Schmieden immer dunkel. Am Amboss stand ein älterer Mann mit weißem Bart und schmutzigem Turban. Vor den Leib hatte er eine Lederschürze gebunden, die nackten Unterarme waren von Narben übersät. Ulfberht erkannte sofort den Schmiedemeister.

Er blickte kurz auf und nahm sich die Zeit, den Fremden freundlich zuzunicken. »Salam.«

Ulfberht und Isaak verneigten sich höflich, bevor letzterer mit dem Schmied einige rasche Worte wechselte. »Nein«, wandte sich Isaak dann wieder an Ulfberht. »Der Meister sagt, sie haben eigenes Erz. Allah habe das Reich des Kalifen mit allem gesegnet, was der Mensch zum Leben braucht«, er machte eine kurze rhetorische Pause. »Doch das härteste Eisen, was er für die besten Waffen nutzt, das kommt nicht von hier, sondern aus Indien.«

»Sieh selbst!«, forderte ihn der Meister auf und winkte seinen fränkischen Kollegen heran.

Ulfberht verstand die Geste auch ohne Übersetzung. Der Alte schob, während er die Fragen Isaaks beantwortete, eine

Klinge ins Feuer und nahm mit der Zange eine andere heraus. Er sicherte die langen Enden der Zange mit einem Ring. Ulfberht notierte sich im Geiste diesen Trick. In Lauresham hielten sie die Zangenenden stets fest umklammert, aber hier hielt der Ring die Zange geschlossen. Dann platzierte der Meister das Eisen geschickt auf dem Amboss und führte einige Hammerschläge. Sicher und hart, sodass die Funken in alle Richtungen stoben. Während er zuschlug, verstummte das Gespräch. Zu laut dröhnte das Eisen. Als dann die Farbe des Werkstücks von gelb über orange zu rot wechselte, legte der Meister die Klinge zurück in die Glut, löste die Zange und griff nach einer Schaufel. Damit warf er einige Kohlen ins Feuer und entfachte sie mit einem kleinen Blasebalg, den er mit der Linken bediente. Ulfberht war fasziniert von der Effizienz, mit der der Meister sein Handwerk versah. Er benötigte keinen Gesellen, der das Feuer ständig anfachte, und er schmiedete in derselben Zeit nicht eine, sondern drei Klingen! Wie viele Schwerter für Karls Heer könnte man auf diese Weise allein in Lauresham herstellen? Doch die Güte dieser so rasch geschmiedeten Klingen konnte doch unmöglich an die der von Wieland mit aller Sorgfalt aus mehreren Lagen geformten Schwerter heranreichen? Da zog der Junge auf einen Wink seines Vaters ein fertiges Schwert von einer der Wandbänke.

»Du hast Glück«, übersetzte Isaak wieder. »Das ist eines der Schwerter aus dem indischen Eisen. Pass auf, er wird dir seine Härte zeigen.«

Ulfberht schaute dem Jungen neugierig zu. Die Klinge war gerade, zweischneidig und lang. Sicherlich für einen Reiter bestimmt. Dabei war sie erstaunlich dünn ausgehämmert. Ein Kettenhemd könnte sie kaum zerschneiden, urteilte Ulfberht fachmännisch. Doch zu seinem größten Erstaunen drehte der schmächtige Junge die Klinge in der Hand und hieb mit einer raschen Bewegung nach einem dicken Eisennagel, der aus einem der Dachbalken ragte. Der Kopf des Nagels fiel mit einem dumpfen Geräusch auf den gestampften Lehmboden. Als habe der Junge nach einem dürren Ast geschlagen!

Ulfberht stieß einen Laut der Überraschung aus und hob den Kopf des Nagels auf. »Das ist reines Eisen«, bemerkte er verblüfft.

»Sieh dir die Klinge an«, forderte Isaak ihn auf. »Der Schmied behauptet, sie habe keine Scharte, keinen Kratzer.«

Leicht zitternd vor Aufregung griff Ulfberht die dargebotene Waffe und strich mit dem Finger über die schmale Schneide. Keine Unebenheit, keine Schmarre. »Wie ist das möglich?«, fragte er heiser. Alles, was er in der Schmiede in Lauresham gelernt hatte, verblasste vor der Kunst dieses Meisters! Eine solche Klinge hatte er noch nicht in den Händen gehalten. »Woher kommt das Eisen?«, fragte er aufgeregt.

Der Schmied lachte, als Isaak ihm die Frage übersetzte. »Weit aus dem Osten. Aus einem Land, das Indien heißt. Dort leben Magier, die das Geheimnis seiner Härtung eifersüchtig bewachen!«

Ehrfürchtig strich Ulfberht ein weiteres Mal über die Klinge. Diesmal erspürten seine Finger eine Unebenheit. »Was ist das?«, fragte er.

Wieder lachte der Schmied. »Das ist nur eine Inschrift«, erklärte er und nickte in Richtung Tür.

»Du sollst die Waffe hinaus auf die Straße bringen, dann können wir es lesen«, übersetzte Isaak. Draußen blinzelte Ulfberht in die helle Sonne. »Gott ist Einer«, las Isaak holprig vor. Dann drehte er die Klinge, um auch die Rückseite zu lesen. »Abdallah ben Abdul – der Name des Schmiedes.«

Ulfberht nahm die Waffe wieder in die Hand und besah sie genau. Tatsächlich konnte er über dem Heft eine feine Schrift erkennen. »Das ist im Eisen geschrieben!«, staunte er. »Nicht einfach eingraviert. Nein, die Schrift hebt sich sogar etwas aus der Klinge heraus. Ich will sehen, wie er das macht, und dann muss ich wissen, wo dieses Indien liegt!«

Landfried, Bagdad, Ostermonat 798

Nun sitzen wir hier seit zehn Tagen in Bagdad und nichts passiert!«, schimpfte Landfried.

Doch Sigismund beschwichtigte ihn. »Auch in Jerusalem mussten wir warten, und du erinnerst dich sicherlich, wie günstig unser Vorhaben dort schließlich aufgenommen wurde.«

Sie saßen auf dem Hof der Karawanserei vor ihrem Quartier auf zwei bequemen Lehnstühlen, die Abdallah ihnen besorgt hatte, und betrachteten, wie die Farbe des Himmels langsam von blau zu schwarz überging. Die ersten Sterne begannen, hinter der Kulisse aus Zinnen und von Halbmonden gekrönten Türmen zu funkeln.

»Es gibt zumindest schlechtere Orte, um zu warten«, pflichtete Landfried ihm bei. Seine Gedanken schweiften zurück zu den wilden Sachsen in ihren Sümpfen an der Elbe und ihn fröstelte. Die Erinnerung schien aus einer anderen Welt zu stammen.

»Ich will mich zurückziehen«, verkündete Sigismund nach kurzem Schweigen.

Landfried nickte, blieb aber sitzen. Die langsam heraufziehende Kühle der Nacht wirkte wunderbar erfrischend, während die Backsteine, aufgeheizt von der Glut des Tages, noch eine wohlige Wärme ausstrahlten. Landfried war drauf und dran einzudösen, als ihn ein scharfer Schrei auffahren ließ. Er benötigte einen Augenblick, um sich zu orientieren. Der Schrei war von hinten gekommen. »Sigismund!«, rief er und sprang auf. Er erreichte die Tür zur Kammer zwei Schritte vor einem Diener, der mit einer brennenden Fackel angerannt kam. »Was ist passiert?«, rief er alarmiert in den Raum hinein.

»Ich weiß nicht«, stammelte Sigismund von drinnen. »Ich glaube, etwas hat mich gebissen.«

Der Diener mit der Fackel drängte sich in den Raum, und im Schein des Feuers sah Landfried eine Schlange, die sich auf dem Boden vor Sigismund ringelte. Bevor Landfried noch reagieren konnte, sprang der Diener behände vor und versetzte dem Tier einen wohl gezielten Schlag mit seiner Fackel. Das Tier flog in die Ecke des Raumes und bewegte sich leise rasselnd. Dann blieb es liegen. Landfried sprang zu Sigismund, der auf sein Lager niedergesunken war. Er hielt den linken Arm merkwürdig vom Körper abgespreizt. Landfried ergriff ihn und schob den Ärmel hoch.

»Au, das schmerzt«, stöhnte der Verletzte.

Der Arm war in der Umgebung der Bissstelle bereits stark angeschwollen, und Landfried musste schließlich den Ärmel des Leinenhemdes aufreißen, um ihn über die betroffene Stelle zu schieben. Zwei dünne Blutfäden rannen aus den Löchern, die die Fangzähne der Schlange gerissen hatten. »Die Schwellung breitet sich immer weiter Richtung Schulter aus«, bemerkte Landfried besorgt. »Wie geht es dir?«

»Der Arm schmerzt, und ich bekomme kaum Luft. Mein Herz hämmert wie verrückt«, stieß Sigismund mühsam hervor.

»Merkwürdig bei so einer kleinen Wunde. Diese Schlange scheint giftiger zu sein als eine Kreuzotter!« Er sah sich um.

Ulfberht und Isaak waren, durch den Lärm angelockt, ebenfalls herbeigeeilt. Dazu noch einer der Stallknechte der Karawanserei. Die beiden Knechte der Karawanserei wechselten rasch ein paar Worte, woraufhin der zuletzt Gekommene rasch wieder verschwand.

»Hol Abdallah!«, rief Landfried an Ulfberht gewandt. Der nickte und verschwand. »Verdammt, ohne Übersetzer sind wir hier völlig aufgeschmissen«, schimpfte er.

Doch noch bevor Ulfberht zurückkehrte, erschien der Stallknecht mit einem weiteren Mann in einem sauberen Kaftan. »Hakim!«, rief der Knecht, und der Diener, der die

Fackel inzwischen in eine dafür vorgesehene Halterung in der Wand gesteckt hatte, wiederholte es mit Nachdruck: »Hakim!«

Der neu hinzugekommene Mann mit dem ernsten Gesicht und einem sorgfältig gestutzten Bart drängte sich zu Sigismund durch und drückte ihn sanft, aber bestimmt auf das Lager. Er sprach auf Arabisch, was Landfried nicht verstand, aber die ruhige, selbstbewusste Art des Mannes flößte Vertrauen ein.

Langsam beruhigte Landfried sich. »Ein Arzt!«, vermutete er.

Sigismund nickte. »Ich hoffe, er versteht sein Handwerk.«

Währenddessen gab der Hakim dem Diener eine Anweisung. Der nickte und ging vorsichtig in die Ecke, in der noch immer die Schlange lag. Mit einem Stab stocherte er nach ihr, doch sie rührte sich nicht. Der Schlag musste gesessen haben. Vorsichtig hob der junge Mann sie am Schwanz auf und zeigte sie dem Hakim. Das Tier war etwa armlang, beige und auf der Rückseite bis auf mehrere farbige Querbänder dunkler. Ihr dreieckiger Kopf war in einem steilen Winkel zur Seite geknickt. Dort hatte sie die Fackel des Dieners getroffen. Der Hakim nickte kurz und wandte sich wieder Sigismund zu, der auf dem Rücken lag und schnell und flach atmete. Der Arzt bedeutete Landfried, Sigismunds Arm zu halten. Er selbst zog aus seinem Lederbeutel ein kleines, augenscheinlich sehr scharfes Messer hervor, und bevor Sigismund Gelegenheit hatte, sich zu wehren, führte er zwei kurze Schnitte aus, die die beiden Einstichlöcher verbanden. Sigismund verzog den Mund vor Schmerz, aber da war der Eingriff bereits vorbei. Nun zog der Hakim einen schwarzen Stein aus dem Beutel und drückte ihn auf die jetzt stark blutende Wunde.

In diesem Augenblick stürzte Abdallah atemlos in die Kammer. »Was ist geschehen?«, rief er, sobald er wieder Luft bekam.

»Sigismund wurde von einer Schlange gebissen. Der Diener hat sie erschlagen, als er mit einem Licht hereinkam. Er hat auch einen Arzt gerufen, der sich gerade um Sigismund kümmert«, erläuterte Landfried knapp.

Rasch wechselte Abdallah ein paar Worte mit dem Hakim. Dann wandte er sich wieder an Landfried und Sigismund. »Du musst ganz ruhig liegen bleiben«, übersetzte er, was der Hakim ihm erläutert hatte. Leiser, sodass nur Landfried ihn hören konnte, fügte er hinzu: »Uns bleibt nur, für ihn zu beten. Jeder Zweite stirbt nach einem Biss der Viper. Wir sollten ihn jetzt ruhen lassen. Er ist bei dem Arzt in besten Händen.«

Landfried nickte und trat vor die Tür. Die Luft war inzwischen recht kühl und der ruhige, friedliche Abend zerstört. »Gibt es hier viele solcher Tiere?«, wollte er wissen. »In der Stadt habe ich noch kein Einziges gesehen!«

Abdallah schüttelte den Kopf. »Draußen in der Wüste schon, aber hier?« Er stellte dem ebenfalls aus der Kammer tretenden Diener eine Frage. Der Angesprochene antwortete hastig, und Landfried verstand auch, ohne die Sprache vollständig zu beherrschen, dass er etwas vehement abstritt. »Der Mann schwört, er habe die Kammer gerade vor Einsetzen der Dunkelheit gefegt und hergerichtet«, übersetzte Abdallah und schüttelte wieder den Kopf.

»So sauber, wie die Kammer war, scheint er nicht zu lügen«, bestätigte Landfried. »Das Ganze ist genauso rätselhaft wie ein Überfall in Ingilinheim, den ich vor unserer Abreise untersuchen musste. Da wurde ein Schmiedegeselle niedergeschlagen, aber niemand hätte zu ihm gelangen können, ohne Spuren im Schnee zu hinterlassen ...«

»Und dann ist auch noch der junge Hrudogir in den Rhein gestürzt. Es scheint fast, als würden wir von einer dunklen Macht verfolgt«, flüsterte Isaak, der Landfried zusammen mit Ulfberht gefolgt war.

Ulfberht stand mit bleichem Gesicht dabei und schwieg. Etwa eine Stunde später trat auch der Hakim vor die Tür. Er streckte sich und gähnte, dann kam er auf Abdallah und die Franken zu.

»Und, wie steht es um ihn?«, drängte Landfried.

Abdallah gab die Frage weiter. »Er ist eingeschlafen, und die Schwellung hat nicht weiter zugenommen. Der Arzt meint, das seien gute Zeichen«, übersetzte er die Antwort.

Landfried atmete hörbar auf. »Was war das für ein Zauberstein?«, wollte er wissen.

»Welcher Stein?«, fragte Abdallah mit einem Stirnrunzeln.

»Der Arzt hat Sigismunds Wunde geöffnet und einen schwarzen Stein daraufgelegt, was hat es damit auf sich?«

Abdallah übersetzte die Frage. Der Hakim lächelte müde. Er zog einen weiteren Stein aus der Tasche und hielt ihn Landfried hin. »Der Stein saugt das Gift aus der Wunde«, gab Abdallah die Erklärung des Arztes wieder.

»Wie kann ein Stein saugen?«, fragte der verwundert.

»Der Hakim meint, du solltest es selbst probieren. Halte ihn an deine Zunge.«

Landfried blickte misstrauisch von dem Stein, der in der ausgestreckten Hand des Arztes lag, in dessen Gesicht, doch der ernste, ruhige Ausdruck in seinen Augen flößte ihm Vertrauen ein. Zögernd nahm er den dargebotenen Stein und hielt ihn sich an die Zunge. Unwillkürlich stieß er einen überraschten Ruf aus. »Tatsächlich, man kann spüren, wie er an der Zunge saugt!«, rief er erstaunt.

Der Arzt schmunzelte und nahm seinen Stein zurück. Dann sprach er noch kurz mit Abdallah und verabschiedete sich dann mit einem Nicken. »Er wird morgen früh wiederkommen. Wir sollen den Kranken nachts nicht aus den Augen lassen und ihn sofort rufen, wenn er wieder Schmerzen bekommt.«

Ulfberht, Bagdad, Ostermonat 798

Sigismund erholte sich langsam, doch wie es zu dem beinahe tödlichen Unfall kommen konnte, blieb rätselhaft. Ulfberht hatte insgeheim die Romanier im Verdacht, doch traute er sich nicht die Sprache auf den Fall zu bringen. Zu leicht konnten die Gedanken weiter zu den anderen Todesfällen am Rhein und in Ingilinheim zurückkehren, und obwohl er sein Gewissen vor Gott bereinigt hatte, fürchtete er doch die menschliche Gerechtigkeit. In solchen Gedanken schritt er die Straße des Basars entlang. Er war einmal mehr bei der Schmiede gewesen. Sein wachsendes Verständnis der arabischen Sprache erlaubte es ihm inzwischen, einige Worte mit dem Meister und seinen Gesellen zu wechseln. Doch über das geheimnisvolle Land Indien hatte er nichts weiter in Erfahrung bringen können. Weder der Meister noch einer seiner Gesellen schienen selbst je dort gewesen zu sein. Sie bezogen die Eisenbarren übers Meer – das war alles. Beinahe wäre er in Gedanken gegen einen großgewachsenen Mann geprallt, der ihm den Weg verstellte. Ulfberht blickte erschrocken auf.

»Ich habe gehört, du interessierst dich für Eisen?«, fragte der Hüne auf Latein.

Ulfberhts Brauen zogen sich misstrauisch zusammen. »Wer bist du und was willst du von mir?«, fragte er barsch.

»Du glaubst doch nicht, dass ein einziger Schritt, den ihr Franken macht, dem Apokrisiar verborgen bleibt?«, erwiderte der Mann mit überheblichem Grinsen. »Auch von dem bedauernswerten Unfall des ersten Missus haben wir gehört. Ich hoffe, es geht ihm wieder gut?« Die Stimme des Mannes troff vor Hohn.

»Habt ihr etwas damit zu tun?«, fragte Ulfberht aufbrausend. Der dunkelhäutige Fremde war zwar noch einen Kopf größer als er, aber der Gebrauch des Schmiedehammers hatte Ulfberht Vertrauen in die eigene Kraft gegeben.

»Natürlich nicht!« Der Fremde machte eine wegwerfende Handbewegung. »Glaubt ihr, die Kaiserin würde wegen eines Barbaren solch ein Aufhebens machen? Mich interessiert viel mehr, was du bei den Schmieden willst. Wenn ihr Franken auch Barbaren seid, so habt ihr doch genügend Eisen in eurer Heimat? Was suchst du hier? Ich muss wohl nicht extra betonen, dass es von größter Bedeutung ist, dass der Apokrisiar über alles unterrichtet wird. Hier im Orient leitet Konstantinopel die Geschicke der Christenheit, das mag in den Ländern der Barbaren im kalten Norden und Westen anders sein, aber hier müsst ihr für uns arbeiten, wenn ihr die Sache Christi nicht gefährden wollt!«

Die Arroganz des Mannes brachte Ulfberht innerlich zum Kochen. Mühsam schluckte er seinen Zorn herunter. »Ich habe nichts mit dir zu schaffen«, wies er den Fremden schroff ab.

»Wer nicht mit uns sammelt, der zerstreut. Das hat der Herr selbst gesagt, als er auf unserer Erde weilte!«, rief der Grieche.

Doch Ulfberht schüttelte unwillig den Kopf. »Ich war am Geburtsort und Grab unseres Herren und muss mir nicht von einem wie dir sagen lassen, was meine christlichen Pflichten sind!«

Zu Ulfberhts Überraschung verzerrte der Fremde sein dickliches Gesicht zu einer zornigen Fratze. »Wie meinst du das, Lateiner?«, rief er mit bebender Stimme.

Ulfberht sah ihn erstaunt an. Die Sache wurde ihm nun doch unheimlich. Er hatte den Hünen nicht reizen wollen, aber einknicken würde er auch nicht! »Ich bin kein Feigling, aber auch keiner, der Streit um des Streites willen sucht«, erklärte er fest. »Was hat dich an meinen Worten gerade so aufgebracht?«, fragte er.

Der Riese blickte ihn finster an, aber nach einer Weile wich das hasserfüllte Funkeln aus seinen Augen. Kurz blickte er sogar fast traurig oder verlegen zu Boden. »Das soll nicht deine Sorge sein, Junge.« Er räusperte sich. »Aber was wolltest du bei dem Schmied?«

Ulfberhts Gedanken rasten. Was sollte er dem Romanier antworten? Wie viel wusste er womöglich schon, und was hatte den Riesen nur derart in Zorn versetzt? »Komme doch heute Abend in die Karawanserei, vielleicht kann dir der Missus etwas sagen. Von mir erfährst du nichts.« Schnellen Schrittes trat er an dem Hünen vorbei, und ob der nun einsah, dass nichts zu erreichen war, oder ob ihn sein eigener Zornesausbruch die Lust am Streit verdorben hatte, er ließ ihn ziehen.

Wenig später erreichte Ulfberht die Karawanserei. Er traf Isaak und Landfried vor der Unterkunft des ersten Missus. Bevor einer der beiden etwas sagen konnte, platzte Ulfberht heraus: »Ich habe einen Romanier getroffen, der versuchte, mich auszuhorchen. Er wollte wissen, was ich in der Schmiede will.«

»Warst du schon wieder dort?«, fragte Isaak kopfschüttelnd. »Das musste ja irgendwann auffallen.«

»Und was hast du gesagt?« Landfried blickte kurz zwischen beiden hin und her, und Ulfberht fiel ein, dass Landfried ja noch gar nicht wusste, dass er den Juden in den geheimen Zweck ihrer Reise eingeweiht hatte. Ihm wurde heiß, aber es gab nun Wichtigeres.

»Ich habe natürlich nichts verraten, obwohl der Kerl behauptete, der Apokrisiar wüsste ohnehin über jeden unserer Schritte Bescheid. Als Beweis für seine Worte ließ er durchblicken, dass er von der Schlange wusste, er behauptete aber, dass sich die Kaiserin nicht mit uns Barbaren abgeben würde.«

»Und doch versucht er, dich auf der Straße auszuhorchen?« Landfried legte die Stirn in Falten.

Ulfberht blickte auf seine Füße. »Es klingt vielleicht merkwürdig, und ich bin ja auch nur ein einfacher Schmiedegesell, aber irgendwie glaube ich ihm, was Sigismund betrifft.«

»Wieso denn das?«, fragte Isaak verwundert.

Doch Landfried akzeptierte die Einschätzung. »Die Kaiserin vielleicht nicht, und dann vermutlich auch nicht der Apokrisiar. Aber was ist mit diesen Hofeunuchen?« Nachdenklich blickte Landfried zu Boden. Doch dann hellte sich seine Miene auf. »Das ist jetzt aber erst mal egal. Ulfberht, du musst nach unseren Andalusiern sehen. Bürste ihr Fell und fette die Hufe ein. Morgen müssen sie glänzen, denn der Kalif wird uns endlich empfangen!«

Für Ulfberht war es das erste Mal, dass er den Palast des Kalifen betrat. Hinter Abdallah, Landfried und dem inzwischen einigermaßen wiederhergestellten Sigismund trat er durch das spitze Tor, das den Palastbezirk mit dem Rest der Stadt verband. Die beiden Hengste führte er am kurzen Zügel, Isaak und zwei der Stallknechte aus der Karawanserei mit jeweils zwei weiteren Tieren folgten ihm. Die friesischen Mäntel hatten sie sorgfältig ausgebürstet, in Leinen eingeschlagen und zweien der Stuten auf den Rücken gebunden. Ulfberht war von den Wundern des Palastes, besonders dem Paradiesgarten und der Wasseruhr, genauso begeistert wie Landfried einen Monat zuvor. Diesmal traten sie durch ein weiteres spitzbogiges Tor in einen neuerlichen Hof. In diesem zerstäubten Springbrunnen mit großen Fontänen Wasser, und überall herrschte eine angenehme Kühle. Bäume mit allen vorstellbaren Früchten spendeten Schatten. Überall reiften Pfirsiche, Mandeln, Zitronen, Granatäpfel und vieles anderes, das Ulfberht erst auf den Märkten von Bagdad kennengelernt hatte. Er musste all seine Kraft aufwenden, um die Hengste, die mit weit geblähten Nüstern den süßen Duft einsogen, davon abzuhalten, sich über all diese Herrlichkeit herzumachen. Doch da erreichten sie den Thron des Herrschers. Abdallah ließ sich auf die Knie fallen und senkte die Stirn zur Erde. Landfried tat es ihm gleich und Sigismund folgte dem Beispiel, noch ziemlich steif von der gerade überstandenen Verletzung. Ulfberht verneigte sich ebenfalls, wagte es aber nicht, die Zügel loszulassen. Der Kalif machte eine Geste mit der rechten Hand.

»Wir dürfen uns erheben«, flüsterte Abdallah. »Aber seht dem Herrscher nicht direkt ins Gesicht, und sprecht nur, wenn ihr gefragt werdet.« Sie hatten das Zeremoniell vorab bereits ausführlich besprochen, doch scheinbar fürchtete der treue Führer, seine Schützlinge könnten es vor Aufregung vergessen.

Einen Augenblick musterte Harun al Raschid, oder Aaron der Rechtschaffende, wie Isaak seinen Namen übersetzte, die Missi. Dann sprach er mit tiefer, würdiger Stimme. »Er heißt euch willkommen. Ihr dürft euer Anliegen vortragen«, übersetzte Abdallah knapp.

Sigismund ergriff das Wort und überbrachte die Grüße und Glückwünsche König Karls. Ulfberht nutzte den Moment, als alle auf Sigismund achteten, um einen kurzen Blick auf den Herrscher aller Gläubigen zu werfen. Wie alle Würdenträger im Palast war er in weite, glänzende Stoffe gehüllt. Der mächtige Turban, die Größe desselben drückte wohl die Würde des Trägers aus, war breit und wurde vorne von einer Fibel mit funkelndem roten Stein einer riesigen Feder geschmückt. Von welch einem Vogel mochte so eine Feder stammen? Sein Gesicht war genauso gebräunt wie das seiner Untertanen, der schwarze Bart bereits von silbernen Fäden durchzogen. Die wachen Augen waren forschend auf Sigismund gerichtet, der gerade die Geschenke präsentierte. Die Pferde schienen dem Kalifen zu gefallen, den bunten friesischen Mänteln schenkte er hingegen wenig Beachtung.

»Der Kalif wünscht, dass ihr Karl seinen Dank ausrichtet. Aber natürlich ist es für einen Herren wie den Kalifen nicht schicklich, etwas zu nehmen, ohne wieder etwas zu geben, selbst wenn es von einem so großen König wie dem euren kommt«, erklärte Abdallah dann. »Darum fragt der Kalif, was er seinem Freund Karl senden soll? Was könnte ihm gefallen?«

Sigismund und Landfried sahen sich an. »Ich habe in Eurem Palast eine Uhr gesehen. Angetrieben durch den Fluss des Wassers misst sie die Zeit und schlägt zu jeder Stunde einen Gong. Ein Wunderwerk dünkt es mich, wenn sie so ganz ohne Zutun von Menschenhand den Tag vermisst«, schlug Landfried spontan vor.

Nach der Übersetzung klatschte der Kalif erfreut in die Hände. »Die Wasseruhr«, bestätigte Abdallah. »Der Gedanke gefällt dem Kalifen, aber er will Karl als Zeichen seiner Freundschaft noch mehr senden.«

»Seide aus Chang'an?«, fragte Landfried. »Für seine Töchter?«

In Sigismunds Stimme klang mehr als nur ein Anflug von Spott. »Wir sind keine Krämer, die Handelswaren erbitten«, bemerkte er abschätzig.

»Oder etwas von dem indischen Eisen?«, warf Ulfberht mit glänzenden Augen und klopfendem Herzen ein. Sigismund und Landfried drehten sich überrascht zu ihm um. Ulfberht hatte ihnen zwischenzeitlich ausführlich davon berichtet, was er in den Schmieden gelernt hatte.

Doch ein Wort des Kalifen unterbrach ihre Gedanken. »Harun hat verstanden, dass ihr nach Indien gefragt habt?«, übertrug Abdallah ins Lateinische. »Das hat ihn auf eine Idee gebracht. Er wird für den mächtigen Karl ein Tier aus Indien holen, was ihm an Kraft und Größe nahekommt. Gleichzeitig kann er sich damit für die Kraft eurer Pferde bedanken.« Abdallah blickte verlegen von einem zum anderen. »Ich weiß selbst nicht genau, was das für ein Tier sein soll. Ich habe das Wort noch nie gehört. Einen Elefanten ...« Er hob entschuldigend die Schultern.

»Er will nach Indien schicken, um ein Tier für Karl zu holen?«, fragte Ulfberht. Das Herz schlug ihm bis zum Halse und seine Gedanken rasten. »Landfried, ich muss mit nach Indien fahren, dort liegt das Geheimnis des harten Eisens!«, drängte er in fränkischer Sprache.

Landfried zog die Stirn in Falten. »Mit nach Indien?«, fragte er überrascht. »Aber du bist uns hier sehr hilfreich, und wer weiß, wie lange diese Reise dauert?« Doch dann hellte sich seine Miene auf. »Aber warum haben wir dich eigentlich mitgenommen? Damit du den Schmieden des Kalifen auf die

Finger schaust. Und wenn du sagst, Indien ist der Ort dafür, dann fährst du eben dorthin!«

Ulfberht konnte sein Glück kaum fassen. Endlich würde er an den Ort fahren, von dem das wunderbar gehärtete Eisen kam!

Landfried, Bagdad, Heumonat 797

Ich bin heute Abend nochmals in den Palast geladen worden«, erklärte Sigismund. »Vorhin kam ein Bote des Kalifen.«

Landfried stutzte. Wieso war der Bote nur zu Sigismund gekommen? Doch vermutlich wollte der Mann einfach seine Nachricht loswerden und hatte sie dem ersten der beiden Missi mitgeteilt, den er traf. »Ich habe mich schon gefragt, ob die formelle Übergabe von Geschenken jetzt alles gewesen sein sollte, wozu wir hergekommen sind!«, lachte er. »Wir müssen schließlich noch über die Romanier sprechen.«

»Ja, aber gerade die sollten davon nichts mitbekommen. Also ist es besser, wenn wir sie ablenken. Wie wäre es, wenn du gemeinsam mit Ulfberht dem Apokrisiar eine Aufwartung machst, während ich mit Isaak der Einladung des Kalifen folge?«

Landfried war überrumpelt. »Du willst alleine zum Kalifen?«, fragte er erstaunt und ob der Herabsetzung verärgert. Dann schüttelte er den Kopf. »Nein, wir müssen beide zum Kalifen, das gebietet schon der Respekt.« Außerdem würde Sigismund vor geistlichen Gedanken vielleicht die handfesteren Probleme des Reiches vergessen. »Und wir nehmen am besten auch Ulfberht mit. Es macht mehr Eindruck, wenn wir zu dritt sind!«

Zu Landfrieds neuerlicher Überraschung hatte Sigismund nichts gegen diesen Vorschlag einzuwenden. *Vielleicht hat es alles wirklich nichts zu bedeuten*?, sinnierte er. Doch ein schales Gefühl gegen seinen Mitgesandten blieb. Am Abend machten sie sich wieder auf den Weg zum Palast. Obwohl sie ohne Abdallah kamen, wurden sie sofort eingelassen.

Allerdings trafen sie den Übersetzer im Paradiesgarten. »Ich habe auf euch gewartet«, begrüßte er seine ehemaligen Schutzbefohlenen.

Landfried meinte, in Sigismunds Miene eine Spur von Ärger zu erkennen. Warum nur wollte er so heimlich und allein mit dem Kalifen sprechen? Wieder regte sich sein Misstrauen, aber dann fiel ihm ein, dass es gerade Sigismund gewesen war, der ohne die Kunst des arabischen Hakim mit seinem magischen Stein wahrscheinlich einem Anschlag zum Opfer gefallen wäre. Er zuckte die Achseln, und sie gingen weiter in den zweiten Hof.

Plötzlich zupfte jemand an seinem Ärmel. Es war Ulfberht. »Was denn?«, fragte Landfried verärgert. Die Gedanken um Sigismund hatten seine Laune verdorben.

»Der Mann dort hinten«, flüsterte Ulfberht und zeigte auf einen Hünen.

Landfried blickte in die angegebene Richtung und erkannte, wen Ulfberht meinte. »Ja?«, fragte er kurz angebunden.

»Das ist der Knecht des Apokrisiars, der mich auf der Straße angehalten hat«, raunte Ulfberht.

Also hatte der Mann Ulfberht gegenüber nicht nur angegeben, der Apokrisiar verfolgte tatsächlich jeden ihrer Schritte. Wie nebenbei wandte sich Landfried an Abdallah. »Der Mann dort drüben ist doch Grieche und vermutlich Christ? Warum trägt er keinen blauen Gürtel?«

Abdallah blickte kurz hinüber. »Der gehört zum Gesandten von Konstantinopel, und die Regel gilt nur für Höflinge, nicht für Angehörige fremder Gesandtschaften – ihr selbst tragt ja auch keine blauen, oder im Falle von Isaak gelben, Gürtel!«

Landfried nickte. Also gehörte der Mann tatsächlich zum Apokrisiar und war bei Hofe bekannt. Dann konnte er mit den Anschlägen auf ihrem Weg nach Bagdad nichts zu tun haben, denn die Nachricht von ihrem Eintreffen hatten sie selbst überbracht. Er beobachtete den Mann noch einen Augenblick aus dem Augenwinkel, dann wurden sie in das Gemach des Kalifen geführt, der sie heute im Inneren empfing. Das änderte allerdings nicht viel, denn die Fenster waren aus durchbrochenem Mamor gefertigt. Die geometrischen und floralen Muster waren prächtig anzuschauen, aber konnten jeden Lauscher verbergen.

Nach dem Austausch der üblichen Artigkeiten kam der Kalif rasch zur Sache: »Ihr habt in Jerusalem den Patriarchen der Christen getroffen«, übersetzte Abdallah. Es war eher eine Feststellung als eine Frage. »Wie geht es ihm, und wie seid ihr mit ihm ausgekommen?«

Die Frage war direkt, aber Sigismund schien das nicht zu stören. »Dem Patriarchen geht es gut, auch wenn ihn die Bewohner der Stadt nicht immer in gehörigem Maße respektieren. So haben sie das Pilgerspital neben seinem Palast besetzt und verhindern die Aufnahme von Pilgern, die die heiligen Stätten besuchen wollen. Aber uns hat der heilige Patriarch mit äußerstem Zuvorkommen empfangen, und wir sind mit den besten Wünschen und der Hoffnung, dass die Verbindung mit dem Reich der Franken weiterwachsen möge, voneinander geschieden. Der Patriarch von Jerusalem hat König Karl nämlich als seinen Schutzherren anerkannt.«

»Hat er das?«, fragte Harun erstaunt, nachdem Abdallah ihm die Ausführung übersetzt hatte. Drückten seine Züge Überraschung aus? Landfried konnte sie nicht richtig lesen. »Ich hörte, es gäbe Streit zwischen den lateinischen und griechischen Mönchen?«, bohrte der Kalif weiter.

»Nein, in dieser Frage hat Patriarch Georgios eindeutig erkannt, welcher Herrscher der Auserwählte Gottes ist«, widersprach Sigismund entschieden. »Und was glaubt Ihr selbst, Hoheit, wem ein gottesfürchtiger Mann wie ihr sein Vertrauen schenken sollte: König Karl, der überall siegreich den Glauben verteidigt und die Heiden mit mächtigem Arm unterwirft, oder Regentin Irene, die sogar mit ihrer eigenen Familie im Zwist liegt und ihren leiblichen Sohn blenden ließ?«

»Ich habe es mir zur Regel gesetzt, mich nicht in die inneren Belange der Christen und Juden zu mischen, zumindest solange sie ihre Abgaben zahlen und den wahren Glauben nicht lästern«, erklärte der Kalif ebenfalls sehr bestimmt.

Sigismund nickte. »Das ist sehr weise von Euch, Herrscher aller Muslime. Der Patriarch von Jerusalem aber kann sich diese Zurückhaltung nicht leisten, da er ein bedeutender Fürst der heiligen Kirche ist. Er hat König Karl gewählt und ihm als Zeichen die Schlüssel zur Grabeskirche übergeben.« Triumphierend hielt er den alten Schlüssel in die Höhe.

»Na, deine Diplomatie wird die Romanier sicher milde stimmen«, zischte Landfried. Sigismund hätte das mit ihm absprechen sollen.

Doch der ließ sich nicht beirren, und auch der Kalif klatschte entzückt in die Hände, als Abdallah ihm erklärte, worum es sich handelte. »Es ist wunderbar, wenn in dieser Frage endlich Klarheit herrscht. Ich stimme der Wahl des Patriarchen von Herzen zu«, übersetzte Abdallah. »Als Zeichen meines Wohlwollens schenke ich Karl den Muristan, um dort für Pilger, die aus seinem Reich und aus allen christlichen Ländern nach Jerusalem kommen, zu sorgen!« Während Abdallah die Worte übertrug, wandte sich der Kalif bereits einem Schreiber zu und gab Anweisungen.

»Der Kalif wird euch seinen den Muristan betreffenden Befehl in schriftlicher Form zukommen lassen. Dann wird es niemand mehr wagen, in dem Spital unerlaubt Wohnung zu nehmen«, erklärte Abdallah.

»Muristan?«, fragte Sigismund stirnrunzelnd.

Auch Landfried hatte keine Ahnung. »Was ist das?«

Abdallah grinste entschuldigend. »Oh, habe ich das nicht übersetzt? Muristan ist Persisch und bedeutet so viel wie ›Hospital‹ in eurer Sprache.«

Der weitere Verlauf der Audienz verlor sich, wie Landfried bereits befürchtet hatte, in geistlichen Themen ohne praktischen Wert. Dann waren sie entlassen. Mürrisch folgte Landfried seinem geistlichen Mitgesandten hinaus in den Garten.

Dort trat ihnen auf einmal Ulfberhts Grieche in den Weg. »Auf ein Wort, ihr Herren«, sprach er sie an.

Doch Sigismund schien nicht in der Stimmung für eine Konfrontation mit den Abgesandten von Konstantinopel. »Landfried, kannst du dir anhören, was dieser Mann zu sagen hat? Ich bin noch erschöpft von meiner Verwundung und will in unser Quartier zurück.«

Landfried fluchte innerlich, doch er nickte. »Ist gut«, erklärte er und winkte Ulfberht, Sigismund zu folgen. »Was willst du?«, wandte er sich dann dem Romanier zu.

»Ich habe von Jerusalem reden hören. Der Kalif will eurem König Karl den Muristan schenken? Haben die Lateiner nicht schon ihr Kloster am Ölberg?«

»Haben sie«, bestätigte Landfried trocken. »Und nun haben sie auch ein Spital bei der Grabeskirche.«

»Ein Spital für Christen aus allen Ländern, hat der Kalif gesagt. Ich hoffe, das habt ihr euch gemerkt. Und Jerusalem liegt nun einmal auf dem Gebiet des Römischen Reiches und geht euch daher nichts an«, der Riese sprach ruhig, offenbar hatte er sich heute besser unter Kontrolle als bei der Begegnung mit Ulfberht.

»So wie Italien?«, fragte Landfried kühl.

Die Augen des Romaniers verengten sich zu Schlitzen. Aber dann atmete er tief durch. »Und ich will die Einladung des edlen Apokrisiars nochmals wiederholen«, erklärte er mit emotionsloser Stimme.

Doch da drängte sich ein junger Araber in eleganter Kleidung zwischen sie. »Edler Gesandter, hast du nichts Besseres zu tun, als die Zeit mit diesem tumben Klotz zu vergeuden?«

Landfried blickte erstaunt auf, während der Grieche den Störenfried zornig anfunkelte. Der junge Araber sprach Latein, mit einem starken Akzent zwar, aber tadellos verständlich. Landfried musterte ihn interessiert. Sein Bart war sorgfältig gestutzt und der Turban mit prächtigen Steinen besetzt. »Ich kenne dich irgendwo her ... ?«, wunderte er sich.

»Du erinnerst dich«, der junge Mann lachte erfreut. »Ich habe ein Gedicht vorgetragen, als du mit deinem Freund den Wesir besucht hast. Abu Nuwas ist mein Name ...«

»Der berühmte Dichter!« Landfried verneigte sich höflich.

»Komm mit mir, der Abend ist zu schön, um sich durch das Geschwätz von so einem die Laune verderben zu lassen!«

Der Bote des Apokrisiars lief tief rot an, und auf einmal hatte auch Landfried den Eindruck, er würde sich jeden Moment mit bloßen Händen auf den Araber stürzen. Doch der beachtete den wütenden Romanier nicht weiter, sondern zog Landfried an der Hand rasch mit sich fort.

»Was hat ihn denn auf einmal so aufgebracht?«, fragte Landfried, während Abu Nuwas ihn durch eine Seitentür aus dem Paradiesgarten und damit aus der Hörweite des Romaniers führte.

»Pah«, machte Abu Nuwas mit einer wegwerfenden Handbewegung. »Er regt sich immer so auf, wenn er glaubt, man spielte auf seine Männlichkeit an.«

»Seine was?«, fragte Landfried verwirrt. Hatte er sich gerade verhört? »Wieso denn das?«

Der Dichter blickte ihm forschend ins Gesicht, dann lachte er. »Du weißt es tatsächlich nicht, oder?«

»Ich weiß nur, dass er ein ziemlicher Kerl von einem Mann ist und dass er zum Apokrisiars der griechischen Kaiserin gehört«, behauptete Landfried leicht verärgert. Wieso lachte der Dichter? Lachte er etwa über ihn?

Aber Abu Nuwas schüttelte den Kopf. »Er ist kein Mann, er ist ein Eunuch! Das sieht man doch gleich.« Abu Nuwas machte eine obszöne Geste, die wohl andeuten sollte, dass etwas abgeschnitten wurde.

»Ein Eunuch?«, fragte Landfried entsetzt. »Was schneiden die Romanier denn noch alles ab? Der Kaiser wird geblendet, die Männer am Hofe verschnitten ... ?« In Franken kastrierte man in der Regel nur Tiere, auch wenn eine Blendung bei unliebsamen Verwandten oder Konkurrenten auch schon mal vorkam. Der Hüne tat ihm leid. Dass man ausgerechnet so einem Kerl, so etwas antat ...

Aber Abu Nuwas schüttelte wieder den Kopf. »Ja, das muss schlimm sein«, bestätigte er sanft. »Lass uns, uns anderen

Gedanken hingeben. Folge mir, wir wollen etwas Wein trinken, das lässt die Seele zur Ruhe kommen.«

»Wein?«, frage Landfried interessiert. »Ich dachte, den gäbe es hier nicht? Weil euer Prophet ihn verboten hat?«

»Nein, da wurde er falsch verstanden«, erklärte Abu Nuwas mit vielsagendem Lächeln. »Aber ein wenig vorsichtig muss man schon sein. Komm mit, ich weiß einen Ort, an dem man uns nicht stören wird.«

Er führte Landfried durch ein Labyrinth an Gängen, bis sie in einem weiteren Garten standen. Nicht ganz so prächtig wie der Garten des Kalifen, dafür weitläufiger. Dichte Büsche mit prächtigen Blüten und Bambusstauden verstellten die Sicht, und man fühlte sich fast wie in der freien Natur. Abu Nuwas führte Landfried zielstrebig einen Pfad entlang bis zu einem Pavillion, der auf zierlichen Stelzen ruhte. Unter dem Dach lagen Kissen und Polster, Abu Nuwas machte eine einladende Handbewegung. Landfried wusste nicht recht, wie ihm geschah.

»Ich will nicht lange bleiben, nicht, dass sich meine Gefährten Sorgen machen ...«, wandte er ein.

Aber der Dichter winkte ab. »Bist du nicht ein Königsbote? Du darfst doch wohl selbst über deine Zeit entscheiden.«

Das stimmte. Und schließlich hatte Sigismund ja auch seine Geheimnisse. Er gab sich einen Ruck und ließ sich auf ein Kissen fallen. Abu Nuwas setzte sich daneben und klatschte in die Hände. Irgendwelche fremdartigen Blüten verströmten einen betörenden Duft, und wenige Augenblicke später erschien ein schwarzäugiges Mädchen. Sie war genauso knapp bekleidet wie die Bauchtänzerin, die an jenem Abend auftrat, als Landfried Abu Nuwas vor dem Wesir seine Gedichte rezitieren hörte. Ihm wurde heiß. Das Mädchen war schlank und nickte anmutig, als Abu Nuwas ihm seine Wünsche mitteilte, aber es schien Landfried, als ruhten ihre Augen auf ihm. Er blickte ihr mit offenem Mund hinterher, als sie mit leichten, trippelnden Schritten verschwand, um das Gewünschte zu bringen. Ihre volle südländische Schönheit erinnerte ihn an jemanden. An Dania, die Prinzessin der Awaren, fiel ihm ein. Mit einem Mal war alle Romantik verflogen, und ihn quälte wieder sein sorgsam verdrängtes Gewissen. Als das Mädchen zurückkam, blickte er schamvoll zu Boden. Die junge Frau hatte Wein gebracht und reichte Abu Nuwas einen Becher. Jetzt erst fiel Landfried auf, dass ihn der Dichter mit leisem Lächeln beobachtete.

»Nimm etwas Wein«, forderte er und reichte Landfried den Becher, als er seinen Blick auffing.

Der griff zu und nahm einen großen Schluck. Der Wein war kühl und süß. Mit einer würzigen Note, die Landfried hier im Orient schon öfter geschmeckt hatte: Nelken und noch etwas anderes. Ein weiteres dieser exotischen Gewürze. Zimt – das war es. Er nickte Abu Nuwas dankbar zu.

Der stieß mit ihm an. »Trink, Freund, hier sind wir ungestört!«

Schweigend leerten sie ihre Becher, während Landfried langsam sein seelisches Gleichgewicht zurückgewann. Er bemerkte, wie ihm nach der Hitze des Tages der Wein zu Kopfe stieg, doch seinem Trinkkumpanen schien es noch schlimmer zu ergehen. Völlig unerwartet legte der Dichter den Arm um Landfried, zog ihn zu sich und küsste ihn auf den Mund.

Landfried riss sich los und sprang entsetzt auf. »Was tust du?«, schrie er.

Abu Nuwas blickte ihn aus glasigen Augen an. »Du mochtest das Weib nicht, was den Wein gebracht hat, also wirst du wohl Männer mögen, oder bist du auch ein Eunuch wie der Kerl aus Konstantinopel?« Er kicherte.

Landfried wischte sich den Mund ab. »Du bist besoffen«, schimpfte er und lief, so gut er konnte, den Weg zurück, den sie gekommen waren. Hinter sich hörte er das Gejammer des Dichters, der ihn zurückrief. Doch Landfried dachte nicht daran, umzudrehen, sondern suchte den Ausgang. Zu seinem eigenen Erstaunen erreichte er etwa eine halbe Stunde später wohlbehalten die Karawanserei.

Ulfberht, Bagdad, Heumonat 798

Während Landfried im Palast blieb, um den Boten des Apokrisiars abzuwimmeln, folgte Ulfberht Sigismund und Isaak.

»Vielleicht findet ihr sogar in Indien Radhaniyyah. Ich glaube, niemand überblickt das gesamte Netz der Bruderschaft, aber es könnte schon sein, dass sie dir auch in diesem fernen Land behilflich sein können«, wandte sich Isaak an Ulfberht.

»Weißt du denn sonst noch etwas über dieses Indien?«, erkundigte sich Ulfberht neugierig.

Isaak schüttelte den Kopf. »Nicht viel. Aber wenn du dort Juden triffst, dann zeige ihnen das hier.« Er nahm ein schmales Lederband von seinem Hals und reichte es Ulfberht. Daran hing ein kleiner kupferner Stern, der aus zwei Dreiecken zusammengesetzt war. »Das Siegel Salomos«, erklärte er. »Es möge dich vor Unglück behüten!«

Ulfberht nahm das Amulett entgegen. »Hab Dank, Freund. Ich wünschte, du würdest mich begleiten. Mit einem so erfahrenen Wanderer wie dir an der Seite würde ich mich sicherer fühlen.«

Isaak lächelte. »Ich werde hier auf dich warten«, versprach er. »Du verstehst und sprichst inzwischen genügend Arabisch. Erstaunlich, wie rasch du es gelernt hast, aber ich habe keine Zweifel, dass du alleine zurechtkommst.«

Wenig später erreichten sie die Karawanserei, wo sie der Nachtwächter hereinließ. Gerade als sich Ulfberht mit Isaak zu der gemeinsam bewohnten Kammer begeben wollte, hielt Sigismund ihn zurück. »Komm noch einen Augenblick mit mir, junger Franke«, forderte er ihn auf.

Der Ton ließ Ulfberht aufhorchen. »Ja, Herr«, beeilte er sich zu bestätigen und folgte Sigismund in dessen Kammer.

»Du hast gehört, was wir heute beim Kalifen besprochen haben«, kam der gleich zur Sache. »Und du hast auch den Schlüssel gesehen?«

»Ja, Herr«, bestätigte Ulfberht beklommen. Er hatte keine Ahnung, worauf der Kaplan hinauswollte.

»Gut. Ich muss dir sicher nicht erklären, welche Bedeutung der Schlüssel für das Frankenreich und die Christenheit insgesamt hat?« Er machte eine kurze Pause. »Und du hast selbst erlebt, wie vielen Anschlägen der Romanier wir entkommen sind. Es zeigt sich nun, dass wir zumindest für ein weiteres halbes Jahr hierbleiben werden, um zu verhandeln und zu warten, bis du mit diesem rätselhaften Tier aus Indien zurückkommst. In dieser Zeit kann viel geschehen. Nein, unterbrich mich nicht«, er schnaufte schwer. »Es kann nur zu leicht sein, dass mir oder auch Landfried während der Zeit am Hofe hier etwas zustößt. Trotzdem ist es von größter Wichtigkeit, dass der Schlüssel der Grabeskirche sicher zu Karl gelangt und nicht in die Hände irgendwelcher griechischer Hofeunuchen fällt.« Er holte wieder tief Luft, und Ulfberht bemerkte, wie sehr ihn der Weg zum Kalifen noch angestrengt hatte. »Ich werde den Schlüssel daher verbergen. Und wenn du uns bei deiner Rückkehr nicht mehr antriffst, dann nimmst du in aller Heimlichkeit den Schlüssel an dich und bringst ihn, so schnell du kannst, zu Karl. Ohne Umwege. Ist das klar?« Er funkelte Ulfberht an.

Der war erbleicht, doch er nickte. »Ja, Herr, wie du befiehlst.«

Sigismunds Blick wurde eine Nuance weicher, als er weitersprach. »Du hast dich bisher als tüchtiger und treuer Knecht erwiesen. Du wirst auch diesen Dienst umsichtig versehen, wenn das Schlimmste eintrifft. Und nun sieh draußen nach, dass uns niemand belauscht oder nachspioniert.«

Gehorsam sprang Ulfberht auf und lief zur Tür. Er riss sie auf und trat hinaus, aber auf dem Hof war alles ruhig und kein Mensch zu sehen. »Alles leer«, erklärte er und kam wieder herein.

Sigismund verschloss sorgsam die Tür hinter ihm. »Also, ich habe hier in der Zimmerecke einen Backstein gelockert, und zwar so, dass es niemand, der zufällig den Raum betritt, sehen kann. Dahinter verberge ich den Schlüssel und auch das Schreiben des Kalifen bezüglich des Muristans. Präge es dir sorgfältig ein, auch wenn ich hoffe, dass du es niemals benötigen wirst.«

Ulfberht zählte die Reihe an Steinen und merkte sich die genaue Position. Dann schob Sigismund den Stein wieder an seinen Ort. Es sah tatsächlich aus, als sei nichts geschehen.

»Und nun kannst du gehen«, Sigismund winkte erschöpft in Richtung der Tür.

Ulfberht war entlassen und trat in den Hof hinaus. Der Abend war herrlich kühl, während das Mauerwerk der Karawanserei noch die Wärme des Tages abstrahlte. Über ihnen glänzte eine hauchdünne Mondsichel. So wie das Zeichen der Mohammedaner auf den Turmspitzen. Langsam ging er zur Kammer hinüber, die er gemeinsam mit Isaak bewohnte. Der Jude schnarchte bereits friedlich. Vielleicht sollte er sich an der Gelassenheit des Händlers ein Beispiel nehmen?

Landfried, Bagdad, Heumonat 798

Am Morgen nach dem Palastbesuch berichtete Landfried Abdallah noch immer völlig entrüstet, was ihm widerfahren war. »Das kann ich wohl kaum auf mir sitzen lassen?«, schimpfte er.

Doch Abdallah lachte nur. »Jetzt weißt du, warum ich den Mann nicht mag. So eine Liebe ist natürlich genauso streng verboten wie der Wein, den ihr gekostet habt. Und du siehst selbst, wie weise der Prophet war, vor diesem Teufelszeug zu warnen!«

»Und das lässt man dem Kerl so einfach durchgehen?«, fragte Landfried entsetzt.

»Nein«, bestätigte Abdallah. »Abu Nuwas wurde wegen seiner Zügellosigkeit schon öfters eingekerkert, und einige Mullahs wollten ihn sogar entmannen.« Er machte eine bedeutungsvolle Pause, und Landfried sog scharf die Luft ein.

Wie den Romanier, dachte er.

»Aber der Kalif liebt seine Dichtkunst«, fuhr Abdallah fort. »Er kann mit Worten Bilder malen, und da das heilige Buch gemalte oder geschnitzte Bilder verbietet, schätzt Harun die Poesie umso mehr. Du machst dir und deiner Mission mächtige Feinde, wenn du ihn anzeigst«, wieder blickte er Landfried ernst in die Augen.

Daran, dass der Kerl vielleicht kastriert würde, wollte Landfried nun auch nicht schuld sein. Eigentlich war der Dichter ihm bis zu dem Kuss sogar recht sympathisch gewesen. Er blickte zu Boden und Abdallah fuhr fort.

»Abu Nuwas ist eben unverbesserlich. Vielleicht ist das auch die Quelle seiner Kunst. Er brüstet sich sogar in seinen Gedichten mit derartigen Ausschweifungen. Warte, ich übersetze dir eines der bekanntesten.«

Abdallah straffte seine Schultern und rezitierte sinngemäß:

»Als er dann endlich kam, führte ich ihn an einen Ort,
den Augen der Verräter und Neider entzogen.
Ich gab ihm kleine Mengen Weins zu trinken. Als er genug vom Trinken hatte, legte er sich auf die Seite, um zu ruhen.
Ich stand auf, um seine Kleider zu lösen und seine Schenkel zu streicheln.
Danach umarmten wir einander: Ich küsste ihn unaufhörlich auf seinen schneeweißen Mund.
Als seine Verblendung vorüber war, stand er tief betrübt auf, mit heftigem Herzweh.«

Doch Landfried war noch immer aufgewühlt. »Ich begleite Ulfberht lieber ans Ende der Welt, als an diesem verrückten Ort zu bleiben«, beschied er.

Wenige Tage später bestieg Landfried gemeinsam mit Ulfberht ein Flussschiff, das sie den Euphrat hinab bis zum Meer bringen sollte.

»Denk daran, was ich dir aufgetragen habe!«, verabschiedete sich Sigismund von Ulfberht.

Landfried wunderte sich über die Worte. Was waren das wieder für Heimlichkeiten? Aber dann erinnerte er sich, dass es ja der Hofkaplan gewesen war, der die Suche nach dem harten Eisen angestoßen hatte. Zudem war er heilfroh, den Ort der peinlichen Begegnung mit Abu Nuwas hinter sich zu lassen. Er hoffte, die Erinnerung daran würde ebenso im Dunst über dem breiten blauen Fluss zurückbleiben wie die zierlichen Türme und Zinnen von Bagdad.

»Man kann sowohl auf dem Tigris wie auf dem Euphrat nach Balsora gelangen«, unterbrach Ali seine Gedanken. Ali war ihr neuer Führer, der sie bis Balsora begleiten und im Namen des Kalifen mit einem Kapitän über den Transport eines Elefanten aus Indien verhandeln sollte. Ihr bisheriger Führer Abdallah war bei Sigismund und Isaak in Bagdad geblieben. »Aber der Tigris windet sich wie eine Schlange, und die Reise dauert fast doppelt so lange«, fuhr Ali fort. Doch lange dauerte es auch auf dem Euphrat. »Das Niedrigwasser ist schuld. So laufen wir ständig auf Grund und kommen nicht weiter«, entschuldigte sich Ali. Noch lästiger als die zahllosen Sandbänke waren die Diebereien der Einheimischen in den namenlosen Dörfern, in denen sie jeweils zur Nacht anlegten. Hier lebten Araber, aber auch merkwürdig schwarze Menschen. »Zendjs«, erklärte Ali den verwunderten Franken. »Sie kommen als Sklaven aus dem Süden und sind stark und wenig anfällig für Krankheiten, aber wenn sie sich zusammenrotten, sind sie bösartig und gefährlich. Immer wieder kommt es zu Aufständen, die nur mit aller Härte niederzuschlagen sind. Passt jedenfalls auf eure Sachen auf, sowohl die Dorfleute als auch die Zendjs sind gute Schwimmer und noch bessere Diebe«, warnte Ali gleich am ersten Nachmittag.

»Aber halten nicht die Bootsleute Wache?«, fragte Landfried erstaunt. »Ihr Bootsrat ist doch sicher das Erste, was gestohlen wird?«

»Die sind zu faul, und manchmal stehen sie im heimlichen Einvernehmen mit den Dieben.«

»Lässt denn der Kalif zu, dass sich Räuber auf dem Fluss herumtreiben?«, fragte Landfried erstaunt. Harun al Raschid hatte einen tüchtigen und entschlossenen Eindruck auf ihn gemacht. »Im Frankenreich nimmt sich der König selbst der Sicherheit der Handelsstraßen an«, erklärte er stolz.

»Die Leute am Ufer haben Familie unter den Nomaden der Wüste. Wenn sie auch Untertan des Kalifen sind und ihm manchmal Tribut zahlen, so lassen sie es doch ein andermal. Und wenn der Kalif seine Krieger schickt, dann flüchten sie in die Wüste, bis sie wieder abgezogen sind«, erklärte Ali mit einem bedauernden Schulterzucken. »Sie stehen auch im Bunde mit entlaufenen Zendjs. Eine wahre Plage.« Und so hielten Ulfberht, Landfried und Ali zwei Wochen lang abwechselnd Nachtwache, bis sie schließlich Balsora erreichten.

Die Hafenstadt Balsora lag an einem großen, blau in der Sonne blitzenden See, dem Schat el Arab. Der Ort selbst war weitläufig angelegt und von großen, grünen Dattelhainen durchzogen. Ein Netz von Kanälen diente sowohl dem Transport von Waren als auch der Bewässerung der Gärten.

»Das alles ist das Werk dieser schwarzen Zendj-Sklaven?«, fragte Ulfberht beeindruckt.

Landfried nickte desinteressiert. »Für uns ist vor allem wichtig, wo der Hafen ist. Seeschiffe nach Indien werden bestimmt nicht an den Kanälen abgefertigt.«

Doch darum kümmerte sich ihr Führer Ali. Er machte sich noch am Tage ihrer Ankunft auf die Suche nach einem Fahrzeug, welches eines der geheimnisvollen, großen und starken Tiere aus dem fernen Land holen sollte. Bereits zwei Tage später präsentierte er Landfried einen jungen Mann. »Das ist Mahmoud. Reis eines Schiffes, das in zwei Wochen nach Indien aufbricht. Er sagt, ihr habt Glück, die schlimmen Unwetter zu Beginn des Monsuns sind vorbei und ihr werdet eine günstige Überfahrt haben. Er ist bereit, euch mitzunehmen und das Geschenk für euren König zu holen!«

Das Einschiffen verlief, ähnlich wie in Civitas Classis, mit kleinen Booten, die sie zu den im tieferen Wasser liegenden Schiffen ruderten. »Sieht fast so aus wie unsere Seeschwalbe«, bemerkte Ulfberht beim Näherkommen. »Etwas größer vielleicht.«

»Aber wir wollen ja auch ein erheblich größeres Tier als unsere Rösser transportieren«, erwiderte Landfried und musterte das Schiff mit zusammengekniffenen Brauen. Auch das Fahrzeug vor ihnen war breit und flach, mit einem erhöhten und überdeckten Achterschiff. Der Mast war leicht nach vorn geneigt, und Segel und Rah lagen ordentlich zusammengerollt im Bauch des Schiffes. Wie bereits auf dem Mittelmeer richteten sich die beiden Franken so bequem wie möglich im vorderen Teil des Schiffsraums der »Dhau«, wie Ali es bezeichnete, ein. Mahmoud, der Kapitän oder Reis, wie es hier hieß, entpuppte sich als junger, energischer Mann mit einem freundlichen Lächeln und dem in die Ferne gerichteten, offenen Blick, der Landfried auch schon bei den italienischen Seeleuten aufgefallen war.

Ulfberht, Balsora, Erntemonat 798

Wenn Ulfberht die Überfahrt von Italien ins Heilige Land schon lang vorgekommen war, so übertraf die Reise von Balsora nach Indien diese noch bei weitem. Zunächst gab es immerhin ein Ufer zu betrachten, auch wenn die meiste Zeit nur öde Sanddünen zu erkennen waren. Gelegentlich von einer Insel mit grünen Palmen unterbrochen, und manchmal schmiegten sich Dörfer oder kleine Städte aus kastenförmigen weißen oder lehmgelben Hütten an die Ufer. Zuletzt kamen auch spektakulär öde Felsen über türkisblauen Buchten hinzu. Schließlich erreichten sie die Stadt Maskat, wo sie neuen Proviant und Wasser an Bord nahmen. Die Stadt bestand aus glatten, sonnenverbrannten Lehmwänden mit schmalen Zinnen, und der Hafen wurde von zwei steilen Klippen eingerahmt, welche die darin befindlichen Schiffe sicher gegen alle Unbillen des Wetters schützten. Davor breitete sich die spiegelglatte blaue See bis zum Horizont aus. Ganz anders als auf dem Euphrat lagen hier die Handelswaren frei auf dem Marktplatz. Offensichtlich wurde niemals etwas gestohlen. Fleisch, Obst, Fisch und wieder Datteln gab es in großen Mengen, und so fiel es Landfried und Ulfberht nicht schwer, genügend Proviant für den nächsten Monat zu erstehen. Überhaupt erschienen die Menschen Ulfberht sehr freundlich und Fremden gegenüber zuvorkommend. Doch lange währte ihr Aufenthalt in der gastlichen Stadt nicht. Am dritten Tage beschloss Mahmoud, in See zu stechen. »Der Wind steht günstig, und wir werden in spätestens vier Wochen Indien erreichen«, versprach er, als das kleine Schiff auf den unendlichen Ozean hinaus steuerte.

»Seht her, hier draußen gibt es keine Vögel mehr, daher fliegen die Fische!«, rief Mahmoud übermütig, als sie zwei

Tage später in der sengenden Sonne auf offenem Meer brüteten. Ulfberht glaubte ihm nicht und trat nur zögernd aus dem Schatten des Achterdecks an die Reling. Die Sonne hatte sein Gesicht und seine Arme verbrannt, und es schmerzte, hinaus ins grelle Licht zu treten. Doch was er schließlich erblickte, verschlug ihm den Atem. Neben dem Schiff flogen Fische in langen Sätzen und tüpfelten, dort, wo sie wieder ins Wasser fielen, das Meer mit krausen Wellen. Teils flogen sie höher als der Freibord des Schiffes. »Manchmal fliegt uns einer direkt aufs Deck«, erklärte ihr junger Reis, über das Staunen seiner Gäste lächelnd. Doch das war eine der eher seltenen Abwechslungen auf der Seereise.

Am 20. Tage nach dem Verlassen von Maskat weckte Landfried Ulfberht mitten in der Nacht. »Das musst du dir ansehen!«, rief er begeistert. »Das ganze Meer leuchtet, wie ich es noch nicht gesehen habe!« Schlaftrunken taumelte Ulfberht an Deck. Tatsächlich war die See erfüllt von grünlich strahlenden Tieren, die sich fast wie dünne Schleier im Wasser bewegten. Am nächsten Tage entdeckten sie statt der Leuchttiere aus der Nacht im Meer aber lediglich eine Menge kleiner Wasserschlangen. Doch am Nachmittag desselben Tages kam endlich der ersehnte Ruf des Ausgucks. »Land!« Bald erkannte Ulfberht einen sich quer über den Horizont ziehenden, breiten, weißen Streifen und dahinter ein schmales grünes Band. Darüber ballten sich die dunklen Sturmwolken des Südwestmonsuns. Sie näherten sich der Küste mit achterlichem Wind in dem großen, braunen Rahsegel. Die Gischt wetteiferte mit heftigen Regenschauern, die allmählich eingesetzt hatten, darum, sie zu durchnässen, und spritzte um den Bug. Wenn die Regenschauer für einen Augenblick die Sicht freigaben, konnte Ulfberht Einzelheiten am Ufer erkennen. Der weiße Strand war gesäumt von tausenden der merkwürdigen Bäumen mit kahlem Stamm und einem Blätterbüschel an der Spitze, die die Araber *Palmen* nannten. Der Reis legte die Ruder, und die Dhau schwenkte auf einen Kurs parallel zur Küste ein.

»Wohin steuert er?«, fragte Ulfberht, der zu Landfried an die Reling getreten war.

Der zuckte die Schultern. »Der Reis hat behauptet, der Ort hieße Muziris. Eine Flussmündung vermutlich, denn unser Schiff ist entschieden zu groß, um es auf den Strand zu ziehen.«

Teil V
Im Land der Wunder

Ulfberht, Muziris, Holzmonat 798

Bereits am Abend des Tages warfen sie in einem großen Naturhafen den Anker. Erstaunt stellte Ulfberht fest, dass ihre Dhau nicht das einzige Seeschiff war, das in der weiten Bucht mit den zwei einmündenden Flüssen lag. Es gab Fahrzeuge, die ihrem eigenen glichen, aber auch welche von gänzlich anderem Bau.

»Willkommen im Land der Wunder«, rief Mahmoud mit einer ausladenden Geste.

»Gehen wir gleich an Land?«, fragte Ulfberht begierig. Nach der langen Seereise brannte er darauf, die Beine wieder richtig zu bewegen.

Doch Mahmoud schüttelte den Kopf. »Nachts darf niemand anlanden. Die Herrscher haben Angst, wir könnten sonst unsere Handelsware abladen und verschwinden, ehe der Zoll bezahlt ist.«

Ulfberht dachte an Isaak und die Radhaniyyah und musste schmunzeln.

Händler waren doch überall gleich. »Wie viel Zoll müssen wir denn zahlen?«, erkundigte er sich beim jungen Reis.

»Jedes einlaufende Schiff muss eine goldene Gadyana zahlen, wenn es aus einem fremden Land kommt. Schiffe aus Indien zahlen eine silberne Ctharna. Morgen früh wird die Händlergilde uns ein Boot senden, und dann können wir mit dem Ausladen beginnen.«

Und so geschah es auch. Zwischen zwei Regenschauern, die der Westwind ans Ufer peitschte, stieß ein Boot von der Kaimauer, die anscheinend aus Ziegeln bestand, an der Flussmündung ab und kam über die blitzenden, türkisblauen Wogen auf ihr Schiff zu.

»Die Menschen hier sind ja genauso dunkel wie die Zendjs!«, wunderte sich Ulfberht und blinzelte in die noch tief stehende Morgensonne.

»Wenn sie die ganze Zeit in der Hitze rumlaufen, wundert dich das?«, fragte Landfried zurück. Er hatte sich neben Ulfberht an die Reling gelehnt und betrachtete neugierig die fremde Welt. Von den Wäldern am Ufer stiegen in der Sonne Dampfwolken auf. »Ich habe gehört, es gibt sogar Menschen, die ganz schwarz sind, auch die Zähne und die Augen!«

Ulfberht schüttelte ungläubig den Kopf. Doch als er auf seine eigenen Unterarme herabblickte, kam ihm die Behauptung nicht mehr ganz so verrückt vor.

»Mich wundert, dass gar keine Krieger an Bord kommen«, stellte Landfried fest.

»Wozu denn?«, fragte Ulfberht.

»Weil wir auch Piraten sein könnten?«, schlug Landfried vor.

Ulfberht zuckte die Schultern. Anstelle einer Erwiderung sah er fasziniert zu, wie die Inder das schmale Boot mit geschickten Ruderschlägen längsseits brachten. Sie trugen lediglich Lendenschurze aus glattem weißem Stoff, und auch von nahem sahen sie noch dunkel aus. Nur ihr Anführer zeichnete sich durch einen farbigen Kopfputz aus. Kaum, dass sie angelegt hatten, entspann sich zwischen dem Mann mit dem bunten Turban und dem Reis eine lebhafte Unterhaltung, von der Ulfberht aber nur einzelne Brocken wie »Schiff« oder »Kalif« verstand. Anscheinend sprachen sie ein Kauderwelsch aus Arabisch und einer indischen Sprache, die er bisher noch nicht vernommen hatte. Schließlich deutete der Reis auf Landfried und Ulfberht. Aus dem begleitenden Wortschwall glaubte Ulfberht, den Namen »Carolus« herauszuhören. Der fremde Anführer verbeugte sich höflich, indem er die Hände vor der Brust zusammenlegte und sich vorbeugte. Eine Geste, die Ulfberht und Landfried bereits in Jerusalem und Bagdad kennengelernt hatten. Ulfberht imitierte ihn, so gut er konnte, während Landfried lediglich leicht mit dem Kopf nickte. Er war eben doch ein stolzer Edler, dachte Ulfberht bei sich. Nach dieser kurzen Vorstellung kümmerte sich aber weiter niemand mehr um die beiden Franken, sondern Inder und Araber machten sich gemeinsam daran, die Ladung in die Boote zu löschen. Ulfberht beobachtete stattdessen das Treiben in der Bucht. Besonders die überdachten Fischerboote, die zwischen den großen Schiffen hin und her flitzten, beeindruckten ihn. »Das wäre doch sehr praktisch, bei Seereisen immer so ein Dach dabei zu haben«, wandte er sich an Landfried. Doch der nickte nur und war offensichtlich in seine eigenen Gedanken versunken.

Es wurde Nachmittag. Unzählige Bootsladungen von Öl und Wein, Säcke mit Korn und Datteln, sorgfältig aufgestapelte Glaswaren und Bündel mit Korallen aus dem roten Meer waren vom Bauch ihres Schiffes an Land gebracht worden. Da endlich kam der Reis wieder auf seine Passagiere zu. Ihm folgte ein schmaler Einheimischer, der außer einer sackartigen Hose als einzige Bekleidung eine gelbe Schnur um die Schultern trug.

»Das ist Pavit«, stellte Mahmoud den Einheimischen vor. »Er gehört zur Händlergilde und wird Euch an Land führen.«

Landfried nickte. »Versteht er Arabisch?«, fragte er.

Doch der junge Mann antwortete direkt. »Ich verstehe etwas von der Sprache der Händler. Auch wenn der Reis mir sagte, ihr kämet noch weiter aus dem Westen?« Er sprach jedenfalls besser Arabisch als Landfried und er selbst zusammen.

»Das ist richtig«, antwortete Landfried höflich. »Wir sind die Gesandten des großen Königs vom Sonnenuntergang.«

»Es gibt keinen größeren König als Gott«, antwortete der Inder lächelnd. »Darin wird mir selbst der Reis und sein Kalif zustimmen.«

»Seid ihr Inder denn keine Muslime?«, fragte Landfried erstaunt.

Wieder lächelte der Inder. »Einige von uns. Der Reis hat mir bereits berichtet, dass ihr aus dem Westen kommt und Christen seid. Wir sind Glaubensbrüder!«

Ulfberht und Landfried sahen sich überrascht an. »Ich habe gehört, es gäbe hier Juden, aber Christen?«, fragte Ulfberht. »Wie ist das möglich, so weit im Osten?«

»Es sind nicht alle Christen«, mischte sich Mahmoud ein. »Viele der Händler sind gute Muslime!«

»Ja, und das stimmt«, bestätigte der junge Inder. »Hier in Muziris leben Moslems, Juden und Christen, aber die meisten Menschen sind Hindu, wie Rajashekhara Varma, unser weiser König. Aber ich persönlich freue mich sehr, euch als Brüder begrüßen zu können! Seid mir daher doppelt willkommen. Ich bringe euch an Land, ihr werdet bei mir wohnen, bis der Handel abgeschlossen ist und der Ostwind kommt.« Fragend blickte Landfried zu Mahmoud hinüber.

Der nickte. »Das hat schon seine Richtigkeit. Bis wir wieder auslaufen können, wird es mindestens drei Monate dauern. Und bis dahin wohnen alle an Land. Sobald die Ladung gelöscht ist, ziehen wir das Schiff auf den Strand und dort bleibt es, bis der Wind sich dreht.«

»Bitte folgt mir«, Pavit deutete auf das Boot, welches in Lee der ankernden Dhau auf den Wellen tanzte. Wenig später ruderten drei sehnige Inder sie durch die Brandung ans Ufer. Ulfberht konnte sich an den neuen Eindrücken kaum satt sehen. Ihr junger Führer steuerte das Boot parallel zum weißen Strand auf die ebenfalls weiß glänzende Stadt zu. Auf dem feinen Sand zog ein Trupp brauner Männer an langen Taubündeln ein riesiges Netz aus dem Meer. Gerade als das Boot vorbeiglitt, ergoss sich eine Unmenge silberner Fische auf den Strand. Sofort sprangen Frauen und Kinder herzu und sammelten die Fische mit flinken Händen in Körbe. Zurück blieben nur Myriaden von Fischschuppen, die in der Sonne, welche gerade wieder durch die Wolken brach, wie Edelsteine funkelten.

»Ich sehe keine Krieger, nicht einmal Waffen?«, fragte Landfried, als sie sich einem mit schweren Holzpollern bestückten Dock näherten. »Woher wusstet ihr, dass wir keine Piraten sind? Und wer zieht den Zoll ein?«

»Den Zoll? Wir Händler natürlich.«

»Ihr behaltet den Zoll?«, fragte Landfried ungläubig.

»Nein, natürlich nicht. Wir behalten unsere Gewinnspanne!« Pavit grinste. »Der Zoll gehört Rajashekhara Varma, dem Mann, der den goldenen Kragen der Chera trägt. Allerdings muss er die Hälfte davon König Govinda, dem Rashtrakuten, abgeben.« Bei diesen Worten verfinsterte sich das ohnehin dunkle Gesicht des jungen Inders. »Der ist streng und habgierig. Nicht nur Zoll sammelt er ein, nein, alle Menschen müssen ihm Abgaben entrichten, egal ob sie Künstler, Töpfer, Schafhirten, Weber, Kaufleute, Brauer oder Gärtner sind. Von verderblichen Gütern wie Öl, Fisch, Fleisch, Honig oder Medizin beansprucht er den sechsten Teil. Und seine Krieger tragen ständig Waffen. Aber glaub mir, es ist besser, wenn wir die nicht treffen.«

»Und Seeräuber gibt es gar nicht?«, bohrte Landfried weiter.

Pavit überlegte einen Augenblick. »Natürlich gibt es Räuber, aber die kämen doch nicht mit einem Segelschiff! Bis zum Einsetzen des Wintermonsuns säßen sie im Hafen fest. Wohin sollten sie fliehen, wenn der König seine Krieger und Elefanten schickt?«

»Monsun heißt der Wind, der uns hergetrieben hat, nicht wahr? Und du sagst, der Wind hält die Schiffe hier fest? Weht er denn niemals aus einer anderen Richtung?«, fragte Landfried erstaunt.

»Doch, natürlich«, antwortete Pavit. »Wenn der Winter kommt.« Sein Blick verriet, dass er am Verstand des Franken zweifelte.

»Was für ein bemerkenswertes Land.« Landfried schüttelte den Kopf und wechselte das Thema. »Wer hat euch Christus gebracht? Bei uns war es der heilige Bonifatius, der Bischof von Moguntia.«

»Bonifatius?«, fragte Pavit. »Den Namen habe ich noch nicht gehört. Er gehörte nicht zu den Jüngern unseres Herren, oder?«

»Nicht direkt natürlich, aber er wurde vom Papst geweiht, dem Nachfolger des heiligen Petrus.«

»Petrus? Den kenne ich natürlich!« Pavit strahlte. »Zu uns ist der heilige Thomas gekommen.«

»Thomas«, rief Landfried überrascht. »Doch nicht etwa der Thomas aus der heiligen Schrift?«

»Doch, doch, der Jünger des Herrn. Er lag auch viele Jahre hier begraben, bis heilige Leute seine Gebeine in seine Heimat nach Orfa gebracht haben ...« Landfried machte das Zeichen des Kreuzes.

»Aber sind wir nicht durch Orfa gekommen?«, fragte Ulfberht erstaunt. »Niemand hat uns da das Grab des Heiligen gezeigt!«

Da erreichte das Boot die aus gebrannten Ziegeln gemauerte Kaimauer. Der vorderste Ruderer warf eine Leine über einen der Teakholzpoller, die in regelmäßigen Abständen aus der Mauer ragten.

Pavit sprang ans Ufer. »Willkommen in Muziris!«, rief er.

Ulfberht kletterte hinterher und blickte sich um. Vor ihm lag ein extrem lang gestrecktes, ebenfalls aus Ziegeln bestehendes Gebäude mit mehreren breiten Toren. Doch kaum hatte er die beeindruckende Hafenanlage erstiegen, sammelte sich eine Traube dunkelhäutiger Menschen und versperrte Ulfberht den Blick auf die Umgebung. Die Arbeiter starrten die Fremden neugierig an. »Was befindet sich in der Halle hinter den Leuten?«, fragte Ulfberht und deutete in die Richtung.

»Das ist das Lagerhaus der Händlergilde. Um diese Jahreszeit befindet sich dort vor allem Reis«, antwortete Pavit, während er zwei Träger aus der gaffenden Menge heranwinkte.

Ulfberht nickte. Die länglichen weißen oder gelben Körner hatte er bereits in Bagdad kennen und schätzen gelernt.

»Die Händlergilde, der du angehörst, scheint großen Reichtum und Macht zu besitzen«, bemerkte Landfried, der nun ebenfalls ans Ufer geklettert war.

Doch Pavit lachte nur. »Reichtum sicherlich, dafür sind wir schließlich Händler, aber Macht? Das ist etwas für den König. Und die Rashtrakuten«, fügte er noch leise hinzu. »Aber kommt, ich bringe euch zum Haus meiner Familie. Ihr seid meine Gäste!« Sie folgten einer Straße aus ehemals festgestampftem Lehm, die aber unter den heftigen Regengüssen der letzten Tage sichtlich gelitten hatte.

Landfried, Muziris, Holzmonat 798

Sie erreichten Pavits Haus nach kurzem Fußmarsch, von einer großen Traube Kinder und anderer Schaulustiger begleitet, die sich ihre Verwunderung über das Aussehen der Fremden laut zuriefen, aber sonst respektvoll Abstand hielten. Als sie schließlich ihr Ziel erreichten, konnte Ulfberht die Menge kaum noch überblicken. Das Anwesen war zum Glück, wie alle Gebäude in der Straße, durch eine Ziegelmauer abgetrennt. Ein Diener öffnete auf Pavits Ruf hin die Tür und ließ sie herein. Die schreienden Kinder blieben draußen. Doch auch drinnen wurden sie sofort von einer laut schnatternden Schar Frauen und Kinder umringt. »Willkommen in meinem Haus«, wiederholte Pavit stolz.

Sie wurden über einen Hof mit exotischen Pflanzen in das eigentliche Haus geführt oder geschoben und fanden sich kurz darauf auf bequemen Kissen wieder. Pavit stellte seine Familie vor, während einer der offensichtlich zahlreichen Verwandten ihnen Getränke und bunte Süßigkeiten reichte. Landfried dröhnte der Kopf von all den unverständlichen Stimmen und die Eindrücke verschwammen ineinander, bis schließlich doch etwas herausstach: »Aarti, meine Schwester«, stellte Pavit ein junges Mädchen vor. Sie hatte die gleiche dunkle Haut wie ihr Bruder und ebenso schwarze Augen und Haare. Allein die Zähne und das Weiße in den Augen leuchteten in hellem Kontrast. Ihr Anblick verschlug Landfried die Sprache. Zum Glück erwartete ohnehin niemand, dass er etwas sagte. Eilika, Dania und die Schönheit im Garten des Kalifenpalastes verblichen gegen ihren Liebreiz! Sein Mund war so trocken, dass er Dankbarkeit empfand, als er sich an das Getränk in seiner Hand erinnerte. Pavit plapperte, der Verlegenheit seines Gastes völlig unbewusst, weiter. »Aarti wird sich hier im Haus um euer Wohlbefinden kümmern, aber habt Nachsicht. Sie versteht nur wenig Arabisch. Wenn ihr etwas braucht, fragt einfach nach mir.«

Eine gefühlte Ewigkeit später führte Pavit seine Gäste durch Garten und Haus der Familie. Im hinteren Teil des Gartens gab es einen Brunnen, der Landfried besonders faszinierte, endlich eine Einrichtung, deren Sinn und Zweck er vollständig verstand. Ein eigener Brunnen war bei der herrschenden Hitze sicherlich eine Wohltat. Die Wände wurden nicht durch Mauerwerk, sondern durch Ringe aus einer Art Terracotta gestützt, die offensichtlich vorgefertigt und dann über- oder besser untereinander in den Boden hinein gestapelt wurden. Fraglos eine sehr effiziente Methode, die den Bau des Carolus-Kanals sehr erleichtert hätte!

Einige Tage später zeigte Pavit den beiden Franken die Stadt, welche sich über beide Ufer des Periyar-Flusses erstreckte. Einer der Knechte ruderte sie mit einem Kahn flussaufwärts nach Norden. Die hellen Haare hatten Ulfberht und Landfried mit Tüchern verdeckt, wie sie auch die Einheimischen trugen. Bei den stark gebräunten Gesichtern konnte man sie vom Ufer aus nun für Inder halten, und sie kamen weitgehend ungestört voran. Pavit zeigte ihnen mehrere aus Stein errichtete Tempel am Ufer. Die Säulen und Götterfiguren waren grell bemalt.

»Können wir nicht einmal hineingehen?«, fragte Landfried neugierig.

Die fremdartige Architektur war nicht ohne Reiz. Pavit wies ihren Bootsführer an, zum Ufer zu fahren. Von Nahem erkannten sie furchterregende Fratzen, aber auch anmutige Frauen, die die Bauwerke schmückten. Pavit führte sie durch ein Tor in den Hof des nächsten dieser Tempel. Auch innen zeigten sich die gleichen reichhaltigen Verzierungen und Bilder, aber neben den Mädchen aus Stein gab es auch echte Tänzerinnen.

»Die Devadasis tanzen zum Ruhm Shivas, des höchsten Gottes der Hindus«, erklärte Pavit.

Die Tänze faszinierten die beiden Franken. Selbst in Arabien hatten sie nichts Ähnliches gesehen. Doch Pavits Schwester blieb, Landfrieds Einschätzung nach, weiterhin die schönste aller Frauen, die er in Indien gesehen hatte. Pavit führte sie eine vom Regen aufgeweichte Straße am Fluss entlang. Bald erreichten sie einen weiteren, diesmal größeren Steinbau.

»Noch ein Tempel?«, fragte Landfried.

Doch Pavit wackelte nur auf merkwürdige Weise mit dem Kopf, was alles bedeuten konnte. Vor dem Tor trafen sie nicht auf Tänzerinnen oder Priester, sondern auf Soldaten. »Das ist der Königspalast«, erklärte Pavit.

»Ob die Dinger da aus dem harten Eisen sind?«, flüsterte Ulfberht und zeigte auf die merkwürdigen sichelförmigen Schwerter der Krieger.

Landfried zuckte die Schultern. »Hoffentlich erfahren wir das nicht am eigenen Leibe«, raunte er. »Sind das Rashtrakuten?«, wandte er sich an Pavit.

»Nein.« Pavit schüttelte stolz den Kopf. »Das sind unsere eigenen Männer, sie beschützen Rajashekhara, unseren König.«

»Und wo sind diese Rashtrakuten, von deren Habsucht du sprachst?«, wollte Landfried wissen.

Pavit blickte sich scheu um. »Rajashekhara Varma ist der rechtmäßige Thronerbe unseres Reiches. Er trägt den goldenen Kragen der Chela. Die Rashtrakuten sind fremde Räuber, die von unserem König Tribut erpressen!« Zornig hob er die Faust. »Bald schon wird sich das ändern!«

»Und der König ist Christ wie du?«, wollte Landfried wissen.

»Nein«, widersprach Pavit. »Christen sind lediglich viele Händler, aber der König ist ein Hindu, ein Brahmane.«

»Brahmane?« *Was war das denn nun wieder?*, fragte sich Landfried.

Doch als habe Pavit die unausgesprochene Frage gehört, erklärte er: »Brahmanen sind der höchste Stand in unserem

Volk. Edle Familien, die Priester und eben den König stellen«, erklärte er geduldig.

Landfried nickte. »So etwas wie die Edlen bei uns«, vermutete er. »Allerdings sind die meisten Christen auch Brahmanen«, ergänzte Pavit stolz. »Meine Familie heißt Sankarapuri, aber es gibt noch viele andere edle Sippen unter uns: Die Kalli, die Nedumpilly, Panakkamattom, Kunnappilly. Es waren nämlich gerade die edlen Familien, die das Wort des heiligen Thomas angenommen haben.« Er griff nach der gelben Schnur, die er um den Brustkorb trug. »Ihr seht, ich trage das heilige Band, den Puunuul und den Kudumi«, er lüftete seinen Turban und zeigte sein zu einem Knoten gebundenes Haar. Ein kleines Silberkreuz war darin eingeflochten.

»Was bedeutet das?«, fragte Landfried neugierig.

»Das Kreuz bedeutet natürlich, dass ich Christ bin, aber die Schnur und der Haarknoten zeigen, dass meine Sippe zu den Brahmanen gehört und dass ich die heiligen Schriften studieren darf und auf dem Palmblatt schreiben kann.«

»Aha«, kommentierte Landfried. Die Kunst des Schreibens war unter den edlen Franken nicht weit verbreitet. Und das, obwohl König Karl sich alle Mühe gab, das zu ändern. Er nahm sogar selbst unermüdlich bei seinem obersten Gelehrten Alkuin Schreibunterricht. Mit wenig Erfolg, wie man allerdings hinter vorgehaltener Hand munkelte. Er räusperte sich. »Ich selbst bin der Sohn des Grafen von Meaux. Auch ich gehöre zu einer der vornehmsten Familien meines Landes.«

Pavit und er tauschten einen Blick aus, der gegenseitige Anerkennung verriet.

»Und hat euer Herrscher nichts dagegen, dass der Handel in den Händen von Christen liegt?«, wollte Landfried wissen.

»Nein, im Gegenteil, gerade weil wir zu seiner Kaste gehören, fördert er unsere Unternehmungen. Die Buddhisten und Jainas, die andernorts den Handel kontrollieren, weil sie weder Ackerbau treiben, noch Krieger werden, noch Tiere oder Menschen töten dürfen, sind ihm dagegen ein Dorn im Auge.«

Landfried schüttelte unbewusst den Kopf. In diesem Reich gab es entschieden zu viele Fraktionen und Gruppen. Kein Wunder, dass ein fremder Herrscher das Chaos ausgenutzt und die Chelas tributpflichtig gemacht hatte. Franken war besser geordnet. Ein König, ein Glauben und ein Gesetz.

»Und mit was handelt ihr?«, fragte er.

»Vielleicht mit Eisen?«, warf Ulfberht voreilig ein. Landfried warf ihm einen scharfen Blick zu.

»Ja, wir handeln auch mit Eisen«, bestätigte Pavit.

»Können wir eine Schmiede besichtigen?«, drängte Ulfberht, ohne Landfrieds warnenden Blick zu bemerken.

»Eine Schmiede besichtigen?«, fragte Pavit misstrauisch. »Die liegen im Reich der Rashtrakuten. Und Fremden ist es streng verboten, ins Landesinnere zu reisen!«

»Mit was handelt ihr denn sonst noch?«, unterbrach Landfried rasch.

Pavits Züge entspannten sich. »Mit allem«, grinste er. »Stoffe, Indigo, Räucherharz, Parfüm, Kokos, Perlen, Edelsteine, Elfenbein, Nardenöl und Seide, vor allem aber mit schwarzem Pfeffer.« Er breitete die Hände zu einer umfassenden Geste aus. »Aber ihr wollt doch eigentlich einen Elefanten kaufen? Ich habe allerdings noch nie gesehen, wie einer auf ein Schiff verladen wurde«, gestand er dann stirnrunzelnd.

»Von Italien haben wir sechs Pferde im Schiff nach Arabien transportiert«, warf Ulfberht prahlerisch ein. »Da kann ein einziger Elefant wohl kaum ein Problem sein?«

Pavit wackelte wieder auf merkwürdige Weise mit dem Kopf. »Ihr habt noch keinen Elefanten gesehen, oder?«, fragte er schmunzelnd. »Warum wollt ihr eigentlich einen kaufen?«

»Er ist als Geschenk für unseren König bestimmt«, gab Landfried Auskunft.

»Aha.« Wieder das merkwürdige Wackeln mit dem Kopf. »Dann zeige ich euch am besten einmal, was ihr hier eigentlich sucht«, entschied Pavit.

»Elefanten?«, fragte Landfried überrascht. »Ihr habt welche hier in der Stadt?«

Ein plötzlich einsetzender Regenguss unterbrach ihre Unterhaltung. Wie immer in dieser Gegend kam ohne Vorwarnung ein wahrer Wolkenbruch herab. Die drei flohen auf ein weiteres steinernes Tor zu, doch Pavit winkte sie weiter. »Nicht hierher«, brüllte er durch das Rauschen des Regens. Nur wenig später, aber völlig durchnässt, hielten sie schließlich unter dem Tor des Shiva-Tempels, den sie bereits besichtigt hatten.

»Warum sollten wir uns nicht in dem anderen Tempel unterstellen?«, wollte Ulfberht wissen, während er seinen Turban auswrang.

Pavit streckte alle Finger von sich, als wolle er ein Unglück abwehren. »Der andere Tempel ist dem schwarzen Bild der Bhowánee geweiht«, rief er.

Landfried hatte den Eindruck, er zitterte vor dem Namen, oder war das vor Kälte? Doch eigentlich war sogar der Regen warm. »Wer?«, fragte er.

»Shivas Frau, die achtarmige Zerstörerin«, erklärte Pavit noch immer schaudernd. »Man nennt sie auch Kali! Und ihre Anhänger sind nicht weniger gefährlich als sie selbst.«

»Heute suchen wir die Elefanten«, verkündete Pavit tags darauf.

Landfried und Ulfberht tauschten einen Blick. Viel hatten sie von den geheimnisvollen Tieren gehört, aber das meiste schien sehr übertrieben. »Wo finden wir sie denn nun?«, fragte Ulfberht.

Pavit schüttelte den Kopf. »Nicht hier in der Stadt, wie gesagt, aber unten am Fluss werden wir welche treffen. Da kommen sie abends immer zum Baden hin. Folgt mir.«

»Zum Baden«, bemerkte Ulfberht und warf Landfried einen schwer zu deutenden Blick zu.

Sie verließen die Stadt durch eines der mächtigen Tore und erreichten wenig später die Stelle, an welcher Pavit die geheimnisvollen Tiere vermutete. »Hierher kommen sie immer«, behauptete er.

Landfried und Ulfberht tauschten einen weiteren Blick. Nirgends waren große Tiere zu sehen, wenn man von den tatsächlich erstaunlich großen Libellen absah. Vor ihnen plätscherte das Wasser im Kanal dem Fluss und schließlich dem Meer entgegen. Landfried hatte bereits beobachtet, dass, abhängig von der Tageszeit, das Wasser hoch stand und salzig schmeckte wie das Meer oder es niedrig stand und wie Flusswasser schmeckte. Derzeit stand es niedrig und strömte braun wie die Erde an beiden Ufern dahin. Landfried seufzte und setzte sich neben Pavit ins Gras. Aber sie brauchten nicht lange zu warten. Plötzlich ertönte am gegenüberliegenden Ufer ein lautes Getöse. Die hohen Bambusstauden schwankten, als wäre ein Sturmwind aufgekommen. Doch das Geäst wenige Schritte weiter rechts und links blieb völlig reglos. Da trat ein Tier ans Ufer. Noch viel größer, als es sich Landfried jemals vorgestellt hatte, und von geradezu erschreckender Hässlichkeit. Graue, faltige Haut umgab die kleinen Augen, die großen Ohren flappten seitlich am kantigen Schädel, und unglaublich mächtige, weiße Hauer flankierten das Maul, welches von einer seltsamen, langen und extrem beweglichen, ebenfalls grauen und faltigen Nase bedeckt wurde! Landfried war erschrocken aufgesprungen. Doch das Untier trat langsam und ungerührt aus dem Dickicht hervor und entblößte dabei säulenartige Beine und einen tonnenförmigen Leib. Behäbig stampfte es auf das Wasser zu. Es folgten noch mehrere der Giganten, etwas kleiner als der erste, aber nicht minder hässlich. »Was ist das?«, rief Landfried entsetzt.

Pavit schaute die erschrockenen Franken grinsend an. Im Gegensatz zu ihnen war er ruhig sitzen geblieben. »Das sind Elefanten«, erklärte er triumphierend. »Was meint ihr – passen sie auf euer Schiff?«

»Elefanten«, stieß Ulfberht ergriffen hervor, während drüben die Tiere mitten hinein in den Fluss stapften.

»In der Tat ein würdiges Geschenk für König Karl«, flüsterte Landfried beeindruckt.

»Sieh da«, rief Ulfberht und zeigte wieder zum gegenüberliegenden Ufer hinüber. »Das müssen die Hüter der Ungeheuer sein!«

Zu Landfrieds immer größerem Erstaunen sah er, wie drei junge Männer, fast noch Kinder, aus dem Dschungel traten. »Die beherrschen diese Ungeheuer?«, fragte er ungläubig. Er hätte finstere Riesen erwartet, keine schmalen, lachenden Jungen!

Doch Elefanten und die mörderische Bohwánee waren nicht das einzige Rätselhafte und Wunderbare, das die beiden Franken zu Gesicht bekamen. Alles war bunt, laut und scharf. Sogar die Speisen der Inder. »Nach zwei Bissen kann ich sogar diesen schrecklich stinkenden getrockneten Fisch essen. Ich schmecke ohnehin nichts mehr«, schimpfte Ulfberht und Landfried verschluckte sich fast vor Lachen. Das stimmte. All die Köstlichkeiten waren durch die schreckliche Schärfe fast ungenießbar. Zu gerne hätte Landfried einmal darüber mit den Köchinnen gesprochen, doch die Küche schien, sehr zu Landfrieds Bedauern, ein für Männer unerreichbarer Ort zu sein. Ohnehin liefen eigentlich alle Gespräche über Pavit, denn nur er verstand Arabisch, und das, wo er doch gerne mehr mit dessen schöner Schwester in Kontakt gekommen wäre! Die Schärfe des Essens verbannte Landfried und Ulfberht jedenfalls bald abwechselnd für Tage auf den Abort oder das Krankenlager. Doch für Landfried brachte das schließlich nicht nur Unannehmlichkeiten mit sich: Die schöne Aarti pflegte ihn persönlich, was ihm trotz der Sprachbarriere Gelegenheit gab, mit ihr zusammen zu sein. Ulfberht hingegen musste mit einer alten Magd als Pflegerin vorliebnehmen. Offensichtlich nahmen ihre Gastgeber auch die Standesgrenzen zwischen ihren Gästen sehr ernst. Doch Landfried kümmerte das wenig.

Er zumindest hatte so Gelegenheit, Aartis strahlendes Lächeln zu sehen und kurze Wörter und erste Sätze in einem Kauderwelsch aus Indisch, Arabisch und Fränkisch auszutauschen. Nach und nach gewöhnte sich auch sein Gaumen und Magen an die Schärfe und eröffnete ihm so ungeahnte Düfte und Aromen. Lediglich die kleinen, in der Sonne getrockneten Fische, über die Ulfberht seit Beginn ihres Aufenthaltes in Muziris schimpfte, vermochte auch Landfried nicht herunter zu bekommen. Oft waren sie halb verwest, bevor die Sonnenglut sie in fester, knochentrockener Form konservierte.

»Das ist das Gift, welches mich immer wieder krank macht«, entschied Ulfberht schließlich. »Ich esse das Zeug nicht mehr. Außerdem stinkt es bis zum Himmel.«

Landfried musste schon wieder lachen. »Immerhin hat uns die gute Aarti nicht nur vergiftet, sondern auch wieder gesund gepflegt!«

Doch Ulfberht blieb unversöhnlich. »Nein, ich werde das Zeug nicht mehr essen«, entschied er bestimmt. »Hier ist es ohnehin zu heiß für drei warme Mahlzeiten am Tag!«

So vergingen Tage und Wochen. Die Franken verstanden mehr und mehr von dem, was um sie herum vorging. Lediglich dem eigentlichen Zweck ihrer Reise, dem geheimnisvollen Eisen, waren sie keinen Schritt nähergekommen.

»Es wird nicht in Muziris hergestellt und, wenn überhaupt, hier nur wenig verarbeitet«, behauptete Ulfberht, als sie wieder einmal diskutierten, wie sie ihren Auftrag zu Ende bringen könnten.

»Vielleicht gibt es geheime Schmieden, die wir von der Straße aus nicht sehen?«, überlegte Landfried.

Ulfberht schüttelte entschieden den Kopf. »Ohne Kohle keine Schmieden. Und ich habe weder gesehen, dass irgendwo Kohle gelagert wird, noch habe ich den Brand davon gerochen. Hier wird kein Eisen verarbeitet. Vielleicht sollten wir doch noch einmal Pavit fragen?«, überlegte er. »Fragen kann doch nicht verboten sein?«

Landfried seufzte. »Du hast doch gesehen, wie er reagierte, als du so plump nach dem Eisen fragtest! Es ist eines der wichtigsten Handelsgüter dieser Rashtrakuten und eines ihrer bestgehüteten Geheimnisse.«

»Aber das Geheimnis hat uns bis hierher ans Ende der Welt geführt. Ich spüre, dass wir ganz dicht dran sind«, wandte Ulfberht fast flehentlich ein.

Da kam Landfried ein Gedanke: *Er könnte Aarti anstelle ihres Bruders fragen?* Er konnte sich inzwischen recht gut mit ihr verständigen und war sich fast sicher, dass sie seine Sympathien zumindest teilweise erwiderte. Der Gedanke an das junge Mädchen verbesserte seine Laune schlagartig. »Ich habe eine Idee«, beschied er. »Lass mich nur machen!«

Am Abend passte er sie ab, als sie zum Wasserschöpfen zum Brunnen ging. »Kannst du uns vielleicht helfen?« Seine sprachlichen Fertigkeiten ließen noch keine subtilere Annäherung zu. »Wir wissen, dass man hier hartes Eisen schmiedet. Und unser christlicher König braucht solches Eisen, um die Kirche vor den Heiden zu beschützen. Können wir irgendwie an die Quelle des Eisens gelangen?«

Sie überlegte einen Augenblick. »Wir Geschwister in Christus müssen uns helfen«, beschied sie dann. »Ich werde mit meinem Bruder sprechen.«

Ulfberht, Muziris, Heiliger Monat 798

Aarti wird uns helfen«, verkündete Landfried am nächsten Morgen stolz.

»Wie hast du … ?«, fragte Ulfberht und vergaß vor Staunen, den Mund zu schließen. Erlaubte sich Landfried einen Scherz mit ihm? Doch der blickte völlig ernst. »Warum tut sie das?«, fragte Ulfberht misstrauisch. »Ich dachte, es sei Fremden streng verboten, ins Landesinnere zu gehen?«

Landfried machte eine unbestimmte Handbewegung. »Weil wir Christen sind, genau wie sie, und ich ihr erzählt habe, dass wir uns in der Heimat gegen die Heiden zur Wehr setzen müssen. Außerdem können sie die Rashtrakuten ohnehin nicht leiden.« Ulfberht nickte. Das ergab Sinn. »In einer Woche zieht eine Händlerkarawane los, um Eisenbarren für die auslaufenden Schiffe zu holen. Pavit kennt einen Händler, der sie begleiten wird.«

Ulfberht pfiff durch die Zähne. »Aber wir können wohl kaum einfach mit ihm reiten?«, fragte er.

»Nein«, bestätigte Landfried. »Das können wir nicht. Und es ist gefährlich.«

Ulfberht ließ enttäuscht die Schultern hängen. »Aber ich muss den Meistern selbst auf die Finger schauen, es reicht nicht, wenn wir das Eisen von den Händlern bekommen!«, jammerte er.

Landfried nickte. »Ich habe erwogen, selbst zu gehen, ich habe während des Awarenfeldzugs öfters solche Aufträge ausgeführt.«

In Ulfberht stieg die Angst auf. Nicht vor der Fahrt an den geheimnisvollen Ort, sondern davor, die geheimen Schmieden niemals zu Gesicht zu bekommen. Wenn Landfried ihn hier zurückließ …

Doch der sprach weiter, ohne Ulfberhts aufsteigende Panik zu bemerken. »Aber ich verstehe zu wenig von Eisen, um die Geheimnisse der Schmiede zu durchschauen. Du musst gehen. Das heißt, wenn du willst ...« Ulfberht nickte. Seine Kehle war so trocken, dass er keinen Ton herausgebrachte hätte. »Da der Wind unser Schiff ohnehin noch bis ins neue Jahr an diesem Ufer festhält, könntest du die Zeit nutzen«, sprach Landfried weiter. »Pavit wird heute mit dem besagten Händler sprechen. Wenn er bereit ist, dich zu dem Eisen zu schmuggeln, wirst du bis zu unserem Auslaufen das Geheimnis des Eisens ergründet haben!«

Die Nacht war rabenfinster. Ulfberht trat mit Landfried aus der Hütte vor den Toren der Stadt, in deren Schutz sie die Dunkelheit erwartet hatten. Ulfberht konnte zunächst nur die weiße Gischt der sich in der Bucht brechenden Wellen erkennen, doch dann gewöhnten sich seine Augen an die Finsternis. Pavit führte sie am Strand entlang im Schatten der großen Palmen nach Süden, dann bog ihr Führer plötzlich zwischen die Bäume ab. »Hier entlang«, raunte er. Ulfberht und Landfried folgten wortlos. Vor Aufregung prickelte Ulfberhts Nacken. Es war nicht nur die Angst entdeckt zu werden, sondern auch die Spannung vor dem, was ihn erwartete. Nach etwa einer halben Stunde erkannte er vor sich die Umrisse eines Hauses. Plötzlich raschelte es im Dunkel. »Hier entlang«, flüsterte eine Stimme, und ein Mann ließ sie ins Innere einer Hütte. Eine Flamme blitzte auf, und Ulfberht erkannte, dass sich außer ihnen drei Einheimische in der spärlich erleuchteten Schilfhütte befanden. Pavit wechselte einige Worte mit ihnen, dann wandte er sich an Ulfberht. In der ausgestreckten Hand hielt er eine Kokosschale mit einer dunkel schimmernden Flüssigkeit.

»Was ist das?«, wollte Ulfberht wissen.

»Damit musst du dich einschmieren, damit deine Haut noch dunkler wird«, erklärte Pavit. »Deine goldenen Haare sind ein größeres Problem. Die müssen wir abscheren. Und wenn sie nachwachsen, musst du einen Turban tragen!«

Ulfberht schnupperte vorsichtig an der dargebotenen Kokosschale. Es roch etwas säuerlich, aber nicht zu schlecht. Viel besser als die getrockneten Fische jedenfalls.

Früh am Morgen, noch vor Sonnenaufgang verließen sie das kleine Dorf, welches Ulfberht niemals bei Tageslicht gesehen hatte. Ulfberht ging mit zwei Einheimischen, die, wie Pavit ihm am Vorabend erklärt hatte, Pferdeknechte seines Händlerfreundes Sathasivam waren. Sie kehrten zu Fuß in die Stadt zurück und wandten sich zu den Lagerhallen am Ufer. Zu seinem großen Erstaunen warteten am Sammelort der Karawane keine Pferde, sondern mehrere flache Kähne. Ulfberht hielt sich dicht bei den beiden Pferdeknechten. Der eine der sehnigen, jungen Männer war ihm am Vorabend als Shivu vorgestellt worden. Er sprach ein wenig Arabisch.

»Ich dachte, wir sind Pferdeknechte?«, raunte Ulfberht ihm zu. Pavit und Landfried hatten ihm eingeschärft, ganz den Mund zu halten und einen Stummen zu spielen. Aber das war kaum erträglich, insbesondere jetzt, wo Ulfberht überhaupt keine Ahnung hatte, was ihn erwartete. »Wo sind die Pferde?«

»Die warten im Landesinneren, wenn wir mit den Booten nicht weiterkommen«, wisperte Shivu zurück. »Der Mann dort vorne mit der heiligen Schnur und dem roten Turban, das ist Sathasivam, unser Herr.«

Ulfberht hielt sich auch beim Beladen der Kähne dicht an Shivu und schaute ihm alle Handgriffe ab. Er wollte nicht auch noch als stumpfsinnig gelten. Kurz vor Mittag schließlich setzte sich die kleine Flotille aus flachbodigen Kähnen in Bewegung. Mit den Booten durchpaddelten sie ein Labyrinth an Kanälen. Die Ufer waren mit dichtem tropischem Bewuchs gesäumt, und nur ab und an unterbrach ein winziges Dorf die Mauer der Bäume. Spät am Abend erreichten sie den ersten größeren Ort. Ulfberht war so müde von der Aufregung und den Eindrücken des Tages, dass er gleich auf das angewiesene Lager fiel und einschlief. Shivu weckte ihn noch vor Sonnenaufgang. Es war immer noch warm, und Ulfberht fühlte Hunger, doch traute er sich nicht, etwas zu sagen. Es zeigte sich, dass sie hier auf kleine, kräftige Pferde umsteigen würden. Zufrieden stellte er fest, dass wenigstens die ihn verstanden. So würde er als Treiber und Stallknecht seinen Gefährten doch noch von einigem Nutzen sein.

Der Weg stieg, je weiter sie ins Landesinnere kamen, immer steiler an. Die Karawane zog sich bei den Anstiegen weit auseinander, und Ulfberht fand sich schließlich allein neben Sathasivam.

»Du suchst also das Eisen der Rashtrakuten?«, fragte der untersetzte Händler auf Arabisch.

Ulfberht nickte. »Es wird weit im Westen unserem König helfen, die Christen vor den Heiden zu schützen!«

Der kleine Mann blickte ihn interessiert an. »Ich habe noch nie von eurem Land gehört«, gestand er. »Es muss sehr schwierig sein, so weit von Zuhause weg, verkleidet, unter Fremden zu leben. Ich bewundere deinen Mut.« Ulfberht freute sich sehr über das Kompliment des fremden Händlers.

Gegen Mittag des Folgetages änderte sich die Landschaft abrupt. Wo eben noch üppiges Grün vorgeherrscht hatte, ragten nun fast kahle, gelbe Lehmhügel und schroffe Felsen empor. »Der Palghat-Pass«, erklärte Shivu. »Er führt ins Bergland, unserem Ziel.« Bei diesen Worten begann Ulfberhts Herz vor Aufregung zu rasen. War er endlich am Ziel? Doch er wagte es nicht, weitere Fragen zu stellen, gerade jetzt stand so viel auf dem Spiel. Mit steigender Höhe wurde es kühler und ein leichter Regen setzte ein. Zu leicht, um anzuhalten und sich unterzustellen, aber doch so stark, dass sie alle binnen einer Stunde kalt und durchnässt waren. Ängstlich betrachtete Ulfberht seine Hände, doch die Sorge, dass er die tarnende Farbe verlieren könnte, erwies sich als unbegründet. Der Saft war tief in seine Haut eingezogen. Doch so schnell wie Ulfberht gehofft hatte, kamen sie nicht ans Ziel, und weder das Wetter noch die trostlose Gegend besserten sich am Folgetag. Schließlich, nach einem weiteren Tagesmarsch, zupfte Shivu Ulfberht am Ärmel. »Dort, unser

Ziel«, gab er knapp zu verstehen und zeigte mit der Hand in ein trostloses Tal. Die gesuchte Stätte sah aus wie das Ende der Welt. Überall war die Erde aufgerissen, rauchende und erkaltete Schlote bedeckten das Gelände. Dazwischen lagen Haufen von Kohle, Schlacke und Asche und eine große Zahl Menschen jederlei Alters und Geschlechts wuselten scheinbar planlos umher. Doch, wie Ulfberht in den nächsten Tagen herausfand, trog dieser Anschein. Ganze Familien arbeiteten hier. Einige kümmerten sich um Produktion und Anlieferung von Kohle oder den Transport von Erz, andere bauten und betrieben die eigentlichen Meiler. Wieder andere schafften Nahrungsmittel, Wasser, und was sonst noch zum Leben der Übrigen benötigt wurde, heran.

»Trotz der Fülle an Menschen und Aufgaben weiß jeder genau, wo sein Platz ist«, staunte er.

»Natürlich«, bestätigte Shivu. »Jeder weiß, in welche Kaste er gehört.«

Auch wenn Ulfberht dieses geheimnisvolle System nicht in Gänze verstand, kam er nicht umhin, die Ordnung, die dem scheinbar chaotischen Treiben einen tieferen Sinn gab, zu bewundern.

Landfried, Muziris, Wintermonat 799

Wir müssen euren Elefanten kaufen, der Wind wird bald drehen und in wenigen Wochen könnt ihr segeln«, entschied Pavit einige Tage nach Ulfberhts Abreise. »Lass uns zur Moschee des Seefahrers Malik Deenar gehen, vielleicht finden wir dort euren Reis, um Näheres zu bereden.«

Landfried versetzte die Ankündigung einen Stich. Wehmütig dachte er an die junge Hausherrin, die er wohl auch bald verlassen müsste. Doch er schluckte seinen Schmerz herunter. Er kannte seine Pflichten. »Hoffentlich kommt Ulfberht rechtzeitig zurück«, bemerkte er tapfer.

Wie erhofft, konnte man ihnen in der Moschee den Weg zur Unterkunft des Reis weisen.

»Kommt herein, und esst etwas!«, lud sie Mahmoud wenig später in das Haus des muslimischen Händlers, in dem er Wohnung genommen hatte, ein. Die notwendigen Dinge, den Handel betreffend, waren rasch besprochen. »Dann müsst ihr mir nur noch erklären, wie man so ein Tier auf das Schiff bekommt, und wie es dort zu halten ist«, schloss Mahmoud zufrieden. Doch statt eine Antwort zu geben, schauten sich die Inder betreten an. »Hat denn noch niemand einen Elefanten über den Ozean transportiert?«, fragte Mahmoud erschrocken. »Wie viel Futter werden wir brauchen und was für Ketten, um ihn daran zu hindern, einfach über Deck zu spazieren und alles zu zertrampeln?«

Landfried räusperte sich. »Vielleicht ist es so ähnlich wie mit Pferden?«, schlug er vor, »Mit denen habe ich einige Erfahrung, auch auf Schiffen.«

Mahmoud seufzte. »Die sind nur sehr viel kleiner.« Doch dann setzte er ein schiefes Grinsen auf. »Aber wenn der Kalif es befiehlt, wird es auch geschehen. Alles andere wäre viel zu gefährlich!«

Es dauerte noch eine Woche, bis sie schließlich einen mächtigen Bullen mit riesigen Stoßzähnen erwarben. »Der wird den halben Laderaum meines Schiffes füllen«, behauptete Mahmoud stirnrunzelnd. »Wir wollen ihn Abu Abbas nennen«, entschied er. Damit erhielt das Tier seinen Namen. Einen im Führen von Elefanten erfahrenen Junge erwarben sie gleich mit.

»Der wird wenigstens nicht viel Platz verbrauchen«, lachte Landfried, den schmächtigen Jungen von vielleicht 15 oder 16 Jahren musternd.

»Wir wollen den Kauf gebührend feiern«, schlug Pavit vor. »Ich kenne einen Ort, wo es ausgezeichneten Palmwein gibt.«

Doch Mahmoud schüttelte den Kopf. »Du weißt doch, dass wir Muslime keine berauschenden Getränke zu uns nehmen«, wehrte er ab.

Landfried hatte schon eine scharfe Bemerkung zu seinen Erfahrungen mit dem Dichter Abu Nuwas auf der Zunge, doch dann überlegte er es sich anders. Warum sollte er den Mann kränken? Er mochte ihn, und das Missverhalten einer seiner Glaubensbrüder war schließlich nicht seine Schuld. Wie viele Christen gab es schließlich, deren Verhalten er nicht gutheißen konnte? So kaufte Pavit lediglich einige Flaschenkürbisse mit dem Wein und ließ sie in sein Haus bringen. Als sie es sich endlich im Garten gemütlich machten, stand die Sonne bereits tief im Westen an einem klaren blauen Himmel. Der Regen war in den letzten Tagen gänzlich versiegt, und die Palmen warfen erfrischende Schatten. *Fast wie im Garten von Bagdad,* dachte Landfried. Vielleicht hatte der Gedanke an Abu Nuwas die Erinnerung in ihm wachgerufen. Doch hier war kein Abu Nuwas. Allerdings gab es hier auch ein junges Mädchen, das ihm gefiel. Seine Gedanken schweiften zu Aarti.

»Du hast mir doch erzählt, dass du dich mit Pferden auskennst?« Pavits Frage riss ihn aus seinen Gedanken.

»Ich bin ein Reiterführer unseres Königs und habe in Hispanien gegen die Araber, an dem Danuvius gegen die Awaren und an der Albis gegen die Sachsen gekämpft«, bestätigte Landfried stolz.

Pavit strich sich mit der Hand über das Kinn und schaute einen Augenblick versonnen auf sein Gegenüber. Dann gab er sich einen Ruck. »Ich habe dir von den Rashtrakuten erzählt und wie sie unser Königreich aussaugen«, begann er leise. »Aber wir werden das nicht ewig erdulden.« Vorsichtig sah er sich um, doch sie waren allein im Garten.

Landfried schaute ihn gespannt an. *Worauf wollte der junge Händler hinaus?*

»Unser König will das Joch der Fremden abschütteln«, flüsterte Pavit mit bedeutungsvoller Miene. Landfried nickte. Das war nur natürlich. »Wir brauchen erfahrene Kriegsleute. Reiter wie dich! Ich habe bereits mit dem Anführer der Leibwache unseres Königs gesprochen. Er ist uns Christen wohlgesonnen, weil wir stets loyal zum König der Chera standen«, fuhr er fort.

Landfried verschluckte sich an dem Palmwein. Bis gerade eben war der Freiheitskampf der Chera eine Geschichte, die ihn gar nichts anging.

»Er war sehr zufrieden und versprach, dass der König einem Mann wie dir sehr wichtige Aufgaben übertragen würde.« Pavit sah ihn gespannt an. »Du könntest die Reiter des Königs in der Art unterrichten, wie ihr in Franken kämpft. Das ist etwas, was die Rashtrakuten noch nicht kennen. Du kannst zu großen Ehren gelangen!« Seine Augen leuchteten.

Landfried hustete. »Ich muss meinem König den Elefanten bringen!«, rief er dann.

Pavit blickte ihm wehmütig in die Augen. Dann schüttelte er den Kopf. »Ich verstehe«, sagte er leise, ohne dass es ihm gelang, seine Enttäuschung zu verbergen. »Du musst deinem König die Treue halten, so wie ich meinem.« Dann ergriff er Landfrieds Hand. »Vergiss meine Worte. Sie waren töricht. Bitte lass sie nicht zwischen uns stehen.«

»Aber bis wir segeln …«, setzte Landfried an, doch Pavit lächelte müde.

»So schnell wird es kaum gehen. Nein, ich verstehe dich. Entschuldige, dass ich mich zu solch einem unsinnigen Scherz verstiegen habe.«

Es war kein Scherz gewesen, da war sich Landfried sicher. Ob er vielleicht sogar auch mit seiner Schwester darüber gesprochen hatte? War sie am Ende genauso enttäuscht von ihm wie ihr Bruder? Er verschluckte sich wieder an seinem Palmwein. Pavit schaute fragend zu ihm hinüber. Gerade war Landfried etwas klargeworden, was ihn selbst mehr als überraschte: Die anmutige Aarti hatte sein Herz erobert. Er hustete wieder.

»Geht es dir nicht gut?«, fragte Pavit besorgt.

Landfried winkte ab. »Doch, doch«, wiegelte er ab. Er musste unbedingt mit Aarti sprechen. Doch dann sanken seine Schultern herab. Es hatte ja doch keinen Zweck. Er würde in einem, spätestens zwei Monaten mit Mahmoud und dem Elefanten nach Arabien segeln und weder Aarti noch Pavit, noch den König der Chera oder diese Rashtrakuten je wieder sehen.

»Ich bin ziemlich müde«, erklärte Pavit und gähnte. »Auch ich kaufe nicht jeden Tag einen Elefanten. Lass uns morgen weitersehen, ich gehe zu Bett.« Damit erhob er sich und verschwand.

Landfried blieb sitzen und blickte in den Sternenhimmel. Der Himmel war weiterhin klar, ein sicheres Zeichen, dass der Wind drehte, wie man ihm versichert hatte.

Ulfberht, Hochland von Dekkan, Wintermonat 799

Ist er Schmied?«, fragte Ulfberht und unterstrich seine Frage mit Gesten.

Sathasivam verstand zwar das meiste, aber nun blickte er ihn überrascht an. »Nein, hier sind keine Schmiede. Du willst schmieden lernen?«

Ulfberht schaute ihn entsetzt an. Es dauerte einen Augenblick bis er verstand, dann wehrte er ab. »Nein, nein, Schmieden kann ich schon.« Er zeigte auf sich. »Ich will nur sehen, woher das harte Eisen kommt.«

Sathasivam schien erleichtert. Jedenfalls nickte er. »Ich bringe dich zu einem Meister«, versprach er. »Seine Familie glaubt auch an Jesus.« Das Netzwerk der Christen reichte offenbar bis in diese Einöde.

»Das Ganze wird in so einen Ofen gestellt.« Die drei bis vier Fuß hohen, konischen Lehmschlöte, die zuhauf in der Landschaft standen, waren unübersehbar. »Dort wird das Eisen entnommen«, der alte Meister zeigte auf ein Loch am Boden des Schlotes.

»Bleibt die Öffnung während des Brennvorgangs offen?«, wollte Ulfberht wissen. »Oder wird sie verschlossen, und wozu dienen die zwei Löcher hier?« Diesmal bedurfte es mehrerer Anläufe, bis er sich halbwegs verständlich machen konnte.

Sathasivam schüttelte schließlich den Kopf. »Nein, mit Lehm verschlossen«, er wies auf die große Öffnung. Dann steckte er den Finger in eine der beiden kleinen Tonröhren und pustete die Wangen auf.

Ulfberht nickte. »Blasebälge.« Die wurden vermutlich immer abwechselnd angeblasen, sodass die Luft nie stillstand. Eine interessante Ergänzung zu den Brennöfen der Waldschmiede im Odanwald zu Hause. Der alte Meister zeigte Ulfberht nun, wie er immer abwechselnd Kohle und Erz in den Schlot schichtete. Dann hielt er triumphierend ein Stück Roheisen in die Höhe. Ulfberht schaute ihn verdutzt an. »Das ist doch ganz normales Roheisen?«, fragte er schließlich. Die Enttäuschung schnürte ihm fast die Kehle zu. »Aber Roheisen stellen wir auf dieselbe Art und Weise her! Wie bekommt ihr diesen Stahl, der so hart und gleichzeitig geschmeidig ist?«, jammerte er, doch Sathasivam blickte ihn nur betroffen an.

»Das ist Eisen«, erklärte er verunsichert. Doch der alte Meister schien besser zu begreifen, was in Ulfberht vor sich ging. Er nickte wissend und sprach energisch auf Sathasivam ein. Dessen Gesicht hellte sich auf. »Das ist erst der Anfang«, gab er zu verstehen. »Nächste Woche macht der Meister aus dem Eisen Ukku!«

Ulfberhts Herz tat einen Sprung. Ukku! So also hieß der geheimnisvolle Werkstoff, dessen Härte jedes normale Eisen zerschnitt. »Ich will Ukku sehen!«, rief er begeistert.

Am nächsten Morgen weckte ihn ein heftiges Rütteln am Arm. Schlaftrunken öffnete er die Augen und wusste zuerst nicht, wo er war. Als er in Shivus schreckgeweitete Pupillen schaute, fiel es ihm wieder ein: Im Lager der Händler in einem kleinen Zelt, das er sich mit dem Gefährten teilte. Sofort war er hellwach.

»Du musst weg«, rief Shivu mit mühsam unterdrückter Panik. Gehetzt sah er sich um.

»Was ist denn los?«, wollte Ulfberht wissen.

»Rashtrakuta«, rief Shivu. »Sie dürfen dich nicht finden!«

Adrenalin verscheuchte den letzten Rest an Müdigkeit aus Ulfberhts Körper. Die Krieger des Königs! Und er befand sich am Ort des am besten gehüteten Geheimnisses im ganzen Land! »Wohin soll ich denn fliehen?«, fragte er, doch ein Blick auf den völlig panischen Shivu war ihm Antwort genug. Er kroch zum Eingang des Zeltes und spähte heraus. Zunächst sah er nur das übliche bunte Treiben zwischen den Öfen, Schlacken und Kohlehaufen. Doch dann erkannte er die mächtige Silhouette eines Elefanten. Und er glaubte seinen Augen nicht zu trauen: Auf den Rücken des Tieres hatte man eine kleine Burg geschnallt! Einen Augenblick vergaß er die Gefahr, in der er sich befand, und staunte das mächtige Tier an.

Doch da zog Shivu schon von hinten an seiner Schulter. »Komm wieder rein«, rief er angsterfüllt, »versteck dich unter den Decken.«

»Vielleicht behauptest du einfach, ich sei krank?«, fragte Ulfberht. »Das hält sie sicher von unserem Zelt fern.«

»Morxi«, rief Shivu. »Morxi!« Eilig drängte er zum Zelteingang.

Ulfberht zog derweil seine Decke über den Kopf und wagte kaum zu atmen. Würden sie Shivu Glauben schenken? Und was wollten die Krieger überhaupt? Doch auf all diese Fragen gab es vorerst keine Antwort. Es war stickig im Zelt, und als die Sonne zu steigen begann, wurde es zudem heiß. *Wenn ich nicht bald frische Luft und etwas Wasser bekomme, werde ich dieses Morxi nicht mehr vortäuschen müssen*, schimpfte er in Gedanken. Es kam ihm wie eine Ewigkeit vor, bis Shivu endlich zurückkam. »Darf ich raus?«, jammerte Ulfberht, als der Kopf des Inders im Zelteingang erschien.

Der grinste. »Nur, wenn du kein Morxi hast!«

Sofort war Ulfberht draußen und sog gierig die frische Luft ein. Von dem Elefanten war nichts mehr zu sehen. »Was ist das, dieses Morxi?«, fragte er.

»Eine Krankheit, die von zu viel Essen kommt«, erklärte Shivu. »Aber sie kann auch Menschen in der Umgebung dessen befallen, der zu viel gegessen hat. Selbst wenn sie fasten. Und sie lässt einen gesunden Mann binnen eines halben Tages unter schrecklichen Qualen verschrumpeln wie eine alte Mango!«

Ulfberht konnte sich so etwas kaum vorstellen, doch als er sah, wie ihn die Menschen in der Umgebung furchtsam anschauten und zurückwichen, sobald er einen Schritt in ihre Richtung tat, obwohl Shivu lautstark versicherte, dass er doch kein Morxi habe, da wurde ihm doch mulmig. Wie groß musste die Furcht vor der schrecklichen Krankheit sein? Als Ulfberht am Abend noch einmal hinaustrat, war das Misstrauen verschwunden.

»Niemand kann so viele Stunden nach dem ersten Anfall von Morxi noch stehen, geschweige denn durchs Lager gehen. Jetzt können die Leute sehen, dass du wirklich nicht erkrankt bist«, erklärte Shivu.

Am nächsten Morgen war die Episode scheinbar ganz und gar vergessen. »Der Alte ruft dich wieder zu sich«, weckte ihn Sathasivam. Er war extra zu den Zelten der Pferdetreiber hinuntergestiegen, um Ulfberht die ersehnte Nachricht zu bringen. *Ukku*, das Wort allein ließ Ulfberhts Herz schneller schlagen. Wenige Augenblicke später stand er schnaufend vor dem Meister. Der Alte nahm eine Handvoll Eisenstücke, die er offensichtlich von einem Roheisenbarren abgeschnitten hatte. Diese legte er nun in eine Art Topf. Ulfberhts Herz tat einen Sprung. So begann es also! »Woraus besteht der Topf?«, fragte er atemlos, wobei ihm selbst nicht klar war, ob er noch wegen des schnellen Laufens oder vor Aufregung kurzatmig war. Der graubärtige Mann blickte ihn mit seinen wachen schwarzen Augen an und nahm dann eine Handvoll Lehm vom Boden. Dann hob er einige leichte Blätter auf, die ebenfalls auf der Erde verstreut lagen. »Reisschalen«, rief Ulfberht erstaunt, als er sie näher betrachtete. »Damit formt ihr also das Gefäß.«

»Damit die Wände porös bleiben«, erklärte Sathasivam. »Und nun pass auf, junger Fremder«, forderte er.

Ulfberhts Spannung stieg auf einen neuen Höhepunkt. Jetzt also kam der entscheidende Schritt. Der Alte füllte etwa zwei Pfund der kleinen Eisenstücke in den Topf. Doch damit nicht genug. Als nächstes folgten trockene Holzspäne. »Wie viel?«, fragte Ulfberht heiser vor Aufregung.

»Etwa der zehnte Teil des Eisens«, erwiderte der Kaufmann nach kurzer Rücksprache mit dem alten Meister. Zur Verdeutlichung zeigte er erst einen, dann alle zehn Finger.

Raum oder Gewicht?, wollte Ulfberht fragen, doch ihm fehlten die richtigen Worte. Kritisch betrachtete er das Mengenverhältnis im Topf. *Raum*, entschied er für sich. Das Gewicht des Eisens war sicherlich mehr als zehnmal so hoch wie das der Holzspäne. Als nächstes fügte der Alte zu Ulfberhts größtem Erstaunen noch einige frische, lanzenförmige Blätter hinzu. Ulfberht stöhnte. »Was für Holz und was für Blätter sind das? Müssen es genau diese Blätter sein?«, wollte er wissen.

Der Kaufmann übersetzte, und der Alte hob die Schultern. Eine sprachübergreifende Geste des Nicht-Wissens. »Gott weiß es«, erklärte Sathasivam. »Der Meister nutzt immer diese. Er hat es von seinem eigenen Vater gelernt.« Während sie sprachen, verschloss der Alte den Topf sorgfältig mit einem Lehmpfropfen.

»Das Ganze wird komplett verschlossen?«, staunte Ulfberht. »Kein Loch für den Blasebalg? Keine Kohle?«

Der Meister schüttelte den Kopf. Dann trug er das Gefäß mit dem Roheisen zu einem neuen Lehmofen, in dem bereits eine größere Menge gleichartiger Tontöpfe sorgfältig aufgeschichtet ruhten. Er stellte das letzte Gefäß dazu, dann schüttete er aus einem Eimer Holzkohle darüber. Seine Familienmitglieder oder Knechte, so genau hatte Ulfberht das nicht verstanden, halfen dabei. Sie füllten Kohle ein, bis die Lehmgefäße ganz damit bedeckt waren. Dann entzündeten sie den Ofen. Wie bei den Brennöfen, die Ulfberht bereits zuvor gesehen hatte, waren zwei Anblasrohre am Boden des Ofens angebracht. Und für die nächsten drei oder vier Stunden half Ulfberht, die Blasebälge unermüdlich in Betrieb zu halten. Der Alte schüttete regelmäßig Holzkohle in den Schlot des Ofens nach. Die Arbeit war bei der im Lande herrschenden Hitze noch viel anstrengender und schweißtreibender als in der heimischen Schmiede, und Ulfberht lief das Wasser in Strömen am Körper herab. Doch einige junge Mädchen brachten den Bläsern immer wieder kleine Tontassen mit einem heißen, süßen Gebräu. Zuerst wunderte sich

Ulfberht darüber, dass seine nicht weniger schwitzenden Kameraden das heiße Getränk nahmen, doch als er es selbst probierte, merkte er, wie herrlich es erfrischte, und nahm dankbar jedes angebotene Getränk. Dann endlich gab der Meister ein Zeichen, aufzuhören, und der Ofen brannte langsam aus. Ungeduldig lief Ulfberht darum herum, während der Schlot viel zu langsam abkühlte. Schließlich, die Sonne stand bereits tief im Westen, schlug einer der jungen Männer mit einem Hammer den hart gebackenen Lehmofen auf. Mit langen Stangen zogen sie die Behälter aus der noch immer heißen Asche und stellten sie zum weiteren Auskühlen einzeln. »Morgen«, erklärte der Meister bestimmt, und Ulfberht blieb nichts anderes übrig, als sich schweren Herzens von den Ukku-Töpfen zu trennen.

Am nächsten Morgen war er als Erster zurück am Ort des Geschehens, doch er musste warten. Ungeduldig schlich er um die immer noch warmen Tontöpfe herum. Der Meister grinste breit, als er Ulfberht bereits vor Ort antraf. Er nahm einen der Töpfe hoch und drehte ihn um. Als er den Topf schüttelte, klapperte es im Innern. »Ukku«, sagte er zufrieden und rappelte an dem Behälter. Ulfberht stockte der Atem. Enthielt der Topf das, was er vermutete? Das Ziel seiner langen Reise? Der Meister stellte den Topf ab und zog einen hölzernen Schlegel aus dem Gürtel. Am Boden des Gefäßes war eine feine Rinne in den Ton gegraben, und genau auf diese schlug der Meister nun. Mit einem dumpfen Ton brach der Boden des Gefäßes ab. Dann griff der Meister hinein und holte einen mit Asche beschmierten Klumpen hervor. Das Stück war unten rund geformt, wie die Rundung des Tontopfes, oben glatt, so wie ein Schluck Bier, das im Krug stehen bleibt, wenn es nachts friert. Ulfberht verstand. Das Eisen musste, während der Ofen brannte, komplett geschmolzen und dann wieder erstarrt sein! Der Alte hielt Ulfberht das Stück entgegen.

»Das ist für dich«, erklärte Sathasivam. »Ein Geschenk.«

Unschlüssig griff Ulfberht nach dem mit Asche beschmierten Diskus. Er war schwerer, als gedacht.

»Und das ist alles?«, fragte er ungläubig. Er konnte es noch nicht ganz fassen.

»Nein«, übersetzte der Kaufmann die Worte des Meisters. »Das Eisen muss noch mehrmals erhitzt und ausgeschmiedet werden. Aber nie mehr so, dass es schmilzt.«

Ulfberht nickte. Das machte der Meister, um die überflüssigen Reste der Asche von Holz und Blättern loszuwerden. »Und dann?«, fragte er.

»Ukku«, erklärte Sathasivam lächelnd.

Landfried, Muziris, Wintermonat 799

Der Ostwind wurde von Tag zu Tag stabiler. Mahmoud und seine Mannschaft überholten das Schiff. Sie stopften mit Pech getränkte, verdrehte Kokosfasern in die Ritzen zwischen den Planken. Landfried stand dabei und wusste nichts mit sich anzufangen. »Können wir bald in See stechen?«, fragte er den Reis und versuchte, seiner Stimme einen hoffnungsvollen Klang zu geben.

Mahmoud warf einen prüfenden Blick in den Himmel. »Mit Gottes Hilfe werden wir vor diesem Wind in vier Wochen in Masqat sein!«

»Wann sind wir fertig zum Auslaufen?«, fragte Landfried nochmal. Neben dem Schmerz der Trennung verblasste die Sorge um Ulfberhts rechtzeitige Heimkehr fast.

»Wenn wir mit dem Kalfatern fertig sind, kommt unsere Dhau wieder ins Wasser. Dann müssen wir noch das Takelwerk ausbessern. Die Kokostaue halten auf See ewig, aber hier an Land verrotten sie schnell. Wir müssen einige austauschen.«

Landfried nickte. Je mehr, desto besser. »Und dann müssen wir noch Abu Abbas verladen!«, ergänzte er die Aufzählung und überwand sich zu einem wehmütigen Schmunzeln.

Er ging heim, doch diesen Abend nahm ihn Pavit in Beschlag, und er kam wieder nicht dazu, einen Augenblick mit Aarti alleine zu verbringen. Doch am nächsten Morgen ergab sich die ersehnte Gelegenheit.

»Ich muss mich um den Handel kümmern«, erklärte Pavit entschuldigend. »Die ersten Schiffe werden bald auslaufen, und ich muss sehen, dass sie die richtige Ladung nehmen.«

Landfried nickte ungeduldig. Je eher er ging, desto besser. Doch wie sollte er es anstellen, das Mädchen ohne unliebsame Zeugen zu sprechen? Immerhin konnte er sich inzwischen ganz passabel mit ihr verständigen. Sie hatten sich beide darum bemüht, während der Krankheitsphasen und auch sobald sich eine Gelegenheit ergab. Landfried lächelte bei dem Gedanken. Dann fiel ihm etwas ein: Er musste nur krank spielen – und sie würde zu ihm kommen! Allein, denn von einem Kranken war ja nichts Unschickliches zu erwarten. Er fasste sich an den Bauch und stöhnte laut genug, dass es die anwesenden Diener bemerken mussten. »Mir geht es nicht gut«, behauptete er. »Ich lege mich wieder hin.«

Und tatsächlich kam nach etwa einer Stunde die so sehnsüchtig erwartete Tochter des Hauses, um nach ihm zu sehen. »Was fehlt dir?«, fragte sie stockend.

Landfried setzte sich auf. »Mir fehlt eigentlich nichts. Ich wollte nur mit dir sprechen«, gestand er.

Sie blickte ihn erstaunt an. »Mit mir sprechen?«, fragte sie verständnislos.

Er ergriff ihre Hand und zog sie neben sich auf das Lager. »Bitte setze dich zu mir.«

Sie widerstrebte kurz, und Landfried hatte den Eindruck, dass ihre dunkle Haut noch eine Spur dunkler wurde. Doch dann gab sie nach und hockte sich neben ihn; angespannt, als wolle sie gleich wieder aufspringen.

Landfried hielt ihre Hand fest. »Ich«, begann er und musste schlucken. »Ich mag dich sehr«, vollendete er den Satz. Andere Wörter fielen ihm nicht ein, um auszudrücken, was er eigentlich sagen wollte. Doch der Blick aus ihren dunklen Augen zeigte Verstehen. Ja, sie schien nicht einmal erschrocken oder verwundert. Landfried fiel ein Gewicht vom Herzen. »Ich weiß nicht, wie ich sagen soll«, stammelte er, und sie nickte, fast belustigt diesmal. Da fasste sich Landfried ein Herz, ließ die Hand los und nahm sie in den Arm. Sie seufzte tief, doch als er sie küssen wollte, drehte sie den Kopf weg und wischte sich eine Träne aus dem Augenwinkel.

»Der Wind hat gedreht, und du musst mit dem Schiff fahren«, stellte sie fest. »Pavit hat mir erzählt, dass du nicht bleiben kannst.«

Landfried hielt sie an sich gepresst. Auch er kämpfte gegen die Tränen. »Ja«, gestand er.

»Wieso? Wir haben deinem König geholfen und deinem Freund das Eisen gezeigt. Wieso kannst du nicht auch unserem König helfen?«, stieß sie da hervor. »Wir Christen müssen uns doch helfen!«

Traurig ließ Landfried sie los und blickte auf seine Füße. Was sollte er sagen? Er könnte auch nicht im nächsten Jahr wiederkehren, denn von Bagdad würde sein Weg weiterführen zum Mittelländischen Meer und über Italien bis nach Franken, bis er Karl in einer seiner Pfalzen gefunden hätte. Und seine Halbgeschwister würden ihm auch nicht den Platz am Hofe des Vaters freihalten. Oh, nein! Es wurde höchste Zeit, dass er zurückkehrte.

Gegen Abend kam Pavit mit einem großgewachsenen, schlanken Inder nach Hause. Fast hätte Landfried ihn nicht erkannt. Doch als er den Turban abnahm, zeigte sich ein leuchtend blonder Haarschopf. »Ulfberht!«, rief er aufspringend. Der Junge war tatsächlich zurückgekehrt.

»Ja, immer noch der Schmiedegesell Ulfberht, auch wenn selbst mein Herr mich nicht mehr erkennt«, lachte der übermütig. Dann zog er etwas aus einem Beutel an seinem Gürtel und hielt es Landfried hin. »Ukku«, erklärte er stolz.

Landfried wusste einen Augenblick nicht, was er mit dem bläulich glänzenden Diskus anfangen sollte. Dann dämmerte es ihm. »Du warst erfolgreich?!«, rief er aufgeregt.

»Ja«, bestätigte Ulfberht grinsend. »Ich habe gesehen, wie man Ukku herstellt.«

Landfried schluckte. »Heißt das, du kannst nun selbst solchen Stahl machen?«, fragte er heiser.

Ulfberht wiegte den Kopf. »Ich weiß nicht«, gestand er. »Es bedarf bestimmter Blätter und Hölzer, die in Franken nicht wachsen.«

»Du wirst es hinbekommen. Mit etwas Zeit und Übung und einer guten Schmiede, die dir Karl sicherlich anvertraut!«, rief Landfried überzeugt. »Komm, trink einen Becher Palmwein. Den hast du dir verdient!« Erstaunt bemerkte er, wie viel Zuneigung und sogar Freundschaft er inzwischen für den Jungen empfand. Vielleicht würde ihn das über die bevorstehende Trennung von Aarti hinwegtrösten? Doch als Pavits Schwester ihnen wenig später den gewünschten Palmwein brachte, musste er sich eingestehen, dass ihn über diesen Verlust nichts und niemand würde hinwegtrösten können.

Während Ulfberht der Stunde ihrer Abfahrt entgegenfieberte, versank Landfried in immer tieferer Schwermut. Doch er musste die Mission, auf die König Karl ihn geschickt hatte, zu Ende bringen und seinen mühsam verdienten Platz verteidigen. Es gab genug, die weniger geleistet hatten als er und ihm trotzdem sein Erbe streitig machen würden.

Schließlich kam der von Mahmoud festgesetzte Tag der Abreise heran. Die Bucht lag im Ostwind ruhig, und gerade setzte die Ebbe ein. Im Hafen hatten sie ein dickes Floß vertäut und mit Erde bedeckt, sodass es aussah wie ein Stück Land. Der Plan war, den Elefantenbullen auf das Floß zu locken und die Leinen loszuwerfen, sobald er sich mit allen Vieren darauf befand. Ein simpler Plan. Wenn Landfried an seine Erfahrungen mit den Pferden dachte, konnte er sich kaum vorstellen, dass Abu Abbas tatsächlich darauf hereinfiel. Vielleicht gab die Verladung des Elefanten ihm und Aarti einen weiteren Aufschub? Seit Ulfberhts Rückkehr war es noch schwieriger geworden, sich mit ihr ungesehen alleine zu treffen. Sie hatten die letzten Tage kaum mehr als eine halbe Stunde gemeinsam verbracht. Würde ihnen Gott nicht wenigstens einen Abschied zugestehen? Doch zu Landfrieds großer Enttäuschung ließ sich das riesige Tier ohne nennenswerten Widerstand verladen. Niedergeschlagen trat Landfried den Heimweg an. Der letzte Abend bevor sein Glück ein für alle Mal hinter dem Horizont versank!

Ulfberht, Muziris, Wintermonat 799

Endlich war alles bereit. Abu Abbas sowie eine schier unglaubliche Menge an Futter waren im geräumigen Bauch der Dhau verschwunden. Dazu säckeweise schwarzer Pfeffer. Das kostbare Stück Ukku trug er, sorgsam verwahrt, in einem Beutel am Gürtel. »Sigismund wird staunen«, prahlte er übermütig.

Doch Landfried schien seine gute Laune nicht zu teilen. Er blickte kaum auf und erwiderte nichts. Mit einer Miene, als ginge es zu seiner eigenen Hinrichtung, trottete er neben Ulfberht zum Hafen.

Auch Pavit war schweigsam. Man merkte ihm an, dass er seine Gäste nur ungern ziehen ließ. »Ich habe schon viele Kaufleute unter meinem Dach beherbergt, aber bisher fiel es mir nie schwer, sie zu verabschieden«, behauptete er. »Aber du, Landfried, wirst mir fehlen. Und du könntest im Dienste König Rajashekharas genauso ehrenvolle Taten vollbringen wie in deiner Heimat!«, versuchte er ein letztes Mal, Landfried umzustimmen. »Auch meine Schwester würde sich freuen.«

Landfried zuckte zusammen. Dann legte er dem Inder dankbar den Arm auf die Schulter, konnte aber nichts sagen.

Ulfberht blickte sie verwundert an. In der Zeit, die er auf der Suche nach Ukku verbracht hatte, schienen die beiden gute Freunde geworden zu sein. Doch schon erreichten sie den Hafen. Mahmouds Schiff schaukelte leicht auf den blauen Wogen und zerrte an seinem Anker. Pavit umarmte sie beide zum Abschied, bevor sie in ein wartendes Boot stiegen. Die drei Ruderer der Händlergilde zogen an, und rasch wurden die Menschen am Ufer kleiner. Pavits Turban leuchtete gelb zwischen den braunen Menschen mit ihren meist weißen Tüchern heraus. Ulfberht winkte und wandte seinen Blick wieder dem wartenden Schiff zu. Es wurde Zeit, dass er heimkehrte. Dort gab es auch für ihn noch einiges zu erledigen. Er würde vor Hludahilt und ihre Familie treten und sich zu seinem Anschlag auf Edolf bekennen. Die neu erlernte Kunst würde es ihm ermöglichen, das Wehrgeld für seine Tat zu bezahlen. Gottes Vergebung war er sich gewiss. Er hatte nicht nur in der Geburtsgrotte des Heilands gestanden und gebetet, sondern auch in seinem Grab und auf dem Felsen, wo er für die Sünden der Welt am Kreuz gestorben war. Aber würde auch Hludahilt ihm vergeben?

Ein Seufzer Landfrieds riss ihn aus seinen Gedanken. Er wandte sich um und erkannte neben Pavit eine weitere Gestalt, die ihnen ebenfalls winkte. Das musste die gute Aarti sein.

Landfried griff nach seiner Schulter und drückte sie hart. Einen Augenblick lang sahen sie sich in die Augen. »Bring den Elefanten und das Eisen heim, und sag Sigismund, ich sei am Dreitagefieber gestorben!« Ohne eine Antwort des völlig verdutzten Ulfberht abzuwarten, warf er sich ins Wasser und schwamm mit kräftigen Zügen auf das Ufer zu. Von der Menschenmenge erscholl ein jubelnder Schrei, und die Ruderer hielten erschrocken inne.

Ulfberhts Blick folgte dem Herrn und Freund. Dann gab er sich einen Ruck. »Zum Schiff, Männer!«

Ulfberht, Bagdad, Lenzmonat 800

Der Kalif Harun al Rashid war entzückt, als er den Elefanten zum ersten Mal zu Gesicht bekam. Allen Bedenken zum Trotz erfreute sich der Bulle bester Gesundheit. »Abu Abbas, was für ein Name!«, lachte er. »Ein würdiges Geschenk für meinen Bruder Karl«, befand der Herrscher zufrieden.

Ulfberht hatte das Tier direkt zum Palast bringen lassen, schließlich hatte der Kalif es erworben. Suchend blickte er sich in der Menge, die dem kleinen Zug mit dem ungewöhnlichen Tier gefolgt war, nach Sigismund und Isaak um. Die Nachricht ihrer, oder besser seiner, erfolgreichen Rückkehr aus Indien musste inzwischen auch den Missus und seinen Übersetzer erreicht haben! Tatsächlich entdeckte er den Juden im Gedränge. Es dauerte aber noch eine ganze Weile, bis der Kalif ihn entließ und er den Freund endlich sprechen konnte. Sie umarmten sich herzlich.

»Gut, dass ihr heimgekehrt seid«, begrüßte ihn der Händler. »Wo ist Landfried?«

Ulfberhts Magen zog sich zusammen. »Der ist am Dreitagefieber erkrankt«, log er. »Er konnte die Reise nicht antreten.« Das wenigstens stimmte in gewisser Weise.

Isaak erbleichte trotz der tief gebräunten Haut. »Das, das kann doch nicht sein ...«, stotterte er entsetzt.

»Leider doch«, bestätigte Ulfberht, überrascht von der Heftigkeit der Reaktion des Juden. Er hatte gar nicht bemerkt, dass er Landfried solchermaßen schätzte.

»Das ist ein überaus großes Unglück«, jammerte Isaak.

Ulfberht sah ihn verständnislos an. »Ich bedaure es auch von Herzen. Landfried war, ich meine, er ist so, wie ein Edler sein sollte. Mit einem guten Herzen«, antwortete er beschwichtigend.

Doch Isaaks Schmerz schien ungebrochen. »Welch ein Unglück«, wiederholte er und rang die Hände.

»Ja, es ist traurig, aber viele Männer sterben. An Krankheit oder im Krieg ...«, begann Ulfberht von neuem.

»Du weißt es ja noch nicht«, rief Isaak und schlug sich an die Stirn. »Du bist ja gerade erst angekommen und kannst es noch gar nicht wissen!«

»Was denn?«, fragte Ulfberht nun seinerseits alarmiert.

»Sigismund«, rief Isaak. »Sigismund ist vor zwei Wochen ebenfalls verstorben.«

»Sigismund?«, wiederholte Ulfberht verständnislos. Es dauerte einen Augenblick, bis er die Bedeutung des Gesagten aufnahm. »Aber dann kann ja keiner der beiden Missi zu Karl zurückkehren!«, rief er.

»Genau das! Die Romanier haben gewonnen, und unsere Mission ist gescheitert. Wir können uns niemals mehr nach Hause trauen! Was sollen wir König Karl und seinen Mächtigen sagen? Was haben wir vorzuweisen?«

Ulfberht schluckte hart. »Aber wir haben doch die Nachrichten des Kalifen und des Patriarchen von Jerusalem«, entgegnete er.

»Und welches Zeichen dafür sollen wir König Karl überbringen?«, fragte Isaak niedergeschlagen.

»Na, den Elefanten! Abu Abbas!«, rief Ulfberht. »Und die Schlüssel von der Grabeskirche ...«

»Eben nicht«, entgegnete Isaak. »Am Morgen, als ich Sigismund tot fand, war seine Kammer durchwühlt. Alles lag durcheinander. Der Herr der Karawanserei meinte, er müsse im Todeskampf unter Krämpfen gelitten und getobt haben. Aber Sigismund lag ganz still und friedlich auf seinem Lager. Und das Wichtigste: Ich wusste ja, dass der Schlüssel der Grabeskirche irgendwo sein musste, er hat ihn selbst vor unser aller Augen dem Kalifen gezeigt. Erinnerst du dich?« Ulfberht nickte. »Aber der Schlüssel ist verschwunden! Ich habe alles abgesucht. Die Romanier haben ihn gestohlen. Und wenn nicht der Apokrisiar, dann einer der verschlagenen Eunuchen!«

Ulfberht nickte langsam. Hatte Sigismund nicht selbst genau diese Ereignisse vorausgesehen und ihn davor gewarnt? Damals, in jener Nacht, nachdem er dem Kalifen den Schlüssel gezeigt hatte? Ihm wurde heiß. »Ich muss in Sigismunds altes Quartier«, raunte er und blickte sich misstrauisch um. Er meinte fast, den Atem der gedungenen Schergen der Kaiserin im Nacken zu spüren, und wäre gerne schnellstens in die Karawanserei gelaufen. Doch zuerst gab der Kalif ein Fest zu Ehren von Abu Abbas und seiner erfolgreichen Reise. Ulfberht und Isaak, die einzigen Überlebenden der Gesandtschaft aus dem Frankenreich, durften da natürlich nicht fehlen. »Wo ist eigentlich Abdallah?«, fragte Ulfberht später.

Doch Isaak schüttelte den Kopf. »Ein Auftrag des Kalifen hat ihn von Bagdad weggeführt.«

Die Feier zu Ehren des Elefantenbullen, vermutlich die erste und möglicherweise auch letzte, die in Bagdad zu solch einem Anlass je gefeiert wurde, zog sich bis tief in die Nacht. Längst spiegelte sich die schmale Mondsichel in den ebenso geformten Spitzen der Türme, als Isaak und Ulfberht endlich zurück in ihr Quartier in der Karawanserei kamen. Ein Diener ließ sie ein. Und für einen Augenblick überkam Ulfberht die Erinnerung. Er sog die kühle Nachtluft ein. Alles war wie in den Tagen, als sie Bagdad erreichten.

»Wir haben deine Habseligkeiten bereits in das Zimmer des Missus gebracht«, erklärte der junge Diener schüchtern.

»Welcher Missus?«, wollte Ulfberht wissen. »In die Kammer des Mannes, der mit mir nach Indien gefahren ist, oder in die desjenigen, der hier verstarb?«

Der Mann blickte zu Boden. »Des verstorbenen, Herr. Der Raum war noch frei ... Aber wenn du nicht in diesem Raum übernachten willst, dann bringe ich alles sofort in einen anderen!«

»Nein, nein«, wehrte Ulfberht ab. »Das ist gut so. Gib mir die Öllampe, dann kannst du dich schlafen legen!« Er wartete, bis der Diener, der sie zu ihren Zimmern begleitet hatte, in seiner Kammer verschwunden war. »Bitte komme noch mit mir«, bat er Isaak mit lauter Stimme. Der blickte verwundert, folgte aber Ulfberht, der mit der brennenden Lampe zu Sigismund Kammer strebte. Er öffnete und sah sich um. Drinnen war gründlich aufgeräumt worden. Sigismunds wenige Habseligkeiten lehnten an der hinteren Wand, und sein eigenes, noch spärlicheres Gepäck befand sich vorne vor dem bereits ausgebreiteten Lager. Ulfberht stellt die Lampe in die Mitte, sodass sie den ganzen Raum erleuchtete. Dann beugte er sich zu seinen Sachen hinunter und überzeugte sich, dass der Ukku-Barren noch dort steckte, wo er ihn für die Reise verstaut hatte. »Sieh noch einmal nach, dass uns niemand gefolgt ist«, flüsterte er Isaak zu, während er selbst an das schmale Außenfenster trat und hinausspähte. Es war nichts zu sehen oder zu hören.

»Es befindet sich niemand im Hof«, klang Isaaks heisere Stimme von der Tür herüber. Ulfberhts Aufregung hatte ihn angesteckt.

Nach einem letzten Blick über die Schulter trat Ulfberht mit klopfendem Herzen an die Wand. Er musste zuerst eine kleine Truhe mit Sigismunds Habseligkeiten zur Seite räumen, bevor er den ihn interessierenden Abschnitt einsehen konnte. Alle Ziegel befanden sich an ihrem Ort. Er griff nach dem betreffenden Stein, doch er ließ sich nicht herausziehen. Panik griff nach seinem Herzen wie eine eiskalte Hand. Hatte jemand das Versteck geplündert und den Ziegel wieder verfugt? Doch vielleicht hatte er sich geirrt. Mit neuer Hoffnung versuchte er sein Glück an dem Ziegel daneben. Wieder nichts. Doch der vierte Stein ließ sich bewegen. Ulfberht zog ihn vorsichtig heraus und wollte eben in das Loch greifen, da hielt Isaak ihn zurück.

»Denk an die Schlange!«, zischte er. »Versuch es lieber mit deinem Messer.«

Ulfberht nickte dankbar und befolgte den Rat. Doch als er sein Messer in die Öffnung stieß, fiel klappernd der gesuchte Schlüssel zu Boden.

»Du hast ihn gefunden!«, jubelte Isaak und vergaß vor Freude, seine Stimme zu dämpfen. Schuldbewusst blickte er sich um. Aber alles blieb ruhig.

Ulfberht tastete mit seinem Messer weiter, und tatsächlich beförderte er auf diese Weise auch noch ein gesiegeltes Schriftstück hervor. Wortlos reichte er es Isaak.

Der ging mit dem Papyrus zur Öllampe und las mit zusammengekniffenen Augen. »Es ist Arabisch. Mit dem Siegel des Kalifen.«

»Das muss der das Spital betreffende Erlass sein«, stellte Ulfberht fest.

»Du musst den Schlüssel unverzüglich nach Franken bringen«, drängte Isaak und faltete das Papier zusammen. »Der ist hier nicht sicher.« Beide sahen sich ernst an.

»Und der Elefant?«, fragte Ulfberht. »Damit können wir wohl kaum schnell reisen?«

Isaak überlegte. Dann nickte er. »So werden wir es machen: Ich werde mit dem Elefanten langsam folgen und das Tier bis Karthago an der Nordküste Afrikas bringen. Von dort ist der Weg übers Meer nach Italien am kürzesten. Du eilst voraus und richtest bei Hofe aus, Karl möge Schiffe schicken, um uns im nächsten Frühjahr dort abzuholen! Die griechischen Schergen sollen denken, die Überbringung dieser Botschaft sei der vordringliche Zweck deiner Reise. Dann lassen sie dich hoffentlich unbehelligt.« Die beiden Männer reichten sich schweigend die Hand.

»So soll es sein«, bestätigte Ulfberht. »Ich hoffe, wir werden uns in einem Jahr am Hofe König Karls wiedersehen!«

Teil VI
Nachspiel

Ulfberht, Reichenau, Heumonat 800

Ulfberht reiste über das Heilige Land nach Italien. Das hatte ihn länger aufgehalten, als gedacht, denn als er in Caesarea ankam, stellte er fest, dass die Winterstürme die Schifffahrt im Mittelländischen Meer bereits unterbrochen hatten. So verbrachte er drei angstvolle Monate versteckt im Kloster der Lateiner auf dem Ölberg. Doch die List schien aufgegangen, und er sah in der gesamten Zeit keinen einzigen Griechen.

Von Italien reiste er so rasch wie möglich nach Norden über die Alpen. Auf der Reichenau endlich erhielt er Auskunft über den Aufenthaltsort des Königs. Karl weilte in Paderborn, um wieder einmal Krieg gegen die halsstarrigen Sachsen zu führen.

Abt Waldo selbst empfing den Heimkehrer, da Ulfberht nun gewissermaßen den Status eines königlichen Missus geerbt hatte. »Die Nachricht stammt von dem höchsten Besuch, den wir im letzten Heiligen Monat erfuhren. Erzbischof Arnulf von Salzburg, Richulf von Mainz, Wirigis, der Herzog von Spoleto, und Abt Wirund von Strabo geleiteten seine Heiligkeit Papst Leo III. nach Rom, um die Vorfälle vom letzten Ostermonat zu untersuchen.«

Eigentlich interessierte sich Ulfberht nicht für die hohe Politik, doch da er zwei Jahre nichts von den aktuellen Zuständen gehört hatte, fragte er nach.

»Papst Leo wurde bei der Litania-maior-Prozession zum letzten Fest des Heiligen Marcus von der Familie seines Vorgängers Hadrian, sie nennen sich Optimaten, vom Pferd gerissen«, erklärte Waldo bereitwillig. »Man versuchte, ihn zu blenden und seine Zunge herauszuschneiden. Doch die Besonneneren unter den Optimaten konnten ihn retten und brachten ihn in ein nahegelegenes Kloster. Von dort ist er mit Hilfe seiner eigenen Leute entkommen. Er flüchtete zu Karl nach Paderborn, doch der König hörte sich zunächst auch an, was die Boten der Optimaten zu sagen hatten. Sie verklagten Leo des Ehebruchs und anderer Vergehen, die sich nicht mit der Würde seines Amtes vertragen. Da Karl von Paderborn aus nicht entscheiden konnte, was wirklich vorgefallen ist und ob die Vorwürfe, die Hadrians Neffen gegen Leo vorbrachten, der Wahrheit entsprachen, schickte er die hohen Männer nach Rom, um alles zu untersuchen. Die Wahl dieser Boten ist gerecht, muss ich sagen. Arnulf wurde von Leo zum Erzbischof für das von unserem König eroberte Awarenland benannt und hatte sich zuvor bei Karl für Tassilo eingesetzt, wohingegen Richulf eng mit Hadrian befreundet war und als Karls Missus bei Tassilo vorsprach. Beide Seiten sind also gleichrangig vertreten. Ein Jammer, dass sie deinen Bericht aus Jerusalem nicht mehr hören konnten! Selbst der Patriarch von Jerusalem gibt unserem König den Vorzug vor der Kaiserin der Romanier! Welch ein Triumph für alle Gerechten.«

Ulfberht war beeindruckt von dem Geschehen, konnte aber zunächst nicht dieselbe Freude empfinden wie Abt Waldo. In der Kirche stritten also nicht nur Griechen und Lateiner miteinander, sondern die Spaltung reichte bis zwischen die römischen Patrizierfamilien! Wie sollte da die gute Sache obsiegen? Doch dann dachte er daran, dass Karls Heer vielleicht bald über die unbesiegbaren Schwerter verfügen würde. Dann könnte der König allen inneren und äußeren Feinden zum Trotz der Gerechtigkeit zum Sieg verhelfen!

Ulfberht, Paderborn, Erntemonat 800

Treu überbrachte Ulfberht in der Königshalle in Paderborn vor den versammelten Großen des Reiches die Schlüssel zur Grabeskirche und die Schenkungsurkunde für den Muristan in Jerusalem.

Beides freute den König ungemein. »Ihr seht, dass uns selbst der Patriarch von Jerusalem den Vorzug vor der Kaiserin von Romania gibt!«, rief er stolz.

Auch die Nachricht von der baldigen Ankunft Isaaks und Abu Abbas in Karthago überbrachte Ulfberht geflissentlich.

Selbst der König erwies Ulfberht die Ehren eines zurückgekehrten Missus und weihte ihn in seine eigenen Pläne ein.

»Ich selbst werde dieses Jahr zum Fest der heilbringenden Geburt Christi nach Rom ziehen und allen Händel zwischen den Römern und dem Papst schlichten. Und es ist von großem Vorteil, dass ich, wenn ich in die Heilige Stadt komme, nicht nur den Schlüssel zum Grabe Petri in den Händen halte, den Leo mir bei seiner Weihe sandte, sondern nun auch den des Grabes unseres Herren Jesus Christus. Damit vertraut mir der Patriarch von Jerusalem den Schutz der gesamten Christenheit an! Nun hat mir dieses Weib in Konstantinopel nur noch den Kaisertitel voraus.« Eine Weile hing er seinen Gedanken nach, und Ulfberht wagte nicht, ihn zu unterbrechen. »Noch«, murmelte er schließlich. »Von Rom aus wird es ein Leichtes sein, ein Wort nach Genua zu Burchard, dem Meister meiner Schiffe, zu senden, damit er mir den treuen Juden und dieses Untier, von dem du so erstaunliche Dinge berichtest, nach Italien holt!«, fuhr er nach einem Augenblick fort.

»Burchard«, rief Ulfberht überrascht, »den haben wir bei unserer Abreise in Civitas Classis getroffen!« Er schluckte und schaute schuldbewusst nieder. Wie konnte er sich so vergessen, vor dem Angesicht des Königs zu sprechen, ohne gefragt zu werden? Doch der König wies ihn nicht zurecht. Mit klopfendem Herzen wagte er es, erneut zu sprechen. »Ich habe noch etwas mitgebracht.«

»Noch etwas?«, fragte der König überrascht. »Als wäre das noch nicht genug!« Ulfberht zog den Ukku-Barren aus seinem Gewand und hielt ihn dem König ehrerbietig entgegen. Karl runzelte die Stirn. »Was ist das?«, fragte er. »Ein Stück Eisen?«

»Es ist härter als alles Eisen in deinem ganzen Reich, Herr«, erklärte Ulfberht mit niedergeschlagenen Augen, doch seine Stimme vibrierte vor Stolz.

Karl riss die Augen weit auf. »Ist es das?«, fragte er skeptisch.

»Deine Missi Sigismund und Landfried nahmen mich, einen Schmiedegesellen aus Lauresham, gerade deshalb mit, um nach dem Geheimnis des harten Eisens zu suchen. Der Vater des Kalifen Harun al Rashid sandte deinem Vater einen Dolch von unvergleichlicher Härte ...«

Karl rieb sich das Kinn. »Ich habe tatsächlich davon gehört, es aber wieder vergessen. Das könnte in der Tat von großer Wichtigkeit für uns sein.« Er überlegte wieder, während Ulfberht kaum zu atmen wagte. »Es muss aber geprüft werden. Du kommst aus Lauresham, sagst du? Dort sind ja meine besten Schmiede. Nimm das Eisen, und lass es dort prüfen. Ich bin gespannt, was Richbod mir dazu schreiben wird.«

Damit war Ulfberht entlassen, und der Befehl versetzte ihn ohnehin in solche Unruhe, dass er nichts zu antworten vermocht hätte. Er verbeugte sich tief und verließ rückwärts den Thronsaal. Karl hatte ihn als seinen Gesandten anerkannt, aber dafür musste er nun nach Lauresham und sich endlich seiner Vergangenheit stellen. Es war keinesfalls sicher, dass die Gunst des Königs ihn dort beschützen würde. Während er noch unschlüssig im Vorraum stand, kam einer der Mönche, die immer im Thronsaal saßen, um die Befehle des Königs niederzuschreiben, hinter ihm her.

»Herr Ulfberht«, rief er. »König Karl gibt dir dieses Schreiben für Abt Richbod mit!« Er überreichte ihm eine frisch gesiegelte Pergamentrolle.

Ulfberht, Lauresham, Erntemonat 800

Gegen die kühle Morgenluft hatte er sich fest in den roten Mantel aus indischem Tuch gehüllt. Sein Ukku-Barren hatte er in der Satteltasche verstaut, und das Sendeschreiben des Königs trug er über dem Herzen im Gewand. Ein Schwert trug er nicht, nur Krieger trugen eines am Gürtel, und Ulfberht war kein Krieger. Der Türhüter kam ihm entgegen und grüßte ihn respektvoll. Die kostbare Kleidung ließ anstelle des Köhlerjungen oder entlaufenen Schmiedegesellen von einst einen Edlen vermuten. Das stattliche Ross, welches ihm die Stallknechte des Königs gesattelt hatten, tat sein Übriges.

»Was ist dein Begehren?«, fragte der alte Mönch mit niedergeschlagenen Augen.

»Ich habe ein Sendeschreiben des Königs für Abt Richbod«, erklärte Ulfberht ohne Umschweife. Er würde den Stier bei den Hörnern packen.

»Wenn es dir beliebt, bringe ich dich zuerst in die Gästeunterkunft, damit du dich nach der Reise erfrischst. Wen darf ich dem Abt melden?«

»Ins Gästehaus?«, fragte Ulfberht dagegen. Die Verzögerung war ihm ganz und gar nicht recht. Er wollte so schnell wie möglich mit dem Abt sprechen, bevor ihn noch jemand erkannte und sich das Gerücht seiner Rückkehr verbreitete. »Geht es dem Heiligen Vater denn nicht gut?«, fragte er.

»Doch, der Herr hat unseren Herren Richbod mit einer starken Gesundheit gesegnet«, beteuerte der Türhüter und schlug ein Kreuz.

»Dann will ich lieber gleich zu ihm, denn mein Auftrag duldet keinen Aufschub.« Er winkte wichtig mit der gesiegelten Pergamentrolle.

»Wenn du es so eilig hast, musst du mir aber deinen Namen verraten, sonst kann ich dich dem Abt nicht melden.«

»Natürlich«, bestätigte Ulfberht. »Ich bin im Namen des Königs hier und bringe dem Abt Nachricht und ein Geschenk.«

»Ein Geschenk?«, erkundigte sich der Mönch neugierig.

»Ja«, bestätigte Ulfberht lächelnd und schlug auf die Satteltasche.

»Was denn?«, fragte der Alte und kniff die Augen zusammen, um besser zu sehen.

»Das kann ich nur dem Abt selbst enthüllen«, erklärte Ulfberht feierlich.

Der Mönch trat respektvoll einen Schritt zurück. »Ich werde dich sofort melden, Herr«, beteuerte er. »Wie war dein Name?«

Ulfberht fluchte innerlich. Er hatte gehofft, darum herumzukommen, seinen Namen zu nennen. Einen Augenblick spielte er mit dem Gedanken, sich als Graf Landfried auszugeben, entschied sich dann aber doch für die Wahrheit. »Mein Name ist Ulfberht, ich war mit den beiden Königsboten Graf Landfried und Hofkaplan Sigismund im Heiligen Land.«

Der Mönch war nun wirklich tief beeindruckt. »Aus dem Heiligen Land? Ich eile, Herr Ulfberht! Wenn du hier warten magst, soll es mir recht sein, oder ich lasse dir inzwischen doch noch das Gästehaus zeigen ...«

»Ich warte«, entschied Ulfberht und sprang aus dem Sattel.

Je weniger Menschen er bis zu seiner Unterredung mit dem Abt begegnete, desto besser. Er gab die Zügel seines Rosses einem Knecht und setzte sich auf einen der Steinblöcke, die die Torpfosten vor schlecht gelenkten Wagen beschützten. Sein Blick glitt hinüber zur Front der Lazarius-Kapelle, durch deren Untergeschoss der Prozessionsweg hinauf zur Kirche führte. Nach all den Wundern, die er auf seinen Reisen gesehen hatte, beeindruckte ihn das flache Säulenrelief und das kunstvolle Muster aus rotem und weißem Stein nicht mehr so sehr wie früher, aber schön anzusehen war das inzwischen fertig gestellte Gebäude trotzdem. Er musste nicht lange warten.

»Bist du das wirklich?«, erklang eine bekannte Stimme hinter ihm.

Ulfberht konnte sie im ersten Moment nicht zuordnen. Langsam drehte er sich um. »Hilprik!«, entfuhr es ihm. Gleich biss er sich auf die Lippe. Bis gerade eben hätte er noch leugnen können, den Schmiedegesellen zu kennen, aber nun hatte er sich verraten.

Der junge Mann trat staunend näher. »Ulfberht! Nach so vielen Jahren. Und wie du gekleidet bist, wie ein hoher Herr!«

Ulfberht stand auf und ging einen Schritt auf ihn zu. Wenn er schon erkannt wurde, dann wenigstens von einem Freund.

Doch bevor er sein Gegenüber erreichte, zuckte etwas wie Schmerz durch dessen Züge und seine Körperhaltung spannte sich. »Was tust du hier eigentlich?«, fragte er auf einmal scharf. »Ich dachte, du wärst geflohen, nachdem du Gernod, und dann in Ingilinheim auch Edolf, überfallen hast, und wir würden dich nie wieder sehen!« Seine Züge verhärteten sich weiter. »Und ich muss sagen, es wäre auch das Beste für dich gewesen!«

»Aber Hilprik, wir sind doch Freunde«, rief Ulfberht, betroffen von Ton und Haltung des ehemaligen Gefährten. »Du warst es doch, der mir beibrachte, wie man einen Hammer hält ...«

»Schlecht hast du mir diesen Dienst gedankt!«, erwiderte Hilprik grimmig. »Entweder du verlässt diesen Hof und kommst niemals zurück, und zwar bevor dich noch jemand anderes erkennt, oder mir bleibt nichts anderes übrig, als deine Anwesenheit Gernod zu melden!«

Ulfberht war fassungslos. »Aber ...«, stammelte er.

Hilprik wartete grimmig. »Wie du willst«, fauchte er schließlich. »Aber ich habe dich gewarnt. Alles, was nun passiert, hast du dir selbst zuzuschreiben!« Damit drehte er sich um und ließ Ulfberht stehen.

Der holte tief Luft und schaute sich suchend um. Aber immer noch war von dem alten Türhüter nichts zu sehen. Wenn der doch endlich zurückkäme! Doch auch dieser Wunsch ging nicht in Erfüllung. Bald drang zorniges Rufen von den Wirtschaftsgebäuden an Ulfberhts Ohr. Unzweifelhaft hatten Gernod und seine Anhänger von seiner Rückkehr erfahren. Wenige Augenblicke später drängte eine aufgebrachte Menge hinter der Kirche hervor. Auch bewaffnete Klosterknechte, die auf dem Grund des Klosters für Ordnung zu sorgen hatten, waren dabei.

Hilprik führte sie an. »Das ist er!«, rief er und zeigte mit dem Finger auf Ulfberht.

»Judas«, rief Ulfberht trotzig. »Was bringst du die Klosterknechte mit? Ich will ohnehin zum Abt.«

»Du willst zum Abt? Warte erst einmal, bis Gernod mit dir fertig ist!«

»Warum ist der denn nicht selbst gekommen?«, fragte Ulfberht mit beißendem Spott. »Ach so, ich vergaß, der große Wieland hat seine Adlerschwingen vergessen!« Er suchte mit den Augen in der Menge nach dem lahmen Schmied, doch statt Gernod trafen sie auf Edolf. Ulfberht erstarrte, und das Blut wich aus seinem Gesicht.

Hilprik, der die wahre Ursache dafür nicht kannte, bezog Ulfberhts Erschrecken auf seine eigenen Worte. »Ja, jetzt hast du Angst, wenn du Gernod direkt gegenüberstehen sollst?«, höhnte er.

»Der Abt wird entscheiden«, behauptete Ulfberht, der seine Züge wieder in der Gewalt hatte, knapp.

Und tatsächlich kam in diesem Moment der alte Türhüter zurück. »Was ist das für ein Menschenauflauf?«, fragte er erstaunt. »Lasst mich durch, der Abt lässt den Gesandten unseres geliebten Königs bitten!«

»Gesandter des Königs?«, schrie Hilprik. »Das ist ein gemeiner Verbrecher und Scharlatan!«

»Hüte deine Zunge, Hilprik«, antwortete Ulfberht scharf. Langsam kochte seine Wut hoch und überflügelte die Trauer um den verlorenen Freund. »Ich bin, was der Mann sagt, und du solltest aufpassen, mit wem du dich anlegst!«

Die Klosterknechte, die sich Ulfberht genähert hatten, traten erschrocken einen Schritt zurück. Hand an den Boten des Königs zu legen, war etwas anderes, als einen entlaufenen Übeltäter einzufangen.

Der alte Mönch blickte verwirrt von einem zum anderen. »Was ist hier los?«, wandte er sich schließlich an Ulfberht.

»Am besten du bringst mich zum Abt, dann wird sich alles klären«, entgegnete der.

»Da kommen wir mit!«, rief Hilprik sofort. »Der Abt muss erfahren, was das für einer ist!« Und so setzte sich die gesamte Menge unter der Führung des Türhüters in Bewegung.

Richbod war nicht wenig erstaunt, als statt eines einzelnen Königsboten gleich eine lärmende Menge in seine Gemächer eindrang. Doch nach einem kurzen Augenblick der Verblüffung setzte er sich mit gewohnter Autorität durch. »Ruhe!«, rief er zornig. »Was geht hier vor?« Er funkelte die Menge an, was sie sofort zum Schweigen brachte. »Bruder Nennius, was bringst du mir hier für eine Rotte Korah?«

»Ich weiß es selbst nicht, Herr.« Der alte Mönch kämpfte sichtlich um die Fassung. »Als ich zum Tor eilte, um den Königsboten hereinzubitten, waren diese Männer um ihn und verklagten ihn hart«, verzweifelt rang er die Hände. »Und sie sind nun einfach mitgekommen!«

Richbod schnaufte verärgert. »Und was hat das zu bedeuten? Was wirft man dir vor, Bote, und wer bist du?«, wandte er sich nun an Ulfberht.

»Das ist ein entlaufener Knecht!«, rief Hilprik, doch der Blick des Abtes ließ ihn verstummen.

Mit finster zusammengezogenen Brauen nickte er Ulfberht zu. »Ist das wahr, was der Geselle dort sagt?«

Ulfberht schluckte. *Herr im Himmel,* flehte er stumm. *Zeige mir, was ich sagen soll, damit die ganze Wahrheit ans Licht kommt!* Dann räusperte er sich. »Einiges davon stimmt, aber nicht alles. Wenn ihr mir zuhören mögt, kann ich erklären, warum sie mich verklagen.«

»Das ist gar nicht nötig ...«, begann Hilprik, aber der Abt war offensichtlich mit seiner Geduld am Ende.

»Einmal noch wirst du mich unterbrechen, und dann für immer schweigen«, fauchte er. Hilprik erbleichte und hielt den Mund. »Also, erzähl, aber halte dich kurz«, erteilte Richbod Ulfberht das Wort.

Der kam gleich zum Punkt. »Heute stehe ich als Gesandter unseres Königs vor dir, für den ich mit Graf Landfried und Hofkaplan Sigismund ins Heilige Land reiste. Ich habe hier sein Sendeschreiben an dich und dies Geschenk.« Er hielt dem Abt das gesiegelte Pergament und das Paket mit dem Eisen hin.

Richbod nahm zuerst das Schreiben und hielt es ans Fenster, um das Siegel zu prüfen. Dann brach er es und las rasch den Text. »Ein besonders hartes Eisen?«, fragte er und nahm den Ukku-Barren. Er wog ihn in der Hand und bedeutete Ulfberht dann mit einem Nicken fortzufahren.

Der räuserpte sich. »Aber ich stand tatsächlich schon einmal vor vielen Jahren vor euch. Als Knecht. Damals hatte mich Bruder Martinius von den Köhlern im Wald weggeholt und zu euch gebracht. Ihr schicktet mich in die Schmiede.«

»Du warst das!«, rief der Abt erstaunt. Dann zogen sich seine Brauen düster zusammen. »Und du hast das Kloster einige Jahre später ohne meine Erlaubnis verlassen!«

»Das ist wahr, Herr. Aber ich hatte guten Grund. Der Meister eurer Schmiede verging sich an meiner Schwester ...«

»Ein Lügner und Schuft ist das«, unterbrach ihn plötzlich eine sich überschlagende Stimme. Gernod selbst war eingetroffen.

Der Kopf des Abtes fuhr herum. »Ich erinnere mich an die Geschichte. Und ich erinnere mich auch, dass das Mädchen damals etwas anderes zu berichten hatte als du.«

»Lügen, alles Lügen, sie haben sich abgesprochen, Bruder und Schwester!«

»Nun steht zumindest nicht nur die Aussage einer Frau, sondern auch die eines Mannes gegen deine«, erwiderte der

Abt kühl. »Eines Mannes, den der König zu seinem Boten bestimmt hat.«

»Aber ihr seid ein weiser Mann und werdet die Wahrheit sicherlich von der Lüge unterscheiden können!«, lenkte Gernod schmeichelnd ein.

Richbod wirkte für einen Augenblick nachdenklich. Dann klärte sich sein Blick. »Ein weiser Mann, sagst du? Vielleicht. Doch nicht so anmaßend, dass ich meine Weisheit über die Gottes stellen würde.«

»Du willst ein Gottesurteil?«, fragte Gernod erschrocken.

Der Abt nickte. »So soll es sein. Ein Gottesurteil, bei dem der Herr der Heerscharen zwischen euch richtet und gleichzeitig eure Kunst misst, wie es der König wünscht.«

Gernod glotzte ihn verständnislos an. Und auch Ulfberht hatte keine Ahnung, worauf der Abt hinauswollte.

Doch der fuhr bereits fort: »Du, Gernod, bist für lange Jahre der Meister meiner Schmiede gewesen. Ich kenne deine Kunst, aber der Vorwurf, was du Ulfberhts Schwester angetan hast, wiegt schwer. Sie ist eine freie Fränkin.«

»Ich bin kein Krieger, lahm und alt ...«, jammerte Gernod.

Wieder nickte Richbod. »Ich weiß, wer du bist. Nennen dich die Gesellen nicht Wieland? Wie den Schmied aus der Sage?«

»Ja ... schon«, stammelte Gernod verwirrt. »Ich glaube, das tun sie gelegentlich.«

Richbods Züge zeigten auf einmal ein feines Lächeln. »Du bist ein Schmied, und wenn ich mich recht erinnere, war Ulfberht dein bester Geselle. Also werdet ihr nicht kämpfen wie die Krieger. Ihr werdet einen Kampf nach Schmiedeart führen, wie ihn schon Wieland ausgefochten hat!«

Einen Augenblick herrschte betroffenes Schweigen. Ulfberhts Gedanken rasten. Die Sage kannte jedes Kind und erst recht jeder Schmiedegesell. Wieland und sein Neider, der Schmiedemeister Ämilias, trugen darin vor König Nidung einen Wettkampf aus, indem jeder ein Meisterwerk schuf. Wieland das berühmte Schwert Mimung und Ämilias einen

Helm. Wielands Schwert schnitt damals durch den Helm wie durch Butter.

»Wir sollen uns als Schmiede messen?«, unterbrach da Gernod seine Gedanken.

Richbod nickte. »Ganz recht. Du hast einen Monat Zeit, einen Helm und eine Brünne zu fertigen, um dich zu schützen. Du, Ulfberht, wirst in derselben Zeit ein Schwert schmieden. Dann bekommst du einen Schlag, um dein Recht zu beweisen. Zerschneidet deine Klinge Gernods Rüstung, so wirst du ihn selbst nach Gottes Urteil mit diesem Hieb richten und gleichzeitig beweisen, wie es mit deiner Kunst steht. Kannst du die Rüstung nicht mit einem Hieb zerschlagen, dann bestätigt der Ewige Gernods Recht und du musst sterben.«

Ulfberht schluckte hart.

Doch Gernod schien sich seiner Sache sehr sicher, denn er grinste Ulfberht bösartig an. »Dann wollen wir dem Herrn die Entscheidung so einfach wie möglich machen!« Seine Worte troffen vor Hohn.

»Genug jetzt!«, rief Richbod über das aufbrandende Gemurmel hinweg. »Ihr wisst, was ihr zu tun habt. Geht an eure Arbeit!«

»Aber ihr müsst Ulfberht einsperren. Er wird sonst vor Ablauf der Monatsfrist sicher ausreißen«, rief Gernod. Seine Augen funkelten den Feind bösartig an. »Er muss hierbleiben und seine gerechte Strafe erleiden!«

»Ich bürge für ihn«, mischte sich auf einmal eine weitere Stimme ein.

Ulfberht fuhr herum. Edolf.

»Du hältst deinen Mund, du hast noch nie zum Schmied getaugt!«, fuhr Gernod seinen ehemaligen Schützling an, während Ulfberht den Feind von einst mit offenem Mund anstarrte. Er lebte. Das war zu befürchten gewesen, aber wieso ergriff er seine Partei?

Doch Richbod gebot mit erhobener Hand Schweigen. »Das reicht mir«, bestätigte er. »Jetzt will ich nichts mehr hören von dieser unseligen Geschichte, bis ihr in einem Monat zum Gottesurteil vor mich tretet. Hinaus! Alle!«

Edolf öffnete den Mund, aber ein Blick von Gernod ließ ihn verstummen. Schweigend verließen sie die Gemächer des Abtes. Draußen sah sich Ulfberht hilfesuchend um. Plötzlich wurde ihm bewusst, dass er sich allein unter Fremden, ja, Feinden befand. Wohin sollte er sich wenden? Doch da zupfte ihn jemand am Arm. Wieder fuhr er herum. Es war Berhta! Was hatte er sich nicht alles vorgenommen, ihr zu sagen, doch das Einzige, was er hervorbrachte, war ein gekrächztes »Du?«

Aber sie hatte auch dafür keine Zeit und unterbrach ihn sofort. »Edolf sagt, es sei zu gefährlich für dich hier. Komm mit, ich bringe dich weg, du musst dich verstecken. Am besten irgendwo im Wald, du kennst da doch Leute ...«

»Aber, aber«, versuchte Ulfberht sie zu bremsen. »Ich habe ein Pferd am Tor stehen. Und gefährlich wird es erst in einem Monat. Der Abt hat gesagt, dass ...«

»Der Abt will dich im nächsten Monat nicht mehr sehen«, unterbrach ihn seine Schwester. »Aber du glaubst doch nicht, dass Gernod oder sein neuer Liebling Hilprik dich bis dahin am Leben lassen? Jetzt komm mit.«

»Aber mein Pferd und meine Sachen stehen am Tor ...«

»Die wird Edolf holen, komm jetzt, bevor sich die Leute hier überlegen, dich daran zu hindern.« Entschlossen zog sie ihn hinter sich her. Berhta führte ihn nicht zu den Ställen und zum Haupttor, sondern vorbei an der großen Kirche zu den Nebengebäuden im hinteren Teil des Klosterhofs.

»Wieso bist du hier? Und wie kommt es, dass Edolf für mich bürgt. Er hasst mich doch?«, fragte Ulfberht sie im Laufen. So viel musste er wenigstens erfahren.

»Er hasst dich nicht, auch wenn du ihn beinahe umgebracht hast, damals in Ingilinheim!«

Ulfberht lief rot an. »Ihr habt es also doch erfahren?«, fragte er niedergeschlagen. Wie sollte er erklären, dass er seit seiner Begegnung mit Abt Georg und dem Herren Christus ein anderer Mensch war? Müde schüttelte er den Kopf. »Ich habe inzwischen einiges gelernt. Ich war in der Grotte, in der unser Heiland geboren wurde, und auf Golgatha und an seinem Grab. Ich habe erkannt, was Vergebung bedeutet. Vergebung, die Christus für mich erkauft hat, und da erkannte ich auch, dass ich nicht richtig gehandelt habe. Ich bin ehrlich froh, zu sehen, dass Edolf noch lebt. Ich hielt ihn für tot, als ich ihn verließ ...«, gestand er.

Sie sah ihn scharf an. »Er war auch fast tot. Und als man ihn einen Monat später hierherbrachte, konnte er weder sprechen noch laufen.«

»Wie konnte er sich so erholen?«, fragte Ulfberht verwundert.

»Wir haben ihn Woche um Woche gepflegt«, erklärte sie einfach. Dann blickte sie ihm in die Augen. »Es freut mich, dass du deinen Hass begraben hast. Wir haben nämlich inzwischen geheiratet. Edolf ist jetzt dein Schwager.«

Bei aller Eile war diese Neuigkeit doch zu viel für Ulfberht. Er blieb stehen und starrte seine Schwester mit offenem Munde an.

Sie lächelte kurz und zuckte verlegen die Schultern. Dann wurde sie wieder ernst. »Als wir Monate später erfuhren, wer nun an Edolfs Stelle mit ins Heilige Land gereist war, wusste ich sofort, wer ihn geschlagen hatte. Du hast einen ziemlich hinterhältigen Plan ausgeheckt. Das hatte ich dir gar nicht zugetraut ... Aber jetzt komm, wir müssen hier fort. Wir haben ein Pferd für dich am hinteren Tor bereitgestellt.«

Ruckartig blieb er wieder stehen und schlug sich an die Stirn. »Ich brauche das Paket, welches ich dem Abt gegeben habe!«

»Das Paket?«, fragte sie verwundert. »Du hast es ihm doch als Geschenk gebracht, was willst du nun damit?«

»Ich brauche es unbedingt, damit ich Gernod besiegen kann. Es ist ein Stück Eisen, härter als alles, was man bisher im Frankenland geschmiedet hat.« Er starrte sie entsetzt an.

»Ich werde versuchen, ob wir es irgendwie zurückbekommen können, aber zuerst musst du dich in Sicherheit bringen«, erklärte sie bestimmt. »Sonst nützt dir auch dein Eisen nichts mehr.«

»Aber ich kann nicht fort, ich brauche doch eine Schmiede, Esse, Amboss und Werkzeug!«, jammerte Ulfberht.

»Das bringt dir alles nichts, wenn du zuvor umgebracht wirst«, energisch zog sie ihn weiter.

Sie durchquerten den Wirtschaftshof und bogen hinter einem der Lagergebäude ab. Hier gab es eine Hinterpforte, erinnerte sich Ulfberht vage. Und tatsächlich führte Berhta ihn zu ebendieser Pforte. Dort wartete ein gesatteltes Pferd. Das überraschte Uflberht allerdings weniger als die Person, die das Tier am Zaum hielt. Es war niemand anderes als Edolfs jüngere Schwester: Hludahilt. Sie war noch gewachsen seit ihrer letzten Begegnung. Zwar waren die blauen Augen und goldenen Haare dieselben, aber das Gesicht war kantiger, nicht mehr das eines Mädchens, sondern einer erwachsenen Frau. Sein Blick glitt weiter. Ihre weiblichen Rundungen waren trotz der nun schlanken Gestalt geblieben, dadurch vielleicht sogar noch betonter. Seine Kehle war mit einem Mal trocken, wie in der Wüste vor Bagdad, und er vermochte kein Wort herauszubringen.

»Er ist es wirklich«, rief Hludahilt. »Bis jetzt konnte ich es nicht glauben!«

Er konnte die Augen nicht von ihr wenden. Wie oft hatte er auf der langen Reise an sie gedacht? Was hatte er alles sagen wollen, wenn er einmal die Gelegenheit dazu erhielte? Doch er brachte immer noch nichts hervor.

»Rasch, steig auf, und wir lassen dich heraus! Hludahilt kennt den Türhüter bei der Pforte«, mahnte seine Schwester zur Eile.

»Du musst fliehen und darfst nicht mehr zurückkommen«, richtete Hludahilt das Wort an ihn. Ihre Stimme klang drängend und wehmütig zugleich. Er konnte sich keinen Reim darauf machen.

»Auch du willst, dass ich fortgehe?«, krächzte er schließlich mühsam.

Sie schnappte kurz nach Luft. Dann legte sie ihre Hand sanft auf die seine. »Ich will, dass du in Sicherheit bist. Das hat Vorrang vor allem anderen.« Ihre Blicke trafen sich.

Dann straffte sich Ulfberht. »Ich werde zurückkommen. Ich finde einen Weg.« Er nahm die Zügel und wandte sich noch einmal Berhta zu. »Sieh nach dem Eisen des Abtes. Du musst es mir schicken. Ich werde bei den Köhlern im Wald warten.« Damit schwang er sich auf sein Ross und ließ sich zur Pforte führen, die sich bereitwillig vor ihm öffnete. Endlich lag sein Weg klar vor ihm.

Hludahilt, Lauresham, Erntemonat 800

Hludahilt stand neben Berhta an der Pforte der Klostermauer und blickte Ulfberht hinterher. Trotz der Veränderung hätte sie ihn unter hunderten erkannt. Er trug einen kurzen blonden Bart, und die Sonne des Südens hatte seiner Haut einen bronzenen Schimmer verliehen. Auch wenn seine Wangen etwas hohl wirkten, zeugten sein federnder Gang und die muskulösen Schultern immer noch von großer Kraft. Er hatte es also wieder einmal geschafft. Er war nicht nur von den Köhlern im Wald zurückgekehrt, nein, nun auch aus dem Heiligen Land. Und er kam mit einem Sendeschreiben des Königs! Er musste vor Karls Thron gestanden und Gnade gefunden haben! Wie damals im Wald war Ulfberht an einer Aufgabe, die andere nicht zu vollbringen vermochten, gewachsen. Sie schüttelte den Kopf. Was war nicht alles geschehen in den letzten drei Jahren? Wie anders war die Heimkehr ihres Bruders gewesen! Wenigstens hatte Edolf sich in dieser Zeit von seinen Verletzungen erholt. Weitestgehend zumindest. Und er war sich nicht nur von der Verletzung, die ihm zweifellos Ulfberht zugefügt hatte, genesen. Berhtas Liebe hatte ihn nicht nur dazu gebracht, dass er wieder sprechen und laufen lernte. Nein, sie hatte darüber hinaus auch in seiner Seele das Gute erweckt, das dort noch immer vergraben gelegen hatte. Und ausgerechnet Berhta, von allen Mädchen Frankens, weckte diese Seite an ihrem arroganten und eingebildeten Bruder, nach allem, was er ihr angetan hatte.

Sie schüttelte den Kopf. »Wenn Ulfberht nur ein wenig Verstand hat, kommt er nie wieder«, murmelte sie ärgerlich. Sie war sich nicht sicher, was sie dabei empfand. Er hatte die letzten Jahre sicherlich atemberaubende Dinge gesehen und zahllose Abenteuer bestanden, aber in einer Schmiede war er vermutlich nicht gewesen. Wie sollte er da den Wettstreit gegen Gernod gewinnen? Wie konnte Richbod nur so ein grausames Urteil fordern?

»Ulfberht hat vorhin dem Abt ein Stück besonderes Eisen geschenkt«, unterbrach Berhta ihre Gedanken.

»Ein Stück Eisen?«, fragte sie. Sie war ganz hinten im Raum gewesen, als Ulfberht vor dem Abt stand, und hatte nicht richtig gesehen, was dort vor sich gegangen war.

»Ja, es soll härter sein als jedes andere Eisen, und er will sein Schwert daraus schmieden.«

»Und wie sollen wir da drankommen? Der Abt wird so ein kostbares Geschenk gut verwahren.«

»Vielleicht fragen wir ihn einfach?«, schlug Berhta vor.

Hludahilt schürzte die Lippen. Doch dann ließ sie die Schultern hängen. »Mir fällt auch nichts Besseres ein«, gestand sie resigniert. »Lass uns ein paar Tage warten, bis sich die Menschen wieder beruhigt haben. Dann wollen wir zum Abt gehen und ihn bitten. Weißt du denn, wie wir Ulfberht Nachricht senden können?«

Berhta blickte sich um, ob jemand sie hören könnte. Dann nickte sie kurz. »Er ist im Wald bei den Kohleknechten.«

Ulfberht, Odanwald, Erntemonat 800

Ulfberht drückte seinem Ross die Fersen in die Flanken. Im scharfen Galopp ging es den Weg nach Osten entlang, in Richtung Odanwald. Wie lange war es her, dass er das letzte Mal aus Lauresham geflohen war? Er lachte humorlos. Wenigstens hatte er diesmal ein Pferd und gute Kleidung! Und wie lange war es erst her, dass er die Köhler verlassen hatte? Hoffentlich lebte Adalbert noch. Dann wäre ihm eine günstige Aufnahme sicher. Erst als das Kloster im Staub der Straße verschwunden war, parierte er sein schäumendes Reittier in den Schritt. Von den Neuigkeiten, die er in der knappen Stunde in Lauresham erfahren hatte, schwirrte ihm noch der Kopf! Edolf war nun sein Schwager. Edolf, der Mistkerl! Bei allem, was er seiner Schwester angetan hatte. Er biss sich auf die Lippe und bekreuzigte sich. Er hatte ihm doch vergeben! Und Edolf hatte für ihn gebürgt. Das schien ein fast ebenso großes Wunder zu sein. Noch mehr aber hatte ihn das Wiedersehen mit Hludahilt berührt. Sie war noch schöner als in seiner Erinnerung. Er hatte befürchtet, ihr niemals wieder unter die Augen treten zu können. Nach allem, was zwischen ihm und ihrem Bruder vorgefallen war! Und nun das. *Die Wege des Herren sind verschlungen*, resümierte er und schickte ein heißes Dankgebet an den Himmel. Für die Vergebung, die er erlebt hatte, und dafür, dass ihm vielleicht sogar seine Feinde vergeben könnten. Dafür war Hilprik nun sein Feind. Offenbar hatte Gernod Edolf nach dessen Verwundung, oder vielleicht auch nach der Hochzeit mit seiner Schwester, einem einfachen Bauernmädchen, fallen gelassen? Ulfberht konnte sich gut vorstellen, dass der fleißige Geselle Hilprik zum neuen Liebling des Schmiedemeisters aufgestiegen war. Er rechnete im

Kopf nach. Es war im Jahre des Herren 796 gewesen, als er aus Lauresham floh. Im Weinmonat. Er erinnerte sich noch daran, wie er auf der Flucht bei Bouconica seinen Hunger an den reifen Trauben gestillt hatte. Es war ihm auch schon vorher klar gewesen, dass in den fast vier Jahren seiner Abwesenheit eine Menge passiert sein musste. Aber die tatsächlichen Verhältnisse hätte er sich nicht träumen lassen! Im besten Fall hatte er zu hoffen vermocht, dass Hludahilt ihn vergessen habe. Aber sie schien sich seiner zu erinnern und nicht nur im Zorn! Ein heißes Gefühl stieg in ihm auf. Die Ehe von Edolf und Berhta war ein unglaublicher Glücksfall. Und Berhta wirkte sogar glücklich, als sie von Edolf sprach! Wenn nur der verdammte Gernod und der treulose Hilprik nicht wären. Dann wäre alles gut. Er hätte in der Schmiede von Lauresham das harte Eisen aus Indien zu einem Schwert schmieden können, aber nun? Die Schmieden waren ihm verwehrt, und der Ukku-Barren lag beim Abt. Seine einzige Hoffnung war, dass es Berhta irgendwie gelang, den Ukku-Barren vom Abt zurückzuerhalten.

Ulfberhts Pferd scheute, als der Weg im Wald verschwand, und er musste dem Tier erst gut zureden, bevor er es dazu bewegen konnte, das Halbdunkel zu betreten. Bald erreichte er den Bach, an dessen Ufer er einst Lehm für die Brennöfen der Waldschmiede abgegraben hatte. Dann stieg ihm der Geruch eines Holzfeuers in die Nase. Die Köhler waren also noch da. Die Meiler mussten irgendwo in der Nähe stehen. Bald darauf erreichte er den Platz mit den Lager- und Wohnhütten der Kohlenknechte. Alles sah so aus, als habe er es gerade erst verlassen, um unter dem Schutz Bruder Martinius' sein Glück in Lauresham zu suchen. Angelockt vom Hufschlag seines Pferdes trat ein großer Mann aus der Wohnhütte der Köhler. Er musste sich unter dem niedrigen Türsturz bücken.

»Gott zum Gruß«, rief Ulfberht.

»Sei auch du gegrüßt, Herr«, kam die Antwort. »Was bringt dich zu uns einfachen Leuten?«

Ulfberht hatte ganz vergessen, dass sie ihn in seiner kostbaren Kleidung für einen hohen Herren oder sogar einen Edlen halten mussten. Er sprang vom Pferd. »Ist Adalbert hier?«, fragte er.

Der große Mann zog die Stirn kraus. »Nein, der ist vor einem Jahr gestorben«, erklärte er dann. »Ich bin nun hier der Meister.«

Irgendwie kam Ulfberht der Hüne bekannt vor. »Mein Name ist Ulfberht«, stellte er sich vor. »Ich habe vor Jahren als Junge hier gelebt ...«

»Ulfberht!«, rief der Hüne, sprang vor und drückte den überraschten Ulfberht mit seinen starken Pranken an sich. »Ich bin Willich!«, rief er. »Der Sachse, der dich wegtrug, als du bei deiner ersten Nachtwache auf dem Meiler ohnmächtig wurdest!«

Der Mann, der seinen Vater erschlagen hatte, fiel es Ulfberht ein. Und nun umarmt er mich, und in seinem Augenwinkel glitzert eine Träne! »Willich, ich hätte es wissen müssen. Du bist noch immer der größte und stärkste Kerl, den ich kenne! Und ich habe inzwischen viel von der Welt gesehen.« Ulfberht schickte ein wortloses Dankgebet zum Himmel. Vergebung war doch etwas Wunderbares!

»Komm mit, die anderen müssen erfahren, dass du uns besuchst«, rief der Sachse. »Die werden sich wundern, was für ein feiner Herr du geworden bist! Sogar Meister Lotrik ist da. Du kennst Lotrik doch noch?«

»Natürlich, der Herr der Waldschmiede. Der mir zum ersten Mal einen Hammer in die Hand gab!«

Hludahilt, Lauresham, Erntemonat 800

Hast du das Geschenk gesehen, welches Ulfberht dem Abt übergab?«, fragte Hludahilt ihren Bruder.

Edolf schüttelte den Kopf. »Ich stand hinten.« Er verzog den Mund zu einem schiefen Grinsen. »Ganz so nah an Ulfberht möchte ich mich lieber nicht herantrauen. Ich weiß ja, dass er hart zuschlagen kann!«

Trotz des Ernstes der Situation musste Hludahilt schmunzeln. »Ich glaube, dazu kommt es nicht mehr«, beschwichtigte sie. »Das heißt, wenn wir ihn überhaupt wiedersehen. Wenn er nicht vollkommen verrückt ist, lässt er sich hier nie wieder blicken.«

Ihr Bruder wiegte den Kopf. »Du magst ihn, nicht wahr?«, fragte er.

Sie spürte, wie sie errötete. »Ich kenne ihn ja gar nicht, nur weil ich damals Mitleid mit dem Jungen hatte, dem Vater solches Unrecht tat ...«

»Aber du wärst traurig, wenn er nicht wiederkommt«, stellte Edolf fest.

Sie sah ihn schweigend an. Ja, so war es, auch wenn sie es sich bisher nicht richtig eingestanden hatte.

»Da brauchst du dir keine Sorgen zu machen«, lachte Edolf. »Wenn sich Ulfberht nicht seiner Vergangenheit hätte stellen wollen, wäre er nicht nach Lauresham gekommen. Er ist schlau, und auch wenn er mich aus dem Hinterhalt heraus schlug, war er nie ein Feigling.«

»Aber er hat doch gar keine Chance gegen Gernod«, rief Hludahilt.

»Das stimmt. Es sei denn, wir besorgen ihm sein Eisen!«, bestätigte Edolf. »Damit kann ich vielleicht unsere Rechnung endgültig bereinigen.«

Seiner Schwester standen die Tränen in den Augen. »Warum muss manchmal erst alles schief gehen, damit es gut werden kann?«, fragte sie.

Ihr Bruder schien sie zu verstehen. Er setzte zum Sprechen an, zuckte dann aber die Schultern. »Ich gehe zum Abt und frage ihn nach dem Eisen«, erklärte er. »Immerhin bin ich derjenige, der Ulfberht am ehesten ein Unrecht vorwerfen könnte.«

»Sollten wir nicht warten, bis sich die Gemüter etwas beruhigt haben?«, warf Hludahilt ein.

Aber Edolf schüttelte den Kopf. »Du hast ja keine Ahnung, wie lange es dauert, ein gutes Schwert zu schmieden. Selbst mit dem richtigen Eisen. Wir haben keine Zeit zu verlieren.«

»Dannn komme ich mit dir, vielleicht lässt sich der Abt durch unser beider Bitte erweichen«, entschied Hludahilt. Und so machten sich die beiden Geschwister gleich auf den Weg.

»Was wollt ihr von seiner Heiligkeit?«, fragte der Mönch, der die Pforte des Klosterbereiches bewachte. Frauen durften ohnehin nur in das Audienzzimmer und nicht in den eigentlichen Klosterbereich.

»Wir haben ein wichtiges Anliegen, das mit den Ereignissen des heutigen Morgens zu tun hat. Es geht um die beiden Schmiede«, erklärte Edolf.

»Was gibt es denn dazu?«, fragte der Bruder neugierig.

»Ich bin der Mann, der für den Gesandten des Königs gebürgt hat«, erklärte er. »Und es geht um Leben und Tod.«

Der Mönch schaute ihn abschätzend von der Seite an. »Leben und Tod, sagst du? Kannst du mir das etwas genauer erklären?«

»Es geht um das harte Eisen, das der Königsbote aus dem Heiligen Land mitgebracht hat. Die Sache ist von großer Wichtigkeit für das ganze Frankenreich!«

Der Mönch seufzte. »Also gut, ich will seine Heiligkeit fragen. Aber erwartet nicht, dass er sofort Zeit für euch hat.« Doch entgegen dieser Ankündigung kam der alte Mönch bereits nach einer kurzen Weile zurück. »Richbod wird euch tatsächlich einen Augenblick seiner Zeit schenken. Folgt mir.« Er führte sie ohne Umschweife in die nun verwaiste Audienzhalle und ließ sie vor Richbods leerem Richterstuhl stehen.

Hludahilt fröstelte. Jetzt im Sommer brannte kein Feuer auf der langen, gemauerten Feuerstelle am Boden. Die Asche war sorgfältig fortgefegt. An den Wänden hingen Speere, Schilder und Schwerter, eher wie in der Halle eines Grafen, nicht der eines Heiligen. Hinter dem Thron befanden sich kostbare Teppiche, die Szenen aus dem Evangelium zeigten. Das wenigstens deutete den geistlichen Stand des Herren dieser Halle an.

»Was habt ihr mir zu sagen?«, riss sie eine befehlsgewohnte Stimme aus ihren Betrachtungen.

Sie fuhr herum. Richbod war durch eine der Türen an der Rückseite der Halle getreten. Er trug die einfache Kutte seiner Mönche. Lediglich das silberne Brustkreuz ließ seinen Rang erahnen.

»Wir kommen nochmals wegen des königlichen Gesandten, Herr«, begann Edolf mit gesenktem Haupt.

»Eine höchst merkwürdige Geschichte«, pflichtete Richbod bei. »Sprich frei heraus. Du bist der Mann, der für ihn gebürgt hat, nicht wahr?«

»Ja, und auch der Einzige, der gerechterweise einen Vorwurf gegen ihn erheben könnte. Denn ich war es, den er niederschlug.«

Die Gestalt des Abtes straffte sich. Aufmerksam betrachtete er Edolf. »Und?«, fragte er lauernd. »Erhebst du einen Vorwurf?«

»Nein«, Edolf schüttelte den Kopf. »Ich erhebe keine Klage. Mir geschah damals, was ich verdiente. Nicht mehr und nicht weniger. Man sollte die Sache auf sich beruhen lassen.«

»Gernod scheint da anderer Ansicht zu sein«, bemerkte der Abt.

»Ja, denn der hat auch noch nicht für seine Sünden gebüßt«, erklärte der junge Edle.

Richbod nickte. »Vielleicht ist es so. Gottes Urteil wird es weisen.«

»Das ist auch der Grund, warum wir es wagen, dich nochmals zu stören«, warf Edolf ein.

Der Abt blickte ihn mit einem schwer zu deutenden Gesichtsausdruck an. »Sprich!«, wiederholte er.

»Ulfberht hat dir eine Kostprobe des fremden, harten Eisens übergeben. Wenn er ein Schwert von dieser Härte schmieden soll, benötigt er das Eisen.«

Richbod nickte wieder. Doch als Edolf weitersprechen wollte, hob er die Hand. Edolf stockte. Nachdenklich presste der Abt die Finger auf die Lippen und ging einige Schritte in seiner Halle auf und ab. »Das Eisenstück, welches mir der Bote schenkte, ist also tatsächlich härter als unsere Schwerter?«, fragte er.

»Ulfberht behauptet es, und ich habe keinen Grund, an seinem Urteil zu zweifeln. Vielleicht erinnerst du dich, dass er vor ...« Edolf überlegte kurz, wie er sich ausdrücken sollte. »... vor seinem Weggehen der beste Geselle in der Schmiede von Lauresham war.«

Richbod nickte. »König Karl hat mir geschrieben, dass ich genau das überprüfen soll«, erklärte er dann langsam. »Aber Eisen für ein einziges Schwert ist wertlos. Die Kunst, dieses Eisen zu schmieden, ist alles! Wenn Ulfberht diese Kunst nicht beherrscht, dann kann er mir Gernod nicht ersetzen. Nein, ich werde ihm das Eisen nicht geben. Entweder er schmiedet ein neues Schwert, oder ihn trifft die Strafe, die ich festgelegt habe.«

Hludahilt war, als würde ihr der Boden unter den Füßen weggezogen. Sie stieß einen erschrockenen Schrei aus.

Doch Richbod schüttelte nur noch einmal den Kopf. »Ich habe mich entschieden. Gott wird richten zwischen Gernod und Ulfberht. Wenn ihr mich nun entschuldigen wollt ...«

Ulfberht, Odanwald, Erntemonat 800

Zwei Tage nach seiner Ankunft im Odanwald kam ein einzelner Reiter den Weg von Lauresham geritten. Ulfberht bemerkte ihn schon von weitem. Ungeduldig, hoffnungsvoll, dann wieder in tiefer Verzweiflung, hatte er den Weg seit seiner Ankunft im Walde kaum aus den Augen gelassen. Ein einzelner Reiter war immerhin ein gutes Zeichen. Wenn Gernod ihm Häscher nachgeschickt hätte, dann sicherlich einen ganzen Trupp. Dennoch verbarg er sich hinter den Köhlerhütten, sodass er den Reiter gut beobachten konnte, ohne selbst gesehen zu werden. Es war ein schmaler Junge auf einem kleinen, zotteligen Pferd. Willich trat dem Fremden entgegen, um ihn zu begrüßen. Ulfberht konnte von seinem Platz aus nicht verstehen, was gesprochen wurde. Nun traten auch Lotrik, der Waldschmied, und einige Kohlenknechte und Frauen heran. Doch der Bote blickte um sich, als suche er jemanden. Rasch duckte sich Ulfberht und blieb mit klopfendem Herzen liegen. Was wurde auf dem Hof verhandelt? Jedenfalls hatte er den ersehnten Ukku-Barren nicht bei ihm gesehen. Und nur auf den kam es an! Bald darauf ertönte das Dröhnen sich entfernender Hufe. Ulfberht harrte noch einen Augenblick in seinem Versteck aus, dann lugte er um die Ecke. Der Junge trabte den Weg nach Lauresham entlang. Er sprang aus seinem Versteck und lief zu der noch immer auf dem Hof stehenden Gruppe. »Was hat er gesagt?«, fragte er heiser. Die Knie waren ihm weich geworden, und ein flaues Gefühl erfüllte seine Magengrube.

»Es war kein Mann, sondern ein junges Mädchen«, berichtigte Willich ihn.

Ulfberht stutze. »Ein Mädchen?«, fragte er erstaunt. Deshalb war der Kerl so schmächtig gewesen. Das hätte ihm gleich auffallen müssen. »Wer war es?«, fragte er aufgeregt. Im Nachhinein kam ihm die Gestalt doch bekannt vor.

»Hludahilt hat sie sich genannt.«

Ulfberht wurde von einer Woge widerstreitender Gefühle getroffen. Dankbarkeit und Wärme, Enttäuschung darüber, dass er sich versteckt hatte, anstatt ihr entgegenzulaufen, waren nur einige davon. Doch er riss sich zusammen. »Was hat sie gesagt?«, fragte er. »Hat sie euch den Eisenbarren gegeben?«

Willich schüttelte den Kopf. »Sie sagt, dass der Abt ihn nicht herausrücken will.«

Ulfberht stöhnte. »Das ist mein Todesurteil!«, rief er entsetzt. »Wie soll ich ein neues Schwert schmieden, wenn ich kein Eisen dafür habe? Und überhaupt, woher könnte ich hier im Wald Werkzeuge und Kohlen nehmen?« Verzweifelt rang er die Hände und sah Willich stirnrunzelnd an.

»Zumindest was die Kohle betrifft, haben wir hier mehr als genug davon.«

»Und mit Werkzeugen kann ich dienen«, erklärte Meister Lotrik. »Vielleicht nicht so feine, wie du sie aus Lauresham gewöhnt bist, aber ein Hammer bleibt ein Hammer, sage ich.«

»Wir richten dir in einem der Kohlenschuppen eine Schmiede ein«, pflichtete Willich eifrig zu.

»Und Roheisenbarren haben wir auch. Die besten, die es im ganzen Frankenland zu haben gibt!«, rief Lotrik eifrig. »Wollen mal sehen, ob du diesem Angeber in Lauresham damit nicht zu Leibe rücken kannst!«

»Aber ich muss Eisen herstellen, welches härter ist als Gernods beste Rüstung. Er wird den gesamten Monat darauf verwenden, einen Helm zu schmieden, den kein Schwert durchdringen kann. Nur mit dem Ukku-Eisen hätte ich eine Chance!«

»Du hast doch gesehen, wie es gemacht wird?«, fragte Lotrik. »Wieso brauchst du den Barren? Stell dein eigenes Ukku her!«

»Das benötigt lange Zeit, Unmengen an Kohle und dazu viele Hände am Blasebalg ...«

»Mehr Kohle als hier gibt es auch in Lauresham nicht«, mischte sich Willich wieder ein. »Und wir Kohleknechte haben Kraft genug, um ein paar Tage den Balg zu blasen!«

»Aber ...«, wandte Ulfberht immer noch zweifelnd ein. »Man braucht auch Reisschrot und bestimmte Blätter ...« Er brach mitten im Satz ab. *Was hatte er zu verlieren? Und wieso könnte es nicht auch mit Eichenlaub und Weizenspreu gelingen?* »Ihr würdet mir helfen?«, fragte er.

Ulfberht, Odanwald, Holzmonat 800

Ulfberht blickte auf sein Werk. Jetzt kam der Augenblick, die neue Klinge zu härten. Ob sie freilich die gleiche Härte besaß wie das indische Ukku, würde sich erst im Augenblick des Gottesurteils erweisen. Es blieb ihm ohnehin keine Zeit, eine weitere Klinge zu schmieden. Ihm trat der Schweiß auf die Stirn. Das Härten war immer der kritischste Augenblick. Eine Klinge konnte bersten, wenn man es falsch machte, oder auch einfach nicht die gewünschte gleichmäßige Härte und Zähigkeit entwickeln. Entschlossen stieß er das tiefrot glühende Metall in die Tonne mit dem frischen Quellwasser. Vielleicht aus jener Quelle, an der Siegfried sich gelabt hatte, als der verräterische Hagen ihm den Speer zwischen die Schultern gerammt hatte. Es zischte und spritzte, wie auch Siegfrieds heißes Blut hervorgequollen sein mochte. Der aufsteigende Dampf drohte, ihm die Unterarme zu verbrühen, doch Ulfberht hielt die Klinge unter Wasser, bis er dreimal das Vaterunser aufgesagt hatte. Die Augen hielt er fest zugepresst wegen des spritzenden Wassers, und weil er nicht sehen wollte, wie die Klinge zerbarst. Doch kein Krachen oder Knallen kündete vom Zerreißen des Metalls. Ebenso plötzlich wie er die Klinge ins Wasser getaucht hatte, riss er sie heraus und öffnete die Augen. Sie hatte die Probe überstanden!

Als Nächstes musste er das Schwert polieren. Er betrachtete das trübe graue Eisen. Es sah nicht aus wie ein Meisterwerk. Anders als herkömmliche Schwerter würden diese Klinge keine Giftzweige schmücken wie die Stücke Gernods. Da fiel ihm der Schmiedemeister ein, dessen Werkstatt er in Bagdad besucht hatte. Er hatte einen Spruch aus seinem heiligen Buch in die Klinge eingegraben. Sollte er das auch tun? Doch er war kein großer Schreiber, und welcher Krieger könnte schon genügend Latein, um einen Bibelvers zu lesen? Vielleicht würde er seinen eigenen Namen schreiben? Ulfberht. Das klang gut und war kurz genug, um auf eine Klingenseite zu passen. Rasch stemmte er die acht Lettern in die breite Seite der Klinge. Er betrachtete sein Werk. Etwas fehlte noch. Die Klinge sollte zum Ruhme Gottes dienen, nicht nur zu seinem eigenen. Vielleicht ließe sich der Herr damit zu einem günstigen Urteil bewegen? Da kam ihm ein weiterer Einfall: Er würde ein Kreuz vor seinen Namen setzen, wie er es in der Geburtskirche zu Betlehem gesehen hatte! Ein Kreuz für den Anfang. Das gefiel ihm. Vielleicht auch noch eines für das Ende? Für Anfang und Ende, für Geburt und Sterben? Hatte er nicht selbst die heilige Grotte, in der der Heiland zur Welt kam, und das Grab, das ihn für drei Tage hielt, gesehen? *+Ulfberht+*, so sollte es sein. Sorgfältig lötete er einen Eisendraht in die ausgestemmten Buchstaben. So würde der Name nach dem Polieren der Klinge darauf funkeln!

Ulfberht, Lauresham, Holzmonat 800

Ulfberht atmete tief ein. Er konzentrierte sich auf den Hieb und die johlenden Massen, die sich um ihn drängten, um besser zu sehen; das ernste, würdige Gesicht des Abtes und all die anderen Eindrücke um ihn herum verschwanden. Gernod hockte selbstsicher vor ihm und wandte ihm voll Verachtung den Rücken zu. Der spitze Helm glänzte matt in der Morgensonne. Für einen Kampf war er nicht zu gebrauchen, der hohe Kamm wäre nur hinderlich. Wenn der Schlag allerdings von oben geführt wurde, so wie Richbod es festgelegt hatte, dann musste die Klinge fast zwangsläufig abgleiten. Ulfberht hatte darauf verzichtet, sein Schwert für den einen entscheidenden Schlag zu präparieren, etwa indem er es an der Spitze zusätzlich beschwert hätte. Um ehrlich zu sein, war er gar nicht auf die Idee gekommen, das Schwert anders als nach den Regeln der Kunst zu fertigen.

Wenigstens hatte Richbod Gernods Feigheit erkannt. »Was für ein ungemein unpraktisches Stück«, bemerkte er beim Anblick seines Schmiedemeisters trocken.

Doch was half das Ulfberht, wenn er am Ende gerichtet wurde?

Für Berhta, dachte er und presste die Lippen fest zusammen. Langsam hob er die Klinge über seinen Kopf. Einen Augenblick verharrte er so. Zu seinem eigenen Erstaunen fiel es ihm noch viel schwerer zuzuschlagen als damals in Ingilinheim. Es war nicht immer nur Hass zwischen ihm und Gernod gewesen. Aber er war sich überhaupt nicht sicher, ob seine Klinge den Helm zerschlagen könnte. Ein zögerlicher Schlag konnte den Unterschied zwischen Leben und Tod bedeuten. Auch für ihn. Er schluckte hart und ließ unvermittelt die Klinge mit aller Kraft, die er durch das Hämmern des unnachgiebigen Eisens erworben hatte, hinabsausen. Sie traf auf den Helm Gernods, wobei der Widerstand geringer war, als gedacht. *Die Klinge ist abgerutscht,* schoss es ihm durch den Kopf, doch im gleichen Augenblick sah er, wie das Schwert durch den Helm und den Schädel schnitt. Erst im Kiefer des Schmiedemeisters blieb der Hieb stecken. Ulfberht sah wie in Trance, wie das blanke Eisen von der Körperwärme beschlug, noch bevor ein Schwall roten Blutes hoch aufwallte und Klinge, Helm und ihn selbst in Rot hüllte. Entsetzensschreie rissen Ulfberht aus seiner Trance. Er zog das Schwert zurück, während der leblose Körper seines Feindes zur Seite kippte, Blut und Hirn auf den Boden verschüttend. »Für Berhta«, wiederholte Ulfberht, diesmal laut.

Richbod räusperte sich. Er versuchte, etwas zu sagen, musste sich aber nochmals räuspern, um Herr seiner Stimme zu werden. »Gottes Urteil ist eindeutig«, verkündete er heiser. »Der Allmächtige hat dir dein Recht bestätigt, Ulfberht. Du bist ein freier Mann.«

Ulfberht nickte und versuchte, das Blut aus den Augen zu blinzeln. »Ich danke dem Herrn, dass ich Werkzeug seiner Gerechtigkeit sein durfte.«

Der Abt blickte ihn einen Augenblick an. »Zeig mir das Schwert!«, forderte er dann. Ulfberht reichte ihm die blutige Klinge, den Griff voran. Der Kirchenmann wog sie mit der Hand eines erfahrenen Kriegers. Dann glitt sein Finger an der blutigen Schneide entlang. »Nicht einmal eine Scharte«, staunte er. »Die Klinge hat Gernods Meisterstück wie Butter zerschnitten!« Er blickte an der Klinge entlang. »Es ist eine außerordentlich schöne Klinge«, stellte er fest. »Du hast sie mit deinem Namen gezeichnet? Ich erinnere mich, du warst der Junge, der im Wald Latein gelernt hat?« Ulfberht nickte. »Wofür stehen die beiden Kreuze?«, fragte Richbod weiter.

»Sie erinnern mich daran, dass ich Geburtsstätte und Grab unseres Heilands sehen durfte. Ein Kreuz für den Anfang, eines für das Ende. Eine Klinge zum Ruhme Gottes.«

Richbods harte Züge entspannten sich. »Das gefällt mir«, nickte er. »Ich habe einen Schmiedemeister verloren. Doch deine Kunst hat sich überlegen gezeigt. Willst du den freien Platz einnehmen, Meister Ulfberht?«

Ulfberht, der noch nicht weitergedacht hatte als bis zum Augenblick des Urteils, blickte ihn erstaunt an. »Der Herr hat mich auf meiner Reise beschützt und mich die Kunst gelehrt, solche Schwerter zu schmieden. Nicht für mich, sondern zu seinem Ruhm und zum Schutz seiner Kirche und des Frankenreichs. Daher ist es meine Pflicht, den angebotenen Dienst zu erfüllen«, erklärte er feierlich. Er blickte sich suchend um, bis seine Augen fanden, wonach er gesucht hatte. »Edolf, willst du mit mir in der Schmiede arbeiten, als mein Vertreter und mein Vertrauter?«, fragte er den Feind von einst.

»Trotz allem, was zwischen uns war?« Ulfberht nickte. Ein Strahlen erschien auf Edolfs Gesicht. »Es ist mir eine Ehre, ... Meister!« Sie sahen sich noch einen Augenblick in die Augen, und Ulfberht hätte im Nachhinein nicht sagen können, wer den Blick zuerst abgewendet hatte. »Und dann werden wir ja auch Schwäger sein, wenn ich mich nicht irre?«, behauptete Edolf.

»Werden?«, fragte Ulfberht erstaunt. »Das sind wir doch bereits!«

»Ich spreche nicht von deiner, sondern von meiner Schwester«, erklärte er und trat breit grinsend zur Seite. Hinter ihm stand Hludahilt und blickte genauso überrascht, wie Ulfberht sich fühlte. Dann stieg ihr eine heiße Röte ins Gesicht.

Ende

Historische Anmerkungen

Der Roman bringt zwei Ereignisse des ausgehenden 8. Jahrhunderts zusammen, die auf den ersten Blick nichts miteinander zu tun haben: Zum einen tauchen in dieser Zeit erstmals hochwertige Schwerter auf, die mit dem fränkischen Namen +ULFBERHT+, oder in der besser bekannten, aber vermutlich späteren Variante auch +ULFBERH+T, signiert sind (1). Diese Waffen waren von solcher Qualität, dass nicht nur ihr Verkauf ins feindliche Ausland verboten wurde, es gab sogar bereits zeitgenössische Fälschungen. Der hohe technische Stand dieser Schwerter führte in den letzten Jahren zu Spekulationen bezüglich ihrer Herkunft. Indien, das bereits in der Römischen Kaiserzeit als Herkunftsort besonders hochwertigen Stahls galt, ist dabei ein oft genannter Kandidat (3,4). Auch wenn neuere Forschungen nahelegen, dass die Ulfberht-Schwerter im Frankenreich, möglicherweise im Kloster Lorsch oder Fulda, gefertigt wurden (5), so bleibt der Ursprung der verwendeten Technologie rätselhaft.

Zum anderen tauschten Karl der Große und der Abassiden-Kalif Harun al Rashid in dieser Zeit Gesandtschaften aus. Sie verband die Gegnerschaft zu Konstantinopel und den Umayyaden-Kalifen in Spanien. Karls Hofschreiber Einhard und Nokter der Stammler berichten beide von solchen Gesandtschaften zwischen Karl dem Großen und »Aaron rege Persarum«, also dem Perserkönig Aaron, der vermutlich mit dem Abassiden-Kalifen Harun al Rashid identisch ist. Orientalische Quellen dazu existieren nicht. Anders als die Byzantiner, die bereits die Institution eines Apokrisiars, einer Art Botschafter, der fest an einem fremden Hof installiert war, kannten, schickten die Franken Königsboten, sog. Missi. Dies war oft je ein Vertreter der weltlichen und der geistlichen Macht bzw. der Hofkapelle, die im Frankenreich einen großen Teil der Verwaltung übernahm. Es gibt eine Reihe von sich teils widersprechenden Angaben und Auflistungen von Geschenken, die eine exakte Rekonstruktion der genauen Reisezeitpunkte, Expeditionsmitglieder und überbrachten Geschenke erschweren (6). Die Namen der Missi der Gesandtschaft von 797 sind aber überliefert. Landfried und Sigismund, sowie der des jüdischen Übersetzers Isaak, der 801, wie beschrieben, alleine mit dem Elefanten über Karthago heimkehrte bzw. abgeholt wurde, nachdem ein Bote bereits im Vorjahr seine Rückkehr angekündigt hatte. Auch die ausgetauschten Geschenke sind bekannt: insbesondere der Elefant Abu Abbas und die Wasseruhr, aber auch die Fränkischen Gaben (spanische Pferde, bunte friesische Mäntel und Jagdhunde). Die Tatsache, dass all diese Dinge transportiert werden mussten, legt nahe, dass die Gesandtschaft noch von weiteren Hilfspersonen begleitet wurde. Auch dass der Elefant letztendlich aus Indien stammt, wohin die Abassiden rege Handelsverbindungen unterhielten (einer der Vorteile ihrer neu errichteten Hauptstadt Bagdad, die über den Tigris und den Persischen Golf mit Indien in Verbindung stand), ist unzweifelhaft. Ob sich der Elefant bei Ankunft der Franken bereits in Bagdad im Besitz des Kalifen befand (laut Einhard schickte Harun auf Karls Bitte hin seinen einzigen Elefanten an den Frankenkönig) oder doch eher aus Indien beschafft werden musste, ist nicht mehr zu klären. Allerdings ist bekannt, dass damals bei der Trockenlegung der Sümpfe im Bereich der Euphrat- und Tigrismündung zahlreiche schwarze Sklaven eingesetzt wurden, sogenannte Zendjs. Weiter ist bekannt, dass es 689 und 694 zu großen Aufständen dieser Sklaven kam und 869 sogar Bagdad selbst von ihnen erobert wurde, bevor ihre Revolte nach mehreren Jahren endgültig niedergeschlagen wurde.

Muziris war schon zur Zeit des Römischen Reiches ein wichtiges Handelszentrum, das sogar auf einer römischen Straßenkarte (der Tabula Peutingeriana aus dem 4. Jahrhundert) verzeichnet ist. Auch die Ansiedlungen von Juden, Moslems und Christen bestanden dort bereits im 8. Jahrhundert (die älteste Moschee im Land soll von dem Händler Malik Ibn Dinar um 629 erbaut worden sein). Die Malabar- oder Chochin-Juden werden im 12. Jahrhundert von dem jüdischen Reisenden Benjamin von Tudela erwähnt, befanden sich aber vermutlich bereits in römischer Zeit vor Ort. Das Christentum kam möglicherweise bereits damals mit dem Apostel Thomas ins Land, die erste schriftliche Erwähnung dazu stammt aus dem 3. Jahrhundert aus Edessa. Das älteste schriftliche Zeugnis aus Indien selbst sind die Tharisappalli-Kupferplatten von 849 (im 5. Jahr der Regierung des Chera Herrschers Sthanu Ravi Varma), welche den Christen spezielle (Handels-)Privilegien einräumen. Einige der Sitten indischer Christen (wie das bei den Brahmanen übliche Tragen von Puunuul und den Kudumi) wurden noch von den Portugiesen beobachtet (7).

Auch weitere Details zur Reise der Gesandtschaft, wie die Übergabe der Schlüssel zum Heiligen Grab und die Erneuerung des angeblich unter Papst Gregor gestifteten Spitals auf dem Muristan in Jerusalem, werden erwähnt. Insbesondere bei letzterer Information kann es sich aber auch um eine spätere Legendenbildung im Zusammenhang mit dem Ursprung des Johanniter-Spitals vor dem 1. Kreuzzug handeln. Die ambivalente Beziehung zwischen Franken und Byzantinern, letztere sahen sich als Römer und in Fränkischen Quellen findet sich die Bezeichnung Romanier, ist historisch gut belegt. Sie führt etwa zu den Kämpfen um Venedig, aber auch zu einem Heiratsangebot Karls an Kaiserin Irene. Diese Spannungen wirkten sich auch auf das Verhältnis griechischer und lateinischer Mönche im Heiligen Land sowie auf die Kirchen insgesamt aus, wie die Synode von Frankfurt zeigte. Die Blendung des unglücklichen Kaisers Konstantin VI. durch seine eigene Mutter und die Intrigen ihrer Hofeunuchen sind ebenfalls belegte Tatsachen. Es dürfte auch zutreffen, dass die Kontakte zwischen dem Patriarchen von Jerusalem und

Karl dem Großen in Byzanz nicht gut ankamen. Auch der am Hofe des Kalifen befindliche Apokrisiar des Logotheten, der Botschafter des Regierungschefs oder Kanzlers in Konstantinopel, dürfte alles andere als erbaut von diesen Ereignissen gewesen sein. Von Mordanschlägen auf die Gesandtschaft wird hingegen in den Quellen genauso wenig berichtet wie von einer Verbindung zu den Ulfberht-Schwertern oder der indischen Eisenproduktion. Wir wissen nur, dass weder Sigismund noch Landfried wieder heimkehrten. Und eine weitere historische Ungenauigkeit muss ich noch beichten: Es ist nicht bekannt, ob und wie im Mittelalter Karneval gefeiert wurde. Schriftlich erwähnt wird die »fasnaht« erstmals 1206 in Wolfram von Eschenbachs Parzival. Allerdings legt die Verbreitung in den ehemals römischen Gebieten Deutschlands, genauso wie die erstaunliche Ähnlichkeit mit einigen römischen Festbräuchen etwa bei den Saturnalien (Verkleidung, Rollentausch, ja sogar Schiffswagen werden erwähnt), eine Verbindung zwischen römischer Antike und dem noch heute gefeierten Karneval nahe. Möglicherweise wurden die Feierlichkeiten kirchlich neu interpretiert und aufgrund der großen und kleinen Fastenzeit (vor Weihnachten und vor Ostern) verschoben. Wie es damals in Mainz zuging, ist aber völlig unbekannt.

Für die übrigen Ereignisse im Frankenreich ist die Quellenlage wieder deutlich besser: Details zur Hofhaltung und Ökonomie, wie etwa die erwähnte Inflation nach Erbeutung des Awaren-Schatzes und dem verregneten Sommer, wirtschaftspolitische Maßnahmen, wie die Vereinheitlichung des Münzwesens oder der Erlass zur Wollproduktion, Karls Gebetsbruderschaft oder die religiösen Strömungen sind in zeitgenössischen und wenig später verfassten Quellen, wie Einhards Vita Karoli Magni (8), den Fränkischen Reichsannalen oder Nokters Gesta Karoli Magni von 883 erwähnt. Auch die Verachtung der herrschenden Schicht für Ochsengespanne findet sich bei Einhard. So schreibt er über Hilderich, den letzten Merowingerkönig, verächtlich: »Wenn er eine weite

Reise machen musste, wurde er von einem Knecht nach Bauernart in einem Wagen gefahren, den ein Ochsengespann zog.« Wie bereits Jacob Grimm in einem Kommentar zu dieser Stelle anmerkte, kannte Einhard offensichtlich den alten germanischen Brauch, der die Nutzung der heiligen Ochsen dem König vorbehielt, nicht mehr.

Zahlreiche Urkunden, insbesondere der Lorscher Codex (lateinisch Codex Laureshamensis) von etwa 1170 und 1195, dem viele Orte in Rheinhessen und darüber hinaus ihre erste urkundliche Erwähnung verdanken, geben zudem Auskunft über Ortsnamen oder Besitzverhältnisse. Auch die erwähnte Schenkungsurkunde des Weinbergs »Glöck« in Nierstein an den Bischof von Würzburg von 742 zählt dazu, die diese Weinlage damit zur ältesten namentlich erwähnten Deutschlands macht. Die Herberge am Septimerpass, dem damals am häufigsten genutzten Weg über die Alpen, erwähnt eine Urkunde aus dem Jahre 825 als »senodochium sancti petri«, womit es das älteste geschichtlich zweifelsfrei gesicherte Xenodochium in der Schweiz ist. Auch die Rahmenereignisse, wie die Sachsenkriege und die Deportation von Sachsen über die Sammelstelle Mainz, die Synode in Frankfurt, der Awarenfeldzug, der Bau der Fossa carolina oder der Karlsbrücke in Mainz sind historische Tatsachen. Viele der beschriebenen Gebäude und Anlagen, wie das Kloster Lorsch, die Kaiserpfalz in Ingelheim (welche die Stadt Ingelheim mit viel Fingerspitzengefühl Stück für Stück wieder freilegt), der alte Mainzer Dom (heute die Johanneskirche, die gerade in einem umfangreichen Grabungsprojekt von der evangelischen Kirche untersucht wird), aber auch die Kirchen und Klöster im Heiligen Land sind aus zeitgenössischen Beschreibungen bekannt oder können anhand der noch vorhandenen Substanz rekonstruiert werden.

Eine zeitgenössische Sage erzählt von einer Affäre des Biographen Karls, Einhard, der versucht haben soll, auf dem Rücken der Geliebten (einer Tochter Karls d. Großen) vom Ort des Stelldichein durch den frisch gefallenen Schnee zu entkommen. In der Sage erwischt Karl die beiden und besteht auf der Hochzeit. Hier wird ein möglicherweise wahres Vorkommnis nachträglich mit dem Namen Einhards verknüpft, der nie mit einer Königstochter vermählt war. Den freizügigen Umgang der Töchter und die Tatsache, dass Karl wegen seiner Liebe zu Enkelkindern diesbezüglich beide Augen zudrückte, erwähnt der sonst mit Kritik am Herrscher sehr sparsame Biograph allerdings ausdrücklich.

Zu Fragen der Metallverarbeitung im Frankenreich sieht die Quellenlage leider schlechter aus (8). Vieles muss hier aus archäologischen Funden (z. B. auch bei Ausgrabungen in den karolingischen Silberminen in Melle in Südwest-Frankreich) oder bei experimental-archäologischen Arbeiten (etwa im Freilichtlabor Lauresham beim Kloster Lorsch) rekonstruiert werden. So wurde beispielsweise ein Anblasrohr aus Speckstein, wie im Roman beschrieben, gefunden, was auf die Verwendung von Blasebälgen schließen lässt. Wie diese allerdings ausgesehen haben, lässt sich aufgrund der verwendeten vergänglichen Materialien nicht mehr klären. Die Bedeutung einiger großer Klöster, insbesondere Lorsch (und Fulda), für die Waffenproduktion sind aber, ebenso wie der Eisenzins, den einige Höfe an der Lahn dorthin entrichten mussten, historisch belegt. Und auch die Sage von Wieland dem Schmied war, obwohl der Stoff wesentlich älter ist, sicherlich jedem Schmiedegesellen im Frankenreich bekannt.

Die Einführung gebogener Schwerter, also einer Art Säbel, genauso wie eiserne Steigbügel, geht wohl tatsächlich auf das Reitervolk der Awaren zurück. Dies legen zumindest die Quellen und archäologische Funde (von denen man einige auch im Römisch-Germanischen Zentralmuseum Mainz bewundern kann) nahe. Im arabischen Raum waren die Schwerter zur Zeit der Abassiden-Kalifen noch gerade, wie z. B. die Sammlung der Kalifenschwerter im Topkapipalast in Istanbul zeigt (eine als Schwert Mohammeds bezeichnete Waffe ist aufgrund von technischen und stilistischen Details eher als spätere Zuschreibung anzusehen).

Einige interessante Artikel und Bücher zum Thema:

1 The Vlfberht sword blades reevaluated. Anne Stalsberg. http://www.jenny-rita.org/Annestamanus.pdf (zuletzt aufgerufen 15.01.2019)

2 Markenpiraterie im Mittelalter – Wikinger fielen auf billige Schwert-Kopien herein. Angelika Franz. http://www.spiegel.de/wissenschaft/mensch/markenpiraterie-im-mittelalter-wikinger-fielen-auf-billige-schwert-kopien-herein-a-605490.html (zuletzt aufgerufen 15.01.2019)

3 Wootz: Crucible steel: a newly discovered production site in South India. Sharada Srinivasan. Papers from the Institute of Archaeology 5 (1994), 49–59.

4 Ein Schwert für Europa. Hans Holzhaider. https://www.sueddeutsche.de/wissen/ulfberht-klingen-ein-schwert-fuer-europa-1.2188338 (zuletzt aufgerufen 15.01.2019)

5 Lehmann, Robert: Archäometrische Analysen am Ulfberht-Schwert. Konrad Theiss Verlag Darmstadt. Nachrichten aus Niedersachsens Urgeschichte 84, 2015, 185–192.

6 Gesandtschaft Karl der Große und Harun al-Rashid. Kulturaustausch zwischen zwei großen Herrschern? www.ilya.it/chrono/pages/karlharundt.htm (zuletzt aufgerufen 10.02.2021)

7 Maritime India: trade, religion and polity in the Indian Ocean. MLA Malekandathil, Pius. Primus Books, 2010.

8 Vita Karoli Magni / Das Leben Karls des Großen. Einhard. Lateinisch/Deutsch. 1986 Reclam Verlag.

9 Ludwig, Karl-Heinz: Das Eisen in den Schriftquellen des Frühmittelalters. Ferrum: Nachrichten aus der Eisenbibliothek.

Personenverzeichnis

Die **fettgedruckten** Namen werden in historischen Quellen erwähnt

Ulfberhts Familie

Berhta	ältere Schwester Ulfberhts
Dagaberht	Ulfberhts jüngerer Bruder
Hađuwīħ	Frau Sigiberhts und Ulfberhts Mutter
Sigiberht	Königsfreier Franke, Besitzer eines kleinen Hofguts am Westhang des Odanwaldes
Ulfberht	junger Franke, Sigiberhts Sohn

Bewohner des benachbarten Herrenhofs

Điodabalþ	Höriger Hruođolfs
Edolf	jüngerer Sohn Hruođolfs
Haltrud	eine Magd Hruođolfs
Hludahilt	Hruođolfs Tochter
Hruođolf	Herr des Herrenhofes
Radolf	Hruođolfs ältester Sohn

Im Klosters Lorsch (Lauresham) und seinen Besitzungen

Adalbert	Aufseher der Köhler
Willich	Kriegsgefangener und deportierter Sachse
Gernod	Aufseher der Schmieden in Lauresham
Gertrud	Aufseherin der edlen Mägde in Lauresham
Hilprik	Schmiedegeselle in Lauresham

Lotrik	Waldschmied
Nazarius	römischer Heiliger, dessen Reliquien im Kloster Lorsch aufbewahrt wurden
Richbod	von 784-804 Abt des Klosters Lorsch, Schüler Alkuins (Markarius genannt, kannte Vergils Aeneis angeblich besser als die Evangelien)
Roland	Kohlenknecht im Wald

Weitere Franken

Alkuin	oberster Gelehrter an Karls Hof und sein Vertrauter und Freund (gebürtiger Angelsachse)
Anschericus	Bischof von Paris, Bruder von Graf Theutbert von Meaux
Arnulf	Erzbischof von Salzburg, seit 797 auf Betreiben Karls von Papst Leo III. mit der Missionierung der neu eroberten Awarengebiete beauftragt. Ehemals Fürsprecher Tassilos.
Berowelf	769-794 Bischof von Würzburg (Virteburch) und Slawenmissionar
Burchard	Fränkischer Admiral, der erfolgreich vor Sardinien und Korsika gegen die Araber kämpfte. Dass er in jüngeren Jahren in der Adria gedient hat, ist allerdings nicht bekannt.
Chrodegang	715-766 Bischof von Metz und Erzbischof von Austrasien. Gründete die Klöster Lorsch, Gorze und Gengenbach. Er brachte die Reliquien des römischen Märtyrers Nazarius nach Lorsch.

Erich von Friaul	zusammen mit Pippin Heerführer beim Awarenfeldzug von 796
Erla	eine der Mägde Hehidhs
Falstrada	vierte Ehefrau Karls des Großen
Georg	Franke und Abt des lateinischen Ölbergklosters in Jerusalem, 807 Teilnehmer der Gegengesandtschaft, die aus dem Reich des Kalifen an den Fränkischen Hof ging (zusammen mit einem weiteren Jerusalemer Mönch und Abdallah)
Gerold	Präfekt Bayerns und des Bayrischen Ostlandes, fällt 799 in einem Gefecht mit den Awaren.
Guntbert	Unterführer Prinz Pippins, Graf
Hadumar	Fränkischer Graf von Genua, der 814 eine arabische Flotte, die Korsika bedrohte, zurückschlug.
Hehidh	Hofherr in Hechtsheim
Hrudogir	Pferdeknecht aus Ingilinheim
Hunold	Reiterführer im Awarenfeldzug (Graf aus Borbetomagus)
Karl	(der Große), König der Franken und Langobarden, Herzog der Bayern
Landfried	Emissär Karls, über seine Abstammung ist nichts bekannt, der Name Landfried (oder Lantfried) wurde zuvor von einem Allemannenherzog geführt, sodass möglicherweise eine Verwandtschaft mit Allemannen bestand. Da er trotzdem von Karl dem Großen mit einer so wichtigen Mission wie der Gesandtschaft zum Kalifen beauftragt wurde, ist eine enge Verbindung zum fränkischen Königshaus anzunehmen.

Lotrich	ein Veteran von Karls Awarenfeldzug 791
Mundarik	Landfrieds Knecht und Vertrauter
Pippin	Sohn Karls und von diesem als König von Italien eingesetzt
Richulf	Bischof des Heiligen Stuhls von Mainz, Schüler Alkuins, Vertrauter Karls
Roderik	König Karls dritter Baumeister
Sichhilda	Magd in Ingilinheim
Sigismund	Emissär Karls. Wie bei Landfried ist über den Namen hinaus nicht viel bekannt. Es ist allerdings von anderen Gesandtschaften bekannt, dass öfter ein geistlicher (meist ein Angehöriger der Hofkapelle, die auch eine Art Verwaltungsorgan darstellte) und ein weltlicher Adliger zusammen entsandt wurden.
Theutbert	Graf von Meaux in Asturien (heute in der Champagne), dessen Liebschaft zu einer adligen Allemannin und seine Vaterschaft von Landfried allerdings vom Autor frei erfunden wurde.
Waldo	von 786-806 Abt des Klosters Reichenau, fränkischer Adliger, der von Gerold (siehe dort), einem Bruder von Karls Frau Hildegard, gefördert wurde
Petrus	Vorgänger Waldos, war Agilofinger und verlor mit dem Bayernherzog Tassilo sein Amt
Wirigis	der Herzog von Spoleto, begleitete Papst Leo III. im Auftrag

	Karls nach dem Überfall auf ihn nach Rom
Wirund von Strabo	Fränkischer Abt, der Papst Leo III. nach Rom geleitete

Erwähnte Päpste

Hadrian I.	wandte sich 772 oder 773 um Hilfe gegen die in Italien vorrückenden Langobarden bittend an Karl den Großen. Er blieb bis zu seinem Tod 795 im Amt. Seine Neffen Paschalus und Campulus versuchten, als Anführer der »Optimaten« genannten Partei mit dem Anschlag vom 25. April 799 seinen Nachfolger Leo III. aus dem Weg zu räumen und die Papstwürde für die eigene Familie zu sichern.
Leo III.	Nachfolger Hadrians I. auf dem Stuhl Petri. Er ist vor allem dafür bekannt geworden, dass er Karl den Großen Weihnachten 800 zum Römischen Kaiser krönte, vermutlich als Dank für seine Rettung gegenüber den Angriffen der Optimaten.
Paul I.	schenkte Chrodegang für dessen Vermittlerrolle zwischen Rom und der Fränkischen Kirche u.a. die Reliquien des heiligen Nazarius.

Auf der Reise

Isaak	Jüdischer Kaufmann und Übersetzer der Gesandtschaft von 797

Byzantiner (Romanier bzw. Griechen)

Aëtios	Hofeunuch in Konstantinopel. Er erscheint zuerst 790 als Protospatharios und Vertrauter der Regentin Irene. Später gerät er in Konkurrenz mit Staurakios, gegen den er mehrere Intrigen spinnt und den er schließlich zu Fall bringt. Vermutlich übernahm er danach das Amt des Logotheten des Dromos (s. Staurakios).
Georgios II.	Patriarch von Jerusalem
Irene	Regentin von Konstantinopel und ab August 797 anstelle ihres Sohnes Konstantin VI. alleinige Kaiserin
Konstantin VI.	zunächst unmündiger Kaiser von Konstantinopel (seine Mutter Irene war Regentin für ihn). Mit 16 wurde er dann Kaiser, bis ihn seine Mutter, wohl u. a. wegen seiner Ablehnung der Ikonen im Purpurzimmer (seinem Geburtsraum!), blenden und vermutlich später auch töten ließ.
Staurakios	Hofeunuch in Konstantinopel und Vertrauter der Regentin Irene. Nach ihrem Fall zunächst verbannt, gelingt es ihm, nach ihrer Wiedereinsetzung an den Hof zurückzukehren und gemeinsam mit ihr im August 797 den amtierenden Kaiser zu blenden und evtl. zu töten. Irene setzte ihn dafür als Logotheten des Dromos ein (eine Art Regierungschef, wobei »Dromos« in diesem Zusammenhang ursprünglich eine Organi-

	sation ähnlich der heutigen Post bezeichnet).
Araber	
Abdallah	807 Gesandter des Kalifen am fränkischen Hof. Ob er 797 die Bekanntschaft der fränkischen Gesandten Sigismund und Landfried machte, ist nicht bekannt.
Abu Nuwas	Dichter am Hofe Harun al Rashids, der unter anderem wegen seiner homoerotischen Gedichte (wie dem im Text erwähnten) bekannt war.
Harun al Rashid /	**Aaron der Rechtschaffende** Kalif des Abassidenreiches, bei Einhard als König der Perser betitelt
Mahmoud Reis	(Kapitän) auf dem Roten Meer (damals wurde der Indische Ozean inklusive seiner Randmeere, also auch des Persischen Golfes, als Rotes Meer bezeichnet)
Malik Deenar	Der Sage nach ein arabischer Seefahrer, der den Islam an die Malabarküste brachte und dort die erste Moschee gründete (die Malik Deenar Juma Moschee, in der immer noch seine Gebeine liegen sollen). Er starb wahrscheinlich 748.
Inder	
Aarti	Schwester von Pavit
Govinda III.	König der Rashtrakuten(?), Regierungszeit 793-814, von dem berichtet wird, er habe den Süden Indiens (und Sri Lanka) erobert und tributpflichtig gemacht.

Pavit	Mitglied der Kaufmannsgilde in Muziris, die den Überseehandel organisierte, indischer Christ brahmanischer Abstammung (Thomaschrist)
Rajashekhara Varma	König des Chelareiches. Ab etwa 800 richtete er die zweite Herrschaft der Chela (späte Chela) in Südwestindien auf. Diese Daten überschneiden sich mit denen Govindas III., dem Herrscher der Rashtrakuten, sodass die genaue politische Situation in Muziris Ende 798, Frühjahr 799 nicht eindeutig klar ist. Möglicherweise war er zu Beginn seiner Regierungszeit den Rashtrakuten tributpflichtig.
Sathasivam	Christ und Kaufmann (Mitglied der Kaufmannsgilde von Muziris)

Ortsverzeichnis

Im Roman werden, sofern bekannt, alte Ortsbezeichnungen verwendet, die sich teils erheblich von den heute geläufigen Namen unterscheiden. Während die Namen im ehemals römischen Reich oft lateinischen Ursprungs sind, gab es noch bis ins 8. Jahrhundert einige Verschiebungen. Erschwerend kommt hinzu, dass in den verschiedenen Sprachen (z. B. Fränkisch und den romanischen Sprachen, die damals mit großer Wahrscheinlichkeit etwa an der Mosel und möglicherweise auch in Städten wie Mainz gesprochen wurden) Orte teils unterschiedliche Namen haben. Zu guter Letzt achteten mittelalterliche Schreiber wie Einhard nicht streng auf eine einheitliche Rechtschreibung. Ortsnamen werden teils sogar innerhalb eines Buches unterschiedlich geschrieben. Um einen Überblick zu ermöglichen, folgt eine Liste mit einigen der im Buch verwendeten geographischen Bezeichnungen und ihren modernen Entsprechungen:

Ortschaften	
Algastesheim	Gau-Algesheim
Badosheim	Bodenheim (wird erstmals 754 in einer Urkunde eines gewissen Rantulf, der dem Kloster Fulda einen Weinberg schenkte, erwähnt)
Basra	Basra im heutigen Irak
Bergen	Gau-Algesheim, Ortsteil Laurenziberg
B'kaa	Baalbeck im Libanon
Bouconica	Nierstein/Oppenheim (Glöck ist ein zusammen mit der Marien-

	basilika in einer Schenkungsurkunde Karl Martells von 742 an das Bistum Würzburg erwähnter Weinberg; das erwähnte Becken mit schwefelhaltigem Wasser entspricht einem römischen Sirona-Heiligtum zwischen den zwei Orten)
Brizzosheim	Mainz-Bretzenheim
Chang'an	alte Hauptstadt Chinas – während der Tang Dynastie (ab 618) vermutlich die größte Stadt der Welt
Civitas Classis	Hafen von Ravenna
Comagena	Tulln in Niederösterreich
Franconofurt	Frankfurt
Fundene	Mainz-Finthen
Glöck	ältester namentlich erwähnter Weinberg Deutschlands in Nierstein (Bouconica)
Haleb	Aleppo
Hehiddesheim	Mainz-Hechtsheim
Herakleia	Konya
Ifriqiya	Tunesien
Ingilinheim	Ingelheim
Kastell Virteburch	Würzburg
Lauresham	Kloster Lorsch
Mettis	Metz
Metulum	Melle in Südwestfrankreich
Moguntia	Mainz
Monasterium gemeticensis	Abtei Jumièges
Muziris	Pattanam an der Malabarküste (bereits von europäischen Autoren wie Plinius dem Älteren oder Claudius Ptolomäus erwähnt und auch auf der bekannten *Tabula*

	Peutingeriana, einer römischen Straßenkarte aus dem 4. Jh., verzeichnet)
Nubesheim	Mainz-Laubenheim
Odanwald	Odenwald (manchmal wird der Name von Odin bzw. Wotan hergeleitet, was jedoch nach Ansicht der meisten Gelehrten eher unwahrscheinlich ist)
Orfa	Edessa
Phalgat Pass	Phalgat Gap im Hinterland von Pattanam in Südindien (Verbindungsweg über Land von der Malabarküste nach Tamil Nadu und der Kormandelküste)
Radasponda	Regensburg
Ravenna/Raben	Ravenna
Romania	das byzantinische Reich, Romanier sind dementsprechend dessen Einwohner, die gelegentlich wegen ihrer Sprache »Griechen« genannt wurden. Sie selbst betrachteten sich als Römer – die Erben des Römischen Reiches.
Spira	Speyer
Tolosa	Toulouse
Wenia	Wien
Wormatia	Worms

Gewässer

Alcmona	Altmühl
Danuvius	Donau
Loganaha	Lahn
Mare inferior	Thyrrhenisches Meer
Mare superior	Adria
Moin	Main

Radantia	Schwäbische Rezat
Tissus	Theiß

Danksagung

Für die vielen Anregungen, Vorschläge und das gründliche Lektorat möchte ich Laura Künstler, Lea Oussalah und Daniela Rudolph vom Team des acabus Verlages ganz herzlich danken!

Weiter bedanke ich mich bei Peter Ehrengart, dem Schmiedemeister der Graefenbachschmiede in Wallhausen, in der ich erstmals ein Messer fertigen durfte, Ewald Börner, den »Köhlermeister« des Hessenparks, der sich als überaus kompetente Informationsquelle für die Geschichte der Eisenverarbeitung herausstellte, dem Team vom Freilichtlabor Lauresham beim Kloster Lorsch, dem Team der historischen Schmiede in Allenbach im Hunsrück und dem Archäologischen Team der Mines D'Argent des Rois Francs in Melle, Südwestfrankreich. Von allen habe ich zahllose Informationen und praktische Anregungen zur historischen Eisenverarbeitung erhalten und abgeschaut, wobei alle fachlichen Fehler und über gesichertes Wissen hinausgehende Spekulationen auf mein eigenes Konto gehen.

Jörg Olbrich

DER WINTERKÖNIG

Geschichten des Dreißigjährigen Krieges

acabus Verlag

Paperback
468 Seiten
Preis 16,00 EUR [D]
ISBN 978-3-86282-528-8
lieferbar

Ebook epub
ISBN 978-3-86282-530-1
Ebook PDF
ISBN 978-3-86282-529-5

Wie durch ein Wunder überlebt der Sekretär Philipp Fabricius zusammen mit zwei Statthaltern den gewaltsamen Fenstersturz aus der Prager Burg. Philipp macht sich schwer verletzt auf den Weg nach Wien, um den Kaiser über die protestantischen Aufstände zu informieren. Mit Hilfe der schönen Magdalena erreicht seine Botschaft die Residenzstadt, doch die Lage zwischen Katholiken und Protestanten spitzt sich weiter zu und Philipp gerät ins Visier der gegnerischen Parteien.

Der Auftakt der sechsteiligen Romanreihe „Geschichten des Dreißigjährigen Krieges“ überzeugt mit historischen Fakten und einer spannungsgeladenen Entwicklung.